불을
가지고 노는
소녀

2

millennium

밀레니엄 2부

millennium

불을
가지고 노는
소녀

2

스티그 라르손 장편소설

임호경 옮김

[뿔〉
문학에디션 뿔

차례

〈밀레니엄 2부 · 불을 가지고 노는 소녀 1〉 차례

18장
3월 29일 화요일 ~ 3월 30일 수요일

이리하여 엔셰데 살인 사건에 대해 세 개의 수사가 동시에 진행
되었다. 그중 하나는 부블란스키 형사가 지휘하는 것으로, 그에겐
국가의 권위라는 이점이 있었다. 그가 보기에, 이 사건은 잘하면
쉽게 해결될 수 있을 것 같았다. 용의자와 그 용의자에 연관되어
있는 범행 무기가 이미 확보된 상태였기 때문이다. 또 그녀는 첫
번째 희생자와 직접적인 관계가 있었고, 다른 희생자들과도 미카
엘 블롬크비스트라는 고리를 통해 연결되어 있었다. 이제 리스베
트 살란데르를 찾아내, 크로노베리 유치장에 처넣기만 모든 게 끝
날 것처럼 보였다.

그에 비해 드라간 아르만스키의 수사는 형식적으론 경찰의 공
식 수사에 부속된 것이었으나, 그는 나름의 계획을 갖고 있었다.
그의 개인적인 의도는 가급적 리스베트 살란데르를 보호해 주는
것이었다. 즉 진실을 알아내고, 정상 참작을 가능하게 해줄 사실들
을 찾아내는 것이었다.

가장 막막한 것은 《밀레니엄》이 진행하는 수사였다. 우선 경찰

이나 아르만스키의 보안 회사가 보유하고 있는 막강한 수사력이 이 작은 잡지사에 있을 리 만무했다. 또 미카엘 블롬크비스트는 경찰이나 아르만스키와는 다른 목적을 갖고 있었다. 그는 리스베트 살란데르가 엔셰데의 커플을 살해한 동기를 알아내는 일에는 별로 관심이 없었다. 이유는 간단히 말해서, 그 이야기 자체를 믿을 수 없었기 때문이다. 만에 하나, 리스베트가 이 사건에 모종의 방식으로 연루되었다면, 그것은 분명 경찰이 주장하는 바와는 전혀 다른 이유에서였을 터였다. 무기를 잡은 이는 다른 사람이었고, 무언가 리스베트 살란데르로서는 어쩔 수 없었던 일이 일어났을 거라고 그는 믿었다.

슬루센에서 중앙 경찰서가 있는 쿵스홀멘까지 가는 택시 안에서, 니클라스 에릭손은 시종 아무 말이 없었다. 이처럼 느닷없이 진짜배기 경찰 수사 임무를 맡게 되자 다소 얼떨떨한 기분이었다. 그는 아르만스키가 준 요약문을 다시 한 번 읽고 있는 손뉘 보만을 곁눈으로 힐끗 쳐다보았다. 갑자기 입가에 미소가 새어 나왔다. 자기 혼자서만 짓는 은밀한 미소였다.

이 임무는 아르만스키나 손뉘 보만은 모르는, 아니 짐작조차 할 수 없는 그만의 야심을 실현할 수 있는 기회, 전혀 예상치 못한 기회를 제공했던 것이다. 그 은밀한 야심은 리스베트 살란데르를 파멸시키는 일이었다. 그는 그녀의 체포에 자기가 도움이 되기를 바랐다. 또 그녀가 체포되어 종신형을 선고받기를 간절히 바라고 있었다.

리스베트 살란데르가 밀턴 시큐리티 안에서 인기가 없다는 것은 모든 사람이 아는 바였다. 그녀를 겪어본 직장 동료 대부분이 그녀를 뱀 보듯 하는 것도 사실이었다. 하지만 니클라스 에릭손이 어느 정도로 그녀를 증오하는지에 대해, 보만이나 아르만스키는 짐작조차 못했다.

니클라스 에릭손에게 삶은 항상 불공평했다. 그는 잘생긴 청년이었고, 한창 피어나던 꿈 많은 젊은이였다. 게다가 총명했다. 하지만 어린 시절부터 늘 꿈꾸던 것, 즉 경찰이 될 수 있는 가능성을 박탈당했다. 심장 판막에 생긴 아주 미세한 흠집으로 인한 심장의 잡음 탓이었다. 그는 수술을 받아, 결점을 교정했다. 하지만 심장에 문제가 있었다는 사실은 꼬리표로 남아, 그는 영원히 열등한 인간으로 판정되고 분류되었다.

밀턴 시큐리티에서 일해 보라는 제의가 왔을 때, 그는 받아들였다. 하지만 조금도 신나지 않았다. 그의 눈에 밀턴 시큐리티는 인간 폐품들—예를 들면 퇴물이 되어가는 경찰관들—을 모아놓은 쓰레기통에 지나지 않았다. 그 역시 이런 불량품 중 하나일 뿐이었다. 하지만 그의 잘못은 아니었다! 너무도 억울하게 이런 꼴을 당하고 있는 것이다!

밀턴 시큐리티에 들어와 그가 처음 맡게 된 임무 중 하나가 출동 팀을 보조하는 일이었다. 좀 더 구체적으로 말하자면, 세계적으로 유명한 중년 여가수의 개인 경호에 있어 보안상의 문제점을 분석하는 일이었다. 그녀는 한 열광적인 팬—게다가 그는 정신병원에서 탈출한 환자였다.—의 끊임없는 위협에 시달리고 있었던 것이다. 이 여가수는 쇠데르퇴른의 한 저택에 살았는데, 밀턴 시큐리티는 그곳에 감시 및 경보 장치를 설치하고 특별 경호원까지 상주시켰다. 어느 날 저녁 늦은 시간, 그 스토커는 마침내 무단 주거 침입을 시도했다. 하지만 곧바로 경호원에게 제압당했고, 협박 및 주거 침입죄를 선고받은 후 정신병원으로 이송되었다.

그 사건을 전후하여 2주일 동안, 니클라스 에릭손은 쇠데르퇴른의 저택을 밀턴 시큐리티의 다른 직원들과 함께 여러 차례 방문했다. 거기서 만나본 여가수는 영 밥맛이었다. 하지만 그는 그래도 왕년의 스타라고 은근히 유혹을 시도해 보았다. 한데 그 성마르고 도도하기 짝이 없는 늙은 여자는 어이없다는 듯한 눈으로 자신을 쳐다보는 게 아닌가? 아직도 자신을 기억해 주는 팬이 있다는 사실만으로도 감지덕지해야 할 주제에 말이다.

그는 그녀에게 온갖 아첨을 떨고 있는 다른 직원들을 경멸의 눈으로 쳐다보았다. 물론 그런 감정을 드러내지는 않았다.

스토커가 체포되기 얼마 전의 어느 날 오후, 여가수와 두 직원이 집 뒤뜰의 조그만 풀장 주변에서 노닥거리는 동안, 그는 보강해야 할 필요가 있는 문이며 창문 등을 촬영하고 있었다. 그렇게 이 방 저 방 돌아다니다가 여가수의 침실에 들어섰을 때였다. 갑자기 그곳에 있는 서랍장 하나를 열어보고 싶은 충동이 일었고, 그 유혹에 굴복하고 말았다. 그 안에는 앨범 여남은 개가 들어 있었다. 1970년대와 1980년대, 그러니까 그녀가 한창 인기를 구가하던 시절에 오케스트라를 이끌고 전 세계 순회공연을 다닐 때 찍은 사진들이 담긴 앨범들이었다. 그리고 서랍에는 마분지 상자도 하나 있었는데, 그 안에는 그녀의 지극히 개인적인 사진들이 보관되어 있었다. 사실 어떻게 생각하면 비교적 순진한 사진들이었다. 하지만 약간의 상상력을 가미해서 들여다보면 '에로틱 누드 사진'으로 여길 수도 있는 것들이었다. "어라, 이런 잡년 봐라?" 그는 그중에서 가장 대담한 사진 다섯 장을 골라 호주머니 속에 챙겨 넣었다. 아마 젊은 시절에 애인이 찍어놓은 것들로, 추억을 위해 간직하고 있는 모양이었다.

그는 그 다섯 장의 사진을 복사한 다음, 원본은 제자리에 갖다 놓았다. 그러고 나서 5개월을 기다렸다가 영국의 한 타블로이드 신문사에 팔아넘겼다. 그 사진들은 그에게 9000파운드의 짭짤한 수입을 안겨 주었고, 여가수는 난데없이 터진 스캔들로 큰 곤욕을 치러야 했다.

그런데 지금 생각해도 이해할 수 없는 일이 벌어졌다. 사진이 발표된 지 얼마 되지 않아 리스베트 살란데르가 그를 찾아왔던 것이다. 그녀는 그가 사진을 팔았다는 사실을 알고 있었다. 그녀는 한 번만 더 그따위 짓을 하면, 드라간 아르만스키에게 모든 사실을 고해 버리겠다고 위협했다. 만일 사실을 입증할 자료가 있었다면 —다행히 그건 없는 듯했다.—실제로 고발했을 여자였다. 하지만 그날 이후, 그는 그녀가 자신을 감시하고 있음을 느꼈다. 몸을 돌려 보면 언제나 그녀의 작고 새카만 두 눈이 자신을 응시하고 있던 것이다.

마치 덫에 갇힌 쥐처럼 답답하고 절망적인 심정이었다. 그의 유일한 반격 수단은 직원 휴게실 같은 곳에서 그녀에 대한 험담을 늘어놓음으로써 그녀의 신뢰성을 떨어뜨리는 것이었지만, 이 역시 뾰족한 대책이 되질 못했다. 게다가 너무 설쳐댈 수도 없는 노릇이었다. 왜냐하면 회사의 모든 직원이 알고 있는 바이지만, 그녀는 어떤 신비스러운 이유로 아르만스키의 비호를 받고 있었기 때문이다. 도대체 어떤 수단을 써서 밀턴 시큐리티 사장을 구워삶은 것일까? 어쩌면 저 늙다리가 남몰래 저년과 재미를 보고 있는지도 모르지……. 회사 직원들은 리스베트 살란데르를 그리 좋아하지 않았지만, 아르만스키는 충분히 존경하고 있었기 때문에 그가 보호하는 그 이상한 여자의 존재도 받아들이고 있었다. 사정이 이러했기에 니클라스 에릭손은 그녀가 밀턴 시큐리티에서 사라지자 커다란 안도의 한숨을 내쉬었던 것이다.

이제 당한 만큼 되돌려 줄 기회가 찾아왔다. 그것도 자기에게는 아무 위험도 없이. 그녀가 어떤 식으로 자신을 비난하든, 이제는 누구도 그녀의 말을 믿지 않을 터였다. 아르만스키조차도 이 사이코 살인범의 말을 믿으려 들지 않으리라.

부블란스키 형사는 한스 파스테가 밀턴 시큐리티의 보만과 에릭손과 함께 엘리베이터에서 나오는 것을 보았다. 경찰서로 찾아온 두 사람을 1층 로비에 가서 데려온 것이다. 부블란스키는 살인 사건 수사 자료를 외부인에게 공개해야 한다는 사실이 달갑지 않았다. 하지만 그의 뜻과는 상관없이 윗선에서 결정이 내려진 데다, 보만은 과거 경찰에서 잔뼈가 굵은 베테랑이니까⋯⋯. 그리고 함께 오는 에릭손 역시 경찰 학교 출신이라니, 전혀 맹탕은 아닐 터였다. 부블란스키는 두 사람을 맞으며 회의실을 가리켰다.

리스베트 살란데르를 뒤쫓기 시작한 지도 벌써 엿새째였고, 이제 중간 결산을 해봐야 할 때였다. 엑스트룀 검사는 오늘 회의에 참석하지 않을 예정이었다. 회의실에는 소니아 모디그, 한스 파스테, 쿠르트 스벤손, 예르셰르 홀름베리가 이미 와서 앉아 있었고, 그들을 지원하는 범죄 수사대 수사 팀의 네 명의 동료 얼굴도 보였다. 부블란스키는 먼저 밀턴 시큐리티에서 온 협력자들을 소개하고 나서, 두 사람에게 하고 싶은 말이라도 있느냐고 물었다. 보만이 큼큼 하고 목을 고른 다음 말했다.

"내가 이 건물을 떠난 지도 벌써 꽤 되었군요. 하지만 여러분 가운데 나를 알고 있는 분들도 계십니다. 민간 회사에 들어가기 전에는 여러분 같은 경찰관이었거든요. 오늘 우리가 왜 나타났는지 궁금해하실 분들이 계실 겁니다. 그건 리스베트 살란데르가 몇 년 동안 우리 회사에서 일했고, 그런 이유로 회사 쪽에서도 일말의 책임감을 느끼고 있기 때문입니다. 우리의 임무는 그녀가 빨리 체포될 수 있게끔 우리가 가진 모든 것을 제공하여 여러분을 도와드리는 겁니다. 예를 들면 인간 리스베트 살란데르에 대한 정보를 제공해 드릴 수 있겠지요. 요컨대 우리는 여러분 수사를 방해하지도 않을 거고, 은근슬쩍 엿 먹이는 일도 없을 겁니다."

"그 여자, 직장 동료로선 어땠소?" 파스테가 물었다.

"그렇게 호감 가는 여자는 아니었죠." 니클라스 에릭손이 나서며 대답했다.

하지만 부블란스키가 한 손을 들어 올리는 것을 보고 입을 다물었다.

"세부 사항은 이따가 회의 중에 충분히 얘기할 시간이 있을 거요. 지금은 수사 상황을 일관성 있게 파악할 수 있도록, 순서대로 차례차례 해갑시다. 두 분은 이 회의가 끝나면 엑스트룀 검사 방으로 가서 기밀 준수 서약에 서명해 주시오. 자, 먼저 소니아부터 시작하지."

"지금까지의 결과는 실망스럽습니다. 우린 사건이 일어난 지 불과 몇 시간 후에 확실한 방향을 잡았다고 생각했지요. 리스베트 살란데르라는 용의자를 찾아냈고, 그녀의 거주지까지—그녀의 거주지라고 생각한 것에 불과했지만—알아냈으니까요. 하지만 그다음부터 조금도 진전이 없습니다. 지금까지 30여 건의 제보 전화가 걸려 왔습니다만, 모두 잘못된 것들이었습니다. 지금 그녀는 증발해 버린 상태입니다."

"참 이해가 안 되는군." 쿠르트 스벤손이 말했다. "아주 특징적인 외모 아니오? 게다가 문신까지 하고. 이런 사람은 금방 눈에 띌 텐데?"

"어제 웁살라 경찰이 제보를 받고 요란 떨며 출동하여 어떤 집을 급습한 모양이에요. 결과는 그녀와 비슷하게 생긴 열네 살짜리 소녀를 체포하는 것으로 끝났지만요. 아이는 새파랗게 질렸고, 물론 부모는 난리를 쳤죠."

"'열네 살 용모의 처녀'에 초점을 맞추는 것은 수사에 별 도움이 될 듯싶지 않은데요. 10대 소녀 패거리에 섞여 버리면 어떻게 찾아내겠습니까?"

"하지만 매체를 통해서도 발표했으니 누군가가 무엇이든 보게 되지 않겠어요?" 쿠르트 스벤손이 반론을 폈다. "또 매체들은 이번 주에 '사람을 찾습니다' 같은 난에다 공고를 내보낸다고 하니, 결과가 어떨지 지켜봐야겠죠."

"정말 믿어지지 않은 일이구먼! 스웨덴 모든 신문의 1면에 대문짝만 하게 사진이 실렸는데 말이야." 한스 파스테가 신음하듯 말했다.

"어쩌면 지금까지의 접근 방식을 바꿔야 한다는 말인지도 모르지." 부블란스키가 말했다. "이미 외국으로 빠져나갔을 수도 있으니까…… 아니, 그보다는 어딘가에 꼼짝 않고 숨어서 기다리고 있을 가능성이 더 커."

보만이 자기 의견을 말하기 위해 손을 들어 올렸다. 부블란스키는 고개를 까딱했다.

"우리가 알고 있는 그녀는 결코 자기 파괴적인 여자가 아닙니다. 그녀는 교묘한 전략가로, 마치 체스 기사처럼 행동을 계산하죠. 결과를 분석하지 않고는 아무것도 하지 않습니다. 이건 드라간 아르만스키의 의견이긴 합니다만……."

"과거에 그녀를 담당했던 정신과 의사의 의견이기도 하오. 하지만 그녀의 성격에 대한 분석은 뒤로 미룹시다." 부블란스키가 말했다. "예르셰르, 그녀의 재정 상태는 어떤가?"

"여기엔 매우 흥미로운 내용들이 많지." 예르셰르 홀름베리가 대답했다. "그녀는 여러 해 전부터 한델스 은행에 계좌 하나를 갖고 있어. 이게 그녀가 신고하는 돈이지. 좀 더 정확히 말하면 비우르만 변호사가 신고해 온 돈이야. 1년 전, 이 계좌에는 10만 크로나의 잔금이 있었어. 그런데 2003년 가을, 그녀는 이 돈을 모두 인출했어."

"그녀는 2003년 가을에 돈이 좀 필요했을 겁니다. 우리 사장님 말에 의하면, 그 무렵에 밀턴 시큐리티의 일을 중단했다니까요." 보만이 설명했다.

"그럴 수도 있겠죠……. 어쨌든 계좌 잔액은 2주일 동안 제로로 있었는데, 그녀는 다시 똑같은 금액을 집어넣었어."

"돈이 필요해서 뺐냈다가, 사용할 일이 없어지자 다시 집어넣은 걸까요?"

"그럴 수 있어요. 2003년 12월, 그녀는 계좌에 있는 돈으로 각종 공과금 같은 것을 지불했어. 예를 들어 다음 해의 아파트 관리비를 한꺼번에 처리했지. 그래서 남은 돈이 7만 크로나 정도 됐어. 그러고 나서 1년 동안 계좌에는 아무런 변동이 없었지. 9000크로나 조금 넘는 금액이 한 번 들어온 걸 제외하곤 말이야. 확인해 봤더니 모친의 유산이었어."

"오케이."

"같은 해 3월, 리스베트 살란데르는 이 유산에 해당하는 금액─정확히 9312크로나입니다.─을 인출했어. 이 계좌에 손을 댄 유일한 경우였지."

"아니, 그럼 돈도 없이 어떻게 살았대?"

"좀 더 들어봐. 금년 1월, 그녀는 새 계좌를 하나 개설했어. 이번에는 SEB 은행에. 그리고 거기에 200만 크로나를 입금했어."

"뭐라고?"

"아니, 그 돈이 어디서 나왔죠?" 모디그가 물었다.

"채널 제도[1]의 은행에 있는 그녀의 계좌에서 이체된 거야."

순간 회의실에는 정적이 감돌았다.

"……무슨 소린지 하나도 모르겠네요." 겨우 입을 뗀 소니아 모디그의 말이었다.

"쉽게 얘기해서 신고하지 않은 돈이란 말이겠지?" 부블란스키가 물었다.

"그렇지. 하지만 법적으로는 올해 말까지 신고할 필요가 없어. 그런데 여기서 특기할 만한 점은, 비우르만이 매달 작성하는 살란데르의 재정 상황 보고서엔 이 사실이 빠져 있다는 거야."

"즉 그가 이 사실을 몰랐거나, 아님 둘이서 공모하여 뭔가 못된 짓을 저지르고 있었다는 말이겠지. 오케이, 예르셰르. 감식 수사의 진척 상황은 어떤가?"

"어제 엑스트룀 검사하고 그동안의 결과를 정리해 봤어. 자, 지금 우리가 알고 있는 사실은 다음과 같아. 첫째, 우리는 리스베트 살란데르를 두 개의 범죄 장소와 연결할 수 있어. 범행 무기, 그리고 엔셰데의 아파트에서 발견된 깨진 찻잔 조각에 그녀의 지문이 묻어 있으니까. 또 우리가 채취한 DNA 표본 검사 결과도 기다리고 있지……. 요컨대 그녀가 아파트 안에 있었다는 사실에는 의문의 여지가 없어."

"오케이."

"둘째, 비우르만 변호사의 아파트에 있는 권총 상자에도 그녀의 지문이 남아 있어."

"오케이."

"셋째, 엔셰데의 범행 장소에 그녀가 있었다는 걸 확인해 줄 증인이 드디어 나타났어. 근처 담배 가게 주인인데, 사건이 일어난

날 저녁, 그녀가 가게에 와서 말보로 라이트 담배 한 갑을 사갔다
고 증언했지."

"그런데 그 양반은 왜 그렇게 늦게 나타났대?"

"주말 동안 다른 사람들처럼 명절 쇠러 떠났던 거지. 어쨌든 그
담배 가게는 범행 장소에서 약 190미터 떨어진 곳에 있어." 예르
셰르 홀름베리가 지도를 한 장 보여 주었다. "그녀는 저녁 10시,
그러니까 담배 가게가 문을 닫기 직전에 들어왔어. 가게 주인이 그
녀의 모습을 완벽하게 묘사했지."

"목에 있는 문신도 말했답디까?" 쿠르트 스벤손이 물었다.

"그 점에 대해서는 약간 모호했대. 어떤 문신 하나를 본 것 같기
는 하다더군. 하지만 눈썹에 박은 피어싱만큼은 확실히 봤대."

"다른 건 없나?"

"순수하게 기술적인 성격의 증거로는 더 이상 별다른 게 없어.
하지만 이 정도만으로도 충분하지."

"파스테, 룬다가탄의 아파트는 어떻소?"

"거기서도 그녀의 지문이 나왔습니다만, 난 그녀가 그곳에 산다
고는 생각하지 않아요. 아파트를 탈탈 털듯 뒤져보았지만, 모든 물
건이 미리암 우의 것 같더라고요. 올해 2월, 거주 계약서에 추가된
여자입니다. 전에는 거기 안 살았죠."

"그녀에 대해 알아낸 거라도 있소?"

"전과는 전혀 없어요. 유명한 레즈비언이죠. 이따금 '게이 프라
이드' 같은 행사가 열리면 야한 쇼에 참가하기도 하는 여자입니
다. 하지만 겉으로는 폼 나게 사회학을 공부하는 척하면서, 텡네르
가탄에 있는 포르노 가게를 동업으로 운영한답니다. '도미노 패
션'이라나 뭐라나."

"포르노 가게라고요?" 소니아 모디그가 눈썹을 번쩍 치켜 올리

며 물었다.

사실 그녀는 남편을 즐겁게 해주기 위해 도미노 패션에서 야한 란제리 등을 산 적이 있었던 것이다. 하지만 회의 탁자 주위에 둘러앉은 사내들에게 이 사실을 밝힐 의향은 추호도 없었다.

"그래. 수갑, 거리 여자들이 입는 야한 옷, 기타 등을 팔지. 혹시 자네도 채찍 같은 게 필요하면……."

"그건 포르노 가게가 아니에요! 세련된 취향의 란제리를 좋아하는 사람들을 위한 패션 상점이라고요!" 그녀가 반박했다.

"뭐, 그게 그거 아나?"

"계속하시오!" 부블란스키가 약간 역정을 내며 중단시켰다. "그러니까 미리암 우의 행방에 대해선 전혀 모른다……?"

"전혀 몰라요."

"부활절을 맞아 어디 여행이라도 떠난 게 아닐까요?" 소니아 모디그가 나름대로 추측해 보았다.

"아니면 리스베트 살란데르가 그녀까지 죽여 버렸을 수도." 파스테가 말했다. "자기가 아는 사람은 깡그리 제거해 버리려고 하지 않았을까?"

"그러니까 미리암 우가 레즈비언이란 말이지? 그렇담 살란데르와 그녀는 그렇고 그런 사이라는 결론인가?"

"두 여자 사이에 성관계가 있었다는 결론은 어렵지 않게 끌어낼 수 있을 듯싶은데요." 쿠르트 스벤손이 말했다. "이렇게 말하는 데는 몇 가지 근거가 있습니다. 첫째, 아파트 침대 주변에는 리스베트 살란데르의 지문이 여기저기 묻어 있었습니다. 또 섹스 노리개로 사용된 게 분명해 보이는 수갑에도 남아 있었고요."

"그래, 고것이 수갑을 좋아한단 말이지? 내가 자기 주려고 따끈따끈하게 준비해 놓고 있는데." 한스 파스테가 낄낄거렸다.

소니아 모디그가 푹 한숨을 내쉬었다.

"자, 보고나 계속하라고!" 부블란스키가 말했다.

"둘째, 또 다른 정보에 의하면 미리암 우는 술집 '풍차'에서 리스베트 살란데르로 추정되는 젊은 여자와 모든 사람이 지켜보는 가운데 낯 뜨거운 장면을 연출했다고 합니다. 약 보름 전 일이죠. 정보 제공자는 살란데르를 술집 풍차에서 여러 번 본 적이 있기 때문에 그녀를 잘 안다고 주장했어요. 그런데 올해는 그녀가 외국에 나가 있어서 그날까지는 보지 못했다고 합니다. 시간이 없어서 바 종업원들에게는 아직 확인을 못해 봤는데요, 오늘 오후에 들러보려고 합니다."

"사회 복지 기관 기록에는 그녀가 레즈비언이라는 말이 없었소. 청소년기에는 위탁 가정에서 가출한 뒤 이 술집 저 술집 전전하며 사내들을 유혹했다고 하더군. 그녀보다 한참 나이 많은 사내들과 같이 있다가 체포된 적도 여러 번 있다고 합디다."

"고거, 분명히 길거리에서 행인들을 상대로 매춘을 했을 겁니다!" 한스 파스테가 말했다.

"쿠르트, 그녀의 친구들에 대해 뭐 알아온 거라도 있나?"

"거의 없습니다. 열여덟 살 이후로는 경찰 심문을 받은 적이 없어서 기록이 없거든요. 뭐, 드라간 아르만스키하고 미카엘 블롬크비스트와 아는 사이란 건 모두 아실 테고, 또 미리암 우하고도 친구고요. 풍차에서의 에피소드를 내게 알려 준 소식통의 말에 의하면, 그녀는 과거에 계집애 패거리하고 같이 몰려다녔답니다. 뭐 '이블 핑거스'라나 뭐라나……."

"이블 핑거스? 그게 뭐지?" 부블란스키가 호기심에 찬 어조로 물었다.

"나름의 비밀 결사 같은 거겠죠……. 종종 만나서 질펀한 파티

같은 걸 벌인다는데요?"

"설마 리스베트 살란데르가 빌어먹을 사탄주의자라는 말은 아니겠지?" 부블란스키가 말했다. "그런 말 들으면 기자들이 기막힌 기삿거리 떴다고 좋아 날뛸걸."

"'사탄주의적 레즈비언 그룹', 이런 제목은 어떻습니까?" 한스 파스테가 낄낄거리며 끼어들었다. 기자들에게 한턱 크게 선심 쓰고 싶은 모양이었다.

"한스, 정말이지 당신은 중세적인 여성관에서 조금도 못 벗어나고 있군요." 소니아 모디그가 쏘아붙였다. "이블 핑거스는 나도 들어서 알고 있는 이름이라고요."

"어, 그래?" 부블란스키가 놀란 표정으로 말했다.

"1990년대에 활동한 여성 록 그룹이죠. 톱스타는 아니었지만, 그래도 한때는 어느 정도 알려진 이름이었어요."

"그럼 하드 록을 연주하는 사탄주의적 레즈비언들이군." 한스 파스테가 비꼬듯 말했다.

"자, 자, 그만들 하라고! 그럼 한스와 쿠르트, 두 사람은 이 이블 핑거스의 멤버들에 대해 조사해 보고, 또 찾아내서 심문해 봐. 그녀에게 다른 친구는 없는가?"

"그녀의 전 후견인 홀예르 팔름그렌 외에는 별로 없습니다. 하지만 그 양반은 상당히 심각해 보이는 뇌출혈 발작 후에 장기간 요양 치료 중이죠. 아직 그녀의 거주지도 알아내지 못했고, 그녀의 개인 주소록 같은 것도 찾아내지 못해서 정확하게 말할 순 없습니다만…… 내 느낌으로는 가까운 친구가 그렇게 많은 것 같진 않습니다."

"하지만 이 사회 안에서 귀신처럼 아무 흔적도 남기지 않고 돌아다닐 순 없는 법 아닌가? 미카엘 블롬크비스트에 대해서는 어떻게 생각하나?"

"미행을 붙이진 않았지만, 가끔씩 연락은 해보았죠." 한스 파스테가 대신 대답했다. "리스베트 살란데르가 나타났는지 확인해 보려고요. 그는 퇴근해서 집에 들어간 뒤로, 주말 내내 자기 아파트를 떠나지 않은 것 같아요."

"난 그가 살인에 연루되었다고는 생각되지 않아요." 소니아 모디그가 말했다. "그의 증언에는 일관성이 있고, 문제가 된 저녁의 알리바이도 완벽하니까요."

"하지만 그는 살란데르를 알고 있어. 그녀와 엔셰데 커플 사이의 연결 고리이기도 하고. 또 그는 살인 사건이 일어나기 일주일 전, 두 사내가 살란데르를 습격하는 장면을 목격했다고 증언하기도 했어. 거기에 대해선 어떻게 생각하나?"

"블롬크비스트 외에는 그 '습격 사건'에 대한 다른 증인은 없죠……" 한스 파스테가 말했다.

"그럼 당신은 블롬크비스트가 그 이야기를 지어냈다고 생각하오? 아님 거짓말했거나?"

"난들 어찌 알겠습니까? 하지만 왠지 꾸며낸 듯한 냄새가 나요. 성인 남성이 체중 40킬로그램도 안 되는 계집애 하나를 제압하지 못했다니, 그게 어디 말이나 됩니까? 난 안 믿어요."

"그럼 블롬크비스트가 거짓말한 이유가 뭐일 것 같소?"

"관심의 초점을 리스베트 살란데르에게서 다른 곳으로 돌리기 위해서인지도 모르죠."

"블롬크비스트는 엔셰데의 커플이 살해된 이유가 다그 스벤손이 집필하던 책 때문일 수도 있다는 가설을 내놓던데?"

"웃기고 있네." 한스 파스테가 말했다. "살인범은 리스베트 살란데르예요. 다그 스벤손의 입을 막기 위해서라면, 자기 후견인은 왜 죽였죠? 그리고 누가 그랬다는 거죠? 경찰에 있는 어떤 애가?"

"아무튼 블롬크비스트가 그의 가설을 발표하기라도 하면 골치 아프겠어요. 우리가 경찰 내부를 뒤져대야 한단 말 아닙니까?" 쿠르트 스벤손이 말했다.

모두 고개를 끄덕였다.

"자, 그건 그렇고요." 소니아 모디그가 말했다. "그럼 그녀가 비우르만을 죽인 이유는 뭘까요?"

"그리고 이 문신의 의미는 뭘까?" 부블란스키가 비우르만의 복부를 촬영한 사진을 보여 주며 물었다.

•

나는 가학증 걸린 돼지요, 개자식이요, 강간범입니다.

무리 가운데 잠시 침묵이 감돌았다.

"의사들은 뭐랍니까?" 보만이 물었다.

"새긴 지 1년에서 3년 정도 된 문신이랍니다. 의사들 말로는, 출혈 부위의 깊이를 보면 대충 알 수 있다는군요." 소니아 모디그가 설명해 주었다.

"비우르만이 자의로 이걸 새긴 것 같지는 않군요."

"세상엔 하도 이상한 인간들이 많아 속단할 수는 없지만……이건 일반적인 문신이 아니야. 아무리 문신에 미친 마니아라 해도 이런 식으로는 안 할 것 같아."

소니아 모디그가 검지를 들고 좌우로 흔들었다.

"안 하죠. 법의학자는 기술적인 관점에서 볼 때 형편없는 문신이라고 평했고, 그 사실은 내 눈으로도 직접 확인할 수 있었어요. 결론적으로 아마추어가 시술한 겁니다. 바늘이 들어간 깊이가 들쑥날쑥하고, 지극히 민감한 신체 부위에 엄청난 면적을 차지하고 있어요. 한마디로 변호사는 시술 과정 중에 끔찍한 고통을 느꼈을 거예요. 거의 가중 치상에 해당하는 잔혹 행위죠."

"그런데 정작 비우르만은 고소를 안 했단 말이야." 한스 파스테 가 말했다.

"이런 문구를 내 배에다 새겨놨다면 나도 고소하고 싶은 마음이 안 들 거요." 쿠르트 스벤손이 말했다.

"여러분에게 보여 줄 게 또 하나 있어요." 소니아 모디그가 말했 다. "이걸 보면 문신의 의미를 대충 이해할 수도 있을 것 같아요."

그녀는 서류 파일에서 인쇄 출력한 사진들을 꺼내 참석자들로 하여금 돌려 보게 했다.

"견본으로 몇 장만 인쇄해 온 거예요. 비우르만의 하드 디스크 에 있는 폴더에서 찾아냈죠. 인터넷에서 다운로드받았는데, 컴퓨 터에는 이런 사진이 수천 장 들어 있었어요."

한스 파스테가 휘익 휘파람을 불면서, 불편한 자세로 난폭하게 결박되어 있는 여인의 사진을 흔들어 보였다.

"이거야말로 도미노 패션이나 이블 핑거스, 그런 애들하고 딱 어울리는 그림이군!"

부블란스키가 짜증 난다는 듯한 표정으로 손을 들어 한스 파스 테로 하여금 입을 다물게 했다.

"이 모든 걸 어떻게 해석해야 할까요?" 손뉘 보만이 물었다.

"이 문신이…… 그래 2년쯤 된 거라고 가정해 봅시다." 부블란 스키가 말했다. "비우르만이 병에 걸린 시기와 거의 일치하죠. 그 런데 법의학자의 말이나, 의료 기록상에 있어서도 그가—약간의 고혈압 말고는—큰 병이 있었다는 흔적이 없소. 하면 그의 병과 문신 사이에 어떤 관계가 있다고 봐야겠지."

"같은 해에 리스베트 살란데르의 삶에도 변화가 있었죠." 손뉘 보만이 지적했다. "갑자기 밀턴 시큐리티의 일을 그만두고 외국으로 나갔어요."

"그렇다면 이 모든 일들 사이에는 연관성이 있다고 가정할 수 있겠지? 문신 내용이 사실이라면, 비우르만은 누군가를 강간했어. 그 대상자로는 살란데르가 유력하고. 이 경우, 그녀에겐 살해 동기가 충분한 거지."

"다른 식의 해석도 가능하지 않겠습니까?" 한스 파스테가 말했다. "내 생각은 이래요. 리스베트 살란데르와 그 중국 년처럼 생긴 미리암 우는 한 팀을 이뤄 변태적인 서비스를 제공하는 애들이에요. 그리고 비우르만은 어린 계집애들한테 얻어맞을 때 쾌감을 느끼는 미친놈 중 하나였고요. 하여 그는 리스베트 살란데르에 대해 의존적인 관계에 있었는데, 어쩌다가 일이 이상한 방향으로 흐르게 된 거죠."

"하지만 그것으로는 그녀가 왜 엔셰데에 갔는지를 설명하지 못하잖소."

"천만에요. 다그 스벤손과 미아 베리만은 성 거래의 실상을 폭로하려고 하지 않았습니까? 그렇다면 조사를 하다가 살란데르와 우를 알게 되었을 가능성이 있죠. 그럴 경우 그녀에겐 두 연인을 살해할 동기가 충분하죠."

"그건 또 하나의 억측에 지나지 않아요." 소니아 모디그가 반박했다.

회의는 한 시간 더 계속되었고, 다그 스벤손의 노트북이 사라진 사실도 논의되었다. 점심 식사 때문에 회의를 중단해야 했을 때, 그들 모두 풀이 죽어 있었다. 수사를 정리해 보려고 시작한 미팅이었지만, 더 많은 의문점만 제기되었을 뿐이다.

화요일 아침, 에리카 베르예르는 《밀레니엄》 사무실에 출근하자마자 《스벤스카 모르곤포스텐》 회장인 망누스 보리셰에게 전화를 걸었다.

"회장님 제의에 관심이 있어요." 그녀가 말했다.

"그럴 줄 알았어."

"부활절 주말이 끝나자마자 말씀드리려고 했어요. 그런데 아시겠지만, 지금 이곳 상황이 난리도 아니어서……."

"다그 스벤손 살인 사건 말이지? 조의를 표하네. 정말 고약한 이야기야."

"그렇다면 왜 제가 지금 당장 이 배를 떠날 수 없는지, 이해해주시겠죠?"

그는 잠시 침묵을 지켰다.

"그런데 문제가 하나 있어."

"뭔데요?"

"우리가 지난번에 얘기할 때 내가 말했었지. 이 자리는 8월 1일에 비게 된다고. 그런데 현재의 편집국장인 호칸 모란데르가 건강이 아주 좋지 않아. 심장에 문제가 있어서 활동을 대폭 줄여야 한다는군. 그는 이 문제를 일주일 전에 의사와 상의한 후, 7월 1일에 사임해야겠다고 내게 알려 왔어. 난 그래도 가을까지는 그가 남아 있으리라 생각했지. 그래서 8, 9월 두 달 동안 자네와 같이 일하면서 자연스럽게 인수인계하기를 바랐던 거야. 하지만 현재 상황은 아주 급하게 되어버렸어. 에리카, 우린 5월 1일부터 자네가 필요해. 아무리 늦어도 5월 15일까지는."

"맙소사! 그럼 몇 주 안 남았네요."

"어때, 그래도 관심 있어?"

"예…… 하지만 한 달 동안 《밀레니엄》에서 모든 걸 정리해야 한다는 말인데……."

"자네 사정도 알겠고, 미안해. 하지만 이렇게 재촉할 수밖에 없어. 그리고 직원이 열 명도 안 되는 조그만 잡지사에서 보따리 싸가지고 나오는데 한 달이면 충분하지 않겠나?"

"하지만 《밀레니엄》이 난리도 아닌 상황에서 이렇게 혼자만 빠져나온다는 것이 좀……."

"어차피 해야 할 일이야. 단지 몇 주 더 앞당기는 것뿐이지."

"……좋아요. 그런데 몇 가지 조건이 있어요."

"얘기해 봐."

"《밀레니엄》의 이사 직은 유지하겠어요."

"그건 좋은 생각이라고 보지 않는데? 물론 《밀레니엄》은 월간지이고 우리보다는 규모가 훨씬 작지. 하지만 엄밀히 보면 우리의 경쟁 상대 중 하나인 게 사실이야."

"상관없어요. 난 《밀레니엄》 편집국 업무에는 완전히 손을 떼니까요. 하지만 내 지분을 팔 생각은 전혀 없어요. 따라서 이사회에 남아야겠다는 거지요."

"알았어. 해결책을 한번 찾아보지."

두 사람은 계약의 세부적인 내용을 의논하고 계약서를 작성하기 위해, 4월 첫째 주에 《스벤스카 모르곤포스텐》 이사진과 회합을 갖기로 약속을 정했다.

주말 동안 말린 에릭손과 함께 작성한 용의자 목록을 검토하고 있던 미카엘 블롬크비스트는 불현듯 '데자뷔'의 느낌이 스쳐갔다. 그들은 다그 스벤손의 원고에서 인정사정없이 다뤄지고 있는 서른일곱 명의 인물들이었다. 그중 스물한 명은 미카엘이 신원을 확인한 성 구매자들이었다.

곧이어, 왜 이런 데자뷔의 느낌이 들었는지 깨달았다. 2년 전 헤데스타드에서 살인자를 추적하고 있을 때, 그가 작성했던 50여 명의 용의자 리스트에 대한 기억이 무의식 속에 떠올랐던 것이다. 그렇게 적어놓고 한 사람 한 사람 범죄 가능성을 억측해 보았지만, 그야말로 모래사장에서 바늘 찾기 같은 작업이라 결국 포기할 수밖에 없었던 그 막막한 리스트……

화요일 오전 10시경, 그는 말린 에릭손에게 자기 작업실로 건너오라고 손짓했다. 문을 닫고 그녀에게 자리를 권했다.

두 사람은 한동안 침묵 속에 커피만 홀짝거렸다. 이윽고 그가 주말 동안 작성한 37개의 이름이 적힌—그 가운데엔 본명도 있고 가명도 있었다.—목록을 그녀 쪽으로 내밀었다.

"어떻게 하시려고요?"

"우선 잠시 후에 이 명단을 에리카에게 보여 줄 거야. 그다음엔 이자들을 하나하나 이 잡듯 조사해 봐야지. 이들 중 누군가가 살인 사건에 연관돼 있을 수 있으니까."

"조사한다는 건 구체적으로 무얼 뜻하나요?"

"이들 가운데 스물한 명은 다그의 책에 본명이 명시된 성 구매자들이야. 이 서른일곱 명 중에서도 잃을 게 가장 많은 자들이지. 그들을 집중적으로 조사해 보려고. 다그가 하던 대로 하나하나 찾아가 볼 생각이야."

"네."

"자네에겐 두 가지를 부탁하고 싶어. 첫째, 이 명단 가운데 신원 확인이 안 된 사람이 일곱 명 있어. 둘은 성 구매자이고, 다섯은 포주이지. 자네가 해줄 일은 앞으로 며칠 동안 이들의 신원을 확인하는 거야. 어떤 이름은 미아의 논문에도 나오더군. 그러니 그들의 본명을 짐작하는 데 도움 될 만한 구절들이 있을 거야."

"알았어요."

"둘째, 우리는 리스베트의 후견인인 닐스 비우르만에 대해 아는 바가 거의 없어. 요즘 신문들에 그 사람 약력이 나오기도 했지만, 그게 그의 진정한 모습은 아닐 거야."

"알았어요. 그의 과거를 조사해 보죠."

"바로 그거야. 알아볼 수 있는 건 다 알아보라고."

하리에트 방예르가 오후 5시경 미카엘 블롬크비스트에게 전화를 걸어왔다.

"지금 얘기 좀 해도 돼?"

"그래. 길게는 못하고."

"그들이 찾고 있는 그 여자…… 자기가 날 찾고 있을 때 자길 도와준 아가씨 맞지?"

하리에트 방예르와 리스베트 살란데르는 직접 만난 적이 한 번도 없었다.

"맞아. 미안해. 자기에게도 전화로 알려 줘야 했는데, 시간이 없었어. 하지만 맞아. 그녀야."

"이 일이 내게는 뭘 의미하지?"

"자기에게는…… 아무 영향도 없을 거야."

"하지만 그녀는 나의 모든 과거와 2년 전에 일어난 일을 알고 있어."

"맞아. 모든 걸 알고 있지."

수화기 너머로 하리에트 방예르는 한동안 아무 말이 없었다.

"하리에트…… 난 그녀가 결백하다고 생각해. 왜냐면 난 리스베트 살란데르를 신뢰하거든."

"하지만 신문에서 말하는 내용이 사실이라면……."

"그들의 말을 믿어서는 안 돼. 그들은 흑백 논리에 따라 세상을 너무 단순하게 보지. 리스베트는 네 비밀을 밝히지 않겠노라고 약속했어. 난 그녀가 죽을 때까지 이 약속을 지키리라고 믿어. 내가 아는 바로는, 나름의 원칙을 철저히 지키는 사람이야."

"하지만 만일 그게 아니었다면?"

"모르겠어. 어쨌든 하리에트, 난 무슨 수를 써서라도 사건의 진상을 알아낼 작정이야."

"오케이."

"너무 걱정하지 마."

"걱정하지는 않아. 단지 최악의 상황에 대비하고 싶은 것일 뿐이지. 그런데 자기는 어떻게 지내?"

"형편없지 뭐. 살인 사건이 일어난 이후로 여긴 완전히 전시 상황이야."

하리에트 방예르는 잠시 말이 없었다.

"미카엘…… 난 지금 스톡홀름에 있어. 내일 오스트레일리아행 비행기를 타고, 한 달간은 여기 없을 거야."

"아, 그래?"

"같은 호텔에 와 있어."

"어떻게 대답해야 할지 모르겠네. 지금은 정말 정신이 하나도 없어서…… 오늘 밤에도 일해야 하고, 같이 있어봐야 즐겁게 해주지도 못할 것 같은데."

"즐겁게 해주려고 노력할 필요는 없어. 그냥 잠깐 들러서 차 한 잔 마시고 가."

미카엘이 집에 돌아온 것은 새벽 1시가 다 되어서였다. 너무 피곤해서 모든 걸 팽개치고 그냥 누워 자버리고 싶었다. 하지만 기계적으로 노트북을 켜고 이메일을 확인했다. 새로운 것은 눈에 띄지 않았다.

다음에는 '리스베트 살란데르' 폴더를 열어보았다. 그런데 거기 새로운 파일이 하나 생성되어 있었다. '살리에게'라는 이름으로 그가 만들어놓은 파일 옆에 붙어 있는 그 파일의 이름은 '미크블롬(MikBlom)에게'였다.

그 파일이 컴퓨터 안에 들어와 있는 것을 보았을 때, 그는 거의 충격에 가까운 느낌을 받았다. 그녀가 여기 있어! 리스베트가 내 컴퓨터 안에 들어온 거라고! 어쩌면 아직 이 안에 남아 있을지도 몰라. 그는 파일의 아이콘을 더블 클릭했다.

파일 안에는 어떤 내용이 들어 있을까? 편지? 답변? 자신의 결백에 대한 주장? 해명……? 하지만 파일 내용을 확인한 미카엘의 감정은 실망 그 자체였다. 메시지가 너무도 간단했던 것이다. 단 한 단어였다. 네 개의 알파벳으로 이루어진 하나의 단어.

살라(Zala).

미카엘은 그 이름을 뚫어지게 쳐다보았다.

살해되기 두 시간 전, 다그 스벤손이 전화로 언급한 바로 그 이름이었다.

그녀는 무슨 말을 하고자 하는 걸까? 살라가 비우르만과 다그와 미아 사이의 연결 고리라는 뜻인가? 어떻게? 왜? 그가 누구인데? 그리고 리스베트는 이 사람을 어떻게 아는 거지? 그녀가 어떻게 다그의 일에 연루되게 된 거냐고?

그는 파일 속성 창을 열어보고, 텍스트가 불과 15분 전에 작성되었다는 사실을 확인했다. 그의 입가에 빙그레 미소가 떠올랐다. 파일 작성자 이름이 **미카엘 블롬크비스트**로 되어 있었던 것이다.

그녀가 자기 컴퓨터 안에 들어와, 자신의 프로그램을 이용하여 이 문서를 작성했다는 의미였다. 이메일보다 훨씬 나은 방법이었다. 이렇게 하면 자신의 흔적도, 추적해 들어갈 수 있는 IP 주소도 남지 않으니까. 설령 다른 IP 주소를 사용했다 하더라도 인터넷을 통해서는 결코 리스베트 살란데르를 찾아낼 수 없을 터였지만. 그렇다. 리스베트가 그의 컴퓨터에 대해—그녀의 표현에 따르면—'적대적 인수'[2]를 행한 것이다.

그는 창가로 다가가 시청 건물을 바라보았다. 지금 이 순간 리스베트가 자신을 관찰하고 있다는 느낌을 떨쳐버릴 수 없었다. 꼭 그녀가 이 방 안에 있는 듯한, 그의 아이북(iBook) 노트북 화면을 통해 자신을 응시하고 있는 듯한 느낌이 들었다. 이론적으로 보자면, 그녀는 지금 전 세계 어느 장소에도 있을 수 있었다. 하지만 그녀가 생각보다 더 가까운 곳에 있는 것이 아닌가 하는 의심이 들었다. 스톡홀름 시 중심가의 어느 곳. 지금 그가 있는 곳에서 반경 몇 킬로미터 안의 어느 곳.

그는 잠시 생각한 후 탁자에 앉아 또 하나의 워드 파일을 만들었다. 그리고 '살리-2'라고 이름 붙여 바탕 화면에 올려놓았다. 거기엔 다음과 같은 메시지가 담겨 있었다.

리스베트.

정말이지, 넌 지독하게 복잡한 애다. 도대체 살라가 누구야? 그가 연결고리야? 다그와 미아를 누가 죽였는지, 넌 알고 있는 거야? 그렇다면 제발 좀 알려 줘! 이 엿같이 골치 아픈 문제를 해결하고, 이젠 잠 좀 자게 말이야. 미카엘.

과연 그녀는 미카엘 블롬크비스트의 노트북 안에 있었다. 1분도

31

안 되어 그녀의 '대꾸'가 도착했으니까. 바탕 화면 폴더 속에 또 다른 파일 하나가 나타난 것이었다. 이번에는 제목이 '슈퍼 블룸 크비스트'였다.

당신은 기자잖아요. 혼자서도 얼마든지 찾아낼 수 있을 텐데.

미카엘의 눈살이 잔뜩 찌푸려졌다. 지금 그녀는 그를 약 올리고 있었다. 그가 이 별명을 얼마나 싫어하는지 익히 알고 있는 그녀가 아니던가? 그리고 아무런 단서도 남겨 놓지 않았다. 그는 손가락을 바삐 놀려 '살리-3'이라는 파일을 만들어 바탕 화면에 올렸다.

리스베트.
내가 아무리 기자래도, 사실을 알고 있는 사람들에게 질문을 던져야 알 수 있는 거야. 그리고 지금 난 네게 그걸 묻고 있잖아. 다그와 미아는 왜 살해됐으며, 누가 죽였는지 알고 있는 거야? 그렇다면 내게 말해 줘. 한 걸음이라도 나아갈 수 있게끔 단서 하나만이라도 던져줘. 미카엘.

하지만 환장할 노릇이었다. 몇 시간을 기다렸건만 아무런 대꾸가 없었다. 결국 새벽 4시에 모든 것을 포기하고 자러 들어갔다.

19장
3월 30일 수요일 ~ 4월 1일 금요일

수요일에는 특별히 흥미로운 일이 일어나지 않았다. 미카엘은 다그 스벤손이 남긴 자료를 이 잡듯이 뒤지며, 살라라는 이름과 연관될 만한 부분들을 찾아보았다. 그리고 이전에 리스베트 살란데르가 그러했듯, 미카엘 역시 다그 스벤손의 컴퓨터를 복사해 온 자료 중에서 '살라'라는 제목의 폴더가 존재하며, 그 안에는 '이리나 P.', '산스트룀' 그리고 '살라'라는 제목의 세 파일이 들어 있다는 사실을 발견했다. 또 리스베트처럼, 미카엘은 다그 스벤손에게 '굴브란센'이라는 경찰 내 정보 제공자가 있었다는 사실 또한 알게 되었다. 미카엘은 굴브란센이 쇠데르텔리에 경찰서에서 근무한다는 사실을 알아내고, 그곳에 전화를 걸어보았다. 하지만 굴브란센은 현재 출장 중이며 다음 주 월요일이나 되어야 돌아온다는 대답뿐이었다.

뿐만 아니라 그는 다그 스벤손이 이리나 P.에 많은 시간을 할애했다는 사실을 확인했다. 그는 부검 보고서를 통해 그 여인이 서서히, 아주 고통스러운 방식으로 살해되었다는 사실을 알게 되었다.

살인은 2월 말에 일어난 일이었다. 경찰은 살해범에 대해 아무런 단서도 찾아내지 못한 상황이었다. 하지만 그들은 이리나 P.가 매춘부인 이상, 살해범은 필시 그녀의 고객 중 하나일 거라는 가정 아래 작업하고 있었다.

미카엘은 왜 다그 스벤손이 이리나 P.에 대한 자료를 '살라' 폴더 안에 넣어두었는지, 그 이유가 궁금했다. 이는 분명 살라와 이리나 P. 사이에 모종의 관계가 있다는 의미였으나, 그의 원고에는 이를 암시하는 부분이 보이지 않았다. 다시 말해, 다그 스벤손은 양자 간의 연관 관계를 단지 그의 머릿속에만 담아두고 있었다는 뜻이었다.

'살라' 파일의 내용은 너무도 간단하여, 마치 작업 중에 떠오른 몇 가지 단상을 끼적거려 놓은 데 지나지 않은 것처럼 보였다. 이제 미카엘은 살라가(그가 실재하는 인물이라고 가정한다면) 범죄 세계 속에 떠다니는 일종의 유령 같은 존재로만 느껴졌다. 전혀 현실 속의 인물로 느껴지지 않는 이 존재……. 게다가 다그의 글은 그를 언급할 때 아무런 출처도 밝히지 않고 있었다.

그는 파일을 닫고 신경질적으로 머리를 긁어댔다. 다그와 미아의 살해범을 찾아내는 것은 생각보다 훨씬 복잡한 일이었다. 그리고 항상 그의 뇌리에서 떠나지 않는 하나의 의문……. **정말 리스베트는 결백한 것일까?** 사실 그녀가 살인에 연관되지 않았음을 확실하게 말해 주는 단서는 전혀 없지 않은가? 그가 리스베트의 결백을 믿는 유일한 근거는, 그녀가 엔셰데까지 가서 다그와 미아를 죽여야 할 이유가 전혀 없다는 사실뿐이었다.

그는 그녀가 경제적인 이유로 범죄를 저질러야 할 만큼 어려운 처지가 아니란 걸 잘 알고 있었다. 그 천재적인 해커 실력을 이용하여 수십억 크로나에 달하는 거금을 손에 쥔 그녀가 아니던가?

리스베트는 그가 자신의 비밀을 알고 있다는 사실을 모르고 있었다. 그녀의 컴퓨터 실력에 대해서는 피치 못할 사정으로 에리카 베르예르에게 설명해 주었지만(리스베트 역시 이를 허락했다.), 그 외에는 그녀의 그 어떤 비밀도 누설한 적이 없었다.

하지만 미카엘이 리스베트가 살인범이라고 믿지 않는 것은 단지 이런 객관적인 이유 때문만은 아니었다. 아니, 믿지 않는다기보다는 믿기를 거부한다고 말하는 편이 더 정확했다. 그는 그녀에게 영원히 갚을 수 없는 빚을 지고 있었다. 그녀는 마르틴 방예르에게 살해될 위험에 처해 있던 그의 목숨을 구해 주었을 뿐 아니라, 그의 기자로서의 경력까지 구해 준 사람이었다. 어디 그뿐이랴? 베네르스트룀이라는 썩어빠진 금융인의 목을 제공함으로써 휘청거리던《밀레니엄》까지 살려 준 은인이 바로 그녀였다.

이처럼 큰 빚을 지고 있는 사람에게 어찌 의리를 저버릴 수 있겠는가? 그녀에게 죄가 있든 없든, 미카엘은 그녀를 돕기 위해 무슨 일이든 할 준비가 되어 있었다.

하지만 그는 자신이 그녀에 대해 아는 바가 거의 없다는 사실 또한 인정하고 있었다. 정신과 의사들의 일치된 의견, 그녀가 이 나라에서도 가장 신뢰도가 높은 의료 기관 중 하나에 강제로 입원해 있었다는 사실, 그리고 '법적 무능력자' 판결을 받았다는 사실 등은 그녀의 정신이 온전치 않음을 명확히 증명하고 있었다. 매체들은 웁살라의 상트 스테판 정신병원의 수석 의사 페테르 텔레보리안의 의견을 비중 있게 다루어댔다. 텔레보리안은 리스베트 살란데르에 대해 자신의 의견을 특별히 표명하지는 않았다. 하지만 스웨덴의 정신병자 치료 및 관리 시스템의 붕괴 양상에 대해 말할 때는 어김없이 그녀의 예를 언급하곤 했다. 정신병 전문의로서 텔레보리안의 명성은 스웨덴뿐 아니라 전 세계적으로 알려져 있었다. 그의 논리는 매우 설득력 있었으며, 한편으로는 희생자와 그들의 가족에 대한 동정심을 표현하는 동시에 다른 한편으로는 자신이 리스베트의 안위에 대해서도 몹시 염려하고 있다는 식으로 말하곤 했다.

미카엘은 텔레보리안을 만나 도움을 요청해 보는 것이 어떨까 생각해 보았다. 하지만 결국 그러지 않기로 마음먹었다. 리스베트가 체포되고 난 다음에 도움을 요청해도 결코 늦지 않을 터였기 때문이었다.

미카엘은 간이 주방으로 가서 머그잔에 커피를 따라 에리카 베르예르의 사무실로 들어갔다.

"다그의 원고에 언급된 성 구매자들과 포주들의 명단을 뽑아봤어. 꽤 되더군. 모두 찾아다니며 인터뷰해 볼 생각이야."

그녀가 걱정스러운 표정으로 고개를 주억거렸다.

"아마 1, 2주일 걸릴 거야. 인터뷰 대상자들이 스트렝네스에서 노르셰핑까지 퍼져 있으니까. 스톡홀름에서 그렇게 먼 거리들은 아니지만 그래도 다 돌아다니려면 시간 좀 걸리겠지……. 차가 한 대 필요해."

그녀는 핸드백을 열고 자신의 BMW 열쇠를 꺼냈다.

"아니, 내가 사용해도 돼?"

"물론이지. 난 종종 전철을 타고 출근해. 그리고 급한 일이 있으면 남편의 차를 쓰면 돼."

"고마워."

"단, 조건이 하나 있어."

"무슨 조건?"

"이 목록에 적힌 사람 중에는 짐승같이 난폭한 자들도 있어. 다그와 미아의 살해범을 찾아내겠다고 포주들을 상대로 십자군 원정

을 떠나는 뜻이야 가상하지만…… 자기 안전도 생각해야 할 것 아
냐? 이걸 줄 테니, 꼭 호주머니에 넣고 다녀."

그녀는 최루액 스프레이 하나를 책상 위에 내려놓았다.

"이건 어디서 났어?"

"작년에 미국 갔을 때 사온 거야. 여자가 밤중에 혼자 다닐 때는
방어 수단이 하나 정도 필요하지 않겠어?"

"이런 걸 갖고 다니는 건 불법인데. 자칫 경찰에 걸리기라도 하
면 어쩌려고……."

"그래도 내가 자기 부고 기사를 쓰는 것보다야 낫겠지. 미카엘,
내 마음 이해할지 모르겠는데…… 때론 자기가 몹시 걱정돼."

"오, 그래?"

"일단 옳다고 생각하면 물불 안 가리는 사람이잖아? 게다가 황
소고집이라서 한번 시작한 일은 아무리 멍청한 일이라도 절대 물
러서지 않는 사람……."

그가 미소를 짓고는 에리카의 책상 위에 스프레이를 다시 올려
놓았다.

"마음은 고마워. 하지만 내가 쓸 일은 없을 거야."

"미케, 제발."

"꼭 원한다면 모르겠지만, 난 벌써 준비해 놨거든."

그러고는 재킷 주머니에 손을 넣어 또 다른 최루액 스프레이를
꺼냈다. 바로 리스베트 살란데르의 가방에서 발견하여, 이후 계속
몸에 지니고 다니는 것이었다.

부블란스키가 소니아 모디그의 사무실 출입구 문틀을 가볍게
두드리고 들어와, 그녀의 탁자 앞에 놓인 손님용 의자에 앉았다.

"다그 스벤손의 컴퓨터 말이야." 그가 말했다.

"거기에 대해선 나도 생각해 보았어요." 그녀가 대답했다. "다 그 스벤손과 미아 베리만의 마지막 24시간의 행적을 재구성해 보았죠. 여전히 구멍이 많지만, 한 가지는 확실해요. 그날 다그 스벤손은 《밀레니엄》 사무실에 가지 않았어요. 대신 시내를 돌아다니다가 오후 4시경에 학교 동창을 우연히 만났어요. 드로트닝가탄의 한 카페에서요. 그런데 이 친구의 증언에 의하면, 그때 다그 스벤손은 분명히 배낭 안에 노트북을 가지고 있었다는 거예요. 그가 직접 보았고, 또 두 사람은 노트북에 대해 얘기까지 나눴다는군요."

"그런데 그가 살해된 후인 저녁 11시에는 그의 아파트에 노트북이 없었단 말이지."

"맞아요."

"여기서 어떤 결론을 끌어낼 수 있을까?"

"그가 다른 곳에 갔었다. 그리고 어떤 이유로 거기 두고 왔거나, 잊어버리고 왔다."

"개연성 있는 일일까?"

"아주 개연성 있다고는 할 수 없죠. 하지만 점검이나 수리를 위해 어디다 두고 올 수는 있어요. 그리고 우리가 알지 못하는 작업 장소가 또 있었을지도 모르죠. 그는 과거에 상트 에릭스플란에 위치한 프리랜서 기자 센터에서 사무실을 임대한 적도 있어요."

"그렇군."

"킬러가 노트북을 가져갔을 가능성도 있고요."

"아르만스키에 의하면, 리스베트 살란데르는 컴퓨터 도사라고 하던데?"

"맞아요." 소니아 모디그가 고개를 끄덕이며 대답했다.

"음, 그런데 블롬크비스트의 이론에 따르면 다그 스벤손과 미아 베리만은 다그 스벤손이 진행하고 있던 조사 작업 때문에 살해되었다고 했어. 그의 가설대로라면 범인은 노트북 안에 들어 있는 인물이겠지."

"사실, 지금 수사 진행 속도가 너무 더뎌요. 물론 희생자가 세 명이나 되어, 수사 방향이 여러 곳으로 분산된 탓도 있지만요. 다그 스벤손이 일하던 《밀레니엄》 사무실도 진즉에 수색했어야 옳았어요."

"거기에 대해선 오늘 아침 에리카 베르예르와 얘기했어. 아직까지 우리가 그의 물건들을 찾으러 오지 않아서 오히려 놀랐다더군. 솔직히 그동안 리스베트 살란데르를 체포하는 데에만 정신이 팔려서, 이 사건의 동기를 규명하는 일에 너무 소홀히 한 건 사실이야. 자네가……."

"내일 《밀레니엄》을 방문한다고 벌써 말해 두었어요."

"고마워."

목요일, 미카엘이 말린 에릭손과 대화를 나누고 있을 때, 편집국 사무실의 전화벨이 울렸다. 그는 반쯤 열린 문틈으로 사무실에 헨뤼 코르테스가 있다는 사실을 확인하고, 벨소리에 더 이상 신경 쓰지 않았다. 순간, 머릿속을 번개처럼 스쳐가는 생각이 있었다. 지금 울리고 있는 것은 다그 스벤손이 사용하던 책상 위에 놓인 전화였다. 그는 하던 말을 끊고 벌떡 일어섰다.

"스톱! 그 전화기에 손대지 마!" 그는 고함을 질렀다.

헨뤼 코르테스가 막 수화기에 손을 올려놓고 있던 참이었다. 미카엘은 사무실을 가로질러 뛰어갔다. *가만있자! 그 인간 이름이 뭐였더라? 아, 제기랄! 생각이 안 나네……*.

그는 수화기를 들어 올렸다.

"안녕하세요, '인디고 마케팅'입니다. 저는 미카엘이고요. 누굴 찾으시죠?"

"어, 안녕하슈? 난 군나르 비에르크라는 사람이오만…… 그쪽에서 편지를 한 통 받았소. 뭐, 내가 휴대폰 경품이 당첨됐다고……."

"아, 축하드립니다! 소니 에릭슨의 최신 모델이지요."

"공짜요?"

"100퍼센트 무료입니다. 단지 선물을 받기 전에 인터뷰에 한 번만 응해 주시면 되고요. 우리는 여러 기업들을 위해 시장 조사와 분석을 진행하고 있죠. 아주 잠깐만 시간을 내서 질문에 답해 주시면 되는 일입니다. 그리고 2차 추첨을 통해 10만 크로나의 상금을 타실 수도 있고요."

"알겠소. 인터뷰는 전화로도 가능하오?"

"아, 죄송합니다. 조사 가운데에는 고객님께서 저희가 보여 드리는 여러 회사 로고들을 보고 알아맞히는 과정이 있거든요. 또 보여 드리는 광고 이미지들 중에서 가장 마음에 드는 걸 고르는 일도 있고요. 저희 직원이 직접 방문할 겁니다."

"아, 그렇소? 그런데 어떻게 해서 내가 뽑힌 거요?"

"우리는 1년에 두세 차례 이런 조사를 합니다. 이번에는 선생님처럼 연세도 지긋하시고 경제적으로도 여유 있는 분들에게 초점을 맞추고 있지요. 그리고 나서 무작위로 선발하는 거지요."

결국 군나르 비에르크는 '인디고 마케팅' 직원의 방문을 허락했다. 그는 지금 자신이 병으로 휴직 중이며, 스모달라뢰의 한 시골 별장에서 요양 중이라고 설명했다. 그리고 찾아오는 길도 가르쳐 주었다. 그들은 금요일 오전에 만나기로 약속을 정했다.

"빙고!" 미카엘은 수화기를 내려놓고 환호성을 질렀다.

허공에 힘찬 어퍼컷도 한 방 날렸다. 말린 에릭슨과 헨뤼 코르테스는 어안이 벙벙하여 서로의 얼굴을 쳐다보았다.

파올로 로베르토는 목요일 오전 11시 30분에 스톡홀름 아를란다 국제공항에 도착했다. 뉴욕발 비행기를 타고 오는 거의 대부분의 시간 동안 잠을 푹 잔 덕분에 이번에는 시차에 따른 피곤함을 느끼지 않았다.

한 달간 미국에서 머물다 오는 길이었다. 복싱에 대해 토론하고, 시범 경기 몇 개를 참관하고, 스트릭스 텔레비전에 판매할 흥행물에 대한 아이디어를 얻기 위한 여행이었다. 그는 자신의 복서 경력도 이젠 완전히 끝나버렸다는 사실을 씁쓸하게 확인했다. 한편으로는 가족의 은근한 압력 탓이었고, 다른 한편으로는 물론 나이 때문이었다. 이제 그가 할 수 있는 것이라곤 최소한 일주일에 한 번 있는 고강도 트레이닝을 통해 체력을 유지하는 일 정도였다. 하지만 그는 아직도 복싱계에서 알아주는 인물이었고, 남은 생도 어떤 방식으로든 이 스포츠와 관계된 일을 하며 보내게 되리라 예상했다.

그는 수하물 컨베이어에 가서 가방을 찾았다. 세관을 통과하는데, 짐을 검사한다고 해서 검색실로 불려 갔다. 세관원 중 한 사람이 그를 알아보았다.

"아니, 이게 누구야? 파올로 로베르토 아니오? 그래, 가방 안에는 권투 글러브만 들어 있겠죠?"

파올로 로베르토는 짐에는 밀수품이 없노라 말했고, 그들은 검사를 생략한 채 입국시켜 주었다.

그렇게 입국 검사대를 나와 셔틀버스를 타기 위해 걸어가던 그는 갑자기 걸음을 딱 멈췄다. 굵은 활자들로 쓰인 석간신문 톱뉴스 제목 위의 커다란 사진, 그 안에 리스베트 살란데르의 얼굴이 보였던 것이다. 처음에 그는 지금 자신이 제대로 본 것인지 의심했다. 시차 때문에 잠시 헛것을 본 것은 아닌가 싶었다. 다음 순간, 그는 다시 제목을 읽어보았다.

리스베트 살란데르를 추적 중

그의 시선은 두 번째 신문의 제목으로 옮겨 갔다.

독점 취재!
3중 살인 혐의로 수배 중인 용의자는
여성 정신 이상자

그는 반신반의하는 심정으로 공항 서점에 들어가 석간신문들뿐만 아니라 조간신문들까지 사들고 눈에 띄는 카페테리아로 들어갔다. 그리고 멍한 눈으로 기사를 읽어 내려갔다.

목요일 저녁 11시경, 벨만스가탄의 아파트로 돌아온 미카엘 블롬크비스트는 심신이 지쳐 있었다. 그냥 곧장 침대로 기어 들어가 부족한 수면을 취하고 싶은 마음뿐이었다. 하지만 결국 메일함을 열어보고 싶은 유혹에 굴복하고 말았다.

메일함에는 별다른 것이 없었다. 그는 혹시나 하는 심정으로 '리스베트 살란데르' 폴더를 열어보았다. 순간, 그의 가슴은 두근거리기 시작했다. 'MB 2'[3]라는 제목의 새 파일을 발견했던 것이다. 그는 더블 클릭했다.

E[4] 검사가 매체들에 정보를 넘기고 있어요. 그에게 한번 물어봐요. 왜 과거의 경찰 보고서는 넘기지 않는지.

미카엘은 이 알쏭달쏭한 메시지를 멍하니 쳐다보았다. 대체 이게 무슨 뜻일까? '과거의 경찰 보고서' 란 무얼 말하는 걸까? 그녀가 무얼 암시하고 있는지 도통 이해할 수 없었다. 아, 정말 복잡한 여자로군! 왜 항상 메시지를 이렇게 수수께끼 같은 방식으로 전해야 하는 거냐고? 잠시 후, 그는 '알쏭달쏭' 이라고 제목을 붙인 파일을 하나 작성했다.

안녕, 살리. 난 지금 굉장히 피곤해. 살인 사건이 일어난 이후로 계속 쉬지 못했다고. 난 지금 수수께끼 장난이나 하고 놀 기분이 아니야. 넌 지금 남들이 어떻게 하든 개의치 않고, 또 상황을 심각하게 생각하지 않는 모양인데, 나는 누가 내 친구들을 죽였는지 알고 싶다고! M.

그는 잠시 화면을 쳐다보며 기다렸다. 약 1분이 지나자, '알쏭달쏭 2' 라는 대답이 도착했다.

만일 당신이 나라면 어떻게 하겠어요?

그는 '알쏭달쏭 3' 으로 답변했다.

리스베트, 네가 정말 완전히 미쳐버린 게 맞다면, 난들 어쩌겠어? 아마도 페테르 텔레보리안 박사만이 너를 도와줄 수 있겠지. 하지만 나는 네가 다그와 미아를 살해했다고 믿지 않아. 그리고 내가 잘못 생각한 게 아니기를 바라.
다그와 미아는 성매매를 고발하려고 했어. 내 가설은 그게 살인 동기가 되었다는 거야. 하지만 내게는 이 가설을 뒷받침해 줄 만한 증거가 하나도 없어.

우리 사이에 뭐가 잘못되었던 것인지 난 잘 모르겠어. 하지만 언젠가 우정에 대해 얘기한 적이 있었지. 그때 나는 우정의 기반이 되는 것은 상대에 대한 존중과 신뢰라고 말했었어. 리스베트, 나를 사랑하지 않는다 하더라도, 최소한 나를 신뢰할 순 있는 것 아냐? 날 전적으로 신뢰하라고. 난 한 번도 네 비밀을 누설한 적이 없어. 베네르스트룀의 억만금이 어떻게 되었는지, 난 세상에 알리지 않았어. 나를 신뢰하라고. 난 네 적이 아니잖아? M.

이 메시지에 대한 답신은 너무 늦어서 미카엘은 거의 희망을 잃어가고 있었다. 하지만 50분 후, 갑자기 '알쏭달쏭 4'라는 파일이 나타났다.

생각해 보죠.

미카엘은 마침내 한숨을 쉴 수 있었다. 갑자기 미약하나마 희망의 빛이 보인 것이다. 메시지의 의미는 문자 그대로였다. 그녀는 생각해 볼 것이다. 그녀가 그의 삶 가운데서 갑자기 사라져버린 이후로, 처음 그와의 대화를 수락한 셈이었다. '생각해 보겠다.'라는 표현의 의미는 그에게 말하기 전에 우선 일의 득실을 따져보겠다는 것이었다. 그는 '알쏭달쏭 5'를 썼다.

좋아. 기다리겠어. 하지만 너무 꾸물거리지는 마.

금요일 아침, 출근하기 위해 롱홀름스가탄에서 차를 몰아 베스테르브론 다리 쪽으로 가고 있던 한스 파스테 형사의 휴대폰이 울렸다. 경찰은 인력이 부족하여 룬다가탄의 아파트 앞에 상시 감시

조를 배치하지 못한 상태였다. 대신 그들은 퇴직 경찰인 같은 층의 이웃 남자에게 협조를 구했고, 그가 리스베트 살란데르의 아파트의 동향을 주시하고 있었던 것이다.

"그 중국 여자같이 생긴 처녀가 들어왔소." 노인이 알려 주었다.

한스 파스테는 마침 너무도 알맞은 위치에 있었다. 그는 헬레네보리스가탄, 다리 직전에 있는 버스 정류장 앞에서 불법 유턴을 하여, 회갈리스가탄을 거쳐 룬다가탄으로 달려왔다. 전화를 받은 지 불과 2분 뒤에 목적지에 도착했다. 그는 차에서 내려 도로를 뛰어 건넜고, 옆문을 통해 아파트 안뜰로 들어섰다.

미리암 우는 아직 아파트 문 앞에 서 있었다. 휘둥그레진 눈으로 부서진 자물쇠며 문 앞에 처진 접근 금지 테이프를 보고 있던 그녀는 복도를 뛰어 올라오는 발소리를 듣고 몸을 돌렸다. 건장한 체격의 사내가 살벌한 눈빛으로 다가왔다. 그에게서 적의(敵意) 비슷한 기운을 감지한 그녀는 여행 가방을 바닥에 내려놓고, 여차하면 킥복싱의 뜨거운 맛을 보여 주려고 내심 준비하고 있었다.

"미리암 우?" 그가 물었다.

놀랍게도 사내가 내민 것은 경찰 신분증이었다.

"그런데요? 무슨 일이죠?"

"일주일간 어디 갔다 왔나?"

"여행 다녀왔는데요. 무슨 일이죠? 도둑이 들어왔었나요?"

파스테는 그녀의 얼굴을 빤히 훑어보았다.

"쿵스홀멘 경찰서에 같이 좀 가줘야겠어." 그가 미리암 우의 어깨에 손을 올려놓으며 말했다.

부블란스키와 모디그는 파스테에게 이끌려 잔뜩 화가 난 얼굴로 심문실에 들어오는 미리암 우를 보았다.

"앉으세요. 나는 얀 부블란스키 형사이고, 여기는 동료 소니아 모디그입니다. 아가씨를 이런 식으로 여기까지 오게 해서 죄송합니다. 하지만 몇 가지 질문드릴 게 있어서 어쩔 수 없었습니다."

"아, 그래요? 왜죠? 그런데 당신네 동료인 저 남자는 그리 유쾌하지 못한 인간이더군요."

밈미가 엄지손가락을 뒤로 젖혀 파스테 쪽을 가리켰다.

"일주일째 아가씨를 찾았어요. 그동안 어디 있었는지 말씀해 주시겠습니까?"

"물론 말해 줄 수는 있죠. 하지만 지금은 그럴 기분이 아니고, 또 당신네하고는 상관없는 일이에요."

부블란스키가 한쪽 눈썹을 꿈틀, 치켜 올렸다.

"집에 돌아와 봤더니 문은 부서져 있고, 접근 금지 테이프로 봉쇄되어 있더군요. 그러고는 저 고릴라 같은 수컷이 날 여기까지 끌고 왔어요. 자, 설명 좀 해주시겠어요?"

"그래, 넌 수컷을 싫어하는 모양이지?" 한스 파스테가 물었다.

미리암 우는 기가 막힌 듯 그를 쳐다보았다. 부블란스키와 모디그가 엄한 눈으로 그를 노려보았다.

"지난주엔 신문을 통 안 읽으신 모양이군요. 외국에 나가 계셨나요?"

미리암 우는 갑자기 자신감이 사라지는 것을 느꼈다.

"예. 신문을 못 읽었어요. 부모님을 뵈러 보름 동안 파리에 가 있었죠. 지금 막 역에서 오는 길이에요."

"기차를 타고 왔나요?"

"난 비행기를 좋아하지 않아서요."

"그런데 신문의 1면 제목도 보지 않았습니까?"

"밤차를 타고 왔어요. 기차역에서 집까지는 전철로 왔고요."

부블란스키 형사는 잠시 생각해 보았다. 사실 오늘 아침 조간신문 모두가 리스베트 살란데르의 기사를 실은 것은 아니었다. 그는 자리에서 일어나 방을 나갔다가, 잠시 후에 부활절 판 《아프톤블라데트》를 한 부 가지고 왔다. 1면 전체가 리스베트 살란데르의 얼굴 사진으로 덮여 있었다.

미리암 우는 정신이 아득해졌다.

미카엘 블롬크비스트는 군나르 비에르크가 알려 준 대로 차를 몰아 스모달라뢰에 있는 그의 시골 별장으로 찾아갔다. 차를 주차해 놓고 살펴보니, 비에르크가 말한 '조그만 집'이 사실은 멋들어진 현대식 별장이라는 사실을 알 수 있었다. 멀리 융프루피에르덴만의 일부가 내려다보이는 전망도 기가 막혔다. 미카엘은 자갈이 깔린 소로를 걸어 올라가 대문 초인종을 울렸다. 예순두 살의 군나르 비에르크의 실물은 다그 스벤손이 구한 증명사진과 거의 다르지 않았다.

"안녕하십니까." 미카엘이 말했다.

"안녕하쇼. 집 찾는 건 어렵지 않았소?"

"쉽게 찾아왔습니다."

"들어오시오. 주방에 가서 앉읍시다."

"예, 좋습니다."

군나르 비에르크는 다리를 약간 저는 것 외에는 건강이 꽤 좋아 보였다.

"난 지금 병으로 휴직 중이라오."

"심각한 건 아니시겠죠?"

"디스크성 탈장 때문에 수술을 받을 예정이라오. 커피 한잔하시겠소?"

"괜찮습니다."

미카엘은 탁자 앞에 앉아 숄더백으로 사용하는 노트북 가방을 열어 서류 파일을 하나 꺼냈다. 비에르크도 그의 맞은편에 앉았다.

"그런데 왠지 댁의 얼굴이 낯설지가 않수다? 우리, 전에 어디서 만난 적이 있소?"

"아니요." 미카엘이 말했다.

"아니, 정말 낯익은 얼굴이오, 당신."

"아마 신문에서 봤을 겁니다."

"성함이 어떻게 되시는데?"

"미카엘 블롬크비스트입니다. 난 기자이고, 월간 《밀레니엄》에서 일하고 있습니다."

군나르 비에르크는 호기심 어린 표정을 지었다. 그리고 마침내 퍼즐 조각들이 제자리를 찾아 떨어져 내렸다. 아하! 슈퍼 블롬크비스트! 베네르스트룀 사건……. 하지만 그는 아직 상황을 100퍼센트 이해하지 못하고 있었다.

"《밀레니엄》이라? 그 잡지사에선 시장 조사도 하오?"

"예외적인 경우에만 하죠. 여기 사진 세 장이 있는데, 한번 보시고 어느 모델이 가장 마음에 드는지 말씀해 보시죠."

미카엘은 세 여자의 사진을 탁자 위에 늘어놓았다. 그중 하나는 인터넷 포르노 사이트에서 내려받아 인쇄 출력한 것이었다. 다른 두 장은 컬러 증명사진을 확대한 것이었다.

순간, 군나르 비에르크의 얼굴이 납빛으로 변했다.

"무슨 말을 하고 있는지 모르겠소만……."

"모르겠어요? 이 소녀는 리디아 코마로바요. 열여섯 살이고 벨라루스의 민스크 출신이죠. 그 옆은 미앙 소 친, 일명 '요요'라고 하는 타이 아가씨. 스물다섯 살이고. 마지막으로 이 여자는 탈린

출신의 열아홉 살 처녀 옐레나 바라소바. 모두 당신이 섹스 서비스를 받으려 돈 주고 산 여자들 아니오? 자, 셋 중에서 누가 제일 좋았는지 어서 말해 보시오. 이게 바로 우리 시장 조사니까."

부블란스키는 미리암 우를 의심스러운 눈으로 쳐다보고 있었고, 그녀는 그런 그의 눈을 똑바로 쳐다보았다.

"자, 정리해 봅시다. 그러니까 당신이 리스베트 살란데르를 안 지 3년이 조금 넘었다. 그녀는 금년 봄에 아무 대가 없이 당신을 아파트 주거 계약서에 넣어준 다음, 자신은 다른 곳으로 가버렸다. 그리고 잊을 만하면 한 번씩 나타났고, 그때마다 당신은 그녀와 잠자리를 같이했다. 하지만 당신은 그녀가 어디에 사는지, 직업이 뭔지, 어떻게 먹고 사는지조차 모르고 있다……. 이 모든 이야기를 나보고 믿으란 소리오?"

"당신이 어떻게 생각하든 상관없어요. 난 죄지은 게 조금도 없고, 내가 내 삶과 내 섹스 파트너를 어떻게 선택하든 당신들과는 전혀 상관없는 문제예요. 당신이든 그 누구든 말이죠."

부블란스키는 한숨을 내쉬었다. 미리암 우가 나타났다는 소식을 들었을 때, 그는 이제 됐다 싶었다. 드디어 꽉 막힌 수사에 한 줄기 빛이 들어오겠구나. 하지만 그녀의 답변은 아무런 빛도 던져주지 못했다. 아니, 그 답변은 너무도 이상한 것들이었다. 문제는 그녀의 말을 믿지 않을 수 없다는 사실이었다. 그녀는 한 치도 머뭇거림 없이 대답했다. 그녀는 언제, 어디서 리스베트 살란데르와 만났는지 정확하게 진술했다. 또 룬다가탄으로 이사 오게 된 상황을 너무도 상세하고 구체적으로 묘사했기 때문에 부블란스키와 모디그는 이 모든 기이한 이야기가 사실이라는 것을 의심할 수 없었다.

미리암 우의 심문을 옆에서 듣고 있던 한스 파스테의 속에선 불만이 치밀어 올랐지만, 내색하지 않았다. 대체 부블란스키는 이 중국 년처럼 생긴 계집애를 왜 이리 물렁하게 대한단 말인가? 이 갈보 년이 요런조런 설명을 길게 늘어놓는 것은 정작 중요한 질문, 즉 그 더러운 갈보 년 리스베트 살란데르가 어디 숨어 있는지 물어볼까 봐 그걸 피하려고 계속 딴청을 피우는 것 아니겠는가?

미리암 우는 리스베트 살란데르가 어디 있는지 모른다고 했다. 살란데르의 직업이 무엇인지도 전혀 모르며, 밀턴 시큐리티에 대해서도 들어본 적이 없다고 했다. 또 다그 스벤손과 미아 베리만에 대해 한 번도 들어보지 못했고, 따라서 가장 중요한 질문에 대답할 수 없다고 했다. 그녀는 살란데르가 후견을 받고 있으며, 청소년기에 강제로 정신병원에 수용되었다는 사실도, 수많은 정신과 전문의들이 그녀에게 정신적인 문제가 있음을 인정했다는 사실도 정말이지 까맣게 모르고 있었다고 주장했다.

반면 그녀는 리스베트 살란데르와 함께 술집 '풍차'에 갔으며, 거기서 사람들이 지켜보는 가운데 서로 키스하고 룬다가탄에 돌아와, 다음 날 아침 헤어졌다는 사실을 인정했다. 그로부터 며칠 후, 미리암 우는 파리행 기차에 올랐고, 그 때문에 이후 나온 스웨덴 신문을 전혀 못 보았다는 것이다. 풍차에서 에피소드가 있었던 저녁 이후로 리스베트는 자동차 열쇠 복사본을 전해 주려고 잠시 들른 것 말고는 한 번도 나타나지 않았다고 했다.

"차 열쇠?" 부블란스키가 물었다. "리스베트 살란데르는 차가 없을 텐데?"

미리암 우는 리스베트가 적포도주 색깔의 혼다를 샀으며, 그 차는 지금 아파트 앞에 주차되어 있다고 설명했다. 부블란스키가 자리에서 일어서며 소니아 모디그를 돌아보았다.

"자네가 심문을 계속해 주겠어?" 이렇게 말하고 방을 나갔다.

예르셰르 홀름베리를 찾아 적포도주색 혼다에 대한 감식 수사를 지시할 참이었다. 하지만 무엇보다도 혼자서 조용히 생각해 보고 싶었다.

바다의 멋진 전경이 내다보이는 주방에서, 세포(Säpo)의 '외국인 담당 특별부' 부장이며 지금은 병가 중인 군나르 비에르크의 얼굴은 유령처럼 잿빛이 되어 있었다. 미카엘은 그런 그를 냉정한 시선으로 관찰했다. 그리고 비에르크가 엔셰데 살인 사건에 전혀 관계가 없다는 사실을 확신할 수 있었다. 다그 스벤손은 결국 그를 만나보지 못했던 것이다. 또 비에르크 역시 성 구매자들을 고발하는 탐사 기사에 자신의 이름과 사진이 실릴 예정이었다는 사실을 까맣게 모르고 있었다.

비에르크로부터 얻어낸 정보는 단 하나였지만, 사뭇 흥미로웠다. 그는 닐스 비우르만 변호사의 개인적인 친구였던 것이다. 두 사람은 비에르크가 26년간 적극적인 멤버로 활동했던 '경찰 사격 클럽'에서 만났다. 한때 그는 비우르만과 함께 클럽 임원 직을 맡은 적도 있었다. 두 사람의 관계는 깊은 우정이라고까지 할 수는 없었지만, 그래도 두세 번 저녁 식사까지 함께한 사이였다.

그는 벌써 여러 달째 비우르만을 보지 못했다고 했다. 마지막으로 그를 본 건 지난여름이 끝날 무렵으로, 이때 두 사람은 카페 테라스에 앉아 함께 맥주 한잔을 마셨다는 것이었다. 그는 비우르만이 정신 이상자에게 살해된 일은 유감이지만, 장례식에 참석할 마음은 없다고 했다.

미카엘은 이러한 우연의 일치가 무엇을 의미하는지 잠시 생각해 보다가, 이내 포기했다. 비우르만은 폭넓은 사회 활동을 하던 변호사였기 때문에 생전에 수백 명의 사람들을 알았을 터였다. 이런 그가 다그 스벤손의 명단에 포함된 누군가를 안다는 사실은 확률적으로 볼 때 불가능한 일도, 이상한 일도 아니었다. 그 명단에 포함된 기자 역시 미카엘 자신과 몇 차례 마주친 적이 있는 사람이 아니었던가?

이제 끝내야 할 시간이었다. 비에르크는 미카엘이 예상했던 대로 별짓을 다하고 있었다. 처음에는 완강히 부인하다가—미카엘이 자료의 일부분을 제시하자—화를 내기도 하고, 협박하기도 하고, 눈감아 달라며 대가를 제시하기도 했다. 하지만 이도 저도 통하지 않자 결국 읍소로 나왔다. 미카엘은 시종일관 눈 하나 꿈쩍하지 않았다.

"그걸 발표하는 순간, 한 사람의 인생이 파괴된다는 사실을 아시오?" 비에르크가 물었다.

"알고 있소."

"그런데도 하시겠다고?"

"당연하오."

"어째서요? 나 같은 사람을 동정해 줄 수도 있잖소? 난 병든 몸이오."

"당신이 '동정'이라는 말을 사용하니 상당히 재미있는데요?"

"날 조금만 인간적으로 대해 줄 수는 없소? 크게 돈 드는 일도 아닌데……."

"맞는 소리요. 그런데 인생이 파괴된다고 징징 짜고 있는 당신은 무슨 짓을 했소? 거리낌 없이 법을 어겨가며 수많은 소녀들의 인생을 파괴해 오지 않았소? 지금 이 세 소녀에 대해서는 증거가 확실하오. 하지만 실제로 당신 손을 거쳐간 소녀가 몇 명일지는 하느님만 아실 거요. 그런 당신이 인간적인 동정을 운운하신다?"

미카엘은 자리에서 벌떡 일어서며 자료를 주워 들어 가방 속에 집어넣었다.

"배웅할 필요는 없소. 출구가 어디인지는 아니까."

문을 향해 걸어가던 그가 문득 걸음을 멈추고 비에르크에게 다시 몸을 돌렸다.

"그런데, 당신 혹시 살라라는 사람에 대해 들어봤소?"

비에르크는 그를 멍하니 쳐다보고 있었다. 마음이 너무도 심란하여 처음에는 아무 소리도 귀에 들어오지 않았다. '살라' 고 뭣이고 간에 만사가 귀찮기만 했다.

하지만 다음 순간, 그의 두 눈이 휘둥그레졌다.

살라?

말도 안 돼!

비우르만!

어떻게 그럴 수가?

미카엘은 그의 변화를 감지하고, 다시 그에게 다가갔다.

"왜 내게 살라에 대해 묻는 거요?" 비에르크가 물었다.

크게 충격을 받은 듯한 표정이었다.

"내가 그 인간에게 관심이 많으니까." 미카엘이 대답했다.

주방엔 무거운 정적이 내려앉았다. 미카엘의 귀에는 비에르크의 머릿속에서 톱니바퀴들이 재깍재깍 돌아가는 소리가 그대로 들리는 것 같았다. 결국 비에르크는 창턱에 올려놓았던 담뱃갑을 집어 들었다. 미카엘이 들어온 이후, 처음으로 피워 무는 담배였다.

"그래, 내가 살라에 대해 뭔가를 알고 있다면…… 그 대가로 당신은 뭘 해줄 수 있소?" 그의 어조에 갑자기 자신감이 묻어났다.

"당신이 무얼 알고 있느냐에 따라 달라지지."

비에르크는 잠시 생각해 보았다. 여러 가지 생각들이 머릿속에서 바삐 움직였다.

이놈이 어떻게 살라첸코를 알게 됐지?

"……정말 오랜만에 들어보는 이름이로군." 마침내 비에르크가 입을 뗐다.

"그럼 그자를 안단 말이로군?"

"그렇게 말하진 않았소. 당신이 찾는 게 뭔데?"

미카엘은 잠시 머뭇거렸다.

"내 목록에 올라 있는 인물 가운데 하나요. 또 다그 스벤손이 관심을 가진 사람 중 하나지."

"그래, 당신이 생각하는 대가가 뭐냐고?"

"뭘 원하오?"

"내가 당신을 살라에게 데려다 주면…… 당신네 탐사 기사에서 내 이름을 지워줄 수 있겠소?"

미카엘은 천천히 의자에 앉았다. 헤데스타드의 일을 겪으면서, 다시는 기사 내용을 가지고 흥정하지 않기로 굳게 결심했던 그였다. 따라서 비에르크와 거래할 생각은 추호도 없었고, 어떤 일이 일어나든 결국은 그를 고발할 심산이었다. 그러나 미카엘은 일단 그와 협정을 맺을 생각이었다. 쉽게 말해 그를 속이겠다는 것이었다. 하지만 이런 책략에 대해 아무런 죄책감도 느끼지 않았다. 결국 비에르크는 쓰레기 아니던가? 만일 그가 강력한 용의자를 알고 있다면, 경찰에 몸담고 있는 자로서 직접 잡아들여야 옳았다. 그런데 이렇게 자신의 이익을 위해 흥정의 도구로 삼고 있는 후안무치한 자였다. 또 다른 쓰레기를 넘김으로써 자신은 빠져나갈 수 있을 거라 생각하고 있겠지. 미카엘은 비에르크에게 잠시나마 희망을 갖게 해주는 일은 얼마든지 할 용의가 있었다. 그는 재킷 주머니에 손을 넣어 아까 자리에서 일어나면서 꺼두었던 녹음기를 다시 작동시켰다.

"자, 얘기해 보시지."

소니아 모디그는 한스 파스테 때문에 속이 부글부글 끓어올랐지만, 얼굴에 드러내지는 않았다. 부블란스키가 나간 이후 미리암 우에 대한 심문은 파스테 때문에 난장판이 되어가고 있었던 것이다. 그런 그를 모디그가 여러 차례 노려보았으나 그는 완전히 무시하고 있었다.

또 한편으로 모디그는 놀라고 있었다. 그녀는 '마초'적인 기질이 있는 한스 파스테를 좋아해 본 적이 한 번도 없었지만, 그래도 경찰관으로서는 능력 있는 인물이라 생각해 왔다. 그런데 오늘은 그 '능력'조차 모습을 감추고 있었다. 지금 파스테는 이 아름답고 똑똑하며, 자신이 레즈비언임을 당당하게 밝히는 여자가 시건방지게 자신을 도발하고 있다고 느끼는지, 완전히 이성을 잃고 있었다. 게다가 미리암 우는 그녀대로 파스테의 이런 기분을 눈치챈 듯, 인정사정없이 그를 자극하고 있었다.

"그래, 당신이 내 서랍에서 딜도를 찾아냈다고? 그걸 보니까 무슨 성적 환상이 일어났는데?" 미리암 우가 입가에 호기심 어린 미소를 머금으며 물었다.

파스테는 폭발 직전이었다.

"입 닥치고, 묻는 질문에나 대답해!"

"내가 리스베트 살란데르와 그 일을 하는 데 그걸 사용했냐고 물었지? 그래 대답해 주지. 그건 당신이 상관할 바 아니야."

소니아 모디그는 한 손을 들어 올렸다.

"미리암 우에 대한 심문, 11시 12분에 잠시 중단함."

그러고는 녹음기를 껐다.

"미리암, 잠깐 여기 앉아 있어요. 파스테, 할 말이 있어요."

미리암 우는 자신을 죽일 듯이 노려본 다음 모디그를 따라 복도로 나가는 파스테에게 짐짓 천진한 미소를 지어 보였다. 모디그는 몸을 홱 돌려 파스테의 얼굴 2센티미터 떨어진 곳에 얼굴을 바짝 가져다 댔다.

"부블란스키는 나에게 이 심문을 맡으라고 했어요. 근데 왜 당신이 옆에서 방해하는 거예요?"

"뭐가 어때서? 저 빌어먹을 레즈비언은 뱀장어보다도 못한 년이야."

"뱀장어라……. 상당히 프로이트적인 은유에 집착하시는군요."

"뭐라고?"

"이해 못하면 됐어요. 그렇게 마초적인 본능을 터뜨리고 싶으면 쿠르트 스벤손이나 찾아서 둘이 신나게 한판 붙어 있지그래요? 아님 사격장에 가서 미친 듯이 총이나 쏘든지. 하지만 제발 이 심문에는 끼어들지 마요!"

"모디그, 왜 넌 그따위야?"

"지금 당신은 내 심문을 방해하고 있어!"

"어때, 미리암 우를 보니까 너도 '필'이 꽂히나 보지? 그래서 둘만 있고 싶은 거야?"

소니아 모디그는 자신의 손이 너무도 빨리 움직여 미처 자신을 제어할 틈도 없었다. 그녀는 한스 파스테의 따귀를 갈겼다. 순간, 자신의 행동을 후회했지만 이미 엎지른 물이었다. 그녀는 힐끗 복도 양쪽을 돌아보았다. 다행히 본 사람이 아무도 없었다.

한스 파스테는 처음엔 놀란 표정을 짓더니, 이윽고 뭐라고 이죽거리면서 점퍼를 어깨에 걸치고 떠나가 버렸다. 소니아 모디그는 사과할까 하는 생각도 들었지만, 그냥 두기로 마음먹었다. 대신 흥분을 가라앉히기 위해 잠시 그렇게 서 있었다. 그런 다음, 자판기에서 커피 두 잔을 빼어 들고, 미리암 우에게 돌아왔다.

두 여자는 한동안 아무 말도 하지 않았다. 이윽고 모디그가 미리암 우를 보며 입을 열었다.

"미안해요. 대신 사과할게요. 아마 이 경찰서 유사 이래 최악의 심문이었을 거예요."

"그치 같은 사람을 동료로 데리고 있어야 하다니, 참 피곤하시겠네요. 내가 보기에 저치는 이혼한 이성애자예요. 커피 자판기 앞에서 호모들을 비웃는 저질 농담이나 늘어놓으며 낄낄거리는 인간이죠."

"그는…… 일테면 '수구꼴통'이라 할 수 있죠."

"당신은 아닌가요?"

"난 동성애자들을 혐오하진 않아요."

"오케이."

"미리암, 난…… 아니, 우리 모두는 열흘 전부터 녹초 상태에서 작업해 왔어요. 엔셰데에서 벌어진 끔찍한 살인 사건과 오덴플란의 한 아파트에서 일어난 그에 못지않은 살인 사건을 해결하려 애쓰고 있죠. 그런데 당신 여자 친구는 범행이 일어난 두 장소에 모두 연관되어 있어요. 우리는 기술적인 증거를 확보했고, 지금 그녀는 전국적으로 수배되어 있는 상태죠. 우리는 그녀가 누군가나 자기 자신에게 해를 끼치기 전에 반드시 찾아내야만 해요. 미리암, 무슨 말인지 알겠죠?"

"난 리스베트 살란데르를 잘 알아요……. 그녀가 누군가를 죽였다고는 도저히 믿어지지 않네요."

"믿을 수 없는 건가요, 아님 믿고 싶지 않다는 건가요? 미리암, 우리가 전국 수배령을 내릴 때에는 충분한 이유가 있기 때문이에요. 하지만 우리 팀장인 부블란스키 형사도 그녀의 혐의에 대해서는 100퍼센트 확신하지 못하고 있어요. 우린 그녀에게 공범이 있을 가능성, 혹은 그녀가 이 모든 일에 살인범이 아닌 다른 방식으로 연루되었을 가능성 등도 배제하지 않고 있죠. 어쨌거나 진상을 밝히기 위해서는 그녀를 찾아내야 해요. 미리암, 당신은 그녀의 결백을 믿고 있지만, 만일 당신 생각이 틀린 거라면 어떻게 하겠어요? 당신은 리스베트 살란데르에 대해 아는 게 별로 없다고 당신 입으로 말했잖아요."

"사실, 나도 지금 뭐가 뭔지 하나도 모르겠네요."

"그럼 진실을 밝힐 수 있게 우릴 도와줘요."

"내게 무슨 혐의라도 있나요?"

"전혀 없어요."

"그럼 내가 원하면 지금 당장 이곳을 떠나도 된단 말이겠군요."

"이론적으론 그렇죠."

"이론적이 아니라면?"

"우린 당신에게 여러 가지 물어볼 게 많아요."

미리암 우는 그녀가 한 말의 의미에 대해 곰곰이 생각했다.

"좋아요. 질문해 봐요. 하지만 짜증 나는 질문이면 대답하지 않겠어요."

소니아 모디그는 다시 녹음기를 작동시켰다.

20장
4월 1일 금요일 ~ 4월 3일 일요일

미리암 우는 한 시간가량 소니아 모디그와 함께 있었다. 심문이 끝나갈 즈음, 부블란스키가 방으로 들어오더니 옆에 앉아서 말없이 듣기만 했다. 미리암 우는 그에게 정중히 인사한 다음, 소니아와 계속 대화를 나눴다.

심문이 끝났을 때 모디그는 부블란스키에게 고개를 돌려 따로 질문할 게 있느냐고 물었다. 부블란스키는 고개를 저었다.

"미리암 우에 대한 심문 종료. 현재 시간 오후 1시 9분."

그녀는 녹음기를 껐다.

"파스테 형사와 약간 문제가 있었던 모양이더군?" 부블란스키가 말했다.

"그는 산만했어요." 외부인이 옆에 있어 소니아 모디그는 감정을 숨기며 대답했다.

"저능아더군요." 미리암 우가 덧붙였다.

"파스테 형사는 장점이 많은 사람이지만, 젊은 여성을 심문하는 일에 적합하다고는 말하기 힘들죠." 부블란스키가 미리암 우의 눈을 정시하며 말했다. "그 일을 시켜선 안 되는 거였는데…… 어쨌든 사과하오."

미리암 우는 놀란 표정을 지었다.

"사과를 받아들이겠어요. 나도 처음엔 당신에게 좀 거칠었던 것 같아요."

부블란스키가 괜찮다는 뜻으로 손을 내저었다. 그러고는 그녀를 쳐다보았다.

"이제 우리끼리 사적으로 몇 가지 질문 좀 해도 괜찮겠소? 녹음기 없이 말이오."

"물론이죠."

"난 솔직히, 이 리스베트 살란데르라는 여자에 대해 알면 알수록 당황스럽소. 그녀의 주변 사람들이 묘사하는 이미지가 사회 복지 기관들에서 작성한 서류나 의료 기록에 나타나 있는 공식적인 이미지와 너무나도 다르거든."

"아, 그래요?"

"그러니 당신이 내 질문에 솔직하게 대답 좀 해주면 좋겠소."

"물어봐요."

"그녀가 열여덟 살 때 작성된 정신과 의견서에는 그녀가 정신적 지체아요, 장애인이라는 식으로 적혀 있던데……"

"웃기고 있네. 리스베트는 아마 당신과 나를 합친 것보다도 더 머리가 좋을 거예요."

"학교도 제대로 못 마쳤고, 성적표를 보면 제대로 읽고 쓰지도 못하는 것 같소."

"리스베트 살란데르의 읽기와 쓰기 능력은 나보다도 뛰어나요. 때로는 수학 공식 같은 것들을 끼적거리며 놀기도 하죠. 순수 대수학이에요. 너무 복잡한 수학이어서 나는 이해도 못하지만."

"수학?"

"그녀에겐 일종의 취미인 셈이죠."

부블란스키와 모디그는 아무 말도 하지 못했다.

"취미?" 잠시 후, 겨우 입을 연 부블란스키의 질문이었다.

"방정식 비슷한 것들이죠. 나는 그 기호들이 무얼 의미하는지조 차 몰라요."

부블란스키는 한숨을 내쉬었다.

"사회 복지 기관의 한 보고서에 따르면, 그녀는 열일곱 살 때 탄 토룬덴 공원에서 나이 많은 사내와 함께 있다가 체포된 일이 있다 고 했소. 보고서에는 그녀의 매춘 행위에 대한 암시가 있었지."

"리스베트가 입에 풀칠하기 위해 몸을 팔아요? 웃기는 소리 하 고 있네! 난 그녀의 직업에 대해 전혀 아는 바 없지만, 그녀가 밀 턴 시큐리티에서 일했다는 말을 듣고도 전혀 놀라지 않았어요."

"그럼 무슨 일을 해서 살아가오?"

"모른다니까요."

"그녀는 레즈비언이오?"

"아뇨. 나와 가끔 잠자리를 같이하곤 하지만, 그렇다고 해서 동 성애자는 아니에요. 내 생각에 그녀는 아직 자신의 성적 정체성조 차 확립하지 못한 것 같아요. 아마 양성애자일 거예요."

"당신네들은 수갑 같은 물건들을 사용하고 있는 것 같던데…… 혹시 리스베트 살란데르에게 가학적인 성향이라도 있소?"

"하여튼 당신네들은 모든 걸 삐딱한 눈으로만 보는군요. 우린 가끔 장난삼아 역할 놀이 같은 것을 하는데, 수갑은 그때 사용해 요. 사디즘이나 폭력, 혹은 상대에 대한 성적 남용, 이런 것들과는 전혀 관계없다고요. 그냥 단순한 놀이예요."

"그녀가 당신을 난폭하게 대한 적이 있소?"

"아뇨. 우리가 놀 때는 주로 내가 지배적인 역할을 하죠."

미리암은 천진한 미소를 머금었다.

오후 3시의 회의는, 수사가 시작된 이래 처음 벌어진 심각한 언쟁으로 막을 내렸다. 부블란스키는 현재 상황을 요약해 준 다음, 수사 방향을 확대할 필요가 있음을 설명했다.

"수사 첫날부터 우리는 리스베트 살란데르를 찾는 데 모든 수사력을 집중해 왔습니다. 그녀에 대한 혐의는 강력합니다만—거기엔 객관적인 근거들이 있지요.—우리가 생각했던 그녀의 이미지는 그녀를 아는 다른 사람들의 그것과는 180도 다르다는 사실이 드러났습니다. 아르만스키도, 블롬크비스트도, 그리고 이제는 미리암 우까지도 그녀를 정신 이상자 살인마로 보지 않는단 말이죠. 때문에 나는 우리의 사고를 약간 확장시켜 다른 용의자의 가능성에 대해 염두에 두어야 한다고 생각합니다. 또 살란데르에게 공범이 있을 가능성, 혹은 그녀가 사건 현장에는 있었지만 직접 총을 쏘지 않았을 가능성 등에 대해서도 고려해 봐야겠지요."

부블란스키의 이러한 발언은 격렬한 논쟁을 야기했다. 특히 한스 파스테와 밀턴 시큐리티의 손뉘 보만이 강하게 반발했다. 두 사람은 가장 간단한 설명 가운데 정답이 있는 게 대부분이라고 주장했다. 또 만일 다른 범인을 상정한다면, 이 사건 뒤에 어떤 거대한 음모가 숨어 있다고 생각하느냐고 반문했다.

"그렇다면 경찰 중에 범인이 숨어 있다는 블롬크비스트의 주장을 따라야겠구먼!" 한스 파스테가 신랄하게 쏘아붙였다.

논쟁에서 부블란스키를 지지한 사람은 소니아 모디그뿐이었다. 쿠르트 스벤손과 예르셰르 홀름베리는 모호한 논평만 몇 마디 흘렸다. 밀턴 시큐리티의 니클라스 에릭손은 토론이 진행되는 내내 한마디도 하지 않았다. 마침내 엑스트룀 검사가 손을 들어 토론을 중단시켰다.

"부블란스키, 설마 살란데르를 수사 대상에서 빼자는 말은 아니겠죠?"

"물론 아닙니다. 그녀의 지문이 있는데 어떻게 그럴 수 있습니까? 그러나 지금까지 우리는 그녀의 살해 동기를 머리가 터져라 생각해 보았지만 아직도 찾아낼 수 없었습니다. 그러니까 가능한 다른 방향으로도 생각해 보고 싶은 겁니다. 다른 사람들이 연관된 것은 아닌지, 또 혹시 이 사건이 다그 스벤손이 저술하고 있던 성매매에 대한 책과 관련된 것은 아닌지 등등을 말입니다. 블롬크비스트는 이 책에서 언급된 사람들에게 충분한 살해 동기가 있다고 지적했는데, 나는 그 말에 일리가 있다고 생각합니다."

"그럼 어떤 방식으로 일을 진행해 나갈 생각이오?" 엑스트룀이 물었다.

"여러분 중 두 사람이 가능한 다른 용의자들을 조사해 주었으면 해요. 소니아하고…… 그리고 니클라스, 두 사람이 함께하라고."

"제가요?" 니클라스 에릭손이 놀란 표정으로 반문했다.

부블란스키가 니클라스를 택한 것은, 그가 좌중에서 가장 젊기 때문에 경직되지 않은 사고가 가능하리라 믿은 까닭이었다.

"그래, 자네가 모디그와 함께 작업해 줘. 우리가 알고 있는 모든 사실을 다시 검토하면서 혹시 놓친 점이라도 있는지 살펴보라고. 파스테, 쿠르트, 보만, 세 사람은 계속 살란데르를 추적하고. 그건 절대적인 우선 사항이니까."

"그럼 난 뭘 하지?" 예르셰르 홀름베리가 물었다.

"자네는 비우르만 변호사에 집중해 줘. 그의 아파트를 다시 한 번 살펴보고, 뭔가 빠뜨린 점이라도 있는지 찾아봐. 질문 있어요?"

아무도 질문하지 않았다.

"좋아요. 미리암 우의 등장에 대해서는 입 다물고 있도록. 아직 그녀에게서 얻어낼 정보가 남아 있는 판에 매체들이 냄새 맡고 개 떼처럼 달려들면 곤란하니까."

엑스트룀 검사는 부블란스키의 계획을 승인했다.

"자, 그럼⋯⋯." 니클라스 에릭손은 소니아 모디그를 쳐다보며 말했다. "당신이 경찰이니까, 할 일을 결정하시오."

그들은 회의실 앞 복도에 서 있었다.

"우선 미카엘 블롬크비스트를 만나 다시 한 번 얘기를 들어봐야 겠죠." 그녀가 말했다. "그런데 난 부블란스키와 할 말이 있으니 일단 여기서 헤어집시다. 지금은 금요일 오후이고, 난 토요일과 일 요일에는 일을 안 해요. 그러니까 본격적인 작업은 월요일에 시작 된다는 말이죠. 주말 동안 우리가 확보한 정보들을 가지고 각자 생 각해 봐요."

두 사람은 작별 인사를 나누었다. 소니아 모디그가 부블란스키 의 방에 들어섰을 때, 엑스트룀 검사가 그와 대화를 마치고 막 떠 나가고 있었다.

"잠깐 시간 좀 있어요?"

"거기 앉아."

"파스테가 얼마나 열불 나게 하던지, 그만 내가 폭발하고 말았 어요."

"자네가 자기를 공격했다고 씩씩대더군. 하지만 안 봐도 비디오 지. 그래서 내가 미리암 우에게 사과하러 들어갔던 거야."

"내가 그녀에게 '필'이 꽂혀서 둘만 있으려 한다나 뭐라나."

"자세한 얘기는 그만두지. 하지만 그가 자네에게 한 짓은 성희

64

롱의 모든 조건을 충족시키는 행동이었어. 어때, 고소할 텐가?"

"귀싸대기 한 대 날려 주었죠. 그걸로 됐어요."

"그 인간이 자네를 폭발시킨 모양이군?"

"바로 그거예요."

"파스테는 성격이 좀 있는 여자들하고 문제가 많은 것 같아."

"나도 그 점을 눈치챘어요."

"그런데 자네는 성깔이 좀 있고, 또 훌륭한 경찰관이기도 하지."

"고마워요."

"하지만 앞으로 사람을 때리는 일만은 삼가줘."

"네, 다신 그러지 않겠어요. 그런데 오늘, 다그 스벤손의 사무실을 조사하러 《밀레니엄》에 가볼 시간이 없을 것 같아요."

"벌써 늦었는데 뭘……. 좋아, 오늘은 집에 들어가 주말 잘 보내라고. 그리고 월요일에는 새로운 힘으로 다시 일해 줘."

니클라스 에릭손은 커피 한잔하려고 T-센트랄렌 앞에 자리 잡은 카페 '조지'에 들렀다. 기분이 이상하게 우울했다. 일주일 내내, 그는 리스베트 살란데르가 곧 체포되리라는 기대 속에 살았다. 만일 체포할 때 그녀가 반항하면, 어떤 멋진 경찰관이 그녀를 벌집으로 만들어버리는 상큼한 일이 벌어질 수도 있을 텐데…….

이러한 환상은 그를 행복하게 해주었다.

하지만 살란데르는 여전히 자유롭게 돌아다니고 있었다. 어디 그뿐이랴? 이제 부블란스키는 다른 용의자들을 생각하고 있는 것이다. 상황이 좋은 방향으로 흘러가지 않았다.

그는 자기가 손뉘 보만 밑에서 일해야 한다는 사실을 지겨워하고 있었다. 보만은 밀턴 시큐리티에서도 가장 상상력이 결핍된, 지루하기 짝이 없는 인간 아니던가? 한데 그것도 모자라 이젠 소니아 모디그의 따까리 신세가 되어버리다니!

살란데르를 용의자로 삼는 수사 방향을 가장 문제시하고 있는 사람이 바로 소니아 모디그였고, 어쩌면 부블란스키를 망설이게 만들고 있는 존재가 그녀인지도 몰랐다. '부블라'⁵⁾라는 별명을 가진 이 사내가 혹시 이 멍청한 년과 내연의 관계를 맺고 있는 게 아닌가 하는 생각까지 들었다. 그게 사실이래도 전혀 놀라운 일이 아니리라. 외부 인사인 자기조차 종 부리듯 하는 여자니, 그 멍청한 부블란스키도 휘둘리고 있겠지. 그가 보기에 수사 팀 경찰 중에서 그래도 배짱 있게 그녀와 맞서는 사람은 한스 파스테뿐이었다.

니클라스 에릭손은 잠시 생각해 보았다.

오전 중에 그와 보만, 그리고 프레클룬드 세 사람은 밀턴 시큐리티 사옥에서 아르만스키와 간단한 회합을 가졌다. 아르만스키는 크게 실망해 있었다. 일주일간의 수사는 아무런 결과를 가져오지 못했고, 두 살인 사건은 여전히 안갯속에 잠겨 있었기 때문이다. 프레클룬드는 이 임무가 회사를 위해 과연 필요한 일인지 재고해 봐야 할 것이라고 말했다. 다른 할 일이 많은 보만과 에릭손이 공권력에 무상으로 도움을 제공하고 있는 이 상황은 인력 낭비가 아니냐고 물었다.

아르만스키는 잠시 생각한 다음에, 보만과 에릭손은 일주일 더 조사를 계속한다는 결정을 내렸다. 그래도 결과가 없으면 계획을 접는다는 것이었다.

다시 말해서, 니클라스 에릭손은 일주일간의 유예 기간을 얻은 셈이었다. 그 후에는 영원히 경찰 수사에 참여할 수 없으리라. 그는 어떻게 할까 하고 잠시 망설였다.

잠시 후, 그는 휴대폰을 꺼내 토뉘 스칼라에게 전화를 걸었다. 토뉘 스칼라는 남성 잡지에 시시껄렁한 가십 기사나 쓰는 프리랜서 기자로, 니클라스 에릭손이 여러 차례 만난 적이 있었다. 간단히 인사말을 나눈 후, 니클라스는 자기에게 엔셰데 살인 사건 수사에 관련된 정보가 있노라고 말했다. 그리고 어떻게 해서 자신이 가장 큰 화제의 대상이 되고 있는 경찰 수사의 핵심부에 들어가게 되었는지를 설명해 주었다. 예상대로 스칼라는 덥석 미끼를 물었다. 유력지에 팔아넘길 기삿거리를 얻을 수 있는 절호의 기회였으니까. 그들은 한 시간 후, 쿵스가탄의 카페 '아베뉘'에서 만나기로 약속을 정했다.

토뉘 스칼라의 가장 큰 특징을 꼽으라면, 뚱뚱하다는 것이었다. 그는 어마어마하게 뚱뚱했다.

"내가 정보를 넘기는 데는 두 가지 조건이 있어."

"말해 봐!"

"첫째, 밀턴 시큐리티에 관계된 이야기는 기사에 절대 들어가선 안 돼. 밀턴 시큐리티가 언급되면, 정보 유출의 장본인이 나라고 의심하는 사람이 있을 것 아냐?"

"하지만 살란데르가 밀턴 시큐리티에서 근무했다는 내용은 특종감이라고!"

"그냥 청소나 하고 잔심부름이나 했을 뿐이야." 니클라스가 말을 잘랐다. "그게 특종이랄 것까지 있나."

"알았어."

"둘째, 정보를 유출한 사람이 마치 여자인 듯한 느낌이 들게 기사를 써."

"왜지?"

"그래야 내가 의심을 사지 않을 것 아냐."

"오케이. 자, 내게 넘기겠다는 정보가 대체 뭐야?"

"살란데르의 레즈비언 여자 친구가 나타났어."

"와우! 룬다가탄 아파트의 거주 계약서에 올라 있는 그 여자? 사라져버렸다는?"

"이름이 미리암 우야. 뭐, 기삿거리 좀 되겠나?"

"그럼, 물론이지. 그녀는 그동안 어디 있었대?"

"외국에. 살인 사건 소식은 듣지도 못했다고 주장하더군."

"그녀에게 무슨 혐의라도 있나?"

"지금까진 없어. 오늘 심문을 받았고, 세 시간 전에 풀려났지."

"아하! 자네도 그 여자 얘기를 믿는 거야?"

"내가 보기엔 불여우 사기꾼 같은 년이야. 그녀는 분명히 뭔가를 알고 있어."

"으흠, 적어두지."

"그녀의 과거를 확인해 보라고. 평범한 년은 아니야. 살란데르와 사도마조 섹스를 즐기던 년이니까."

"그런데 자넨 그걸 어떻게 알았나?"

"심문할 때 자백했어. 가택 수색 때 수갑, 가죽 의상, 채찍 등 온갖 지저분한 것들이 발견되었다는군."

채찍이 발견되었다는 것은 니클라스 에릭손이 지어낸 순전한 거짓말이었다. 하지만 분명 그 더러운 중국 년은 채찍도 가지고 놀았을 테니 상관없었다.

"설마…… 농담은 아니겠지?" 토뉘 스칼라가 말했다.

파올로 로베르토는 도서관 문이 닫힐 때, 가장 늦게까지 남아 있던 이용객 중 하나였다. 그는 리스베트 살란데르의 기사를 하나도 빠짐없이 읽느라 오후 시간 전체를 보낸 것이다.

스베아베옌으로 나온 그는 허탈하고 심란했다. 배도 고팠다. 그는 맥도널드로 들어가서 햄버거 하나를 주문하고, 구석 자리에 앉았다.

3중 살인범 리스베트 살란데르……. 믿기지 않는 사실이었다. 조금 엉뚱하기는 하지만, 그 연약하고 조그만 여자가 어떻게 그런 엄청난 짓을 저지를 수 있단 말인가? 문제는 자신이 그녀를 도와주어야 하는지였다. 그리고 이 경우, 왜 그래야 하냐였다.

택시를 잡아타고 룬다가탄으로 돌아온 미리암 우는 아파트 안에 들어와 망연한 눈으로 실내를 둘러보았다. 개수(改修)한 지 얼마 되지 않은 실내는 처참한 모습으로 변해 있었다. 옷장, 정리장, 서랍 등은 텅텅 비어 있었고, 끄집어낸 내용물은 분류되어 바닥에 널려 있었다. 아파트 전체가 지문 채취를 위해 사방에 발라놓은 분말로 얼룩져 있었다. 그녀의 내밀한 섹스 용품들은 침대 위에 무더기로 쌓여 있었다. 그래도 없어진 것은 보이지 않았다.

그녀가 처음 취한 조치는 부서진 문에 새 자물쇠를 달기 위해 쇠데르말름의 열쇠 수리공을 전화로 부르는 일이었다.

그녀는 커피 기계를 작동시킨 다음, 폭격 맞은 폐허처럼 변한 주방 한가운데 앉아 고개를 흔들었다. 리스베트, 리스베트, 도대체 너 무슨 짓을 한 거야?

그녀는 휴대폰을 열고, 리스베트에게 전화를 걸어보려 시도했다. 하지만 들려오는 것은 요청하신 번호는 지금 연결될 수 없습니다 라는 멘트뿐이었다. 그녀는 오랫동안 주방 식탁에 앉아 생각을 정리해 보려고 애썼다. 그녀가 알고 있는 리스베트 살란데르는 정신이상자 살인마가 아니었다. 하지만 또 한편으로는 자신이 그녀를 아주 잘 안다고 할 수도 없었다. 리스베트가 침대에서 격렬한 것은 사실이었지만, 기분이 변하면 물고기처럼 차가울 수도 있는 사람이었다.

그녀는 리스베트를 만나 직접 설명을 듣기 전에는 판단하지 않는 게 좋겠다고 생각했다. 갑자기 눈물이 터져 나올 듯한 느낌이 들었고, 이를 억누르기 위해 미친 듯이 집 안 정리에 뛰어들었다.

저녁 7시 무렵, 마침내 문에는 새 자물쇠가 달렸고, 집 안은 평소의 모습을 되찾을 수 있었다. 샤워를 하고, 검은색과 황금색이 어우러진 동양풍의 실크 목욕 가운을 걸치고 주방 탁자에 앉아 있는데, 초인종 소리가 들렸다. 걸어가 문을 열어보았더니 웬 사내가 서 있었다. 엄청나게 비대한 몸집은 그렇다 처도, 너저분한 옷차림에 면도도 제대로 하지 않은, 전형적인 비호감 외모의 소유자였다.

"안녕, 미리암! 나는 토뉘 스칼라 기자요. 몇 가지 질문에 대답 좀 해주겠소?"

그를 따라온 사진사가 다짜고짜 그녀에게 카메라를 들이대고 플래시를 터뜨리기 시작했다.

미리암 우는 두 작자에게 드롭킥을 한 방 날린 다음, 팔꿈치로 코를 짓이겨 버리고 싶은 충동을 느꼈다. 하지만 그러한 행동은 그들이 찍는 사진에 깨소금을 뿌려주는 일이나 마찬가지라는 생각에 애써 자제했다.

"리스베트 살란데르와 함께 여행을 떠났던 겁니까? 지금 그녀가 어디 있는지 아십니까?"

미리암 우는 거칠게 문을 닫고, 새로 단 자물쇠를 철컥 잠갔다. 토뉘 스칼라가 우편물 구멍에 손가락을 들이밀어 덧날개를 쳐들고 그 틈새로 지껄여댔다.

"미리암, 어차피 매체들이 몰려올 거고, 결국 다 얘기하게 될 거 아니오. 내가 도와줄게요."

그녀는 주먹을 망치처럼 만든 다음, 있는 힘을 다해 덧날개를 내리쳤다. 토뉘 스칼라가 고통에 울부짖었다. 그녀는 침실로 뛰어

들어가 눈을 꽉 감고 침대 위에 누웠다. 리스베트, 잡기만 해봐! 목을 졸라버릴 거야!

스모달라뢰 방문을 마친 미카엘 블롬크비스트는 그날 오후에 다그 스벤손이 이름을 공개하려 했던 또 다른 성 구매자를 방문했다. 그렇게 하여 주말이 될 때까지 서른일곱 명 중에서 여섯을 만날 수 있었다. 마지막으로 들른 사람은 툼바에 사는 퇴직 판사로, 과거 매춘에 관련된 공판을 여러 건 주재한 적도 있는 작자였다. 그런데 이 뻔뻔한 노인네는 조금도 당황하지 않았다. 사실을 부인하지도 않았고, 위협하거나 애걸하려 들지도 않았다. 오히려 자신은 동구권 출신의 창녀들을 건드렸노라고 담담하게 인정하는 것이었다. 아니, 그는 전혀 후회하지 않는다고 했다. 매춘이란 존경할 만한 직업이며, 자신은 소녀들의 고객이 되어줌으로써 그네를 도와주었다고 생각한다는 것이었다.

그렇게 이곳저곳 돌아다니던 미카엘이 릴리에홀멘 부근에 와 있는데, 말린 에릭손이 저녁 10시경에 전화를 걸어왔다.

"안녕하세요? 이사님, 혹시 그 전단지 같은 신문의 웹사이트를 보셨어요?"

"아니, 왜?"

"리스베트 살란데르의 여자 친구가 돌아왔대요."

"뭐? 그게 누군데?"

"미리암 우. 룬다가탄의 아파트에 사는 레즈비언."

우……. 미카엘의 뇌리에 퍼뜩 그 이름이 떠올랐다. 맞아, 아파트 문패에 적혀 있던 '살란데르-우'.

"고마워. 내가 곧 가보지."

결국 미리암 우는 집 전화 코드를 뽑아놓고, 휴대폰 전원도 꺼놓았다. 저녁 7시 30분, 그녀에 대한 소식이 한 일간지의 웹사이트에 발표되었다. 잠시 후에는 《아프톤블라데트》에서 전화가 걸려 왔고, 다시 3분 뒤에는 《엑스프레센》이 그녀의 논평을 요구해 왔다. TV 프로그램 「악투엘트」는 그녀의 실명을 밝히지 않고 뉴스를 내보냈다. 하지만 9시가 될 때까지 그녀와 인터뷰를 하려고 아우성치는, 무려 16명에 달하는 각종 매체의 리포터들로 인해 전화통에 불이 났다.

두 명은 직접 찾아와 문까지 두드려댔다. 미리암 우는 문을 열지 않았고, 대신 집 안의 전등을 모두 꺼버렸다. 다음번에 찾아오는 기자의 코를 짓이겨 버리고 싶은 심정이었다. 결국 그녀는 휴대폰 전원을 켰고, 걸어서 가도 되는 호른스툴의 여자 친구에게 전화를 걸어, 오늘 밤 가서 자도 되겠느냐고 물었다.

미카엘 블롬크비스트가 룬다가탄 아파트의 초인종을 누른 것은 그녀가 아파트 건물을 빠져나간 지 5분 후였다.

토요일 아침 10시, 부블란스키는 소니아 모디그에게 전화를 걸었다. 9시에 겨우 일어난 그녀는 잠시 아이들과 싸우다가, 남편이 일주일 동안 소비할 과자며 초콜릿 등속을 사러 근처 상점에 애들을 데리고 나가준 덕에 잠시 한숨을 돌리던 참이었다.

"오늘 신문 봤나?"

"아뇨. 한 시간 전에 일어나서 애들 보고 있었어요. 무슨 일이 있었나요?"

"우리 팀 누군가가 언론에 정보를 흘렸어."

"알고 있던 사실이에요. 며칠 전에도 누군가가 살란데르의 법의학 관련 보고서를 흘렸잖아요."

"그건 엑스트룀 검사였어."

"아, 그래요?"

"뻔하지. 물론 그는 절대 인정 안 하겠지만. 이런 식으로 여론의 관심을 끌려는 거야. 왜냐면 그게 출세에 유리하니까. 하지만 이번 일은 아니야. 토뉘 스칼라라는 작자가 경찰과 인터뷰를 했는데, 그 경찰이 미리암 우에 대해 왕창 다 쏟아낸 모양이야. 특히 어제 있었던 심문 내용도 다 불었어. 우리끼리만 알고 있으려 했던 내용들이지. 엑스트룀은 지금 펄펄 뛰고 있어."

"오, 이런!"

"기자는 출처가 누구인지는 밝히지 않았어. 그냥 '수사에 핵심적인 위치'에 있는 사람이라고만 말했지."

"빌어먹을!"

"그런데 기사 한 부분에서, 그게 마치 여자인 것처럼 암시하고 있어."

소니아 모디그는 잠깐 침묵을 지켰다. 방금 들은 정보의 의미를 충분히 이해하는 데 필요한 시간이었다. 수사 팀에서 여자는 그녀뿐이었던 것이다.

"부블란스키…… 난 아무 말도 안 했어요. 기자를 만난 적도 없고요. 경찰서 복도 밖에서는 그 누구와도 이번 수사에 대해 말한 적이 없다고요. 심지어는 남편한테도 말 안 해요."

"난 자넬 믿어. 단 한순간도 그게 자네라고 믿지 않았어. 하지만 불행히도 엑스트룀 검사의 생각은 달라. 한스 파스테가 이번 주말에 당직을 섰는데, 아마 온갖 헛소리를 엑스트룀에게 속닥거리지 않았겠어?"

소니아 모디그는 온몸의 힘이 쭉 빠지는 걸 느꼈다.

"그럼 앞으로 어떻게 되나요?"

"엑스트룀이 요구하겠지. 자네의 혐의를 조사하는 동안 자네를 수사에서 제외시키라고."

"말도 안 돼요! 그걸 내가 무슨 수로 증명하겠어요……."

"자넨 아무것도 증명할 필요 없어. 그건 조사 담당자가 증명할 거니까."

"알아요. 하지만…… 아, 이런 빌어먹을! 그 조사란 게 얼마나 걸리나요?"

"조사는 벌써 끝났어."

"뭐라고요?"

"내가 자네에게 질문했잖아? 그리고 자네는 정보를 유출한 적이 없다고 대답했어. 따라서 조사는 끝난 거고, 나는 결과 보고서 한 장 쓰면 돼. 월요일 아침 9시에 엑스트룀 검사 방에서 만나, 지금 우리 둘이 나눈 대화를 다시 한 번 반복하면 끝이야."

"부블란스키, 고마워요."

"천만에."

"하지만 아직 문제가 남았네요."

"알아."

"정보를 유출한 사람이 내가 아니라면, 팀의 다른 누군가에게서 나왔다는 말이지요."

"의심 가는 사람이라도 있나?"

"한스 파스테가 금방 떠오르긴 하지만…… 왠지 그는 아닐 것 같다는 느낌이……."

"나도 자네 생각과 비슷해. 하지만 고약한 짓도 할 수 있는 인간이야. 그리고 어제는 정말 화가 나 있었지."

부블란스키는 시간 나는 대로, 그리고 날씨가 허락하는 대로 산책을 즐겼다. 산책은 그가 하는 거의 유일한 형태의 운동이었다. 그는 쇠데르말름의 카타리나 방가타에 살았다. 《밀레니엄》 사무실에서도, 리스베트 살란데르가 근무했던 밀턴 시큐리티 사옥에서도, 그녀의 주소지인 룬다가탄에서도 그리 멀지 않은 곳이었다. 또 상트 파울스가탄의 시나고그(유대교 회당)에도 걸어서 갈 수 있는 거리였다. 토요일 오후, 그는 모처럼 여유 있는 시간에 발길 닿는 대로 위의 장소들을 모두 돌아다녔다.

처음에는 아내 앙네스가 함께 산책했다. 그들은 결혼 생활 23년 동안, 한 번도 서로를 속이거나 사이가 틀어진 적이 없는, 소위 잉꼬부부였다.

그들은 잠시 시나고그에 들러 랍비와 대화를 나누었다. 부블란스키는 폴란드계 유대인이었고, 앙네스의 가족은—그중 많은 수가 아우슈비츠에서 학살되었지만—헝가리 출신이었다.

시나고그를 나온 부부는 잠시 헤어졌다. 앙네스는 장을 보아야 했고, 남편은 계속 산책하기를 원했던 것이다. 그는 혼자 있고 싶었다. 혼자 산책하면서 힘들기 짝이 없는 이번 수사에 대해 생각해보고 싶었다. 그는 지난 성목요일 아침, 이 수사 건이 그의 사무실에 떨어지고 나서 지금까지, 즉 9일 동안 자신이 일을 제대로 해왔는지 곰곰이 따져보았다. 크게 소홀히 한 점은 눈에 띄지 않았다.

한 가지 실수한 것이 있다면, 사건 직후 《밀레니엄》 편집부에 즉각 사람을 보내 다그 스벤손의 작업실을 수색하지 않은 점이었다. 그리고 수색을 결정했을 때는 미카엘 블롬크비스트가 이미 깨끗이 정리하여 무언가를 감추어놓은 후였다.

굳이 또 한 가지 실수를 들자면, 리스베트 살란데르가 구입한 승용차를 놓쳤다는 점이었다. 하지만 뒤늦게 그것을 살펴본 예르셰르 홀름베리로부터 조금도 이상한 점이 없다는 보고를 받은 터였다. 따라서 이 방치된 승용차를 제외한다면, 지금까지의 수사는 더없이 깔끔했다고 말할 수 있었다.

그는 신센스담의 한 신문 가판점 앞에 멈춰 서서, 진열되어 있는 신문의 1면 제목을 물끄러미 들여다보았다. 이제 리스베트 살란데르의 얼굴 사진은 조그만 딱지 크기로 줄어 신문 상단 한구석에 들어가 있었다. 대신 따끈따끈한 뉴스를 전하는 제목은 굵직하게 강조되어 있었다.

사탄주의적 레즈비언 그룹을
추적 중인 경찰

부블란스키는 신문을 사서 관련 기사가 있는 면까지 페이지를 넘겼다. 가장 먼저 눈에 들어온 것은 10대 후반의 소녀 다섯 명의 모습을 담은 대문짝만 한 사진이었다. 모두 까마귀처럼 시커먼 복장을 하고 있었다. 징이 박힌 가죽점퍼, 찢어진 검은 청바지, 그리고 금방이라도 터져버릴 듯 꼭 달라붙은 티셔츠……. 소녀 중 한 명은 펜타그램[6]이 그려진 깃발을 흔들고 있었고, 또 다른 한 명은 검지와 새끼손가락을 세워 뿔 모양으로 치켜 올리고 있었다. 그는 리스베트를 전설의 주인공으로 만들고 있는 기사를 읽어보았다. 리스베트 살란데르는 소규모 클럽들에서 공연하던 한 헤비메탈 그룹과 친분이 있었다. 1996년, 이 그룹은 '사탄의 교회'[7]에 경의를 표했으며, 「악의 에티켓」이라는 노래를 히트시키기도 했다.

'이블 핑거스'의 실명들은 공개되지 않았고, 그녀들의 얼굴 역시 뿌옇게 안개 처리되었다. 하지만 이 록 그룹의 멤버들을 기억하는 사람이라면 누구인지 뻔히 알 수 있으리라.

이어진 두 면은 미리암 우에 초점을 맞추었는데, 베른스[8]의 한 쇼에 참석한 그녀의 사진을 싣고 있었다. 아래쪽에 위치한 카메라에 포착된 그녀는 젖가슴을 드러낸 채 러시아 장교 모자를 쓰고 있었다. 이블 핑거스의 여자들처럼 그녀의 얼굴 역시 안개 처리되어 있었고, 실명은 밝혀지지 않은 채 그냥 '31세의 여인'으로 소개되어 있었다.

살란데르의 친구이자, 레즈비언들과 사도마조히즘에 관련된 글을 여러 편 쓴 바 있는 이 여인은 스톡홀름의 전위적인 바에서는 꽤 알려진 인물이다. 그녀는 스스로 다른 여인들을 유혹할 뿐 아니라, 자신의 파트너를 지배하기를 즐긴다는 사실을 굳이 숨기려 들지 않았다.

심지어 기자는—어디 가서 찾아냈는지는 모르겠지만— '살란데르 여자 친구의 유혹을 받았다.'는 사라라는 여인까지 소개하고 있었다. 사라의 남자 친구가 그녀의 뻔뻔한 행동 때문에 몹시 '속을 썩었다.'는 것이었다. 기사에 따르면, 이 여자들은 게이 운동 주변에서 활동하는 비밀스럽고도 엘리트주의적인 페미니스트들로, 주로 '게이 프라이드 페스티벌' 같은 행사에서 '본디지 워크숍'류의 공연을 통해 자기네의 정체성을 표현하는 무리라고 했다. 기자는 자신의 주장을 뒷받침하기 위해 미리암 우의 기사를 여러 군데 인용하고 있었다. 기사는 그녀가 6년 전에 한 페미니스트 팬진[9]에 발표한 것으로, 시각에 따라 도발적으로 보일 수도 있는 내용을 담고 있었다. 기사를 대충 훑어본 부블란스키는 타블로이드 신문을 쓰레기통 속에 던져버렸다.

그는 잠시 한스 파스테와 소니아 모디그에 대해 생각해 보았다. 둘 다 유능한 수사관이었다. 하지만 파스테는 이 사람 저 사람의 신경을·긁으며 문제를 일으키고 있었다. 그와 심각하게 대화를 나누어야 할 필요가 있었다. 하지만…… 아무리 생각해도 그가 정보 유출의 장본인이라고는 믿기 어려웠다.

그는 문득 눈을 들어 올렸고, 어느덧 자신이 룬다가탄, 리스베트 살란데르의 아파트 건물 앞에 와 있다는 사실을 깨달았다. 무의식적인 행동이었다. 때문에 요즈음 그의 심리를 잘 드러내주는 행동이기도 했다. 이 기묘한 여자는 계속해서 그의 정신을 사로잡고 있었던 것이다.

그는 룬다가탄 위쪽 언덕배기 길로 통하는 계단을 걸어 올라갔다. 그리고 거기 난간에 팔꿈치를 기대고 서서, 살란데르가 이곳에서 습격을 당했다는 미카엘 블롬크비스트의 이야기를 떠올렸다. 그 이야기 역시 황당하기는 마찬가지였다. 신고한 사람도 없었고, 구체적인 증거는 아무것도 없었다. 블롬크비스트는 괴한을 싣고 떠나가는 닷지 밴의 등록 번호를 확인하지 못했다고 주장했다.

하지만 그 사건이 과연 일어나기라도 한 것일까?

다시 말해, 이 이야기는 그 자체가 또 다른 미궁으로 들어가는 문이었다.

부블란스키는 도로변에 여전히 주차되어 있는 적포도주 색깔의 혼다를 바라보았다. 홀연, 그의 시야에 아파트 건물 입구를 향해 걸어가고 있는 미카엘 블롬크비스트의 모습이 들어왔다.

이불을 둘둘 만 채 새우처럼 웅크리고 자던 미리암 우가 잠에서 깬 것은 바깥이 훤해진 대낮이었다. 간신히 몸을 일으켜 침대 위에 앉은 그녀는 비로소 자신이 낯선 방에 있다는 사실을 깨닫고는 소스라치게 놀랐다.

그녀는 자신을 귀찮게 괴롭히는 기자들을 피한다는 핑계로 친구에게 전화를 걸었고, 친구 집에 얼마간 묵게 해달라고 부탁했었다. 하지만 그것이 일종의 피신이라는 사실을 그녀도 잘 알고 있었다. 사실, 그녀는 리스베트 살란데르가 갑자기 찾아와 문을 두드릴까 봐 무서웠던 것이다.

경찰서에서의 심문과 신문 기사들은 그녀의 마음속에 생각보다 훨씬 깊은 각인을 남겨 놓았다. 그녀는 리스베트의 설명을 직접 듣기 전까지는 섣불리 그녀를 판단하지 않으리라 결심한 바 있었다. 하지만 지금 미리암 우는 리스베트가 정말 사람을 죽였을지도 모른다고 생각했다.

그녀는 빅토리아 빅토르손에게 눈길을 돌렸다. '더블-V'라는 별명을 가진 이 서른일곱 살의 여인은 100퍼센트 순수한 레즈비언이었다. 그녀는 침대에 배를 깔고 잠을 자면서, 웅얼웅얼 잠꼬대를 하고 있었다. 미리암 우는 살그머니 욕실로 가서 샤워를 한 후, 빵을 사러 밖으로 나왔다. 그런데 베르크스타스가탄의 '신나몬' 카페 부근에 위치한 가게 계산대에 선 그녀의 눈은 점원 뒤의 벽에 진열된 일간지들의 1면을 보고 말았다. 황급히 가게를 빠져나온 그녀는 '더블-V'의 집을 향해, 쫓기는 사람처럼 달려갔다.

적포도주 색깔의 혼다 옆을 지나 리스베트 살란데르의 아파트 건물 앞에서 걸음을 멈춘 미카엘 블롬크비스트는 디지코드를 눌러 문을 열더니 안으로 사라져버렸다. 그리고 2분 후에 다시 거리로 나왔다. 집에 아무도 없는 걸까? 블롬크비스트는 어떻게 해야 할지 몰라 망설이는 기색으로 거리 양쪽을 두리번거렸다. 이런 그의 모습을 부블란스키는 미간을 찌푸리고 바라보았다.

정말이지, 블롬크비스트란 인물은 그에게 심각한 고민의 근원이었다. 만일 이 룬다가탄에서 리스베트가 습격을 당했다는 그의 증언이 거짓이라면, 이는 그가 어떤 꿍꿍이속으로 연극을 하고 있다는 말이 된다. 최악의 경우에는 그가 살인 사건에 모종의 방식으로 연루된 공범일 수도 있다는 뜻이다. 하지만 그의 증언이 진실이라면—사실 그의 말을 의심해야 할 이유는 조금도 없었다.—이 모든 드라마 뒤에는 뭔가 **지극히 복잡한 방정식**이 숨어 있다는 사실을 의미하리라. 다시 말해서 현재 눈에 드러난 인물들 이외의 다른 **주인공들**이 숨어 있으며, 이 살인 사건은 단순히 광기의 발작에 휩싸인 일개 정신 질환자의 소행이 아니라, 훨씬 더 복잡한 내막을 감추고 있는 그 무엇인 것이다.

블롬크비스트가 신센스담 쪽으로 움직이기 시작했을 때, 부블란스키는 소리쳐 그를 불렀다. 블롬크비스트가 걸음을 멈추고 그를 보더니, 그가 있는 쪽으로 걸어왔다. 두 사람은 계단 발치에서 악수를 나누었다.

"안녕하시오, 블롬크비스트 씨. 리스베트 살란데르를 찾으시오?"

"아뇨, 미리암 우를 보러 왔어요."

"그녀는 여기 없소. 그녀가 나타났다는 정보를 어떤 인간이 매체에 흘렸거든."

"그녀는 별로 얘기할 것도 없을 텐데?"

부블란스키는 미카엘 블롬크비스트를 물끄러미 쳐다보았다. 슈퍼 **블롬크비스트**…… 그래, 당신은 무슨 얘기를 숨기고 있는 거지?

"잠깐 같이 좀 걷겠소?" 부블란스키가 먼저 말했다. "차나 한잔 합시다."

두 사람은 말없이 회갈리드 교회당 앞을 지났다. 부블란스키가 그를 데려간 곳은 릴리에홀멘 다리 근처에 있는 릴라쉬스테르 카페였다. 부블란스키는 우유 한 숟갈을 넣은 더블 에스프레소를, 미카엘은 카페라테를 주문했다. 그들은 흡연 구역에 자리를 잡았다.

"정말이지, 이렇게 골치 아픈 사건을 다뤄보는 것도 꽤 오랜만이오." 부블란스키가 말했다. "한데 지금 우리의 대화 내용이 내일 아침 《엑스프레센》에 실려 나오는 건 아니겠죠?"

"내가 일하는 곳은 《엑스프레센》이 아닌데요?"

"내가 무슨 뜻으로 이런 말 하는지 잘 아실 거요."

"한마디로 탁 까놓고 얘기하고 싶다는 말씀이군요. 형사님의 공식적인 입장마저 내려놓고서."

"그렇소."

"좋습니다. 난 리스베트가 범인이라고 생각하지 않습니다."

"그래서 이렇게 개인적으로 수사하고 계시는구려? 그래서 별명이 슈퍼 블롬크비스트이신 모양이지?"

미카엘은 미소를 지었다.

"형사님 별명도 만만치 않던데요? 뭐, '부블라'라고 했던가요?"

부블란스키는 머쓱한 미소를 지었다.

"그런데 왜 살란데르가 범인이 아니라고 생각하는 거요?"

"그녀의 후견인에 대해선 잘 모르겠습니다만, 최소한 그녀가 다그와 미아를 살해해야 할 이유가 전혀 없습니다, 특히 미아는요. 리스베트는 여자를 학대하는 남자들을 몹시 싫어해요. 그런데 미아가 하던 일이 뭐였죠? 바로 불쌍한 창녀들을 괴롭히는 인간들을 꼼짝 못하게 하는 일 아니었습니까? 그건 리스베트도 하고 싶어 했던 일이었습니다. 그녀는 나름의 윤리를 갖고 있는 여자입니다."

"솔직히 그녀에 대한 개념이 확실히 서질 않소. 중증 정신 질환자요, 아니면 유능한 조사 요원이오?"

"리스베트는 그저 조금 다를 뿐입니다. 극도로 비사회적인 것은 맞아요. 하지만 정신 이상자는 절대 아닙니다. 천만에요, 오히려 나나 형사님보다 훨씬 더 똑똑한 여자예요."

부블란스키는 기가 찬 듯 푸 하고 한숨을 내쉬었다. 미카엘 블롬크비스트도 미리암 우와 똑같이 얘기하고 있었던 것이다.

"어쨌든 그녀를 잡아야 하오. 자세한 것은 밝힐 수 없지만, 우리는 그녀가 범행 장소에 있었고, 또 범행에 쓰인 무기와 연관되어 있다는 증거를 확보하고 있소."

미카엘이 고개를 끄덕였다.

"아마 그녀의 지문을 찾아냈다는 점을 말씀하시는 것 같군요. 하지만 그렇다고 해서 반드시 그녀가 총을 쏘았다고 말할 수는 없지요."

부블란스키도 고개를 끄덕였다.

"드라간 아르만스키도 비슷한 의혹을 갖고 있는 것 같더군요. 신중한 사람이라 솔직하게 말하지는 않지만, 그 역시 그녀의 결백을 밝히려고 애쓰는 것 같았고요."

"그럼 형사님은요? 어떻게 생각하시죠?"

"나는 경찰이오. 난 단순히 용의자를 체포하고 심문할 뿐이죠. 내가 보기에…… 현재 리스베트 살란데르의 입장은 몹시 불리한 게 사실이오. 이보다 더 가벼운 증거를 가지고 살인죄 판결을 받은 경우도 있으니까."

"내 질문에 아직 대답하지 않으셨습니다."

"모르겠소. 만일 그녀에게 죄가 없다면…… 그렇다면 선생 생각에는 과연 누가 그녀의 후견인과 선생의 두 친구를 살해할 이유가 있었을 것 같소?"

미카엘이 담뱃갑을 꺼내 부블란스키에게 내밀자, 부블란스키는 고개를 흔들었다. 미카엘은 경찰을 상대로 거짓말하고 싶지는 않았다. 하지만 그러기 위해서는 '살라'라는 사내에 대해 자신이 생각하는 바를 밝혀야 했다. 또 비밀 경찰 조직인 세포의 군나르 비에르크 총경 이야기도 해야 했다.

하지만 부블란스키와 그의 동료들 역시 '살라' 파일이 포함된 다그 스벤손의 자료를 가지고 있지 않겠는가? 그들도 파일을 열고 한 번 들여다보기만 하면 충분히 짐작할 수 있는 일 아니겠는가? 그러나 그들은 앞뒤 생각하지 않고 불도저처럼 리스베트만을 용의자로 몰아붙이며, 그녀의 사생활에 관련된 내밀한 사실들까지 매체들에 마구 공개하고 있었다……

또 미카엘은 살라 등을 의심하고 있었지만, 이 의심은 아직 막연한 상태에 머물러 있었다. 그는 확신이 생기기 전까지는 비에르크를 언급하고 싶지 않았다. **살라첸코**……. 미카엘은 살라첸코야말로 다그와 미아, 그리고 비우르만 사이의 연결점이라 생각하고 있었다. 문제는 비에르크가 구체적으로 밝힌 게 아무것도 없다는 사실이었다.

"지금 조사 중이니 조금만 기다리십시오. 곧 리스베트 쪽이 아닌 다른 방향의 가설을 들려드릴 테니까요."

"설마 그 방향이 경찰 쪽을 향하고 있는 건 아니겠죠?"

미카엘은 미소를 지었다.

"아닙니다. 아직은 아니에요. 그런데 미리암 우는 뭐라고 말합디까?"

"선생 얘기와 거의 비슷했소. 그녀는 살란데르와 관계가 있었던 모양이더군요."

이렇게 말하고 그는 미카엘의 표정을 살폈다.

"나하곤 전혀 상관없는 일입니다." 미카엘이 대꾸했다.

"미리암 우와 살란데르는 3년 동안 만났던 모양이오. 그런데 미리암은 살란데르의 과거에 대해 아무것도 몰랐소. 심지어 그녀가 어디서 일했는지조차 몰랐소. 믿기 어려운 일이지만, 거짓말하는 것 같지는 않았소."

"리스베트는 도깨비 같은 여자예요. 자기 신상에 대해선 전혀 입을 열지 않죠."

두 사람은 잠시 침묵을 지켰다.

"혹시 미리암 우의 전화번호를 가지고 있습니까?" 미카엘이 물었다.

"그렇소."

"내게 좀 줄 수 있어요?"

"안 되오."

"왜 안 되죠?"

"미카엘 씨, 이건 경찰 수사요. 우린 기기묘묘한 가설을 가지고 덤비는 사적인 수사관들이 필요 없단 말이외다."

"내가 어떤 확실한 가설을 가지고 있는 건 아닙니다. 단지 이 모든 수수께끼에 대한 답은 다그 스벤손의 자료 속에 들어 있다고 생각할 뿐이죠."

"미리암 우의 전화번호를 알고 싶다면, 혼자서도 어렵지 않게 찾아낼 수 있을 텐데요."

"그렇겠죠. 하지만 이미 알고 있는 사람에게 묻는 것이 가장 간단한 방법 아닙니까?"

부블란스키가 어이없다는 듯 푸 하고 한숨을 내쉬었다. 미카엘 역시 화가 울컥 치밀어 올랐다.

"조금 아까 '사적인 수사관' 이라는 표현을 쓰셨는데, 그럼 경찰이 이런 '보통 사람들' 보다 훨씬 똑똑하다고 생각하십니까?"

"그렇진 않소. 하지만 경찰은 전문적인 교육을 받고, 범죄 수사는 경찰의 임무라는 사실을 상기하셨으면 좋겠소."

"전문적인 교육이라면 우리 '사적인' 인간들도 받습니다." 미카엘은 또박또박 말했다. "그리고 사적인 수사가 범죄 수사의 영역에 있어 경찰보다 더 뛰어난 재능을 보이는 경우도 있지요."

"그건 선생 생각이지요."

"아뇨, 확실합니다. 자, 조위 라만의 예를 한번 봅시다. 죄가 없는 라만이 한 노파를 살해했다는 혐의로 3년 동안 옥살이를 했어요. 그런데 경찰은 뭘 했죠? 엉덩이로 의자만 데우면서 졸고 있었죠. 한 여교사가 여러 해를 들여가며 치열하게 '사적으로' 조사하지 않았다면 그는 지금 이 순간에도 감방에서 썩고 있겠죠. 그녀는 당신네 경찰들과는 달리 아무것도 없이 훌륭히 해냈어요. 또 라만의 무죄를 입증했을 뿐 아니라, 진범일 가능성이 큰 다른 용의자까지 지목했지요."

"라만 사건 때는 경찰 체면이 좀 깎인 게 사실이죠. 당시 검사가 명확한 사실들에 귀 기울여 듣지 않았거든요."

미카엘 블롬크비스트는 오랫동안 부블란스키를 쳐다보았다.

"부블란스키 형사…… 한 가지만 말하죠. 지금 리스베트의 경우에서도 당신네 '체면'은 깎이는 중이에요. 나는 리스베트가 다그와 미아를 죽이지 않았다고 단언합니다. 그리고 내가 그걸 증명하겠어요. 당신에게 다른 살해범을 찾아주겠다, 이 말입니다. 그러고 나서 이 모든 일에 대한 기사를 한 편 쓸 거예요. 당신과 당신 동료들 모두 읽는 게 상당히 괴로울 그런 기사 말이오."

집으로 돌아온 부블란스키는 이 문제에 대해 신과 대화를 나눠야 할 필요성을 느꼈다. 그는 시나고그 대신 폴쿵아가탄에 있는 가톨릭 성당으로 갔다. 맨 구석 벤치에 자리를 잡고, 한 시간 이상을 앉아 있었다. 유대인인 그는 가톨릭 성당과 아무 관계가 없었지만, 이따금 생각을 정리해야 할 일이 있을 때면 이렇듯 성당을 찾곤 했다. 그에게 성당은 조용히 생각하기에 적합한 장소 중 하나일 뿐이었고, 이렇게 가끔 이용한다 해서 하느님이 뭐라고 하실 것 같지도 않았던 것이다. 그가 생각하기에, 유대교와 가톨릭 사이에는 큰 차이가 있었다. 그가 시나고그에 가는 목적은 다른 사람들과 함께 있기 위함이었다. 반면 가톨릭 신도들이 성당에 가는 것은 하느님과의 평화를 이루기 위함이었다. 성당은 사람들을 침묵으로 이끌고, 그 안에 있는 사람들은 신과 대화하기 위해 혼자만의 정적을 원하는 것이다.

그는 리스베트 살란데르와 미리암 우에 대해 생각했다. 또 에리카 베르예르와 미카엘 블롬크비스트가 자신에게 숨겼을 것에 대해서도 생각해 보았다. 그는 두 사람이 살란데르에 대해 뭔가를 알고 있지만, 자신에게는 숨기고 있다고 확신했다. 혹시 그것이 살란데르가 블롬크비스트를 위해 했다는 '조사 업무'와 관련된 것일까? 그렇다면 그 '조사 업무'란 과연 무엇이었을까? 살란데르는 블롬크비스트가 베네르스트룀 사건을 터뜨리기 전까지 그를 위해 일했다고 했다. 그렇다면 그녀가 베네르스트룀의 비리를 폭로하는 일에 모종의 방식으로 관여했던 것일까? 하지만 부블란스키는 곧바로 이러한 가능성을 배제했다. 리스베트 살란데르 같은 여자가 그런 복잡한 금융 사건에서 무언가를 기여할 수 있다는 것 자체가 어불성설이라 여겼기 때문이다. 그녀가 제아무리 뛰어난 '대인 조사' 능력을 지녔다 할지라도.

부블란스키는 미간을 잔뜩 찌푸렸다.

그는 살란데르의 결백을 100퍼센트 확신하는 미카엘 블롬크비스트의 태도가 영 마음에 들지 않았다. 물론 자신도 갖가지 의혹이 들지 않는 것은 아니었다. 하지만 자신과 블롬크비스트는 처지가 다르지 않은가? 자신은 경찰관이고, 경찰이 하는 일 자체가 끊임없이 의심해 보는 것이다. 하지만 그는 뭔가? 민간인 아닌가? 일개 민간인이 사적인 수사관을 자처하며 경찰에 도전하고 있는 형국 아닌가?

그는 이런 사적인 수사관들이 수사에 끼어들어 왈가왈부하는 것을 싫어했다. 그들이 내놓는 것은 대부분 어떤 엄청난 음모에 대한 가설들인데, 이런 것들은 신문 기자들에겐 군침 도는 기삿거리겠지만, 경찰 입장에서 보면 쓸데없이 할 일만 잔뜩 늘어놓는 헛소리들일 뿐이다.

정말이지, 이번 살인 사건 수사는 그가 경험한 것 중에서 가장 형편없는 것이 되어가고 있었다. 지금 그는 완전히 방향을 잃은 채 허둥대고 있는 것이었다. 여태껏 이런 적은 별로 없었다. 그에게 살인 사건 수사는 반드시 어떤 논리적인 절차에 따라 진행되어야 하는 것이었다.

마리아토르예트에서 열일곱 살짜리 젊은 애가 칼에 찔려 피살된 시체로 발견되었다고 하자. 그러면 자동적으로, 사건 발생 한 시간 전 광장 주변이나 쇠드라 역 주변을 어정거리던 스킨헤드 패거리 혹은 다른 젊은 애들 패거리가 있었는지 알아봐야 한다. 그러면 친구, 지인, 증인 등이 차례로 나오고, 얼마 안 있으면 용의자의 윤곽이 자동적으로 드러나게 된다.

마흔두 살의 남자가 셰르홀멘의 한 술집에서 권총 세 발을 맞고 사망했는데, 그가 유고슬라비아 마피아의 하수인이라는 사실이 밝혀졌다고 하자. 이 경우에는 담배 밀수계의 통제권을 장악하려는 야심을 가진 신흥 조직들 가운데서 용의자를 찾아보아야 한다.

또 비교적 안정된 삶을 누리던 스물여섯 살의 양갓집 처녀가 자기 아파트에서 목 졸려 죽은 시체로 발견되었다고 하자. 이때는 그녀의 애인이 누구인지, 또 전날 저녁 술집에서 마지막으로 대화를 나쁜 사람은 누구인지를 알아보아야 한다.

부블란스키는 이런 유형의 수사를 너무도 많이 해왔기 때문에, 지금은 자면서도 처리할 수 있을 정도였다.

이번 수사도 시작은 사뭇 순조로웠다. 사건 발생 몇 시간 만에 용의자를 찾아낼 수 있었으니까. 리스베트 살란데르는 용의자 역할에 딱 부합되는 인물이라 할 수 있었다. 살아오는 내내 통제 불능의 폭력적 성향을 보여 준 공인된 정신 질환자였으니 더 이상 물어볼 필요도 없었다. 남은 일은 그저 붙잡아서 자백을 얻어낸 후, 정신 상태 판정 결과에 따라 자해 방지용 쿠션 벽이 설치된 감방으로 보내는 것뿐이었다. 그런데…… 지금 모든 것이 이상하게 흘러가고 있었다.

살란데르는 그녀의 주소지에 살고 있지 않았다. 또 드라간 아르만스키나 미카엘 블롬크비스트 같은 사회적 지위가 있는 인사들을 친구로 갖고 있었다. 수갑을 소품으로 사용하는 섹스에 탐닉하는 레즈비언과 관계를 가져왔고, 이로 인해 매체들은 연일 선정적인 기사들을 쏟아내고 있었다. 하는 일은 전혀 없는데, 은행 계좌에는 무려 250만 크로나가 들어 있다. 그것도 모자라 지금 미카엘 블롬크비스트는 여성 인신매매인지, 무슨 음모인지, 하여튼 골치 아프기 짝이 없는 황당한 이론들을 들고 나왔다. 게다가 꽤나 유명한 기자인 그가 그럴듯한 기사 한 편만 발표하면 세상은 난리가 날 터이고, 그러면 수사는 완전한 혼돈의 늪으로 빠져들 것이 불을 보듯 뻔했다.

무엇보다도 속 터지는 일은…… 용의자를 찾을 수 없다는 사실이었다. 땅콩만 한 체구의 그녀를, 특이한 외모에 온몸이 문신투성이라는 그녀를 말이다. 사건이 일어난 지 어느덧 2주일이 되어가건만, 경찰은 그녀의 털끝만 한 흔적도 찾아내지 못했다.

디스크성 탈장으로 병가 중인 세포의 '외국인 담당 특별부' 부장 군나르 비에르크는 미카엘 블룸크비스트의 방문 이후 비참한 24시간을 보내고 있었다. 그를 보내고 나서 시작된 등의 뻐근한 통증이 갈수록 심해졌다. 뜨거운 가마 속의 개미처럼 안절부절못하며 집 안을 서성거렸지만, 가슴은 답답했고 도대체 무엇을 해야 할지 알 수 없었다. 생각을 정리해 보려 애썼지만, 퍼즐 조각들은 제자리를 찾지 못하고 어지러이 떠다녔다.

한마디로 그는 지금 자신이 어떤 상황에 처해 있는지, 또 이 상황이 의미하는 바가 무엇인지, 명확하게 파악하지 못했다.

닐스 비우르만의 살해 소식을 들었을 때—다시 말해 변호사의 시체가 발견된 다음 날—그는 경악했다. 하지만 곧바로 리스베트 살란데르가 주요 용의자로 지목되고 그녀에 대한 추적이 시작되었다는 소식을 듣고는 크게 놀라지 않았다. 그는 TV 뉴스를 주의 깊게 시청하며, 때마다 집을 나와서 종류별로 신문을 사들고 들어와 관련 기사들을 한 자도 빼놓지 않고 샅샅이 읽어나갔다.

리스베트 살란데르가 정신 질환자이며, 사람도 죽일 수 있다는 사실, 그는 이를 단 1초도 의심해 보지 않았다. 그로서는 그녀의 혐의와 경찰 수사의 결론을 의심할 하등의 이유가 없었다. 오히려 그가 리스베트 살란데르에 대해 알고 있는 모든 사실이 그녀가 중증 사이코패스임을 말해 주고 있었다. 심지어 그는 수화기를 들어 경찰에 전화를 걸고 싶은 충동까지 느꼈다. 전화를 걸어 유익한 충고로써 수사에 기여하거나, 최소한 이 사건이 올바른 방향으로 처리될 수 있게끔 통제해 주고 싶었다. 하지만 그는 결국 그녀의 문제는 더 이상 자신과 무관하다는 사실을 상기했다. 그것은 더 이상 그의 소관이 아니었고, 다른 유능한 사람들이 그 일을 맡게 될 터였다. 더욱이 쓸데없이 전화를 하였다가 사람들의 이목이 자신에게 쏠릴 수도 있지 않은가? 그것이야말로 그가 무슨 일이 있어도 피하고 싶은 상황이었다. 하여 그는 긴장을 풀었고, TV에서 흘러나오는 뉴스들을 건성으로 듣게 되었다.

하지만 미카엘 블롬크비스트의 방문은 이러한 평화로운 상태를 완전히 뒤흔들어 놓았다. 살란데르가 벌인 광란의 살인극이 개인적으로 자신과도 연관될 수 있다는 사실, 또 희생자 중 하나가 자신을 스웨덴 전체에다 대고 고발하려 했다는 어떤 엿 같은 기자 녀석이었다는 사실……. 정말이지 그로서는 상상도 할 수 없는 사실들이었다.

아니, 그보다 더 충격적인 사실들이 있었다. 이 사건 가운데 '살라'라는 이름이 안전핀 뽑힌 수류탄처럼 불쑥 튀어나오리라고는 정말 꿈에도 생각 못했었다. 무엇보다 미카엘 블롬크비스트가 그 이름을 알고 있으리라고는……. 이 모든 것이 너무나도 말이 안 되는, 그의 이해 범위를 완전히 벗어나는 일들이었다.

미카엘의 방문이 있은 다음 날, 그는 옛 상관에게 전화를 걸었다. 지금은 라홀름에 살고 있는 일흔여덟의 노인네였다. 그는 무슨 일이 있어도 지금 이 상황이 어떻게 돌아가고 있는 건지 이해하고 싶었다. 그는 옛 상관과 대화를 이어가면서도, 자신이 전화한 것은 단순한 호기심, 혹은 과거 이 업무에 관여했던 사람으로서의 염려 때문이라는 느낌을 주려고 애썼다. 대화는 비교적 짧게 끝났다.

"비에르크올시다. 신문은 보셨겠지요?"

"그래, 그녀가 다시 나타났더군."

"많이 변하지 않았더군요."

"우리와는 더 이상 상관없는 일이지."

"하면 이 사건은 그것과……."

"그래, 그것과는 상관없다고 생각하네. 그건 이미 땅속에 묻혀

버린 일이니까. 이 둘을 연결 지을 사람은 아무도 없을 거야."

"하지만 죽은 사람이 다름 아닌 비우르만 아닙니까? 그가 그녀의 후견인이 된 것은 우연이 아니라고 생각합니다만……."

수화기 저편에서 잠시 침묵이 흘렀다.

"그렇네. 그건 우연이 아니었지. 3년 전에는 이 방법이 괜찮을 것 같아서 그랬던 거지. 이렇게 될 줄 누가 알았겠나?"

"비우르만은 무얼 알고 있었던 거죠?"

그의 옛 상관이 갑자기 킬킬거리며 웃었다.

"그자가 어떤 인물인지는 잘 알지 않나? 그는 뛰어난 연극배우는 못 되는 인간이야."

"그러니까 내 말은…… 그가 그 관계를 알고 있었냐는 말입니다. 혹시 그가 남긴 서류를 통해 그 사실이 세상에 드러나게 될 위험은……."

"없어. 물론 그런 위험은 없어. 자네가 무얼 알고 싶어 하는지 이해하겠네. 하지만 걱정할 필요는 전혀 없네. 이 모든 일 가운데서 살란데르는 항상 통제할 수 없는 요소였지. 그래서 우리가 비우르만을 후견인으로 붙여 준 거야. 그를 택한 이유는 단 하나, 그는 우리가 항상 가까이서 지켜볼 수 있는 인물이기 때문이었어. 미지의 요소를 사용하는 것보다는 그 방법이 훨씬 나았으니까. 만약 그녀가 지껄여댔다면, 그는 분명 우리에게 뛰어왔을 거야. 그리고 지금 이런 식으로 끝난 건 오히려 아주 잘된 일이야."

"왜죠?"

"그건…… 이 모든 사건이 해결되고 나면 살란데르는 다시 정신병원에 감금될 테니까. 이번에는 아주 오랫동안 있게 되겠지."

"그렇겠죠?"

"그러니 불안해할 필요가 없단 말일세. 마음 편히 몸이나 돌보라고. 자네 지금 병가 중이지 않은가?"

하지만 그는 결코 마음 편히 있을 수 없었다. 바로 미카엘 블롬크비스트 때문이었다. 그는 주방 식탁에 앉아 창밖의 융프루피에르덴 만을 바라보면서 자신이 처한 상황을 정리해 보려고 애썼다. 지금 그는 두 방면으로 위협받고 있었다.

우선 미카엘 블롬크비스트는 자신이 창녀들을 건드렸다는 사실을 고발하려 하고 있다. 그가 성매매 관련 법을 위반했다는 사실이 밝혀지면 경찰로서의 경력은 끝이었다.

하지만 더 심각한 문제는 미카엘 블롬크비스트가 살라첸코를 추적하고 있다는 사실이었다. 살라첸코는 이번 사건에 모종의 방식으로 연관되어 있는 것 같았다. 그런데 살라첸코가 드러나면 그 불똥은 또다시 비에르크 자신에게까지 튀게 되어 있었다.

그의 옛 상관은 비우르만이 남긴 서류에는 문제 될 만한 게 전혀 없다고 확신했다. 하지만 그는 잘못 생각하고 있었다. 거기에는 1991년의 보고서가 섞여 있었다. 군나르 비에르크는 그 사실을 잘 알고 있었다. 왜냐면 바로 그 자신이 비우르만에게 그걸 넘겨주었으므로.

그는 9개월 전 있었던 비우르만과의 만남을 떠올렸다. 두 사람은 스톡홀름 구시가에서 만났다. 어느 날 오후, 비우르만이 그의 근무처로 전화를 걸어 맥주 한잔하자고 제의했던 것이다. 두 사람은 권총 사격 등 여러 가지 잡다한 얘기를 나눴지만, 비우르만이 그를 불러낸 데에는 딴 목적이 있었다. 부탁할 게 있었던 것이다. 그는 살라첸코에 대해 물었다.

비에르크는 일어나 주방 창문으로 다가갔다. 그날 그는 술을 약간 마셨다. 아니, 사실은 상당히 취해 있었다. 그때 비우르만이 무엇을 물어왔었더라?

"그런데 말이야…… 지금 사건을 하나 맡고 있는데, 알고 있던 이름이 다시 튀어나와서……."

"아, 그래? 누군데?"

"알렉산드르 살라첸코. 그 사람, 기억나나?"

"물론이지. 쉽게 잊을 수 있는 사람은 아니잖아."

"그 사람, 지금 어떻게 됐나?"

엄밀히 말하자면, 살라첸코는 비우르만과 전혀 관계없는 인물이었다. 만일 다른 사람 같았으면 살라첸코에 대해 물어온 순간, 그에 대해 경계심을 품었을 터였다. 하지만 그는 리스베트 살란데르의 후견인이기 때문에 당연히 알고 있으려니 하고 별생각 없이 넘어갔었다. 비우르만은 옛날 보고서 하나가 필요하다고 말했다. 그리고 난 그에게 그걸 주었지…….

그로서는 엄청난 실수를 범했던 것이다. 그는 비우르만이 사실을 알고 있으리라 생각했다. 그렇지 않다면 오히려 이상한 일이라고 느꼈을 테니까. 그때 비우르만은 부탁을 하면서 이렇게 설명했다. 자네도 알다시피 관청에서는 뭐가 그리 복잡한지 모두 기밀문서 도장이 찍혀 있네. 한 번 열람하려면 신청하고 나서 몇 달을 기다려야 해. 특히 살라첸코에 관련된 문서 같은 것은 말일세. 그러니 자네가 편의 좀 봐주게나…….

하여 나는 일급 기밀 도장이 찍혀 있는 그 보고서를 그에게 주었지. 하지만 그때 비우르만에게는 정당하고 납득할 만한 이유가 있었어. 또 그는 쉽게 비밀을 누설할 인간이 아니었다고. 그래, 좀 덜떨어진 놈인 것은 사실이야. 하지만 입단속은 할 줄 아는 인간이었지. 그리고 난 이렇게 생각했어. 그 많은 세월이 흘렀는데 이게 무슨 문제를 일으킬 수 있겠나 하고…….

그렇다. 비우르만이 그를 속였던 것이다. 그는 단지 행정 절차

상의 불편함을 피하기 위해 부탁한다는 듯한 인상을 주었다. 그때 일을 생각해 볼수록 분명해졌다. 비우르만은 한마디 한마디를 지극히 조심스럽게, 지극히 계산적으로 하고 있었다.

그는 무얼 원했던 걸까? 그리고 살란데르는 왜 그를 죽인 걸까?

미카엘 블롬크비스트는 토요일 하루 동안, 룬다가탄의 아파트를 네 번이나 더 찾아갔지만 미리암 우는 없었다.

그는 그날, 호른스가탄의 카페에서 많은 시간을 보냈다. 가져간 노트북을 켜고 다그 스벤손이 millennium.se 주소로 보낸 이메일들과, 그가 '살라'라고 이름 붙인 폴더를 다시 한 번 읽어보았다. 살해되기 전의 마지막 몇 주일 동안, 다그 스벤손은 살라에 대한 조사에 점점 더 많은 시간을 쏟아 붓고 있었다.

미카엘은 당장에라도 다그 스벤손에게 전화를 걸어, 왜 '이리나 P.' 파일을 '살라' 폴더 속에 집어넣었는지, 그 이유를 물어보고 싶은 심정이었다. 미카엘이 생각할 수 있는 유일한 설명은, 다그가 이리나를 살해한 범인으로 살라를 의심했으리라는 것이었다.

오후 5시경, 부블란스키가 갑자기 그에게 전화를 걸어와 미리암 우의 휴대폰 번호를 알려 주었다. 이 경찰관이 대체 무슨 바람이 불어 생각을 바꾸었는지는 알 수 없는 노릇이었지만, 어쨌든 미카엘은 전화번호를 얻자마자 30분마다 한 번씩 전화를 걸었다. 마침내 미리암 우가 전화를 받은 것은 그날 밤 11시경이 되어서였다. 대화는 짧았다.

"안녕하세요, 미리암 씨. 난 미카엘 블롬크비스트라고 합니다."

"당신은 또 누구야?"

"난 기자예요. 《밀레니엄》이라는 잡지사에서 일하고 있죠."

미리암 우는 자신의 감정을 사뭇 격렬하게 표현했다.

"아, 그러셔? 바로 그 유명한 블롬크비스트이군요? 상관없으니 꺼지라고, 이 쓰레기 같은 기자 놈들아!"

그리고 그녀는 미카엘이 미처 용건을 설명하기도 전에 전화를 끊어버렸다. 그는 속으로 토뉘 스칼라에게 욕을 퍼부으며, 다시 한 번 전화를 걸었다. 하지만 그녀는 응답하지 않았다. 그는 절망적인 심정으로 문자 메시지를 보냈다.

제발, 연락해 줘요. 아주 중요한 일이오.

그녀는 응답하지 않았다.

토요일에서 일요일로 넘어가는 밤늦은 시간, 미카엘은 컴퓨터를 껐다. 그리고 옷을 벗고 이불 속으로 기어 들어갔다. 만사가 피곤했고, 옆에 에리카 베르예르가 있었으면 하는 마음뿐이었다.

4. 터미네이터 모드

3월 24일부터 4월 8일까지

방정식의 근(根)이란 미지수에 대입될 때
등식을 성립시키는 어떤 수를 말한다.
이때 근은 방정식을 만족시킨다고 말한다.
어떤 방정식을 푼다는 것은 그것의 모든 근을 찾아낸다는 것을 의미한다.
미지수에 어떤 값을 대입해도 성립하는 방정식을 항등식이라고 한다.

$$(a + b)^2 = a^2 + 2ab + b^2$$

21장
3월 24일 성목요일 ~ 4월 4일 월요일

리스베트 살란데르는 이 모든 극적인 사건들과 멀찌감치 떨어져 도피 생활의 첫 주간을 보냈다. 모세바케 공원 옆의 피스카르가탄에 있는 그녀의 아파트에 느긋하게 숨어 있었던 것이다. 휴대폰 전원은 꺼놓았고, SIM 카드도 빼놓았다. 더 이상 휴대폰을 사용할 생각이 없었다. 대신 각종 신문의 인터넷 판이며 TV 뉴스는 빠짐없이 챙겨 보았는데, 새로운 소식이 나올 때마다 그녀의 눈은 점점 더 둥그레졌다.

그녀는 자신의 증명사진이 처음에는 인터넷상에 뜨더니, 곧이어 TV 뉴스 때마다 나오는 것을 보고 미간을 잔뜩 찌푸렸다. 빌어먹을, 꼭 이런 사진을 써야만 했나? 잘 나온 사진도 아니었지만, 그런 식으로 보여 주니 자신이 보기에도 영락없는 정신 질환자였던 것이다.

아무도 모르는 익명의 존재가 되어 조용히 살아보려고 그토록 오랜 세월 노력해 왔건만, 이제 그녀는 스웨덴 왕국에서 가장 유명하고 공적인 인물이 되어버린 것이다. 참으로 흥미로운 일이 아닐 수 없었다. 3중 살인 혐의를 받고 있다고는 하지만, 기껏해야 조그 만 체구의 일개 여자 아닌가? 이런 자신에게 전국 수배령이 내릴 정도로 온 나라를 뒤흔드는 엄청난 사건이 되다니! 자신의 이야기 는 성적, 금전적인 온갖 범죄를 저지른 크누트뷔[10]의 사이비 종교 교주 사건과 거의 같은 비중으로 취급되고 있었다. 그녀는 매체들 이 쏟아내는 논평들이며 설명들을 호기심 어린 눈으로 읽어나갔 다. 개인 신상에 관련된 것이라 철저히 기밀이 보장되어야 할 자신 의 정신적 문제에 대한 사실들을 대체 어디서 알아냈는지 신문마 다 떠들어대고 있다는 사실이 사뭇 놀랍기도 하고 재미있기도 했 던 것이다. 그중 한 제목은 오랫동안 묻혀 있던 어떤 추억을 되살 아나게 했다.

감라스탄에서 폭행 혐의로 검거

과거 리스베트는 감라스탄 전철역에서 한 승객의 면상에다 발 길질을 하여 체포된 일이 있었는데, 그 사건 후에 작성된 법의학 조사서 사본을 TT통신의 한 리포터가 발 빠르게 입수하여 발표한 것이었다.

리스베트는 전철 안에서 일어났던 그 사건을 아주 잘 기억하고 있었다. 그날, 그녀는 헤예르스텐에 있는 임시 위탁 가정으로 귀가 하고 있던 중이었다. 로드만스가탄 역에서 생면부지의 사내 하나 가 그녀가 있는 객차 안으로 들어왔다. 그런데 술 한 방울 안 들어 간 듯 멀쩡해 보이는 사내가 다짜고짜 리스베트를 노려보기 시작 하는 것이었다. 나중에 알게 된 바에 의하면 그는 쉰두 살의 나이 에 이름은 칼 에베르트 블롬그렌이라는 자로, 집은 예블레이며 왕 년에는 밴디[11] 선수였다고 한다. 객차 안의 좌석은 반쯤 비어 있었지만 그는 리스베트 옆자리에 앉더니 대뜸 그녀를 괴롭히기 시작했다. 그녀의 무릎 위에 손을 올려놓고 "나랑 같이 가면 200크로나 줄게." 같은 식의 대화를 시도했던 것이다. 그녀가 아예 무시하고 대꾸하지 않자, 그는 더욱 치근덕거리면서 아예 그녀를 창녀 취급하는 것이었다. 그녀는 여전히 대꾸하지 않았고 T-센트랄렌 역에서는 다른 자리로 옮겼지만 한 번 끓어오른 그의 열기는 쉽게 가라앉지 않았다.

전철이 감라스탄에 이르자 사내는 뒤에서 그녀의 몸에 팔을 두르더니, 스웨터 속에 손을 집어넣었다. 그러면서 그녀의 귀에 대고 너는 창녀라고 속닥대는 것이었다. 리스베트 살란데르는 전철 안에서 생면부지의 사내로부터 창녀라는 말을 듣자 기분이 썩 좋지 않았다. 하여 대답 대신 팔꿈치로 그의 눈을 친 다음, 두 손으로 철봉 기둥을 잡고 발뒤꿈치로 그의 콧등을 내리찍었다. 사내는 엄청나게 피를 흘렸다.

그녀는 전철이 플랫폼에 도착했을 때 객차에서 빠져나갈 수도 있었을 것이다. 하지만 펑크족 옷차림에 머리를 파란색으로 물들인 게 잘못이었다. 무엇보다도 그녀가 작은 체구의 소녀라는 게 문제였다. 의협심 강한 친구 하나가 그녀를 덮쳤고, 경찰이 올 때까지 바닥에 꼼짝 못하게 제압해 놓았던 것이다.

그녀는 자신의 성(性)과 작은 체구를 저주했다. 자신이 남자였다면 누가 감히 자신을 덮치려 들었겠는가?

그녀는 왜 자신이 칼 에베르트 블룸그렌의 면상에 발길질을 했는지에 대해 설명하려고조차 하지 않았다. 그녀는 제복 입은 인간들에게는 아무것도 설명할 필요가 없다고 생각하고 있었던 것이다. 심리 전문가들이 그녀의 정신 상태를 평가한답시며 온갖 질문을 던졌지만 그녀는 자신의 원칙에 따라 대답을 거부했다. 다행히 사건을 옆에서 지켜본 사람들이 있었다. 특히 헤르뇌산드에 거주하는 한 강직한 여성이 그 자리에서 증언을 자청했다. 나중에 중도파 국회 의원으로 밝혀진 그녀는 블롬그렌이 살란데르의 공격을 받기 전, 먼저 그녀에게 치근댔다고 말했다. 얼마 후 블롬그렌은 이미 풍기 문란죄로 두 번이나 처벌 받은 적이 있다는 사실이 밝혀졌고, 검사는 리스베트에 대한 고소를 포기했다. 그렇다고 해서 그녀에 대한 사회 복지 기관의 조사가 중단되었다는 말은 아니었다. 이 사건으로 인해 조사는 한결 힘을 받았고, 결국 얼마 후 지방 법원은 그녀를 법적 무능력자로 판결했다. 이에 따라 그녀는 처음엔 홀예르 팔름그렌을, 그리고 나중에는 닐스 비우르만을 후견인으로 맞아야 했던 것이다.

그런데 지금, 이 모든 내밀한 개인적 사실들이 인터넷상에서 만인의 눈앞에 발가벗겨지고 있었다. 또 이렇게 공개된 이력서는 초등학교 때부터 주변 사람들과 마찰을 빚은 일들이며, 청소년기 초반 때 아동 정신병원에 강제 입원된 사실 등으로 다채롭게 윤색되고 있었다.

매체들은 리스베트 살란데르의 정신 상태에 대해 다양한 진단을 내놓았다. 그녀는 때로는 정신 질환자로, 때론 심각한 피해망상증 성향이 있는 정신 분열증 환자로 묘사되었다. 하지만 신문들은 한결같이 그녀를 정신적 발달 장애인으로 묘사하고 있었다. 그녀는 학교에서 수업을 제대로 따라가지 못했고, 그 결과 성적표도 받지 못하고 중퇴해야 했다는 것이었다. 대중으로선 그녀가 폭력적 성향이 있는 불안정한 정신의 소유자라는 사실을 받아들이지 않을 수 없었다.

게다가 리스베트 살란데르가 미리암 우라는 유명한 레즈비언의 여자 친구라는 사실이 밝혀지자, 여러 신문들이 앞다투어 두 여자에 대한 합법적인 린치에 동참했다. 미리암 우는 '게이 프라이드 페스티벌' 때 베니타 코스타 쇼에 출연한 적이 있었다. 이 도발적인 성격의 쇼에서 밈미는 멜빵이 달린 검정 가죽 바지, 반들거리는 굽 높은 부츠에 젖가슴을 드러낸 모습으로 촬영된 바 있었다. 더욱이 그녀는 매체들이 빈번히 인용하는 유명한 게이 잡지에 여러 편의 글을 썼으며, 도발적인 쇼들에 참여한 것과 관련하여 인터뷰도 몇 차례 가졌었다. 매체들은 이러한 사실들을 신이 나서 떠들어댔다. 레즈비언―연쇄 살인범―사도마조히즘 섹스의 조합은 발행 부수를 늘리는 데 최고의 비방이라고 생각했던 모양이다.

성매매를 다룬 미아 베리만의 논문이 리스베트 살란데르로 하여금 범죄를 저지르게 했다고 주장하는 신문들도 여럿 있었다. 왜냐면 '사회 복지 기관 담당자의 말에 따르면' 그녀가 매춘부이기 때문이라는 것이었다.

주말 무렵에 매체들은 살란데르가 사탄주의를 표방하면서 깝죽대는 젊은 여자 패거리와도 관계있다는 사실을 발견해 냈다. 그 그룹의 이름은 '이블 핑거즈'였고, 여기서 영감을 얻은 한 나이 지긋한 문화 담당 남성 기자가 장문의 기사를 썼다. 요즘 젊은이들의 불안정성과, 스킨헤드 문화에서 힙합에 이르기까지 이 사회 곳곳에 숨어 있는 위험스러운 요소들에 대해 개탄하는 내용이었다.

이제 스웨덴 국민들은 리스베트 살란데르에 대해서라면 모르는 게 없을 정도가 되었다. 여러 매체들의 주장들을 종합하면, 현재 경찰은 사도마조히즘 섹스를 권장하며 사회 전반과, 특히 남성들을 증오하는 사탄주의적 여성 그룹에 속해 있는 한 정신 이상 레즈비언을 추적하고 있었다. 살란데르가 지난해 외국에 있었다는 점을 감안하여, 해외에도 관련 인물들이 존재할 가능성을 내비쳤다.

매체들의 호들갑스러운 기사들을 읽어나가던 리스베트 살란데르는 딱 한 번 격렬한 감정적인 반응을 보였다. 제목 하나가 그녀의 눈길을 끌었다.

"우리는 그녀가 무서웠다."
　─교사들과 급우들의 증언에 따르면, 그녀는 그들을 죽이겠다며 위협했다고.

　여기서 증언했다는 사람은 전직 교사였고, 지금은 실크 페인팅 일을 하고 있는 비르기타 미오스라는 여자였다. 그녀는 리스베트 살란데르가 급우들을 위협했으며, 심지어는 교사들까지 그녀를 두려워했다고 떠들어댔다.

　실제로 리스베트는 미오스와 맞부딪친 적이 있었다. 하지만 그들의 만남은 그렇게 순수한 것만은 아니었다.

　리스베트는 당시 자신이 불과 열한 살이었다는 사실을 떠올리며 아랫입술을 꼭 깨물었다. 실력이 엉망인 수학 대체 교사였던 미오스가 질문을 던졌고, 리스베트는 제대로 답변했다. 그런데 교과서에 나와 있는 정답은 그게 아니었다. 사실은 교과서에 착오가 있었던 것으로, 리스베트는 모든 사람이 당연히 그 사실을 알리라고 생각했다. 하지만 미오스는 점점 더 집요하게 정답을 요구했고, 그에 따라 리스베트는 문제에 대해 토론하는 것 자체에 싫증이 났다. 결국 그녀는 아랫입술을 불쑥 내밀고 입을 꾹 다문 채 꿈쩍도 하지 않았고, 답답해진 미오스는 대답하라면서 그녀의 어깨를 붙잡고 흔들어댔다. 그러자 리스베트는 그녀의 얼굴에 책을 집어던졌고, 이어 약간의 소동이 벌어졌다. 리스베트는 급우들이 달려들어 그녀를 제압하자 침을 뱉고 사방에 발길질을 해댔다.

이 사건을 전하는 석간지는 기사에 꽤 넓은 지면을 할애했다. 그뿐이 아니었다. 기사 옆에는 당시 리스베트의 급우였던 어떤 청년이 그들이 다니던 학교 정문 앞에 서서 포즈를 취하고 있는 사진과 함께, 사진 밑에는 청년의 증언이 포함된 설명문이 붙어 있었다. 문제의 청년 이름은 다비드 구스타브손으로, 현재 금융 컨설턴트로 일한다고 자신을 소개했다. 그는 주장하기를, 급우들은 리스베트 살란데르를 두려워했는데, 그것은 어느 날 그녀가 누군가를 "죽여 버리겠다."라고 위협했기 때문이라고 했다. 리스베트는 다비드 구스타브손을 기억하고 있었다. 학창 시절 그녀를 가장 심하게 괴롭힌 녀석 중 하나였던 것이다. 뚱뚱한 몸집에 최소한의 지능을 겸비한 이 난폭한 소년은 틈만 나면 욕을 해댔고, 복도에서 마주칠 때마다 팔꿈치로 치곤 했다. 어느 날 점심시간 때였다. 녀석이 체육관 뒤뜰에서 그녀를 공격했고, 그녀는 언제나처럼 방어하기 위해 싸웠다. 덩치로 볼 때 상대가 되지 않는 싸움이었지만, 그녀는 항복하느니 차라리 죽는 게 낫다고 생각하는 아이였다. 그렇게 해서 처음에는 대수롭지 않은 가벼운 충돌이 큰 싸움으로 발전했고, 많은 아이들이 둘러서서 다비드 구스타브손이 리스베트 살란데르를 한없이 구타하는 장면을 구경했다. 처음에 아이들은 싸움 구경에 재미있어 했다. 하지만 이 백치 같은 계집아이는 자신의 몸을 돌보지 않고, 땅바닥에 뒹굴면서도 저항했다. 그러면서도 울거나 빌지도 않았다.

얼마 후, 아이들까지 그 잔인한 광경을 더 이상 견디지 못하게 되었다. 다비드는 체격에 있어 너무 우월했고 리스베트는 속수무책으로 얻어맞고 있었기 때문에, 다비드의 위신이 오히려 깎이기 시작했다. 그는 자기 힘으로 끝맺을 수 없는 일을 시작한 셈이었다. 결국 그는 크게 주먹 두 방을 날렸고, 리스베트는 입술이 찢어지고 숨이 막히는 듯한 고통을 느꼈다. 그녀는 만신창이가 되어 널 브러졌다. 그런 그녀를 남겨 놓고 아이들은 웃으면서 체육관 건물 모퉁이를 돌아 사라져갔다.

리스베트 살란데르는 상처를 치료하기 위해 집으로 돌아갔다. 이틀 후, 그녀는 야구 방망이를 들고 학교에 나타났다. 그리고 학교 운동장 한가운데서 다비드의 귀 부분을 후려쳤다. 소년이 그대로 땅바닥에 무너져 내리자, 리스베트는 야구 방망이 끝으로 그의 목을 누르며 몸을 굽혀 속삭였다. 두 번 다시 자기 몸에 손을 대면 죽여 버리겠노라고. 이어 일이 벌어진 것을 알게 된 어른들이 달려와 다비드를 양호실로 데려갔고, 리스베트는 교장실로 끌려가 그의 선고를 받아야만 했다. 그리고 처벌, 생활 기록부상의 특별 언급, 사회 복지 기관의 조사 등이 이어졌다.

15년 동안 리스베트는 한 번도 그들을 다시 생각해 본 적이 없었다. 하지만 신문을 읽으며 리스베트는 그들에 대해 새로운 관심이 생겼다. 이제 조금 한가해지면 이 두 사람이 현재 하는 일에 대해 좀 더 자세히 조사해 보리라.

리스베트 살란데르에 대한 기사들은 그녀를 전국구 유명 인사로 만들었다. 그녀의 모든 과거가 낱낱이 검토되고 해부되었으며, 지극히 상세한 부분까지 일반에 공개되었다. 초등학교 시절의 발작적인 행동들부터 웁살라 근처에 위치한 상트 스테판 아동 정신병원에 2년 넘게 강제 입원했던 일까지.

그녀는 이 병원의 수석 의사 페테르 텔레보리안이 TV에 나와 인터뷰하는 것을 보고는 귀를 쫑긋 세웠다. 그를 마지막으로 본 것은 8년 전, 그녀에게 법적 무능력자 판정을 내리기 위한 법원의 심의가 있었을 때였다. TV 화면에 나타난 그는 이마에 굵은 주름을 잔뜩 그리고 짤막한 염소수염을 매만지면서 자못 심각한 표정으로 리포터에게 다음과 같이 답변하고 있었다. 나는 업무상의 비밀을 공개할 수 없는 입장이에요. 때문에 어떤 특별한 환자에 대해 구체적으로 언급할 수는 없죠. 하여 단지 다음의 사실을 지적할 뿐입니다. 즉, 리스베트 살란데르는 특별한 치료를 요하는 매우 복잡한 사례였어요. 따라서 나는 그녀를 적절한 시설에 수용하여 그녀에게 필요한 보살핌을 제공해야 한다고 권고했죠. 하지만 법원은 이를 무시하고 후견인을 붙여 사회에 내보냈습니다. 정말이지, 한심한 일이 아닐 수 없습니다……. 또 그는 이러한 법원의 실수로 무고한 세 명의 시민이 희생된 것을 개탄하며, 말이 나온 김에 지난 수십 년간 정부가 무리하게 추진해 온 정신 치료 기관에 대한 예산 삭감 정책을 신랄하게 비난했다.

여기서 리스베트 살란데르는 한 가지 흥미로운 사실을 발견했다. 텔레보리안 박사가 이끄는 아동 정신병원에서 가장 흔히 사용되는 치료 형태가 '과민한 중증 환자'들을 이른바 '모든 자극이 제거된' 독방에 가둬놓는 것이라는 사실을 밝히는 신문이 하나도 없었던 것이다. 그 방에는 가죽끈이 달린 좁다란 간이침대가 놓여 있었다. 박사가 내세우는 과학적 설명에 의하면 '자극'은 발작을 일으킬 수 있고, 따라서 과민한 아동들은 자극을 피해야 한다는 것이었다.

나중에 그녀는 이러한 상황을 묘사하는 또 다른 용어가 존재한다는 걸 알게 되었다. 감각적 박탈……. 전쟁 포로들을 감각적 박탈 상황에 노출시키는 것은 이미 제네바 협약에 따라 비인도적 행위로 분류된 바 있었다. 그것은 역대의 독재 정권들이 이른바 '뇌세탁' 실험을 할 때 즐겨 사용하던 단골 메뉴이기도 했다. 또 어떤 자료들에 따르면, 1930년대 모스크바를 휩쓴 스탈린의 정치 숙청 당시, 정치범들이 겪어야 했던 온갖 기상천외한 고문들 가운데 이

잔혹한 '요법'도 포함되어 있었다고 한다.

　TV 화면에서 페테르 텔레보리안의 얼굴을 본 순간, 리스베트의 심장은 차디차게 얼어붙었다. 아직도 저자는 그 구역질 나는 애프터 셰이브 로션을 사용하고 있을까? 그녀에게 그 '요법'을 부과했던 장본인, 그가 바로 텔레보리안이었다. 당시 그녀는 그들이 자신을 어떻게 하려는 것인지 전혀 이해하지 못했다. 아마 내 잘못을 깨닫게 해주겠다고 어떤 요법을 쓰려는 것이겠지……. 단지 이렇게 생각했을 뿐이다. 그러나 한 가지 사실만은 금방 깨달을 수 있었다. 이른바 '과민한 중증 환자'란 텔레보리안의 생각이나 지식에 대해 문제를 제기하는 환자를 의미한다는 사실이었다.

　그렇게 하여 리스베트 살란데르는 16세기에 가장 흔히 사용되던 정신병 치료 방법이 21세기로 접어든 이 시대에도 상트 스테판에선 버젓이 사용되고 있다는 사실을 알게 되었다.

　그녀는 상트 스테판에서 보낸 시간 중 거의 절반을 '모든 자극이 제거된' 방의 간이침대 위에서 보내야 했다. 그것은 일종의 신기록이었다.

　텔레보리안은 그녀를 성적으로 건드리지는 않았다. 의심을 살 만한 상황에서는 결코 그녀와 접촉하지 않았다. 단 한 번, 그녀가 독방 안에 묶여 있을 때, 마치 무언가를 꾸짖는 듯하면서 그녀의 어깨에 손을 올려놓은 적은 있었다. 그녀는 그때 생긴 자신의 잇자국이 아직도 텔레보리안의 엄지손가락에 남아 있을지 궁금했다.

　둘의 관계는 결투의 양상을 띠었다. 텔레보리안이 손에 모든 패를 쥐고 있는 불공정한 결투……. 이에 맞서는 리스베트의 방법은 자기 안에 숨어 들어가 나오지 않거나, 방 안에 있는 그의 존재를 철저히 무시하는 것이었다.

　두 명의 여자 경찰에게 이끌려 상트 스테판에 이송되어 왔을 때, 그녀는 불과 열두 살이었다. '모든 악'이 일어난 지 몇 주일 뒤였다. 그녀는 당시의 일을 아주 세세한 것까지 모두 기억하고 있었다. 처음에 그녀는 모든 일이 잘 해결되리라 기대했다. 하여 그녀는 사람들을 붙잡고 왜 이 사건이 일어나게 되었는지, 자기 나름대로 설명해 보려고 애썼다. 경찰관들에게, 사회 복지 기관 사람들에게, 병원 직원들에게, 간호사들에게, 의사들에게, 심리 전문가들에게, 심지어는 그녀를 위해 기도하러 온 목사에게까지. 그녀를 뒷자리에 실은 경찰차가 벤네르그렌 센터[12]를 지나 웁살라로 향하는 도로로 접어들었을 때, 그녀는 지금 자신이 어디로 끌려가는지조차 몰랐다. 아무도 말해 주지 않았던 것이다. 그제야 그녀는 무언가 일이 잘 풀리지 않으리라는 걸 예감했다.

텔레보리안을 만난 그녀는 그에게도 설명해 보려고 했다.

하지만 이 모든 노력의 결과로…… 그녀는 간이침대에 묶여 만으로 열세 살이 되는 밤을 보내야 했다.

페테르 텔레보리안은 리스베트 살란데르가 평생 만나본 사람 중에 가장 구역질 나고도 비열한 사디스트였다. 그녀가 보기에, 그는 추악하기론 비우르만보다 몇 배 더했다. 물론 비우르만도 난폭하고 교활한 자이긴 했지만, 어쨌든 그녀가 제어하는 것이 가능했다. 하지만 페테르 텔레보리안은 달랐다. 그는 각종 서류와 사회적 존경과 학문적 명성, 그리고 알쏭달쏭한 심리학 용어들로 겹겹이 쳐진 장막 뒤에 몸을 숨기고 있었다. 그리하여 그의 모든 행동은 이 세상의 비판과 고발로부터 철저히 보호되고 있었다.

그래, 말 안 듣는 계집아이들을 가죽끈으로 묶어놓는 임무를 그에게 부여한 것은 바로 이 나라였어!

간이침대 위에 누운 소녀의 몸을 의사가 가죽띠로 고정시킬 때마다 둘의 시선이 마주치곤 했다. 그의 눈빛 속에서 리스베트는 그가 흥분했음을 읽어냈다. 그녀는 알고 있었다. 그리고 그는 그녀도 알고 있다는 사실을 눈치챘다. 메시지는 전달되었던 것이다.

열세 살 되던 날 밤, 그녀는 페테르 텔레보리안과는, 아니 이 세상의 그 어떤 심리 전문가나 정신병 의사와는 더 이상 한마디의 말도 나누지 않으리라 결심했다. 그것은 그녀가 스스로에게 준 생일 선물이었다. 그리고 그녀는 그 약속을 철저히 지켰다. 그녀는 알고 있었다. 이로 인해 페테르 텔레보리안의 욕구가 좌절되었다는 사실을. 이로 인해 그녀가 독방에 묶여 지내는 밤들이 더 늘어나게 되었다는 사실을. 하지만 그녀는 그 정도의 대가는 충분히 치를 준비가 되어 있었다.

그녀는 자신을 완벽하게 제어하는 법을 배우게 되었다. 더 이상 발악하지도 않았고, 독방에서 나오는 날 사방에 물건을 집어던지는 일도 없었다.

하지만 의사들에게는 말하지 않았다.

반면에 간호사나 식당 직원 혹은 청소부 아줌마들에게는 스스럼없이, 그리고 예의 바른 태도로 말을 건넸다. 이러한 행동이 사람들의 눈에 띄지 않을 리 없었다. 리스베트가 어느 정도 호감을 느끼고 있던 카롤리나라는 상냥한 간호사가 어느 날 그녀에게 물었다. 왜 그런 식으로 행동하느냐고.

넌 왜 의사들하곤 말하려 하지 않니?

그들은 내가 말하는 걸 듣지 않으니까요.

사실 이 대답은 계산된 것이었다. 그것이 그녀가 의사들과 소통하는 방식이었다. 그녀는 자신이 하는 모든 말이 파일에 기록된다는 사실을 잘 알고 있었고, 이런 식으로 자신의 침묵은 이성적인 결정의 결과라는 사실을 그들에게 알려 주었던 것이다.

상트 스테판에서의 마지막 해, 리스베트가 독방에 갇히는 횟수는 점점 줄어들었다. 물론 전혀 없지는 않았다. 그것은 그녀가 페테르 텔레보리안의 자존심을 무참히 짓뭉개 놓을 때 일어났다. 그는 그녀의 집요한 침묵을 부수고, 그녀로 하여금 자신이 존재한다는 사실을 인정하게 만들려고 끊임없이 노력했다. 하지만 그런 기대를 품고 시선을 던져오는 그에게 그녀는 쓰라린 좌절감만 안겨주었던 것이다.

어느 날, 텔레보리안은 그녀에게 안정제를 투여하기로 결정했다. 호흡 곤란을 유발하고 아무 생각도 할 수 없게 만들다가, 결국에는 고통스러운 불안감을 느끼게 하는 약이었다. 그녀는 약을 거부했고, 그러자 1일 3회씩 그 알약들을 강제로 삼키게 하라는 결정이 떨어졌다.

그녀의 저항은 너무도 격렬하여, 직원들이 그녀를 붙잡고 강제로 입을 벌려 약을 집어넣어야만 했다. 처음에 리스베트는 목구멍에 손가락을 집어넣어 휘저었고, 그날 점심때 먹은 것을 토하여 옆에 있던 간호조무사의 몸에 쏟아냈다. 그러자 사람들은 그녀의 몸을 꽁꽁 묶어놓고 나서 알약들을 삼키게 했다. 하지만 리스베트는 손가락을 목구멍에 집어넣지 않고도 토하는 법을 터득함으로써 이에 저항했다. 그녀의 거부가 너무 거센 데다, 약 하나 먹이는 데 너무 많은 수고와 인력이 필요하게 되자 결국 그 시도는 중단되었다.

그녀가 스톡홀름의 한 위탁 가정으로 들어가게 된 것은 그녀의 열다섯 살 생일이 조금 지나서였다. 느닷없이 일어난 변화였다. 당시 페테르 텔레보리안은 병원의 수석 의사가 아니었고, 리스베트 살란데르는 이 사실만이 자신의 갑작스러운 해방을 설명해 준다고 확신했다. 만일 그때 텔레보리안이 단독으로 결정할 수 있는 위치였다면, 그녀는 아직도 독방의 간이침대 위에 묶여 지내는 신세이리라.

그리고 지금 그녀는 TV 화면으로 그를 보고 있었다. 갑자기 궁금한 생각이 들었다. 아직도 저 인간은 나를 환자로 데리고 있고 싶어 하는 걸까? 아니면 그의 성적 환상을 만족시키기엔 내가 너무 나이 들었다고 생각하고 있을까? 텔레보리안은 그녀를 퇴원시킨 법원의 결정을 그럴듯한 논리로 비판했고, 이에 감동한 리포터는 법원의 잘못에 함께 분개하기만 할 뿐, 그에게 응당 해야 할 질문들을 잊고 있었다. 지금 페테르 텔레보리안에게 감히 반박하려는 사람은 아무도 없었다. 상트 스테판의 전 수석 의사는 세상을 뜬 지 오래였다. 살란데르 건의 심의를 주재했으며, 이 모든 일 가운데 본의 아니게 악역을 맡게 된 지방 법원 판사는 은퇴해 있었다. 그는 언론에 자신의 의견을 밝히기를 거부했다.

리스베트는 스웨덴 중부의 한 지방 신문 웹 페이지에서 가장 황당한 기사를 발견했다. 그녀는 기사를 세 번이나 읽어본 후 컴퓨터를 끄고 담배 한 대를 피워 물었다. 그녀는 창과 벽이 이루는 구석에 쿠션을 내려놓고 거기에 등을 기대고 앉아 바깥의 야경을 내려다보았다. 참으로 어이없고도 허탈한 심정이었다.

한 어린 시절 친구의 증언에 따르면, "그녀는 양성애자였다!"

3중 살인 혐의로 쫓기고 있는 이 26세의 여인은 고독하고 내성적인 인물로, 학교생활에 적응하는 데 큰 어려움을 겪었다고 한다. 그녀를 사회화해 보려는 주변의 숱한 시도가 있었음에도, 그녀는 항상 친구들과 동떨어져 외톨이로 지냈다.

"그녀는 자신의 성적 정체성을 확립하는 데 큰 어려움을 느끼고 있는 것 같았어요." 학교 시절 그녀의 몇몇 안 되는 친구 중 하나였던 요한나는 이렇게 회상했다. "아주 어린 시절부터 그녀는 여느 아이들과 달랐고, 양성애적 성향을 드러냈죠. 우리는 그런 그녀를 많이 걱정해 주었어요."

이어 기사는 요한나가 기억해 낸 몇 가지 일화를 소개했다. 리스베트는 눈썹을 찌푸렸다. 그녀로서는 그 일화들도, 요한나라는 이름의 친구도 기억할 수 없었던 것이다. 아무리 기억을 더듬어봐도 '친한 친구'라고 할 만한 사람, 그리고 학교 시절 자신을 사회화시켜 주려고 시도했던 사람은 전혀 생각나지 않았다.

기사는 그 일화들이 일어난 시기에 대해서는 명확히 밝히지 않고 있었다. 하지만 그녀는 열두 살 때 학교를 떠나지 않았던가? 그렇다면 그녀를 걱정해 준 학교 친구는 아직 사춘기도 안 된 그녀에게서 양성애적 성향을 발견했다는 말이 아닌가!

일주일 동안 그야말로 봇물 터지듯 쏟아져 나온 그녀에 대한 기사 중에서 요한나의 인터뷰 기사야말로 가장 어처구니없는 것이었다. 날조된 게 분명했다. 리포터가 어떤 허언증 환자를 만난 것이 아니라면, 기자 자신이 직접 꾸며냈을 터였다. 리스베트는 기자의 이름을 적어놓고, 장차 연구해 볼 대상 목록에 포함시켰다.

그녀에게 동정적인 어조를 보이는 기사가 전혀 없는 것은 아니었다. '이 사회의 파행' 혹은 '그녀는 그녀에게 필요한 도움을 받은 적이 한 번도 없었다.' 같은 제목을 단 이런 기사들은 사회 시스템 전반에 대한 비판을 살짝 내비치고 있었다. 하지만 이런 기사들마저도 리스베트 살란데르를 최악의 공공의 적—광기에 휩싸여 세 명의 선량한 시민을 살해한 살인마—으로 간주한다는 점에서는 여느 기사들과 별반 다르지 않았다.

매체들이 자신의 삶에 대해 쏟아내는 갖가지 해석들을 흥미롭게 읽어나가던 리스베트는 자신에 대한 일반의 지식 가운데 하나의 큰 공백이 있음을 알게 되었다. 매체들은 자기 삶의 가장 사적이고 비밀스러운 세부들에 대한 정보를 거의 무한정 확보하고 있는 반면, 그녀가 열세 살이 되기 전에 일어난 그 '모든 악' 사건은 완전히 놓치고 있었던 것이다. 그녀에 대한 지식은 유치원에서부터 열한 살 때까지 이어진 다음, 그녀가 아동 정신병원에서 나와 위탁 가정에 들어가게 된 열다섯 살 때부터 다시 시작되고 있었다.

이로 미루어보건대, 매체들에 그녀의 정보를 제공하고 있는 경찰 누군가가 리스베트로서는 알 수 없는 어떤 이유로, '모든 악'을 빼놓기로 결정한 듯했다. 이 사실은 그녀의 흥미를 끌었다. 분명 경찰은 지금 그녀의 폭력적인 성향을 부각시키려 애쓰고 있었다. 그렇다면 그녀의 파일에 기록된 것 중 가장 무거운 범죄일 수 있는 그 사건, 학교 시절에 범한 그 모든 자질구레한 '비행(非行)'들을 훌쩍 뛰어넘는 그 엄청난 사건을 왜 빼놓고 있는가? 그녀가 웁살라로 이송되어 상트 스테판 아동 정신병원에 강제 입원하게 된 원인이 된 사건인데 말이다.

부활절 일요일, 리스베트는 경찰 수사 상황을 나름대로 정리해나갔다. 매체들이 제공하는 데이터는 수사 팀의 윤곽을 파악할 수 있게 해주었다. 예비 수사를 책임지고 있는 사람은 엑스트룀 검사였고, 기자 회견 때 마이크를 잡는 사람도 그였다. 그러나 실제로 수사를 이끄는 사람은 범죄 수사관 얀 부블란스키였다. 약간 뚱뚱한 몸집에 후줄근한 재킷을 입고 다니는 그는 기자 회견 때 엑스트룀 옆에 앉는 일이 더러 있었다.

며칠 후, 리스베트는 수사 팀에 소니아 모디그라는 여자가 있고, 비우르만의 시체를 발견한 사람이 바로 그녀라는 사실을 알게 되었다. 또 한스 파스테와 쿠르트 스벤손의 이름도 찾아냈으나, 신문에 전혀 나오지 않는 예르셰르 홀름베리의 존재는 놓치고 있었다. 그녀는 컴퓨터 안에 각 수사관의 폴더를 하나씩 만들어, 새로운 데이터가 생기는 대로 그 안에 집어넣기 시작했다.

수사 진척 상황에 대한 정보가 들어 있는 곳은 물론 담당 수사관들이 사용하는, 그리고 그 데이터가 경찰서 중앙 서버에 백업되는 업무용 컴퓨터들 안이었다. 리스베트는 경찰의 인트라넷[13]을 해킹하는 것이 꽤 어렵긴 하지만, 전혀 불가능한 일은 아니라는 사실을 알고 있었다. 사실, 이번이 처음은 아니었던 것이다.

4년 전, 드라간 아르만스키 아래서 어떤 임무를 맡았을 때였다. 그녀는 조사 대상에 대한 자기 나름의 수사를 진행할 필요가 있었고, 이를 위해 경찰의 인트라넷 조직도를 만들어놓고, 수사 기록에 파고 들어갈 수 있는 가능성을 궁리해 보았다. 하지만 이런 불법 침투 시도는 처참한 실패로 끝났었다. 경찰의 방화벽이 너무 정교한 데다, 들어가 보면 느닷없이 불쾌한 광고만 튀어나오는 갖가지 함정들이 여기저기 도사리고 있었다.

경찰의 인트라넷은 그들 고유의 규칙에 따라 자체 케이블 망으로 구축되어 있어, 인터넷 등 외부의 접속으로부터 격리되어 있었다. 다시 말해, 인트라넷 접속 권한이 있어서 그녀 대신 조사해 줄 경찰관을 찾든지, 아니면 경찰 인트라넷으로 하여금 그녀가 접속 권한이 있는 사람이라고 믿게 만들어야 했다. 이런 관점에서 볼 때, 경찰의 보안 전문가들은 다행스럽게도 커다란 구멍을 남겨 놓았다. 스웨덴 전역에는 중앙 네트워크와 연결된 수많은 파출소들이 있는데, 이들 중 상당수가 밤에는 폐쇄되고, 제대로 된 경보-감시 장치도 설치되어 있지 않은 조그만 건물들이었던 것이다. 베스테로스 시 근방 롱비크 마을에 위치한 파출소도 그중 하나였다. 마을 도서관과 건강 보험 센터가 함께 입주한 건물의 130제곱미터 공간을 사용하는 이 파출소에는 낮에는 세 명의 경찰관이 상근하고 있었다.

앞에서 말했듯이, 리스베트 살란데르는 당시 진행하고 있던 조사를 위해 경찰 인트라넷에 침투하려 시도했다가 실패했었다. 하지만 그녀는 포기하지 않고, 장차 있을 다른 조사들을 위해서라도 얼마간의 시간과 정력을 투자하여 접근 방법을 찾아보기로 마음먹었다. 우선 자신에게 제공된 여러 가지 가능성들을 검토해 본 그녀는 롱비크 마을 도서관에 청소부 아르바이트 지원서를 냈다. 대걸레와 양동이를 들고 이 방 저 방 돌아다닐 수 있게 된 그녀는 10분도 되지 않아 건물의 상세 도면을 찾아낼 수 있었다. 건물 열쇠도 구할 수 있었지만, 파출소 열쇠는 없었다. 그러나 2층에 난 욕실 창문을 통하면 어렵지 않게 파출소로 침입할 수 있다는 사실을 알아냈다. 무더운 여름밤에는 환기를 위해 그 창문을 반쯤 열어놓았던 것이다. 파출소에 야간 근무자는 없었고, 민간 보안 업체인 '세큐리타스' 직원이 두세 차례 들러 돌아보는 것이 경비의 전부였다. 그녀가 볼 때 가소로울 정도였다.

그녀는 5분도 안 되어 이곳에서 근무하는 한 경찰관의 아이디와, 책상 고무판 밑에 숨겨 놓은 패스워드를 찾아냈고, 이어 하룻밤 동안의 실험을 통해 경찰 네트워크의 구조, 그리고 이곳 경관들이 접속할 수 있는 데이터의 종류와 한계를 대충 파악할 수 있었다. 그리고 보너스로 다른 두 경찰관의 아이디와 패스워드도 찾아냈다. 그중 하나가 마리아 오토손이라는 32세의 여경(女警)이었다. 그녀의 컴퓨터를 뒤져본 리스베트는 이 여경이 스톡홀름 경찰서의 사기 범죄 수사대로 자리를 옮기기 위해 신청서를 제출한 상태라는 사실을 알게 되었다. 리스베트는 오토손 덕분에 잭팟을 터뜨릴 수 있었다. 순진한 마리아 오토손이 자신의 개인 노트북(델 컴퓨터)을 자물쇠도 안 달린 책상 서랍 속에 넣어두었던 것이다! 즉 마리아 오토손은 직장에서 개인 컴퓨터를 사용하고 있었다. 정말이지, 기가 막힌 일이 아닐 수 없었다! 리스베트는 즉시 그 노트북을 켜고, 거기에 자신이 개발한 스파이웨어[14]인 아스픽시아 최신판 CD를 밀어 넣었다. 그리고 프로그램을 노트북의 두 곳에다 위치시켰다. 하나는 마이크로소프트 익스플로러 안에 섞여 들어갔고, 다른 하나는 마리아 오토손의 개인 주소록에 백업 파일 형태로 숨어 들어갔다. 몇 주 후, 오토손이 스톡홀름 사기 범죄 수사대로 전근 갔을 때—특히나 그녀가 새 컴퓨터를 구입하기라도 한다면—이 주소록 전체를 그곳의 업무 컴퓨터에 통째로 옮겨 놓을 가능성이 크다고 판단했기 때문이다.

리스베트는 다른 경관들의 컴퓨터에도 스파이웨어를 깔아놓았다. 이제 그들의 컴퓨터를 제 집 드나들듯 할 수 있게 되었고, 나아가 경찰 수사 기록을 뒤져보는 일도 가능해진 것이다. 하지만 그들을 통해 경찰 수사 기록을 뒤져보는 일에 있어서만큼은 극도의 신중을 기해야 했다. 사이버 경찰대는 자동 경보 장치를 갖추고, 어떤 지방 경찰관이 업무 이외의 목적으로 접속하고 있지는 않은지, 또 이런 행위가 반복되거나 조회 건수가 현격히 증가하고 있지는 않은지를 항상 감시하고 있었기 때문이다. 지방 경찰이 관여해야 할 이유가 없는 수사에 대한 정보를 빼내는 일이 잦아질 경우, 자동적으로 경보가 발동하게 되어 있었다.

이런 문제점을 해결하기 위해, 이듬해에는 동료 해커인 플레이그와 협력하여 경찰 네트워크 전체를 통제하려고 해보았다. 하지만 너무도 극복하기 힘든 난점들에 봉착하여 결국 포기하고 말았다. 대신 그 과정에서 100여 개에 달하는 경찰관의 아이디를 수집, 필요한 경우 사용할 수 있게 되었다.

이후에도 둘의 경찰 해킹 작업에는 한 차례의 큰 진전이 있었다. 플레이그가 사이버 경찰대 책임자의 개인 컴퓨터를 해킹하는 데 성공한 것이다. 그 친구는 원래 경제통이라 정보 통신 방면에 전문적인 지식은 없었지만, 그의 노트북 안에는 엄청난 정보가 담겨 있었다. 이제 리스베트와 플레이그는 경찰 네트워크 전체를 해킹할 수는 없어도, 최소한 다양한 유형의 바이러스들로 그것을 감염시킬 수 있게 되었다. 하지만 두 사람은 그런 일에는 전혀 흥미가 없었다. 그들은 해커이지, 바이러스 유포자가 아니었기 때문이다. 그들이 원하는 것은 네트워크를 파괴하는 게 아니라, 거기에 접근하는 것이었다.

그녀는 명의를 훔쳐낸 경찰관들의 컴퓨터를 조사해 보았다. 어느 정도 예상한 바이지만 그들 가운데 이번 수사에 직접 참여하고 있는 사람은 한 명도 없었다. 반면, 그녀를 포함한 지명 수배자들에 대한 정보는 얻어낼 수 있었다. 이를 통해 그녀는 웁살라, 노르셰핑, 예테보리, 말뫼, 헤슬레홀름, 칼마르 등 그야말로 스웨덴 각지에서 자신을 목격했다는 증언들이 접수되었으며, 그 증언을 토대로 모핑[15]을 통해 만들어진 보다 정확한 자신의 이미지가 전국에 배포되었다는 사실을 알게 되었다.

매체들의 눈이 일제히 리스베트에게 쏠려 있는 상황에서 그녀에게 유리한 점이 하나 있다면, 그들이 구할 수 있는 그녀의 사진이 얼마 되지 않는다는 점이었다. 4년 전에 찍은 낡은 여권 사진 하나, 경찰 기록에 남은 열여덟 살 때의—지금의 모습과는 전혀 다른—사진 하나를 제외하면, 그녀가 열두 살 때 학교에서 나카의

자연 보호 구역으로 소풍 갔을 때 한 교사가 촬영하여 낡은 앨범에 보관하고 있던 사진들 중에서 찾아낸 몇 장의 사진이 전부였다. 소풍 때 찍은 사진들은 다른 아이들과 동떨어져 외톨이로 서 있는 그녀의 흐릿한 모습을 보여 주고 있었다.

여권 사진의 그녀는 커다랗게 부릅뜬 눈으로 카메라를 뚫어질 듯 응시하고 있었는데, 조그만 입은 꼭 다물고 머리는 약간 삐딱하게 옆으로 기울이고 있었다. 영락없는 비사회적 정신 지체 살인범의 얼굴이었고, 매체들은 이 너무도 웅변적인 이미지를 앞다투어 보여 주었다. 하지만 이 사진에도 긍정적인 측면이 있었으니, 그녀의 실제 모습과 너무 달라 아무도 실물로는 그녀를 알아볼 수 없다는 점이었다.

그녀는 매체들이 세 희생자의 프로필을 소개해 가는 과정을 흥미롭게 지켜보았다. 화요일, 리스베트 살란데르 사냥과 관련하여 별다른 새 소식이 나오지 않자, 기삿거리 고갈에 봉착한 매체들의 시선은 다시 희생자들에게 집중됐다. 한 석간지는 장문의 기사를 통해 다그 스벤손, 미아 베리만, 그리고 닐스 비우르만을 소개했다. 이 세 명의 존경할 만한 시민이 왜 그렇게 무참히 피살되어야 했는지 도무지 이해할 수 없다는 것이 기사의 골자였다.

여기서 닐스 비우르만은 그린피스 회원으로, '청소년들을 위한 봉사 활동' 등을 통해 활발한 사회 활동을 펼친 존경받는 변호사로 소개되었다. 기사의 한 단(段)은 비우르만의 가까운 친구이자 동료이며, 그와 같은 건물에 사무실이 있는 루네 호칸손 변호사와의 인터뷰 내용을 싣고 있었다. 호칸손은 비우르만이야말로 힘없는 사람들의 권리 보호를 위해 헌신한 인물이었다고 주장했다. 또 후견위원회의 한 공무원은 '피후견인 리스베트 살란데르에 대한 그의 진정한 봉사'에 대해 말하고 있었다. 그날 처음으로, 리스베트의 입가엔 피식, 기묘한 미소가 떠올랐다.

이 참극의 여성 희생자인 미아 베리만은 큰 관심을 받았다. 그녀는 아름다울 뿐 아니라 드물게 총명한 여성이자, 수많은 장점을 지닌 전도유망했던 젊은 인재로 묘사되고 있었다. 충격에 휩싸인 친구들, 그리고 학교 친구들과 논문 지도 교수의 말들이 인용되고 있었다. 대부분의 사람들이 '왜?'냐고 질문하고 있었다. 사진들은 엔셰데의 아파트 정문 앞에 쌓인 꽃다발이며 촛불들을 보여 주고 있었다.

이에 비하면 다그 스벤손에게 할애된 지면은 보잘것없었다. 그역시 통찰력과 용기를 지닌 기자로 묘사되었지만, 스타가 된 연인옆에서 빛을 잃고 있었다.

리스베트는 다그 스벤손이 《밀레니엄》에 실을 장문의 탐사 기사를 준비하고 있었다는 사실이 부활절 일요일이 돼서야 밝혀지는걸 보고 가벼운 놀라움을 느꼈다. 더 놀라운 것은, 그가 어떤 주제를 작업하고 있었는지에 대해 아무 언급이 없다는 점이었다.

그녀는 《아프톤블라데트》의 인터넷 판에 실린 미카엘 블롬크비스트의 발언에 대해서는 전혀 모르고 있었다. 그러다가 화요일 늦게 한 TV 방송에서 그 내용이 다시 언급되는 것을 보고서야 블롬크비스트가 매체들에 완전히 잘못된 정보를 흘렸다는 사실을 알게되었다. 미카엘은 다그 스벤손이 《밀레니엄》에 실을 목적으로 집필하고 있던 탐사 기사의 주제가 '정보 통신상의 보안과 불법 해킹'이었노라 주장하고 있었다.

리스베트 살란데르는 눈살을 찌푸렸다. 그 주장이 거짓임을 잘알고 있던 그녀는 대체 《밀레니엄》이 무슨 꿍꿍이를 꾸미고 있는 것인지 궁금했다. 하지만 다음 순간, 그녀의 입가에는 다시금 미소가 떠올랐다. 미카엘 블롬크비스트가 이를 통해 자신에게 어떤 메시지를 보내려 했는지 이해한 것이다. 그녀는 네덜란드의 서버에 접속한 뒤 MikBlom/laptop 아이콘을 더블 클릭했다. 그러자 미카엘 블롬크비스트의 노트북 화면이 떴고, 한가운데에 놓인 '리스베트 살란데르' 폴더와 '살리에게' 파일이 눈에 들어왔다.

미카엘의 편지를 연 리스베트는 한동안 꼼짝도 하지 않고 화면을 응시했다. 그녀의 내부에선 상반된 감정들이 뒤얽혔다. 지금까지는 스웨덴 전체가 그녀의 적이었다. 그리고 이것은 그녀로서도 별반 이상할 게 없는 당연한 사실이었다. 하지만 지금, 갑자기 연합군이 한 명 튀어나온 것이다. 더 정확히 말하자면, 그녀의 결백을 단언하는 잠재적 연합군이었다. 한데 아이러니하게도 이 연합군은 그녀가 죽어도 보고 싶지 않은 스웨덴 유일의 남자였다. 그녀는 한숨을 내쉬었다. 미카엘 블롬크비스트는 여전히 순진하기 짝이 없는, '뒷골 땅길' 정도로 착한 인간이었다. 하지만 리스베트 자신은 어떤가? 열 살 이후로는 스스로 죄가 없다고 말할 수 없는 존재였다.

죄 없는 사람? 그딴 건 세상에 존재하지 않아. 하지만 책임의 정도는 사람마다 다르지.

닐스 비우르만이 죽은 것은, 그녀가 정한 규칙에 따르지 않았기 때문이었다. 그에게도 충분히 기회를 주지 않았던가? 하지만 그는 자기를 해치려고 웬 고릴라를 고용했던 것이다. 그녀로서도 어쩔 수 없는 일이었다.

하지만 갑자기 등장한 슈퍼 블롬크비스트를 완전히 무시할 수는 없었다. 그렇다. 그는 쓸모가 있을 터였다.

그는 수수께끼 푸는 일에 재능이 있는 데다, 지독하게 끈질긴 사람이었다. 그녀는 헤데스타드에서 이 사실을 알게 되었다. 마치 불도그 같았다. 한번 입에 문 것은 죽을 때까지 놓지 않는 남자. 얼마나 순진한 인간인가……! 그렇다. 그는 자신이 이 나라를 조용히 뜨기 전까지 이용해 먹을 수 있는 사람이었다. 그래, 조만간 이 나라를 떠나야겠지…….

불행히도 미카엘 블롬크비스트는 쉽게 통제할 수 있는 사람이 아니었다. 그는 스스로 할 마음이 없으면 아무것도 하지 않았다. 어떤 윤리적인 동기가 있어야만 행동하는 사람이었다.

역으로 말하자면 충분히 예측 가능한 사람이기도 했다. 그녀는 잠시 생각해 본 다음, 새 파일 하나를 만들어 '미크블롬에게'라고 제목을 붙였다. 그리고 그 안에 단 한 단어를 썼다.

살라

이걸 보면 무언가 생각나는 게 있으리라.

그렇게 해놓고 또다시 생각에 잠겨 있는데, 미카엘 블롬크비스트가 컴퓨터를 켜는 게 눈에 들어왔다. 그리고 그녀의 메시지를 읽은 후 곧바로 답신을 보내왔다.

리스베트.

정말이지, 넌 지독하게 복잡한 애다. 도대체 살라가 누구야? 그가 연결고리야? 다그와 미아를 누가 죽였는지, 넌 알고 있는 거야? 그렇다면 제발 좀 알려 줘! 이 엿같이 골치 아픈 문제를 해결하고, 이젠 잠 좀 자게 말이야. 미카엘.

오케이. 이제 떡밥을 던질 때가 되었군.

그녀는 또 다른 파일 하나를 만들어 '슈퍼 블롬크비스트'라는 제목을 붙였다. 이 제목이 그의 신경을 긁으리라는 사실을 뻔히 알면서. 그리고 다음의 짧은 메시지를 썼다.

당신은 기자잖아요. 혼자서도 얼마든지 찾아낼 수 있을 텐데.

예상했던 대로 그는 곧바로 답신을 보내, 제발 좀 더 자세히 설명해 달라고 애원했다. 그녀는 미소를 지으며 미카엘의 하드 디스크를 닫아버렸다.

그녀는 여기서 해킹을 중단하지 않고, 이번에는 드라간 아르만스키의 하드 디스크를 열어보았다. 그녀는 아르만스키가 월요일에 직접 작성한 그녀에 대한 보고서 내용을 읽었다. 보고서 수신자 이름은 명기되어 있지 않았지만, 분명 자신을 잡으려는 목적으로 아르만스키가 경찰과 협력하는 것이라고 판단했다.

이어 아르만스키의 이메일들을 훑어보았지만, 흥미로운 것은 하나도 없었다. 그의 하드 디스크를 닫으려 하는데, 문득 밀턴 시큐리티의 기술 팀장에게 보내는 메일이 눈에 띄었다. 아르만스키는 그의 사무실에 몰래카메라를 설치할 것을 지시하고 있었다.

이런, 젠장!

그녀는 날짜를 확인해 보았다. 메일이 발송된 것은 지난 2월에 그녀가 인사하러 방문하고 나서 한 시간도 지나지 않아서였다.

이는 곧 그녀가 아르만스키의 사무실을 다시 방문하게 될 때는 그곳의 자동 감시 장치를 재조정해야 할 필요가 있음을 의미했다.

22장
3월 29일 화요일 ~ 4월 3일 일요일

화요일 오전, 리스베트 살란데르는 한 가지 조사할 게 있어 중앙 범죄 수사대의 수사 기록 대장에 침입하여 알렉산드르 살라첸코를 찾아보았다. 그는 장부상에 존재하지 않았다. 하지만 그녀는 별로 놀라지 않았다. 그녀가 알기로, 그는 스웨덴에서 유죄 판결을 받은 일이 없었고, 심지어는 주민 등록도 되어 있지 않았던 것이다.

이 해킹을 위해서, 그녀는 말뫼 지방 경찰에 소속된 쉰두 살의 도우글라스 시엘드 형사의 명의를 도용하고 있었다. 그녀는 흠칫했다. 그녀의 컴퓨터가 갑자기 조그만 음향을 발하더니 바탕 화면에 아이콘 하나가 나타나 깜빡거리기 시작했던 것이다. 누군가가 채팅 사이트 ICQ에서 그녀를 찾고 있다는 신호였다.

그녀는 잠시 망설였다. 순간적인 반응은 즉시 컴퓨터를 꺼버리는 것이었다. 하지만 그녀는 다시 생각해 보았다. 시엘드의 컴퓨터에는 ICQ 프로그램이 없었다. 이것은 젊은 층이나 채팅 마니아들이 주로 사용하는 프로그램이어서, 시엘드처럼 어느 정도 나이 있는 사람이 설치해 놓는 경우는 거의 없었다.

　즉 지금 누군가가 그녀를, 바로 **그녀를** 찾고 있다는 뜻이었다. 그리고 그럴 가능성이 있는 사람은 극히 제한되어 있었다. 그녀는 ICQ 프로그램을 실행시킨 다음 이렇게 쳤다.

　〔무슨 일이지, 플레이그?〕

　〔안녕, 와스프. 찾아내기 되게 힘들군. 넌 메일 체크도 안 하고 사냐?〕

　〔어떻게 날 찾아냈어?〕

　〔시엘드. 내게도 같은 리스트가 있잖아. 이 리스트에 포함된 사람들 중에서도, 최대한의 접속 가능성을 가진 사람을 사용하고 있으리라 생각했지.〕

　〔내게 볼일이 뭐야?〕

　〔네가 찾고 있는 살라첸코가 누구야?〕

　〔남,신,꺼.〕

　〔?〕

　〔남의 일에 신경 꺼.〕

　〔근데, 요즘 대체 무슨 일이야?〕

　〔귀찮게 굴지 말고 꺼져, 플레이그.〕

　〔너도 항상 말했지. 내가 사회적 장애인이라고. 그래서 나도 그런가 보다 하고 생각했어. 그런데 요즘 신문을 보니까, 너에 비하면 난 너무도 정상이더군.〕

　〔??〕

　〔자, 내게 엿 같은 소리를 그렇게도 해대더니만, 이젠 피장파장이 됐군. 근데, 도움이 필요해?〕

리스베트는 잠시 머뭇거렸다. 처음엔 블롬크비스트가 달려오더니, 이제는 플레이그였다. 오호, 사방에서 그녀를 구해 주겠다며 원군이 몰려들고 있었다! 하지만 플레이그에게서 무얼 기대할 수 있을까? 체중 160킬로그램에 주위 사람들과는 인터넷으로만 소통하는 고독한 괴물……. 그에 비하면 리스베트 살란데르조차 기적적인 사회적 능력의 소유자로 보일 정도였으니……. 그녀에게서 대답이 없자 플레이그는 다시 한 줄을 두드렸다.

〔아직 거기 있어? 이 나라를 뜨는 데 도움이 필요하지 않아?〕
〔아니.〕
〔왜 그들을 쐈어?〕
〔귀찮게 굴지 말라고!〕
〔다른 사람도 쏠 생각이 있는 건가? 그럼 난 내 목숨을 걱정해야 하는 거야? 이 세상에서 오직 나만 널 추적할 수 있는 것 같으니 말이야.〕
〔남의 일에 신경 꺼. 그러면 걱정할 일 없을 거야.〕
〔내가 걱정할 리 있나. 뭐든 필요한 게 있으면 핫메일로 날 찾으라고. 무기 필요해? 새 여권은?〕
〔사회적 장애인 같으니!〕
〔넌 아니고?〕

리스베트 살란데르는 ICQ를 닫고 소파에 앉아 생각에 잠겼다. 그리고 10분 후, 그녀는 컴퓨터로 돌아와 플레이그의 핫메일 주소에 메일을 한 통 보냈다.

예비 수사를 지휘하는 리샤르드 엑스트룀 검사는 테뷔에 살고 있어. 결

혼해서 자녀를 둘 두고 있고, 그의 빌라에는 인터넷 케이블이 들어가지. 그의 노트북이나 그의 개인 데스크톱 컴퓨터에 접속하고 싶어. 그걸 리얼 타임으로 읽어야 할 필요가 있거든. 즉 호스타일 테이크오버(Hostile takeover)[16]를 통해 그의 하드 디스크의 '미러'를 확보하고 싶어.

그녀는 플레이그가 순드뷔베리에 있는 자신의 아파트에서 거의 나오는 일이 없다는 사실을 잘 알고 있었다. 하지만 현장 작업을 시킬 만한 여드름투성이의 10대를 한 명쯤 거느릴 수도 있는 일이었다. 그녀는 메일에 자신의 이름을 적지는 않았다. 누군지 뻔히 알 테니까. 약 15분 후, 그가 다시 ICQ를 통해 그녀를 불렀다.

〔얼마 낼 거야?〕
〔너에게 1만 크로나+경비, 그리고 네 동료에게 5000크로나.〕
〔다시 연락하지.〕

목요일 아침, 그녀는 플레이그로부터 메일 한 통을 받았다. 그 안에 들어 있는 내용이라곤 FTP 주소 하나가 전부였다. 리스베트는 경악했다. 결과를 받으려면 최소한 2주 정도는 기다려야 하리라 예상했던 것이다. '호스타일 테이크오버'는 플레이그의 기가 막힌 프로그램들과, 이 목적을 위해 특별히 만들어진 소프트웨어들의 도움을 받는다 하더라도 하루아침에 이루어질 수 있는 일이 아니었다. '적대적 인수'의 대상이 되는 컴퓨터 안에 간단한 프로그램 하나가 생성되기 위해서는 몇 킬로바이트씩의, 극히 소량의 정보들이 한 방울 한 방울 물이 떨어지듯, 조금씩 조금씩 흘러 들어가야 하기 때문이다. 이 모든 과정이 이루어지는 시간은 해킹 대상자가 컴퓨터를 얼마나 빈번히 사용하느냐에 달려 있었다. 또 그것으로 끝이 아니었다. 다음에는 컴퓨터의 하드 디스크 정보가 외부에 있는 미러 디스크로 전송되어야 하고, 이 과정 또한 여러 날이 걸리는 것이다. 이런 작업을 48시간 내에 마친다는 것은 엄청난 정도가 아니라, 이론적으로 불가능한 일이었다. 리스베트는 입을 딱 벌리지 않을 수 없었다. 그녀는 ICQ 프로그램으로 그를 불렀다.

〔대체 어떻게 한 거야?〕

〔검사네 집에서는 컴퓨터 하나를 식구 네 명이 쓰더군. 게다가 방화벽도 없어! 보안 상태가 빵점이었지. 그냥 케이블을 타고 들어가서 전송만 하면 됐어. 경비는 6000크로나 들었어. 너무 많은가?〕

〔괜찮아. 신속히 처리해 준 것에 대해 보너스도 지급하지.〕

그녀는 잠시 생각하다가, 플레이그의 계좌에 3만 크로나를 인터넷으로 송금했다. 더 줄 수도 있었지만 지나친 액수로 그에게 나쁜 버릇을 들여 주고 싶지는 않았다. 그런 다음, 그녀는 편안한 자세로 의자에 앉아 예비 수사 팀 책임자 엑스트룀 검사의 노트북을 열어보았다.

한 시간도 안 되어 그녀는 얀 부블란스키 형사가 엑스트룀에게 보낸 보고서들을 모두 읽어보았다. 경찰 규정상 이러한 보고서들은 경찰서 밖으로 나갈 수 없게 되어 있었다. 그런데 엑스트룀은 방화벽으로 보호받지 않는 개인 인터넷을 통해, 아무 생각 없이 자기 집으로 일거리를 전송했던 것이다. 외부인인 리스베트가 보기에도 너무나 한심한 일이었다.

보안 시스템이 아무리 철저해도 멍청한 사람이 하나 섞여 있으면 아무 소용 없다는 사실을 행동으로 보여 주는 경우였다. 여하튼 리스베트는 엑스트룀의 컴퓨터 덕분에 귀중한 정보들을 얻어낼 수 있었다.

우선 그녀는 드라간 아르만스키가 두 명의 직원을 파견하여 부블란스키의 수사 팀에 합류시켰다는 사실을 알게 되었다. 구체적으로 말해, 밀턴 시큐리티에서 경찰들이 그녀를 잡기 위해 벌이고 있는 추적 작업을 무상으로 지원한다는 뜻이었다. 그들의 임무는 가능한 모든 방법을 동원하여 리스베트 살란데르의 체포를 돕는 일이었다. 고마워, 아르만스키. 이 은혜는 절대 잊지 않을게……. 이어 파견 직원들의 이름을 발견한 그녀의 얼굴은 어두워졌다. 손뉘보만…… 조금 답답하기는 해도 그렇게 무례한 사람은 아니었다. 하지만 니클라스 에릭손…… 이자는 밀턴 시큐리티에서의 자기 직무를 이용해 한 여성 고객을 골탕 먹인 형편없는 쓰레기였다.

리스베트 살란데르의 윤리는 선택적이었다. 회사 고객들을 골탕 먹이는 것, 그럴 만한 가치가 있는 일이라면 그녀는 마다하지 않았다. 하지만 기밀 준수를 전제로 한 임무를 부여받았을 경우, 그런 짓은 절대 하지 않는 그녀였다.

이어 리스베트는 매체들에 정보를 흘리는 사람이 다름 아닌 예비 수사 팀의 책임자 자신이라는 사실을 알게 되었다. 이는 리스베트의 법의학적 사실들, 그리고 그녀와 미리암 우의 관계에 대한 질문들에 답하는 엑스트룀 검사의 이메일들을 살펴보면 분명히 알 수 있는 일이었다.

세 번째의 중요한 정보는 부블란스키의 수사 팀이 리스베트 살란데르가 숨어 있는 장소에 대해 아무런 단서도 찾아내지 못했다는 사실이었다. 그녀는 경찰이 취한 조처들이며, 산발적이나마 감시하에 두고 있는 장소들을 열거한 보고서를 매우 주의 깊게 읽었다. 리스트는 간단했다. 우선 룬다가탄의 아파트와 미카엘 블롬크비스트의 주소, 그리고 상트 에릭스플란 근처에 있는 미리암 우의 주소와 술집 '풍차' 등이었다. 풍차에서 자신이 목격되었다는 사실도 적혀 있었다. 빌어먹을! 그날 내가 대체 무슨 정신으로 미리암 우와 그 쇼를 벌였담? 정말 멍청하기 짝이 없는 짓이었어!

금요일, 엑스트룀 휘하의 수사관들은 이블 핑거스 멤버들의 소재도 파악하고 있었다. 그렇다면 이제 새로운 장소들도 감시 대상에 포함되리라. 리스베트는 눈살을 찌푸렸다. 이제는 이블 핑거스의 여자애들을 지인 리스트에서 삭제해야 하리라. 물론 스웨덴에 돌아온 이후로 한 번도 본 일이 없지만…….

아무리 생각해도 이해되지 않는 점이 하나 있었다.

엑스트룀 검사는 그녀와 관련된 온갖 지저분한 사연들을 매체들에 흘려대고 있었다. 이런 행동의 목적이야 뻔한 것이었다. 엽기녀 살란데르가 세간의 화제가 될수록 자기 이름도 뜰 테니까. 또 나중에 그녀를 기소해야 할 때를 위한 사전 포석이기도 했다.

하지만…… 왜 1991년의 경찰 보고서는 매체들에 넘기지 않는 것일까? 그 사건이야말로 그녀가 상트 스테판 정신병원에 갇히게 된 직접적인 이유가 아니었던가? 그는 왜 이 사건을 은폐하고 있는 것일까?

그녀는 엑스트룀의 컴퓨터로 들어가 한 시간 동안 그의 자료들을 샅샅이 확인해 보았다. 확인 작업을 마치고 나서는 담배를 한 대 피워 물었다. 그의 컴퓨터 안에는 1991년에 일어난 일을 언급하는 내용이 전혀 없었다. 그렇다면 기이한 결론에 이르게 된다. 그는 이 보고서에 대해 모르고 있는 것이다.

그녀는 어떻게 해야 할까 하고 잠시 생각했다. 순간, 그녀의 시선은 노트북 위로 향했다. 그래, 그 빌어먹을 '슈퍼 블룸크비스트'에게 딱 맞는 일거리야! 그녀는 다시 컴퓨터를 켜고 블룸크비스트의 하드 디스크로 들어가 'MB 2'라는 파일을 만들었다.

E 검사가 매체들에 정보를 넘기고 있어요. 그에게 한번 물어봐요. 왜 과거의 경찰 보고서는 넘기지 않는지.

이렇게 해놓으면 그가 알아서 뛸 것이다. 그 자신이 궁금해서 견딜 수 없을 테니까. 그녀는 미카엘이 접속할 때까지 두 시간 동안 참을성 있게 기다렸다. 마침내 접속한 미카엘은 우선 메일을 체크했고, 15분 후에는 그녀가 남긴 파일을 발견했으며, 다시 5분 후에는 '알쏭달쏭'이라는 파일을 만들어 답신을 보내왔다. 하지만 예상 외로 그는 떡밥을 물지 않았다. 대신 누가 자신의 두 친구를 죽였는지 알고 싶다는 질문만 되풀이하고 있었다.

그의 심정은 그녀도 어느 정도 이해할 수 있었다. 그녀는 약간 어조를 누그러뜨려, '알쏭달쏭 2'의 파일로 되물었다.

만일 당신이 나라면 어떻게 하겠어요?

매우 개인적인 성격의 질문이었다. 그는 '알쏭달쏭 3' 파일로 답을 보내왔다. 이번엔 그녀를 크게 동요시킨 내용이 담겨 있었다.

리스베트, 네가 정말 완전히 미쳐버린 게 맞다면, 난들 어쩌겠어? 아마도 페테르 텔레보리안 박사만이 너를 도와줄 수 있겠지. 하지만 나는 네가 다그와 미아를 살해했다고 믿지 않아. 그리고 내가 잘못 생각한 게 아니기를 바라.

다그와 미아는 성매매를 고발하려고 했어. 내 가설은 그게 살인 동기가 되었다는 거야. 하지만 내게는 이 가설을 뒷받침해 줄 만한 증거가 하나도 없어.

우리 사이에 뭐가 잘못되었던 것인지 난 잘 모르겠어. 하지만 언젠가 우정에 대해 얘기한 적이 있었지. 그때 나는 우정의 기반이 되는 것은 상대에 대한 존중과 믿음이라고 말했었어. 리스베트, 나를 사랑하지 않는다 하더라도, 최소한 나를 신뢰할 순 있는 것 아냐? 날 전적으로 신뢰하라고. 난 한 번도 네 비밀을 누설한 적이 없어. 베네르스트룀의 억만금이 어떻게 되었는지, 난 세상에 알리지 않았어. 나를 신뢰하라고. 난 네 적이 아니잖아? M.

처음에는 미카엘이 페테르 텔레보리안 운운하는 것을 보고 불 같은 분노가 치솟았다. 하지만 곧이어 지금 그가 비아냥대려고 이런 말을 한 게 아님을 깨달았다. 그는 페테르 텔레보리안이 어떤 인간인지 전혀 모르고 있지 않은가? 단지 TV를 통해 소아 정신 의학계의 세계적 권위자 정도로만 알고 있을 터였다.

하지만 정말 충격적인 것은 '베네르스트룀의 억만금'을 언급한 부분이었다. 도대체 블롬크비스트가 어떻게 그 사실을 알아냈단 말인가? 아무리 생각해 봐도 자신이 실수한 부분은 전혀 없었고, 따라서 이 세상 그 누구도 그녀가 한 일을 몰라야 했다.

그는 편지를 여러 차례 읽어보았다.

우정에 대해 언급한 부분은 그녀를 불편하게 만들었다. 어떻게 대답해야 할지 알 수가 없었다.

결국 그녀는 '알쏭달쏭 4' 파일을 만들었다.

생각해 보죠.

그녀는 접속을 끊고 창문 옆 구석에 웅크리고 앉았다.

리스베트 살란데르가 모세바케 공원 옆에 위치한 자신의 아파트를 나온 것은 살인 사건이 일어난 지 9일 후인 금요일, 밤 11시였다. 사다 놓은 빌리 팬 피자들은 물론이고, 빵과 치즈까지 부스러기 하나 없이 바닥난 게 이미 며칠 전이었던 것이다. 마지막 사흘 동안은 오트밀 한 봉지로 연명했다. 어느 날, 이제는 좀 제대로 먹고 살아야겠다는 생각에 충동적으로 사놓았던 것이었다. 그녀는 오트밀 반 컵에 건포도 알 몇 개를 뿌리고 거기에 물을 부은 다음, 전자레인지에 넣고 60초 동안 돌리면 그런대로 먹을 만한 음식이 된다는 사실을 발견했다.

외출한 이유는 단지 식량 부족 때문만이 아니었다. 누군가를 만나봐야 했던 것이다. 자신의 아파트에 틀어박혀서는 불가능한 일이었다. 그녀는 벽장을 열고, 금발 가발과 '이레네 네세르' 명의로 된 노르웨이 여권을 꺼냈다.

이레네 네세르는 실제로 존재하는 인물이었다. 리스베트 살란데르와 비슷한 외모의 그녀는 3년 전 여권을 분실했다. 그리고 리스베트는 플레이그 덕분에 그녀의 여권을 손에 넣을 수 있었고, 지난 18개월 동안 필요에 따라 아주 유용하게 사용해 오던 터였다.

리스베트는 눈썹에 박힌 피어싱 고리를 빼낸 다음, 욕실 거울 앞에 앉아 화장을 했다. 다음엔 검정 청바지와 노란 식서(飾緒)[17]로 장식된 밤색 스웨터—단순하지만 따스한 옷이었다.—를 걸치고, 굽 높은 부츠를 신었다. 호신용 최루 가스탄이 들어 있는 상자에서 하나를 꺼내 들었고, 1년 동안 사용하지 않던 전기 충격기도 충전시켰다. 나일론으로 된 숄더백에는 만약의 경우에 바꿔 입을 수 있는 옷을 집어넣었다. 이렇게 만반의 준비를 마친 그녀는 저녁 늦은 시간에 집을 나섰다. 가장 먼저 들른 곳은 호른스가탄에 있는 맥도널드였다. 슬루센이나 메드보리아르플라트센의 맥도널드를 피한 까닭은 거기서 밀턴 시큐리티의 옛 동료 중 하나를 만날 수도 있었기 때문이다. 그녀는 빅맥 하나를 먹고, 제일 큰 사이즈의 코카콜라 한 컵을 들이켰다.

식사를 끝낸 그녀는 4번 버스를 타고 베스테르브론에서 상트 에릭스플란까지 갔다. 오덴플란까지는 도보로 가서, 자정을 조금 남기고 우플란스가탄에 있는 비우르만 변호사의 아파트 앞에 도착할 수 있었다. 예상대로 아파트를 감시하는 경찰은 없었지만, 같은 층의 옆집 창문 하나에 불이 들어와 있었다. 그녀는 시간을 보내기 위해 바나디스플란 쪽으로 산책을 떠났다. 한 시간 후 다시 돌아왔을 때, 이웃집 창문 역시 어둠에 잠겨 있었다.

살금살금, 깃털처럼 가벼운 걸음걸이로 리스베트 살란데르는 불 꺼진 어두운 층계를 통해 비우르만의 아파트로 올라갔다. 경찰이 문 앞에 쳐놓은 접근 금지 테이프를 커터로 싹둑 절단한 그녀는 소리 없이 아파트 안으로 들어갔다.

우선 현관방의 전등을 켰다. 그 불빛은 건물 밖에서 보이지 않는다는 사실을 알고 있었다. 이어 준비해 간 손전등을 켜고 곧장 비우르만의 침실로 들어갔다. 손전등으로 비추어 보니 침대 위에는 온통 흩뿌려진 핏자국이 여전했다. 문득, 이 침대 위에서 자신이 죽을 수도 있었다는 생각이 들었고, 비우르만이 자신의 삶에서 영원히 사라져버렸다는 사실에 갑자기 깊은 만족감을 느꼈다.

그녀가 범죄 현장을 찾아온 것은 두 가지 질문에 대한 해답을 얻기 위해서였다. 첫째, 비우르만과 살라가 어떤 관계인지 알고 싶었다. 그녀는 두 사람 사이에는 분명 어떤 관계가 있으리라 확신하고 있었다. 하여 비우르만의 컴퓨터 내용을 조사해 보았지만 별다른 단서를 찾을 수 없었다.

둘째, 얼마 전부터 한 가지 의문이 그녀의 머릿속을 맴돌았다. 몇 주 전, 한밤중에 이 아파트를 방문했을 때, 그녀는 비우르만이 '리스베트 살란데르'라는 제목의 문서철에서 자료 일부분을 빼놓은 것을 발견했다. 없어진 페이지들은 후견위원회가 후견인으로서 비우르만의 임무를 규정해 놓은 문서 일부로, 거기에는 리스베트 살란데르의 심리 상태가 극히 간략하게 요약되어 있었다. 어쩌면 비우르만에게는 전혀 필요 없는 부분이었으리라. 그래서 문서철을 정리하다가 그 부분만 빼내어 버린 것이리라. 하지만 이러한 가정은 일반적으로 변호사들이 계류 중인 사건에 관련된 서류는 절대 버리지 않는다는 사실과 상치되었다. 물론 그것이 전혀 필요 없는 서류일지는 모르지만, 그것을 일부러 빼내어 버린다는 것은 아무리 생각해도 비논리적인 일이었다. 하지만 그 몇 페이지는 분명히 문서철에 남아 있지 않았고, 그의 책상 주변 어디에서도 찾아볼 수 없었다.

그런데 이번에는 그 문서철마저도 눈에 띄지 않았다. 경찰이 그녀에 관련된 문서철 전체와 기타 다른 서류들까지 몽땅 압수해 갔던 것이다. 그녀는 혹시 경찰이 빠뜨리고 간 것이라도 있나 싶어 두 시간 동안 아파트 안을 샅샅이 뒤져보았다. 하지만 아무것도 없다는 사실을 확인하고는 가벼운 실망감을 느꼈다.

부엌에서 그녀는 각종 열쇠가 들어 있는 상자를 발견했다. 그중에는 자동차 열쇠도 있었고, 또 고리에 걸려 있는 두 개의 열쇠도 보였는데, 그중 하나는 건물 열쇠였고, 다른 하나는 자물쇠 열쇠였다. 그녀는 공동 창고로 가서 살금살금 돌며 각 칸막이 방들의 자물쇠를 시험해 보았고, 마침내 비우르만의 개인 창고를 찾아낼 수 있었다. 그는 거기에 낡은 가구들, 헌 옷이 든 옷장 하나, 스키, 자동차 배터리, 서적이며 기타 잡동사니가 든 상자 등을 쟁여놓고 있었다. 거기서 아무런 흥미로운 것을 발견하지 못한 그녀는 계단을 내려와 건물 열쇠로 차고 문을 열었다. 거기에는 비우르만의 벤츠가 있었다. 잠시 조사해 본 그녀는 여기에도 역시 건질 만한 게 없다는 결론을 내렸다.

서재는 그냥 한번 슬쩍 들여다보기만 했다. 몇 주 전의 야간 방문 때 둘러본 적이 있었기 때문이다. 그는 2년 전부터 그 방을 사용하지 않는 듯했다. 모든 것이 허연 먼지를 뒤집어쓰고 있었다.

다시 아파트로 돌아온 그녀는 소파에 앉아 생각에 잠겼다. 그리고 몇 분 후, 소파에서 일어나 부엌의 열쇠 상자를 다시 보러 갔다. 하나하나 꺼내 자세히 살펴보았다. 거기에는 보안 열쇠 스타일의 특수한 열쇠도 있었고, 시골 냄새 나는 녹슨 구식 열쇠도 있었다. 그녀는 미간을 찌푸렸다. 그리고 눈을 들어 벽에 붙인 작업 계획표 위의 선반 쪽을 올려다보았다. 거기, 비우르만이 올려놓은 20여 개의 씨앗 봉지들이 눈에 들어왔다. 그녀는 그것들을 내려 살펴보았다. 허브 정원을 꾸미기 위한 씨앗들이었다.

그래! 그에겐 시골 별장이 있었지! 채마밭이 딸린 방갈로 같은 것. 내가 놓친 게 바로 이거였군.

그녀는 몇 분도 되지 않아 비우르만의 가계부에서 원하는 것을 찾아냈다. 6년 전, 그의 소유 토지의 성토(盛土) 작업을 한 회사에 공사비를 지불하고 받은 영수증이었다. 그리고 다시 1분 후에는 한 건물에 관련된 보험 증서를 찾아냈다. 건물 주소는 마리프레드 근처의 스탈라르홀멘으로 되어 있었다.

새벽 5시, 리스베트 살란데르는 프리드헴스플란 근처 한트베르카르가탄의, 24시간 영업하는 세븐일레븐에 들렀다. 거기서 그녀는 상당한 양의 빌리 팬 피자, 우유, 빵, 치즈, 기타 기본 생필품을 구입했다. 또 조간신문도 한 부 샀다. 1면을 장식하고 있는 제목이 꽤나 흥미로웠던 것이다.

수배 중인 여인은 이미 출국했는가?

이 신문은 리스베트로서는 알 수 없는 이유로 그녀의 실명을 사용하지 않고 그냥 '26세의 여인'이라고만 썼다. 기사는 한 '경찰 관계자'의 주장에 따르면 그녀는 아마 스웨덴을 떠났을 것이고, 현재 베를린에 있을 가능성이 크다고 밝혔다. 그녀가 베를린을 도주 장소로 택한 이유에 대해선 아무 설명이 없었지만, 대신—역시 경찰 관계자에 따르면—크로이츠베르크 시의 '페미니스트-무정부주의적' 성향의 한 클럽에서 그녀를 목격했다는 제보자들이 나타났다는 것이었다. 또 이 클럽은 정치적 테러리스트들에서부터 반세계화주의자들과 사탄주의자들에 이르기까지, 온갖 종류의 젊은 광신도들의 집합소라는 설명이 뒤따랐다.

아침 버스를 타고 쇠데르말름으로 돌아온 리스베트는 로센룬스 가탄 역에서 내려 아파트까지 걸어왔다. 커피를 끓이고 빵 몇 조각으로 식사를 한 다음, 침대 안으로 기어 들어갔다.

리스베트는 오후까지 계속 잤다. 이윽고 잠에서 깨어난 그녀는 이불 속에서 쿵쿵 냄새를 맡아보고는 이불을 갈아야 할 때가 되었음을 깨달았다. 그리고 그녀는 집 안 정리를 하며 토요일 오후를 보냈다. 휴지통들을 모두 비우고, 쌓인 신문은 두 개의 비닐봉지에 담아 현관 벽장에 집어넣었다. 빨래도 했다. 세탁기를 두 번 돌렸는데, 내의와 티셔츠류를 먼저 넣었고, 청바지류는 다음 차례였다.

또 식기세척기에 그릇을 가득 채워 돌렸고, 마지막으로 진공청소기와 대걸레로 바닥 청소를 했다.

저녁 9시가 되었을 때 그녀는 땀으로 흠씬 젖어 있었다. 욕조에 물을 가득 채운 뒤 거품 비누액을 넉넉히 부었다. 물속에 몸을 담근 채, 두 눈을 감고 다시 생각에 잠겼다. 그러다 깜빡 잠이 들었던 것일까, 문득 정신을 차려보니 벌써 자정이었고, 물은 차갑게 식어 있었다. 그녀는 물에서 나와 몸을 말린 후 침대로 갔다. 눕자마자 다시 잠이 들었다.

일요일 아침, 노트북을 켜고 인터넷에 들어간 리스베트 살란데르는 불같이 화가 치밀어 오르는 것을 느꼈다. 인터넷에는 미리암 우에 대한 말도 안 되는 헛소리들이 떠다니고 있었던 것이다. 기분이 참담했고, 말할 수 없는 죄책감이 밀려왔다. 이렇게 세상 사람들이 미리암 우에게까지 달려들어 물어뜯어낼 줄, 그녀는 상상하지 못했었다. 대체 밈미에게 무슨 죄가 있기에? 나의…… 친구? 애인? 혹은 정부였기 때문에?

그녀는 밈미와 자신의 관계를 어떤 식으로 표현해야 할지 알 수 없었다. 하지만 그 관계가 무엇이든 간에 이제는 모두 끝난 것이다. 미리암 우의 이름 역시 그녀의 지인 리스트에서 지워버리지 않으면 안 되리라. 너무나도 오래 사귀어온 그녀를 말이다! 멍청한 인간들이 써갈긴 말도 안 되는 기사들, 이 모든 치욕을 당하고서, 그녀에게 아직도 리스베트 살란데르라는 위험한 정신병자를 보고 싶은 마음이 남아 있겠는가?

너무나도 분통 터지는 일이었다.

그녀는 미리암 우에 대한 마녀사냥을 시작한 기자, 토뉘 스칼라의 이름을 기억해 두었다. 또 특별히 불쾌한 기사를 쓴 석간지 기자의 이름도 기억해 두기로 했다. 사람들을 웃기려는 의도가 역력한 그 글에는 '사도마조히즘 레즈비언'이라는 표현이 수도 없이 반복되고 있었다.

나중에 리스베트가 손봐 줘야 할 인간들의 리스트는 상당히 길어지기 시작했다.

그러나 우선은 살라부터 찾아야 했다.

하지만 그를 찾은 뒤에는? 그다음에 어떤 일이 일어나게 될지는 그녀도 정확히 알 수 없었다.

일요일 아침 7시 30분, 미카엘 블롬크비스트는 전화벨 소리에 잠에서 깨어났다. 잠이 덜 깬 상태로 수화기를 집어 들었다.

"좋은 아침!" 에리카 베르예르였다.

"으음……."

"혼자야?"

"불행히도."

"그러면 지금 당장 일어나서 샤워하고 커피 준비해 놔. 약 15분 후에 손님이 한 사람 찾아갈 테니."

"무슨 말이야?"

"파올로 로베르토."

"권투 선수? 링의 황제라는?"

"바로 그 사람. 그가 내게 전화를 했고, 우린 30여 분 동안 대화를 나눴어."

"왜지?"

"왜 내게 전화를 했냐고? 우리는 길 가다 우연히 마주치면 반갑게 인사를 나누는 사이야. '잘 지내요?' '예, 괜찮아요!' 뭐, 이런 식으로. 자기, 힐데브란트 감독의 「스톡홀름스나트」 알아? 파올로의 삶과 길거리 젊은 애들의 폭력을 다룬 영화 말이야. 그 영화를 기회로 그와 꽤 긴 인터뷰를 한 적이 있어. 벌써 몇 년 전 얘기인데, 그 이후로 우리는 알고 지내는 사이야."

"아, 그랬었군. 근데 그가 나를 찾아오는 이유가 뭐냐고?"

"그건…… 아니, 그 사람한테 직접 설명을 듣는 편이 더 나을 거야."

미카엘이 막 샤워를 마치고 나와 바지를 꿰어 입고 있을 때, 파올로 로베르토가 초인종을 눌렀다. 문을 열어준 뒤, 전직 복서에게 주방 식탁에 앉아 잠시 기다려달라고 부탁했다. 그러고는 셔츠를 찾아 걸친 다음, 우유 한 티스푼을 넣은 더블 에스프레소 두 잔을 만들어 식탁에 내려놓았다. 파올로 로베르토는 커피를 내려다보며 흐뭇한 표정을 지었다.

"내게 할 말이 있으시다고요?" 미카엘이 물었다.

"에리카 베르예르가 그러라고 해서."

"오케이, 얘기해 보세요."

"난 리스베트 살란데르를 알아요."

미카엘의 눈썹이 꿈틀 올라갔다.

"아, 정말입니까?"

"선생 역시 리스베트를 안다는 말을 에리카 베르예르에게 듣고 나도 놀랐소."

"처음부터 자세히 설명해 주시는 게 내가 이해하기에 좀 더 편하겠군요."

"알겠소. 난 한 달간 뉴욕에서 머물다가 그저께 귀국했어요. 그런데 웬 개똥 같은 신문들마다 1면에 리스베트의 사진이 대문짝만하게 실려 있더군. 그녀에 대해 엿 같은 얘기들을 잔뜩 늘어놓고 있었고. 그 거지발싸개 같은 기자 놈들 중에는 그녀에 대해 좋게 얘기하는 인간이 한 놈도 없더라고."

"브라보! 짧은 문장 안에 '개똥' 과 '엿' 과 '거지발싸개'를 아주 적절히 배열하셨어요!"

파올로는 너털웃음을 터뜨렸다.

"하하하, 말이 좀 험했다면 미안하오. 하지만 난 지금 아주 열이 받쳐 있거든. 사실 내가 에리카에게 전화한 까닭은, 누군가와 얘길 좀 하고 싶은데 마땅한 사람이 없어서였소. 그런데 엔셰데에서 살해되었다는 그 기자가 《밀레니엄》을 위해 일했다고 해서, 거기 편집장인 에리카에게 전화하게 된 거지."

"그랬군요."

"내가 하고 싶은 말은 이거요. 리스베트 살란데르가 정말 미쳤고, 경찰 주장대로 범죄를 저질렀다고 칩시다. 그래도 우린 페어플레이를 해야 하지 않겠소? 우리는 인권 사회에서 살고 있다고. 즉 그녀를 단죄하기 전에 먼저 해명할 기회부터 줘야 한단 말이야!"

"내 말이 바로 그 말이오!"

"에리카도 그렇게 말하더군. 사실 내가 《밀레니엄》에 전화를 걸 때만 해도, 《밀레니엄》 사람들 모두 살란데르에게 이를 갈고 있으리라 생각했었소. 다그 스벤손은 당신들 동료였으니까. 하지만 에리카의 말을 들어보니 오히려 선생께서는 그녀의 결백을 믿고 계시다고 하더군."

"난 리스베트 살란데르라는 사람을 압니다. 그녀가 사이코 살인마라고는 믿기 어려워요."

파올로가 다시 한 번 너털웃음을 터뜨렸다.

"으하하하, 완전히 골 때리는 여자이긴 하지……. 하지만 괜찮은 면도 없지 않소. 난 인간적으로 그녀를 꽤 좋아하오."

"어떻게 알게 됐죠?"

"그녀와 나는 그녀가 열일곱 살 때부터 같이 권투하면서 지낸 사이오."

미카엘 블롬크비스트는 10초 동안 꾹 눈을 감고 있다가 다시 눈을 뜨고 파올로 로베르토를 쳐다보았다. 정말이지, 리스베트 살란데르는 그를 끊임없이 놀라게 했다.

"아하, 그러시겠죠! 리스베트 살란데르가 파올로 로베르토와 복싱을 한다…… 음, 물론 둘은 같은 체급일 테니까."

"지금 농담하는 게 아니오."

"알겠어요, 당신 말을 믿어요. 사실 언젠가 그녀가 내게 말한 적이 있어요. 복싱 클럽에서 남자애들과 스파링을 한다고요."

"내가 자세히 얘기해 드리지. 10년 전, 신센 스포츠 클럽이 내게 요청해 왔어요. 그 지역 젊은 애들을 위해 복싱 보조 코치로 봉사 좀 해달라고. 당시는 복서로 이름깨나 날리던 때여서 내가 코치로 있으면 애들이 몰려들 거라 생각했던 거지. 그래서 오후에는 클럽에 나가 애들 스파링 파트너가 되어주곤 했소."

"그랬군요."

"난 그해 여름과 가을의 일부분 동안 거기서 일했소. 클럽 사람들이 젊은 애들을 모으려고 포스터를 붙이는 등 홍보를 많이 했지. 그렇게 해서 열대여섯 살에서 스무 살 사이의 머슴애들을 꽤나 모았소. 그중엔 이민자 가정 출신도 많았고. 복싱은 거리에서 쓸데없는 짓을 하고 다니는 청소년들을 건전하게 이끌 수 있는 좋은 방법이오. 경험상 내가 잘 알고 있지."

"이해하겠습니다."

"그런데 어느 여름날, 그 뚱딴지같은 리스베트가 불쑥 나타난 거요. 그 모습이 상상이 가지 않소? 갑자기 체육관에 떡하니 들어오더니, 복싱을 배우고 싶다는 거야."

"안 봐도 눈에 선하군요."

"거기엔 그녀보다 체중이 두 배쯤 되는 사내애들이 대여섯 있었는데, 모두 그녀를 보고 배꼽을 잡았지. 나 역시 낄낄대며 농담을 던졌어. 뭐, 그리 심한 건 아니었지만 조금 짓궂게 놀려댔지. 사실 그 클럽엔 여성부도 있어서, 난 '여기선 우리 공주님들에게 목요일에만 권투를 시킨단다.' 라는 식의 약간 멍청한 농담을 던졌소."

"그 농담에 그녀가 별로 웃지 않았을 텐데요."

"안 웃었지. 대신 새카만 눈으로 나를 노려보더군. 그러더니 누군가가 의자 위에 벗어놓은 글러브를 잡아 손에 끼었소. 그 가냘픈 팔에 비하면 엄청나게 큰 글러브였지. 사내애들은 또다시 낄낄거렸고. 상상이 가오?"

"얘기가 점점 더 흥미진진해지는데요."

파올로 로베르토는 또다시 웃어댔다.

"그런데 거기서는 내가 지도자였기 때문에 앞으로 나서서 그녀에게 잽 몇 방 날리는 시늉을 했소."

"아이고야!"

"물론 장난이었지. 그런데 갑자기 그녀가 내 얼굴에 스트레이트 한 방을 날리는 거야."

그는 다시 한 번 웃었다.

"그 장면이 상상이 가오? 나는 어릿광대처럼 가볍게 장난치는 중이어서, 그녀의 공격에 전혀 대비하지 않고 있었지. 그런데 내가 피할 틈도 없이 내 얼굴에 두세 방 명중시킨 거야. 그런데 근력은 거의 제로에 가까워서 마치 솜방망이로 맞는 것 같았지. 내가 피하기 시작했더니, 그녀도 작전을 바꾸더군. 본능적으로 주먹을 내뻗는데, 내가 또 몇 방 맞았어. 그래서 난 진지한 자세로 피하기 시작했고, 그녀가 도마뱀보다 빠르다는 사실을 발견했지. 그녀가 조금만 더 몸이 크고 힘이 셌다면 한번 정식으로 붙어보고 싶을 정도였으니까. 무슨 말인지 아시겠소?"

"그 심정, 이해가 갑니다."

"그녀는 다시 한 번 작전을 바꾸더니 이번에는 내 사타구니에 호되게 한 방을 날리는 거요. 아, 그때는 정말 충격을 받았지!"

미카엘은 고개를 끄덕였다.

"나는 본능적으로 잽을 날려, 그녀의 얼굴을 맞혔소. 강한 타격은 아니었고, 그냥 살짝 닿은 정도였어. 그러자 그녀는 발로 내 무릎을 걷어차더군. 정말 어처구니없었소. 자기보다 세 배나 덩치가 크고 무거운 내게 어떻게 상대나 되나? 그런데 그녀는 마치 목숨 걸고 덤비는 것처럼 미친 듯 날뛰더라고."

"당신이 그녀를 조롱했으니까."

"그 점은 나중에 가서야 깨달았소. 알고 나니 좀 부끄럽더군. 그러니까…… 우리가 젊은 애들 모으려고 포스터도 내걸고 홍보도한 거고, 그래서 그녀도 찾아와 아주 진지하게 복싱을 배우고 싶다고 요청한 건데…… 거기엔 그녀의 겉모습만 보고 낄낄거리는 멍청이들만 잔뜩 모여 있었으니까. 나 역시 누가 나를 그런 식으로 대접했다면 뚜껑이 열렸겠지."

미카엘은 고개를 끄덕였다.

"어쨌든 그녀는 한동안 그런 식으로 날뛰었소. 결국 내가 그녀를 제압하여 바닥에 엎드리게 해놓고 발악을 멈출 때까지 꼭 붙잡고 있어야 했지. 그런데 말이오…… 그녀가 눈물 젖은 눈으로 나를 노려보는데…… 그 눈빛이 얼마나 살벌하던지, 어휴!"

"그렇게 해서 그녀와 복싱을 시작하게 된 거군요."

"그녀가 겨우 진정되자, 난 풀어주고 나서 진심이냐고, 정말 복싱을 배우고 싶냐고 물었소. 그녀는 글러브를 내 얼굴에 집어던지더니만 입구 쪽으로 걸어가더군. 나는 그녀를 따라가서 앞을 막아섰지. 그러고는 정식으로 사과한 다음에, 정말 진지하게 배울 마음이 있다면 가르쳐줄 용의가 있고, 다음 날 오후 5시에 나오면 된다고 말해 주었소."

그는 잠시 입을 다물었고, 흐릿해진 시선은 먼 과거를 더듬고 있었다.

"……다음 날 저녁, 여성부 트레이닝을 하고 있는데, 그녀가 정말 찾아왔소. 나는 그녀를 링에 세우고, 스파링 파트너로 엔니 칼손이라는 애를 붙여 줬지. 엔니는 열여덟 살인데 복싱을 시작한 지 1년 정도 된 애였소. 게다가 리스베트보다 훨씬 무거웠지. 우리 클럽에 열두 살 위로는 그녀와 같은 체급의 애가 없었거든. 나는 엔니에게 살짝 귀띔했지. 완전히 초보이니 때리는 시늉만 하면서 살살 다루라고."

"그래서 어떻게 됐습니까?"

"10초쯤 지났을까…… 엔니의 입술이 터졌지. 그리고 1라운드 내내 살란데르는 여러 방을 명중시키면서, 엔니의 주먹을 죄다 피하더군. 태어나서 링 위에 한 번도 올라와 본 적이 없는 그녀가 말이야! 2라운드가 되자 엔니도 성질이 나서 이번에는 제대로 주먹을 뻗었지. 하지만 한 방도 맞히질 못했어. 기가 막혀 말이 안 나오더군. 프로 복서도 그렇게 움직이는 사람은 못 봤으니까. 내가 살란데르의 반만큼만 빨랐더라도 더 이상 바랄 게 없겠더라고."

미카엘은 고개를 끄덕였다.

"문제는 살란데르의 주먹에 전혀 위력이 없었다는 점이었지. 그래서 내가 훈련을 시켰지. 그렇게 여성부에 몇 주 데리고 있었는데, 문제가 생기기 시작했어. 이제 시합을 하면 그녀의 특성을 어느 정도 파악한 상대들이 그녀를 맞히기 시작했는데, 그러니까 난리를 치는 거야. 물고, 차고, 미친 듯이 주먹을 휘둘러대고……. 결국 그녀의 패배를 선언하고 탈의실에 가둬놓는 수밖에 없었지."

"그게 바로 리스베트 살란데르의 진면목이죠."

"절대로 포기를 안 하더군! 그녀 때문에 화가 난 여자애들이 한둘이 아니었고, 결국 코치는 그녀를 쫓아낼 수밖에 없었지."

"이그!"

"그래요. 그녀와 복싱을 한다는 것은 전혀 불가능했소. 그녀의 복싱 스타일은 오로지 하나, 복싱 은어로 '터미네이터 모드'라고 하는 건데, 이판사판으로 주먹을 휘둘러대는 거였소. 워밍업을 할 때나 친선 스파링을 할 때나, 항상 똑같았어. 여자애들은 그녀의 발길질에 퍼렇게 멍들어서 집으로 돌아가는 경우가 비일비재했지. 대체 이 문제아를 어떻게 해야 하나 고민하고 있는데, 갑자기 좋은 생각이 떠오르더군. 내 남자 제자 중에 사미르라는 친구가 있었소. 열일곱 살이고, 시리아 출신이었지. 괜찮은 복서였어. 떡대도 좋고 주먹도 세고……. 문제가 하나 있었는데, 움직임이 굼뜨다는 점이었지. 몸이 막대기처럼 뻣뻣했거든."

"그래서요?"

"그래서 사미르가 훈련하는 날을 잡아, 그날 오후에 살란데르더러 나오라고 했소. 그녀가 나오자 난 옷을 갈아입게 한 다음, 링에 세웠소. 헤드기어, 마우스피스, 기타 등등의 보호 장비를 갖추어서 말이오. 물론 사미르는 그녀와의 스파링을 거절했소. 체면이 있지, 어떻게 저런 말라빠진 계집애와 스파링을 하느냐며, 마초들이 노상 지껄이는 말을 늘어놓더군. 그래서 내가 모든 사람이 듣게끔 큰 소리로 말했지. 이건 스파링이 아니라 정식 시합이다, 그리고 저 여자애가 널 박살 낸다에 500크로나를 걸겠다, 라고 말이오. 그리고 살란데르에게는 이렇게 말했소. 이건 연습이 아니다. 사미르는 진짜로 펀치를 날릴 거고, 넌 KO 될지도 모른다. 그러자 그녀는 비웃는 듯한 표정으로 나를 힐끗 쳐다보더군. 알잖소, 그 특유의 표정…… 사미르 녀석이 아직도 뭐라고 떠들고 있는데 공이 울렸소. 그녀는 마치 목숨 건 사람처럼 돌진하더니 그의 얼굴 한가운데 일격을 날렸소. 그는 벌렁 나자빠졌지. 그래도 여름 내내 훈련시킨 덕분에, 그녀의 몸엔 근육이 약간 붙었고, 펀치에도 제법 무게가 실리기 시작했거든."

"하하하, 사미르가 아주 흐뭇했겠군요."

"글쎄…… 어쨌든 그 후 몇 달 동안 클럽에선 그 스파링 얘기뿐이었소. 한마디로 말해서 사미르는 개망신을 당한 거요. 그녀는 포인트에서 월등히 앞섰소. 만일 조금만 더 힘이 있었으면 그의 얼굴을 떡으로 만들어놨겠지. 얼마 지나자 사미르는 분통이 터져서 미친 듯 주먹을 휘둘러대더군. 난 겁이 덜컥 났어. 저러다 저 조그만 가시나가 한 방 맞으면 구급차를 불러야 하는 상황이 발생하지 않을까…… 그녀는 어깨 가드를 사용하여 주먹을 흘려보냈지만 그래도 여기저기 멍이 들었고, 사미르는 힘으로 그녀를 로프까지 밀어붙이는 데 성공했지. 하지만 한 번도 제대로 맞히지는 못했어."

"빌어먹을! 그 장면을 직접 봤어야 하는 건데!"

"그날 이후 클럽의 남자애들이 살란데르를 존중하기 시작했어. 특히 사미르가 그랬지. 그 후 나는 그녀를 훨씬 무겁고 덩치 큰 애들의 스파링 파트너로 붙여 줬소. 일테면 나의 비밀 병기였던 셈이고, 그녀 덕분에 멋진 훈련을 할 수 있었지. 예를 들어 그녀로 하여금 상대방 몸의 여러 부위를 공격하게 했소. 턱, 이마, 복부…… 이런 식으로. 그리고 남자애들은 그 부위를 방어하고 피하는 연습을 한 거야. 결국 모두들 리스베트 살란데르와 훈련하는 걸 영광으로 여기게 됐지. 그녀와 싸우는 것은 말벌하고 싸우는 것과 같았으니까. 실제로 모두들 그녀를 말벌이라 불렀고, 그녀는 우리 클럽의 마스코트가 되었지. 그런데 그녀도 그 별명이 마음에 들었던 모양이야. 어느 날 목에다 말벌 문신을 하고 나타난 걸 보면."

미카엘은 미소를 지었다. 그 역시 말벌 문신을 기억하고 있었다. 그 문신은 지명 수배 공고문에 나온 그녀의 인상착의 중 일부분이었다.

"그렇게 얼마나 갔습니까?"

"3년 동안 일주일에 한 번씩. 내가 클럽을 풀타임으로 지도한 건 그해 여름뿐이었고, 이후로는 드문드문 나왔소. 그래서 내 뒤를 이어 푸테 칼손이 살란데르를 지도해 주었어. 그러다가 살란데르가 일을 하면서, 전처럼 자주 올 수 없게 되었지. 하지만 작년까지는 적어도 한 달에 한 번은 나타났소. 나는 1년에 대여섯 번 그녀를 만나 지도해 주었소. 정말이지, 그녀와의 훈련은 기똥찼어요! 둘 다 땀을 엄청 쏟곤 했으니까! 그녀는 누구하고도 전혀 말을 나누지 않았어. 파트너가 없으면 두 시간 동안 샌드백만 두드려댔지. 마치 불구대천의 원수처럼!"

23장
4월 3일 일요일 ~ 4월 4일 월요일

미카엘은 에스프레소를 두 잔 더 만들었다. 그리고 담배를 피워 물며 양해를 구했다. 파올로 로베르토는 그저 어깨만 으쓱해 보였다. 미카엘은 그런 그를 지그시 쳐다보았다.

파올로 로베르토는 자기 생각을 거리낌 없이 내뱉는, 아주 입이 건 사람으로 널리 알려져 있었다. 그런데 이렇게 사석에서 만나보니 명불허전임을 느낄 수 있었다. 그뿐만이 아니었다. 그는 제법 똑똑하면서 겸손하기까지 했다. 미카엘은 파올로 로베르토가 사회 민주당 소속으로 국회 의원 출마를 한 적도 있다는 사실을 떠올렸다. 그리고 대화를 나누면 나눌수록 머리가 제대로 박힌 사람이란 걸 느낄 수 있었다. 미카엘은 어느덧 이 사내에게 호감을 느끼고 있는 자신을 발견했다.

"그런데 오늘 나를 찾아온 구체적인 이유가 뭡니까?"

"지금 살란데르는 완전히 똥통에 빠져 허우적대고 있소. 어떻게 해야 할지 아직 구체적으로는 모르겠소만, 그녀에게도 자기편이 한 사람쯤 필요할 것 같다는 생각이 들었던 거요."

미카엘은 고개를 끄덕였다.

"그런데 선생은 왜 그녀가 결백하다고 믿는 거요?" 파올로 로베르토가 물었다.

"글쎄, 설명하기가 좀 어렵소. 사실 리스베트는 무서운 사람이긴 하지. 하지만 그녀가 다그와 미아를 죽였다고는……. 간단히 말해서 난 그 사실을 못 믿겠소. 특히 미아를 죽일 수는 없다고 생각하오. 우선, 그녀에겐 아무런 동기가 없소."

"그렇지. 우리가 아는 바로는 전혀 동기가 없지."

"그래요, 리스베트는 그럴 만한 가치가 있다고 생각하는 사람에 대해서는 아무 거리낌 없이 폭력을 행사할 수 있는 사람이에요. 하지만 다그와 미아에 대해서는…… 글쎄요, 모르겠네요. 여하튼 난 이번 수사를 지휘하는 부블란스키 형사에게 도전장을 냈어요. 다그와 미아가 살해된 사건 뒤에는 어떤 분명한 이유가 숨어 있다고 믿기 때문이죠. 즉 이건 아무 이유 없이 사람을 죽이고 다니는 '정신병자'의 소행이 아니라, 어떤 구체적인 동기를 지닌 자의 계획적인 범죄라고 믿는 겁니다. 그리고 그 동기는 다그가 작업하던 탐사 기사 속에 들어 있다고 생각해요."

"만일 선생의 생각이 옳다면, 지금 리스베트에게 필요한 것은, 체포된 후에 변호사를 대주는 그런 도움 정도가 아니오. 전혀 다른 종류의 도움이 필요하단 말이오!"

"동감입니다."

파올로 로베르토의 두 눈에 번쩍, 위험스러운 빛이 일었다. 그것은 분노의 불길이었다.

"만일 그녀가 결백하다면, 그녀는 역사상 가장 더러운 사법 스캔들 중 하나의 희생자인 셈이오! 지금 매체들과 경찰이 앞다투어 그녀를 살인마로 몰고 있잖소? 그녀에 대해 만들어지고 있는 그 모든 옛 같은 이야기들……."

"여전히 동감입니다."

"자, 그럼 우리가 무얼 할 수 있을까? 내가 도움 될 만한 일이라도 있겠소?"

미카엘은 잠시 생각했다.

"우리가 제공할 수 있는 최상의 도움은 두말할 것 없이 다른 용의자를 잡아주는 거겠죠. 내가 지금 그 작업을 하고 있습니다. 그런 다음 경찰이 그녀를 사살하기 전에 우리가 먼저 그녀를 찾아내야 합니다. 리스베트는 두 손 들고 걸어 나오는 스타일이 전혀 아니거든요."

파올로 로베르토는 고개를 끄덕였다.

"그런데 어떻게 그녀를 찾지?"

"모르겠어요. 하지만 파올로 씨가 해줄 만한 일이 하나 있습니다. 파올로 씨가 해줄 용의가 있다면, 그리고 약간의 시간을 내준다면 충분히 할 수 있는 일이죠."

"지금 마누라가 집에 없어서 다음 주까지는 홀아비 신세요. 시간은 충분하오. 뜻도 있고."

"오케이. 파올로 씨는 복서이지 않습니까?"

"그래서?"

"리스베트에겐 친구가 하나 있어요. 미리암 우라고, 요즘 매체에서 가장 많이 떠들어대는 여자죠."

"사도마조히즘 레즈비언으로 알려져 있더구면……. 맞아, 신문에서 많이 봤소."

"내게 그녀의 휴대폰 번호가 있어서, 통화해 보려고 노력했죠. 그런데 내가 기자라고 소개했더니 그대로 꺼버리더라고요."

"그 여자 심정 충분히 이해하오."

"난 지금 미리암 우를 따라다닐 만큼 시간이 되지 않아요. 그런데 그녀가 킥복싱한다는 글을 읽은 것 같아요. 그래서 말인데, 유명한 복서가 그녀를 접촉하면……."

"무슨 말인지 알겠소. 그러니까 그녀가 우리에게 살란데르 있는 곳을 알려 주리라 기대하는군."

"경찰 심문 때 자기는 리스베트가 있는 곳을 전혀 모른다고 대답했대요. 하지만 우리 쪽에서는 시도해 볼 만한 가치가 있죠."

"그녀의 휴대폰 번호를 주시오. 내가 찾아가 보지."

미카엘은 휴대폰 번호와 룬다가탄의 주소를 주었다.

군나르 비에르크는 자신이 처한 상황을 분석하며 주말을 보냈다. 그의 미래는 아주 가느다란 실에 간당간당 매달려 있었고, 자신이 지닌 빈약한 카드 패들을 교묘하게 쓰지 않으면 만사가 끝장이었다.

미카엘 블롬크비스트가 원수 같은 놈이었다. 하지만 자신이 그 빌어먹을 갈보 년들의 봉사를 받은 것은 엄연한 사실이었다. 따라서 블롬크비스트를 설득하여 그 사실에 대해 눈감게 할 수 있느냐 없느냐에 모든 것이 달려 있었다. 그가 한 일은 충분히 형사 처벌을 받을 수 있는 행위였고, 그것이 밝혀질 때 당장에 해임될 것은 불을 보듯 뻔했다. 그뿐이랴. 매체들은 자신을 찢어발기려고 개떼처럼 달려들리라. 10대 매춘부들을 성적으로 남용한 세포 요원이라고 떠들어대겠지. 아, 그 빌어먹을 년들이 그렇게 어리지만 않았어도…….

하지만 그대로 수수방관하고 있다는 것은 침몰하는 자신의 운명에 확인 도장을 찍는 거나 마찬가지였다. 그는 현명하게도 그날 미카엘 블롬크비스트에게 아무것도 말해 주지 않았다. 시종 블롬크비스트의 얼굴을 살피며 그의 반응을 떠보았다. 블롬크비스트 역시 다급해 보이는 기색이었다. 그는 정보를 원하고 있었다. 하지만 그걸 얻으려면 대가를 지불해야 했다. 그리고 비에르크는 그 대가로 침묵을 요구할 생각이었다. 그것이야말로 유일한 출구였다.

살라는 이번 살인 사건 수사 전체의 방정식에 커다란 변화를 가져오고 있었다.

다그 스벤손은 살라를 추적했다.

비우르만은 살라를 찾았다.

그리고 군나르 비에르크 총경은 살라와 비우르만이 연결될 수 있다는 사실, 다시 말해 엔셰데와 오덴플란이 서로 연결될 수 있으며, 그 연결점이 바로 살라라는 사실을 아는 유일한 인물이었다.

그렇다면 군나르 비에르크의 평온한 여생을 위협할 수 있는 또 다른 문제가 생긴 셈이었다. 비우르만에게 살라에 대한 정보를 제공한 사람은 바로 그였다. 국가 기밀 사항으로 봉금되어 있는 문서를 친분 때문에 별생각 없이 내준 것이었다. 어떻게 생각하면 대수롭지 않은 일이었지만, 엄밀히 따지면 심각한 범법 행위였다.

더욱이 금요일의 블롬크비스트 방문 이후, 그에게는 또 하나의 범법 행위가 추가되어 있었다. 그는 경찰이고, 이번 살인 사건에 관련된 중요한 정보를 알고 있었다. 경찰관으로서 그의 의무는 이 정보를 즉각 경찰에 알려야 하는데, 지금 그러지 않고 있는 것이었다. 이 정보를 부블란스키나 엑스트룀에게 주는 것은, 자신을 고발하는 것이나 마찬가지이기 때문이었다. 그리되면 모든 것이 공개될 테니까. 창녀들 얘기뿐만 아니라, 살라첸코를 둘러싼 그 모든 이야기가.

토요일 낮, 그는 쿵스홀멘의 세포 본부에 있는 사무실에 들렀다. 거기서 살라첸코에 관련된 옛 서류들을 꺼내 다시 한 번 읽었다. 아주 오래전에 자신이 직접 작성한 보고서들이었다. 가장 오래된 것은 30여 년 전에 작성되었고, 가장 최근의 것도 10여 년 전 것이었다.

살라첸코.

미끌미끌, 염병할 놈의 뱀처럼 항상 손에서 빠져나가던 인간.

살라······.

자신이 보고서에 적어놓은 그의 별명이었다. 하지만 어떻게 해서 이 별명을 알게 되었는지는 좀처럼 기억나지 않았다.

그러나 한 가지 사실은 수정처럼 명백했다. '살라'는 세 개의 흩어진 항에 모두 연결되고 있었다. 엔셰데에, 비우르만에, 그리고 살란데르에.

군나르 비에르크는 눈살을 잔뜩 찌푸렸다. 대체 이 모든 퍼즐 조각들 사이에는 어떤 관계가 있는 것일까? 하지만 리스베트 살란데르가 엔셰데에 찾아간 이유만큼은 이해할 수 있을 것 같았다. 또 다그 스벤손과 미아 베리만이 협조를 거부했거나 도발해 오자, 맹렬한 분노에 사로잡힌 살란데르가 두 사람을 쏴 죽이는 장면도 쉽게 상상이 되었다. 그렇다. 그녀에겐 동기가 있었다. 비에르크 자신을 포함하여 이 나라 전체에서 단 두세 사람만이 이해할 수 있는 어떤 동기가.

그녀는 완전히 미친년이야. 차라리 경찰이 그녀를 체포할 때 아예 사살해 버린다면 얼마나 좋을까. 그녀는 알고 있거든. 그녀가 입을 여는 순간, 그 모든 이야기가 만천하에 공개된단 말이야.

하지만 아무리 생각해 봐도 결론은 하나였다. 결국 키를 쥐고 있는 사람은 미카엘 블롬크비스트였고, 지금 상황에서 가장 중요한 문제는 그의 입을 어떻게 막느냐였다. 하지만 결코 쉽지 않은 일이었다. 그래, 나를 익명의 정보 제공자로 남겨 달라고 하는 거야.

그래서 내가 그 염병할 갈보 년들하고 몇 차례 장난친 사실도 좀 덮어 달라고……. 하지만 어떻게 놈을 구슬리지? 아, 살란데르가 블롬크비 스트의 머리통까지 날려 준다면 얼마나 좋을까!

그는 살라첸코의 전화번호를 물끄러미 내려다보았다. 전화를 하는 게 좋은가 안 하는 게 좋은가를 결정하는 것은 쉬운 일이 아 니었다.

조사한 사실들을 정리하는 것은 미카엘 블롬크비스트의 습관 중 하나였다. 파올로 로베르토가 떠난 후, 그는 한 시간 동안 이 일에 매달렸다. 그것은 일기 쓰기를 방불케 했다. 그는 자신이 행한 모든 대화와 만남과 조사 내용을 꼼꼼히 기록하는 한편, 이에 대한 자신의 생각들을 자유롭게 적었다. 나아가 이렇게 매일 기록한 문서를 PGP 프로그램으로 암호화하여 에리카 베르예르와 말린 에릭 손에게 이메일로 전송했다. 동료들도 자신의 작업 진척 상황을 알게 해주려는 배려였다.

다그 스벤손은 죽기 전 몇 주 동안 살라에 대한 조사 작업에 집중하고 있었다. 살해되기 불과 두 시간 전에 나눈 그와의 마지막 대화 중에도 살라라는 이름이 튀어나왔었다. 그리고 군나르 비에르크는 자신이 살라에 대해 무언가를 알고 있노라고 주장했다.

미카엘은 15분 동안 비에르크라는 인물에 대해 수집한 정보들을 정리해 보았다. 적어놓고 보니 내용이 빈약하기 짝이 없었다.

군나르 비에르크는 팔룬[18] 출신이며, 62세의 독신이다. 스물한 살에 순경으로 경찰 경력을 시작했고, 이후 법학을 공부한 뒤 스물 예닐곱의 나이에 비밀경찰에 스카우트되었다. 당시 세포 총책이었던 페르 군나르 빙에의 임기가 중단된 1969년에서 1970년 사이의 일이었다.

당시 빙에는 노르보텐[19] 주지사인 랑나르 라시난티와의 대화 중에, 올로프 팔메 수상이 러시아를 위해 스파이 활동을 하고 있다고 주장했다가 해임되었던 것이다. 그리고 나서 IB 사건, 홀메르 사건, 이른바 '우체부' 사건, 팔메 수상 암살 사건 등, 세포와 관련된 굵직굵직한 스캔들이 차례로 일어났다. 미카엘은 지난 30년간 비밀경찰 내부에서 일어난 이 모든 드라마 가운데 비에르크가 어떤 역할을 했는지에 대해 아무런 지식도 없었다.

1970년에서 1985년 사이의 비에르크의 경력은 완전한 베일에 싸여 있었다. 사실 모든 것이 비밀리에 이루어지는 세포 사람이기 때문에, 어쩌면 당연한 일이라고도 할 수 있으리라. 그동안 사무실에서 펜대만 굴렸을 수도 있고, 혹은 중국에서 비밀 첩보 요원으로 활동했을 수도 있는 일이다. 두 번째 가정은 개연성이 극히 희박하지만 말이다.

1985년, 비에르크는 미국 워싱턴으로 가서 2년 동안 스웨덴 대사관에서 근무했다. 1988년에는 스톡홀름 세포의 자기 자리로 돌아왔다. 1996년, 그는 이른바 '공인(公人)'이 된다. 다시 말해 세포의 '외국인 담당 특별부' (이곳이 정확히 무슨 일을 하는 곳인지는 전혀 모르겠지만) 부장이 된 것이다. 1996년 이후엔 한 아랍인의 국외 추방 사건과 관련하여 여러 차례 미디어에 오르내렸으며, 1998년에 이라크 외교관 여럿이 국외 추방되었을 때는 집중적인 비난의 대상이 되기도 했었다.

세포의 이 모든 사실과 엔셰데 살인 사건 사이엔 어떤 관계가 있을까? 상식적으로 보면 어떤 관계도 있을 리 없었다.

하지만 세포의 비에르크는 살라에 대해 무언가 알고 있다 했다.

그렇다면 거기에는 반드시 어떤 관계가 있다는 말이었다.

에리카 베르예르는 아직 누구에게도 얘기하지 않고 있었다. 심지어 평소 아무것도 숨기지 않는 남편에게까지, 자신이 곧《스벤스카 모르곤포스텐》으로 자리를 옮긴다는 사실을 감추고 있었다. 이제《밀레니엄》에서 남아 있는 시간은 한 달밖에 남지 않았고, 그 후에는 '거룡'에서 일해야 한다. 그녀는 알고 있었다. 한 달이라는 시간은 후딱 지나가고, 곧 괴로운 마지막 날을 대면해야 한다는 사실을.

또 미카엘에 대해서도 걱정이 많았다. 그가 마지막으로 보낸 이메일을 읽는 그녀의 마음은 무겁기 그지없었다. 또다시 신호들이 나타나고 있었다. 2년 전 헤데스타드의 미궁 같은 사건에서도 똑같은 집요함을 보여 주었고, 베네르스트룀을 공격할 때도 똑같은 강박증을 보여 주었다. 지난 목요일 이후, 그에겐 오직 한 가지 생각밖에 없는 것 같았다. 누가 다그와 미아를 죽였는지 알아내는 것, 그리고 리스베트 살란데르의 혐의를 벗겨 주는 것.

그녀 역시 그의 심정을 이해 못하는 건 아니었다. 다그와 미아는 에리카 자신의 친구들이기도 했으니까. 하지만 미카엘에게는 뭔가 그녀를 불안하게 만드는 점이 있었다. 그는 한번 피 냄새를 맡으면 앞뒤 안 가리는 인간으로 돌변하는 것이다.

어제 그는 그녀에게 전화를 걸어와 자신은 부블란스키에게 도전했노라고 밝혔다. 자기가 무슨 카우보이라도 되는 양 승부욕에 사로잡혀 부블란스키와 한판 붙겠다고 씩씩거리는 모습을 보고 있자니, 그가 한동안 리스베트 살란데르를 추적하는 일에 푹 빠지게 될 것임을 예감했다. 문제를 해결하기 전까지는 그 누구의 말도 듣지 않으리라는 것, 그녀는 경험을 통해 이 사실을 잘 알고 있었다. 강한 몰두 상태와 의기소침 상태, 이 두 상태를 왔다 갔다 하리라. 또 그러는 틈틈이 전혀 필요하지 않은 위험한 일들까지 시도하게 되리라.

그렇다면 리스베트 살란데르는 어떤 여자인가? 에리카는 지금 껏 단 한 번밖에 만난 적이 없는 이 기묘한 여자에 대해 아는 바가 거의 없었다. 따라서 그녀가 결백하다는 미카엘의 믿음을 공유할 수 없었다. 만일 부블란스키의 말이 맞는 거라면? 정말 그녀가 범인이라면? 미카엘이 천신만고 끝에 찾아낸 사람이 손에 총을 들고 기다리는 정신 이상자라면?

아침에 걸려온, 예상치 못한 파올로 로베르토의 전화 통화도 그녀를 완전히 안심시키지 못했다. 물론 리스베트 살란데르의 결백을 믿는 사람이 미카엘 외에 또 있다는 것은 반가운 일이었다. 하지만 파올로 로베르토 역시 단순하고 무모한 카우보이였다.

고민거리는 미카엘만이 아니었다. 자신의 뒤를 이어《밀레니엄》을 끌고 갈 경영자를 찾아야 했다. 이제는 시급해진 일이었다. 크리스테르 말름을 불러 상의해 볼까도 생각했지만 다음 순간, 미카엘에게 사실을 숨긴 채 그럴 순 없다는 사실을 깨달았다.

미카엘은 탁월한 기자였다. 하지만 경영자로서는 빵점이었다. 경영적인 측면에서 볼 때는 오히려 크리스테르 말름이 나았지만, 그가 자신의 직위를 이어받겠다고 수락할지는 미지수였다. 말린 에릭손은 너무 젊고 결단력이 없었다. 모니카 닐손은 자기중심적이었다. 헨뤼 코르테스는 훌륭한 기자이긴 하지만 역시 너무 젊고 경험이 없었다. 로티에 카림은 마음이 너무 여렸다. 외부 인사를 영입하는 방안도 생각해 보았지만, 크리스테르와 미카엘이 받아들일지는 알 수 없었다.

한마디로 모든 게 엉망이었다.

《밀레니엄》에서의 마지막 시간을 이런 식으로 보내고 싶지는 않았는데…….

일요일 저녁, 리스베트 살란데르는 다시 아스픽시아 1.3 프로그램을 열고 'MikBlom/laptop' (미카엘 블롬크비스트/노트북) 하드 디스크의 '미러' 디스크로 들어갔다. 그가 아직 인터넷에 접속하지 않은 상태를 확인한 그녀는 최근 며칠 동안 미카엘이 첨가해 놓은 글들을 읽어나갔다.

미카엘의 조사 일지를 훑어 내려가고 있으려니 한 가지 의문이 떠올랐다. 그는 내가 보라고 이렇듯 자세히 써놓고 있는 걸까? 그렇다면 그 의도는 무얼까? 미카엘은 그녀가 자기 컴퓨터에 들어온다는 사실을 알고 있었다. 그렇다면 당연히 그녀에게 보일 목적으로 이 모든 걸 써놓는 것이리라. 하지만 과연 그가 지닌 정보를 모두 다 적어놓았을까? 오히려 나름의 꿍꿍이를 가지고 정보를 적당히 조절하거나, 심지어 조작하고 있지는 않을까……? 어쨌든 그녀는 미카엘의 개인적 조사에 별 진척이 없음을 알았다. 기껏해야 리스베트 살란데르가 결백하다고 주장하며 부블란스키에게 도전장을 던졌다는 사실 정도였다. 그리고 이 사실은 그녀를 짜증 나게 했다. 지금 그는 사실보다는 개인적인 감정에 입각하여 결론을 내린 것이다. 정말 이 남자의 순진함이라니! 경이로울 정도로군!

하지만 살라에게 초점을 맞추었다는 점은 기특했다. 그래, 슈퍼 블롬크비스트, 제대로 짚은 거야!

다음 순간, 리스베트의 눈이 둥그레졌다. 그의 자료 중에 파올로 로베르토의 이름이 불쑥 튀어나왔던 것이다. 이건 즐거운 소식이었다. 그녀의 얼굴에 미소가 떠올랐다. 그녀는 입이 몹시 험한 이 사내를 좋아했다. 뼛속까지 마초인 이 거친 사내를. 링에서 둘이 만날 때면 그는 인정사정 봐주지 않고 그녀를 두드려 패곤 했다. 물론 그렇다고 해서 가만히 맞고만 있을 그녀가 아니었지만.

그녀가 갑자기 의자에서 벌떡 일어섰다. 미카엘 블롬크비스트가 에리카 베르예르에게 보낸 이메일을 읽으면서였다.

세포의 군나르 비에르크가 살라에 대한 정보를 갖고 있어.

군나르 비에르크는 비우르만을 알고 있어.

모니터 화면에 꽂혀 있던 리스베트의 시선이 순간 흐려졌다. 시선이 모니터 화면에서 그녀의 머릿속으로 향한 것이다. 머릿속에 그려지고 있는 하나의 삼각형으로 옮아간 것이다.

살라, 비우르만, 비에르크……. 아니, 이거 말이 되네!

그녀는 지금껏 한 번도 이런 각도에서 문제를 생각해 본 적이 없었던 것이다. 미카엘 블롬크비스트는 생각했던 것만큼 바보는 아닌 모양이었다. 하지만 그는 이 세 사람의 관계에 대해 전혀 감을 잡지 못하고 있었다. 물론 그녀 역시 크게 다를 바 없었지만, 그래도 그보다는 많은 것을 알고 있었다. 그녀는 잠시 비우르만에 대해 생각했다. 그가 비에르크를 알고 있었다고……? 그렇다면 비우르만은 그녀가 생각했던 것보다 훨씬 더 중요한 인물이었다.

어쩌면 스모달라뢰를 방문해야 할지도 모르겠군.

그녀는 미카엘의 하드 디스크로 들어가 '리스베트 살란데르' 폴더 안에 새 파일 하나를 만들었다. 파일 제목은 '링 코너'였다. 그가 노트북을 켜면 이 파일을 보게 되리라.

1. 텔레보리안은 가까이하지 않는 게 좋아요. 나쁜 놈입니다.

2. 미리암 우는 이 사건과 전혀 관계없어요.

3. 살라에게 초점을 맞추는 건 옳아요. 그가 열쇠죠. 하지만 어떤 기록에서도 그를 찾을 수 없을 겁니다.

4. 비우르만과 살라는 서로 연결돼요. 나도 그 둘이 무슨 관계인지는 모르지만, 알아내려고 작업할 겁니다. 비에르크가 연결점일까요?

5. 이건 매우 중요한 사항입니다. 1991년 2월에 작성된 보고서가 하나

있어요. 내게는 치명적일 만한 내용이 들어 있죠. 파일 번호는 모르겠고, 어디 있는지도 몰라요. 하지만 왜 엑스트룀이 그걸 매체들에 넘기지 않았을까? 해답: 그의 컴퓨터 안에 없기 때문에. 결론: 즉, 그는 그 보고서의 존재를 모른다. 그런데 어떻게 이런 일이 가능할까요?

그녀는 잠시 생각한 후에 한 문단을 첨가했다.

P.S. 미카엘, 난 그렇게 깨끗한 사람은 아니에요. 하지만 다그와 미아는 죽이지 않았고, 그들의 살인과는 전혀 관계가 없어요. 그들이 살해된 날 저녁, 그들을 보긴 했죠. 하지만 그들은 내가 떠난 후에 살해되었어요. 날 믿어줘서 고마워요. 파올로에게 내가 솜방망이 레프트 훅을 한 방 날린다고 전해 줘요.

하지만 그녀는 메일을 끝맺을 수 없었다. 그녀와 같은 정보 중독자가 무언가를 모르고 지내야 한다는 사실이 너무도 고통스러웠기 때문이다. 결국 그녀는 한 줄 덧붙이고 말았다.

P.S. 2. 베네르스트룀에 대한 일은 어떻게 알아냈죠?

미카엘 블롬크비스트가 리스베트의 파일을 발견한 것은 그로부터 세 시간 후였다. 그는 메시지를 읽었다. 한 줄 한 줄, 적어도 다섯 번 반복해서 읽었다. 처음으로 리스베트가 다그와 미아를 죽인 사람이 자신이 아니라고 분명히 밝힌 것이다. 그는 그녀의 메시지를 보고, 깊은 안도감을 느꼈다. 마침내 그녀가 그에게 말하기 시작한 것이다. 항상 그렇듯 신비스럽기 짝이 없는 표현들을 통해서이긴 하지만.

하지만 그녀는 다그와 미아의 살해 사실은 부인하면서도, 비우르만에 대해서는 말하지 않고 있었다. 어쩌면 자신이 전에 보낸 메일 가운데 다그와 미아에 대해서만 얘기했기 때문일 수도 있으리라. 그는 잠시 생각한 후에 '링 코너 2'라는 파일을 만들었다.

안녕, 살리.

드디어 결백하다고 밝혀줘서 고마워. 널 믿긴 했지만, 여기저기 매체에서 시끄럽게 떠들어대는 바람에 솔직히 마음 한쪽에 약간의 의혹이 있었던 것도 사실이야. 그런데 네 입에서 직접 설명을 들으니 속이 다 후련해.

이제 우리에게 남은 건 진짜 범인을 찾는 일이겠지. 이런 종류의 일은 우리 둘이 한 번 해본 적도 있잖아? 네가 너의 그 '신비주의'를 조금만 벗어버리면 일이 훨씬 쉬워질 텐데 말이야……. 어쨌든 너는 내 조사 일지를 보고 있겠지? 그렇다면 지금 내가 무얼 하고 있는지, 또 어떤 식으로 사고를 진행하고 있는지도 대충 알고 있을 거야. 나는 비에르크가 뭔가 알고 있을 거라 생각하고, 며칠 안에 다시 한 번 그를 만나볼 계획이야.

또 난 지금 성 구매자들도 조사하고 있는데, 이건 틀린 방향일까?

그리고 그 경찰 보고서 얘기는 아주 흥미롭더군. 내 동료 말린에게 그 보고서를 찾아보라고 시키겠어. 당시 넌 열두 살이나 열세 살이었을 것 같은데, 맞아? 무슨 일이 있었던 거지?

텔레보리안에 대한 네 의견은 메모해 놓겠어. M.

P.S. 베네르스트룀에 대해 작업할 때, 넌 한 가지 실수를 범했어. 우리가 산드함에서 함께 성탄절을 보낼 때, 난 그 사실을 이미 알고 있었지만 네가 말을 꺼내지 않기에 가만히 있었지. 그 실수가 뭔지 알고 싶으면 내게 커피 한잔 대접하라고.

세 시간 후에 답신이 도착했다.

성 구매자들은 잊어버려요. 관심을 가져야 할 인물은 살라예요. 그리고 금발의 거인도 한 명 있고요. 그리고 경찰 보고서 건이 흥미로운 이유는, 누군가가 그것을 은폐하려 하고 있다는 느낌이 들기 때문이에요. 이건 분명히 우연이 아니에요.

월요일 오전의 미팅을 위해 부블란스키 팀을 소집한 엑스트룀 검사는 기분이 영 구질구질했다. 리스베트 살란데르의 지명 수배령이 내려진 지 벌써 일주일이 지났다. 그것도 매우 특이하다는 용의자 인상착의까지 모두 깔아놓았다. 하지만 아직 아무런 결과가 없는 것이었다. 거기에다 주말에 당직을 섰던 쿠르트 스벤손이 그동안 일어난 일들을 보고해 오자, 그의 기분은 한층 더 구겨졌다.

"뭐야, 침입했어?" 엑스트룀은 깜짝 놀라며 소리쳤다.

"일요일 저녁에 이웃 사람이 전화로 신고를 해왔어요. 비우르만 아파트 문의 접근 금지 테이프가 잘려 있는 것을 본 거죠. 제가 가서 확인했습니다."

"그래, 가서 확인해 보니 어떻던가?"

"세 군데가 잘려 있더군요. 면도칼이나 커터를 사용한 것 같아요. 솜씨가 좋더라고요. 잘린 자국이 거의 보이지 않을 정도였죠."

"절도범인가? 요즘에는 초상집만 전문적으로 터는 놈들이 있다던데……"

"도둑놈은 아닙니다. 들어와서 아파트를 뒤졌어요. 비디오 같은 값나가는 물건은 모두 남아 있었죠. 반면, 비우르만의 차 키는 주방 식탁 위에 놓여 있었고요."

"차 키?" 엑스트룀이 되물었다.

"예르셰르 홀름베리가 혹시 우리가 놓친 게 있는지 살펴보려고 지난 목요일 아파트에 들렀었습니다. 그때 자동차도 조사했다더군요. 그런데 그는 자신이 일을 마치고 아파트를 떠날 때, 차 키는 주방 식탁 위에 보이지 않았다고 단언했습니다."

"열쇠를 제자리에 놓는 걸 깜박했을 수도 있잖아. 모든 사람에게 실수는 있는 법이니까."

"홀름베리는 그 열쇠를 사용하지 않았습니다. 우리가 이미 압수한 비우르만의 열쇠 꾸러미에 달려 있는 복사 키를 사용했죠."

"그렇다면 일반적인 의미에서의 절도범은 아니란 뜻이로군." 턱을 만지작거리며 듣고 있던 부블란스키가 끼어들었다.

"누군가가 비우르만의 아파트를 뒤지러 들어온 거죠. 그건 분명히 수요일부터, 이웃이 접근 금지 테이프가 잘린 것을 발견한 일요일 사이에 일어난 일입니다."

"즉, 누군가가 무언가를 찾고 있었다……. 그래, 예르셰르, 뭐 할 말이라도 있나?"

"우리가 모두 압수해 와서, 거기에 남은 것 가운데 흥미로운 것은 전혀 없어."

"우리 생각으로 없는 거겠지……. 이번 살인 사건의 동기는 아직 안개에 싸여 있어. 우리는 리스베트 살란데르가 정신 질환자라는 가정에서 출발하고 있지만, 정신 질환자라 할지라도 동기는 있는 법이라고."

"그래서?"

"누군가가 비우르만의 아파트에 들어가 뭔가를 찾으려고 열심히 뒤져댔어. 그렇다면 여기서 우리는 두 가지 질문에 대답해야 하지. 첫째, 누가 들어왔는가? 둘째, 왜 들어왔는가? 즉 우리가 놓친 것은 무엇인가?"

회의실에는 잠시 침묵이 흘렀다.

"예르셰르……."

"그래, 알겠네. 다시 비우르만 집으로 가서 꼼꼼히 살펴보지."

리스베트 살란데르가 잠에서 깬 것은 월요일 아침 11시경이었다. 그녀는 약 반 시간 동안 이불 속에서 뒹굴다가 일어나 커피 기계를 작동시키고 샤워실에 들어갔다. 후딱 샤워를 마친 그녀는 버터를 바른 큼직한 빵 두 개를 만들어 노트북 앞에 앉았다. 엑스트룀 검사의 컴퓨터 안에 새로운 게 있는지, 각 일간지 웹사이트에 흥미로운 기사라도 있는지 살펴보기 위해서였다. 그녀는 엔셰데 살인 사건에 대한 매체들의 관심이 확연히 감소하고 있음을 확인했다. 이어 그녀는 다그 스벤손의 조사 파일을 열어, 그가 페르오세 산스트룀 기자, 그러니까 섹스 마피아의 주구 노릇을 했으며 살라에 대해서도 뭔가 알고 있는 이 추악한 성 구매자를 만나본 후에 메모해 둔 내용을 주의 깊게 읽었다. 다 읽고 난 그녀는 커피 한 잔을 들고 창가 구석에 앉아 생각에 잠겨 들었다.

오후 4시경, 그녀는 오랜 생각을 끝냈다.

돈이 필요했다. 그녀에겐 신용 카드가 세 개 있었다. 하나는 리스베트 살란데르의 명의로 되어 있어 지금은 사용할 수 없는 것이었다. 두 번째 것은 이레네 네세르의 명의로 되어 있었지만, 리스베트는 이것 역시 피하기로 마음먹었다. 왜냐면 이걸 사용하려면 이레네 네세르의 신분증을 제시해야 하는데, 여기에는 약간의 위험이 내포되어 있기 때문이었다. 세 번째 것은 '와스프 엔터프라이즈' 명의였다. 즉 300만 크로나가 예치되어 있으며, 잔액이 줄어들 때마다 인터넷 뱅킹을 통해 자동적으로 결손액이 채워지는 계좌와 연결된 카드였다. 이것은 누구나 사용할 수 있었지만, 대신 신분증을 제시해야 했다.

그녀는 주방으로 가서 양철 비스킷 통을 열어, 지폐 한 묶음을 꺼냈다. 950크로나에 불과한 보잘것없는 액수였다. 불행 중 다행으로 그녀에겐 스웨덴에 귀국할 때 가져온, 모든 환전소에서 익명으로 교환할 수 있는 미화 1800달러가 있었다. 약간이나마 숨통이 트이는 일이었다.

그녀는 이레네 네세르의 가발을 쓰고, 세심하게 신경 써서 옷을 갈아입었다. 그리고 배낭에다가는 화장 백과 만약의 경우에 갈아입을 옷가지를 넣었다. 그렇게 만반의 준비를 마치고 나서 두 번째로 집을 나섰다. 일단 걸어서 폴쿵아가탄까지 간 다음, 다시 에르스타가탄으로 가서 막 문을 닫으려 하는 바트스키 숍으로 뛰어 들어갔다. 전선용 접착테이프 약간, 그리고 8미터가량의 질긴 목면 밧줄이 달린 도르래 장치를 사기 위해서였다.

돌아올 때는 66번 버스를 이용했다. 버스가 메드보리아르플라트센에 이르렀을 때, 그녀는 버스를 기다리고 있는 여인을 보았다. 처음에는 무심히 쳐다보았지만, 이내 그녀의 머릿속에서 경보 벨이 울리기 시작했다. 그녀는 다시 한 번 자세히 살펴보았고, 그녀가 밀턴 시큐리티 경리과에서 근무하는 이레네 플렘스트룀이라는 사실을 확인했다. 요즘 유행하는 헤어스타일로 머리를 바꿔 금방 알아보지 못했던 것이다. 플렘스트룀이 버스에 오를 때, 리스베트는 슬그머니 내렸다. 혹시 낯익은 사람이 없는지, 주위를 조심스럽게 살폈다. 그리고 보필 아파트 앞을 지나 쇠드라 역까지 걸어간 뒤, 거기서 북쪽 교외 지역으로 가는 기차에 올랐다.

소니아 모디그 형사와 악수를 나눈 에리카 베르예르는 곧바로 커피 한 잔을 제의했다. 커피를 만들려고 편집국 사무실 간이 주방으로 들어간 에리카는 줄지어 놓여 있는 머그잔들을 보고 미소를 지었다. 제각기 다른 정당, 노조 혹은 기업의 로고가 그려진 각양

각색의 머그잔들이었기 때문이다.

"선거 운동 모임에 가거나, 인터뷰를 하고 난 후에는 꼭 이런 걸 하나씩 준답니다." 에리카는 이렇게 설명하면서 자유청년당 로고가 그려져 있는 잔을 하나 내밀었다.

소니아 모디그는 세 시간 동안 다그 스벤손의 책상에 앉아 작업했다. 말린 에릭손이 옆에 앉아 다그 스벤손의 책과 기사의 내용을 설명해 주고, 그가 남긴 조사 자료들을 훑어보는 일을 도와주었다. 소니아 모디그는 그 자료의 양이 엄청나다는 사실에 깜짝 놀랐다. 지금까지 수사 팀은 다그 스벤손의 노트북이 실종되었다는 사실에 지레 실망하여, 그가 작업한 내용을 조사하는 것은 불가능하다 믿고 있었다. 그런데 이게 웬일인가? 자료 대부분이 백업되어 이《밀레니엄》편집국에 보관되어 있지 않은가?

미카엘 블롬크비스트는 없었지만, 대신 에리카 베르예르가 다그 스벤손의 책상에서 따로 빼낸 자료 리스트—대부분 정보 제공자들의 신원에 관련된 것들이었다.—를 소니아 모디그에게 넘겨주었다. 또 그 자료들을 왜 따로 보관할 수밖에 없었는지에 대해서도 설명했다. 모디그는 즉시 부블란스키에게 전화를 걸어 이 상황을 알렸고, 이에 부블란스키는 다음과 같은 결정을 내렸다. 다그 스벤손의 책상에 있는 모든 자료는—《밀레니엄》에 속한 **컴퓨터까지 포함하여**—수사를 위해 압수한다. 만일 블롬크비스트가 따로 빼낸 자료가 수사에 필요하다고 판단될 경우, 부블란스키 자신이 압수 영장을 가지고 직접 방문한다……. 소니아 모디그는 압수 목록을 작성했고, 헨뤼 코르테스의 도움을 받아 자료가 담긴 박스들을 그녀의 자동차로 날랐다.

월요일 아침, 미카엘은 몹시 의기소침해 있었다. 지난 한 주 동안, 그는 다그 스벤손이 공개할 예정이었던 성 구매자들 중 열 사람을 찾았다. 그리고 그가 만난 것은 난데없이 찾아온 불행의 사자(使者) 앞에서 불안에 떨거나, 성을 내거나, 충격 받은 모습을 보여준 사내들이었다. 미카엘의 추산으로 그들의 평균 연봉은 약 40만 크로나에 달했다. 그들은 이 안락한 삶이 하루아침에 무너지게 되지나 않을까 무서워 벌벌 떨고 있는 형편없는 무리였다.

하지만 이 불쌍한 인간들 중에서 살인 사건과 관련하여 뭔가를 숨기고 있다는 느낌을 주는 사람은 아무도 없었다.

미카엘은 노트북을 열어 혹시 리스베트에게서 온 메시지가 있는지 살펴보았다. 아무것도 없었다. 반면, 성 구매자들을 조사하는 것은 시간 낭비라고 말한 그녀의 이전 메일이 눈에 들어왔다. 그는 어딘가에 몸을 감춘 채, 알쏭달쏭한 말만 툭툭 던지고 있는 리스베트에게 욕을 퍼부었다. 에리카 베르예르가 들었다면 성차별적이면서도 참신한 표현이라고 평했으리라. 그는 배가 고팠지만 요리하고 싶은 마음은 없었다. 근처 미니 슈퍼에서 사온 우유를 제외하고는, 보름 전에 장을 봐온 것도 다 떨어진 상태였다. 그는 재킷을 걸치고 호른스가탄에 있는 그리스 음식점으로 가서 구운 양고기를 주문했다.

리스베트 살란데르는 먼저 아파트 계단통을 점검했다. 그리고 저녁 어스름 속에 아파트 주변을 두 차례 돌면서 옆 건물들을 주의 깊게 살폈다. 모두 작고 나지막한 주거용 건물들로, 방음 상태가 형편없어 보였다. 그녀의 목적을 위해서는 반갑지 않은 사실이었다. 페르오셰 산스트룀 기자의 아파트는 건물 4층, 즉 맨 위층에 있었다. 계단통은 창고로 쓰이는 지붕 밑 고미다락까지 이어져 있었는데, 이 점은 마음에 들었다.

문제는 아파트 창문에 불이 꺼져 있다는 점이었다. 그러니까 주인이 집에 없다는 말이었다.

그녀는 몇 블록 떨어진 곳에서 피자 가게 하나를 발견했다. 거기 들어가 하와이안 피자를 주문한 후, 구석 자리에 앉아 석간신문을 펼쳐 들었다. 밤 9시를 조금 남기고, 그녀는 가판점에서 카페라테 한 잔을 사들고 아파트 건물로 돌아왔다. 그러고는 계단통을 통해 올라가 고미다락 앞 층계참에 앉았다. 반 층 아래에 있는 산스트룀의 아파트 문이 내려다보이는 장소였다. 그녀는 커피를 마시며 참을성 있게 기다렸다.

한스 파스테 형사가 마침내 이블 핑거스의 리드 보컬, 28세의 실라 노렌을 찾아낸 것은 엘브셰 산업 지역의 한 건물에 위치한 '리슨트 트래시 레코즈(Recent Trash Records)' 녹음 스튜디오에서였다. 이곳에 들어서면서 그가 느낀 문화적 충격은 카리브 제도의 인디언들을 처음 대면한 포르투갈 선원들이 느꼈던 그것과도 비교될 수 있으리라.

실라 노렌의 부모를 여러 차례 접촉했으나 별 소득을 얻지 못한 파스테는 결국 그녀의 여동생을 통해 그녀의 소재를 추적해 낼 수 있었다. 여동생의 말에 따르면, 현재 그녀는 볼렝에 출신의 '콜드 왁스(Cold Wax)'란 그룹의 CD 취입을 '도와주고 있다.'는 것이었다. 파스테로서는 한 번도 이름을 들어본 적이 없는 그룹이었는데, 스무 살 전후의 새파란 녀석들로 구성된 모양이었다. 스튜디오로 통하는 복도에 들어서자마자 귀청이 떨어질 듯 요란한 소리가 들려왔다. 그는 유리벽을 통해 콜드 왁스를 쳐다보았고, 이 요란한 음향의 커튼 사이에 조그만 틈이 날 때까지 잠시 기다렸다.

실라 노렌의 외모는 콜드 왁스의 음악만큼이나 요란했다. 칠흑 같은 머리에는 군데군데 빨간색과 초록색으로 물들인 가닥이 섞여 있었고, 눈 주위와 입술은 새카맣게 칠한 상태였다. 몸집은 약간 뚱뚱한 편이었고, 스커트와 짧은 티셔츠 사이로 노출된 배꼽에는 피어싱이 박혀 있었다. 골반에 징이 박힌 허리띠까지 두른 그녀는 공포 영화에 출연하면 딱 어울릴 듯한 모습이었다.

파스테는 경찰 신분증을 제시한 다음, 그녀와 잠시 대화하고 싶다고 말했다. 그녀는 껌을 질겅질겅 씹으며 의혹이 가득한 눈으로 그를 훑어보았다. 결국 문을 하나 가리켰고, 식탁과 의자들이 널려 있는 것으로 보아 일종의 주방인 듯한 방으로 그를 인도했다. 그는 문 뒤에 뒹굴고 있는 묵직한 쓰레기봉투에 발이 걸려 넘어질 뻔했다. 실라 노렌이 플라스틱 병에다 물을 가득 채워 거의 절반을 들이켠 다음, 탁자에 걸터앉아 담배 한 대를 피워 물었다. 그러고는 새파란 눈으로 한스 파스테를 빤히 쳐다보았다. 약간 당황한 그는 무슨 말부터 시작해야 할지 알 수 없었다.

"리슨트 트래시 레코즈란 게 뭐요?"

그녀는 따분한 질문에 대답해야 하는 것이 지겨워 죽겠다는 표정을 지었다.

"신인 그룹을 발굴하는 프로덕션."

"여기서 당신이 하는 일은 뭐요?"

"음향 기술자."

파스테는 그녀를 쳐다보았다.

"자격증은 땄소?"

"아니, 그냥 독학으로 배웠어요."

"그걸로 먹고살 수 있소?"

"그런 질문에 내가 꼭 대답해야 하나요?"

"그냥 알고 싶었을 뿐이오. 당신, 최근 리스베트 살란데르에 대해 나온 신문 기사들을 읽었을 텐데?"

그녀는 고개를 까딱했다.

"그런데 우리의 정보에 따르면, 당신이 그녀를 알고 있다고 하던데. 맞소?"

"그럴 수 있죠."

"그럴 수 있다니? 안다는 거요, 모른다는 거요?"

"당신네들이 무얼 찾고 있느냐에 따라 다르다는 거죠."

"난 지금 3중 살인 혐의를 받고 있는 정신 이상자를 찾고 있소. 내가 원하는 건 리스베트 살란데르에 대한 정보이고."

"난 지난해부터 리스베트 살란데르에게서 아무 소식도 받지 못했어요."

"마지막으로 본 건 언제요?"

"2년 전 가을, '풍차'에서. 그녀는 가끔 거기 들렀고, 그 후로는 보이지 않았죠."

"그녀와 접촉해 보려고 시도했소?"

"휴대폰으로 몇 번 전화해 봤죠. 이제는 번호도 없어졌어요."

"그러니까 지금 어디 있는지 모르신다?"

"몰라요."

"이블 핑거스가 대체 뭐요?"

실라 노렌이 재미있다는 표정을 짓더니 이렇게 되물었다.

"당신, 신문 읽어요?"

"그건 왜 묻소?"

"우리가 사탄주의자들의 그룹이라고들 써놓고 있잖아요."

"그게 맞는 말이오?"

"내가 사탄주의자같이 보여요?"

"음…… 난 사탄주의자가 어떻게 생겼는지 모르니까……."

"여봐요! 경찰과 신문…… 정말 어느 쪽이 더 명청한지 우열을 가리기가 힘드네."

"여봐, 아가씨! 지금 난 심각한 질문을 하고 있다고."

"우리가 사탄주의자인지 아닌지에 대한 질문?"

"자꾸 말 돌리지 말고 묻는 말에나 대답해!"

"그래, 당신 질문이 뭔데?"

한스 파스테는 잠시 눈을 꼭 감고, 몇 년 전 휴가를 이용해 업무 차 방문했던 그리스를 생각했다. 그리스 경찰은 여러 가지 문제가 많았지만, 그래도 스웨덴 경찰보다는 훨씬 더 행복한 사람들이었다. 만일 실라 노렌이 거기서도 이렇듯 싸가지 없는 태도를 보인다면, 당장에 수갑을 채우고 뜨거운 곤봉 맛을 보여 줄 텐데 말이다. 그는 그녀를 쳐다보았다.

"리스베트 살란데르는 이블 핑거스 멤버요?"

"몰라요."

"그게 무슨 뜻인데?"

"리스베트는 내가 본 사람 중에서 최악의 음치예요."

"음치라?"

"트럼펫 소리와 드럼 소리는 구별하죠. 하지만 그게 그녀가 갖고 있는 음악 재능의 전부죠."

"내 질문은 그녀가 이블 핑거스의 일원이냐는 거였소."

"나도 지금 대답했잖아. 그래, 당신은 이블 핑거스가 뭐라고 생각해요?"

"말해 보시오."

"당신들은 지금 명청한 신문 기사 나부랭이를 읽고서 수사를 진행해 나가고 있어요."

"내 질문에 대답하라고."

"이블 핑거스는 록 그룹이에요. 1990년대 중반에는 그냥 음악이 좋아 만나서 재미 삼아 즐기는 여자애들 모임이었죠. 그러다가 몇 가지 독특한 팬타그램과 '악마를 위한 교향곡'이라는 타이틀로 조금씩 대중에 알려지기 시작했어요. 이후에는 모두 활동을 중단했고, 나만 아직 이 바닥에 남아 있는 거예요."

"리스베트 살란데르는 그룹 멤버가 아니었소?"

"방금 대답했잖아요."

"그럼 우리 측 정보 제공자들은 왜 살란데르가 이 그룹에 속했다고 하는 거지?"

"왜냐면 당신네 정보 제공자들이 신문들만큼이나 멍청하니까."

"무슨 말이지?"

"우리 그룹은 모두 다섯 명이고, 아직도 가끔씩 만나는 사이예요. 전에는 일주일에 한 번 정도 '풍차'에서 보곤 했지만, 지금은 한 달에 한 번 정도로 줄었죠. 하지만 모두들 서로 연락은 하고 지내요. 무슨 말인지 아직도 이해 못하겠어요?"

"그럼 당신들은 만나면 뭘 하는데?"

"사람들이 풍차에서 만나면 보통 뭘 하죠?"

파스테는 한숨을 내쉬었다.

"그렇담 만나서 술 마신다는 말이로군."

"맥주 마시면서 이런저런 수다를 떨죠. 당신네 남자들은 친구끼리 만나서 어떤 특별한 걸 하나요?"

"그럼 리스베트 살란데르는 당신네 이블 핑거스와 어떻게 연결된 거요?"

"내가 열여덟 살 때 콤북스[20]에서 만났죠. 그녀는 가끔 풍차에 나타나 우리와 함께 술을 마시곤 했어요."

"그럼 이블 핑거스는 어떤 단체가 아니란 말이지?"

실라 노렌이 이상한 동물 바라보듯 그를 쳐다보았다.

"좋아. 그럼 당신네들 레즈비언이야?"

"정말 당신 얼굴에 주먹 한 방 맞고 싶어?"

"묻는 질문에나 대답하라고."

"우리가 무슨 짓을 하든 당신네하곤 상관없는 일이잖아?"

"어허, 진정해. 자꾸 그런 식으로 나한테 도발하지 말라고!"

"이거야 원, 세상에! 리스베트 살란데르가 세 사람이나 죽였다고 주장하는 경찰이, 어느 날 갑자기 들이닥쳐 뜬금없이 내 성적 취향에 대해 질문하고 있네? 에이, 엿이나 처먹어라!"

"이런! 확 감방에 처넣어 버릴까 보다!"

"그래, 무슨 죄목으로? 아 참, 한 가지 잊었는데, 난 3년 전부터 대학 법학과 재학 중이야. 그리고 우리 아빠는 그 유명한 로펌인 '노렌 & 크나페'의 울프 노렌이고. 우리 법정에서 다시 볼까?"

"음악 일을 하는 걸로 알고 있었는데?"

"그거야 좋아서 하는 일이지. 내가 그걸로 먹고살 수 있을 거라 생각했나?"

"난 당신이 뭘로 먹고사는지 전혀 몰라."

"그럼 설명해 주지. 난 당신네 표현대로 하자면 '사탄주의 활동' 혹은 '레즈비언 활동'으로 먹고살지는 않아. 그런 가정하에 리스베트 살란데르를 추적하고 있는 거라면, 왜 당신네들이 지금까지 리스베트를 못 잡고 있는지 이해할 만해."

"지금 그녀가 어디 있는지 아나?"

실라 노렌이 갑자기 몸을 사시나무처럼 떨면서 두 손을 모아 하늘로 들어 올렸다.

"오, 그분이 오신다, 오신다……! 잠깐, 신령님께서 리스베트가 있는 곳을 가르쳐 주신단다!"

"엿 같은 짓거리 집어치워!"

"그녀에게서 소식이 끊어진 지 벌써 2년째라고 분명히 말했어. 그녀가 어디 있는지 전혀 모른다고! 자, 다른 볼일 있어?"

소니아 모디그는 다그 스벤손의 컴퓨터를 켜고, 하드 디스크와 집디스크들에 담긴 내용의 목록을 작성하면서 저녁 시간을 보냈다. 그러고 나서 밤 10시 30분까지 사무실에 남아 다그 스벤손의 원고를 읽어 내려갔다.

이를 통해 그녀는 두 가지 사실을 알아낼 수 있었다. 첫째, 다그 스벤손은 뛰어난 르포르타주 기자였다. 객관성이 넘치는 그의 글은 성매매 사업의 메커니즘을 가차 없이 파헤치고 있었다. 이런 사람이라면 경찰 학교에 와서 강연을 해도 괜찮겠다는 생각이 들 정도였다. 그의 지식과 객관적인 사고방식이라면 정규 과목을 보충할 훌륭한 수업을 제공할 수 있을 터였다. 예를 들어 한스 파스테 같은 사람은 더 많은 것을 배울 수 있으리라.

둘째, 다그 스벤손의 작업을 좀 더 깊이 들여다보면 살인 동기를 짐작할 수 있다는 미카엘 블롬크비스트의 관점이 금방 이해되었다. 다그 스벤손이 계획하고 있던 성 구매자들에 대한 고발로 인해 타격을 입을 대상은 잔챙이 몇이 아니었다. 그야말로 엄청난 폭로였다. 성범죄 관련 재판에서 직접 판결을 내렸거나, 공개 토론회 같은 곳에서 열변을 토했던 사회적 저명인사들이 졸지에 모든 것을 잃게 될 판이었던 것이다. 미카엘 블롬크비스트가 옳았다. 이 책은 충분한 살해 동기가 되었다.

문제는 고발될 위험에 처한 어떤 성 구매자가 설령 다그 스벤손을 살해할 결심을 했다손 치더라도, 그와 닐스 비우르만 사이에는 어떤 연관성도 없다는 점이었다. 비우르만은 다그 스벤손의 자료에서 언급조차 되지 않았는데, 이 점은 블롬크비스트 주장의 설득력을 떨어뜨리는 동시에, 오히려 리스베트 살란데르가 유일한 용의자라는 가정에 힘을 실어주었다.

다그 스벤손과 미아 베리만에 대한 살해 동기가 명확하지 않은 것은 사실이었지만, 리스베트 살란데르는 범행 장소와 범행 무기에 직접 연관되어 있었다. 그녀가 엔셰데의 아파트에 있었다는 사실, 그리고 권총에 그녀의 지문이 남아 있다는 사실은 달리 해석되기가 어려웠다. 이러한 기술적인 단서들이 살란데르가 엔셰데의 아파트에서 총을 쏜 사람이라는 사실을 증명했다.

특히 범행 무기는 그녀를 비우르만 변호사의 살인 사건에 직접 연결해 주고 있었다. 그리고 비우르만과 그녀 사이에 모종의 개인적 관계가 존재했다는 사실에는 의문의 여지가 없어 보였다. 비우르만의 복부에 새겨진 문신은 둘 사이에 모종의 성적 남용 관계 내지는 사도마조히즘 관계가 있었음을 암시하고 있지 않은가? 비우르만이 자기 몸에 이런 기괴한 문신을 새기는 것을 기꺼이 받아들였다고는 상상하기 어려웠다. 즉 그는 굴욕적인 상황에서 모종의 쾌감을 느꼈든가, 아니면 살란데르가—시술자가 그녀였다고 가정한다면—그를 꼼짝 못하게 해놓고 이런 짓을 했든가, 둘 중 하나였다. 시술 방식은 분명 끔찍한 것이었겠지만, 그 구체적인 내용에 대해서는 별로 생각하고 싶지도 않았다.

그리고 페테르 텔레보리안의 의견에 따르면, 리스베트 살란데르는 자신에게 위협적이거나 공격적이라고 간주하는 사람에 대해서는 서슴없이 폭력을 행사한다고 하지 않았던가?

그는 과거에 자신이 치료했던 환자를 진심으로 염려하고, 그녀가 다치는 것을 원치 않는 듯해 보였다. 그리고 지금 경찰은 텔레보리안의 분석—그녀가 정신 이상자에 가까운, 사회적 이상 성격자라는 주장—을 수사의 기본 출발점으로 삼고 있었다.

하지만 소니아 모디그 자신은 왠지 모르게 미카엘 블롬크비스트의 이론에 끌렸다.

그녀는 아랫입술을 잘근잘근 씹으면서 리스베트 살란데르가 유일한 용의자라는 시나리오를 대체할 만한 또 다른 시나리오를 생각해 보았다. 이윽고 그녀는 볼펜을 들어 앞에 놓인 노트에 한 줄 적었다.

서로 완전히 다른 두 개의 동기? 서로 다른 두 살인범? 그리고……
하나의 범행 무기?

한 가지 어렴풋한 생각, 하지만 명확하게 포착되지 않는 어떤 생각이 그녀의 머릿속에 어른거렸다. 다음 아침 미팅 때 부블란스키에게 이 문제를 제기해 보리라……. 그녀는 리스베트 살란데르가 유일한 용의자라는 가정이 왜 이렇듯 갑자기 불편하게 느껴지는지, 스스로도 이해할 수 없었다.

그로 인해 머리가 지끈거리던 그녀는 컴퓨터를 끄고 집디스크들을 서랍 속에 넣고 열쇠로 잠갔다. 재킷을 걸치고 책상 램프를 끈 다음, 사무실 문을 열쇠로 잠그려 하는데, 복도 저쪽에서 무슨 소리가 들려왔다. 그녀는 눈살을 찌푸렸다. 오늘 저녁, 같은 층에 남아 있는 것은 자기 혼자뿐이라 생각했던 것이다. 그녀는 복도를 걸어 내려가 한스 파스테의 사무실 앞에 이르렀다. 그의 사무실 문이 반쯤 열려 있었고, 누군가와 통화하는 소리가 들려왔다.

"맞습니다. 이제 둘이 연결된다는 사실에는 의문의 여지가 없다고요!"

그녀는 잠시 망설이다가, 이윽고 숨을 깊이 들이마시고는 문을 두드렸다. 한스 파스테가 놀란 눈으로 그녀를 쳐다보았다. 그녀는 인사를 대신하여 손가락 두 개를 쳐들어 보였다.

"모디그가 퇴근하지 않고 있네요." 파스테가 전화에 대고 말했다. 그리고 소니아 모디그에게서 눈을 떼지 않은 채 수화기에 귀를 기울였다. "오케이. 다시 소식 드리죠."

그리고 수화기를 내려놓았다.

"부블라하고 통화했어." 그가 설명했다. "근데 무슨 일이야?"

"둘이 연결된다니, 그게 무슨 말이죠?"

그는 그녀를 물끄러미 쳐다보았다.

"항상 그렇게 문 뒤에 서서 남의 말을 엿듣나?"

"아뇨. 하지만 문이 열려 있었고, 노크하려 하는데 당신 목소리가 들렸어요."

파스테는 어깨를 으쓱했다.

"국과수가 드디어 쓸 만한 걸 찾아냈어. 그래서 부블라에게 전화로 알려 줬지."

"아, 그래요?"

"다그 스벤손은 콤빅[21]의 SIM 카드가 든 휴대폰을 사용했지. 그런데 국과수 애들이 통화 상대 리스트를 빼내는 데 성공한 거야. 이를 통해 우선 미카엘 블롬크비스트가 오후 8시 12분에 그와 통화했다는 사실을 확인됐어. 그 시간에 블롬크비스트는 그의 여동생 집에 있었지."

"좋아요. 하지만 난 블롬크비스트가 이 살인 사건들에 관계가 있다고 생각하진 않는데요."

"나 역시 그래. 하지만 다그 스벤손이 그날 저녁 통화한 사람이 하나 더 있어. 밤 9시 34분이고, 통화는 3분간 지속됐지."

"그런데요?"

"그건 닐스 비우르만의 집 전화였어. 즉, 이 두 살인 사건 사이엔 연관성이 있다는 말이지."

178

소니아 모디그는 한스 파스테의 접대용 의자에 무너지듯, 천천히 주저앉았다.

"오호호, 그래, 그래! 거기 앉으라고!"

소니아 모디그는 그의 비아냥 섞인 말에 아무런 대꾸도 하지 않았다. 대신 이렇게 말했다.

"좋아요, 그럼 한번 정리해 봅시다. 8시가 조금 넘은 시간, 다그 스벤손은 미카엘 블롬크비스트에게 전화를 걸어서 밤에 만나기로 약속을 정했어요. 9시 30분, 다그 스벤손은 비우르만에게 전화를 했어요. 그리고 10시 폐점 시간을 조금 남기고, 살란데르는 엔셰데의 담배 가게에서 담배를 샀어요. 11시가 조금 넘은 시간, 미카엘 블롬크비스트와 그의 여동생은 엔셰데에 도착했고, 11시 11분에 119에 신고했어요."

"아주 정확하오, 미스 마플.[22]"

"하지만 앞뒤가 안 맞는데요? 부검의의 말에 따르면, 비우르만이 살해된 시각은 10시에서 11시 사이라고 했어요. 이때, 살란데르는 엔셰데에 와 있었고요. 그리고 여태까지 우리의 가정은 살란데르가 비우르만을 먼저 죽이고, 그다음에 엔셰데의 부부를 살해했다는 것 아닌가요?"

"그건 아무런 문제가 안 돼. 나도 그 부검의하고 다시 얘기해 봤지. 우리가 비우르만의 시체를 발견한 것은 이튿날 저녁, 그러니까 거의 24시간이 지난 후였어. 부검의 말로는, 사망 시간은 한 시간 정도 편차가 있을 수 있다는 거야."

"하지만 엔셰데에 범행 무기가 버려진 걸로 봐서는 비우르만이 첫 번째 희생자인 게 분명해요. 그렇다면 그녀는 다그 스벤손이 비우르만과 통화한 9시 34분 이후의 어느 시점에 비우르만을 쏘고 나서, 곧장 엔셰데로 달려가 가게에서 담배를 샀다는 말이 되겠네요. 그 짧은 시간에 오덴플란에서 엔셰데까지 가는 게 과연 가능할까요?"

"그럼, 충분해. 그녀는 우리가 처음 생각한 것처럼 대중교통을 이용한 게 아니야. 그녀에겐 자동차가 있었으니까. 내가 보만과 함께 직접 실험해 본 결과, 그 시간이면 충분히 가능하더라고."

"그리고 그녀는 다그 스벤손과 미아 베리만을 죽이기 전에 30분간 기다리고 있었다……. 그동안 그녀는 무얼 했죠?"

"뭐 하긴? 그들과 함께 커피를 마셨지. 찻잔에 지문이 남아 있거든. 자, 어때?"

한스 파스테가 의기양양하게 그녀를 쳐다보았다. 소니아 모디그는 답답한 듯 한숨을 내뿜었다. 그러고는 한동안 침묵을 지켰다.

"한스, 당신은 이번 사건을 무슨 신나는 마술 게임 정도로 생각하고 있군요. 그래요, 정말이지 당신은 때론 엿 같은 모습으로 사람을 홱 돌게 만들곤 하죠……. 하지만 지금은 지난번에 따귀 때린 것 사과하러 왔어요. 어쨌든 그건 잘못된 행동이었으니까."

그는 그녀를 오랫동안 쳐다보았다.

"모디그, 그래, 나를 엿 같은 인간으로 생각하라고. 하지만 나역시 자네를 좋아하지 않아. 자넨 프로 정신이 부족하고, 경찰에 있어서는 안 될 사람이야. 최소한 이런 업무를 맡아선 안 되지."

소니아 모디그는 어떻게 대꾸해 줄까 생각하다가 결국 그냥 어깨만 으쓱하고 일어섰다.

"오케이. 이제는 서로의 입장을 확실히 한 셈이네요." 그녀가 말했다.

"확실히 알게 됐지. 하지만 자넨 여기 오래 남아 있지 못할 거야."

방을 나서는 소니아 모디그는 가급적 살살 문을 닫으려 했지만 생각대로 되지 않았다. 저런 인간이 내뱉는 말에 신경 쓸 필요 없다고! 그녀는 차고로 내려갔다. 한스 파스테는 닫힌 문을 바라보며 만족한 미소를 지었다.

미카엘 블롬크비스트가 막 집 안에 들어왔을 때, 전화벨이 울리기 시작했다.

"여보세요? 나 말린이에요. 지금 통화할 수 있어요?"

"물론이지."

"어제 한 가지 발견한 게 있어요."

"말해 봐."

"편집실에서 살란데르의 수사에 관련된 신문 스크랩들을 읽었어요. 그중에는 정신병원과 관련된 그녀의 과거에 대한 장문의 르포르타주가 있더군요."

"응."

"이게 관계가 있는 건지는 모르겠지만요, 하여튼 난 그녀의 전기(傳記) 중에 커다란 구멍이 하나 나 있는 게 아닌가 하는 생각이 들더군요."

"구멍?"

"그래요. 그녀가 학교에서 일으킨 사건들은 모두 아주 상세하게 소개되고 있어요. 예를 들면 교사들이나 학생들과의 문제 같은 것 말이에요."

"그래, 나도 기억해. 리스베트가 열한 살 때, 그녀가 무서웠다고 말한 교사가 있었지."

"비르기타 미오스죠."

"맞아."

"좋아요. 또 리스베트가 아동 정신병원에 있을 때의 일들도 아주 상세히 소개되었죠. 또 청소년기 때 위탁 가정에서 생긴 일들이며, 감라스탄 전철역에서의 폭행 사건 등도 마찬가지고."

"그래. 그런데 하고 싶은 말이 뭐지?"

"그녀는 열세 살이 되기 바로 전에 강제로 정신병원에 입원됐어요."

미카엘은 잠시 침묵을 지켰다.

"그러니까 자네 말은……."

"내 말은 만일 열두 살짜리 어린것을 정신병원에 강제로 입원시킬 정도라면, 그 이유가 될 만한 무슨 일이 일어났었다는 거예요. 그리고 리스베트의 경우는 무언가 엄청난 것, 어떤 중대한 사건이 터졌었겠죠. 그런데 이렇게 중요한 사건이 그녀의 전기에는 빠져 있어요."

미카엘은 눈살을 찌푸렸다.

"말린, 이건 확실한 정보 제공자를 통해 들은 건데 말이야, 리스베트가 열두 살 되던 해인 1991년 2월에 작성된 경찰 보고서가 하나 있어. 그런데 이게 경찰 기록에는 존재하지 않아. 사실, 자네에게 이걸 한번 찾아보라고 부탁하려던 참이었어."

"그런 보고서가 존재한다면, 반드시 경찰 기록 대장에 등록되어 있을 텐데요? 아니라면 그건 위법이에요. 정말 확인해 봤나요?"

"아니. 하지만 정보 제공자 얘기로는, 이 보고서가 경찰 기록 대장엔 존재하지 않는대."

말린은 잠시 아무 말이 없었다.

"그 정보 제공자…… 확실한 사람인가요?"

"그럼! 아주 확실한 정보 제공자야."

말린은 다시 한 번 침묵을 지켰다. 그리고 다음 순간, 그녀와 미카엘은 동시에 동일한 결론에 도달했다.

"세포!" 말린이 말했다.
"비에르크!" 미카엘이 말했다.

24장
4월 5일 화요일

48세의 프리랜서 기자 페르오셰 산스트룀은 자정이 조금 넘어서야 솔나[23]에 있는 자기 집으로 돌아왔다. 다소 술에 취해 있었지만, 배 속에는 서늘한 공포가 차오르고 있었다. 하루 종일 절망감에 사로잡혀 아무 일도 할 수 없었다. 간단히 말해, 페르오셰 산스트룀은 두려워하고 있었다.

다그 스벤손이 엔셰데에서 살해된 지도 벌써 보름이 되어가고 있었다. 사건이 일어난 다음 날, 산스트룀은 놀란 눈으로 TV 뉴스를 보았다. 일단 느낀 감정은 깊은 안도와 희망이었다. 다그 스벤손이 죽었다! 그렇다면 자신을 성범죄자로 고발할 여성 인신매매에 대한 그자의 책 역시 묻혀 버릴 터였다! **염병할! 똥치 하나 잘못 건드렸다가 이렇게 거름통에 빠져버리다니!**

그는 다그 스벤손을 증오했다. 그 개자식 앞에서 그는 애원했고, 벌레처럼 기어야 했던 것이다.

사건 다음 날, 그는 너무 기쁜 나머지, 상황을 냉철하게 파악하지 못하다가 그다음 날이 되어서야 비로소 생각해 보기 시작했다.

만일 다그 스벤손이 남긴 책이 정말 자신을 아동 성애적 경향이 있는 강간범으로 언급하고 있다면, 경찰은 자신의 그 '작은 탈선 행위들'을 조사하기 시작할 것이다. 그리되면…… 아이고, 하느님! 자신은 두 살인 사건의 용의자로 몰릴 수도 있는 일이었다!

그의 공황감은 스웨덴의 모든 일간지에 리스베트 살란데르의 얼굴이 뜨기 시작하면서 조금씩 진정되었다. **리스베트 살란데르? 이게 누구지?** 한 번도 들어본 적이 없는 이름이었다. 하지만 경찰은 그녀를 용의자로 여기는 듯했고, 수사를 담당한 검사의 말에 의하면 살인 사건은 거의 해결되어 가고 있다고 했다. 그렇다면 자신이 우려했던 사태, 즉 세상의 눈이 자신에게 향하는 일은 일어나지 않을지도 모른다. 하지만 그는 개인적인 경험을 통해 잘 알고 있다. 기자 놈들이란 그들의 자료와 메모를 항상 보관한다는 사실을…… 《밀레니엄》. 완전히 부풀린 명성을 누리고 있는 쓰레기 같은 잡지. 그놈들도 다른 기자 놈들하고 똑같아. 다른 사람들을 쑤셔대고, 욕하고, 해칠 생각만 하고 있지. 그는 다그의 원고가 어느 정도까지 진척되었는지 알 수 없었다. 또 《밀레니엄》기자들이 어느 정도까지 사실을 알고 있는지도 알 수 없었다. 이에 대해 물어볼 사람이 아무도 없었던 것이다. 그저 대책 없이 천 길 낭떠러지 아래로 떨어지는 듯한 기분이었다.

지난 일주일 내내, 그는 공황 상태와 만취 상태 사이를 오갔다. 아직 경찰은 그의 집 문을 두드리지 않았다. 어쩌면—거의 바라기도 힘든 일이지만—요행히 이 곤경에서 빠져나올 수도 있으리라. 하지만 재수 없으면 그의 인생은 끝장이리라.

그는 열쇠 구멍에 열쇠를 집어넣고 돌렸다. 문을 여는 순간, 뒤에서 바스락거리는 소리가 들리는 동시에 등 아래쪽에서 온몸을 마비시키는 고통이 몰려왔다.

전화벨이 울렸을 때, 군나르 비에르크는 아직 잠자리에 들지 않고 있었다. 그는 파자마와 실내 가운 차림으로 어두운 주방에 앉아 자신의 딜레마를 곱씹고 있었다. 지금까지의 오랜 경찰 경력을 통해 이처럼 빠져나오기 힘든 상황에 처한 적은 한 번도 없었다.

처음에 그는 전화를 받지 않을 생각이었다. 손목시계를 들여다보니 자정이 넘어 있었던 것이다. 하지만 전화벨은 계속 울려댔고, 열 번이 더 울리자 더 이상 버틸 수 없었다. 무언가 중요한 용건인 듯했다.

"나요, 미카엘 블롬크비스트." 수화기 저쪽에서 반갑지 않은 목소리가 들려왔다.

이런, 염병할!

"지금 몇 시인 줄 아오? 자정이 넘었소! 난 자고 있었다고!"

"미안하오. 하지만 꼭 전해 주고 싶은 말이 있어서."

"무슨 일인데?"

"내일 오전 10시, 나는 다그 스벤손과 미아 베리만의 살인 사건과 관련하여 기자 회견을 가질 예정이오."

군나르 비에르크는 꿀꺽 침을 삼켰다.

"그 자리에서 다그 스벤손이 끝내가고 있던 성매매에 대한 책 내용을 상세히 밝힐 생각이고."

"내게 시간을 주겠다고 약속했잖……."

그는 자신의 목소리가 떨리는 것을 느끼고 이내 말을 중단했다.

"벌써 여러 날이 지났소. 당신은 부활절 주말이 지난 뒤에 내게 전화하겠다고 약속했었지. 그리고 내일은 화요일이오. 지금 말하든지, 아니면 내일 기자 회견을 갖겠소."

"만일 기자 회견을 하면 살라에 대해서는 아무것도 모르게 될 텐데?"

"그럴 수도 있겠지. 하지만 그건 더 이상 내 문제가 아니오. 당신은 경찰의 정식 수사관들하고 얘기해야 할 테니까. 그리고 물론 이 나라의 매체들 전체와도 상대해야겠지."

더 이상 협상의 여지는 없었다.

그는 미카엘 블롬크비스트와의 만남을 받아들이는 수밖에 없었다. 하지만 약속을 수요일로 미루는 데 성공했다. 약간의 여유를 얻은 것이다. 하지만 그는 각오하고 있었다.

죽기 아니면 살기로, 모든 것을 걸 작정이었다.

산스트룀은 자신이 얼마나 오랫동안 의식을 잃고 있었는지 알지 못했다. 하지만 정신을 차려보니 거실 바닥에 뒹굴고 있었다. 온몸이 통증으로 쑤셨고, 움직일 수 없었다. 그리고 잠시 후, 자신의 두 손이 등 뒤로 돌린 채 접착테이프 같은 것으로 묶여 있으며, 두 다리 역시 끈으로 친친 결박되었다는 사실을 깨달았다. 입에도 접착테이프가 붙어 있었다. 거실의 조명등은 모두 켜져 있었고, 블라인드는 완전히 내려져 있었다. 도대체 무슨 일이 일어났던 걸까? 전혀 이해할 수 없었다.

서재에서 무슨 소리가 들려오는 것 같았다. 꼼짝 않고 귀를 기울였다. 서랍이 여닫히는 소리 같았다. **절도범인가?** 종이를 넘기는 소리가 들렸다. 누군가 서랍을 뒤지고 있는 모양이었다.

영원처럼 길게 느껴지는 시간이 흐른 후, 그는 자기 뒤에서 발소리를 들었다. 고개를 뒤로 돌리려 해보았지만, 아무것도 볼 수 없었다. 그는 침착함을 유지하려고 노력했다.

갑자기 누군가가 질긴 목면 노끈을 목 주위에 감았다. 밧줄 고리매듭 진 올가미가 그의 목을 죄어왔다. 극도의 공포감에 괄약근의 긴장이 그대로 풀릴 뻔했다. 눈을 올려 보았다. 눈으로 노끈을 따라가 보니 그것은 거실 샹들리에가 매달려 있던 천장의 고리에 걸린 도르래까지 이어지고 있었다. 곧이어 적의 모습이 시야에 나타났다. 그의 눈에 처음 들어온 것은 검정 부츠 둘이었다.

이어 시선을 들어 올렸을 때, 그는 심장이 얼어붙는 듯한 충격을 받았다. 처음에는 지난 부활절 주말부터 신문 가판대들을 도배하다시피 한 그 사이코패스의 모습을 금방 알아보지 못했다. 짧은 커트 머리의 그녀는 신문에 실린 여권 사진의 모습과 전혀 달랐던 것이다. 그녀의 옷차림은 머리에서 발끝까지 검정 일색이었다. 청바지, 앞섶이 열린 짧은 면 재킷, 티셔츠, 그리고 장갑까지 온통 검은색이었다.

하지만 가장 섬뜩한 것은 그녀의 얼굴이었다. 그녀는 진한 화장을 하고 있었다. 루주는 검은색이었고, 아이라이너와 마스카라는 야하고도 요란한 어두운 녹색이었다. 얼굴의 나머지 부분은 새하셨다. 그리고 이마 왼쪽 구석에서 시작해 콧등을 지나 오른쪽 턱까지 굵고 붉은 줄이 가로지르고 있었다.

기괴한 가면을 연상시키는 얼굴이었다. 그야말로 광기에 사로잡힌 여자…….

산스트룀의 정신은 악몽 속에서 허우적대고 있는 느낌이었다. 산스트룀은 정신을 놓치지 않으려고 안간힘을 썼다.

리스베트 살란데르가 끈을 잡아당겼다. 그는 끈이 목을 죄어오는 것을 느꼈고, 몇 초도 안 되어 호흡이 힘들었다. 그는 비틀거리며 두 다리로 일어섰다. 그녀는 도르래의 힘을 빌려 너무나도 손쉽게 그를 일으켜 세우고 있었다. 마침내 그가 두 다리로 서자, 그녀는 줄 당기기를 멈추고, 그 끝을 라디에이터의 관에 두 번 돌려 감은 다음, 매듭지어 고정시켰다.

이어 그녀는 그를 내버려 두고 시야에서 사라졌다. 그리고 한

15분 동안 보이지 않았다. 방으로 다시 들어온 그녀가 의자 하나를 끌어다 그를 정면으로 마주 보고 앉았다. 그는 기괴한 화장으로 덮인 그녀의 얼굴을 피하려 했지만, 그럴 수가 없었다. 그녀가 탁자 위에 권총 한 정을 내려놓았다. 그의 것이었다. 옷장 안 신발 상자 속에 감춰놓은 것을 그녀가 찾아낸 것이었다. '콜트 1911 거번먼트' 모델이었다. 몇 해 전 구입한 불법 무기였다. 친구가 과거에 사놓은 것을 판다고 해서 별생각 없이 덥석 사놓기는 했지만, 사용해본 적은 한 번도 없었다. 시험 사격조차 해보지 않았다. 그가 보는 앞에서 그녀는 탄창을 빼내 총알 한 발을 밀어 넣었다. 페르오셰 산스트룀은 그대로 기절할 것만 같았다. 그는 횡해지는 정신을 놓치지 않으려고 애쓰며 그녀의 시선을 마주 보았다.

"아무리 생각해도 모르겠단 말이야…… 왜 남자들은 변태 짓을 하고 나서, 꼭 기념물을 간직하고 싶어 하는 걸까?"

그녀의 목소리는 자못 부드러웠지만, 얼음처럼 차가웠다. 그녀는 낮고도 분명한 목소리로 말하고 있었다. 그러면서 그의 하드 디스크에서 뽑아낸 사진 한 장을 들어 올렸다.

"에스토니아 출신의 이네스 함무예르비인 것 같은데? 열일곱 살이고, 나르바 시 근처의 리에팔루 마을 출신……. 그녀하고는 재미 좋았어?"

하지만 질문은 순전히 형식적인 것이었다. 페르오셰 산스트룀은 대답할 수 없었던 것이다. 그의 입은 여전히 접착테이프로 막혀 있었고, 그의 정신 역시 어떤 대답을 생각해 낼 상태가 못 되었다. 그 사진은……. 빌어먹을! 내가 왜 저 사진들을 보관하고 있었을까?

"내가 누군지 알아? 알면 고개를 끄덕여."

페르오셰 산스트룀은 고개를 끄덕였다.

"넌 가학증 걸린 돼지요, 개자식이요, 강간범이야."

그는 움직이지 않았다.

"고개를 끄덕이라고."

그는 고개를 끄덕였다. 갑자기 눈물이 핑 돌았다.

"자, 먼저 규칙을 분명히 정해 두지." 리스베트 살란데르가 말했다. "네 생각에 너 같은 인간은 지금 당장 사살되어야 옳아. 내일 아침 네가 죽어 있든 살아 있든 나는 아무 상관 없고. 무슨 말인지 알아듣겠어?"

그는 고개를 끄덕였다.

"분명히 넌 알고 있겠지. 나는 사람 죽이는 걸 무척 즐기는 미친 년이라는 사실을. 특히 남자를 말이야."

그러고는 탁자 위에 쌓아둔 최근 며칠 동안의 석간지들을 가리켰다.

"자, 이제 네 입의 테이프를 떼어주겠어. 만일 소리 지르거나 목소리를 높일 경우, 이걸로 지져버릴 거야."

그녀는 전기 충격기를 흔들어 보였다.

"이 고약한 물건은 7만 5000볼트의 전류를 방전하지. 그리고 두 번째 사용할 때는 6만 볼트 정도 되고. 이해하겠어?"

그가 잘 모르겠다는 표정을 지었다.

"네 근육들이 더 이상 움직이지 않는다는 뜻이야. 조금 아까 집 안에 들어오면서 직접 체험한 그런 현상이지."

그녀는 미소를 지었다.

"다시 말하면 다리에 힘이 풀려 넌 스스로를 목매다는 셈이야. 이렇게 널 죽여 버린 뒤 난 자리에서 일어나 그냥 아파트를 떠나면 되는 거고."

그는 고개를 끄덕였다. 오, 맙소사! 정말 미친년이로구나! 완전히 살인광이야! 갑자기 자신도 모르게 눈물이 솟구쳐 나와 볼을 타고 흘러내렸다. 그는 흑흑거렸다.

그녀가 일어나 접착테이프를 떼어냈다. 그녀의 기괴한 얼굴은 그의 얼굴에서 불과 몇 센티미터 떨어진 곳에 있었다.

"입 다물고 있어." 그녀가 말했다. "한마디도 하지 마. 만일 내 허락 없이 말하면 그대로 지져버릴 거야."

그녀는 그가 훌쩍이는 걸 멈추고 자신의 눈을 마주 볼 때까지 기다렸다.

"오늘 밤, 네가 살아날 가능성은 단 하나야. 두 개가 아니라 단 하나. 내가 몇 가지 질문을 하겠어. 거기에 제대로 대답하면 살려 주겠어. 이해했으면 고개를 끄덕여 봐."

그는 고개를 끄덕였다.

"만일 한 가지 질문에라도 대답하기를 거부하면, 그대로 지져버 릴 거야."

그는 고개를 끄덕였다.

"난 너하고는 협상하지 않아. 두 번 기회를 주지도 않을 거고. 내 질문에 즉각 대답하든지, 아니면 죽는 거야. 만일 제대로 대답 하면 넌 살아날 거고. 아주 간단하지."

그는 고개를 끄덕였다. 그는 그녀의 말을 믿었다. 다른 선택의 여지가 없었으므로.

"제발……." 그가 입을 열었다. "난 죽고 싶지 않아……."

그녀는 그를 엄한 눈으로 쳐다보았다.

"살고 죽고는 너 자신이 정하는 거야. 그런데 지금 넌 내 허락 없인 말할 수 없다는 첫 번째 규칙을 위반했어."

그는 입술을 깨물었다. 빌어먹을! 이건 완전히 미친년이야!

미카엘 블롬크비스트는 의기소침하고 불안한 상태여서 아무 일도 손에 잡히지 않았다. 결국 그는 재킷과 스카프를 걸치고 집을 나와 쇠데르 역 방향으로 걸었다. 발길 닿는 대로 걷다 보니 보필 아파트를 지나 어느덧 예트가탄의《밀레니엄》편집부 건물에 이르러 있었다. 건물 방마다 불이 꺼져 있었고, 모든 것이 적막했다. 그는 우선 커피 기계를 작동시키고 창가에 우두커니 서서 커피 물이 필터를 통과하기를 기다리며 창밖 거리 풍경을 내려다보았다. 그리고 헝클어진 생각을 정리해 보려고 애썼다. 지금, 다그 스벤손과 미아 베리만 살인 사건 수사 전체는 하나의 모자이크였다. 어떤 조각들은 아직 분간할 수 있는 형태로 남은 반면, 어떤 조각들은 완전히 사라져버린 깨진 모자이크. 그림이 어렴풋 보일 듯하다가도 너무 많은 조각들이 빠져 있어 다시 흐릿해지는 모자이크.

불쑥 의혹이 솟아올랐다. 그리고 그 의혹을 떨쳐버리기 위해 그는 중얼거렸다. 아냐. 그녀는 절대 정신 이상자 살인마가 아니야. 그녀는 자신이 다그와 미아를 죽이지 않았다고 분명히 밝히지 않았던가? 그는 그녀를 믿었다. 하지만…… 그녀는 무언가 신비한 방식으로 두 살인 사건과 밀접하게 연관되어 있는 것도 사실이었다.

그는 자신이 엔셰데의 아파트에 들어갔던 날 이후로 줄곧 주장해 온 이론을 천천히 재고해 보았다. 그는 다그 스벤손이 쓰고 있던 여성 인신매매에 대한 르포르타주야말로 다그와 미아 살인 사건의 유일하고 타당한 동기라고 확신했다. 하지만 지금, 그는 이것으로는 비우르만의 살인 사건을 설명하지 못한다는 부블란스키의 주장을 뒤늦게나마 받아들이기 시작하고 있었다.

리스베트는 그에게 보낸 글을 통해, 성 구매자들에 대한 조사는 접어놓고 살라에게 집중해야 한다고 말했다. 왜? 그녀는 대체 무슨 말을 하려 했던 걸까? 왜 모든 것을 이해할 수 있게끔 쉽게 말해 줄 수 없단 말인가?

미카엘은 주방으로 돌아가 '좌익 청년 연합' 로고로 장식된 머그잔에 커피를 따랐다. 편집실 중앙에 위치한 긴 소파에 앉아 두 다리를 탁자 위에 올려놓고 금지된 담배 한 대를 피워 물었다.

비에르크는 성 구매자 리스트에 올라 있는 자였다. 비우르만은 리스베트의 후견인이었다. 비에르크와 비우르만, 둘 다 세포를 위해 일했다고 한다. 또 살란데르에 관련된 경찰 보고서 하나가 사라졌다고 한다.

혹시 또 다른 동기가 있는 것은 아닐까?

그는 지금까지의 사고를 멈추고, 갑자기 떠오른 이 생각을 응시했다. 다음 순간, 시각이 180도로 뒤집혔다.

만일 리스베트 살란데르, 그녀 자신이 동기라면?

이와 함께 그의 머릿속에는 생각 하나가 어렴풋이 떠올랐지만, 그것을 명확하게 표현해 낼 수가 없었다. 리스베트 살란데르 자신이 살인 동기를 구성한다는 생각, 여기에는 무언가 새로운 것이 들어 있었지만, 그 내용이 정확히 무엇인지는 제대로 설명할 수 없었다. 단지 칠흑 같은 어둠 가운데 어떤 계시의 빛이 뚫고 나오려 한다는 느낌이 언뜻 스쳐갔을 뿐이다.

그는 자신이 몹시 피곤해 있음을 깨닫고 남은 커피를 개수대에 부은 다음, 집으로 돌아갔다. 그리고 어두운 침실에 누워 두 시간 동안 그 어렴풋한 생각의 정체를 이해해 보려고 애썼다.

리스베트 살란데르는 담배 한 대를 피워 물고, 산스트룀 앞에 놓인 의자에 편안히 자리 잡았다. 그녀는 다리를 꼬고 앉아 그를 응시했다. 그로서는 이렇게 강렬한 시선을 받아본 적이 없었다. 그녀가 입을 열었고, 여전히 나지막한 목소리가 흘러나왔다.

"넌 2003년 1월 노르스보리에 있는 이네스 함무예르비의 아파트를 처음 방문했어. 그때 그녀는 갓 열여섯을 넘긴 나이였지. 왜 그녀를 보러 간 거지?"

페르오셰 산스트룀은 대답할 말이 잘 생각나지 않았다. 자신도 그 일이 어떻게 시작됐는지 제대로 정리되지 않았기 때문이었다. 그녀가 전기 충격기를 쳐들었다.

"모…… 몰라. 그녀를 원했어. 너무 예뻐서."

"예뻐서?"

"그래, 예뻤어."

"예뻐서 네 마음대로 침대에 묶어놓고 그 짓을 할 수 있다고 생각한 건가?"

"그녀도 동의했어. 정말이야! 그녀도 동의했다고!"

"그녀에게 돈을 지불했나?"

페르오셰 산스트룀은 자기 혀를 깨물었다.

"아니."

"왜? 그녀는 창녀야. 보통 창녀에겐 돈을 지불하잖아."

"그녀는…… 선물이었어."

"선물?" 리스베트 살란데르가 되물었다.

그녀의 목소리에서 갑자기 위험스러운 기운이 느껴졌다.

"내가 누군가에게 어떤 봉사를 해준 대가로 제공된 거였어."

"페르오셰." 리스베트 살란데르가 자못 부드러운 어조로 말했다. "설마 지금 내 질문을 슬슬 비껴가고 있는 건 아니겠지?"

"정말이야! 네가 알고 싶은 모든 것에 대답할게. 거짓말하지 않겠어."

"좋아. 누구에게 무슨 봉사를 했지?"

"아나볼릭 스테로이드[24]를 스웨덴으로 밀반입했어. 탐사 기사를 쓰기 위해 에스토니아에 여행 갔을 때. 몇몇 친구랑 같이 갔고, 약은 내 차에 실었어. 여행을 함께한 사람 중에 하뤼 란타라는 사내도 있었어. 내 차에 같이 타지는 않았지만."

"하뤼 란타는 어떻게 알게 됐지?"

"오래전부터 알고 지내는 사이였어. 1980년대부터. 그냥 친구야. 가끔 술 한잔하는 사이."

"그래서 하뤼 란타가 네게 이네스 함무예르비를…… 뭐라고 했더라? 그래, '선물'로 제공했단 말이지?"

"응…… 아니, 아니, 미안해, 그게 좀 더 나중이었구나. 여기 스톡홀름에서 그의 형 아토 란타가 선물했어."

"그러니까 네 이야기는 어느 날 아토 란타가 널 찾아와서, 혹시 노르스보리에 가서 이네스에게 그 짓 할 생각이 없는지를 물어봤다는 거야?"

"아니…… 난, 아니 우리는 어떤 파티에 참석했는데…… 아, 빌어먹을! 잘 생각나지 않아."

그는 갑자기 스스로를 제어하지 못하고 후들거리기 시작했다. 무릎에 힘이 빠지는 것을 느꼈고, 주저앉지 않기 위해 온몸을 뻣뻣이 유지하느라 안간힘을 썼다.

"자, 차분히 대답해." 리스베트 살란데르가 말했다. "생각을 정리하기 위해 시간 좀 들인다고 해서 그냥 목매달지는 않을 테니까. 대신, 조금이라도 수작 부리는 기미를 보이면 그때는…… 꽉!"

그녀는 눈썹을 치켜 올리며 천사와도 같은 표정을 지었다. 그 기괴한 마스크 뒤에서도 선연히 느껴지는 그 섬뜩하게 환한 표정.

페르오셰 산스트룀은 고개를 끄덕였다. 그는 꿀꺽 침을 삼켰다. 목이 탔고, 입안은 바짝 말라 있었다. 목 주위로 노끈이 강하게 죄어오는 것이 느껴졌다.

"좋아…… 어디서 술을 처마셔 댔는지는 생략하자. 그러면 무슨 일로 아토 란타가 네게 이네스를 선물했지?"

"우리는 그때…… 아니, 내가…… 그에게 원한다고 말했어."

갑자기 그는 더 이상 참지 못하고 흐느껴 울기 시작했다.

"그의 창녀 중 하나를 원한다고 말했군."

그가 고개를 끄덕였다.

"난 그때 잔뜩 술에 취해 있었어. 그가 말하기를, 그녀는……
그녀는……."

"그녀가 뭐야?"

"아토가 말하길, 그녀는 버르장머리를 고쳐줘야 할 필요가 있다
고 했어. 문제를 일으키고 있다고. 자기가 원하는 대로 하지 않는
다고."

"그가 원하는 게 뭐였는데?"

"거리에 나가서 몸을 파는 것. 그가 내게 제의했어……. 난 취
해 있어서 내가 무슨 일을 하는지도 잘 몰랐다고. 난 그렇게까
지……. 미안해."

그가 훌쩍거렸다.

"용서를 구할 사람은 내가 아니야. 그래서 넌 아토에게 그녀의
버르장머리를 고쳐주겠다면서, 같이 그녀 집에 간 거로군."

"아니, 아니, 그렇게 된 건 아니고……."

"그럼 대체 어떻게 된 건지 똑바로 얘기해 봐! 왜 넌 아토를 따
라 이네스 집에 갔냐고?"

그녀가 전기 충격기로 그의 무릎을 탁탁 쳤다. 그는 다시 떨기
시작했다.

"내가 원해서 간 거야. 그녀 집에 가면 돈 주고 살 수 있다고 해
서. 이네스는 하뤼 란타의 여자 친구 집에 살고 있었어. 그 여자 이
름은 생각이 잘 안 나지만. 하여튼 아토는 이네스를 침대에 묶었

고, 나는…… 그녀와 섹스를 했어. 아토가 보는 앞에서."

"아니지. 넌 그녀와 섹스를 한 게 아니라, 그녀를 강간한 거야."

그는 대답하지 않았다.

"안 그래?"

그가 고개를 끄덕였다.

"그녀는 뭐라고 말했어? 이네스 말이야."

"아무 말도 없었어."

"항의하던가?"

그는 고개를 저었다.

"그러니까 그 여자애는 나이 50을 바라보는 징글맞은 아저씨가
자기를 묶어놓고 그 짓 하는 걸 좋아했단 말이지?"

"그녀도 취해 있었어. 무슨 짓을 하든 상관 안 했지."

리스베트 살란데르가 할 말이 없다는 듯 한숨을 내쉬었다.

"오케이. 그렇게 해서 이후에도 이네스를 계속 찾아간 거로군."

"그녀는 너무나…… 그 애가 나를 원했어."

"놀고 있네!"

그는 리스베트 살란데르에게 절망 어린 시선을 던졌다. 그러고
는 고개를 끄덕였다.

"그래…… 난 그녀를 강간했어. 하뤼와 아토가 허락했지. 그들
은 그녀를…… 훈련시키길 원했어."

"그들에게 돈은 냈어?"

그는 고개를 끄덕였다.

"얼마나?"

"친구라며 싸게 해줬어. 또 밀수하는 데 도와준 일이 있었다고."

"얼마냐고 묻잖아."

"다 합해서 몇천 크로나 정도."

"이 사진 중 하나를 보면, 이네스는 네 아파트에 와 있는데?"

"하뤼가 보냈어."

그는 다시 훌쩍거렸다.

"그러니까, 너는 몇천 크로나를 주고 계집애 하나를 네 마음대로 가지고 놀 수 있었단 말이로군. 몇 번이나 강간했지?"

"잘 몰라…… 몇 번 정도."

"좋아. 그럼 이 패거리의 두목은 누구야?"

"내가 말하면 그들은 나를 죽일 거야."

"죽이든 말든 난 상관없어. 하지만 지금 이 순간에는 내가 더 큰 문제일 텐데?"

그녀는 전기 충격기를 들어 올렸다.

"아토가 두목이야. 그가 형이니까. 하뤼는 행동책이고."

"패거리에는 아토와 하뤼 말고 또 누가 있지?"

"난 하뤼와 아토밖에 몰라. 가끔 아토의 여자 친구도 끼곤 했어. 그리고 어떤 사내가 있는데, 이름이 뭐더라…… 펠레인가 뭐였어. 스웨덴 사람이고. 누군지는 잘 모르겠어. 마약 중독자인데 자질구레한 일들을 해주고 있어."

"아토의 여자는?"

"실비아. 창녀야."

리스베트는 잠시 침묵을 지키며 생각에 잠겼다. 그러고는 다시 눈을 들어 올렸다.

"살라는 누구지?"

순간, 페르오세 산스트룀의 얼굴이 새하얘졌다. 다그 스벤손이 그를 괴롭혔던 질문이 또다시 나온 것이었다. 그는 오랫동안 대답하지 않았고, 결국 '미친년'의 얼굴에서 화난 표정이 떠오르는 걸 보았다.

"몰라. 난 그가 누군지 몰라."

리스베트 살란데르의 얼굴이 더욱더 어두워졌다.

"지금까지 넌 잘 행동해 왔어. 네게 찾아온 기회를 쓸데없이 허비하는 일이 없기를 바라."

"정말이야! 하느님을 걸고, 아니 우리 어머니를 걸고 맹세할게! 난 그가 누구인지 몰라. 네가 죽인 그 기자도……."

그는 나오던 말을 급히 삼켰다. 이 미친 여자에게 엔셰데에서의 살인 행각을 언급하는 게 현명하지 못하다는 생각이 든 것이다.

"그래서?"

"그도 똑같은 질문을 했어. 난 몰라. 안다면 말했을 거야. 맹세해. 그 사람은 아토가 알고 있어."

"그와 얘기해 본 적 있어?"

"전화로 1분간. 살라라는 사람과 얘기했었어. 더 정확히 말해서 난 그의 말을 듣고만 있었지만."

"왜?"

페르오셰 산스트룀은 눈을 깜빡거렸다. 구슬 같은 땀방울이 눈 속에 흘러 들어오고, 턱으로는 콧물이 흘러내리는 게 느껴졌다.

"그들은…… 내가 한 가지 봉사를 해주기를 원했어."

"이야기가 점점 늘어지는 경향이 있어?" 리스베트 살란데르가 경고했다.

"그들은 내가 탈린으로 가서 완전히 준비된 차를 한 대 몰고 와주기를 원했어. 암페타민이 들어 있는 차. 하지만 난 하고 싶지 않았어."

"왜지?"

"너무 위험해서. 그들은 진짜 범죄자들이야. 난 그쪽에서 몸을 빼고 싶었어. 내 일이 있으니까."

"다시 말해서 넌 프리랜서 범죄자에 불과했다는 말이로군."

"사실 난 그런 일하고는 맞지 않아." 그는 보기에도 한심스러운 표정으로 훌쩍거렸다.

"아하, 그러셔?"

그녀의 목소리에 너무도 강한 경멸이 담겨 있어 페르오셰 산스트룀은 눈을 감고 말았다.

"계속해 봐. 살라는 어떻게 나타났지?"

"……그건 악몽이었어."

그가 입을 다물더니, 갑자기 눈물을 뚝뚝 흘리기 시작했다. 그리고 입술을 깨물었는데, 얼마나 세게 깨물었던지 입술이 터져 피가 흘러내렸다.

"이야기가 또 늘어지고 있어." 리스베트가 다시 한 번 경고했다.

"아토는 내게 여러 번 요구해 왔어. 하뤼는 내게 경고했고. 그가 말하길, 지금 아토는 화를 내고 있는데, 계속 이런 식으로 가면 무슨 일이 벌어질지 모르겠다고 했어. 결국 나는 아토를 만났어. 작년 8월의 일이었지. 난 하뤼와 함께 노르스보리에 갔고……."

그의 입은 계속 오물거리고 있었지만 소리가 잘 들리지 않았다. 리스베트 살란데르의 두 눈이 가늘어지자 그는 다시 목소리를 높였다.

"아토는 완전히 미친놈이었어. 아주 흉폭했지. 그가 얼마나 흉폭했는지…… 상상할 수 없을 거야. 그는 내게 말했어. 이제 발을 빼기엔 너무 늦었다고. 만일 시키는 대로 하지 않으면 난 살아나지 못할 거라고. 그러곤 내게 본때를 보여 주겠다고 했어."

"그래서?"

"그들은 나를 끌고 갔어. 쇠데르텔리에로 향했지. 아토가 나보고 머리에 두건을 쓰라고 말했어. 그러고는 자루를 하나 꺼내더니 머리에 덮어씌우고 끈으로 묶었지. 난 무서워 죽는 줄 알았어."

"그래서 자루를 뒤집어쓰고 그들과 함께 갔군. 그다음엔?"

"자동차가 멈췄어. 난 어딘지 전혀 몰랐고."

"그들이 네게 자루를 뒤집어씌운 게 어디지?"

"쇠데르텔리에 조금 못 미친 곳."

"그러고 나서 얼마나 더 갔지?"

"아마…… 아마 30분 조금 더 넘게 갔어. 그들은 나를 차에서 내리게 했어. 어떤 창고 같은 곳이었지."

"계속해."

"하뤼와 아토가 나더러 들어가라고 했어. 안은 불이 환하게 밝혀져 있었고. 거기서 내 눈에 처음 들어온 것은 시멘트 바닥에 뒹굴고 있는 불쌍한 사내의 모습이었어. 꽁꽁 묶여 있었는데, 처참하게 얻어맞은 몰골이었어."

"누구였지?"

"켄네트 구스타프손이라는 자야. 하지만 그 이름은 나중에 알았어. 그들은 그의 이름을 말하지 않았으니까."

"그래서?"

"거기에 또 한 사내가 있었어. 내가 본 사람 중에서 가장 큰 거인이었어. 엄청난 체구였어. 온몸이 근육 덩어리였고."

"인상착의를 한번 그려봐."

"금발이야. 꼭 악마가 화신(化身)한 것 같았지."

"이름은?"

"그들은 그의 이름을 말하지 않았어."

"오케이. 금발의 거인. 거기 다른 사람은 없었어?"

"남자 하나가 더 있었어. 몹시 초조해하는 모습. 역시 금발이었고, 말총머리였어."

막예 룬딘이군.

"또 다른 사람은?"

"나 그리고 하뤼와 아토."

"계속해 봐."

"금발…… 거인이 내게 의자 하나를 밀어줬어. 내게는 한마디도 하지 않고. 아토가 말했지. 바닥에 있는 사내는 밀고자라면서, 말썽을 일으킨 자에겐 어떤 대가가 기다리고 있는지 내게 보여 주고 싶다고 했어."

페르오세 산스트룀은 어린애같이 통곡을 했다.

"또 늘어지고 있군." 리스베트 살란데르가 말했다.

"……금발 사내가 바닥의 사내를 일으켜 내 앞에 있는 의자에다 앉혔어. 그렇게 우리는 1미터 거리를 두고 마주 앉았지. 나는 그의 눈을 똑바로 들여다볼 수밖에 없었어. 금발 사내가 그의 뒤에 서더니 두 손으로 그의 목을 쥐었어. 그리고…… 그리고……."

"목을 졸랐겠지." 리스베트가 도와주었다.

"그래…… 아냐…… 그는 쥐어짜서 죽였어. 손아귀 힘만으로 목뼈를 으스러뜨린 거야. 목뼈 부러지는 소리가 들렸고, 그는 죽어 있었어. 내 앞에서."

"그다음에는?"

"다른 사내―말총머리―가 전기톱을 켜더니 머리와 양손을 잘라냈어. 그가 일을 끝내자 거인이 내게 다가왔어. 그러고는 내 목 둘레에 손을 가져다 댔지. 나는 그의 손을 떨쳐버리려고 애써보았어. 있는 힘을 다했지만 단 1밀리미터도 움직일 수 없었지. 하지만 그는 목을 조르지는 않았어…… 그냥 오랫동안 그렇게 두 손으로 내 목을 감고 있었어. 그러고 있을 때 아토가 휴대폰을 꺼내 누군가와 통화를 했어. 그러고는 살라가 나와 얘기하고 싶어 한다면서,

휴대폰을 내 귀에 대주었어."

"그래, 살라가 뭐라고 했지?"

"간단했어. 아토가 부탁하는 일을 해줬으면 좋겠다고. 그리고 아직도 발 빼기를 원하느냐고 물었지. 난 당장 탈린으로 가서 암페타민을 실은 자동차를 몰고 오겠다고 약속했어. 내겐 선택의 여지가 없었으니까."

리스베트는 오랫동안 침묵을 지켰다. 그녀는 줄에 매달린 채 훌쩍거리고 있는 프리랜서 기자를 물끄러미 바라보며 무언가를 생각하고 있었다.

"그의 목소리는 어땠지?"

"그건…… 잘 모르겠어. 아주 평범한 목소리였어."

"낮은 목소리? 아니면 맑은 목소리?"

"낮았어. 평범하고, 약간 쉰 듯한."

"둘이 어느 나라 말로 대화했지?"

"스웨덴어."

"특이한 억양이 있었나?"

"응…… 약간 있었던 것 같아. 하지만 유창한 스웨덴어였어. 아토와 그는 러시아어로 말했고."

"러시아어를 알아들어?"

"조금. 전부는 못 알아듣고. 약간만."

"아토가 그에게 뭐라고 말했지?"

"시범이 끝났다고 말했어. 그뿐이었어."

"이 사실을 누군가에게 말한 적 있어?"

"아니."

"다그 스벤손이 널 보러 왔다고 하던데."

산스트룀은 고갯짓으로 시인했다.

"소리가 들리지 않아."

"왔었어."

"왜 왔었지?"

"그는 내가…… 창녀들과 어울렸다는 걸 알고 있었어."

"그는 네게 뭘 물었지?"

"그가 알고 싶어 했던 것은…… ."

"알고 싶어 했던 것은?"

"살라였어. 그에 대해서 여러 가지를 물어왔어. 두 번째 방문이었지."

"두 번째 방문?"

"그는 죽기 2주일 전에 나를 방문했었어. 그게 첫 번째 방문이었지. 그러고 나서 이틀 전에, 그러니까 네가 그를……."

"내가 그를 쏴 죽이기 이틀 전?"

"맞아."

"그때 살라에 대해 물었단 말이지?"

"그래."

"그래서 넌 그때 뭐라고 대답했는데?"

"아무것도. 난 아무것도 얘기해 줄 수 없었어. 단지 그와 한 번 전화 통화 한 일이 있다는 사실만 말했지. 그게 전부였어. 그 금발 괴물에 대해서도, 그들이 구스타프손에게 한 짓에 대해서도 말하지 않았어."

"오케이. 그럼 다그 스벤손이 네게 물은 것은 정확히 뭐였지?"

"그는…… 살라에 대해서만 알고 싶어 했어. 그게 전부야."

"그리고 넌 아무것도 말 안 했고?"

"별다른 것을 얘기해 줄 수가 없었어. 사실, 나는 아무것도 모르니까."

리스베트는 아랫입술을 잘근잘근 씹으며 그를 쳐다보았다. 그
래, 이자는 분명 뭔가를 숨기고 있어.

"다그 스벤손이 찾아왔다고 누구에게 얘기했지?"

산스트룀의 얼굴이 창백해졌다.

리스베트가 전기 충격기를 흔들어 보였다.

"하뤼 란타에게 전화했어."

"언제?"

그는 침을 삼켰다.

"다그 스벤손이 처음 찾아왔던 날 저녁에."

그녀는 이후 30분 동안 계속해서 질문했다. 하지만 그는 했던
말을 반복했고, 기껏해야 별로 중요하지 않은 세부적인 사항을 몇
가지 덧붙였을 뿐이었다. 마침내 그녀는 몸을 일으켜 줄에 손을 가
져다 댔다.

"넌 내가 지금껏 만나본 인간 중에서 가장 형편없는 쓰레기야.
네가 이네스에게 한 짓만으로도 사형감이지. 하지만 내 질문에 대
답하면 살려 주겠다고 약속했으니, 약속을 지키겠어."

그녀는 몸을 굽혀 매듭을 풀었다. 페르오셰 산스트룀은 초라한
무더기가 되어 바닥에 나뒹굴었다. 그는 거의 법열에 가까운 안도
감을 느꼈다. 그렇게 마룻바닥에 누운 채 그는 그녀가 소파 탁자
위에 민걸상을 올려놓고, 그 위에 올라가 도르래를 빼내는 모습을
보았다. 그녀는 줄을 모아 배낭에 집어넣었다. 그러고는 욕실로 들
어가 10분간 머물러 있었다. 그의 귀에 수돗물 흐르는 소리가 들
려왔다. 다시 돌아온 그녀의 얼굴에는 화장이 지워져 있었다.

박박 문질러 닦은 듯한 얼굴은 벌거숭이 같은 느낌마저 주었다.

"줄은 너 혼자서도 풀 수 있을 거야."

그리고 부엌칼 하나를 바닥에 던져놓았다.

그녀가 현관방에서 뭔가를 하며 부스럭거리는 소리가 오랫동안 들려왔다. 아마 옷을 갈아입는 모양이었다. 그리고 문이 열리고 다시 닫히는 소리가 들렸다. 반 시간 후, 그는 손을 묶고 있던 접착테이프를 자르는 데 성공했다. 거실 소파에 주저앉으면서, 그는 그녀가 자신의 콜트 1911 거번먼트를 가져갔다는 사실을 발견했다.

리스베트 살란데르는 새벽 5시가 되어서야 집으로 돌아왔다. 그녀는 이레네 네세르의 가발을 벗고 곧바로 잠자리에 들었다. 컴퓨터를 켜고 미카엘 블롬크비스트가 사라진 경찰 보고서의 수수께끼를 풀었는지 확인해 보지도 않은 채.

불과 네 시간 후인 아침 9시에 잠이 깬 그녀는, 아토와 하뤼 란타 형제에 대한 자료를 뒤지면서 그날 하루를 보냈다.

아토 란타는 정말이지 한심스러운 경찰 기록의 소유자였다. 에스토니아계의 핀란드 시민인 그는 1971년에 스웨덴으로 들어왔다. 1972년부터 1978년까지는 건설 회사에서 목수로 일했다. 한 공사장에서 절도죄로 걸려 해고된 그는 징역 7개월을 선고받았다. 1980년부터 1982년까지는 이전보다 훨씬 소규모의 회사에서 근무했다. 하지만 이곳에서도 해고되었는데, 공사장에서 술에 취해 있는 모습이 여러 차례 발견되었던 것이다. 이후 1980년대 말엽까지는 술집 '기도', 보일러 관리 회사 기술자, 막일꾼, 초등학교 경비원 등을 하며 생계를 유지했는데 새 직장을 얻을 때마다, 대낮부터 얼근히 취한 얼굴로 나타나거나 온갖 싸움에 연루되어 해고되는 일이 반복되었다. 초등학교 경비원으로 일할 때는 채용되고 나서 몇 달 되지 않아 쫓겨났는데, 한 여교사가 성희롱과 위협적 행동의 죄목으로 그를 고소했기 때문이다.

1987년, 그는 자동차 절도, 음주 운전 및 장물 은닉의 죄목으로 벌금 및 징역 1개월형을 받았고, 이듬해에는 불법 무기 소지죄로 벌금형을 받았다. 1990년에는 성범죄로—그 정확한 내용이 무엇인지는 수사 기록에 밝혀져 있지 않다.—유죄 판결을 받았으며 1991년에는 협박죄로 고소되었지만 무죄 방면되었다. 같은 해, 주류 밀수로 벌금형 및 집행 유예를 받았고, 1992년에는 여자 친구에 대한 폭행 치상 및 그녀의 여동생에 대한 협박죄로 징역 3개월을 살고 나왔다. 이후 몇 해 동안은 그런대로 얌전하게 지내다가, 1997년에는 절도 및 폭행 치상으로 또다시 유죄 판결을 받았다. 이번에는 좀 길게, 징역 10년형이었다.

그의 동생 하뤼는 형을 따라 1982년 스웨덴에 들어와, 1980년대 내내 창고지기로 일했다. 경찰 기록은 그에게 세 번의 전과가 있다는 사실을 보여 주었다. 1990년에는 보험 사기가 있었고, 이어 1992년에는 폭행, 절도 및 강간으로 2년형을 살았다. 핀란드로 추방되었다가 1996년 스웨덴에 돌아온 그는 상해 및 강간으로 또다시 10개월형을 선고받았다. 그는 항소했고, 항소심은 하뤼 란타의 손을 들어주어 강간 혐의는 무죄로 판결되었다. 반면 상해죄는 확정되어 6개월형을 선고받았다. 2000년, 하뤼 란타는 또다시 협박 및 강간죄로 고소되지만 원고가 고소를 철회함으로써 사건은 종결되었다.

리스베트는 그들의 최근 주소를 확보했다. 아토 란타는 노르스보리에, 그리고 하뤼는 알뷔에 살고 있었다.

파올로 로베르토는 힘이 쭉 빠지는 느낌이었다. 정확히 50번째 미리암 우에게 전화를 걸어보았지만, 이번에도 자동 응답기 멘트만 들려왔다. 블롬크비스트로부터 그녀를 찾아보라는 임무를 받은 이후로 룬다가탄의 아파트에 하루에도 몇 번씩 찾아가 보았다. 하지만 아파트 문은 계속 닫혀 있었다.

손목시계를 들여다보았다. 저녁 8시가 조금 넘은 시간, 화요일이었다. 이젠 집에 돌아올 때도 되지 않았는가? 세상의 이목으로부터 떨어져 있고 싶어 하는 미리암 우의 심정은 충분히 이해되었다. 하지만 매체들도 이제는 한결 잠잠해져 있지 않은가? 그는 작전을 바꾸기로 했다. 번거롭게 자기 집에서 이곳까지 계속 왔다 갔다 하느니 아예 아파트 건물 앞에서 진을 치고 기다리기로 한 것이다. 옷을 갈아입기 위해서나, 아니면 어떤 다른 용무 때문에 들를 수도 있는 일 아닌가? 그는 커피를 가득 채운 보온병과 타르트를 준비했다. 그리고 집을 나설 때에는 벽에 걸린 십자가에 성호까지 그었다.

룬다가탄의 아파트 정문 앞에서 30여 미터 떨어진 곳에 차를 세운 그는 좌석을 뒤쪽으로 밀고 두 다리를 쭉 뻗었다. 라디오를 약한 볼륨으로 틀어놓은 다음, 한 석간지에서 오려낸 미리암 우의 사진을 계기판 위에 테이프로 붙여 놓았다. 와, 대단한 미인인데! 그는 속으로 감탄했다. 그는 가끔씩 오가는 행인들을 인내심을 가지고 관찰했다. 하지만 미리암 우는 어디에도 보이지 않았다.

10분마다 전화를 걸어보았다. 그러나 밤 9시 무렵에는 그 짓마저 포기할 수밖에 없었다. 곧 배터리가 끝난다고 휴대폰이 경고해 왔기 때문이다.

페르오세 산스트룀은 거의 넋이 나간 상태로 화요일 하루를 보냈다. 리스베트 살란데르가 떠난 후, 그는 침대에 들어갈 힘도 없어 거실 소파에 쓰러져 잠을 잤다. 이따금 억제할 수 없는 오열이 터져 나와 몸을 흔들었다. 화요일 아침, 그는 솔나 시내의 한 주류 상점에 가서 1리터들이 아콰비트 한 병을 사왔다. 그걸 들고 소파로 돌아온 그는 거의 반을 마셨다.

저녁이 되어서야 정신이 조금 돌아온 그는 자신이 할 수 있는 일들을 생각해 보았다. 아, 그 빌어먹을 란타 형제와 그 갈보 년들과는 왜 알게 되어 이 고생이란 말인가! 내가 왜 그런 멍청한 짓을 했을까? 왜 노르스보리의 그 아파트까지 쭐레쭐레 따라갔단 말인가? 그날 아토는 마약에 취해 해롱거리는 열여섯 살 이네스 함무예르비를 침대에 묶고 두 다리를 벌려놓았다. 그리고 둘 중 누가 자기 것을 더 크게 세우는지 시합하자고 했다. 그날 밤, 산스트룀은 자신이 가진 바 모든 기량을 발휘하여 챔피언으로 등극했다.

어느 순간, 이네스 함무예르비가 정신을 차리고 항의하기 시작했다. 아토는 30분간 그녀를 구타한 후, 억지로 술을 퍼먹였다. 마침내 그녀가 잠잠해지자, 아토는 페르오세에게 하던 일을 계속하라고 말했다.

빌어먹을 똥치 년!

하지만 나 또한 얼마나 한심한 놈이었던가!

《밀레니엄》으로부터 동정을 바란다는 것은 불가능한 일이었다. 원래 이런 종류의 스캔들로 먹고사는 자들이 아니던가?

그리고 그 미친년 살란데르가 너무도 무서웠다.

금발의 거인은 말할 것도 없었지만.

경찰에 도움을 청할 수도 없는 형편이었다.

요컨대 혼자서는 도저히 빠져나올 수 없는 상황이었다. 이 모든 문제가 저절로 사라져버릴 거라 믿는다면 그건 환상이리라.

그에게는 실낱같은 가능성이 하나 남아 있었다. 자신에 대한 타인의 동정심, 그리고 어쩌면 모종의 해결책을 찾을 수 있을지도 모르는 털끝만 한 가능성. 그 가능성에 기댄다는 것은 지푸라기에 매달리는 것이나 다름없었지만, 달리 뾰족한 방법이 없었다.

그날 오후, 그는 용기를 내어 하뤼 란타의 휴대폰 번호를 눌렀다. 하뤼는 응답하지 않았다. 그는 계속 하뤼와의 통화를 시도하다가, 저녁 10시에 이르러서야 결국 포기했다. 다시 한동안 고민하다가—그리고 아직 병에 남은 아콰비트의 힘을 빌려—이번에는 아토 란타에게 전화를 걸었다. 그의 동거녀 실비아가 전화를 받았다. 그는 란타 형제가 휴가를 보내러 탈린에 가 있다는 사실을 알게 되었다. 실비아는 그들에게 연락할 방법을 모른다고 하면서, 그들이 언제 돌아올지도 모른다고 덧붙였다. 아마 오랫동안 에스토니아에 머무를 것 같다고 했다.

하지만 그렇게 말하는 실비아의 목소리에는 왠지 기쁨이 묻어났다.

페르오셰 산스트룀은 소파에 털썩 주저앉았다. 아토에게 자신의 상황을 설명할 수 없게 되어 낙담해야 할지 안도해야 할지 알 수 없었다. 하지만 메시지는 명확했다. 란타 형제는 어떤 이유로 인해 스웨덴을 잠시 떠나 탈린에서 '휴식'을 취하기로 결정한 것이다. 페르오셰 산스트룀의 불안감은 더욱 커져만 갔다.

25장
4월 5일 화요일 ~ 4월 6일 수요일

파올로 로베르토는 깨어 있었다. 그러나 너무도 골똘한 생각에 잠긴 탓에, 밤 11시 무렵 회갈리드 교회당 쪽에서 한 여인이 걸어오고 있는 것을 즉시 알아차리지 못했다. 그는 백미러를 통해 그녀의 모습을 발견했다. 처음에는 아무 생각 없이 여인을 보고 있었다. 하지만 그 여인이 차 뒤쪽 약 60미터쯤 떨어진 가로등 아래 이르렀을 때, 로베르토는 갑자기 고개를 돌렸고 그녀가 바로 미리암 우라는 걸 알았다.

그는 앉아 있던 자동차 좌석에서 몸을 벌떡 일으켜 세웠다. 처음에는 곧바로 차에서 내리려고 했다. 곧이어 그럴 경우 그녀가 겁먹을 수 있기 때문에, 아파트 건물 앞에 이를 때까지 기다리는 게 낫겠다는 생각이 들었다.

이런 생각을 하고 있을 때, 어두운 색의 닷지 밴 한 대가 거리 아래쪽에서 시동을 걸고 굴러와 미리암 우 옆에 멈춰 서는 게 눈에 들어왔다. 다음 순간, 파올로 로베르토는 한 사내가—어마어마한 몸집의 금발 야수라고나 할까?—닷지 밴의 슬라이딩 도어를 열고 나오더니 미리암 우의 팔을 낚아채는 장면을 멍하니 바라보았다. 그녀가 전혀 예상치 못한 습격을 받고 있는 게 분명했다. 그녀는 뒷걸음치면서 벗어나려 시도했지만, 금발 거인은 그녀의 팔을 잡고 놔주지 않았다.

파올로는 미리암 우의 오른쪽 다리가 휙 올라가면서 번개 같은 곡선을 그리는 것을 보고 자신도 모르게 입을 벌렸다. **맞아, 그녀가 킥복싱을 한다고 했지!** 그녀의 킥은 금발 거인의 머리에 적중했다. 하지만 거한은 깃털에 맞은 듯 꿈쩍도 안 했다. 오히려 손을 번쩍 쳐들더니 미리암 우의 따귀를 세차게 후려쳤다. 제법 멀리 떨어진 거리인데도, 뺨을 때리는 소리가 파올로 로베르토의 귀에까지 들려왔다. 미리암 우는 벼락을 맞은 듯 땅에 쓰러져 나뒹굴었다. 금발 거인이 몸을 굽혀 그녀를 한 손으로 가볍게 들어 올리더니 닷지 밴 안에 집어던졌다. 그제야 파올로 로베르토는 벌린 입을 다물고 정신을 차릴 수 있었다. 그러고는 차 밖으로 뛰쳐나가 닷지 밴 쪽으로 달려갔다.

그는 몇 걸음 달린 후에 자신의 행동이 무익하다는 것을 깨달았다. 미리암 우를 감자 자루처럼 집어던진 닷지 밴은 천천히 움직이기 시작하더니, 제자리에서 유턴하여 파올로 로베르토가 속도를 내기도 전에 거리 저쪽으로 멀어져 갔다. 닷지 밴은 회갈리드 교회당 쪽으로 사라졌다. 파올로는 몸을 돌려 자기 자동차로 달려가 몸을 던졌다. 급발진으로 출발한 그는 역시 유턴하여 교회당 쪽으로 차를 몰았다. 교차로에 이르러 보니 닷지 밴은 이미 사라지고 없었다. 그는 브레이크를 밟고 먼저 회갈리스가탄 쪽에 시선을 한 번 던진 다음, 왼쪽을 선택하여 호른스가탄 쪽으로 차를 돌렸다.

호른스가탄에 이르러 보니 붉은 신호등이 켜져 있었다. 하지만 지나가는 차가 없어 그는 차머리를 반쯤 도로에 내밀고 길 양쪽을 살펴보았다. 왼쪽에는 아무것도 보이지 않았고, 오른쪽 롱홀름스 가탄 쪽에는 릴리에홀멘 다리 방향으로 막 좌회전하여 사라지고 있는 차의 후미등이 보였다. 그것이 아까의 닷지 밴인지는 알 수 없었지만 지금 시야에 들어온 유일한 차였다. 파올로 로베르토는 액셀을 밟았다. 롱홀름스가탄에도 붉은 신호등이었고, 이번에는 릴리에홀멘 다리 쪽에서 달려오는 차량들로 인해 귀중한 몇 초를 허비해야 했다. 차들이 지나가자 아직 붉은 등이었지만 액셀을 최대한 밟으며 이 심각한 순간에 경찰차가 자기 차를 멈춰 세우는 일이 없기만 빌었다.

릴리에홀멘 다리 위를 건널 때 이미 제한 속도를 넘어선 그는 다리를 지나자 더한층 속도를 냈다. 아까 본 닷지 밴이 어디에 있는지, 차가 방향을 튼 곳이 그뢴달 쪽인지 오르스타 쪽인지도 알지 못했다. 그는 직진하기로 결정하고 다시 액셀을 끝까지 밟았다. 이미 시속 150킬로미터를 넘긴 그의 차는 법규를 준수하며 천천히 달리고 있는 다른 차들을 획획 앞질렀다. 아마 자기 차의 등록 번호를 메모해 둔 운전자들이 한둘이 아니리라…….

그렇게 달려 브레뎅[25]에 이르자 닷지 밴이 보였다. 그는 50여 미터 뒤까지 바짝 따라가 살펴보았고, 바로 그 차임을 확인했다. 그는 시속 90킬로미터로 속도를 줄이고 200여 미터의 차 간격을 유지했다. 그러고 나서야 그는 안도의 숨을 쉴 수 있었다.

승합차 안에 떨어지는 순간, 미리암 우는 목을 타고 피가 흘러내리는 것을 느꼈다. 피는 코에서 흘러나오고 있었다. 거한에게 받은 타격으로 입안이 찢어졌고, 코뼈도 부러진 것 같았다. 너무도 뜻밖에 일어난 기습이었기 때문에 그녀는 몇 초도 안 되어 완전히 제압되고 말았다. 거구의 괴한이 슬라이딩 도어를 닫기도 전에 차가 움직이는 게 느껴졌다. 그리고 차가 유턴하고 있을 때 금발 거인은 순간적으로 균형을 잃고 기우뚱거렸다.

그녀는 몸을 돌려 바닥에 엉덩이를 대고 앉았다. 그리고 금발 거인이 그녀 쪽으로 몸을 돌리는 순간, 발차기 한 방을 날렸다. 그녀의 발뒤꿈치가 금발 거인의 관자놀이에 꽂혔다. 맞은 부위에 벌건 자국이 난 것까지 보았다. 정상적이라면 심각한 타격을 입었어야 옳았다.

그는 놀란 표정으로 그녀를 쳐다보았다. 그러고는 씩 웃었다.

뭐야, 이 빌어먹을 터미네이터는?

그녀는 다시 한 번 발길질했지만, 그가 그녀의 다리를 잡더니 발을 비틀었다. 얼마나 인정사정없이 비틀어댔던지, 그녀는 고통으로 울부짖으며 다시 차 바닥에 엎어질 수밖에 없었다.

그는 그녀 위로 몸을 굽혀 손바닥으로 다시 한 번 뺨을 후려쳤다. 마치 해머로 맞은 듯 눈앞이 캄캄해지고 수십 개의 별똥이 튀었다. 그는 그녀의 등 위에 말 타듯 올라탔다. 그녀는 그를 떨쳐버리려고 애썼지만 너무나 무거워 단 1밀리미터도 움직일 수 없었다. 그는 그녀의 두 팔을 난폭하게 등 뒤로 꺾어 수갑을 채웠다. 이제 그녀는 완전한 무방비 상태가 되었다. 전신이 마비될 정도로 지독한 공포가 엄습해 왔다.

튀레쇠에서 돌아오는 미카엘 블롬크비스트의 차는 글로브 경기장 앞을 지나고 있었다. 성 구매자 리스트에 올라 있는 세 명의 사내를 찾아다니며 오후 내내, 그리고 저녁 시간을 보내고 오는 길이었다. 하지만 얻은 성과는 전혀 없었다. 그가 만난 것은 다그 스벤손의 방문에 전전긍긍하고 있다가 또 다른 사람이 나타나자, 이제는 세상이 끝나버린 듯 덜덜 떨고 있는 작자들뿐이었다. 그들은 그에게 빌고 애원했다. 미카엘로서는 그들 모두를 살인 용의자 명단에서 지워버리지 않을 수 없었다.

스칸스툴 다리 위를 지날 때, 그는 휴대폰을 꺼내 에리카 베르예르에게 전화를 걸었다. 하지만 그녀는 응답하지 않았다. 이번에는 말린 에릭손에게 걸어봤다. 그녀 역시 응답하지 않았다. 하긴 너무 늦은 시간이었다. 하지만 누군가와 얘기하고 싶었다.

그는 파올로 로베르토가 미리암 우를 만났는지 알고 싶은 생각이 들어 그의 번호를 눌렀다. 다섯 차례의 발신음이 들린 후 파올로가 대답했다.

"파올로요."

"납니다, 블롬크비스트. 이렇게 전화한 것은 일이 어떻게 되어가는지······."

"블롬크비스트, 난 지금····· **지지직 지지직**····· 승합차에 타고 있는 미리암을····· **지지직**····· 하고 있소."

"잘 안 들려요!"

지직, 지지직, 지지직.

"수신음이 점점 멀어지고 있어. 아무것도 안 들린다고!"

그러고는 연결이 끊어지고 말았다.

파올로 로베르토는 욕을 퍼부어댔다. 피티아를 지나고 있을 때 휴대폰 배터리가 끝나버린 것이다. 그는 전원 버튼을 눌러 휴대폰을 잠시 되살리는 데 성공했다. 그는 119를 눌렀다. 하지만 누군가가 전화를 받는 순간, 휴대폰은 다시 꺼져버렸다.

빌어먹을!

그에게는 담배 라이터 잭에 연결해 쓸 수 있는 휴대폰 충전기가 있었다. 문제는 그게 집 현관 서랍장 위에 있다는 점이었다. 그는 휴대폰을 뒷좌석에 집어던지고, 닷지 밴의 후미등 불빛에 시선을 집중했다. 그가 운전하고 있는 차는 기름을 가득 채운 BMW였으므로 닷지 밴이 그를 따돌릴 가능성은 전혀 없었다. 하지만 자신이 뒤따르고 있다는 사실을 알아차리게 하고 싶지 않았으므로 차 간격은 몇백 미터로 넉넉히 유지했다.

스테로이드로 근육을 잔뜩 부풀린 거인 녀석이 내가 보는 앞에서 연약한 여자를 때렸단 말이지! 내 이 개자식을 그냥 두나 봐라!

만일 에리카 베르예르가 거기 있었다면, 이런 그를 마초 카우보이라고 놀려댔으리라. 하지만 파올로 로베르토는 그저 몹시 화가 났을 뿐이었다.

미카엘 블롬크비스트는 차를 몰고 룬다가탄으로 들어갔다. 미리암 우의 아파트에는 불이 꺼져 있었다. 파올로 로베르토에게 다시 한 번 통화를 시도해 보았다. 하지만 상대방은 현재 연결될 수 없다는 멘트만 흘러나왔다. 그는 투덜거리면서 자기 집으로 들어가 커피와 샌드위치를 준비했다.

드라이브는 파올로 로베르토가 생각한 것보다 길어지고 있었다. 닷지 밴은 쇠데르텔리에를 지난 다음, 고속도로 E20을 타고 스트렝네스 쪽으로 향했다. 뉘크바른을 지나고 조금 후에 닷지 밴은 왼쪽으로 꺾어 쇠름렌드의 전원 위에 구불구불 이어지고 있는 좁은 도로를 달리기 시작했다.

이제 앞차에서 파올로 로베르토의 차를 발견하고, 추격당한다는 사실을 알아차릴 위험이 커진 것이다. 그는 액셀에서 발을 떼고 차의 간격을 좀 더 넓혔다.

파올로 로베르토는 지리에 능통한 편이 아니었다. 하지만 지금 그들이 지나가고 있는 곳이 윙예른 호수 서쪽임을 대충 짐작할 수 있었다. 순간, 닷지 밴이 시야에서 사라지는 것을 느끼고 황급히 액셀을 밟았다. 이내 길게 뻗은 직선 도로가 나타났고, 그는 브레이크를 밟았다.

닷지 밴은 사라지고 없었다. 직선 도로에서 분기되고 있는 곁길은 한두 개가 아니었다. 그중 하나를 통해 어디론가 새어버렸으리라. 다시 말해, 그 개자식들을 놓쳐버린 것이다.

목덜미와 얼굴이 욱신욱신 쑤셔왔다. 또 자신은 낯모르는 괴한에게 납치되어 한 치 앞을 예측할 수 없는 상황이었다. 하지만 미리암 우는 침착함을 잃지 않았다. 금발 거인은 더 이상 그녀를 구타하지 않았다. 그녀는 좌석에 앉아 운전석 등받이 뒷면에 등을 기대고 있었다. 두 손은 등 뒤에서 수갑에 채워져 있었고, 입은 커다란 접착테이프로 봉해져 있었다. 한쪽 콧구멍은 피로 가득 차 숨을 쉬기가 곤란했다.

그녀는 금발 거인을 살펴보았다. 그는 그녀의 입을 막아놓은 후에는 아무 말도 없었다. 아니, 전혀 거들떠보지도 않았다. 그녀는 자신의 발길질이 그의 관자놀이에 남긴 자국을 쳐다보았다. 보통 사람 같았으면 심각한 타격을 입었으리라. 하지만 그는 자신이 어디를 맞았는지조차 모르는 기색이었다.

엄청난 체구의 소유자였다. 몸을 덮은 근육들이 그가 아주 많은 시간을 체육관에서 보낸다는 사실을 짐작케 했다. 하지만 남에게 과시하기 위한 보디빌더식의 울퉁불퉁한 근육이 아니었고, 오히려 자연스러운 근육이었다. 그의 손은 프라이팬만큼이나 컸다. 그 손을 보니, 아까 뺨을 후려쳤을 때 왜 해머로 맞은 듯한 느낌을 받았는지 이해가 되었다.

닷지 밴은 여기저기 움푹움푹 패어 있는 길 위를 덜컹거리며 달려갔다.

그녀는 지금 자신이 어디 있는지, 전혀 짐작할 수 없었다. 다만 아까 E4 고속도로를 타고 한동안 남쪽으로 내려가다가, 좀 더 좁은 시골 길로 접어들었다는 사실만 알고 있을 뿐이었다.

그녀는 자신의 손이 자유롭다 할지라도 저 금발 거인과 상대해서는 전혀 승산이 없다는 사실을 알고 있었다. 거대한 무력감이 엄습해 왔다.

미카엘이 집에 들어온 밤 11시경, 말린 에릭손이 미카엘에게 전화를 걸어왔다.

"늦은 시간에 전화드려 죄송해요. 사실 여러 차례 전화를 드렸었는데 계속 안 받으시더라고요."

"미안해. 낮 동안에는 성 구매자들을 인터뷰하느라 휴대폰을 꺼놨었어."

"흥미로운 사실을 하나 찾아냈어요."

"뭔데?"

"비우르만에 관한 거예요. 이사님께서 내게 그의 과거를 뒤져보라고 말씀하셨죠?"

"응."

"그는 1950년생이고 1970년에 법학 공부를 시작했어요. 1976년에 학위를 취득하여 1978년에 클랑 & 레이네 법률 사무실에서 근무하다가, 1989년에 자신의 사무실을 열었죠."

"음."

"그 사이사이에 몇 군데 다른 곳에서도 일했어요. 우선 1976년에는 지방 법원에서 인턴 서기로 근무했죠. 기간은 몇 주에 불과했고요. 또 1976년 법학 학위를 취득한 후에는 2년간, 즉 1976년에서 1978년까지 국가 경찰 본부에서 변호사로 근무했고요."

"흥미롭군!"

"그가 한 일이 정확히 무엇이었는지도 확인해 봤어요. 알아내기가 쉽지는 않았죠. 그는 세포에서 법무 관계 일들을 처리했어요. 더 정확히는 외국인 담당 특별부에서 근무했죠."

"뭐라고? 다시 한 번 얘기해 봐!"

"다시 말하자면, 그는 스모달라뢰의 비에르크와 같은 시기에 일했다는 거예요."

"이런, 빌어먹을 자식! 비에르크 말이야, 그는 자기가 비우르만과 같이 일했다는 사실을 조금도 내비치지 않았어."

닻지 밴은 분명 부근 어딘가에 있을 터였다. 지금까지 파올로 로베르토는 닻지 밴과 꽤 거리를 두고 따라왔기 때문에 이따금 시야에서 놓치기도 했지만, 몇 초 후에는 다시 찾기를 반복해 왔던 것이다. 그는 도로변에서 유턴하여 다시 북쪽으로 올라갔다. 차를 천천히 몰면서 나타나는 곁길마다 주의 깊게 살펴보았다.

그렇게 150여 미터 나아갔을까, 커튼처럼 늘어선 왼편 숲 가운데 난 틈으로 깜빡이는 불빛이 언뜻 눈에 들어왔다. 그는 도로 오른편으로 좁은 숲길이 나 있는 것을 보고는 그쪽으로 차를 돌렸다. 20여 미터 숲길로 들어가 으슥한 곳에 차를 주차해 놓았다. 그리고 차 문을 잠그지도 않은 채 뛰어내려 도로를 건넜고, 도랑을 뛰어넘었다. 울창한 관목들이며 낮은 가지들을 헤치고 갈 때에는 손전등을 가져오지 않은 것이 후회되었다. 아까 왼쪽 숲이라고 생각했던 것은 도로변에 좁게 늘어선 나무들에 지나지 않았다. 그 '숲'을 통과하자, 갑자기 자갈이 깔린 너른 마당이 눈앞에 나타났고,

거기에 어두운 건물 몇 채가 웅크리고 있었다. 파올로 로베르토가 천천히 다가가고 있을 때, 창고의 짐 내리는 곳에 붙은 조명등에 불이 들어왔다.

파올로는 재빨리 몸을 웅크리고 움직이지 않았다. 1초 후에는 창고 내부에도 불이 켜졌다. 길이가 30여 미터 되는 창고 전면에는 작은 창문들이 길게 이어져 있었다. 마당에는 컨테이너가 잔뜩 쌓여 있었고, 오른쪽에는 노란 트럭 한 대가 세워져 있었다. 트럭 옆으로 흰색 볼보 한 대가 보였다. 그리고 외부 조명등 불빛을 받으며 갑자기 그의 눈에 들어오는 것이 있었다. 그의 앞 불과 25여 미터 앞에 지금까지 그가 따라온 닷지 밴이 서 있었던 것이다.

창고 옆에 붙은 곁문이 열렸다. 금발 머리에 배가 불룩 튀어나온 사내 하나가 창고에서 나와 담배에 불을 붙였다. 사내가 옆으로 고개를 돌렸을 때, 파올로는 불빛을 통해 그가 말총머리를 하고 있음을 알았다.

파올로는 무릎을 땅에 붙인 채 꼼짝도 하지 않았다. 그는 말총머리 사내와 20미터도 떨어져 있지 않아 충분히 눈에 띌 수 있었지만, 다행히 라이터 불빛에 잠시 눈이 먼 사내는 그를 보지 못한 듯했다. 다음 순간 파올로는—말총머리도 마찬가지인 것 같았다. —닷지 밴 안에서 반쯤 억눌린 비명 소리가 흘러나오는 것을 들었다. 말총머리는 닷지 밴 쪽으로 걸어갔고, 그 틈을 타 파올로는 천천히 땅바닥에 배를 깔고 엎드렸다.

닷지 밴의 슬라이딩 도어 열리는 소리가 들리더니, 금발 거인이 문에서 뛰어내린 다음 차 안으로 몸을 굽혀 미리암 우를 끌어내는 모습이 눈에 들어왔다. 그는 버둥거리는 그녀를 마치 갓난아이 다루듯 가볍게 들어 올려 옆구리에 끼었다. 두 사내가 몇 마디 대화를 나누었지만 파올로의 귀에는 그 내용이 잘 들리지 않았다. 곧이어 말총머리 사내가 운전석 문을 열고 올라탔다. 그리고 시동을 건 다음 차를 돌리느라 마당에 커브를 그리며 돌았다. 전조등 불빛이 파울로에게서 불과 몇 미터 떨어진 곳을 훑으며 지나갔다. 승합 차는 진입로 쪽으로 사라졌고, 곧이어 멀어지는 엔진 소리만 들려 왔다.

미리암 우를 옆구리에 낀 금발 거인은 창고 옆 출입구로 들어갔 다. 곧이어 파울로는 금발 거인의 실루엣이 창고 창문들 뒤에 어른 거리는 것을 보았다. 건물 안쪽으로 들어가고 있는 모양이었다.

파울로는 온몸의 신경을 바짝 긴장한 채 몸을 일으켰다. 안도감 과 불안감이 교차했다. 안도감은 닷지 밴과 미리암 우를 찾아냈기 때문이었고, 불안감은 금발 거인 때문이었다. 미리암 우를 슈퍼마 켓에서 장 봐온 비닐봉지처럼 가볍게 다루는 거인이 만만치 않은 상대임을 느꼈기 때문이다. 그 거대한 체구 속의 엄청난 힘을 충분 히 알 수 있었다.

가장 논리적인 선택은 조용히 물러난 다음, 경찰에 신고하는 것 이리라. 하지만 불행히도 휴대폰이 죽어버렸다. 게다가 지금 이곳 이 어디인지 전혀 알 수 없으니, 찾아오는 길을 설명해 줄 수도 없 었다. 무엇보다도 지금 당장 건물 안에서 미리암 우에게 무슨 일이 일어날지 알 수 없는 상황이었다.

그는 천천히 반원을 그리듯 이동하며 건물 주변을 살펴보았다. 입구는 단 하나뿐인 듯했다. 2분 후, 그는 아까 위치로 다시 돌아 왔다. 이제는 뭔가 결단을 내릴 때였다. 파울로는 금발 거인이 그 다지 착한 인간이 아니라는 걸 알고 있었다. 연약한 여자를 무자비 하게 때려눕힌 자였다. 물론 금발 거인이 두려운 건 아니었다. 완 력이라면 그 역시 자신 있었고, 맨손으로 상대한다면 상대를 제압 할 능력이 있었다. 문제는 건물 안의 사내가 무기를 지니고 있는지, 그리고 거기에 몇 사람이 있는지를 아는 것이었다. 그는 망설였다. 만일 금발 거인 이외에 또 다른 놈들이 있다면 낭패이리라.

창고의 짐 내리는 곳은 바깥에 주차된 노란 트럭이 들어갈 수 있을 정도로 넓었고, 그 옆의 출입구는 안쪽으로 통해 있었다. 그는 출입구 쪽으로 다가가 문손잡이를 잡아 돌렸다. 이제 그는 몇 개의 전등이 불을 밝힌 커다란 창고 내부에 서 있었다. 그곳에는 찢어진 종이 박스 등 잡동사니들이 너저분하게 널려 있었다.

미리암 우는 뺨 위로 눈물이 흘러내리는 것을 느꼈다. 몸의 고통보다도 절망적인 상황이 그녀를 울리고 있었다. 이곳까지 오는 동안, 거인은 그녀를 전혀 거들떠보지 않았다. 그리고 승합차가 서자 그녀의 입에서 접착테이프를 떼어주었고, 가볍게 그녀를 들고 창고 안으로 들어가 시멘트 바닥에 내동댕이쳤다. 마치 감정도 감각도 없는 물건을 집어던지듯 냉혹한 행동이었다. 그녀를 쳐다보는 그의 눈은 얼음같이 차가웠다.

그는 등을 돌리고 탁자에 다가가 음료수 병을 열고는 꿀꺽꿀꺽 소리를 내면서 물을 마셨다. 그 틈을 이용해 다리가 묶여 있지 않았던 미리암 우는 몸을 일으키기 시작했다.

그가 그녀 쪽으로 몸을 돌리고 미소를 지었다. 그는 그녀보다 문에서 가까운 쪽에 있었다. 따라서 그녀가 그를 지나 문밖으로 빠져나갈 가능성은 전혀 없었다. 그녀는 체념하고 다시 무릎을 꿇었다. 그러자 스스로에게 화가 치밀었다. 뭐야? 한번 싸워보지도 않고 이렇게 항복하겠다는 거야? 그녀는 다시 일어나 이를 악물었다. 자, 덤벼! 이 빌어먹을 터미네이터 자식아!

손이 등 뒤로 수갑에 채워져 있어 동작이 자유롭지 못했고 몸은 뒤뚱거렸다. 하지만 그가 다가오자 그녀는 빙빙 돌며 빈틈을 노렸다. 우선 그의 갈비뼈를 한 번 찬 다음, 사타구니를 노리고 돌려차기를 했다. 하지만 킥이 빗나가 골반 부근을 맞힌 그녀는 1미터가량 뒤로 물러선 뒤에, 다음 발길질을 위해 다리 위치를 바꿨다. 손이 뒤로 묶여 있어 그의 얼굴까지 발을 올릴 수 없었지만, 그래도 그의 가슴팍에 강력한 타격을 가하는 데 성공했다.

그는 한 손을 뻗어 그녀의 어깨를 붙잡고, 마치 종이를 뒤집듯 가볍게 그녀의 몸을 돌렸다. 그러고는 그녀의 등 뒤, 신장이 있는 부위에 주먹 한 방을 날렸다. 별로 힘들이지도 않은 가벼운 주먹질이었다. 하지만 미리암 우는 미친 사람처럼 비명을 질렀다. 엄청난 고통이 등짝을 비수처럼 파고들었던 것이다. 그녀는 다시 무릎을 꿇었다. 그는 다시 한 번 따귀 한 대를 때렸고, 그녀는 풀썩 바닥에 쓰러졌다. 그가 발을 들어 올려 그녀의 옆구리를 세차게 걷어찼다. 숨이 끊어지는 듯한 고통과 함께 갈비뼈 부서지는 소리가 들렸다.

파올로 로베르토는 미리암 우가 지르는 고통에 찬 비명 소리를 들었다. 찢어지는 듯한 비명 소리는 높이 솟아오르다가 이내 잠잠해졌다. 그는 소리가 난 쪽으로 고개를 돌리고 어금니를 질끈 깨물었다. 저쪽 칸막이벽 뒤로 방이 하나 보였다. 그는 창고 안을 가로질러 가서 그 방의 반쯤 열린 문틈으로 살그머니 안을 들여다보았다. 거인이 바닥에 엎어진 여자를 굴려 똑바로 눕혀 놓고 있는 참이었다. 이어 거인은 시야에서 몇 초간 사라지더니 갑자기 전기톱 하나를 가지고 나타나, 그것을 그녀 앞쪽 바닥에 내려놓았다. 파올로 로베르토의 눈썹이 꿈틀 올라갔다.

"아주 간단한 질문을 하나 하겠어."

거인의 목소리는 기묘한 고음이었다. 변성기를 지나지 않은 사내아이의 음성이라고나 할까. 그리고 약간의 외국인 억양이 섞여 있었다.

"리스베트 살란데르는 어디 있지?"

"몰라." 미리암 우가 웅얼거렸다.

"그건 좋은 대답이 아니야. 자, 이 물건을 사용하기 전에 한 번
더 기회를 주겠어."

그러고는 쪼그리고 앉아서 전기톱을 만지작거렸다.

"리스베트 살란데르는 어디 숨어 있지?"

미리암 우는 고개를 흔들었다.

파올로는 주저하고 있었다. 그러나 금발 거인이 전기톱에 손을
내려놓는 순간, 더 이상 망설일 틈이 없었다. 단 세 걸음에 방을 가
로질러 가서 그에게 등을 돌리고 있는 거인의 옆구리, 즉 신장이
있는 부위에 강력한 라이트 훅을 날렸다.

파올로 로베르토가 세계적으로 유명한 복서가 될 수 있었던 것
은 링 위에서만큼은 결코 온정을 베푸는 법이 없었기 때문이다. 그
는 프로 경력 전체를 통해 모두 33번 싸웠고, 그중 28번을 이겼다.
그는 누군가에게 펀치를 날릴 때, 상대가 어떤 반응을 보일지 잘
알고 있었다. 예를 들어 펀치를 맞은 상대는 무릎을 꿇고 쓰러지거
나, 고통에 일그러진 표정을 짓게 된다. 하지만 지금, 파올로는 자
신의 주먹이 콘크리트 벽에 부딪힌 듯한 느낌을 받았다. 오랜 세월
동안 수없이 링에 오른 그였지만, 이런 경험은 정말이지 처음이었
다. 그는 어안이 벙벙한 얼굴로 자기 앞의 거한을 쳐다보았다.

몸을 돌린 금발 거인 역시 놀란 얼굴로 파올로 로베르토를 쳐다
보았다.

"체급 맞는 선수끼리 붙어보는 게 낫지 않겠어?"

이렇게 말하면서 파올로 로베르토는 거인의 동체에 라이트-레
프트-라이트를 연속으로 날렸다. 그야말로 해머와도 같은 펀치였

다. 하지만 여전히 벽을 친 듯한 기분이었다. 거인이 보여 준 유일한 반응은 반 발자국 정도 뒷걸음쳤다는 것뿐이었다. 펀치의 힘에 밀렸다기보다 뜻밖의 습격에 놀랐다는 표정이었다. 그리고 갑자기 그의 얼굴에는 환한 미소가 떠올랐다.

"아니, 이거 파올로 로베르토잖아?"

파올로는 동작을 멈추고 섰다. 어이가 없었다. 지금 그는 펀치 네 방을 정확히 적중시켰다. 정상대로라면 금발 거인은 땅에 쓰러져 있고, 심판이 카운트를 시작하는 동안 자신은 자기 코너로 돌아가고 있으리라. 하지만 거인에게 그의 펀치는 별 효과가 없었다.

맙소사! 이건 정상이 아냐!

이어 그는 금발 사내의 라이트 훅이 허공을 가르는 것을 보았다. 그러나 그의 주먹은 상당히 느려서 눈에 보일 정도였다. 파올로는 몸을 피했고, 주먹은 그의 왼쪽 어깨를 스쳐갔다. 하지만 그것만으로도 쇠파이프에 얻어맞은 듯한 충격을 느꼈다.

파올로 로베르토는 두 발짝 뒷걸음쳤다. 상대에 대한 경외감이 다시 한 번 일어났다.

이자는 뭔가 이상해. 인간의 주먹이 이렇게 셀 순 없는 법이라고.

그는 또다시 날아오는 레프트 훅을 팔뚝을 들어 막았다. 순간 쩌르르한 고통이 몰려왔다. 하지만 곧이어 날아온 라이트 훅은 미처 피하지 못했고, 그것은 그대로 그의 이마에 적중했다.

파올로의 몸은 술 취한 사람처럼 비틀거리며 문밖으로 뒷걸음쳤고, 목재 팰릿[26]들을 쌓아놓은 더미에 요란한 소리를 내며 부딪혔다. 그는 부르르 머리를 흔들었다. 피가 얼굴 위로 줄줄 흘러내렸다. 내 눈썹을 찢어놨어. 평생 수없이 찢어졌던 곳인데, 오늘 또 꿰매야 한단 말이지! 곧바로 뒤따라 온 거인이 나타났고, 파올로는 본능적으로 몸을 옆으로 틀었다. 그야말로 간발의 차이로 거인의 엄청난 주먹을 피할 수 있었다. 그는 재빨리 서너 걸음 뒤로 물러나 가드 자세를 취했다. 충격을 받은 그의 몸은 흔들리고 있었다.

금발 거인이 그러는 그를 물끄러미 쳐다보았다. 호기심에 찬, 아니 재미있다는 듯한 시선이었다. 그리고 그 역시 파올로 로베르토처럼 가드 자세를 취했다. 저놈도 복서였나? 두 사람은 서로를 노려보며 천천히 돌기 시작했다.

이어진 180분은 파올로 로베르토가 지금까지 경험해 본 것 중 가장 기묘한 경기였다. 거기에는 로프도 글러브도 없었다. 세컨드 도 심판도 존재하지 않았다. 몇 초간의 휴식을 위해 경기를 중단시 킨 뒤 두 선수를 각자의 코너로 돌려보내는 공도 없었고, 물도, 정 신을 차리게 해주는 암모니아 소금도, 피를 닦는 수건도 없었다.

파올로 로베르토는 지금 자신이 목숨을 걸고 싸우고 있다는 사 실을 깨달았다. 샌드백을 두드려온 그 모든 세월, 그가 일생 동안 해온 그 모든 훈련, 모든 스파링, 모든 경험과 모든 시합이 지금 그 가 분출하는 에너지 속에 응축되어 있었고, 아드레날린은 지금껏 느껴보지 못한 강도로 펑펑 솟구치고 있었다.

그는 죽을힘을 다해 주먹을 휘둘렀다. 지금 그와 상대방은 모든 힘과 모든 악을 다하여, 처절한 격투를 벌이고 있었다. 레프트, 라 이트, 그리고 다시 레프트. 얼굴에 라이트 잽 한 방. 상체를 숙여 상대의 레프트 훅을 피하며 한 스텝 뒤로 물러선 다음, 다시 라이 트 공격. 파올로 로베르토가 내뻗는 펀치는 모두 상대에 적중하고 있었다.

이것은 그의 생에 있어 가장 중요한 시합이었다. 그는 싸우면서 두 주먹뿐 아니라 두뇌까지 미친 듯 움직였다. 그리하여 거인이 휘 두르는 주먹을 모두 피할 수 있었다.

그는 거인의 턱에 라이트 훅 한 방을 정통으로 꽂았다. 이 정도 펀치라면 상대는 땅바닥에 허물어져 내려야 정상이었다. 하지만 그런 일은 일어나지 않았다. 대신 자신의 손뼈가 으스러질 것 같은 고통만 느꼈다. 주먹을 내려다보니, 온통 피에 젖어 있었다. 반면 금발 거인의 얼굴은 여기저기 조금 벌겋게 부어 있을 뿐이었다. 그는 파올로의 펀치를 거의 느끼지조차 못하는 것 같았다.

파올로는 한 걸음 뒤로 물러나 잠시 숨을 고르며 상대방을 평가했다. 이자는 복서가 아니야. 복서처럼 움직이긴 하지만, 진짜 복싱 동작은 아니지. 단지 흉내만 낼 뿐이야. 펀치를 막을 줄도 모르고, 주먹을 뻗는 게 눈에 다 보여. 그리고 엄청나게 느리지.

다음 순간, 거인이 갑자기 휘두른 레프트 훅이 파올로의 흉곽 왼쪽 부분에 적중했다. 오늘 맞은 두 번째의 심각한 타격이었다. 갈비뼈가 부서지면서 온몸으로 고통이 퍼지는 게 느껴졌다. 그는 몇 걸음 물러서려 했으나 바닥에 널린 잡동사니에 발이 걸려 그대로 엎어지고 말았다. 그는 거대한 탑과도 같은 거인이 자신을 덮쳐오는 것을 보고, 옆으로 몸을 굴려 피했다. 그리고 비틀거리면서 다시 몸을 일으켰다.

그리고 뒤로 물러서며 힘을 다시 모아보려고 애썼다.

거인은 다시 덤벼들었고 파올로는 방어 자세를 취했다. 계속 거인의 주먹을 피하면서 뒤로 물러섰다. 어깨를 이용하여 그의 펀치를 막을 때마다 엄청난 고통이 밀려왔다.

그리고 모든 복서들이 두려워하는 그 순간이 왔다. 시합 중에 불쑥 떠오르는 절망적인 감정. 자신의 실력이 충분치 않다는 느낌. 아니, 확신. 제기랄, 지금 난 지고 있어!

그것은 거의 모든 복싱 시합에서 결정적인 순간이다.

갑자기 힘이 쭉 빠지고, 아드레날린은 세차게 분비되어 몸을 마비시키고, 기권의 유혹이 마치 유령처럼 링 사이드에 서 있는 게 보이는 순간이다. 아마추어와 프로, 그리고 패자와 승자가 구별되는 순간이다. 이 같은 심연과 마주한 복서들 중에 시합으로 돌아가 확실한 패배를 승리로 뒤바꿔 놓을 수 있는 사람은 거의 없었다.

파올로 로베르토 역시 이 확신에 사로잡혔던 것이다. 그 확신은 갑작스러운 전율처럼 뇌리를 파고들며 그를 멍하게 만들었다. 순간, 이 모든 장면을 외부에서 보고 있는 듯한 느낌이 들었다. 카메라 렌즈를 통해 자신과 금발 거인을 보는 듯한 느낌. 이기느냐 아니면 영원히 사라지느냐의 순간이 그렇게 포착되고 있었다.

파올로 로베르토는 큰 반원을 그리며 후퇴했다. 다시 힘을 모으고 시간을 벌기 위해서였다. 거인은 천천히 그러나 확실하게 따라왔다. 승부가 이미 결정났음을 알고 있지만, 좀 더 시간을 끌며 시합을 즐기고 싶다는 듯한 표정이었다. 그는 복싱도 모르면서 복싱을 하고 있어. 그는 내가 누구인지 알고 있어. 복싱으로 한번 맞붙어 보겠다는 거지. 완전한 아마추어가 말이야. 하지만 그의 펀치는 믿을 수 없을 정도야. 몸은 바윗덩이 같아서 맞아도 전혀 충격을 받지 않고.

현재의 상황을 분석하고, 어떻게 할 것인지 결정하려는 파올로의 머릿속에선 오만 가지 생각들이 교차했다.

갑자기, 2년 전 마리에함[27]에서의 그날 밤 기억이 생생하게 떠올랐다. 아르헨티나 복서 세바스티안 루한과의 일전을 통해 그의 프로 복서 경력이 무참히 끝을 맺은 그날 밤의 일들이 말이다. 그는 태어나 처음으로 KO를 맛보았고, 15분 동안 의식을 잃고 쓰러져 있었다.

그날 이후, 그는 대체 무엇이 잘못되었던 것인지 종종 생각해 보곤 했다. 컨디션은 최상이었다. 정신 무장도 되어 있었다. 그런데 아르헨티나 사내는 클린 펀치 한 방을 로베르토에게 적중시켰고, 라운드는 갑자기 악몽으로 변했다.

후에 파올로 로베르토는 비디오를 통해 균형을 잃고 비틀거리는 자신의 모습을 보았다. 그리고 그로부터 정확히 23초 뒤에는 녹아웃되었다.

세바스티안 루한은 그보다 뛰어난 복서가 아니었고 훈련을 많이 한 것도 아니었다. 둘 사이의 실력은 종이 한 장 차이여서 경기 결과는 반대일 수도 있었다.

그렇다면 무엇이 차이였던가? 후에 파올로는 세바스티안 루한의 이기고자 하는 욕구가 자신보다 더 강했음을 깨달았다. 마리에함의 링에 오를 때, 파올로는 물론 승리를 목표하고 있었지만 복싱에 대한 절실함은 없었다. 그에게 복싱은 더 이상 죽고 사는 문제가 아니었던 것이다. 패한다고 해서 세상이 끝나는 것도 아니었다.

1년 반이 지난 지금, 그는 여전히 복서였다. 물론 더 이상 프로 복서가 아니었고, 가끔 스파링을 겸한 친선 경기를 치를 뿐이었다. 하지만 여전히 트레이닝은 계속하고 있었다. 전처럼 체중 측정을 하지도 않았고, 허리 보호대를 차는 일도 없었다. 또 타이틀전을 앞두고 몇 달 전부터 철저히 몸을 만드는 일도 없었다. 하지만 그는 여전히 링의 황제 파올로 로베르토였다. 그리고 마리에함에서와 달리, 지금 뉘크바른 남쪽의 한 창고 안에서 벌어지는 이 시합은 말 그대로 목숨이 걸린 한판이었다.

파올로 로베르토는 결정을 내렸다. 그는 갑자기 동작을 멈추고 금발 거인이 접근해 와도 가만히 있었다. 그리고 레프트로 속이는 동작을 한 번 한 다음, 자신의 모든 것을 라이트 훅에 걸었다. 그의 온 힘이 실린 라이트 훅이 거인의 입과 코 사이에 폭발하듯 꽂혀들어갔다. 오랫동안 수세에 몰려 있던 그가 내뻗는 이 일격은 뜻밖의 것이었다. 마침내 뭔가 내려앉는 소리가 들렸다. 그는 계속하여 레프트-라이트-레프트를 거인의 얼굴에 꽂아 넣었다.

금발 거인은 느린 라이트로 반격했다. 하지만 파올로는 그 동작을 훤히 볼 수 있었고, 상체를 숙여 그 엄청난 주먹을 피했다. 또 그는 거인이 체중을 오른발에 싣는 것을 보고 이번에는 레프트가 이어질 것임을 예측했다. 과연 레프트 훅이 날아왔고 파올로는 발을 떼지 않은 채 상체만 뒤로 젖혀 피했다. 그렇게 거인의 주먹이 코앞을 스쳐 지나갈 때 파올로는 그의 갈비뼈 바로 밑 옆구리에 강력한 펀치를 꽂아 넣었다. 거인이 몸통을 방어하려고 가드를 내린 순간, 파올로의 레프트 훅이 다시 그의 코를 강타했다.

이제 모든 것이 제대로 돌아가고 있으며, 자신이 경기의 주도권을 쥐기 시작했다는 느낌이 들었다. 드디어 적이 주춤하며 물러서고 있었던 것이다. 그의 코에서는 선혈이 흘러내리고 있었다. 입가의 미소도 사라져 있었다.

금발 거인이 갑자기 발을 내질렀다.

파올로 로베르토는 허를 찔리고 말았다. 습관적으로 복싱의 리듬에 따라 움직이고 있던 그로서는 발길질을 전혀 예상 못하고 있었던 것이다. 무릎 바로 위 허벅지에 해머와도 같은 충격이 전해왔고, 엄청난 통증이 다리 전체를 관류했다. 안 돼! 그는 한 걸음 뒤로 물러섰지만 오른쪽 다리에 힘이 풀렸고, 다시 바닥에 널린 잡동사니에 발이 걸려 비틀거렸다.

거인은 그를 쳐다보았다. 한순간, 두 사내의 눈이 허공에서 마주쳤다. 거인의 눈빛이 전하는 메시지는 명확했다. **게임은 끝났어.**

그때 갑자기 거인이 두 눈을 부릅떴다. 미리암 우가 뒤에서 그의 사타구니를 정통으로 걷어찼던 것이다.

미리암 우는 온몸의 근육이 아팠지만 수갑에 묶인 두 손을 엉덩이 아래로 빼내 몸 앞으로 가져오는 데 성공했다. 이런 상태라면 곡예에 가까운 킥복싱 실력을 발휘할 수 있는 그녀였다.

갈비뼈와 목덜미와 등과 신장 쪽, 여기저기가 욱신거렸다. 하지만 간신히 몸을 일으켜 비틀거리며 문 쪽으로 향하던 그녀의 눈이 휘둥그레졌다. 파올로 로베르토가—저 남자는 어디서 나타난 거지?—금발 거인의 얼굴에 강력한 라이트 훅에 이은 몇 방의 펀치를 날린 후, 그의 발길질에 맞고 고꾸라진 장면을 본 것이다.

그가 왜, 그리고 어떻게 여기 나타났는지는 중요한 문제가 아니었다. 중요한 것은 그가 '좋은 놈들' 편이라는 사실이었다. 태어나 처음으로 그녀는 누군가를 해치고 싶은 강렬한 욕구를 느꼈다. 그녀는 번개 같은 동작으로 몇 걸음 나아가 몸에 남은 몇 방울의 마지막 힘과 성한 근육을 모두 끌어모았다. 거인 뒤에 이른 그녀는 있는 힘을 다해 그의 다리 사이를 걷어찼다. 물론 킥복싱 규칙에는 어긋나는 것이었지만, 그 타격은 확실한 효과를 낳았다.

예스! 바로 이거야! 그녀는 속으로 쾌재를 부르며 고개를 끄덕였다. 남자들이란…… 아무리 몸집이 집채만 하고 근육이 바위 같다 할지라도 고환은 항상 같은 곳에 매달려 있는 법이다. 그리고 그녀의 타격은 너무 완벽해서 《기네스북》에 올라도 좋을 정도였다.

처음으로 금발 거인은 충격을 받은 모습을 보였다. 거친 신음을 내뱉으며 그곳에 손을 가져다 대더니 털썩 무릎을 꿇었다.

잠시 멍하니 서 있던 미리암 우는 그를 끝장내기 위해 후속 동작을 취해야 한다는 사실을 깨달았다. 그녀는 그의 얼굴을 걷어차려고 세차게 발을 날렸다. 하지만 거인은 한쪽 팔을 들어 올려 공격을 막았다. 정상적으로라면 거기를 맞고 이처럼 빨리 회복하기란 불가능한 일이었다. 그의 팔뚝에 부딪힌 발에 통나무를 걷어찬

듯 쩌릿한 통증이 몰려왔다. 그는 그녀의 발을 난폭하게 움켜쥐고 그녀를 넘어뜨려 자기 쪽으로 끌어당기기 시작했다. 그녀는 그가 주먹을 치켜 올리는 것을 보았고, 절망적으로 몸을 뒤틀어 피하면서 자유로운 다른 발로 일격을 날렸다. 발이 그의 귀에 닿는 순간, 그의 주먹도 그녀의 관자놀이 위에 떨어져 내렸다. 그 충격은 머리를 앞으로 내밀고 돌진하여 돌벽에 쾅 부딪히는 느낌이었다. 번쩍, 하고 수백 개의 별똥이 튀더니 이내 모든 것이 새카매졌다.

금발 거인이 몸을 일으키기 시작할 때였다. 파올로 로베르토가 자신이 걸려 넘어진 묵직한 널빤지로 그의 뒤통수를 내리쳤다. 금발 거인은 요란한 소리를 내며 바닥에 길게 뻗어버렸다.

파올로 로베르토는 창고 안의 광경을 멍하니 쳐다보았다. 마치 꿈을 꾸고 있는 듯한 기분이었다. 금발 거인은 땅바닥에 뻗어서도 몸을 꿈틀대고 있었다. 미리암 우는 눈에 흰자위만 보이는 것이 의식을 완전히 잃은 듯 보였다. 지금 두 사람이 힘을 모아 잠깐의 틈을 얻은 것이다.

파올로 로베르토는 걸음을 옮기기 시작했다. 부상당한 다리에 체중을 실을 때마다 타는 듯한 고통이 몰려왔다. 무릎 위쪽 근육 하나가 끊어진 듯했다. 그는 절뚝 걸음으로 미리암 우에게 다가가 그녀를 일으켜 세웠다. 그녀는 움직이기 시작했지만 그를 바라보는 시선에는 아직도 초점이 없었다. 그는 말없이 그녀를 자신의 어깨 위에 걸쳐 메고 여전히 절뚝거리며 출구 쪽으로 향했다. 무릎의 통증이 너무 심해 때로는 깨금발로 뛰어야 했다.

컴컴한 바깥에 나와 차가운 공기를 쐬니 해방된 느낌이었다. 하지만 꾸물거리고 있을 때가 아니었다. 아까 왔던 길로 자갈 마당을 지나 커튼처럼 늘어선 나무들 속으로 들어갔다. 숲에 들어서자마자 그는 쓰러져 있는 소나무 뿌리에 발이 걸려 넘어졌다. 미리암 우는 신음했고, 동시에 창고 문이 열리는 요란한 소리가 들려왔다.

창고 문이 만드는 밝은 사각형 안에 금발 거인의 거대한 실루엣이 나타났다. 파올로는 신음하는 미리암 우의 입을 손으로 틀어막았다. 그리고 고개를 숙여 아무 소리 내지 말라고 속삭였다.

그는 나무뿌리 주위를 더듬어 크기가 주먹보다 큰 돌멩이 하나를 주워 들었다. 그러고는 가슴에 성호를 그었다. 태어나서 처음으로 인간을 살해할 준비가 되어 있었던 것이다. 지금 그는 너무 얻어맞아 1라운드도 더 뛸 수 있는 상태가 아니었다. 하지만 이 세상 그 누구도, 심지어 금발 거인 같은 돌연변이라 할지라도 두개골이 박살난 상태로는 싸울 수 없으리라. 그는 돌멩이를 꽉 움켜쥐었다. 그것의 길고 둥근 형태와 날카로운 끝 부분이 손안에 잡혔다.

금발 거인은 건물 한쪽 끝으로 가더니 거기서부터 마당을 돌아보기 시작했다. 그는 파올로가 숨을 죽이고 있는 장소와 10미터도 떨어지지 않은 곳에서 걸음을 멈추었다. 거기서 거인은 귀를 기울이며 주위를 살폈다. 하지만 새카만 어둠 속에서 두 사람이 어디로 사라졌는지 알아낸다는 것은 불가능한 일이었다. 몇 분간 그렇게 서 있던 그는 마침내 자신이 하고 있는 짓이 헛수고라는 사실을 깨달았는지 빠른 걸음으로 건물 안으로 들어갔고, 잠시 그 안에 머물러 있었다. 그러고는 불을 끄더니 자루 하나를 가지고 나타나 흰색 볼보 쪽으로 향했다. 금방 시동이 걸린 차는 접근로 쪽으로 급히 굴러갔다. 파올로는 먼 곳에서 차의 엔진 소리가 완전히 사라질 때까지 숨죽인 채 기다렸다. 이윽고 눈을 들어 보니 어둠 속에서 반짝이는 미리암의 눈이 보였다.

"안녕, 미리암. 나는 파올로 로베르토고, 당신은 나를 두려워할 필요가 없소."

"알고 있어요."

그녀의 목소리는 극히 미약했다. 그 역시 기진맥진하여 커다란 소나무 뿌리에 등을 기대고 앉았다. 비로소 몸 안의 아드레날린 양이 빠르게 줄어드는 게 느껴졌다.

"휴! 저기까지 어떻게 갈 수 있을지 모르겠군!" 파올로가 말했다. "하지만 도로 건너편에 내 차를 주차시켜 놨소. 약 150미터 떨어진 곳이오."

금발 거인은 브레이크를 밟아 뉘크바른 동쪽에 있는 도로 휴게소로 차를 몰고 들어갔다. 정신은 멍하고 얼떨떨했으며, 머릿속은 혼란스러웠다.

누구와 싸워서 져본 적은 난생처음이었다. 그리고 자기에게 이런 굴욕을 안겨 준 사람은 다름 아닌 그 유명한 복서…… 파올로 로베르토였다. 그야말로 몸이 안 좋아 밤새 뒤척이다 꾸게 되는 개꿈에서나 나올 법한 시나리오 아닌가? 도대체 파올로 로베르토는 어디서 튀어나왔단 말인가? 그는 난데없이 창고 안에, 그의 눈앞에 나타나 있었다.

정말이지, 말도 안 되는 일이었다.

파올로 로베르토의 펀치는 별것 아니었다. 하지만 사타구니의 타격은…… 정말 아팠다. 그리고 뒤통수에 떨어진 엄청난 일격은 그를 녹아웃시켰다. 그는 손가락으로 뒤통수를 어루만져 보았다. 엄청난 크기의 혹 하나가 잡혔다. 눌러보니 별로 아프지는 않았다. 하지만 머리는 아직도 빙빙 돌았다. 그는 갑자기 혀끝에 느껴지는 이상한 감각에 흠칫 놀랐다. 왼쪽 어금니 하나가 빠져 있었던 것이다. 입안에 피의 맛이 느껴졌다. 그는 엄지와 검지로 코를 잡고 살짝 움직여보았다. 머릿속에서 찌그덕거리는 소리가 들렸고, 코뼈가 깨진 것을 확인할 수 있었다.

경찰이 오기 전에 자루를 챙겨 들고 잽싸게 창고를 떠나온 것은 잘한 행동이었다. 그러나 한 가지 엄청난 실수를 범했음을 깨달았다. 전에 '디스커버리 채널'의 어떤 프로그램에서 본 적이 있었다. 수사관들은 범죄 현장에서 온갖 법의학적 증거물들을 찾아낼 수 있다는 사실을. 피, 모발, DNA 등등을 말이다.

그는 창고로 돌아가고 싶은 마음이 전혀 없었지만 선택의 여지가 없었다. 가서 뒷정리를 해놓아야 했다. 그는 유턴을 하여 오던 길로 되돌아갔다. 뉘크바른 조금 못 미친 곳에서 승용차와 마주쳤으나 주의해서 보지는 않았다.

스톡홀름까지의 귀로(歸路)는 악몽이었다. 파올로 로베르토의 눈에는 피가 차 있었고, 거인의 주먹을 방어한 두 팔은 쇠파이프로 두드려 맞은 듯 아팠다. 그는 자신이 운전하는 차가 지그재그로 제멋대로 가고 있다는 사실을 깨달았다. 손등으로 눈의 피를 훔친 다음, 코를 살짝 만져보았다. 끔찍하게 아팠다. 호흡은 입으로 간신히 몰아쉬고 있을 뿐이었다. 그는 혹시 흰색 볼보가 눈에 띄는지 주의 깊게 살폈고, 뉘크바른 근처에서 한 대와 마주친 듯한 느낌을 받았다.

E20 고속도로에 이르자 운전하기가 한결 쉬웠다. 일단 가까운 쇠데르텔리에로 들어가 볼까 생각해 보았지만, 가는 길을 전혀 몰랐다. 미리암 우를 힐끗 돌아보았다. 여전히 수갑을 찬 그녀는 안전벨트도 매지 않은 채 뒷좌석에 널브러져 있었다. 아까 그녀를 부축하고 가까스로 차까지 데려가 뒷좌석에 올려놓자, 그녀는 그대로 실신해 버렸다. 부상 때문에 기절한 것인지, 아니면 단순히 탈진하여 정신을 놓아버린 것인지는 알 수 없었다. 파올로 로베르토

는 잠시 망설이다가, 스톡홀름 방면 E4 도로 안으로 들어갔다.

미카엘 블롬크비스트가 잠이 든 지 한 시간이 채 못 되어, 전화
벨이 울리기 시작했다. 그는 손목시계를 들여다보았다. 새벽 4시
가 조금 넘은 시간임을 확인하고는 손을 뻗어 수화기를 들어 올렸
다. 에리카 베르예르였다. 처음에 그는 그녀가 무슨 소리를 하는
건지 알 수 없었다.

"파올로 로베르토? 지금 어디 있는데?"

"쇠데르 병원에 미리암 우와 함께 있어. 자기한테 전화를 걸었
는데 휴대폰에 응답이 없었대. 그리고 자기 집 전화번호는 안 갖고
있어서……"

"휴대폰은 꺼놨었어. 병원에서 뭘 하고 있는데?"

에리카 베르예르가 침착하고 단호한 목소리로 대답했다.

"미카엘, 지금 당장 택시를 타고 달려가서 직접 알아봐. 내게 전
화했을 때 그는 횡설수설하고 있었어. 전기톱, 숲 속의 집, 복싱도
할 줄 모르는 괴물 등등, 알 수 없는 얘기들만 늘어놓았으니까."

미카엘도 영문을 몰라 눈만 껌뻑거렸다. 이어 그는 머리를 흔들
고 손을 뻗어 바지를 집어 들었다.

팬티만 걸치고 병원 침대에 누워 있는 파올로 로베르토의 모습
은 보기에도 안쓰러웠다. 미카엘은 한 시간이나 기다린 끝에 그를
면회할 수 있었다. 코는 붕대로 덮여 있었고, 왼쪽 눈은 터질 듯 부
풀어 올랐으며, 다섯 바늘을 꿰맨 눈썹에는 외과용 밴드가 붙어 있
었다. 갈비뼈에도 붕대가 친친 둘려 있었고 몸은 상처와 긁힌 곳투
성이였다. 왼쪽 무릎 역시 압박 붕대로 단단히 감겨 있었다.

미카엘 블롬크비스트는 병원 복도의 자동판매기에서 빼온, 커

피가 담긴 종이컵을 그에게 내밀고, 미간을 찌푸리며 그의 얼굴을 살펴보았다.

"충돌 사고 후의 자동차 같군요. 무슨 일이 있었던 거죠?"

파올로 로베르토는 고개를 절레절레 흔들면서 미카엘을 올려다보았다.

"빌어먹을 괴물 놈 때문에."

"무슨 일이 있었냐고요?"

파올로 로베르토는 다시 한 번 고개를 흔들면서 자신의 두 주먹을 내려다보았다. 관절부가 너무도 형편없이 상해 있어 종이컵을 들기조차 힘들었다. 그곳에도 붕대가 감겨 있었다. 평소 권투를 좋아하지 않던 그의 아내가 이 꼴을 본다면 한바탕 난리가 나리라.

"난 복서요." 그가 말했다. "무슨 말이냐면, 현역 때 난 링에 올라가는 게 조금도 무섭지 않았다는 뜻이지. 한두 대 맞는다 해도 그만큼 되돌려 줄 수 있었으니까. 난 상대를 공격할 때를 알고 있었소. 내 주먹을 맞으면 그가 쓰러질 것이고, 상당한 충격을 받으리라는 것을."

"그런데 그 친구는 안 그랬던 모양이구려?"

파올로 로베르토가 세 번째로 고개를 흔들었다. 그리고 간밤에 있었던 일을 상세히 들려주었다.

"최소한 서른 번은 제대로 때렸을 거요. 열너덧 번은 머리를 때렸고, 그중 네 번은 턱을 맞혔소. 사실 처음에는 약간 사정을 봐준다는 기분이었지. 상대를 죽이고 싶은 생각은 없었고 나 자신을 방어해야겠다는 마음뿐이었으니까. 하지만 나중에 가선 있는 힘을 다해 주먹을 휘둘렀지. 그리고 그중 한 방은 아마 놈의 턱뼈를 깨뜨렸을 거요. 그런데 이 괴물은 약간 비틀하더니, 다시 주먹을 휘둘러오더군. 아, 빌어먹을! 그건 인간이 아니었어!"

"어떤 자였죠?"

"뭐라고 할까…… 대전차(對戰車) 로봇이라고 해야 할까? 조금도 과장이 아니오. 키는 2미터가 넘고, 체중도 130에서 140킬로그램은 족히 나갈 거요. 이건 100퍼센트 정말인데 말이오, 온몸이 근육 덩어리였고, 골격은 콘크리트로 만든 것 같았소. 그 빌어먹을 금발의 거인 놈은 아무리 맞아도 전혀 고통을 느끼는 것 같지 않더군."

"전에 본 적은 없소?"

"전혀. 복서가 아니었으니까. 하지만 어떤 의미에서는 복서라고 할 수도 있겠지."

"무슨 뜻인지……?"

파올로 로베르토는 잠시 생각했다.

"그는 복싱에 문외한 같아 보였소. 내가 속이는 주먹을 던지면 가드가 금방 흐트러졌거든. 또 주먹을 피하기 위해선 몸을 어떻게 움직여야 하는지 전혀 모르고 있었소. 그런 점에선 완전히 꽝이었지. 하지만 동시에 복서처럼 움직이려고는 노력하더군. 팔 올린 자세도 제법이었고, 주먹을 뻗고 나서 금방 원래 자세로 돌아오는 것도 괜찮았소. 뭐라고 할까…… 트레이너 말을 전혀 안 듣고 혼자서 연습한 복서라고나 할까?"

"그랬군요."

"우리가 목숨을 구할 수 있었던 것은 그의 동작이 엄청나게 굼뜬 덕분이었소. 주먹을 휘두르는 속도가 너무 느려서 그게 어디로 날아올지 한 달 전에 알 수 있을 정도였으니까. 그래도 난 두 대 맞았소. 한 대는 보다시피 이렇게 면상에 맞았고, 다른 한 방은 갈비뼈를 부숴뜨렸지. 그나마 빗맞았기에 망정이지, 정통으로 맞았다면 내 머리가 뽑혀 축구공처럼 날아가 버렸을 거요."

파올로 로베르토가 갑자기 웃기 시작했다. 병실이 떠나갈 듯 커다란 소리로 마음껏 웃어댔다.

"뭐가 그렇게 우습소?"

"어쨌든 내가 이겼으니까. 그 미친놈은 나를 죽이려 했지만 결국엔 내가 이겼지. 그놈을 쭉 뻗게 만들었거든. 하지만 그놈이 쓰러져 카운트다운에 들어가기 위해서는 그 빌어먹을 널빤지 덕을 좀 봐야 했지."

그는 다시 심각한 얼굴로 돌아왔다.

"사실 미리암 우가 때맞춰 나타나 놈의 불알을 걷어차지 않았더라면 그 시합이 어떻게 끝났을지…… 생각만 해도 끔찍하오."

"파올로, 당신이 그 시합을 이겨서 정말, 정말 다행이오. 미리암 우도 깨어나면 똑같은 얘기를 하겠지. 그녀의 상태가 어떤지는 아시오?"

"나와 거의 비슷한 몰골이오. 뇌진탕에, 갈비뼈 여러 개가 골절되고, 코뼈가 부러진 데다 신장도 다쳤지."

미카엘이 몸을 구부려 그의 무릎에 손을 올려놓았다.

"내 도움이 필요하면 언제라도……." 미카엘이 말했다.

파올로 로베르토는 고개를 흔들면서 씨익 미소를 지었다.

"미카엘 블롬크비스트, 만일 다음번에도 내 도움이 필요하다면 말이오……."

"예?"

"그때는 제발 세바스티안 루한을 보내주시오."

26장
4월 6일 수요일

아침 7시가 조금 못 된 시간에 쇠데르 병원 주차장에서 소니아 모디그를 만난 부블란스키 형사는 기분이 영 좋지 않았다. 새벽 단잠에서 그를 끌어낸 것은 미카엘 블롬크비스트의 전화였다. 잠시 후, 간밤에 무언가 중대한 사건이 일어났음을 알게 된 그는 전화로 소니아 모디그를 깨웠다. 두 사람은 병원 입구에서 미카엘을 만나 함께 파올로 로베르토의 병실로 들어갔다.

조금 전 블롬크비스트에게 설명을 들을 때만 해도 부블란스키는 반신반의했다. 하지만 직접 와서 보니, 분명 미리암 우는 납치되었고 파올로 로베르토가 정말로 납치범을 때려눕혔다는 사실을 인정할 수밖에 없었다. 아니, 전직 프로 복서를 자세히 살펴보니 대체 누가 누구를 때려눕힌 건지 판단하기 어려웠지만 말이다. 분명한 것은, 간밤의 사건으로 인해 리스베트 살란데르의 수사가 한층 더 복잡해졌다는 사실이었다. 정말이지, 이 빌어먹을 사건에서 정상적인 것이라곤 하나도 없었다.

멍청하니 서 있는 그를 대신해 소니아 모디그가 그나마 제대로 된 질문을 던졌다. 파올로 로베르토가 대체 어떻게 이 사건에 끼어들게 되었느냐는 물음이었다.

"난 리스베트 살란데르의 친구요."

부블란스키와 모디그가 믿어지지 않는다는 듯한 시선을 교환했다.

"어떻게 알게 된 사이죠?"

"살란데르는 내 스파링 파트너였소."

부블란스키는 파올로 로베르토의 몸 너머 병실 벽의 한 부분을 멍하니 응시했다. 소니아 모디그는 자신도 모르게 킥 하고 웃음을 터뜨렸다. 정말이지…… 이 사건에는 정상적인 게 하나도 없다니까! 여하튼 그들은 파올로의 진술 내용을 메모해 나갔다.

"이제 몇 가지 점을 말씀드리고 싶군요." 미카엘 블롬크비스트가 딱딱한 어조로 입을 열었다.

모든 사람의 눈이 그에게 향했다.

"첫째, 승합차를 운전했다는 사내의 인상착의는 전에 내가 말했던 자, 즉 룬다가탄의 똑같은 지점에서 리스베트 살란데르를 덮쳤던 인물이 타고 있던 승합차와 일치합니다. 말총머리에 배가 나온 덩치 큰 사내 말입니다. 자, 여기에 동의합니까?"

부블란스키는 고개를 끄덕였다.

"둘째, 이 납치의 목적은 미리암 우에게서 리스베트 살란데르가 숨어 있는 곳을 알아내기 위해서였습니다. 즉, 이 두 금발의 덩치들은 살인 사건이 일어나기 최소한 일주일 전부터 리스베트 살란데르를 잡으려고 쫓아다녔다는 말입니다. 맞습니까?"

이번에는 모디그가 그렇다고 고갯짓을 했다.

"셋째, 이 드라마에 다른 주역들이 존재한다면, 리스베트 살란데르는 지금까지 당신들이 주장해 온 것과 달리, '고독한 정신 이

상자', 즉 이 사건의 유일한 용의자가 아니란 뜻이죠."

부블란스키도, 모디그도 아무런 대꾸를 할 수 없었다.

"말총머리 사내를 사탄주의적 레즈비언 패거리의 일원으로 보기는 힘들지 않겠습니까?"

모디그의 입에서 피식 웃음이 새어 나왔다.

"마지막으로 네 번째, 나는 이 모든 이야기가 '살라' 라고 부르는 자와 관계있다고 봅니다. 다그 스벤손은 죽기 전 마지막 2주 동안 그에게 초점을 맞추어 작업했지요. 이에 관련된 모든 정보는 다그의 컴퓨터에 들어 있습니다. 다그는 그를 쇠데르텔리에서 일어난 매춘부 이리나 페트로바의 살인 사건과 결부시켰어요. 부검 결과는, 그녀가 심각한 폭력을 당했다는 사실을 밝혀냈지요. 치명상만 해도 세 개나 있는 지독한 폭력이었죠. 하지만 부검 보고서는 살해에 사용된 도구가 무엇인지 밝혀내지 못했습니다. 그런데 내가 지적하고 싶은 것은, 그녀의 상처는 미리암 우와 파올로의 몸에 남은 그것과 아주 유사하다는 점입니다. 다시 말해서 금발 거인의 손이 치명적인 흉기였던 셈이죠."

"그렇다면 비우르만은?" 부블란스키가 물었다. "좋소. 누군가가 어떤 이유로 인해 다그 스벤손의 입을 틀어막고 싶었다……. 그래요, 나 역시 그렇게 믿고 싶소. 하지만 리스베트 살란데르의 후견인은 누가, 그리고 무엇 때문에 제거해야 했을까?"

"그건 모릅니다. 아직 퍼즐의 모든 조각이 제자리를 찾은 게 아니니까요. 하지만 비우르만과 살라 사이에는 분명 어떤 식으로든 관계가 있을 겁니다. 내가 생각하기엔, 이것만이 유일한 해결책입니다. 당신네들도 모든 걸 다시 한 번 생각해 볼 수 없겠습니까? 나는 이 살인 사건이 성매매와 모종의 관계가 있다고 생각합니다. 그런데 리스베트 살란데르는 그런 일에 관여할 여자가 전혀 아니에요. 전에도 말했지만, 나름의 확고한 윤리 의식이 있는 여자란 말입니다."

"그렇다면 그녀의 역할은 무엇이었을까요?"

"나도 모르겠어요. 증인? 적? 어쩌면 엔셰데에 찾아간 것은 다그와 미아에게 위험을 경고하기 위해서였는지도 모르죠. 그녀가 특출난 조사 요원이라는 사실을 잊지 맙시다."

부블란스키는 즉시 일을 시작했다. 우선 쇠데르텔리에 경찰서에 전화를 걸어 파올로 로베르토가 지나간 경로를 알려 준 다음, 윙예른 호수 남동쪽의 버려진 창고를 찾아낼 것을 요청했다. 이어그는 예르셰르 홀름베리에게 전화를 걸어—그의 집은 플레밍스베리에 있었는데, 쇠데르텔리에에서 가장 가까웠다.—지금 당장 쇠데르텔리에 경찰서로 달려가 창고를 찾으러 갈 때 동행하라고 지시했다. 예르셰르 홀름베리는 한 시간 후에 전화를 걸어왔다. 방금 창고에 도착했다는 것이었다. 쇠데르텔리에 경찰은 조금도 어렵지 않게 문제의 창고를 찾아낼 수 있었다고 했다. 하지만 창고는 좀더 작은 부속 창고 두 개와 함께 전소되었으며, 지금 소방관들이 남은 불을 끄고 있는 중이라는 것이었다. 화재가 방화에 의한 것임에는 의심할 여지가 없었다. 잿더미 가운데 휘발유통 두 개가 발견되었던 것이다.

부블란스키는 분노에 가까운 좌절감을 느꼈다.

그 빌어먹을 창고는 대체 뭐 하는 곳이야? 금발 거인이라는 놈은 또 뭐고? 리스베트 살란데르의 정체는 뭐지? 왜 아직까지 그녀를 못 찾아낸단 말이야?

오전 9시 수사 팀 미팅 때 리샤르드 엑스트룀 검사가 도착했을 때에도 상황은 조금도 나아지지 않았다. 부블란스키는 우선 팀원들에게 간밤에 있었던 극적인 사건에 대해 설명해 주었다. 그리고 지금까지 수사의 기반을 이루었던 시나리오가 일련의 신비스러운 사건들로 인해 흔들리고 있는 이상, 리스베트 살란데르가 아닌 다른 대상에 수사의 우선권을 부여하는 게 어떻겠느냐고 제의했다.

파올로 로베르토의 증언은 리스베트 살란데르가 룬다가탄에서 습격을 받았다는 주장을 강력하게 뒷받침해 주고 있었다. 또 3중 살인 사건은 한 정신 이상 여성의 광기로 일어난 행위라는 가정이 대번에 힘을 잃게 되었다. 물론 이를 통해 리스베트 살란데르가 그녀의 혐의를 모두 벗어버릴 수 있다는 말은 아니었다.(그러기 위해서는 먼저 범행 무기에 왜 그녀의 지문이 남아 있는지가 명확히 해명되어야 하리라.) 하지만 이제 또 다른 범인의 가능성을 심각하게 고려해야 한다는 사실만큼은 분명해졌다. 이 경우, 현재로서는 단 하나의 설명밖에 없었다. 즉 미카엘 블롬크비스트의 가설로서, 살인 사건은 다그 스벤손이 성매매를 폭로하려 했다는 사실과 연관되어 있다는 가정이었다. 결론적으로, 부블란스키는 세 가지 요점을 지적했다.

첫째, 지금의 가장 중요한 과제는 미리암 우를 납치하고 폭행한 금발 거인과 그의 공범인 말총머리를 찾아내는 일이다. 금발의 사내는 보기 드문 거구이기 때문에 그를 찾아내는 것은 비교적 쉬울 터였다.

하지만 이에 대해 쿠르트 스벤손이 그럴듯한 이의를 제기했다. 리스베트 살란데르 역시 외관이 특이하기로는 둘째가라면 서러울 정도인데, 수사가 시작된 지 3주가 다 되어가는 지금, 경찰은 그녀가 어디 숨어 있는지 전혀 모르고 있지 않은가?

둘째, 다그 스벤손의 컴퓨터에 들어 있다는 성 구매자 리스트를 집중적으로 조사할 특별 팀이 필요했다. 그런데 여기에는 인력 문제가 있었다. 현재 수사 팀은 다그 스벤손이 사용했던 《밀레니엄》의 컴퓨터와 그의 사라진 노트북 내용을 백업한 집디스크들을 확보하고 있었다. 하지만 그 안에는 수년간의 작업을 통해 쌓여 온 수천 페이지의 문서가 들어 있어, 그 내용을 모두 분류하고 파악하는 데만도 꽤 많은 시간이 소요될 터였다. 따라서 특별 팀에는 증원 인력이 필요했고, 부블란스키는 특별 팀의 구성 및 작업을 지휘할 팀장으로 소니아 모디그를 지명했다.

세 번째 과제는, '살라' 라는 미지의 인물에 대해 알아보는 일이었다. 이를 위해 수사 팀은 여러 차례에 걸쳐 그 이름을 포착한 적이 있다는 조직범죄 국가 특별 수사대에 지원을 요청해야 했다. 부블란스키는 살라에 대한 조사를 담당할 사람으로 한스 파스테를 지목했다.

마지막으로, 쿠르트 스벤손이 리스베트 살란데르에 대한 수사 및 추적 작업을 조율하기로 했다.

부블란스키의 보고는 6분 만에 끝났지만, 이어진 토론은 거의 한 시간 동안 계속되었다. 한스 파스테는 노골적으로 불만을 드러내며 부블란스키의 의견에 완강히 저항했다. 부블란스키로서는 적이 놀라지 않을 수 없었다. 그를 인간적으로 특별히 좋아하지는 않았지만, 그래도 경찰로서는 꽤 유능하다 여기고 있던 까닭이었다.

한스 파스테의 주장은 이랬다. 수사는 전적으로 리스베트 살란데르에게 집중되어야 하며, 그 밖의 부수적인 정보들은 중요한 것이 없다. 살란데르에게 불리한 명확한 단서들이 너무 많이 드러난 이 시점에서, 다른 용의자들을 수사 대상에 올린다는 것은 어처구니없는 짓이다 등등.

"다른 용의자? 헛소리 말라고 해요! 이 사건은 해가 갈수록 증세가 심각해진 한 정신병자의 소행, 그 이상도 그 이하도 아니오.

그래, 부블란스키 당신은 병원들과 법의학자들의 보고서들이 농담이라고 생각하는 거요? 또, 그녀는 범행 장소와 연관되어 있소. 게다가 그녀가 거리에서 몸을 팔았으며, 그녀 명의의 은행 계좌에 엄청난 돈을 꼬불쳐놓았다는 증거도 확보했고."

"나도 알고 있어."

"또 그녀는 일종의 레즈비언 섹스 의식에 참가하고 있소. 실라 노렌인지 뭔지 하는 그 레즈비언 년은 뚝 잡아떼고 있지만, 분명 많은 것을 숨기고 있을 거요. 아니면 내 손에다 장을 지지지."

마침내 부블란스키가 언성을 높이고 말했다.

"그만해, 파스테! 자네는 레즈비언들에 대해 콤플렉스가 있는 것 같아. 그건 프로다운 태도가 아니지."

그는 이 말을 내뱉고 나서 곧바로 후회했다. 이런 종류의 사적인 의견은 모든 사람 앞에서가 아니라, 둘만 있는 자리에서 얘기해야 하는 건데…… 논쟁이 과열되자 엑스트룀 검사가 토론을 중단시켰다. 그는 어떤 방향이 옳은지 판단을 내리지 못하는 것 같았다. 하지만 결국 부블란스키의 손을 들어주었다.

"좋아. 부블란스키가 결정한 대로 하지."

부블란스키는 밀턴 시큐리티의 손뉘 보만과 니클라스 에릭손을 힐끗 쳐다보았다.

"당신네들은 여기 사흘 더 남아 있는 걸로 아는데…… 좋아요, 그럼 그 시간을 잘 활용해 봅시다. 보만, 당신은 쿠르트가 리스베트 살란데르를 추적하는 일을 도와주시오. 그리고 니클라스, 당신은 계속해서 모디그와 함께 작업해 주고."

엑스트룀은 잠시 생각하다가, 모든 사람이 자리에서 일어나 떠나려고 할 때 손을 들어 멈춰 세웠다.

"한 가지 더. 파올로 로베르토 이야기는 일단 우리끼리만 알기로 하지. 이 일에 또 다른 유명 인사가 끼어들었다는 사실을 알게 되면 매체들이 미쳐 날뛸 테니까. 따라서 이 방 바깥으로는 한마디 도 흘러나가지 않도록!"

소니아 모디그는 미팅이 끝나자마자 부블란스키를 따로 잡아 세웠다.

"내가 파스테 때문에 좀 흥분했어. 하지만 나 역시 프로다운 태 도는 아니었지." 부블란스키가 말했다.

"그 심정, 충분히 이해해요." 그녀가 미소를 지었다. "난 다그 스벤손의 컴퓨터를 월요일부터 검토하기 시작했어요."

"알고 있어. 어느 정도 진척됐지?"

"그의 탐사 기사 원고만 해도 버전이 열두 개나 되고, 조사 자료 는 산더미 같아요. 현재로서는 어떤 게 중요하고, 어떤 게 쓸모없 는 건지 분간이 안 가요. 이 모든 문서를 한 번 훑어보는 데만도 꽤 많은 시간이 소요될 것 같아요."

"니클라스 에릭손에 대해선 어떻게 생각해?"

소니아 모디그는 잠시 머뭇거렸다. 그리고 몸을 돌려 부블란스 키의 사무실 문을 닫았다.

"그를 깎아내리고 싶지는 않지만…… 솔직히 말해서 별로 필요 없는 사람 같아요."

부블란스키가 눈살을 찌푸렸다.

"그래, 솔직히 말해 봐."

"그는 전직 경찰이었던 보만과는 달리, 진정한 경찰이 아니에 요. 멍청한 소리나 툭툭 내뱉고, 미리암 우에 대해서는 한스 파스 테와 똑같은 태도를 보여 주고 있어요. 자기가 맡은 일에 대한 열 의도 없어 보이고요. 또…… 분명히 꼬집어서 얘기할 순 없지만,

리스베트 살란데르에 대해 사감을 품고 있는 듯한 느낌이에요."

"다시 말해서?"

"둘 사이에 무슨 원한 같은 게 느껴진단 말이에요."

부블란스키는 천천히 고개를 끄덕였다.

"유감이야. 보만은 괜찮아. 하지만 나 역시 솔직히 말해서, 이번 수사에 외부인이 끼어든 게 영 탐탁지 않았어."

소니아 모디그가 고개를 끄덕였다.

"그럼 어떻게 하죠?"

"할 수 없지. 이번 주말까지는 자네가 참고 견뎌야 어쩌겠나. 아르만스키는 그때까지 성과가 없으면 중단하겠다고 말했으니까. 자, 가서 조사를 시작하되, 그냥 혼자서 일한다고 생각해."

하지만 소니아 모디그의 작업은 시작된 지 45분 만에 중단되었고, 그녀는 수사 팀에서 완전히 제외되었다. 갑자기 엑스트룀 검사의 호출이 있어서 가보았더니, 검사와 부블란스키가 얼굴이 벌겋게 상기되어 앉아 있었다. 토뉘 스칼라라는 프리랜서 기자가 파올로 로베르토가 사도마조히즘 레즈비언인 미리암 우를 납치범으로부터 구해 냈다는 내용의 특종을 터뜨린 것이었다. 기사는 수사 팀 외부의 인물로서는 결코 알 수 없는 내용들을 담고 있었다. 또 기사는 경찰이 파올로 로베르토를 폭행 치상 혐의로 기소하는 것을 검토하고 있다는 식으로 쓰여 있었다.

게다가 엑스트룀에게는 이미 다른 신문사 기자 여러 명이 전화를 걸어 이번 사건에서 복서의 역할이 정확히 무엇이었는지 물어왔다고 했다. 정말 그의 주장대로 정의의 사도인지, 아니면 레즈비언을 폭행한 마초인지 말이다. 검사는 폭발 직전이었다. 그는 이 모든 정보를 유출한 장본인으로 소니아 모디그를 지목했다. 그녀는 즉시 부인했지만 소용없었다. 엑스트룀은 끝내 그녀를 수사 팀에서 제외시키려 했다. 결국 부블란스키도 불같이 화를 냈다. 그는 조금도 망설이지 않고 모디그 편을 들었다.

"소니아는 정보를 유출한 게 자기가 아니라고 하지 않소? 그럼 된 거 아니오? 이번 사건의 흐름을 잘 알고 있는 경험 많은 수사 요원을 제외시킨다는 건 완전히 미친 짓이오!"

하지만 엑스트룀 자신은 소니아 모디그를 믿지 못한다고 노골적으로 밝혔다.

"소니아 모디그, 난 자네가 정보 유출의 장본인이라는 사실을 증명할 수는 없어. 하지만 이번 수사에서 자네를 믿을 수 없는 것도 사실이야. 그러니 당장 팀을 떠나도록 해. 이번 주말까지는 휴가를 떠나고, 다음 주 월요일부터는 다른 업무에 배속될 거야."

이렇게 말하고 나서 책상 뒤에 버티고 앉아 입을 딱 다물어버렸다. 더 이상 말해 봤자 소용이 없었다.

모디그로서는 다른 방법이 없었다. 그녀는 고개를 끄덕이고 문으로 향했다. 부블란스키가 그녀를 불러 세웠다.

"소니아 모디그! 내가 지금 공식적으로 분명히 밝히거니와, 난 자네를 전적으로 믿어. 하지만 결정권은 내게 없으니 할 수 없지. 이따가 집으로 가기 전에 내 방에 잠깐 들르게."

그녀는 고갯짓으로 그러마고 대답했다. 엑스트룀은 씩씩대고 있었다. 부블란스키의 얼굴에도 살벌한 표정이 떠올랐다.

소니아 모디그는 자기 사무실로 돌아왔다. 눈에는 분노의 눈물이 금방이라도 쏟아져 내릴 듯 그렁그렁했다. 그녀와 함께 다그 스벤손의 컴퓨터를 조사하기로 한 니클라스 에릭손이 그런 그녀를 곁눈으로 훔쳐보았다. 흐음, 일이 잘 안 풀리시는 모양이군……. 하지만 그는 아무 말도 하지 않았고, 그녀 역시 그를 쳐다보지 않았다. 그녀는 책상 뒤에 앉아 허공을 응시했다. 무거운 침묵이 방 안에 내려앉았다.

결국 에릭손은 화장실을 다녀오겠다며 방을 나갔다. 그러면서 커피를 가져다주겠노라 제의했다. 그녀는 고개를 저었다.

그가 나가자 그녀는 일어났다. 재킷을 걸치고 가방을 집어 들고 부블란스키의 사무실로 건너갔다. 그가 접대용 의자를 가리키며 앉으라고 권했다.

"소니아, 엑스트룀이 날 내쫓기 전까지는 내 식대로 해나갈 작정이야. 지금 일어난 일은 도저히 받아들일 수 없어! 그러니 자네도 내 명령이 있기 전까지는 수사 팀에 남아 있도록 해. 알겠어?"

그녀는 고개를 끄덕였다.

"엑스트룀이 말했다고 해서 집에 들어가겠다는 생각은 꿈도 꾸지 마. 대신《밀레니엄》에 가서 다시 한 번 미카엘 블롬크비스트를 만나봐. 그리고 다그 스벤손의 컴퓨터 내용을 빨리 파악하고 싶으니 좀 도와달라고 해. 《밀레니엄》에도 백업해 놓은 게 있잖아. 그쪽 사람들이 도와주면 일을 훨씬 빨리 끝낼 수 있을 거야."

소니아 모디그는 꽉 막혔던 가슴이 조금 풀리는 것 같았다.

"니클라스 에릭손에겐 아직 말 안 했어요."

"그건 내가 알아서 처리할게. 쿠르트 스벤손에게 그를 보낼 생각이야. 한스 파스테는 봤나?"

"아뇨. 오늘 아침 미팅 이후에 곧바로 떠나버렸어요."

부블란스키는 한숨을 내쉬었다.

미카엘 블롬크비스트는 아침 8시경에 쇠데르 병원을 나와 집으로 돌아왔다. 지난밤 한 시간밖에 자지 못해 머리가 띵했다. 오후에 스모달라뢰의 군나르 비에르크를 맑은 정신으로 만나기 위해서는 잠이 필요했다. 옷을 벗고 알람 시계를 오전 10시 반으로 맞추어놓았다. 그렇게 두 시간을 달게 자고 다시 깨어난 그는 샤워와 면도를 한 뒤, 깨끗한 셔츠를 입고 집을 나섰다. 차를 몰고 굴마르 스플란 광장을 지나고 있는데 소니아 모디그가 전화를 걸어왔다. 미카엘은 지금 어디를 가는 중이어서 그녀를 만날 수 없노라고 대답했다. 모디그는 자신이 원하는 바를 설명했고, 그는 자기 대신 에리카 베르예르를 만나보라고 대답했다.

그리하여 얼마 후, 소니아 모디그는 《밀레니엄》 편집부에서 에리카 베르예르와 마주 앉아 있었다. 독대하고 보니 잡지사 사장이 꽤나 매력적인 여자임을 새삼 느낄 수 있었다. 이마 위에 드리운 금발의 애교머리와 오목한 보조개, 그러면서도 단호하고 자신감 넘치는 눈빛이나 표정은 로라 팔머[28]가 좀 더 나이 들면 저런 모습이지 않을까 싶었다. 갑자기 뜬금없는 궁금증이 솟았다. 에리카 베르예르 역시 레즈비언일까? 이 사건과 관련된 여자들은 모두 그런 성적 취향이 있다는 한스 파스테의 주장대로라면 말이다…… 하지만 다음 순간 그녀와 건축가 그레예르 베크만이 부부라는 걸 어디선가 읽은 기억이 떠올랐다.

"하지만 문제가 있어요." 모디그의 요청을 주의 깊게 듣고 난 에리카 베르예르가 난처한 표정을 지으며 말했다.

"그게 뭐죠?"

"나 역시 가능하다면 이번 살인 사건이 빨리 해결되기를 바라고, 나름대로 경찰을 돕고 싶어요. 실제로 다그 스벤손의 컴퓨터에 있던 모든 자료를 이미 경찰에 넘기기도 했고요. 하지만 여기엔 윤리적인 딜레마가 있어요. 아시겠지만, 경찰과 매체가 함께 일해 봐야 좋을 게 별로 없거든요."

"나 역시 오늘 아침에 그 사실을 분명히 깨달았답니다." 소니아 모디그가 미소를 지으며 인정했다.

"어떻게요?"

"아무것도 아니에요. 그냥…… 개인적인 일이에요."

"좋아요. 매체들은 신뢰성을 지키기 위해서는 공권력과 분명한 거리를 두어야 하는 법이죠. 경찰서를 뻔질나게 드나들며 경찰 수사에 협조하는 기자들은 결국 경찰의 심부름꾼으로 전락하기 마련이니까요."

"나도 그런 기자들을 본 적이 있어요. 하지만 그 반대의 경우도 존재하잖아요? 신문사의 심부름꾼 노릇을 하고 있는 경찰관들 말이에요."

에리카 베르예르가 웃음을 터뜨렸다.

"맞아요. 하지만 불행히도 우리《밀레니엄》은 그런 경찰관들을 고용할 만큼 주머니가 넉넉하지 못하답니다. 자, 본론으로 돌아와 보죠. 지금 당신네가 원하는 것은 우리《밀레니엄》 직원들과 인터뷰하는 게 아니에요. 그런 거라면 얼마든지 협조할 수 있죠. 지금 당신들은 우리가 보유한 언론 자료를 모두 다 내놓음으로써 경찰 수사에 적극 협조할 것을 공식적으로 요구하고 있어요. 그렇지 않은가요?"

소니아 모디그는 고개를 끄덕였다.

"여기에는 두 가지 측면이 있어요. 첫째, 살해된 사람은 우리 잡지사 직원 중 하나였어요. 이 관점에서 보자면 우리는 당신들에게 모든 협조를 제공해야 옳겠죠. 하지만 또 다른 측면도 있어요. 즉, 우리가 경찰에 넘겨줄 수 없는 부분이 있는 거죠. 구체적으로 말하자면 정보 제공자들에 관련된 것들이오."

"그 점에 있어선 난 융통성이 있습니다. 당신네 정보 제공자들을 보호하겠다고 분명히 약속드릴게요. 게다가 난 정보 제공자들에 대해선 관심도 없어요."

"물론 그런 선의를 고맙게 생각하고, 또 당신을 믿어요. 하지만 그게 중요한 게 아니죠. 중요한 것은, 어떤 상황에서도 정보 제공자의 신원은 절대로 넘겨주지 않는다는 우리의 원칙이에요."

"무슨 말인지 이해하겠습니다."

"또 지금 《밀레니엄》은 나름대로 자체 조사를 진행하고 있어요. 매체로서의 작업을 하고 있는 셈이죠. 그 결과로 뭔가 발표할 것이 생기면 당연히 경찰에도 관련된 정보를 넘겨줄 겁니다. 하지만 그 이전에는 안 돼요."

이렇게 말하고 나서 에리카 베르예르는 이마를 찌푸리며 생각에 잠겼다. 이윽고 그녀가 천천히 고개를 끄덕이면서 말을 이었다.

"그래요. 이건 비단 잡지사의 일일 뿐 아니라, 나 개인에 관련된 일이기도 하니까…… 이렇게 합시다. 당신은 우리 직원 말린 에릭손과 함께 작업하세요. 그녀는 다그의 자료에 대해 훤히 알고 있고, 줄 수 있는 정보와 그렇지 않은 정보를 구분할 능력이 있어요. 그러니 그녀의 도움을 받아 다그 스벤손의 자료를 정리해 보세요. 그렇게 하면 잠재적인 용의자 명단을 추려낼 수 있을 거예요."

쇠드라 역에서 전철에 올라 쇠데르텔리에로 향하고 있는 이레네 네세르는 간밤에 일어난 일에 대해 전혀 모르고 있었다. 그녀는 짧은 검정 가죽 재킷과 어두운 색의 바지에 세련된 붉은 티셔츠 차림이었다. 안경은 머리 위에 걸쳐놓았다.

쇠데르텔리에에 도착한 그녀는 스트렝네스행 버스를 찾아 스탈라르홀멘 마을까지 표를 끊었다. 스탈라르홀멘 마을 남쪽에 도착한 것은 오전 11시가 조금 지나서였다. 그녀가 내린 버스 정류장 주변에는 사방 어디를 둘러봐도 인가가 보이지 않았다. 그녀는 머릿속으로 이 지역의 지도를 떠올렸다. 북동쪽 몇 킬로미터 떨어진 곳에 멜라렌 호수가 펼쳐져 있고, 평화로운 전원에는 여름휴가용 별장들이 군데군데 흩어져 있을 터였다. 닐스 비우르만 변호사의 소유지는 버스 정류장에서 약 3킬로미터 떨어진 별장 지역에 위치해 있었다. 그녀는 플라스틱 병을 열고 물을 한 모금 마신 다음 걷기 시작했다. 그리고 45분 후에는 목적지에 도착했다.

그녀는 먼저 집 주위를 한 바퀴 둘러보았다. 근방의 지리를 대충이라도 파악해 둘 필요가 있었다. 가장 가까운 이웃집은 오른쪽으로 150미터 이상 떨어진 곳에 있었는데, 지금은 비어 있는 듯했다. 왼쪽에는 제법 깊은 구렁이 길게 이어져 있었다. 가옥 두 채를 지나 계속 걸어가자 여름 별장들이 옹기종기 모여 있는 조그만 마을이 나왔다. 창문이 하나 열려 있고, 라디오 소리가 들리는 것으로 미루어 그곳에는 사람이 있는 듯했다. 하지만 이 마을은 비우르만의 집으로부터 300미터나 떨어져 있었기 때문에 그녀가 작업하는 데는 별 지장이 없을 터였다.

비우르만의 아파트에서 가져온 열쇠 덕분에 집 안으로 들어가는 데는 전혀 문제가 없었다. 집 안에 들어가 맨 처음 한 일은 집 뒤쪽으로 난 덧창을 열어놓은 것이었다. 현관 쪽에서 문제가 발생할 경우에 대비하여 퇴로를 확보하기 위한 조치였다. 갑자기 경찰이 이 집을 방문해야겠다는 뚱딴지같은 생각을 품을 수도 있는 일 아닌가?

옛날식의 조그만 가옥인 비우르만의 집은 거실 하나, 침실 하나, 그리고 수돗물이 나오는 작은 주방으로 이루어져 있었다. 화장실은 정원 한쪽의 딴채에 있었다. 그녀는 20여 분 동안 집 안의 벽장, 옷장, 서랍장 등을 샅샅이 뒤졌다. 하지만 리스베트 살란데르나 살라에 관련된 것은 종이 쪼가리 하나 나오지 않았다.

그녀는 정원으로 나와 딴채와 장작 창고도 둘러보았다. 관심을 끌 만한 것이나 문서는 전혀 눈에 띄지 않았다. 그럼 여기까지 온 게 헛수고였단 말인가?

그녀는 현관 앞 층계에 앉아 물을 한 모금 마시고 사과 하나를 먹었다.

잠시 후, 덧창을 다시 닫기 위해 현관문을 열고 집 안에 들어선 순간, 벽에 기대놓은 알루미늄 사다리가 눈에 들어왔다. 그녀는 다시 거실로 돌아와 널판으로 짜인 천장을 꼼꼼히 살펴보았다. 지붕 밑 다락 입구가 두 개의 들보 사이에 감쪽같이 숨어 있었다. 그녀는 사다리를 가져와 다락 입구를 열었고, 곧바로 A4 규격의 문서 철 다섯 개를 찾아낼 수 있었다.

금발 거인은 머릿속이 터질 것 같았다. 한번 일이 꼬이기 시작하더니만, 재앙에 가까운 사건들이 연달아 터진 것이다.

먼저 산스트룀이 란타 형제를 찾아왔다. 그는 잔뜩 겁에 질린 목소리로 다그 스벤손이 그와 창녀들 사이에 얽힌 이야기를 폭로하고 란타 형제를 고발하는 르포르타주를 준비하고 있다며 떠들어댔다. 하지만 그때까지만 해도 그렇게 엄청난 문제는 아니었다. 매체들이 산스트룀을 축구공 삼아 실컷 차고 놀든 말든 금발 거인으로서는 상관할 바 아니었고, 란타 형제는 잠시 잠수를 타고 있으면 끝날 일이었다. 그래서 그들은 외국에서 휴가를 보내기 위해 페리선 '발틱 스타'를 타고 발트 해를 건너가지 않았는가? 이 엿 같은 일들이 법정으로까지 이어질 가능성은 거의 없었고, 설령 최악의 상황이 벌어진다 해도 란타 형제가 알아서 아주 특별한 조처를 취할 터였다. 그들과 맺은 계약이 그러하니까······.

한데 리스베트 살란데르가 그녀를 잡으러 간 막예 룬딘을 따돌리고 쥐 새끼처럼 달아났다는 소식이 들려왔다. 도저히 이해할 수 없는 일이었다. 어떻게 룬딘은 자기에 비하면 인형 크기에 불과한 살란데르를 놓칠 수 있단 말인가? 더욱이 그의 임무는 그녀를 차 안에 쑤셔 넣고 뉘크바른 남쪽의 버려진 창고까지 데려오는 일에 불과했는데.

이어 산스트룀이 다시 찾아오더니, 다그 스벤손이 이번에는 살라를 찾고 있다는 사실을 알려 왔다. 어느덧 상황이 완전히 달라지고 있었다. 다그 스벤손은 계속 쑤셔대고, 비우르만은 갑자기 겁에 질려 날뛰고, 뭔가 위험한 일이 터지려 하고 있었다.

범죄자에도 여러 종류가 있다. 그중 아마추어는 일의 결과를 감당할 준비가 되어 있지 않은 자를 말한다. 이런 점에서 비우르만은 완전한 아마추어라 할 수 있었다. 그래서 금발 거인은 살라에게 충고했었다. 비우르만 같은 자와는 절대 거래하지 말라고. 하지만 이상하게도 살라는 '리스베트 살란데르' 라는 이름 앞에선 맥을 못 추었다. 그는 살란데르를 격렬히 증오했다. 그건 전혀 합리적이지 못한 태도였다. 평소와 달리 숙고하지 않고 즉각 반응했다. 그답지 않은 모습이었다.

다그 스벤손이 전화를 걸어왔을 때, 금발 거인이 비우르만의 아파트에 있었던 것은 순전히 우연이었다. 막예 룬딘이 살란데르를 놓치는 바람에 변호사의 마음이 흔들리고 있어, 달래거나 위협을 하든지 해서 그를 진정시켜 보겠노라 찾아간 것이었다. 그런데 산스트룀과 란타 형제를 쑤셔대어 이미 문제를 일으킨 바 있는 그 빌어먹을 기자 녀석이 이번에는 비우르만의 집에까지 전화를 걸어온 것이었다. 전화를 받은 비우르만은 덜컥 겁을 내더니 속 터지게 답답한 모습을 보이기 시작했다. 그러더니 불쑥, 자신은 빠지겠다는 것이었다.

어디 그뿐이랴. 멍청한 인간이 카우보이들이나 사용하는 듯한 권총을 들고 나오더니 외려 자기를 위협하기 시작했다. 그렇게 날뛰던 그는 금발 거인이 한 번 노려보자 고양이 앞의 쥐처럼 몸이 얼어붙었고, 쥐고 있던 총까지 빼앗겼다. 금발 거인은 장갑을 끼고 있어 지문을 남길 염려가 없었다. 그리고 다른 선택의 여지가 없었다. 미쳐 날뛰기 시작한 비우르만을 그대로 놔둘 경우, 어떤 사태가 벌어질지 모르는 일이었으므로.

비우르만은 살라의 존재를 알고 있었다. 그것만으로도 그는 부담스러운 존재였다. 왜 그랬는지는 스스로도 잘 모르겠지만, 금발 거인은 비우르만을 발가벗겼다. 아마 자신이 그를 얼마나 끔찍이 혐오하고 있는지 분명히 보여 주기 위해서였으리라. 그런데 다음 순간, 그의 복부에 새겨진 문신을 보자 그 증오가 갑자기 사그라지는 걸 느꼈다.

나는 가학증 걸린 돼지요, 개자식이요, 강간범입니다.

짧은 순간이지만, 동정심마저 일었다. 알고 보니 참으로 가련하고 멍청한 인간이었던 것이다. 하지만 금발 거인이 일하는 분야에서는 부수적인 감정들 때문에 실제 업무가 지장을 받는 일은 절대 없어야 했다. 따라서 그는 변호사를 침실로 데려갔다. 침대 앞에 무릎을 꿇리고, 총소리를 줄이기 위해 베개를 사용했다.

이어 그는 5분 동안 비우르만의 아파트를 뒤지며 살라의 흔적이 될 만한 것이 있는지 찾아보았다. 그 결과 찾아낸 것은 거인 자신의 휴대폰 번호가 찍힌 비우르만의 휴대폰이 전부였다. 그는 신중을 기하기 위해 휴대폰을 가져가기로 결정했다.

그다음의 골칫거리는 다그 스벤손이었다. 비우르만의 시체가 발견되면, 다그 스벤손은 분명 경찰을 만나리라. 그리고 비우르만은 자신과 살라에 관련된 대화를 나눈 지 불과 몇 분 후에 살해되었다는 사실을 알리리라. 그리되면 세상의 관심은 미지의 인물인 살라에게 쏠릴 게 불을 보듯 뻔했다.

금발 거인은 스스로를 꽤 영리하다고 생각했지만, 살라만큼은 그의 무시무시한 전략적 능력 때문에 매우 존경하고 있었다.

그들이 협력해 온 지도 벌써 12년째였다. 그동안 많은 것을 얻었던 금발 거인은 살라를 거의 자신의 멘토처럼 존경하고 있었다. 살라의 인생 교훈은 몇 시간을 듣고 있어도 지겹지 않았다. 그는 인간의 본성과 나약함을 설명해 주었고, 그 지식을 통해 자신의 이익을 끄집어내는 방법을 가르쳐주었다.

그런데 갑자기, 그들의 순조롭던 사업이 흔들리기 시작한 것이었다. 일들이 이상하게 꼬이기 시작했다.

곧바로 엔셰데에 있는 다그 스벤손의 집을 찾아간 금발 거인은 그의 흰색 볼보를 아파트에서 두 블록 떨어진 곳에 주차시켰다. 운 좋게 아파트 건물의 현관문은 제대로 닫혀 있지 않았다. 그는 층계를 올라가 '스벤손-베리만'이라는 명패가 달린 문의 초인종을 눌렀다.

아파트를 뒤지거나 서류 등을 챙겨올 시간은 없었다. 단지 총 두 발을 쐈을 뿐이었다. 그리고 거실 탁자 위에 놓여 있던 다그 스벤손의 노트북을 집어 들고 곧장 아파트를 빠져나와 층계를 내려왔고, 차 있는 곳까지 달려와 엔셰데를 떠났다. 그의 유일한 실수라면 권총을 떨어뜨리고 온 일이었다. 노트북을 들고 계단을 내려오던 중에 시간을 벌어보겠다고 호주머니 속의 열쇠를 꺼내다가 권총을 떨어뜨리고 만 것이다. 그는 짧은 순간 망설였다. **저걸 다시 주워와, 말아?** 하지만 권총은 지하실로 통하는 계단 아래까지 굴러 떨어졌고, 그걸 찾아오려면 몇 초라도 시간이 지체될 터였다.

그는 한 번 보면 좀처럼 잊기 힘든 특징을 가진 체구의 소유자였고, 지금 무엇보다 중요한 것은 1초라도 빨리 이 장소에서 사라지는 일이었다.

그 때문에 살라에게 혼도 많이 났다. 하지만 이게 웬일인가! 바로 그 권총 때문에 경찰에선 리스베트 살란데르를 용의자로 지목하고 추적하기 시작했다는 게 아닌가? 걱정거리였던 권총이 뜻밖에도 믿을 수 없는 복덩이가 된 것이다.

그런데 가만히 생각해 보니 그렇게 좋아할 일만도 아니었다. 그들의 입장에서 볼 때 살란데르는 지금 남아 있는 유일한 약점이었다. 그녀는 비우르만을 알고 있고, 살라의 존재 역시 알고 있었다. 게다가 그녀는 결코 바보가 아니었다. 비우르만이 살해된 사실과 살라 사이에 어떤 관계가 있음을 충분히 짐작해 낼 수 있는 여자였다. 이런 여자가 경찰에 잡힌다면⋯⋯? 하여 그와 살라는 협의 끝에 의견 일치를 봤다. 살란데르를 찾아내 어딘가에 묻어버려야 한다는 결론이었다. 경찰이 그녀를 영영 찾아내지 못한다면 모든 것이 완벽해질 터였다. 살인 사건에 대한 수사는 조금씩 조금씩 먼지 속에 묻혀 가게 되리라.

그들은 살란데르가 숨은 곳을 알아내기 위해 미리암 우를 납치했다. 그런데 갑자기, 일이 또다시 뒤틀리고 말았다. 무엇보다 파올로 로베르토 때문이었다. 이 도깨비 같은 인간은 대체 왜, 그리고 어디서 솟아났단 말인가! 게다가 신문을 보니 리스베트 살란데르의 친구였다.

금발 거인은 할 말을 잃고 말았다.

뉘크바른을 벗어난 그는 어딘가에 몸을 숨겨야 했다. 그래서 찾아간 곳이 MC 스바벨셰 본부에서 300여 미터 떨어진 곳에 위치한 막에 룬딘의 집이었다. 이상적인 은신처라곤 할 수 없었지만 다른 대안이 없었다. 무엇보다 얼굴에 난 시퍼런 멍이 없어질 때까지는 어딘가에 조용히 틀어박혀 있어야 했다. 그래야만 스톡홀름 지역을 슬그머니 뜨는 일이 가능할 테니까. 그는 골절된 코를 어루만지고, 부어오른 뒤통수를 만져보았다. 혹은 조금 가라앉아 있었다.

창고로 다시 돌아가 모조리 태워버린 것은 정말 잘한 일이었다. 어딘가를 떠날 때는 뒷정리를 잘해 놔야 하는 법이다.

갑자기 그의 몸이 흠칫 하고 굳었다.

아차! 비우르만! 지난 2월 초, 그러니까 살라가 살란데르를 손봐달라는 비우르만의 요청을 수락했을 때……. 그는 비우르만을 스탈라르홀멘 근처의 별장에서 잠시 본 일이 있었다. 그때 비우르만은 살란데르에 관한 것이라면서 어떤 문서철을 뒤적이고 있었다. 빌어먹을! 어떻게 그걸 잊고 있었지? 그 문서철은 살라하고도 연결될 수 있는 건데 말이야.

그는 주방으로 내려가 막예 룬딘에게 설명해 주었다. 왜 지금 당장 룬딘이 스탈라르홀멘으로 달려가 다시 한 번 불을 질러야 하는지를.

부블란스키 형사는 헝클어진 수사 내용을 정리하느라 점심도 거른 상태였다. 그는 쿠르트 스벤손과 손뉘 보만으로부터 리스베트 살란데르의 추적 작업이 어느 정도 진척되고 있는지에 대한 설명을 들었다. 예테보리와 노르셰핑 방면에서 새로운 제보들이 들어왔다고 했다. 그중 예테보리 것은 곧바로 배제된 반면, 노르셰핑 것은 약간이나마 가능성이 있다고 판단되었다. 그들은 현지 경찰관들에게 이 사실을 알려, 리스베트 살란데르와 비슷한 여인을 보았다는 장소에 잠복근무를 서게 했다.

부블란스키는 한스 파스테도 만나보려 했다. 하지만 그는 경찰서 안에 없었고, 전화를 해도 받지 않았다. 과열된 언쟁이 오갔던 오전의 미팅 후에 얼굴이 시뻘게져서 아무 말도 없이 어디론가 사라져버린 것이다.

이어 부블란스키는 소니아 모디그 문제를 해결하기 위해 예비 수사 책임자인 리샤르드 엑스트룀 검사를 보러 갔다. 그는 수사 팀에서 그녀를 배제시키는 것이 얼마나 말도 안 되는 짓인지, 객관적인 이유들을 들어가며 오랫동안 설명했다. 그러나 엑스트룀은 들으려 하지 않았고, 결국 부블란스키는 이번 주말 이후에 다시 한 번 따지리라 생각하고 물러 나오는 수밖에 없었다. 참으로 어처구니없는 상황이었다.

오후 3시가 조금 지났을 때, 그는 니클라스 에릭손이 소니아 모디그의 사무실에서 나오는 모습을 보았다. 아직까지도 다그 스벤손의 하드 디스크 자료들을 조사하고 있는 모양이었다. 하지만 그의 작업을 지휘하고 조정해 줄 소니아 모디그가 없는 이상, 그가 여기 남아 있는 건 무의미한 일 아니겠는가? 하여 그는 니클라스 에릭손을 남은 시간 동안 쿠르트 스벤손의 일을 돕게 하기로 결정했다.

한데 그가 말을 건네기도 전에 니클라스 에릭손은 뭐가 그리 급한지 복도 끝에 있는 화장실로 달려가는 것이었다. 부블란스키는 머리를 긁적이며 소니아 모디그의 사무실 앞으로 걸어갔다. 에릭손이 돌아올 때까지 거기서 기다릴 생각이었다. 그렇게 사무실의 열려 있는 문틀에 기대서서, 소니아 모디그의 빈 의자를 바라보고 있을 때였다.

니클라스 에릭손이 사용하는 탁자 뒤 서가 위에 뒹굴고 있는 그의 휴대폰이 눈에 들어왔다.

부블란스키는 잠시 망설인 다음, 아직 닫혀 있는 화장실 문에 시선을 던졌다. 그리고 자신도 설명할 수 없는 강한 충동에 이끌려 방 안으로 걸어 들어가 니클라스 에릭손의 휴대폰을 집어 들고, 재빨리 자신의 사무실로 돌아와 문을 걸어 잠갔다. 그러고는 그의 통화 내역을 조사했다.

오전 9시 57분, 그러니까 아침 미팅이 끝나고 나서 5분 후에 니클라스 에릭손은 070으로 시작되는 번호에 전화를 걸었다. 부블란스키는 책상 위에 놓인 사무실 전화를 집어 들고 그 번호를 눌렀다. 응답한 사람은 토뉘 스칼라였다.

부블란스키는 곧장 전화를 끊고 에릭손의 휴대폰을 내려다보았다. 그리고 분노에 일그러진 얼굴로 자리에서 벌떡 일어났다. 문쪽으로 두어 걸음 내딛는데 전화벨이 울렸다. 그는 수화기를 들어올리며 누구냐고 고함쳤다.

"나, 예르셰르야. 아직 뉘크바른의 창고에 있어."

"아, 그렇군."

"이제 불은 꺼졌어. 지금 두 시간째 현장을 감식하고 있지. 쇠데르텔리에 경찰이 경찰견까지 동원해서 폐허 속에 뭔가 남아 있는지 찾아보았어."

"그래서?"

"시체는 없었어. 하지만 우리는 잠시 쉬면서 개가 코를 쉬게 할 시간을 주었지. 개를 다루는 경찰의 말에 따르면, 그게 필요하다는 거야. 인근에서 너무 강한 냄새가 떠돌고 있기 때문이라나."

"요점을 말해 보라고!"

"그는 창고 근방을 수색했지. 개로 하여금 좀 더 떨어진 곳을 돌아다니게 했어. 그런데 창고 뒤 약 75미터 떨어진 숲 속에서 개가 뭔가를 찾아낸 거야. 땅을 파보았지. 그리고 지금부터 10분 전, 신발 신은 사람의 발 하나가 삐죽 나타났어. 신발은 남자 것 같더군.

아주 깊이 묻혀 있지는 않았고."

"뭐야? 예르셰르! 빨리 가서……."

"걱정 마. 벌써 조치를 취했어. 땅 파는 걸 중단시켜 놓았으니까. 법의학자와 전문 감식가들이 현장에 출동할 때까지 기다리게 하려고."

"정말 잘했네, 예르셰르!"

"그게 전부가 아냐. 5분 전에 개가 또 하나를 찾아냈어. 이번에는 첫 번째 장소에서 100여 미터 떨어진 곳에서."

리스베트 살란데르는 비우르만의 가스레인지에 커피를 올려놓은 다음, 사과 하나를 더 먹었다. 그녀는 비우르만이 자신에 대해 작성한 조사 파일을 두 시간에 걸쳐 한 장 한 장 읽어 내려갔다. 그녀가 감탄을 금할 수 없을 정도로 대단한 작업이었다. 그동안 수집한 정보들을 체계적으로 정리해 놓은 그 파일을 읽고 있노라면, 비우르만이 얼마나 많은 노력과 열정을 쏟아 부었는지 충분히 느낄 수 있었다. 거기에는 리스베트 자신은 그 존재조차 모르는 자료들까지 포함되어 있었다.

홀예르 팔름그렌의 일기는 그 미지의 자료들 중 하나였다. 그 일기를 읽으면서 리스베트는 가슴속에 따스함과 싸늘함이 교차하는 것을 느꼈다. 한데 묶여 합본된 두 권의 노트로 이루어진 그 일기를 팔름그렌이 쓰기 시작한 것은 리스베트가 열다섯 살 되던 해, 그러니까 그녀가 두 번째 위탁 가정에 들어가고 나서였다. 시그투나에 있던 그 집의 남편은 나이 지긋한 사회학자였고, 아내는 아동 관련 서적을 여러 권 저술한, 역시 나이 든 여자였다. 리스베트는 그 집에서 12일간을 머물렀다. 얼마나 견디기 힘든 인간들이었던가! 노부부는 자신을 맡아줌으로써 무슨 대단한 사회적 선행이나

하고 있는 양 자랑스럽게 여겼으며, 또 자신이 이에 대해 깊은 감사의 뜻을 표현하기를 바랐다. 그리고 어느 날, 그 위탁모가 이웃 여자 앞에서 잘난 척하는 꼴을 보자 더 이상 참을 수 없었다. 그녀는 문제 청소년들을 위탁받아 교육하는 일이 사회적으로 얼마나 중요하고 의미 깊은 일인지를 역설하고 있었다. 이렇게 위탁모가 자신을 무슨 견본이나 되는 양 친구들에게 내보일 때마다 리스베트는 이렇게 소리치고 싶었다. 나는 무슨 빌어먹을 '사회 복지 프로젝트'가 아니란 말이야! 12일째 되는 날, 그녀는 가사용 잔돈을 넣어두는 통에서 100크로나를 훔쳐 나와 버스를 타고 우플란스베스뷔까지 간 뒤, 거기서 기차로 갈아타고 스톡홀름 근교로 갔다. 그로부터 6주 후에 경찰은 하닝에서, 예순일곱 먹은 영감의 집에 숨어 있는 그녀를 찾아냈다.

　사실 영감은 그렇게 고약한 인간은 아니었다. 아니, 오히려 괜찮은 사람이었다. 그는 그녀에게 거처와 덮고 잘 것을 제공했다. 그 대가로 큰 것을 바라지도 않았다. 단지 그녀가 옷을 벗고 있을 때 그걸 구경하는 것으로 만족했다. 그녀의 몸에 손대는 일은 전혀 없었다. 그녀는 이 영감이 보는 시각에 따라서는 소아 성애자로 간주될 수도 있음을 알았지만, 그에게서 어떤 위협감을 느낀 적은 단 한 번도 없었다. 그는 단지 내성적이고, 사회적 장애가 있는 불쌍한 사람이었다. 심지어 그에게서 어떤 동질감마저 느끼기도 했다. 결국 영감이나 자신이나 완전한 사회적 주변인이 아니던가?

　하지만 둘이 동거하고 있는 것을 발견한 이웃 하나가 경찰에 신고했다. 사회 복지 기관 직원은 노인을 성적 남용죄로 기소하기 위해 리스베트를 설득하려고 갖은 애를 썼다. 하지만 둘 사이에 부적절한 관계가 있었음을 인정하라고 아무리 말해도 리스베트는 끝내 거부했다. 난 열다섯 살, 즉 성적으로 성인이야. 내가 무슨 짓을 하든 당신네들이 왜 끼어드냐고! 모두 엿이나 먹고 꺼져버려, 제발! 그때 홀예르 팔름그렌이 나서서 리스베트를 경찰서에서 꺼내주었다. 그리고 그는 리스베트를 맡는 일에 대한 회의감, 고민 등을 토로하고 또 극복하기 위한 일종의 일지를 쓰기 시작했다. 그 첫 번째 기록은 1993년 12월에 시작되었다.

L(리스베트의 이니셜)은 이제껏 내가 알아온 청소년들 중 가장 어려운 아이인 듯싶다. 문제는 그녀를 상트 스테판 정신병원으로 돌려보내는 것에 반대한 내 행동이 과연 옳았는지 아닌지를 알 수 없다는 점이다. 그녀는 지난 3개월 사이에 두 번이나 위탁 가정을 도망쳐 나왔다. 또 이렇게 여기저기 돌아다니면서 무슨 위험한 짓을 하게 될지 모르는 아이이다. 나로서는 이 일에 손을 떼는 편이 낫지 않을까? 이 애를 진정한 전문가들에게 맡기는 것이 그녀를 위해서 더 좋은 일이 아닐까? 정말 무엇이 옳고 무엇이 그른지, 판단하기 힘들다. 오늘 나는 그 애와 진지한 대화를 가져보았다.

리스베트는 이 '진지한 대화' 중에 오간 말들을 단어 하나 빼놓지 않고 모두 기억하고 있었다. 크리스마스이브 날이었다. 홀예르 팔름그렌은 그녀를 자기 집에 데려와 손님방에서 쉬게 하고, 그동안 자신은 저녁으로 볼로냐 스파게티를 요리했다. 음식이 준비되자 소파 탁자에 차려놓은 뒤, 그녀를 소파에 앉히고 자신은 탁자 앞에 의자를 놓고 마주 앉아 함께 먹었다. 리스베트의 머릿속에는 팔름그렌도 자신의 알몸을 보고 싶어 하는가 하는 의혹이 언뜻 스쳐갔다. 하지만 그는 그녀를 시종일관 한 사람의 성인을 대하듯 정중하게 대해 주었다.

그것은 두 시간 동안 계속된 독백이었다. 그녀는 그의 질문에 거의 대답하지 않았다. 그는 그녀가 처한 현실에 대해 설명해 주었다. 즉 그녀가 정신병원으로 돌아가든지, 아니면 위탁 가정에 들어가 살든지 양자택일해야 한다는 사실을 이해시켜 주었다. 그리고 그녀에게 적합한 위탁 가정을 찾아주겠으니, 자신의 결정을 따르라고 강하게 권했다. 성탄절은 자기와 함께 보내면서, 자신의 미래에 대해 차분히 생각해 보라고 했다. 하지만 적어도 성탄절 다음 날까지는 확실한 답변을 줄 것을 부탁했다. 또 위탁 가정에 들어가게 될 경우, 문제가 생기면 가출하기 전에 일단 자신과 상의할 것을 약속해 달라고 당부했다. 이렇게 말한 다음, 그는 그녀를 침실로 보냈고, 자신은 책상에 앉아 이 일지를 쓰기 시작한 모양이었다.

그의 위협—성탄절이 끝나고 상트 스테판 정신병원에 돌려보낼 수 있다는 말—은 홀예르 팔름그렌이 상상했던 것 이상의 효력을 발휘했다. 그녀는 두려움에 떨며 우울한 성탄절을 보냈다. 그러면서도 한편으로는 팔름그렌이 어떻게 나오나 하고 불신에 가득한 눈으로 지켜보았다. 하지만 성탄절 다음 날까지 그는 그녀를 만지려 들지도 않았고, 슬그머니 훔쳐보려 하는 기색도 없었다. 그래서 손님방에서 욕실까지 알몸으로 건너가며 그를 도발해 보았지만, 그는 외려 불같이 격노하며 욕실 문을 쾅 닫아버렸다. 결국 그녀는 그가 원하는 대로 하기로 했다. 그의 말에 따르기로 약속했고, 또 지금까지 그 약속을 지켜왔다. 완벽하다고는 할 수 없었지만, 나름대로 지키려고 최선을 다했다.

팔름그렌은 그녀와 만날 때마다 이에 대한 논평을 일지에 꼼꼼하게 적어놓고 있었다. 그 논평은 때로 단 세 줄에 불과했지만, 어떨 때는 몇 페이지를 가득 채우기도 했다. 그중 어떤 구절들은 그녀를 깜짝 놀라게 했다. 팔름그렌은 그녀가 생각했던 것보다 훨씬 더 예리한 사람이었다. 그녀는 가끔 그를 속이려 한 적이 있었다.

그런데 지금 일지를 읽어보니 그 순간에도 그는 자신의 의중을 훤히 들여다보고 있었던 것이다.

다음에 그녀가 펼친 것은 1991년의 경찰 보고서였다.

갑자기, 퍼즐 조각들이 제자리를 찾아가는 듯한 느낌이 들었다. 그것은 땅이 흔들리는 듯한 충격이었다.

또 그녀는 예스페르 H. 뢰데르만 박사라는 사람이 작성한, 그 안에 페테르 텔레보리안 박사의 의견이 광범위하게 인용되고 있는 법의학 보고서도 읽었다. 뢰데르만……. 리스베트가 모르는 인물이 아니었다. 그녀가 성년이 되는 열여덟 살 때, 그녀를 다시 정신병원에 처넣으려 했던 검사가 자신의 주장을 뒷받침하기 위해 인용하곤 했던 인물이 바로 이 뢰데르만 아니었던가?

그리고 그녀는 페테르 텔레보리안과 군나르 비에르크 사이에 오간 서신들이 들어 있는 봉투도 찾아냈다. 그 서신들이 작성된 시기는 1991년, 그러니까 '모든 악'이 일어나고 얼마 지나지 않아서였다.

그 서신들에서 직접적으로 말하고 있는 건 하나도 없었다. 모든 것이 암시적이었다. 하지만 리스베트 살란데르는 갑자기 발밑에 덜컹 하고 뚜껑 문이 열리는 것을 느꼈다. 오랜 세월 그 어두운 심연을 덮고 있던 뚜껑 문……. 그녀는 곰곰이 생각하기 시작했다. 그리고 몇 분 후, 이 모든 사실이 내포하고 있는 의미를 이해했다. 군나르 비에르크는 전에 두 사람이 나눈 듯한 대화 내용을 자주 언급했는데, 편지는 조금도 책잡힐 것 없는 문장들로 이루어져 있었다. 하지만 비에르크는 행간을 통해 분명한 메시지를 전달하고 있었다. 만일 리스베트 살란데르가 그녀의 남은 생을 정신병원에 갇혀 지낼 수만 있다면, 모든 사람이 편해질 것이다……

이 아이가 현 상황으로부터 약간의 거리를 취하는 것이 중요할 것 같소. 그녀의 정신 상태가 어떤지, 또 어떤 치료를 필요로 하는지, 나로서는 판단할 수 없소. 하지만 그녀가 기관에 오래 머물러 있을수록, 현재 우리가 심의 중인 문제에 있어 그녀가 본의 아니게 문제를 일으킬 위험성은 줄어들 것이오.

현재 우리가 심의 중인 문제…….
리스베트 살란데르는 이 표현의 의미에 대해 잠시 생각했다.

페테르 텔레보리안은 상트 스테판에서 그녀의 치료를 담당한 의사였다. 그런데 이제 보니 그것은 우연이 아니었다. 그리고 이 서신들에 흐르고 있는 은밀한 어조……. 그것은 그들 사이에 깊이 깊이 묻어두어야 할 거대한 비밀이 있음을 암시하고 있었다.

페테르 텔레보리안은 군나르 비에르크를 알고 있었다.

리스베트 살란데르는 아랫입술을 잘근잘근 깨물면서 생각에 잠겼다. 그녀는 텔레보리안에 대해서는 조사해 본 적이 없었다. 하지만 그가 법의학 기관에서 의사 일을 시작했다는 사실은 알고 있었다. 또 세포(Säpo) 역시 각종 수사를 수행함에 있어 법의학자들이나 정신과 의사들의 자문을 구하는 일이 종종 있지 않은가? 그녀는 퍼뜩 깨달았다. 그렇다. 여길 파헤치면 뭔가 나오리라. 텔레보리안은 그의 경력 초창기에 비에르크와 업무상 연결된 관계였다. 비에르크는 리스베트 살란데르를 매장시키기 위해 누군가가 필요했고, 그때 도움을 청한 사람이 다름 아닌 텔레보리안이었다.

그렇다. 일은 바로 이런 식으로 이루어졌다. 지금까지 우연인 줄 알았던 일이 갑자기 전혀 다른 차원을 획득한 것이었다.

그녀는 한참 동안 눈앞의 허공을 뚫어질 듯 응시했다. 그랬다,

죄 없는 사람은 존재하지 않았다. 사람마다 책임의 정도가 달랐을 뿐……. 그리고 리스베트 살란데르에 대해 책임이 있는 누군가가 있었다. 이제 스모달라뢰를 꼭 한 번 방문해야 할 필요가 있었다. 이 완벽한 스웨덴의 법률 시스템 안에서 누굴 붙잡고 자신의 문제를 얘기해 볼 수 있단 말인가? 모두들 교묘히 책임을 피하면서 빠져나가지 않았던가? 다른 놈을 잡을 수 없다면 군나르 비에르크라도 붙잡고 따져보는 수밖에.

그와 나누게 될 대화를 생각만 해도 그녀는 기분이 좋았다.

문서철을 모두 가져갈 필요는 없었다. 한 번 훑어본 것만으로도 그것들의 내용은 모두 기억 속에 각인되어 버렸으니까. 대신 홀예르 팔름그렌의 일지, 비에르크가 작성한 1991년의 경찰 보고서, 그녀의 법적 무능력 상태라는 판결 근거가 되었던 1996년의 법의학 조사서, 그리고 페테르 텔레보리안과 군나르 비에르크 사이에 오간 서신은 가져가기로 했다. 그것들만으로도 그녀의 배낭은 터질 듯 빵빵해졌다.

문을 닫고 막 열쇠를 돌리려 하는데, 어디선가 오토바이 소리가 들려왔다. 그녀는 주위를 둘러보았다. 몸을 숨기기엔 이미 늦었고, 할리 데이비슨을 타고 오는 두 명의 오토바이족을 따돌릴 가능성은 전혀 없었다. 그녀는 현관 계단을 뛰어 내려가 마당 한가운데서 그들과 맞섰다.

부블란스키는 화가 치밀어 시뻘게진 얼굴을 하고 복도로 뛰쳐나왔다. 소니아 모디그의 방에는 아직 에릭손의 모습이 보이지 않았다. 또 화장실도 비어 있었다. 씩씩거리며 복도를 돌아다니고 있던 그의 눈에 문득 에릭손의 모습이 들어왔다. 손에 커피가 든 종이컵을 들고 쿠르트 스벤손과 손뉘 보만이 사용하는 사무실에서 그들과 함께 노닥거리고 있었다.

부블란스키는 그들에게 곧바로 가지 않고, 일단 몸을 돌려 위층에 있는 엑스트룀 검사의 방으로 올라갔다. 노크도 하지 않고 벌컥 문을 열어젖혔다. 엑스트룀은 한창 전화 통화 중이었다.

"따라오쇼!" 그가 말했다.

"뭐요?" 엑스트룀이 물었다.

"전화 끊고 날 따라오라고!"

부블란스키의 기세가 하도 등등하여 엑스트룀은 영문도 모른 채 그의 말에 따랐다. 이때의 모습을 보면 왜 동료들이 그에게 '부블라' 라는 별명을 붙였는지 쉽게 이해할 수 있으리라. 지금 그의 얼굴이 커다란 빨간 풍선껌처럼 부풀어 있었던 것이다. 두 사람은 쿠르트 스벤손 등이 한가롭게 티타임을 즐기고 있는 방으로 들어 갔다. 부블란스키는 곧장 에릭손에게 달려가 그의 머리카락을 움 켜쥐고 그 면상을 엑스트룀에게로 돌렸다.

"아아야! 왜 이러는 거요! 당신 미쳤어?"

"부블란스키!" 엑스트룀이 깜짝 놀라 외쳤다.

쿠르트 스벤손과 손뉘 보만도 입을 떡 벌리고 쳐다보았다.

"이게 네 거 맞지?" 부블란스키는 휴대폰을 흔들어 보였다.

"이거 놔요!"

"이거 네 휴대폰 맞냐고?"

"맞아요, 빌어먹을! 이거 놓으라고!"

"못 놔. 넌 체포된 몸이야."

"뭐라고요?"

"너를 기밀 누설과 경찰 수사 방해 혐의로 체포한다. 체포되기 싫으면, 오늘 아침 9시 57분, 그러니까 아침 미팅이 있은 직후에 토뉘 스칼라라는 기자 놈에게 왜 전화했는지 설명해 봐! 토뉘 스칼라는 우리끼리만 알기로 결정했던 기밀 정보들을 온 세상에 떠들어댔잖아! 네놈이 전화한 사실은 네 휴대폰에 찍혀 있어."

리스베트 살란데르가 비우르만의 시골집 마당 한가운데 서 있는 것을 본 막예 룬딘은 자신의 눈을 의심했다. 스탈라르홀멘에 가서 불을 놓으라는 명령을 받고, 그는 스바벨셰 외곽의 버려진 인쇄소 건물에 위치한 클럽하우스로 가서 손뉘 니미넨을 불러냈다. 가는 길은 지도를 통해 알아보았고, 금발 거인으로부터 설명도 들었다. 날씨는 따뜻하여 지난겨울 이후 처음으로, 오토바이를 몰아보기에는 이상적인 조건이었다. 그렇게 둘 다 가죽 콤비네이션을 갖춰 입고 스바벨셰에서 스탈라르홀멘의 도로를 기분 좋게 달려온 참이었다.

그런데 이게 웬일인가! 리스베트 살란데르가 마당 한가운데 떡하니 서서 자신들을 기다리고 있는 게 아닌가? 비록 금발의 가발을 쓰고 있었지만 그는 한눈에 알아보았다. 그 작은 체구, 그 독특한 분위기, 리스베트 살란데르 말고 다른 여자일 리 없었다.

금발 거인을 깜짝 놀라게 해줄 보너스를 발견한 것이다.

그들은 그녀의 양쪽으로 다가와 약 2미터 떨어진 곳에 멈춰 섰다. 오토바이 엔진이 꺼지자 숲 속에는 깊은 정적이 흘렀다. 룬딘은 처음에 무슨 말을 해야 할지 모르다가, 마침내 이렇게 말했다.

"이런, 이런! 이거 살란데르 아니야? 정말 오래 찾아 헤맸는데 말이야."

그의 얼굴에 불쑥 미소가 떠올랐다. 리스베트 살란데르는 표정 없는 눈으로 룬딘을 쳐다보았다. 그의 턱 위에 갓 아문 흉터가 길게 나 있는 게 보였다. 전에 그녀가 열쇠로 할퀸 상처였다. 그녀는 잠시 눈을 들어 룬딘의 뒤에 늘어선 나무들의 꼭대기를 망연히 쳐다보았다. 그러고는 다시 시선을 내렸다. 이제 그녀의 눈에는 섬뜩한 검은빛이 번득였다.

"난 엿 같은 한 주일을 보낸 터라 기분이 정말 엿 같아. 그런데 가장 최악이 뭔지 알아? 어딜 가도 이 똥 덩이를 만나게 된다는 사실이야. 배가 불룩 튀어나온 커다란 똥 무더기 말이야. 그런데 이 배불뚝이 똥 덩이는 자신이 무슨 대단한 존재라도 되는 양 착각하면서 내 앞을 가로막고 있어. 자, 나 조용히 꺼지게 길 좀 비켜줘."

막예 룬딘은 입을 딱 벌렸다. 지금 자신이 제대로 들은 것인지 귀를 의심했다. 그러고 나서 어처구니가 없다는 듯 웃음을 터뜨렸다. 너무도 코믹한 상황이었던 것이다. 호주머니에 쏙 들어갈 정도로 조그만 계집애가 떡하니 버티고 서서는 'MC 스바벨셰' 오토바이 클럽의 로고로 장식된 가죽점퍼를 걸친 두 사내에게 험상궂게 인상을 긁어대고 있었다. 게다가 자신들이 누구인가? 얼마 후면 '헬스 에인절스 오토바이 클럽'[20]의 정식 멤버로 등록하게 될, 폭주족 중에서도 가장 위험한 존재들이 아니던가? 마음만 먹으면 그녀를 가루로 만들어 과자 상자에 쑤셔 넣을 수도 있는 자신들 앞에서, 이 콩알만 한 계집애는 잔뜩 폼을 잡고 있었다.

물론 이 여자가 완전히 미친년이라는 사실은 알고 있었다. 굳이 신문 기사가 아니더라도, 지금 이 집 앞에서 이렇게 버티고 선 모습만 봐도 알 수 있는 일이었다. 하지만 최소한 자신들이 입고 있는 가죽점퍼를 보았으면 조금은 얌전히 굴어야 하는 것 아닌가? 그러나 현실은 전혀 그렇지 않았다. 그야말로 배꼽 잡고 웃을 일이었지만, 동시에 용납할 수 없는 일이기도 했다. 그는 손뉘 니미넨에게 몸을 반쯤 돌리며 말했다.

"저 레즈비언 년에게는 물건 맛 좀 보여 줘야 할 것 같아." 그러고는 오토바이에서 내렸다.

그는 리스베트 살란데르를 향해 천천히 두 걸음을 내디뎠고, 그녀를 내려다보았다. 하지만 그녀는 한 치도 물러서지 않았다. 막예 룬딘은 어이없다는 듯 고개를 절레절레 흔들며, 후우 하고 음산한 한숨을 내뱉었다. 그러고는 주먹 아랫부분으로 갑작스러운 일격을 날렸다. 과거 룬다가탄에서 미카엘 블롬크비스트를 쓰러뜨린 그 주먹이었다.

하지만 그의 주먹은 허공을 갈랐다. 주먹이 그녀의 얼굴에 닿기 직전, 그녀는 한 걸음 뒤로 물러서더니 또다시 미동도 없이 서 있었다.

손뉘 니미넨은 할리 데이비슨 핸들에 상체를 기대고 앉아 친구의 행동을 미소 띤 얼굴로 구경하고 있었다. 얼굴이 시뻘게진 룬딘이 다시 리스베트 쪽으로 두 걸음을 내디뎠다. 리스베트 역시 다시 뒷걸음쳤고, 그에 따라 룬딘의 걸음도 빨라졌다.

갑자기 리스베트 살란데르가 딱 멈춰 서더니, 달려드는 룬딘의 얼굴에 최루액 스프레이를 내용물의 반이 비도록 분사했다. 순간, 두 눈이 불에 덴 듯 쓰라려왔다. 리스베트 살란데르는 부츠의 뾰족한 앞 끝으로 있는 힘을 다해 룬딘의 국부를 걷어찼다. 순간 그녀의 운동 에너지는 1제곱센티미터당 120킬로그램의 압력으로 바뀌며 사내의 그곳을 강타했다. 막예 룬딘은 숨이 끊어지는 듯한 고통을 느끼며 그 자리에 털썩 무릎을 꿇었고, 그의 얼굴은 리스베트 살란데르가 한결 다루기 좋은 높이까지 내려왔다. 그녀는 그대로 그의 면상 한가운데를 걷어찼다. 축구 선수가 코너킥을 찰 때처럼 마음껏 후려 찼다. 빠지직, 뭔가가 부서지는 기분 나쁜 소리가 들려왔고, 막예 룬딘은 아무 소리도 내지 않고 감자 자루처럼 땅 위에 힘없이 널브러졌다.

손뉘 니미넨은 몇 초가 지나서야 뭔가 심상찮은 일이 벌어졌다는 사실을 깨달았다. 오토바이를 세우려고 받침대를 꺾었으나 당황한 통에 헛발질을 했고, 눈을 내려 아래를 보아야만 했다. 이어 그는 선수를 치기 위해 점퍼 안주머니에 넣은 권총을 꺼내려 했다. 점퍼 지퍼를 아래로 내리려고 하는데, 뭔가가 움직이는 것이 곁눈에 비쳤다.

눈을 들어 보니 리스베트가 마치 포탄처럼 자신을 향해 돌진하고 있었다. 그녀는 두 다리를 모으고 점프하여 엉덩이로 부딪혀 왔다. 그에게 상처를 입힐 수는 없었지만, 오토바이와 함께 그를 넘어뜨리기에는 충분히 강한 충격이었다. 그는 쓰러지는 오토바이 아래에 다리가 끼이기 전에 재빨리 몸을 뺐고, 비틀거리며 몇 걸음 뒤로 물러나서야 간신히 균형을 잡을 수 있었다.

다시 눈을 들어 보니 그녀가 팔을 휘두르는 것과 동시에 주먹만한 돌덩이가 날아오는 게 보였다. 그는 본능적으로 몸을 숙였다. 돌덩이는 머리에서 불과 몇 센티미터 위를 스치고 지나갔다.

마침내 권총을 꺼내는 데 성공한 그는 안전장치를 풀려고 애썼다. 하지만 세 번째로 눈을 들었을 때 어느새 리스베트 살란데르가 자기 앞에 서 있었다. 강렬한 증오로 이글거리는 검은 눈으로 자신을 노려보면서. 경악한 그는 처음으로 진정한 공포를 느꼈다.

"잘 자." 리스베트 살란데르가 말했다.

그녀는 그의 하복부에 전기 충격기를 꽂고 7만 5000볼트의 전류를 방전시켰다. 그리고 20여 초 동안 그의 몸에 전극 봉을 대고 있었다. 손뉘 니미넨은 그대로 흐물흐물한 채소가 되어버렸다.

리스베트는 뒤에서 들려오는 소리에 몸을 돌렸다. 막예 룬딘이었다. 간신히 무릎을 꿇은 그는 일어서려고 무진 애를 쓰고 있었다. 그녀는 그런 그를 응시했다. 최루액을 맞아 사방이 흐릿하게 보이는 룬딘이 두 팔로 주위를 더듬고 있었다.

"널 죽여 버리겠어!" 갑자기 그가 소리 질렀다.

그러고는 계속해서 알아들을 수 없는 몇 마디를 중얼거리면서 리스베트 살란데르를 잡으려는 듯 사방에 손을 뻗으며 허우적거렸다. 그녀는 고개를 옆으로 약간 기울인 채 그의 모습을 신중하게 관찰했다. 그가 다시 한 번 고함쳤다.

"이 더러운 잡년!"

리스베트 살란데르는 몸을 굽혀 손뉘 니미넨의 권총을 집어 들었다. 폴란드제 P-83 바나드 권총이었다.

그녀는 탄창을 열고 확인했다. 마카로프 9밀리 탄환들이 들어 있었다. 그녀는 한 발을 장전하고 손뉘 니미넨을 뛰어넘어 막예 룬딘에게 다가갔다. 그리고 두 손으로 권총을 들고 겨냥하여 룬딘의 발에 정확히 박아 넣었다. 그 충격에 그는 비명을 지르며, 다시 한 번 땅 위에 나뒹굴었다.

그녀는 잠시 망설였다. 이자에게 질문해야 하나 말아야 하나? 그녀는 전에 블롬베리 카페에서 룬딘과 함께 있는 걸 직접 보았으며, 페르오세 산스트룀의 말에 의하면, 어떤 창고에서 룬딘과 함께 누군가를 살해했다는 금발 거인의 정체에 대해 알고 싶었다. 하지만…… 그 질문은 총을 쏘기 전에 하는 것이 나았으리라.

지금 룬딘은 대화를 나눌 만한 상태가 아니었고, 또 한편으로는 부근의 누군가가 총성을 들었을 가능성이 있었다. 그녀로서는 당장 현장을 떠나는 것이 좋을 터였다. 나중에 막예 룬딘을 만나, 그의 컨디션이 더 좋을 때 질문해도 되리라. 그녀는 다시 안전장치를 잠그고 권총을 호주머니에 쑤셔 넣은 다음, 자기 배낭을 집어 들었다.

그렇게 10여 미터를 걸어가던 그녀가 갑자기 걸음을 멈추더니 몸을 돌렸다. 그러고는 천천히 닐스 비우르만의 집으로 돌아와 막예 룬딘의 오토바이를 들여다보았다.

"할리 데이비슨 아냐? 이거 쿨한데!"

27장
4월 6일 수요일

미카엘이 에리카 베르예르의 차를 몰고 뉘네스베옌 방면으로 달리고 있을 때, 봄 날씨는 기가 막히게 화창했다. 검은 들판에는 파릇파릇 새순이 올라오고 있었고, 공기 중에는 따스한 기운이 완연했다. 골치 아픈 문제들은 다 던져버리고, 산드함의 별장에 가서 한 며칠 푹 쉬고 싶은 마음이 들게 하는 날씨였다.

군나르 비에르크와는 오후 1시에 만나기로 했지만 아직 시간이 일러 스모달라뢰에서 차를 세우고 커피를 마시며 신문을 읽었다. 그와의 만남은 예기치 못한 것이었다. 비에르크 자신이 할 말이 있다면서 만나자고 요청해 온 것이다. 하지만 미카엘은 이번엔 살라에 대해 무언가를 알아내기 전까지는 절대 스모달라뢰를 떠나지 않으리라 단단히 마음먹고 있었다. 그의 수사에 진전을 가져다줄 그 무언가를 말이다.

비에르크는 마당까지 나와 그를 맞았다. 며칠 전보다 훨씬 자신감이 넘치는 기색이었다. 이봐, 무슨 꿍꿍이를 꾸미고 있는 거지? 미카엘은 그와의 악수를 일부러 피했다.

"당신에게 살라에 대한 정보를 제공할 수 있을 것 같소." 군나르 비에르크가 말했다. "단, 몇 가지 조건이 있소."

"말해 보시오."

《밀레니엄》의 탐사 기사에서 내 이름이 언급되어선 안 되오."

"알겠소."

비에르크는 흠칫 놀란 표정을 지었다. 자신은 한참 밀고 당기는 협상이 필요하리라 예상하고 있었는데, 블롬크비스트가 너무 쉽게 수락했기 때문이다. 사실 이건 그의 유일한 협상 카드였다. 살인 사건에 관련된 정보들과 자신의 이름을 맞바꾸자는 것. 그런데 블롬크비스트는 잡지에 대문짝만 한 활자로 실릴 수도 있는 자신의 이름을 빼주겠다고 너무나도 선선히 받아들이고 있었다.

"난 지금 심각하게 말하는 거외다." 비에르크가 의심에 찬 시선을 던지며 말했다. "당신이 각서를 써줬으면 좋겠소만."

"원한다면 얼마든지 써주겠소. 하지만 그따위 종이쪽지를 가지고 있어봐야 무슨 소용이겠소? 자, 보시오! 당신은 법을 위반했고, 난 그 사실을 알고 있소. 원래대로라면 난 당신을 경찰에 고발해야 옳소. 하지만 당신은 내가 원하는 정보를 가지고 있을 뿐 아니라, 내 침묵을 사기 위해 그걸 이용하고 있소. 나는 당신의 제안에 대해 생각해 보았고, 받아들였소. 좋소. 나는 당신 이름을 《밀레니엄》에 언급하지 않겠다고 약속하겠소. 이제 당신에게는 두 가지 선택이 있을 뿐이오. 내 말을 믿든지, 아니면 믿지 않든지."

비에르크는 생각에 잠겼다.

"하지만 나 역시 조건이 하나 있소." 다시 미카엘이 말했다. "내가 입을 다무는 대신, 당신도 당신이 알고 있는 모든 것을 털어놓아야 하오. 만약 당신이 뭔가 숨기고 있다는 걸 알게 될 경우, 우리의 협정은 깨진 것으로 간주하겠소. 그때는 과거 내가 베네르스트룀 사건 때 그러했듯, 이 나라의 모든 신문이 당신 이름을 떠들도록 만들겠소."

비에르크는 그 상황을 떠올리며 몸을 떨었다.

"알겠소…… 나로서는 다른 방도가 없지. 좋소. 당신에게 살라에 대해 말해 주겠소. 단, 이 정보에 대해서도 정보 제공자로서의 익명성은 절대 보장해 주시오."

그는 손을 내밀었다. 미카엘은 그 손을 잡고 악수했다. 지금 그는 어떤 범죄 행위를 은폐해 주겠다고 약속한 것이었으나, 이로 인한 고민은 조금도 없었다. 미카엘이 약속한 것은 그와 《밀레니엄》이 비에르크에 대해 아무것도 쓰지 않겠다는 데 불과했기 때문이다. 하지만 다그 스벤손은 이미 자신의 책 안에 비에르크의 모든 이야기를 다 적어놓은 터였다. 그리고 미카엘은 무슨 일이 있어도 그 책은 출간할 생각이었다.

오후 3시 18분, 스트렝네스 경찰서에 신고 전화 한 통이 걸려왔다. 119를 거치지 않고 직접 경찰서로 걸려 온 것이었다. 스탈라르홀멘 동쪽에 붙어 있는 한 시골 별장의 주인인 외베리라는 사내가 갑자기 울려 온 총성을 듣고 현장으로 달려가 확인했다는 내용이었다. 거기에는 두 명의 사내가 중상을 입은 채 쓰러져 있었노라고 했다. 그중 한 명의 부상 상태는 그리 심각한 것 같지 않았지만, 매우 고통스러워하고 있다고 했다. 그리고 중요한 사실은, 그 집이 바로 닐스 비우르만 변호사의 집이라는 점이었다. 요즘 신문에서 떠들어대고 있는, 그 살해된 닐스 비우르만 변호사 말이다.

그날따라 스트렝네스 경찰서는 정신을 차릴 수 없을 정도로 업무가 폭주하고 있었다. 오전 중에는 오래전부터 군내 도로 상황 점검이 예정되어 있어 대다수의 인력이 그 일에 투입되었다. 하지만 오후 중에 교통 상황 점검을 중단할 수밖에 없었다. 핀닝에 거주하는 57세의 여인이 남편에게 살해된 것이다. 그와 거의 같은 시각에 스토르예르데트의 아파트 건물에서 한 사람이 사망하는 화재 사고가 발생했다. 그게 다가 아니었다. 설상가상이라 했던가, 바리홀멘 근처의 엔셰핑 방면 도로에서 자동차 두 대가 정면충돌했다. 이렇게 불과 몇 분 사이에 신고 전화들이 폭주했고, 이 때문에 스트렝네스 경찰서엔 여유 인력이 거의 없었다.

다행히 경찰서에는 당직 경관이 남아 있었다. 이날 당직을 선 사람은 여자 경관이었는데, 그녀는 뉘크바른에서 어떤 일들이 일어나고 있는지 파악하고 있었고, 이를 통해 이 사건이 전국적으로 지명 수배되어 있는 리스베트 살란데르와 모종의 관계가 있다는 결론을 내렸다. 사건이 일어난 장소가 다름 아닌 살란데르가 살해했다는 닐스 비우르만의 별장이었기 때문이다. 그녀는 우선 경찰서에 단 한 대 남아 있는 출동 차를 스탈라르홀멘 현장에 급파했다. 그리고 쇠데르텔리에 경찰서에 전화를 걸어 지원을 요청했다. 하지만 쇠데르텔리에 경찰서도 경황없기는 마찬가지였다. 대부분의 인력이 뉘크바른 남쪽의 불탄 폐창고 부근의 수색 작업에 투입되어 있었기 때문이다. 하지만 쇠데르텔리에의 당직 경관은 뉘크바른 사건과 스탈라르홀멘 사건 사이에 모종의 관계가 있을 수도 있다고 판단, 즉시 경찰차 두 대를 스탈라르홀멘에 파견했다. 마지막으로, 스트렝네스의 당직 여경관은 스톡홀름의 얀 부블란스키에게도 전화를 걸었다. 그는 휴대폰으로 전화를 받았다.

이때 부블란스키는 밀턴 시큐리티에서 이 회사 사장 드라간 아르만스키, 그리고 회사 직원 프레클룬드와 보만과 몹시 껄끄러운 대화를 나누고 있는 중이었다. 밀턴 시큐리티 사람들로서는 니클라스 에릭손의 빈자리가 무척이나 괴로웠으리라.

전화를 받은 부블란스키는 쿠르트 스벤손에게 연락하여 즉시 비우르만의 별장으로 출동하라고 지시하면서 만일 한스 파스테를 찾을 수 있으면 그도 함께 데려가라고 말했다. 그리고 잠시 생각한 다음, 예르셰르 홀름베리에게도 전화를 했다. 그는 아직 뉘크바른 남쪽에 있었기 때문에 비우르만의 별장까지는 금방 달려갈 수 있으리라 생각한 것이다. 그런데 홀름베리는 몇 가지 새로운 소식을 갖고 있었다.

"그러잖아도 내가 전화하려고 했어. 매장된 시체의 신원을 파악했어."

"뭐라고? 그렇게 빨리?"

"시체들이 비닐 처리된 신분증을 들고 땅속에 들어가 주면 그보다 쉬운 일은 없지."

"알았어. 그래, 누구야?"

"우리 기록에 남아 있는 자야. 켄네트 구스타프손이라고, 주소가 에스킬스투나로 되어 있는 47세의 사내지. 별명은 '떠돌이'고. 뭐, 생각나는 거라도 있어?"

"생각나느냐고? 그걸 말이라고 해? 그래, 그 '떠돌이' 녀석이 뉘크바른에 묻혀 있었단 말이지? 내가 개인적으로 밀착해서 수사한 일은 없지만, 1990년대에 꽤나 설치고 다닌 깡패 녀석이야. 밀수꾼, 좀도둑, 마약 중독자들과 어울려 다녔지."

"맞아, 그 녀석이야. 아니, 적어도 지갑에서 발견된 신분증에는 그렇게 적혀 있지. 법의학자들이 최종적으로 신원 판단을 하겠지. 그런데 시체를 갖다가 이어 붙이려면 재미 좀 있을 거야. 완전히 조각나 있거든. 최소한 대여섯 조각은 될 거야."

"흠…… 파올로 로베르토의 말로는, 그와 맞장 뜬 금발 녀석이 미리암 우를 협박할 때 전기톱을 가지고 설쳐댔다던데."

"맞아. 전기톱으로 조각냈을 가능성이 아주 많아. 하지만 난 자세히 들여다보지는 않았네. 어쨌든 다른 장소에서도 시체 발굴 작업이 방금 시작됐어. 지금 차양을 세우고 있는 중이지."

"좋아, 예르셰르. 자네, 하루 종일 시달려서 무척 피곤한 줄은 알고 있지만, 저녁때까지 시간 좀 내줄 수 있겠나?"

"알았네. 지금 당장 스탈라르홀멘에 들러보지."

부블란스키는 휴대폰을 끄고 두 눈을 비볐다.

스트렝네스 경찰이 닐스 비우르만의 별장에 도착한 건 오후 3시 44분이었다. 경찰관들이 탄 승합차는 진입로에서 할리 데이비슨을 타고 현장을 떠나려던 한 사내와 그야말로 정면충돌했다. 기우뚱거리며 달려오던 오토바이가 경찰차를 마주 보고 돌진했던 것이다. 다행히 충격은 크지 않았다. 경관들이 차에서 내려 살펴보니 땅바닥에는 1990년대 중반의 살인범으로 알려진 서른일곱 살의 손뉘 니미넨이 뒹굴고 있었다. 경관들은 상태가 그리 좋지 않아 보이는 니미넨의 손목에 수갑을 채웠다. 손목을 등 뒤로 돌려 수갑을 채우던 경관들은 놀라운 점을 하나 발견했다. 니미넨이 걸친 가죽점퍼 등 가운데 부분의 가로세로 약 20센티미터 되는 직사각형이 잘려 나가 있었던 것이다. 상당히 기이한 모습이 아닐 수 없었다. 하지만 손뉘 니미넨은 그 일에 대해 진술을 거부했다.

그들은 니미넨을 경찰차에 싣고 다시 200여 미터를 올라가 별장 마당에 이르렀다. 그곳에선 외베리라는 이름의 은퇴한 부두 근로자가 한 사내의 부상당한 발에 붕대를 감아주고 있었다. 그런데 이 사내는 또 누구인가? 경찰 내에서도 그 명성이 웬만큼 알려진, 이른바 'MC 스바벨셰'라는 깡패 패거리의 두목인 서른일곱 살의 칼망누스 룬딘이 아닌가?

스트렝네스 경찰 파견대의 대장은 닐스헨리크 요한손 형사였다. 차에서 내린 그는 두 손으로 멜빵을 고쳐 매면서 가련한 꼬락서니로 땅바닥에 뒹굴고 있는 사내를 내려다보았다. 그러고는 고전적인 질문을 던졌다.

"여기서 무슨 일이 있었죠?"

퇴직한 부두 근로자가 막에 룬딘의 발을 싸매던 손길을 멈추고 요한손을 올려다보았다.

"내가 신고했수다."

"총성을 들었다고 신고했다면서요?"

"총성을 듣고 이리 와보았더니 이 사람들이 있었소. 이 사내는 발에 총을 한 방 맞고, 또 심하게 구타당한 모양이오. 구급차가 필요할 것 같소만."

외베리는 힐끗 경찰차 쪽을 돌아보았다.

"에헤! 당신들 다른 녀석도 잡았구먼! 내가 도착해서 보니까 특별히 부상당한 곳은 없는 것 같은데 제정신이 아니더구먼. 얼마 후엔 정신을 차리더니 기어코 떠나겠다고 했소."

예르셰르 홀름베리가 쇠데르텔리에 경찰서의 다른 경관들과 함께 도착했을 때는 구급차가 룬딘을 싣고 떠나고 있었다. 스트렝네스 경찰이 자신들이 확인한 사실들을 간략히 보고했다. 룬딘도 니녠도 자신들이 왜 여기 있는지는 설명하려 하지 않았다. 사실 룬딘은 제대로 말할 수 있는 상태도 못 되었지만.

"그렇다면 가죽 콤비를 입은 두 명의 폭주족과 할리 데이비슨 한 대가 있었고, 발에 총상을 입었는데 총은 없었다. 맞아요?" 홀름베리가 물었다.

요한손 대장이 고개를 끄덕였다. 홀름베리는 잠시 생각했다.

"두 사람이 오토바이 한 대로 오진 않았을 것 같은데요."

"맞습니다. '싸나이'로 자처하는 저치들이 꼴사납게 남의 오토바이 뒷자리를 얻어 타고 다닐 리 만무하죠." 요한손이 거들었다.

"그렇다면 오토바이 한 대가 없어진 거군요. 총도 사라졌고요. 결론적으로 제3의 인물이 이미 현장에서 내뺐단 말인데요."

"충분히 그랬을 수 있지요."

"하지만 이 경우엔 논리적으로 문제가 있어요. 스바벨셰에서 온 이 두 양반이 자기 오토바이를 타고 왔다면, 제3의 인물이 타고 왔을 탈것은 어디로 갔느냐는 말이죠. 그가 차와 오토바이, 둘 다 몰고 갔을 리는 없잖습니까? 스트렝네스 도로에서 여기까지 걸어오기엔 너무 멀기 때문에 분명 뭔가를 타고 왔을 텐데요."

"그 제3의 인물이 이 집에서 지내고 있었을 가능성도……."

"흠……." 예르셰르 홀름베리는 눈살을 찌푸렸다. "이 집은 죽은 비우르만 변호사 소유인데, 누가 여기 살았겠습니까?"

"만일 제4의 인물이 있어서 그가 차를 몰고 갔다면?"

"그렇다면 왜 같이 타고 가지 않았을까요? 내가 생각하기로는 누가 할리 데이비슨을 훔치려고 이 사건을 저지른 건 아닌 듯싶습니다. 물론 모두가 탐내는 물건이긴 하지만요."

그는 잠시 생각한 후에 요한손에게 두 가지를 부탁했다. 첫째는 인근 숲 어딘가에 버려진 차량이 있는지 살펴보는 것이었고, 둘째는 근처의 집들을 돌아다니면서 무언가 이상한 것을 본 사람이 있는지 알아보는 것이었다.

"지금은 휴가철이 아니어서 인근에 사람들이 별로 없을 겁니다." 파견대 대장이 대답했다. 하지만 그는 최선을 다해 보겠노라고 약속했다.

이어 홀름베리는 제대로 닫혀 있지 않은 현관문을 열고 집 안으로 들어갔다. 부엌 식탁 위에는 서류철들이 놓여 있었고, 그 안에는 리스베트 살란데르에 대한 비우르만의 조사 자료가 담겨 있었다. 홀름베리는 의자에 앉아 자료를 펼쳤다. 그리고 그 내용을 읽어 나가면서 그의 놀라움은 커져만 갔다.

예르셰르 홀름베리는 운이 좋았다. 인근 주민에 대한 탐문 수사를 시작한 지 30분도 못 되어 증인을 찾아낸 것이다. 안나 빅토리아 한손이라는 72세의 노파인데, 주도로에서 이 별장 마을 쪽으로 곁길이 꺾이는 곳에 위치한 자기 집 정원을 청소하며 따스한 봄날을 즐기고 있었다고 했다. 그녀는 시력만큼은 젊은 사람 못지않다며 장담할 수 있다고 했다. 그녀는 어두운 색깔의 재킷을 걸친 조그만 처녀 하나가 정오 무렵에 집 앞을 지나가는 걸 봤노라고 했다. 그리고 3시경에는 두 사내가 오토바이를 타고 지나갔노라 했다. 엄청 요란한 소리를 내며 지나갔다고 했다. 그리고 얼마 후에 처녀가 그 오토바이 중 한 대를 몰고서 반대 방향으로 달려갔노라 했다. 그러고 나서 경찰차들이 도착했다는 것이다.

예르셰르 홀름베리가 이 보고를 듣고 있을 때, 쿠르트 스벤손이 헐레벌떡 달려왔다.

"대체 무슨 일이래요?" 그가 물었다.

예르셰르 홀름베리는 시무룩한 눈으로 동료를 쳐다보았다.

"도대체…… 뭐가 뭔지 하나도 모르겠어."

"그러니까 리스베트 살란데르가 비우르만 변호사의 집에 찾아와서 MC 스바벨셰의 두목을 혼자 때려눕혔단 말이야? 예르셰르, 지금 나더러 그 말을 믿으라고?" 부블란스키 형사가 수화기에 대고 소리쳤다.

"어, 그러니까…… 듣기로는 살란데르가 파올로 로베르토에게 권투를 배웠다고 했잖아?"

"시끄러워!"

"난 그저 사실을 말했을 뿐이야. 막예 룬딘은 발에 총상을 입었어. 평생 절름발이로 살 가능성이 있지."

"어쨌든 머리에다 대고 쏘지는 않았군."

"그럴 필요조차 없었겠지. 이곳 경찰의 말로는, 룬딘은 얼굴에 심한 부상을 입었대. 턱뼈가 깨지고 이 두 개가 나갔나 봐. 구급차 요원들 얘기를 들어보니 뇌진탕 증세도 있다더군. 또 총상뿐 아니라, 하복부 쪽도 엄청 망가졌나 봐."

"니미녠은 어때?"

"그치는 괜찮은 것 같아. 하지만 신고한 노인네 말에 따르면, 노인이 도착했을 때 그도 의식을 잃고 땅바닥에 쓰러져 있었다는 거야. 말할 수 있는 상태가 못 되었지. 하지만 잠시 후 스트렝네스 경찰이 도착했을 때, 비틀거리며 일어나서 현장을 빠져나가려고 했다는군."

부블란스키는 한동안 아무 말도 못했다.

"그런데 한 가지 묘한 점이 있단 말이야……." 예르셰르 홀름베리가 말했다.

"또 뭐야?"

"글쎄, 어떻게 말해야 할지 모르겠는데…… 니미녠의 가죽점퍼가 말이야……."

"그래서?"

"훼손되어 있어."

"훼손?"

"그래, 한 부분이 잘려 나갔어. 등짝 부분의 가로세로 약 20센티미터 되는 네모난 조각을 누군가가 잘라간 거야. MC 스바벨셰의 로고가 새겨진 바로 그 부분이지."

부블란스키는 눈썹을 치켜 올렸다.

"리스베트 살란데르가 그랬을까? 그렇다면 왜 그의 가죽점퍼를 오려갔지? 전리품을 원한 건가?"

"글쎄, 전혀 모르겠어…… 아, 그런데 말이야! 지금 갑자기 어떤 생각이 떠올랐어."

"뭔데?"

"칼망누스 룬딘은 금발의 말총머리에 배가 엄청나게 튀어나왔어. 그런데 살란데르의 친구인 미리암 우를 납치한 녀석들 중 하나도 금발의 말총머리에, 맥주 중독자처럼 배불뚝이라고 했었잖아?"

리스베트 살란데르가 이런 현기증 나는 감각을 느껴본 것은 실로 오랜만이었다. 몇 해 전, 그뢰나 룬드 놀이 공원에서 경험했던 자유 낙하의 그 짜릿한 기분이 이와 비교될 수 있을까? 그 놀이 기구 하나만 세 번을 탔지만, 만일 돈이 떨어지지 않았다면 세 번은 더 즐겼으리라.

물론 오토바이를 타고 고속으로 질주하는 게 이번이 처음은 아니었다. 하지만 그녀가 예전에 몰던 가와사키 125는 사실 고속 주행을 위해 개조된 모페드[30]에 불과하다고 말할 수 있었다. 반면 지금 몰고 있는 배기량 1450cc의 할리 데이비슨은 어떤가? 비우르만 집 근처 숲 오솔길에서의 처음 300미터를 달리는 느낌은 세상의 모든 롤러코스터를 타고 있는 듯한 기분이었다. 마치 스스로 살아 있는 자이로스코프가 된 것 같았다. 처음 타보는 기계여서 두 차례나 수풀 속에 처박힐 뻔하기도 했지만, 그때마다 아슬아슬하게 균형을 잡을 수 있었다. 미친 듯 질주하는 야생마를 타고 초원을 달리는 기분이었다.

그러나 헬멧이 너무 커서 자꾸만 눈 위로 흘러내렸다. 손뉘 니미넨의 가죽점퍼에서 폭신폭신한 로고 부분을 잘라낸 조각을 헬멧 안에 쑤셔 넣어 헐렁거림을 줄여 보려 했음에도 말이다.

하지만 헬멧을 고쳐 쓰기 위해 오토바이를 멈출 수도 없었다. 오토바이에 비해 그녀의 몸집이 너무 작아 발을 뻗어도 땅에 닿지 않았던 것이다. 또 무거운 오토바이가 넘어지기라도 하면, 힘이 부족한 그녀로서는 다시 일으켜 세울 방도가 없었다. 하여 그녀는 덜렁거리는 헬멧의 불편함을 참아가며 계속 달리는 쪽을 택했다.

잠시 후, 숲의 오솔길을 벗어나 별장촌으로 향하는 좀 더 넓은 길로 접어들자 운전하기가 한결 편해졌다. 그리고 몇 분 후, 스트렝네스 방면 도로를 달리게 되었을 때는 마침내 핸들을 잡고 있던 한 손을 올려 헬멧을 고쳐 쓸 수 있었다. 그리고 나서 속도를 냈다. 쇠데르텔리에까지 거의 기록에 가까운 속도로 주파하는 동안, 그녀의 입가에선 황홀한 미소가 떠나지 않았다. 쇠데르텔리에에 이르기 조금 전, 그녀는 사이렌 소리를 요란하게 울리며 달려가는 경찰차 두 대와 엇갈려 지나갔다.

가장 현명한 행동은 쇠데르텔리에에 도착하자마자 할리 데이비슨을 버리고, 다시 이레네 네세르 행세를 하며 스톡홀름행 열차에 오르는 것이었으리라. 하지만 리스베트 살란데르는 유혹을 이겨내지 못했다. 그대로 E4 고속도로로 들어가 속도를 높였다. 제한 속도를 넘지 않으려고 주의했다. 아니…… 그래보려고 최선을 다했다는 얘기다. 하지만 비교적 완만한 속도로 달렸음에도 자유 낙하의 짜릿한 기분은 계속 만끽할 수 있었다. 엘브셰 부근에 이르러서야 고속도로를 빠져나온 그녀는 스톡홀름 엑스포 공원으로 갔고, 지금까지 자신을 즐겁게 해준 괴물을 쓰러뜨리지 않고 무사히 세

위놓을 수 있었다. 그리고 아쉬움이 가득한 마음으로 오토바이를 헬멧과 손뉘 니미넨의 점퍼에서 잘라낸 가죽 조각과 함께 남겨 놓고, 역 쪽으로 걸어갔다. 몸에 으슬으슬한 한기가 느껴졌다. 한 정거장 더 간 쇠드라 역에서 내려 집까지 걸어간 그녀는 뜨거운 욕조 속으로 직행했다.

"그의 이름은 알렉산드르 살라첸코요." 군나르 비에르크가 이야기를 시작했다. "하지만 공식적으로는 존재하지 않는 사람이라고 할 수 있지. 스웨덴 주민 등록부를 아무리 뒤져봐도 그런 이름은 나오지 않을 테니까."

살라…… 알렉산드르 살라첸코. 드디어 정확한 이름이 나왔군.

"그는 누구요? 또 어떻게 해야 그를 찾을 수 있소?"

"결코 만나보고 싶지 않은 사람이외다."

"이보쇼! 난 그자를 무척 만나보고 싶단 말이오!"

"지금부터 내가 말하는 내용은 국가 기밀로 분류된 자료들이오. 만일 내가 이것을 누설했다는 사실이 밝혀지면, 난 중형을 받게 되지. 이것은 스웨덴 안보 시스템 속에 가장 깊이 묻혀 있는 기밀 중 하나요. 이제 왜 정보 제공자로서 나의 익명성을 보장해 주어야 하는지 이해하겠소?"

"그러겠다고 약속했잖소?"

"당신도 어느 정도 나이가 있으니…… 냉전 시대를 기억하고 있겠지?"

미카엘은 고개를 끄덕였다. 자, 어서 덩어리를 뱉어내라고!

"알렉산드르 살라첸코는 1940년, 당시 소련의 일부였던 우크라이나의 스탈린그라드에서 태어났소. 그가 한 살이 되던 1941년은 그러니까 독일의 소련 침공이 시작된 해요. 살라첸코의 부모는 전쟁 통에 사망했지. 사실인지는 모르지만, 어쨌든 살라첸코는 그렇게 생각하고 있다오. 사실 전쟁 중에 무슨 일이 있었는지, 젖먹이인 그가 어찌 알았겠소? 그의 최초 기억은 우랄 지방의 한 고아원으로 거슬러 올라가오."

미카엘은 고개를 끄덕임으로써 그의 말에 계속 귀를 기울이고 있음을 표시했다.

"고아원은 군부대가 주둔한 마을에 있었소. 공산군이 후원하는 시설이었지. 살라첸코는 아주 어린 나이 때부터 군사 교육을 받았소. 스탈린 시대의 암흑기에는 그런 몰상식한 일들이 자행되곤 했었지. 고아원 출신 아이들 중에서 선발하여, 특수 훈련을 통해 최강의 정예군을 양성하려는 다양한 실험이 존재했다는 사실을 밝혀 주는 문서들이 소련 붕괴 후에 수없이 발견되었다오. 살라첸코는 그런 아이들 중 하나였던 거요."

미카엘은 다시 고개를 끄덕였다.

"자, 요약해서 말하겠소. 다섯 살 때, 사람들은 그를 군사 학교에 집어넣었소. 어린 녀석이 꽤 똘똘했던 모양이오. 1955년, 그러니까 그가 열다섯 살 되었을 때는 노보시비르스크의 한 군사 학교로 옮겨, 거기서 3년 동안 2000명의 다른 학생들과 '스페츠나츠', 즉 소련 최정예군이 받는 훈련을 받았지."

"오케이. 씩씩한 소년 병사였단 말이로군."

"1958년, 열여덟 살이 된 그는 민스크로 옮겨 GRU의 특수 훈련을 받게 되오. GRU가 뭔지는 아오?"

"대충."

"그루(GRU)는 소련 군사 정보국(Glavnoye Razvedyvatelnoye Upravleniye)의 약자로, 소련 공산군 최고 지휘부에 직접 연결되어 있는 정보 및 군사 행동 기관이오. 대민(對民) 비밀경찰인 KGB와

혼동해서는 안 되지."

"알고 있소."

"007 영화를 보면 외국에서 암약하는 소련 스파이들이 많이 나오는데, 그들 대부분은 KGB로 설정되어 있지. 하지만 원래 KGB의 주 업무는 체제 유지를 위한 국내 보안이었소. 시베리아의 강제 수용소들을 관리하거나, 루비안카[31]의 지하실에서 반체제 인사들의 목덜미에 총알 박는 일 따위를 했으니까. 반면 해외에서의 스파이 활동 및 제반 작전은 주로 GRU의 몫이었고."

"마치 무슨 역사 강의를 듣고 있는 기분이외다? 여하튼 계속하시오."

"스무 살이 된 알렉산드르 살라첸코는 처음으로 해외 근무를 하는데, 쿠바에 파견되었지. 사실은 일종의 훈련 기간이라고 할 수 있었소. 아직 소위 계급에 불과했으니까. 하지만 그곳에서 2년 동안 머무르며 쿠바 사태 및 피그스 만 침공 사태 등을 모두 경험했지."

"오케이."

"1963년, 그는 민스크로 돌아와 교육을 받은 후, 처음엔 불가리아에서, 그다음에는 헝가리에서 얼마간 주재했소. 그리고 1965년, 중위로 진급한 그는 처음으로 서유럽 지역에서 근무하게 되오. 로마에서 1년간 있었던 거지. 그의 첫 스파이 임무였던 셈이오. 소련 대사관과는 접촉하지 않고 가짜 여권으로 민간인 행세를 했지."

미카엘은 고개를 끄덕였다. 그는 자기도 모르게 점점 더 비에르크의 이야기 속으로 끌려 들어가고 있었다.

"1967년, 그는 런던으로 전속되어, 변절한 KGB 요원의 암살 공작을 지휘하게 되오. 이후 10여 년 사이에 그는 GRU의 최고 요원 중 하나로 성장하지. 어쩌면 당연한 결과였소. 당에 대한 충성심으로 똘똘 뭉친 정예 중의 정예였으니까. 거기다 꼬마 때부터 받은 특수 훈련으로 스파이 활동에 필요한 모든 능력을 갖추고 있었고. 최소한 6개 국어를 유창하게 구사했소. 또 상황에 따라 기자, 사진 작가, 광고 업자, 선원 등 그 무엇으로도 변신할 수 있었고, 생존 술, 변장, 교란 작전의 전문가이기도 했소. 그는 휘하의 요원들을 거느리고 스스로 공작을 계획하고 또 실행하곤 했지. 그중에는 인물 제거 공작도 여러 건 있었고, 상당수는 제3세계에서 이루어졌소. 그 외 공갈, 협박 혹은 그의 상급자들이 원하는 그 어떤 임무도 처리해 주었고. 1969년, 그는 대위가 되었고, 1972년에는 소령, 그리고 1975년에는 중령으로 승진했소."

"스웨덴에는 어떻게 오게 된 거요?"

"곧 설명해 줄 테니 계속 들어보시오. 그런데 세월이 흐르면서 살라첸코는 부패하여, 여기저기에 돈을 꼬불쳐두게 되었지. 술을 지나치게 마셨고, 여자관계도 문란했어. 상급자들도 이 사실을 알고 있었지만, 그는 여전히 능력 있는 요원이었으므로 자잘한 과오들은 눈감아주었소. 1976년, 그는 어떤 임무를 위해 스페인에 파견되었소. 여기서 자세한 설명은 생략하겠소만, 거기서 그는 바보짓을 해버렸지. 임무가 실패하자 그는 신임을 잃고 러시아로 돌아오라는 명을 받았는데 그는 이 지시를 무시해 버렸고, 그로 인해 상황은 더욱 나빠졌소. GRU는 마드리드 주재 소련 대사관의 무관에게 그를 접촉하여 설득해 보라고 명했소. 그런데 대화 중에 무엇이 잘못되었는지 살라첸코가 무관을 총으로 쏴 죽여 버렸다오. 그로서는 더 이상 선택의 여지가 없어진 거요. 더 이상 뒤로 돌아갈 수도 없는 노릇, 달리는 열차에서 뛰어내리기로 결심했지."

"이해하겠소."

"때문에 그는 스페인에서 조직을 떠난 거요. 그러면서 자신이 포르투갈 쪽으로 가는 도중 보트가 침몰하여 사망한 것처럼 믿게 끔 꾸며놓았지. 또 미국 쪽으로 도망갔을지 모른다는 정보도 흘려 놓았고. 하지만 사실 그가 피신한 곳은 유럽에서도 가장 짐작하기 힘든 나라, 즉 스웨덴으로 온 거요. 여기서 그는 비밀 경찰 세포 (Säpo)와 접촉해 정치 망명을 신청했소. 꽤나 합리적인 선택이었 지. KGB나 GRU의 암살 팀이 이곳까지 뒤질 가능성은 거의 없었 으니까."

군나르 비에르크는 입을 다물었다.

"그래서?"

"소련의 일급 스파이 하나가 갑자기 전향하여 정치 망명을 요청 해 왔으니 스웨덴 정부로선 얼마나 난감했겠소? 그때는 우파 정부 가 막 출범했을 때였지. 다시 말해 이 사건은 우리가 신임 총리를 모시고 나서 처리하게 된 최초의 사건 중 하나였던 거요. 당시 심 약한 정치인들은 가급적 빨리 그 난처한 존재를 떨쳐버리고 싶은 마음뿐이었지만, 그렇다고 소련으로 돌려보낼 수도 없었소. 엄청 난 스캔들이 일어날 위험이 있었으니까. 하여 그를 미국이나 영국 으로 보내려 했소. 하지만 그는 거부했소. 미국은 그가 싫어하는 나라였고, 영국은—그의 말에 의하면—첩보 분야의 최상급 소련 스파이들이 우글거리는 곳이기 때문이라는 거였소. 또 유대인들이 싫어서 이스라엘도 가기 싫다고 했지. 결국 그는 스웨덴에 정착하 기로 결정한 거요."

너무도 믿기지 않는 얘기들이어서 미카엘은 지금 군나르 비에 르크가 자신을 놀리는 게 아닌가 하는 생각마저 들었다.

"그래서 스웨덴에 머물게 되었다고?"

"그렇소."

"한데 이러한 사실이 한 번도 공개된 적이 없단 말이오?"

"아주 오랫동안 이 사실은 스웨덴의 일급 군사 기밀 중 하나였소. 그런데 살라첸코는 우리에게 매우 유용한 자였다오. 1970년대 말에서 1980년대 초에 이르는 기간 동안, 그는 전향자들 중에서 말하자면 왕관의 보석이라고 할 수 있었지. GRU 특수 공작대의 대장이 전향한 경우는 그 이전까지 한 번도 없었으니까."

"즉, 그는 팔아넘길 정보를 다량 확보하고 있었다?"

"바로 그거요. 그는 적절한 때에 정보를 조금씩 흘리면서, 그가 지닌 카드들을 활용했소. 덕분에 우리는 많은 걸 알아낼 수 있었지. 브뤼셀의 나토 사령부에 숨어 있는 스파이, 로마의 스파이, 베를린의 스파이 조직과 접촉하는 방법, 앙카라 혹은 아테네에서 그가 고용했던 살인 청부업자 등등. 그는 스웨덴에 대해선 아는 게 별로 없었소. 하지만 외국에서 이루어지고 있는 공작들에 대해서는 많은 정보를 갖고 있었지. 우리는 그걸 얻어서 나름대로 유용하게 사용한 거요. 외국 정보기관에 조금씩 흘려주고 그 대가로 다른 걸 얻는 식으로 말이오. 그는 일테면 우리의 금광이라고 할 수 있었지."

"다시 말해서 당신네들이 그와 협력하기 시작한 거로군."

"우리는 그에게 새로운 신분을 만들어주었소. 사실 아주 간단한 일이었지. 여권 하나에 약간의 돈을 주는 것으로 충분했으니까. 그 다음엔 스스로 다 알아서 하더군. 사실 이 세상 어디에 떨어뜨려 놓아도 혼자 살아남는 방법을 어려서부터 훈련 받아온 사람이었으니……"

미카엘은 잠시 말없이 방금 들은 정보들을 소화시키고 있었다. 이윽고 눈을 들어 비에르크를 바라보며 말했다.

"그렇다면…… 지난번에 내가 왔을 때 당신은 거짓말을 했어."

"무슨 말이오?"

"당신은 비우르만을 1980년대에 경찰 사격 클럽에서 만났다고 주장했지. 그런데 사실은 훨씬 오래전에 만났던 게 아니었소?"

군나르 비에르크는 묵묵히 고개를 끄덕였다.

"그건 기계적으로 나온 반응이었소. 우리 사이의 일들은 모두 국가 기밀이었고, 또 내가 어떻게 비우르만을 만나게 됐는지 시시콜콜 밝혀야 할 이유는 전혀 없었으니까. 하지만 이제 당신이 살라에 대해 물어온 이상, 밝히지 않을 수 없게 된 거지."

"그럼 그때의 일들을 얘기해 보시오."

"당시 나는 서른세 살이었고, 세포 근무 3년차였소. 비우르만은 스물여섯 살로, 학위를 막 따고 세포에 들어와 법무 관련 일을 하고 있었소. 사실은 일종의 연수생 신분이었지만. 비우르만은 칼스크로나 출신으로, 그의 부친은 군 정보기관에서 근무했었다오."

"그래서?"

"사실 나나 비우르만이나 살라첸코 같은 거물을 다루기엔 한참 애송이들이었소. 하지만 그가 세포를 접촉해 온 날은 마침 1976년의 선거일이어서 경찰 본부가 텅 비어 있었소. 어떤 이는 휴가 중, 어떤 이는 감시 임무로 외근 중, 뭐 이런 식이었지. 이럴 때 살라첸코가 노르말름 파출소로 들어와 자기는 정치 망명을 원하니 세포 요원을 만나게 해달라고 요구해 왔소. 이름은 밝히지 않았고. 그런데 마침 그날 내가 세포에서 당직이었던 거요. 나는 그냥 평범한 정치 망명자인가 보다 생각하여, 마침 건물에 있던 비우르만을 법무 보조로 대동하고 노르말름 파출소를 찾아간 거지."

비에르크는 피곤한 듯 눈꺼풀을 비볐다.

"그는 거기 앉아서 아무 감정 없는 목소리로 차분하게 얘기하더군. 이름은 뭐며, 자신은 어떤 사람이며, 또 무슨 일을 하는지. 비우르만은 받아 적었소. 그리고 잠시 후, 나는 비로소 깨달았지. 내가 지금 얼마나 엄청난 일을 다루고 있는지를. 난 당장 대화를 중단시키고 살라첸코와 비우르만을 파출소 밖으로 끌고 나왔소. 그건 일반 경찰이 절대 알아서는 안 될 사안이었으니까. 하여 나는 콘티넨탈 호텔에 방을 하나 잡아 거기에 그를 들여놓았소. 그리고 비우르만에게 그와 함께 있으라고 한 뒤 상관에게 전화를 걸려고 로비로 내려왔지."

그가 갑자기 킬킬킬 웃음을 터뜨렸다.

"그때 내가 한 일을 생각하면…… 참 아마추어 같은 행동이었소. 어쨌든 일은 그런 식으로 진행되었지."

"당신 상관은 누구였소?"

"그건 조금도 중요한 일이 아니오. 또 사람들 이름을 언급하고 싶지도 않고."

미카엘은 어깨를 으쓱하고는, 더 이상 따지지 않았다.

"나와 내 상관은 곧바로 깨달았소. 이 일은 지극히 은밀하게 처리해야 하며, 최소한의 사람만 알고 있어야 한다는 사실을. 특히 비우르만 같은 피라미는 결코 이 일에 끼어들어선 안 되는 거였지. 그러나 어쩌겠소. 이미 연루된 이상, 다른 사람을 끌어들이기보다는 그냥 데리고 있는 수밖에 없었지. 아마 나 같은 신참에게도 동일한 이유가 적용되었을 거요. 하여 세포와 관계된 사람 중에서 살라첸코의 존재를 아는 사람은 모두 일곱 명에 불과했다오."

"그 외에도 이 이야기를 알고 있는 사람은 모두 몇이나 되오?"

"1976년에서 1990년대 초까지…… 정부 기관, 합참 본부, 그리고 세포 다 통틀어 20여 명 남짓이오."

"그렇다면 1990년대 초 이후에는?"

비에르크는 어깨를 으쓱했다.

"소련이 붕괴된 다음부터 그는 흥미 없는 존재가 되어버렸지."

"그러면 스웨덴에 정착하고 나서 살라첸코에게는 무슨 일이 있었소?"

비에르크가 너무 오랫동안 입을 다물고 있었기 때문에 미카엘은 의자 위에서 몸을 비틀기 시작했다.

"솔직히 말하자면…… 살라첸코는 스타가 되었고, 그의 일에 관련된 우리 역시 마찬가지였소. 심지어 우리의 경력 전체를 살라첸코라는 토대 위에서 쌓아 나갈 정도였으니까. 이건 그냥 하는 말이 아니라…… 우리에겐 풀타임 업무였소. 나는 살라첸코가 스웨덴에서 살아갈 수 있도록 이끌어주는 일종의 보호자가 되었고, 처음 10년간 우리는 매일은 아니라 할지라도 적어도 일주일에 몇 번씩은 만나는 사이였소. 당시만 해도 신선한 정보가 가득 담겨 있는 보물 창고였으니까. 또 그는 항상 지켜보지 않으면 안 되는 요주의 인물이기도 했고."

"어떤 의미에서?"

"살라첸코는 독사 같은 자였소. 어떤 때는 한없이 매력적이다가도, 또 어떤 때는 완전히 미친놈이 되기도 했지. 가끔 술독에 빠져들기도 했는데, 그럴 때는 아주 난폭해졌어. 그가 사고를 치면 내가 한밤중에 뛰어나가 수습하느라 진땀깨나 흘려야 했던 적이 한두 번이 아니었지."

"예를 들어……?"

"술집에 가서 누군가를 붙들고 말싸움을 벌이다가, 말리려 드는 두 '기도'의 면상을 박살내 버린 거요. 키도 작고 호리호리한 몸집이었지만 특수 훈련을 받은 몸이라 이런 경우 실력을 발휘하곤 했지. 심지어는 내가 경찰서까지 찾아가 끄집어 내와야 했소."

"완전히 정신 나간 사람이군. 그렇게 사람들의 이목을 끌면 자기 신분이 밝혀질 수도 있는 일 아니오? 그런 행동은 전혀 프로답지 못한데?"

297

"하지만 원체가 그런 사람이오. 그래도 스웨덴에서는 범죄를 저지르지 않았고, 어떤 일로도 기소된 적이 없었소. 우리는 그에게 스웨덴 여권과 신분증, 그리고 스웨덴 이름을 주었지. 그리고 세포는 스톡홀름 근교에 아파트까지 제공했소. 또 우리가 언제든 활용할 수 있게끔 세포에서 봉급도 주었고. 하지만 술집에 출입하거나 여자들과 문제를 일으키는 것까지 막을 수는 없었지. 우린 단지 쫓아다니면서 뒤처리를 해주는 수밖에 별도리가 없었소. 그게 바로 내가 1985년까지 했던 일이오. 이후에는 다른 직무를 맡아, 다른 사람이 내 뒤를 이어 살라첸코의 보호자가 되었지."

"그럼 이 모든 일 가운데서 비우르만의 역할은 뭐였소?"

"솔직히 말해서 비우르만은 거치적거리기만 할 뿐, 쓸모없는 인물이었소. 그렇게 똑똑한 인간은 아니었으니까. 말하자면 적합하지 않은 인간이 순전히 우연으로 살라첸코의 일에 끼어들게 된 거요. 그가 참여한 것은 초기였고, 이후로는 법률상의 자잘한 일들을 처리할 경우에나 동원되었을 뿐이오. 여하튼 내 상관은 비우르만의 문제를 적절히 처리할 수 있었지."

"어떻게?"

"가장 간단한 방법으로. 비우르만에게 경찰 밖에다 직장을 찾아준 거요. 어떤 로펌이었는데, 그게 말하자면 우리와 긴밀한 관계를 유지하고 있는……."

"클랑 & 레이네."

군나르 비에르크는 미카엘을 날카롭게 쳐다보았다. 그러고는 고개를 끄덕였다.

"이미 말했듯이 비우르만은 똑똑한 친구는 아니었지만, 나름대로 열심히 해나갔지. 하여 계속해서 세포를 위해 온갖 자잘한 임무를 수행했소. 따라서 그 역시 살라첸코 덕분에 커리어를 쌓아 나갔다고 말할 수 있소."

"지금 살라는 어디 있소?"

비에르크는 잠시 머뭇거렸다.

"모르오. 1985년 이후부터 그와 접촉하는 일이 점점 더 드물어지다가, 12년 전 이후로는 한 번도 본 적이 없소. 그에 대해 들은 마지막 소식은 1992년에 스웨덴을 떠났다는 내용이었소."

"하지만 다시 돌아온 것 같소. 무기 밀매, 마약 밀매, 여성 인신매매 등과 관련해서 계속 그의 이름이 떠오르고 있으니까."

"그 인간이라면 별로 놀랄 것도 없는 일이지." 비에르크는 한숨을 내쉬었다. "하지만 그게 내가 말한 살라인지, 아니면 또 다른 살라인지, 아직 확실한 증거는 전혀 없지 않소?"

"이런 상황에서 두 명의 살라가 존재할 개연성은 극히 희박하오. 그의 스웨덴 이름은 뭐요?"

비에르크는 미카엘을 물끄러미 쳐다보았다.

"그걸 밝힐 생각은 없소이다."

"당신, 문제를 일으키지 않겠다고 분명히 약속했잖아?"

"당신이 원한 건 살라에 대해 아는 것 아니었소? 그래서 난 얘기해 주었소. 하지만 당신이 우리가 맺은 협정을 착실히 지킨다는 것을 확신하기 전까지 나로선 퍼즐의 마지막 조각을 내놓을 생각이 없소."

"지금 세 사람을 죽인 자가 살라일 가능성이 짙은데 경찰은 죄 없는 여자를 뒤쫓고 있소. 내가 살라의 이름을 알아내지 않고 당신을 놓아주리라 생각한다면, 그건 큰 오산이오!"

"하지만 리스베트 살란데르가 살인범이 아니라는 걸 당신은 어떻게 알지?"

"난 아오."

군나르 비에르크는 미카엘에게 미소를 지었다. 갑자기 자신감이 솟아오르는 게 느껴졌다. 슈퍼 블롬크비스트는 생각보다 허술한 녀석이었다.

"난 살라가 살인범이라고 생각하오." 미카엘이 다시 말했다.

"틀렸소. 살라는 아무도 죽이지 않았소."

"당신이 그걸 어떻게 알지?"

"왜냐고? 지금 살라는 예순다섯 살 먹은 늙은이에 중증 장애인이야. 다리 하나를 절단했고, 제대로 걸어 다닐 수조차 없는 상태지. 이런 사람이 오덴플란에서 엔셰데까지 왔다 갔다 하면서 사람들을 쏴 죽여? 그가 누군가를 죽이고 싶다면 제일 먼저 구급차부터 불러야 할 텐데?"

말린 에릭손은 소니아 모디그에게 미소를 지어 보였다.

"그건 미카엘 이사님에게 물어보세요."

"네, 그러죠."

"그분이 진행하는 조사 내용을 내가 말씀드릴 순 없습니다."

"알겠습니다. 그런데 만일 '살라'라는 남자가 용의자라고 가정한다면⋯⋯."

"그건 이사님에게 말씀하시라고요." 말린이 다시 한 번 말했다. "저는 다그 스벤손이 남긴 자료 중에서 필요한 내용을 찾아내는 일은 도와드릴 수 있어요. 하지만 우리가 자체적으로 진행하고 있는 조사 내용에 대해선 아무것도 말씀드릴 수 없습니다."

소니아 모디그는 한숨을 내쉬었다.

"그래요, 당신들 원칙은 이해하겠어요. 그럼 이 성 구매자 명단에 적힌 사람들에 관해서는 무얼 말해 줄 수 있죠?"

"다그 스벤손이 써놓은 내용만요. 그리고 정보 제공자들에 대해선 아무것도 말씀드릴 수 없어요. 하지만 이건 말씀드려도 될 것 같군요. 미카엘 이사님은 이 가운데 열두 명을 접촉한 다음, 이번 살인 사건 용의자 명단에서 삭제했습니다. 자, 경찰 수사에 도움이 좀 되었나요?"

소니아 모디그는 씁쓰름한 표정으로 고개를 끄덕였다. 도움은 무슨 개뿔! 어찌 됐든 경찰은 이 인간들을 모두 정식으로 조사해야 해. 판사 하나, 변호사 셋, 정치인과 기자들 여럿, 여기에 우리 경찰 동료 나리 몇…… 참, 종류도 다채롭군, 한심한 인간들! 소니아 모디그는 살인 사건이 일어난 직후에 이 명단을 중심으로 경찰이 수사를 진행했어야 했는데 하고 속으로 통탄했다.

그녀의 시선이 명단 중 한 이름 위에 잠시 머물렀다. 군나르 비에르크였다.

"이 사람은 주소가 적혀 있지 않네요?"

"없어요."

"왜죠?"

"세포에서 일하는 사람이라 주소도 일급 기밀이죠. 하지만 지금은 병가 중이래요. 다그 스벤손도 그를 찾아내지 못했었죠."

"그런데 당신네들은 찾아냈다는 건가요?" 소니아 모디그가 미소를 지으며 물었다.

"그것도 미카엘 이사님에게 물어보세요."

소니아 모디그는 다그 스벤손의 책상 뒤에 있는 벽을 쳐다보며 잠시 생각에 잠겼다.

"개인적으로 한 가지 물어봐도 될까요?"

"해보세요."

"당신은…… 누가 당신의 친구들과 비우르만 변호사를 죽였다고 생각하죠?"

말린 에릭손은 아무 말도 하지 않았다. 아, 이 자리에 미카엘이 있어서 대신 좀 대답해 주었으면 얼마나 좋을까! 경찰관에게 이런 식의 질문을 받는 것은 결코 유쾌한 일이 아니었다. 더욱이 《밀레니엄》이 어떤 결론에 이르렀는지 명확히 설명해 줄 수 없는 입장이라는 사실이 더욱 불편했다. 이때 그녀를 구해 준 것은 등 뒤에서 들려온 에리카 베르예르의 목소리였다.

"우리는 살인범이 다그 스벤손의 폭로 기사가 발표되는 것을 막기 위해 범행을 저질렀다고 생각합니다. 하지만 누가 총을 쏘았는지는 우리도 모르죠. 지금 미카엘은 살라라는 미지의 인물을 집중적으로 조사하고 있어요."

소니아 모디그는 몸을 돌려 《밀레니엄》의 편집장을 쳐다보았다. 에리카 베르예르는 커피가 담긴 두 개의 머그잔을 말린과 소니그에게 내밀었다. 머그잔에는 각각 공무원 노조와 기독민주당 로고가 그려져 있었다. 에리카 베르예르가 정중한 미소를 지어 보이고는, 자기 사무실로 돌아갔다.

3분 후, 그녀가 다시 나오더니 이렇게 말했다.

"모디그 형사님, 당신 상관이 전화했어요. 휴대폰을 꺼놓으셨다고요? 전화해 달랍니다."

마침내 리스베트 살란데르가 다시 나타났음을 알리는 긴급 공보가 전국에 전달되었다. 공보는, 그녀가 아마도 막예 룬딘 소유의 할리 데이비슨을 타고 이동 중일 것이라고 전했다. 또한 그녀는 무장하고 있으며, 스탈라르홀멘의 한 시골 별장 앞에서 사람에게 총격을 가했다는 내용의 경고를 담고 있었다.

경찰은 스트렝네스와 마리프레드, 그리고 쇠데르텔리에로 들어가는 길목에 바리케이드를 설치했다. 뿐만 아니라 쇠데르텔리에와 스톡홀름을 잇는 근교 전철 노선에서는 저녁 몇 시간 동안 수색이 이루어졌다. 하지만 리스베트 살란데르의 인상착의에 해당하는 여인은 한 사람도 발견되지 않았다.

저녁 7시경이 되어서야 경찰차 한 대가 스톡홀름 엘브셰의 엑스포 공원에 세워져 있는 할리 데이비슨을 발견했고, 이에 따라 수사의 초점은 쇠데르텔리에에서 다시 스톡홀름으로 옮겨 갔다. 또 엘브셰에서는 MC 스바벨셰의 로고가 찍힌 가죽 조각이 발견되었다는 보고도 들어왔다. 소식을 들은 부블란스키 형사는 안경을 머리 위로 올리고, 창밖에 펼쳐진 쿵스홀멘의 어두운 경치를 침울한 눈빛으로 내다보았다.

그날 하루 동안 정신없이 일어난 모든 일들……. 갈수록 시커먼 암흑 속에 빠져드는 느낌이었다. 살란데르의 여자 친구 납치 사건, 파올로 로베르토의 느닷없는 출현, 그리고 쇠데르텔리에에 숲의 방화 사건과 매장된 시체들의 발견…… 거기다 화룡점정이라고 했던가? 스탈라르홀멘에서 일어난 이해할 수 없는 일들…….

부블란스키는 공동 작업실로 가서 스톡홀름과 그 인근 지역이 나타나 있는 지도를 들여다보았다. 스탈라르홀멘, 뉘크바른, 스바벨셰 그리고 엘브셰……. 갖가지 사건들이 일어난 이 네 지점을 이제는 서로 연결 짓지 않으면 안 되리라. 시선이 엔셰데까지 내려온 그는 한숨을 푹 내쉬었다. 사건들은 정신없이 진행되고 있는데 경찰은 항상 몇 킬로미터 뒤에서 헐레벌떡 쫓아갈 뿐이라는, 별로 유쾌하지 못한 느낌이 엄습한 것이다. 대체 사건의 본질이 무엇일까? 정말이지 아무것도 알 수 없었다. 엔셰데 살인 사건 뒤에 대체 무엇이 숨어 있는지는 모르겠지만, 그들이 처음 생각했던 것보다 훨씬 더 복잡하다는 사실에는 의문의 여지가 없었다.

미카엘 블롬크비스트는 스탈라르홀멘에서 일어난 극적인 사건에 대해서는 전혀 모르고 있었다. 그는 오후 3시경 스모달라뢰를 떠났다. 그리고 주유소 겸 휴게소에 차를 세우고 커피를 마시면서 오늘 자신이 알게 된 사실들의 의미를 이해해 보려고 애썼다.

허탈한 심정이었다. 사실 비에르크는 놀라울 정도로 많은 정보를 넘겨주었다. 하지만 퍼즐의 마지막 조각, 즉 살라첸코의 스웨덴 신원을 밝히는 것만큼은 완강하게 거부했다. 무언가 속은 듯한 기분이었다. 이야기는 갑자기 뚝 끊겨 버렸고, 비에르크는 결말을 들려주는 것을 거부하고 있었다.

"우리, 약속했었잖소?" 미카엘은 따졌다.

"난 그 약속을 지켰어. 살라첸코가 누구인지 다 말해 주었잖아. 더 이상의 정보를 원한다면 이제 새로운 협정을 맺어야지. 내 이름이 완전히 빠지고 다시는 뒤탈이 없을 것이라는 확실한 보장이 필요해."

"내가 어떻게 그걸 보장해 줄 수 있겠소? 내가 경찰 수사를 지휘하는 건 아니잖소? 조만간 그들의 수사망이 당신에게까지 이를 텐데."

"내가 걱정하는 것은 경찰 수사가 아니오. 내가 원하는 건, 당신이 창녀들과 관련된 나의 이야기를 절대 발표하지 않겠다는 확실한 보장이오."

지금 비에르크는 국가 일급 비밀을 누설한 일 때문에 불안해하고 있다기보다는, 자신이 창녀와 놀아난 사실이 세상에 알려지는 것을 더 두려워하고 있었다. 그의 인간성을 극명하게 보여 주는 모습이었다.

"그 일과 관련해서는 당신에 대해 단 한 줄도 쓰지 않겠다고 약속했잖소?"

"하지만 살라첸코와 관련하여 절대 나를 드러내지 않겠다는 확실한 보장을 해달라니까."

미카엘로서는 들어주기 어려운 요구였다. 물론 살라첸코에 관한 내용을 발표할 때, 비에르크를 익명의 제보자로 처리할 용의는 있었다. 하지만 자신의 글을 기반으로 경찰이 그를 추적하는 것까지 막을 수는 없는 노릇 아닌가? 그러려면 아예 아무것도 쓰지 말아야 하리라. 결국 두 사람은 이 문제에 대해 하루 이틀 더 생각해본 뒤 다시 얘기하기로 합의했다.

주유소 겸 휴게소에서 커피를 마시고 있는데, 갑자기 번개 같은 생각이 스쳐 지나갔다. 무언가가 자신의 손이 닿을 곳에 놓여 있다는 느낌이었다. 바로 옆에 있는 것처럼 느껴지는 그것, 뭔가 어렴풋한 실루엣처럼 떠오르려 하다가도 이내 꺼져버리는 그것. 그리고 갑자기 또 하나의 생각이 그의 뇌리를 때렸다. 어쩌면 이 이야기에 대해 많은 것을 밝혀줄 사람이 있을지도 모른다는 생각이었다. 지금 미카엘은 에르스타 재활 센터에서 그리 멀지 않은 곳에 있었다. 그는 손목시계를 들여다본 다음, 의자에서 벌떡 일어났다. 홀예르 팔름그렌을 만나러 가기 위해서였다.

군나르 비에르크는 불안했다. 미카엘 블롬크비스트를 만나고 나서 그는 기진맥진해 있었다. 등은 그 어느 때보다도 아팠다. 진통제 세 알을 삼키고 거실의 긴 소파에 드러누웠다. 머릿속에선 오만 가지 생각들이 오갔다. 한 시간 후, 다시 일어난 그는 물을 끓이고 티백을 꺼냈다. 그리고 주방 식탁에 앉아 생각에 잠겼다.

블롬크비스트를 믿을 수 있을까? 그는 자신이 지닌 모든 카드를 써버렸고, 그 빌어먹을 기자 놈의 처분만 기다리는 신세가 되어버렸다. 하지만 아직 가장 중요한 정보만은 남겨 두고 있었다. 결정적인 카드 한 장은 그의 소매 안에 숨어 있었다.

내가 어쩌다 이런 거름통에 빠진 거지? 그는 범죄자가 아니었다. 그가 한 짓이라곤 창녀 몇 명을 돈 주고 산 일밖에 없었다. 그는 독신이었다. 싱글로 살다 보면 그럴 수도 있는 일 아닌가? 그 열여섯 살짜리 빌어먹을 계집년은 그를 좋아하는 시늉조차 하지 않았다. 아니, 오히려 역겹다는 눈으로 그를 쳐다보았었다.

개잡년. 아, 그년이 그렇게 어리지만 않았더라면! 그년이 스무 살만 더 되었더라면! 그랬다면 이렇게 똥통 속에 빠져 허우적거리는 일은 없을 텐데. 블롬크비스트는 자기를 더러운 개처럼 여기고 있었다. 그런 감정을 숨기려 들지도 않았다.

살라첸코.

그가 포주였다고? 아, 이 얼마나 기막힌 일이냐! 자기가 데리고 논 것이 살라첸코의 창녀들이었다니. 그 약아빠진 놈이 어둠 속에 숨어 창녀 사업을 하고 있었다니.

비우르만과 살란데르.

그리고 블롬크비스트.

어쩌면 출구가 있을지도 몰랐다.

한 시간 동안 생각을 굴린 그는 서재로 들어가 전화번호가 적힌 종이쪽지 하나를 들고 나왔다. 주초에 자신이 근무하는 사무실을 들러 적어온 것이었다. 이 사실 역시 블롬크비스트는 모르고 있었다. 비에르크는 살라첸코가 있는 장소를 정확히 알고 있었다. 물론 지난 12년 동안 한 번도 연락한 일이 없지만 말이다. 그리고 다시는 연락하는 일이 없기를 바랐지만 말이다.

하지만 살라첸코는 약아빠진 악마였다. 몇 마디만 해주면 사태를 파악하리라. 그리고 이 땅에서 조용히 사라져주리라. 은퇴를 하고 외국으로 꺼져주리라. 최악의 재앙은 그가 체포되는 일이었다.

그러면 모든 게 무너져버릴 것이다.

그는 한참을 망설인 끝에 마침내 수화기를 들어 올리고 전화번호를 눌렀다.

"안녕하쇼. 나 스벤 얀손이외다." 그가 말했다.

참으로 오랫동안 사용하지 않던 그의 가명이었다. 물론 살라첸코는 이 이름을 잊지 않고 있었다.

28장
4월 6일 수요일 ~ 4월 7일 목요일

부블란스키는 저녁 8시경 바사가탄에 있는 '웨인즈'에서 소니아 모디그를 만나 샌드위치를 곁들여 차를 한잔하고 있었다. 소니아는 자신의 상관이 이렇게 풀 죽어 있는 모습을 한 번도 본 적이 없었다. 그가 오늘 하루 동안 일어난 일들을 모두 들려주었다. 그녀는 한동안 말이 없었다. 이윽고 그녀가 손을 내밀어 그의 손목을 감싸주었다. 그와의 신체적인 접촉은 처음이었고, 순전히 따스한 우정의 뜻으로 한 행동이었다. 그는 서글프게 미소를 지으며, 역시 따스하게 그녀의 손등을 토닥여주었다.

"이제 나도 은퇴할 때가 된 건지 몰라." 그가 말했다.

그녀는 그저 잔잔한 미소로 대답해 주었다.

"이번 수사는 정신없이 추락하고 있어⋯⋯. 아니, 이미 추락해서 완전히 박살이 나버렸지. 아까 엑스트룀에게 메일을 보내 오늘 어떤 일들이 일어났는지 다 전해 주었어. 그랬더니 뭐라고 하는지 알아? '당신이 알아서 최선을 다해 주시오.' 그냥 이 말 한마디뿐이더라고. 정작 문제가 복잡해지니까 아무 대책이 없는 거야. 책임자라는 인간이 그러고 있으니."

"솔직히 윗사람들 욕하고 싶진 않지만요…… 엑스트룀은 어디 안 보이는 곳으로 꺼져버렸으면 좋겠어요."

부블란스키는 고개를 끄덕였다.

"이제 자네는 수사 팀에 돌아오게 됐어. 엑스트룀도 곧 공식적으로 사과해 올 거야."

그녀는 어깨를 으쓱했다.

"이제 이 수사는 자네와 나, 우리 둘이서만 하는 것 같아." 부블란스키가 말했다. "파스테는 오늘 아침 씨근덕거리며 나가버리더니 아직까지 감감무소식이야. 하루 종일 휴대폰도 꺼놓고. 내일까지 나타나지 않으면 실종 신고라도 내야겠지."

"난 차라리 그가 없어서 시원해요. 그런데 니클라스 에릭손은 어떻게 됐죠?"

"그냥 놔뒀어. 난 잡아넣으려 했는데 엑스트룀이 꺼리더군. 그냥 수사 팀에서 쫓아내고, 아르만스키에게 가서 호되게 따졌지. 이로써 밀턴 시큐리티와의 협력은 끝난 거야. 손뷔 보만을 잃었다는 점에서는 유감이야. 그는 유능한 경찰이거든."

"아르만스키는 어떻게 반응하던가요?"

"그야, 완전히 넋이 나갔지 뭐. 그런데 한 가지 흥미로운 사실은……"

"뭐죠?"

"아르만스키 말로는, 리스베트 살란데르도 에릭손을 몹시 싫어했다는 거야. 몇 년 전에는 그를 쫓아내라고 아르만스키에게 충고까지 했다더군. 자세한 이유는 설명하지 않았지만 아주 나쁜 놈이라고 말이야. 그런데 아르만스키가 그녀의 충고에 귀 기울이지 않은 거지."

"흠."

"쿠르트는 아직 쇠데르텔리에에 있어. 곧 칼망누스 룬딘의 소굴을 찾아가 수색할 거야. 예르셰르는 뉘크바른에서 일명 '떠돌이'로 불리는 켄네트 구스타프손의 시체 발굴 작업을 지켜보고 있고. 내가 여기 오기 전에는 전화를 걸어와 두 번째 무덤에도 누군가가 나왔다고 알려 주었어. 여자인 것 같다고. 꽤 오래전부터 묻혀 있었던 모양이야."

"숲 속의 공동묘지라……. 얀, 이번 사건 뒤에는 우리가 처음 생각했던 것보다 훨씬 더 흉측하고 엄청난 진실이 숨어 있다는 생각이 들어요. 한데…… 뉘크바른에 매장된 사람들까지 살란데르가 죽였다고 생각하는 건 아니겠죠?"

부블란스키의 얼굴에 처음으로 미소가 떠올랐다.

"하하, 아니지. 그건 절대 그녀의 짓이 아니야. 그래도 오늘 그녀는 무장한 상태였고, 룬딘을 쐈다더군."

"그래서 그녀의 혐의가 더욱 짙어진다? 하지만 이번에는 머리가 아닌 다리에다 쐈지요. 또 막예 룬딘이 입은 총상에 대해서는 뭐라고 말할 수 없지만…… 엔셰데의 부부를 죽인 솜씨는 전문 총잡이의 그것이에요."

"그런 여자가 전문 총잡이일 리 없다고? 소니아…… 사실 오늘 일어난 사건도 이해할 수 없는 일들투성이야. 막예 룬딘과 손뉘 니미넨은 전과 기록을 늘어놓으면 수 킬로미터는 될 흉악한 자들이야. 물론 룬딘은 약간 체중이 불었고 또 컨디션이 약간 안 좋았을 수도 있지만, 그래도 위험한 사내야. 또 니미넨 역시 건장한 장정들도 겁먹을 사나운 깡패고. 그런데 어떻게 고 벼룩만 한 살란데르가 두 사내를 그렇게 박살낼 수 있었는지 도무지 이해가 되질 않아. 룬딘은 아주 심하게 다쳤어."

"흠."

"물론 그렇게 당해도 싼 자이긴 해. 하지만 그 여자가 대체 어떻게 한 거냐고?"

"나중에 그녀를 찾으면 물어보죠, 뭐. 어쨌든 기록에는 폭력 성향이 있는 여자라고 나와 있으니까."

"하여튼 거기서 무슨 일이 일어났는지 이해가 되지 않아. 쿠르트 스벤손이라 할지라도 혼자서 맞붙으면 힘겨울 자들인데 말이야. 알잖아, 쿠르트가 어떤 사람인지?"

"그보다 중요한 것은, 그녀가 왜 룬딘과 니미넨을 공격했는지를 아는 일이겠죠."

"그들은 대책 없는 사이코패스들이야. 그런 자들을 사람도 별로 없는 외딴 시골집 마당에서 여자 혼자 마주쳤으니 공격할 이유가 전혀 없지는 않았겠지."

"그녀가 누군가의 도움을 받았을까요? 그 장소에는 다른 사람들이 있었나요?"

"감식반의 분석 결과에 따르면, 세 사람밖에 없었어. 집엔 살란데르 혼자 들어갔어. 식탁에 놓인 커피 잔도 하나뿐이었고. 65세된 안나 빅토리아 한손이라는 노인네가 그 동네 수위 노릇을 하며 근방에서 지나가는 사람들을 모두 파악하고 있었어. 그녀의 말에 따르면, 지나간 사람은 단 세 명으로, 살란데르와 스바벨셰의 두 사내뿐이었다는군."

"그녀는 어떻게 집에 들어갔죠?"

"열쇠로. 비우르만의 아파트에서 슬쩍해 온 것 같아. 자네도 생각나는지 모르겠지만……."

"아, 접근 금지 테이프가 잘렸던 일 말이죠? 생각나요. 그 조그만 아가씨, 참 바지런하기도 하네!"

소니아 모디그는 몇 초간 손가락으로 탁자를 톡톡 두드리고 있다가, 불쑥 화제를 돌렸다.

"룬딘이 미리암 우를 납치한 장본인인지 여부는 확인됐나요?"

부블란스키는 고개를 끄덕였다.

"30여 명의 폭주족 사진에 룬딘 사진을 끼워 파올로 로베르토에게 보여 주었는데 금방 찾아내더군. 자기가 뉘크바른의 창고에서 본 사람이 맞대."

"미카엘 블롬크비스트는 뭐래요?"

"아직 그하고는 연락이 안 닿아. 휴대폰으로 전화했는데 응답을 안 해."

"오케이. 하지만 룬딘의 인상착의는 룬다가탄에서 살란데르를 습격한 자의 그것과 일치해요. 결론적으로 MC 스바벨셰는 살란데르를 추적해 왔다는 말이 되겠네요. 왜일까요?"

부블란스키는 두 팔을 펼쳐 보이며 모르겠다는 표정을 지었다.

"살란데르는 수배 중일 때 비우르만의 시골 별장에 숨어서 지냈을까요?"

"나도 그렇게 가정해 보았어. 하지만 예르셰르는 그렇게 생각하지 않더군. 그 집은 최근에 사용한 흔적이 없는 데다, 아까 그 노인네의 증언에 따르면 그녀는 오늘 마을에 도착했다는 거야."

"왜 그 집으로 갔을까요? 룬딘과 만나기로 약속했을 것 같지는 않은데요?"

"맞아. 그랬을 가능성은 별로 없지. 아마 뭔가를 찾으려고 갔었 겠지. 그런데 우리가 거기서 찾아낸 거라곤 문서철 몇 권이 전부였어. 비우르만이 살란데르에 대해 개인적으로 조사한 내용 같더군. 사회 복지 기관이나 후견위원회의 문서들, 그리고 학창 시절의 생활 기록부 같은 것들이었으니까. 한데 그중에서 문서철 몇 개가 빠져 있어. 문서철 뒤에는 일련번호가 적혀 있었는데 1번, 4번, 5번만 있었어."

"그렇다면 2번과 3번이 빠진 거로군요."

"5번 이후의 문서철들이 있었을지도 모르지."

"여기서 한 가지 질문이 나오네요. 왜 살란데르는 자신에 대한 정보들을 찾았을까요?"

"두 가지 대답이 있을 수 있겠지. 첫째, 그녀는 비우르만이 자신에 대해 적어놓은 어떤 사실을 은폐하려 했다. 둘째, 그녀는 무언가를 알고 싶어 했다. 하지만 여기서 또 다른 질문도 가능하지."

"뭔데요?"

"왜 비우르만은 그녀에 대해 광범위한 조사를 마친 후에, 그 결과물을 시골 별장에다 숨겨 놓았을까? 살란데르는 이 문서철들을 그 집 다락에서 찾아낸 것 같아. 그런데 왜 비우르만은 스토커처럼 그녀의 삶을 샅샅이 캐내려 했을까? 후견인이라는 것은 피후견인의 재정 관리 등 사무적인 일이나 도와주면 되는데 말이야."

"비우르만은 알면 알수록 질이 안 좋은 사람이라는 느낌이 와요. 오늘도 《밀레니엄》에서 다그 스벤손이 폭로하려 했던 성 구매자 리스트를 보고 있는데, 문득 그런 생각이 들더군요. 그 리스트에 안 들어 있는 게 신기할 정도였어요."

"그래, 맞아. 그의 컴퓨터 안에 무더기로 쌓여 있는 포르노 사진들만 봐도 그렇지. 한번 생각해 볼 문제야. 그런데 오늘은 뭔가 찾아냈나?"

"글쎄요. 지금 미카엘 블롬크비스트는 리스트에 적힌 사내들을 하나하나 찾아다니고 있는 중이래요. 하지만 《밀레니엄》에서 일하는 여자, 그래요, 말린 에릭손의 말에 의하면 아직 별다른 걸 못 찾아낸 모양이에요. 안…… 한 가지 솔직히 말씀드릴게요."

"뭔데?"

"난 살란데르가 이 모든 일을 저질렀다고 생각하지 않아요. 엔셰데와 오덴플란의 범행 말이에요. 나도 처음에는 그녀가 범인이라고 확신했지만, 지금은 아니에요. 왜 이렇게 생각이 바뀌었는지는 설명할 수 없지만요."

부블란스키는 고개를 끄덕였다. 사실 지금은 그도 같은 생각이었던 것이다.

스바벨셰에 있는 막예 룬딘의 단독 주택 안에서 금발 거인은 초조하게 서성거리며 가끔 주방 창가에 서서 길게 뻗어 있는 도로를 살펴보곤 했다. 지금 이 시간이면 그들이 돌아와 있어야 정상이었다. 불안감이 스멀스멀 가슴속을 갉아들었다. 분명, 무슨 일이 벌어진 것이다…….

더욱이 그는 막예 룬딘의 집에 혼자 있는 것이 싫었다. 그에게는 낯선 집이었다. 지금 그가 묵고 있는 2층 침실 옆에는 음침한 헛간이 붙어 있었고, 집 안에서는 계속 기분 나쁘게 삐걱거리는 소리가 들렸다. 그는 이러한 불안감을 떨쳐버리려고 애썼다. 자신이봐도 웃기는 일이었지만, 그는 이렇게 혼자 있는 것을 무척 싫어했다. 뼈와 살로 이루어진 사람들은 조금도 무섭지 않았다. 하지만이처럼 황량한 들판 가운데 외따로 떨어진 텅 빈 집……. 여기에는 지독하게 불쾌한 무언가가 있지 않은가? 집 안 여기저기서 들리는 이상한 소리들이 그의 상상력을 뒤흔들어 놓았다. 어둡고 악의에 찬 무언가가 빠끔히 열린 문틈으로 자신을 훔쳐보고 있다는 느낌을 떨쳐버릴 수 없었다. 때로는 어디선가 숨소리가 들리는 것같기도 했다.

어렸을 때, 사람들은 이처럼 어둠을 무서워하는 그를 놀리곤 했다. 그리고 그는 자신을 놀려대는 친구들, 그리고 때로는 자신을 놀리며 즐기는 어른들을 흠씬 두들겨 패주었다. 사람을 패는 일, 그것만큼은 누구보다 자신 있던 그였다.

참으로 난감했다. 그는 어둠과 고독이 너무도 싫은 것이다. 어둠과 고독 속에서 살고 있는 존재들이 너무도 싫었다. 룬딘이 어서 빨리 좀 돌아왔으면 싶었다. 룬딘이 옆에 있으면 마음의 평정을 되찾을 수 있으리라. 피차 아무 말 안 할지라도. 둘이 같은 방에 있지 않을지라도……. 그러면 진짜 소리들이 들릴 것이고, 진짜 움직임을 느낄 것이며, 옆에 진짜 인간들이 있음을 알게 되리라.

그는 음악을 들으며 불안감을 떨쳐버리려 했다. 또 룬딘의 책꽂이에서 읽을 만한 것이 없는지 찾아보았다. 하지만 불행히도 룬딘의 지적 수준은 한참 부족한 편이어서, 해 지난 오토바이 잡지들, 남성 잡지 몇 권, 그로서는 아무런 흥미를 느끼지 못하는 싸구려 스릴러 소설 몇 권이 전부였다. 그의 고립감은 점점 더 폐쇄공포증의 양상을 띠어갔다. 그는 가방 속에서 권총을 꺼내 닦고 기름칠하면서, 일시적으로나마 마음이 약간 진정되는 것을 느꼈다.

결국, 더 이상 집 안에서 견딜 수 없게 된 그는 바깥공기를 쐬기 위해 마당으로 나와 걸었다. 사람들의 눈에 띄지 않으려고 조심하면서도, 또 한편으로는 인기척이 느껴지는 불 켜진 창문들을 보기 위해 걸음을 멈추곤 했다. 움직임을 멈춘 채 꼼짝 않고 서 있으면, 먼 곳에서 흘러오는 음악 소리도 들을 수 있었다.

다시 룬딘의 집으로 들어가려니 또다시 지독한 불안감이 엄습해 왔고, 그는 쿵쾅거리는 가슴에 손을 대고 오랫동안 현관 계단 위에 서 있어야만 했다. 그러고는 마침내 두려움을 떨쳐버리려는 듯 몸을 부르르 한 번 흔든 다음 결연히 문을 열었다.

저녁 7시, 거실로 내려와 TV 4의 저녁 뉴스를 시청하려고 TV를

켰을 때, 그는 경악했다. 저녁 뉴스는 우선 헤드라인으로, 그러고
는 상보를 통해 스탈라르홀멘에서 일어난 사건을 전해 주고 있었
다. 그것은 그날의 톱뉴스였다.

그는 한 걸음에 네 칸씩 계단을 뛰어올라 2층 침실로 달려가자
마자 소지품을 가방에 쑤셔 넣었다. 그리고 2분 후, 집 밖으로 뛰
어나온 그는 즉시 흰색 볼보의 시동을 걸었다.

실로 극적인 타이밍이었다. 스바벨셰에서 불과 1킬로미터 떨어
진 곳에 이르자, 경찰차 두 대가 경광등을 번쩍이면서 마을로 들어
오고 있었다.

갖은 애를 쓴 끝에, 미카엘 블롬크비스트는 수요일 오후 6시경
에 홀예르 팔름그렌을 만나볼 수 있었다. 그를 만나기가 쉽지 않았
던 이유는 직원들이 미카엘을 좀처럼 들여보내려 하지 않았기 때
문이다. 하지만 미카엘이 집요하게 매달리자 결국 간호사는 요양
원 근처에 사는 A. 시바르난단 박사에게 전화를 걸었다. 약 15분
후에 나타난 시바르난단은 이 끈질긴 기자와 마주 앉았다. 처음에
그는 끄떡도 하지 않았다. 사실 2주일 전부터 홀예르 팔름그렌의
존재를 알아낸 기자들이 몰려와 그에게서 한마디 코멘트를 얻어내
려고 온갖 방법을 다 써온 터였다. 하지만 홀예르 팔름그렌 자신이
그들을 보는 것을 거절했고, 따라서 요양원 직원들은 아무도 들여
보내지 말라는 지시를 받았던 것이다.

시바르난단은 걱정스러운 눈빛으로 홀예르 팔름그렌을 지켜보
고 있었다. 어느 날 갑자기, 리스베트 살란데르와 관련된 기절초풍
할 뉴스들이 매체에 뜨기 시작하더니, 그의 환자가 깊은 우울 상태
에 빠져드는 것이었다. 아마 스스로는 아무것도 할 수 없음을 느끼
는 데서 오는 절망감이리라고 시바르난단은 추측했다. 팔름그렌은

재활 교육을 중단하고, 신문이나 TV를 통해 리스베트에 대한 추적 소식을 좇으며 시간을 보내고 있었다. 그 외의 시간에는 깊은 상념에 빠져 있었다.

미카엘은 시바르난단 박사의 책상 앞에 바짝 붙어 앉아 끈질기게 그를 설득했다. 우선 자신은 홀예르 팔름그렌을 불편하게 하려는 의도가 전혀 없으며, 자신의 목적은 여느 기자들처럼 어떤 논평을 얻어내려는 것이 아님을 설명했다. 또 자신은 리스베트 살란데르의 친구이며, 그녀가 범인이라고 믿지 않기 때문에, 그녀 과거의 몇 가지 비밀을 밝혀줄 정보를 애타게 찾고 있는 중이라고 말했다.

그러나 시바르난단 박사는 쉽게 설득되지 않았다. 하여 미카엘은 계속 버티고 앉아, 이번 사태에서 자신이 얼마나 중요한 역할을 맡고 있는지 오랫동안 역설했다. 이처럼 30분 이상 계속된 대화 끝에, 결국 시바르난단이 굴복했다. 그는 자기가 직접 홀예르 팔름그렌의 방에 올라가 그가 방문을 받아들일 의향이 있는지 알아보고 올 테니 잠시 기다리라고 말했다.

시바르난단은 10분 후에 돌아왔다.

"당신을 보겠답니다. 만일 중간에 당신이 마음에 들지 않으면 즉시 쫓아낼 거예요. 그리고 당신은 오늘 만나서 대화하는 내용을 매체에 실어서는 절대 안 됩니다."

"단 한 줄도 쓰지 않겠다고 약속드리겠습니다."

홀예르 팔름그렌은 침대, 서랍장, 탁자가 각각 하나씩, 그리고 의자 몇 개가 갖추어진 조그만 방에서 지내고 있었다. 백발의 노인은 바짝 마른 몸의 균형을 제대로 잡지 못하고 뒤뚱대는 품이 마치 허수아비 같았다. 그래도 그는 미카엘이 들어가자 몸을 일으켰다. 그리고 악수를 청하지는 않았지만, 조그만 탁자 주위에 있는 의자 중 하나를 가리켰다. 처음에 미카엘은 노인의 웅얼거리는 듯한 말을 잘 알아들을 수 없었다.

"당신은 대체 누군데 리스베트 살란데르의 친구라고 자처하는 거요? 그리고 당신이 원하는 게 뭐요?"

미카엘은 몸을 뒤로 약간 젖히고 잠시 생각을 정리했다.

"홀예르 팔름그렌 씨, 당신은 제게 말하실 필요가 없습니다. 그냥 제 말을 들어보시고, 저를 쫓아낼 건지 말 건지 결정하세요."

팔름그렌은 고개를 까딱 끄덕이더니, 비척비척 걸어와 미카엘 앞의 의자에 앉았다.

"저는 리스베트 살란데르를 약 2년 전에 처음 만났습니다. 내용을 자세히 밝힐 수는 없지만, 그때 전 어떤 조사를 진행하고 있었는데, 저를 도와줄 조사 요원으로 그녀를 채용했던 겁니다. 그녀는 당시 제가 임시로 머물고 있던 장소로 찾아왔고, 이후 우리는 여러 주 동안 함께 작업했습니다."

그는 팔름그렌에게 어느 정도까지 사실을 밝히는 게 좋을지 생각해 보았다. 그리고 결국 가급적 최대한 진실에 가깝게 말하기로 결정했다.

"그렇게 함께 있으면서 두 가지 일이 있었습니다. 첫째, 리스베트는 제 생명을 구해 주었습니다. 둘째, 우리는 한동안 아주 가까운 관계에 있었습니다. 저는 그녀의 내면을 조금씩 발견하면서, 결국 좋아하게 되었지요."

미카엘은 시시콜콜한 내용은 생략한 채 리스베트와의 관계, 그리고 1년 전 성탄절 이후에 그녀가 갑자기 외국으로 떠나버림으로써 맞게 된 갑작스러운 결별에 대해 말해 주었다.

이어 그는 자신이 《밀레니엄》에서 어떤 일을 하고 있으며, 다그 스벤손과 미아 베리만은 어떻게 살해되었고, 어떻게 자신이 살인범 찾는 일에 뛰어들게 되었는지 등을 차례로 설명해 주었다.

"듣자하니, 지난 며칠 동안 선생님께서는 무척 시달리셨다고요? 귀찮게 들러붙는 기자들과, 선생님에 대해 어처구니없는 기사들을 쏟아내는 신문들 때문에요. 하지만 저는 기삿거리를 얻으려고 찾아온 것이 결코 아닙니다. 선생님! 저는 주저 없이, 그리고 아무런 사심 없이 리스베트 살란데르의 편에 설, 이 나라에서 몇 안 되는 사람 중 하나입니다. 저는 그녀의 결백을 믿고 있습니다. 이 모든 살인 사건들 뒤에는 살라첸코라는 자가 숨어 있다고 생각한단 말입니다."

미카엘은 잠시 말을 멈추었다. 그가 살라첸코의 이름을 언급하자 팔름그렌의 눈에 무언가가 반짝하는 것을 감지했기 때문이다.

"선생님도 그녀를 구하는 데 기여하고 싶으십니까? 그럼 무엇이 됐든 그녀의 과거를 아는 데 도움이 될 만한 것을 말씀해 주십시오! 만일 그녀를 돕고 싶은 마음이 없으시다면, 우린 지금 시간을 허비하고 있는 거겠죠. 그리고 전 이해하게 될 겁니다. 선생님이 어느 쪽에 서 계신 분인지를."

그가 이렇게 말하고 있는 동안, 홀예르 팔름그렌은 한마디도 하지 않았다. 그러나 미카엘의 마지막 말을 들으며 다시 한 번 그의 눈이 반짝 빛났다. 하지만 이번에는 미소를 지었다. 그리고 가급적 천천히, 또 명확하게 발음하려고 애쓰면서 이렇게 말했다.

"그래, 당신은 그녀를 돕고 싶단 말이구려."

미카엘은 그렇다고 고갯짓했다.

홀예르 팔름그렌이 몸을 앞으로 기울였다.

"그럼, 그녀 집 거실에 있는 소파가 어떻게 생겼는지 한번 말해 보시오."

그 말에 미카엘도 미소를 지었다.

"제가 그 집에 갔을 때 말입니다…… 고물상 주인이나 좋아할

319

형편없는 소파가 있었는데 1950년대 물건 같더군요. 밤색 천에 노란색 그림이 있는 쿠션 두 개는 다 찌그러져 있었고요. 천은 군데군데 찢겨 속에 든 게 밖으로 삐져나와 있었지요."

홀예르 팔름그렌이 웃음을 터뜨렸다. 웃음이라기보다는 컥컥 목구멍을 긁는 바람 소리에 불과했지만. 그는 시바르난단 박사를 쳐다보았다.

"이 양반은 정말 그녀의 아파트에 가보았던 모양이오. 내 손님에게 커피 한잔 대접할 수 있겠소?"

"물론입니다."

시바르난단은 자리에서 일어나 방을 나갔다. 도중에 문에 잠깐 서서 미카엘에게 고개를 까딱해 보였다.

"알렉산드르 살라첸코." 문이 닫히자마자 홀예르 팔름그렌이 말했다.

미카엘의 두 눈이 휘둥그레졌다.

"그 이름을 아십니까?"

홀예르 팔름그렌은 고개를 끄덕였다.

"리스베트가 내게 그의 이름을 말해 줬다오. 사실 난 이 이야기를 누군가에게 꼭 들려주고 싶었소. 내가 갑자기 쓰러져 죽을 수도 있으니까…… 불가능한 일만은 아니지."

"리스베트가요? 그녀가 어떻게 그를 알죠?"

"그는 리스베트 살란데르의 아버지요."

미카엘은 처음엔 홀예르 팔름그렌이 하는 말의 의미를 제대로 이해하지 못했다. 몇 초의 시간이 흐른 후에야 단어들은 비로소 제자리를 찾아갔다.

"지금…… 그게 무슨 말씀입니까?"

"살라첸코는 1970년대에 스웨덴으로 온 사람이오. 일종의 정치적 망명자였던 것 같소. 사실 나도 자세한 사정은 모른다오. 아시다시피 리스베트는 원래 과묵한 데다가, 그 문제에 대해선 특히 말이 없었으니까."

그녀의 출생증명서…… 부친 미상…….

"살라첸코가 리스베트의 아버지였다……." 미카엘이 되뇌듯 말했다.

"내가 그녀를 알고 나서 딱 한 번…… 그녀는 자기에게 무슨 일이 있었는지 얘기해 주었소. 내가 뇌출혈을 일으키기 약 한 달 전 일이었지. 자, 내가 들은 바는 이렇소. 살라첸코는 1970년대 중반에 스웨덴으로 왔소. 1977년에 리스베트의 모친을 만났고, 두 명의 아이를 가졌지."

"두 명?"

"리스베트와 그녀의 여동생 카밀라요. 둘은 쌍둥이지."

"맙소사! 리스베트 같은 여자가 둘씩이나 있단 말입니까?"

"하지만 두 사람은 아주 다르다오. 그리고 그건 다른 이야기이니 나중에 합시다. 리스베트의 어머니 이름은 앙네타 소피아 셸란데르였소. 열일곱 살 때 알렉산드르 살라첸코를 처음 만났지. 두 사람이 만나게 된 자세한 사정에 대해서는 나도 잘 모른다오. 하지만 뻔한 것 아니겠소? 경험 많은 나이 든 사내에게 순진한 소녀는 손쉬운 먹잇감이었겠지. 요컨대 그녀는 그에게 홀려 강렬한 사랑에 빠져버린 거요."

"이해가 됩니다."

"하지만 살라첸코는 이내 고약한 정체를 드러냈지. 사내가 원했던 건 사랑이 아니라, 그저 가지고 놀기 쉬운 여자일 뿐이었으니까. 그 이상도 그 이하도 아니었지."

"그랬을 테죠."

"그녀는 그와의 안정된 미래를 꿈꾸었겠지. 하지만 그는 그녀와 결혼할 생각이 추호도 없었소. 실제로 둘은 혼인 신고를 하지 않았다오. 하지만 1979년, 그녀는 이름을 셸란데르에서 살란데르로 바꿨지. 그런 식으로라도 그의 여자라는 사실을 보여 주고 싶었던 것인지도 모르지……."

"그게 무슨 말입니까?"

"살라. 살란데르."

"맙소사!" 미카엘이 탄성을 터뜨렸다.

"살라첸코는 지독한 사이코패스로서의 진면목을 드러내기 시작했소. 술을 마시고 앙네타를 구타했지. 내가 알기로, 이 폭력은 아이들의 유년기 내내 계속됐다오. 리스베트는 그를 가끔씩 집에 들르는 남자로 기억하고 있소. 어떤 때는 아주 오랫동안 보이지 않다가 갑자기 룬다가탄의 그 아파트에 나타나곤 했다고 했소. 하지만 매번 똑같은 일이 벌어졌소. 살라첸코는 섹스와 술 때문에 들렀고, 항상 앙네타 살란데르를 다양한 방법으로 학대하는 것으로 끝나곤 했지. 리스베트의 묘사를 들어보면, 그건 단지 육체적인 학대만은 아니었던 듯하오. 총을 휘두르며 위협했다고 했소. 상대에게 정신적 공포를 가하면서 즐기는 사디스트였던 거지. 그리고 그런 행동은 해가 갈수록 더 심해졌다고 하오. 리스베트의 모친은 1980년대의 대부분을 공포 속에 살아야 했소."

"그가 아이들도 때렸나요?"

"그러지는 않았던 것 같소. 애들에 대해선 워낙 관심이 없었으니까. 봐도 인사조차 안 했다고 하오. 살라첸코가 오면 어미는 애들을 침실에 보냈고, 아이들은 허락 없이는 밖으로 나오지 못했지. 한두 번 그가 애들의 따귀를 가볍게 때린 적은 있었지만, 그건 애들이 방해됐거나 거치적거려서였기 때문이오. 모든 폭력은 그 애들의 어미에게로 향했지."

"아, 불쌍한 리스베트!"

홀예르 팔름그렌은 고개를 끄덕였다.

"리스베트가 이 이야기를 해준 것은 내가 쓰러지기 약 한 달 전이었소. 그때 처음으로 자신의 사연을 들려준 거지. 난 당시 그녀의 후견 체제를 없애 주기로 결심하고 있었소. 아무리 생각해도 멍청한 짓이었으니까. 리스베트는 나나 당신보다 훨씬 더 똑똑한 사람 아니오? 하여 난 이 건을 법원에 올리려고 준비하던 참이었소. 그 와중에 쓰러지고 말았는데…… 깨어나 보니 여기더군."

그는 팔을 크게 돌리며 좁은 병실을 가리켰다. 간호조무사가 방문을 두드린 다음 커피를 들고 들어왔다. 팔름그렌은 그녀가 방을 떠날 때까지 침묵을 지켰다.

"그런데 이 이야기 가운데 나로서는 이해할 수 없는 점이 몇 가지 있소. 앙네타 살란데르는 치료를 위해 열두 번도 넘게 입원해야 했다오. 나는 그녀의 기록을 읽어보았지. 분명히 그녀는 심각한 폭력의 희생자였고, 사회 복지 기관은 마땅히 개입해야 옳았소. 그런데 이상하게도 그들은 전혀 움직이지 않았던 거요. 그녀가 입원할 때면 리스베트와 카밀라는 복지 시설에 맡겨졌고, 퇴원하면 곧바로 집으로 돌아가 그다음 라운드를 기다려야 했지. 내가 생각해 낼 수 있는 유일한 설명은, 사회 보호 시스템에 커다란 구멍이 나 있었고, 앙네타는 앙네타대로 그녀의 고문자를 너무 두려워하여 옴짝달싹하지 못했다는 거요……. 그리고 무언가가 일어났소. 리스베트가 '모든 악'이라고 부르는 사건."

"그게 뭡니까?"

"살라첸코는 몇 개월간 모습을 보이지 않았소. 그때 리스베트는 열두 살이었고. 그녀는 그 못된 사내가 영원히 꺼져버린 거라고 믿기 시작했소. 물론 현실은 그렇지 않았지만 말이오. 어느 날 그가 돌아왔소. 앙네타는 우선 리스베트와 그녀의 동생을 침실에 가두고, 살라첸코와 관계를 가졌지. 그러고 나서 그는 그녀를 때리기 시작했소. 그녀를 고문하면서 쾌감을 느낀 거지. 하지만 이번에는 상황이 조금 다르게 흘러갔소. 이제 침실에 갇혀 있는 것은 더 이상 조그만 아이들이 아니었거든……. 두 소녀는 각기 다르게 반응했다오. 카밀라는 그녀의 집에서 일어나는 일을 누가 알게 될까 봐 몹시 겁을 냈소. 그녀는 모든 것을 숨기려 들었고, 심지어 자기 엄마가 폭행당하는 것까지 모르는 체했소. 한바탕 구타가 끝나고 나면 카밀라는 아무 일 없다는 듯 기어 나와 지 아비에게 아양을 떨곤 했지."

"자신을 보호하는 나름의 방식이었겠군요."

"그렇소. 하지만 리스베트는 전혀 달랐소. 그녀는 더 이상 참지 못하고 폭력을 중단시켰지. 당장 부엌으로 달려가 칼을 들고 나와 살라첸코의 어깻죽지에 그대로 내리꽂은 거요. 그렇게 다섯 번이나 칼을 맞은 살라첸코는 간신히 칼을 빼앗고 아이에게 주먹을 한 방 날렸소. 상처는 그리 깊지 않았지만 그는 돼지처럼 피를 쏟으며 도망갔지."

"그게 바로 리스베트의 진면목입니다!"

팔름그렌이 웃었다.

"맞아! 리스베트 살란데르를 함부로 건들면 안 되지. 누가 총으로 위협하면, 더 큰 총을 들고 달려들 여자니까. 바로 그 점 때문에 요즘 걱정되는 거라오."

"이 사건이 바로 '모든 악'인가요?"

"아직 아니오. 이제 두 가지 일이 일어나게 된다오. 여기서도 이해 안 되는 점이 있지. 살라첸코는 병원에 가지 않으면 안 될 정도

로 심각한 부상을 입었소. 그렇다면 당연히 경찰 수사가 뒤따랐어야 옳았는데…….'

"그런데?"

"내가 아는 바로는, 아무 일도 일어나지 않았단 말이야. 리스베트의 말로는 어떤 남자가 찾아와 앙네타와 얘기했다는 거요. 리스베트는 그가 누구인지, 또 둘 사이에 어떤 말이 오갔는지 전혀 몰랐다고 했소. 그가 가고 나자 그녀의 어머니는 리스베트에게 이렇게 말했다더군. 살라첸코가 다 용서해 주었다고."

"용서해 준다고요?"

"그게 그녀의 표현이었소."

갑자기 미카엘은 깨달았다.

비에르크였군! 아니면 비에르크의 동료 중 하나였든가. 살라첸코가 벌인 짓을 뒷정리해 줄 필요가 있었던 거지. 개자식! 그는 질끈 눈을 감았다.

"뭐라고 했소?" 팔름그렌이 물었다.

"저는 무슨 일이 있었는지 알 것 같습니다. 그리고 이런 짓을 한 자들…… 이번에는 그 빚을 갚아야 할 겁니다. 자, 일단 이야기를 계속해 보시죠."

"그 후 여러 달 동안 살라첸코는 모습을 보이지 않았소. 리스베트는 준비하면서 그를 기다리고 있었지. 그녀는 어머니를 보호하려고 걸핏하면 학교를 빠져나왔다오. 갑자기 살라첸코가 들이닥쳐 어머니에게 해코지할까 두려웠던 거지. 심약한 어머니는 살라첸코와의 관계를 끊지도 못했고, 경찰에 가서 신고도 하지 못했소. 아니면 상황의 심각함을 인지하지 못하고 있었는지도 모르지. 열두 살이 된 리스베트는 이런 어미에 대해 책임감을 느꼈던 거요. 하지만 살라첸코가 돌아왔을 때, 그날따라 리스베트는 학교에 있었소.

그녀가 집에 돌아왔을 때, 그는 아파트를 나오고 있었지. 그는 아무 말도 하지 않았소. 그냥 실실 웃기만 했지. 리스베트가 뛰어 들어가 보니 어머니는 의식을 잃고 부엌 바닥에 쓰러져 있었어."

"그런데 살라첸코는 리스베트를 건드리지 않았다고요?"

"건드리지 않았소. 어쨌든 그녀는 차에 막 올라타고 있는 그를 따라잡았지. 그는 차 문 유리창을 내렸어. 뭔가 할 말이 있을 거라 생각했던 건지. 하지만 리스베트는 준비해 놓고 있었어. 차 안에 우유 팩 하나를 던졌지. 안에 휘발유를 가득 넣어둔 우유 팩을. 그리고 성냥 하나를 그었어."

"맙소사!"

"그렇게 그녀는 두 번씩이나 자기 아버지를 살해하려 했던 거요. 그리고 이번에는 결과가 나타났지. 룬다가탄의 한 자동차 안에서 화염에 휩싸여 타고 있는 남자……. 이게 사람들의 눈에 띄지 않을 리 없을 테니까."

"어쨌든 그러고도 살아남은 모양이군요."

"살라첸코는 화상으로 온몸이 만신창이가 되었지. 다리 하나를 잘라내야 했소. 얼굴은 타서 녹아내렸고, 몸 군데군데에 심한 화상을 입었소. 그리고 리스베트는 상트 스테판 아동 정신병원에 들어가게 되었다오."

그녀가 이미 한 글자도 빠짐없이 기억하고 있는 내용이었다. 하지만 리스베트 살란데르는 비우르만의 시골 별장에서 찾아낸, 자신에 관련된 자료들을 다시 한 번 주의 깊게 읽었다. 그리고 나서 창가 한구석에 쪼그리고 앉아 미리암 우에게서 선물로 받은 담배 케이스를 열었다. 담배에 불을 붙이고 창밖의 유르고르덴 섬을 바라보았다. 지금까지 알지 못했던 그녀 삶의 어떤 세부 사항들을 발견했던 것이다.

한꺼번에 너무도 많은 퍼즐 조각들이 제자리에 떨어져 내리는 것을 보는 느낌, 그것은 온몸이 얼어붙는 듯한 충격이었다. 무엇보다 흥미로운 것은 1991년 2월, 군나르 비에르크라는 사람이 쓴 경찰 보고서였다. 그녀는 그날 자신이 만났던 어른들 중에서 누가 군나르 비에르크인지 생각해 보았다. 그러고 보니 알 것도 같았다. 그렇다. 자칭 '스벤 얀손'이라고 하던 사내였다. 그녀는 그를 세 번 만났고, 그때 그가 보여 준 표정들과 몸짓들, 또 그가 사용한 단어들을 생생하게 기억하고 있었다.

그때는 모든 것이 완전한 혼돈 속에 있었다.

살라첸코는 차 안에서 횃불처럼 화염에 휩싸여 있었다. 그는 가까스로 차 문을 열고 보도 쪽으로 몸을 굴리는 데 성공했지만, 한쪽 발은 아직 안전벨트에 끼여 있었다. 사람들이 달려와 몸에 붙은 화염을 겉옷으로 덮어 꺼주었다. 곧이어 소방관들이 도착하여 자동차의 화재를 진압했다. 구급차가 도착했고, 그녀는 살라첸코를 내버려 둔 채 대신 자기 어머니를 구해 달라고 구급차 요원들을 설득해 보려 했다. 하지만 그들은 그녀를 밀쳐버렸다. 경찰이 왔고, 증인들은 그녀를 지목했다. 그녀는 무슨 일이 있었는지 설명하려 했으나, 아무도 그녀의 말을 듣지 않았다. 대신 그녀의 몸은 경찰차 뒷좌석에 실려 있었고, 몇 분이, 또 몇 분이, 그리고 다시 몇 분이 흘러 거의 한 시간이 지난 후에야 경찰은 아파트 안에 들어가 그녀의 어머니를 발견했다.

리스베트의 어머니 앙네타 소피아 살란데르는 의식을 잃은 상태였다. 뇌에 심한 손상을 입었던 것이다. 그것은 이후 오랫동안 이어질 일련의 크고 작은 뇌출혈의 시작이었다. 그녀는 이로 인해 영영 일어서지 못하게 될 운명이었다.

리스베트는 갑자기 깨달았다. 왜 지금까지 아무도 이 경찰 보고서를 읽지 못했는지를. 왜 홀예르 팔름그렌이 이것을 입수하지 못했으며, 왜 지금 그녀에 대한 수사를 책임지고 있는 리샤르드 엑스트룀 검사조차 이것에 접근할 수 없었는지를. 보고서는 일반 경찰에 의해 작성된 게 아니었다. 그것은 세포의 어느 빌어먹을 요원이 쓴 것이었다. 그리고 여기에는 국가안전법에 따라 이 보고서가 최고 기밀로 분류됨을 의미하는 스탬프가 찍혀 있었다.

그랬다. 살라첸코는 세포를 위해 일하고 있었던 것이다.

따라서 이것은 조사할 사안이 아니었고, 오히려 깊이 은폐해야 할 사안이었다. 살라첸코가 앙네타 살란데르보다 더 중요한 존재였으므로. 그는 노출되고 고발되어서는 안 되었으므로. 살라첸코는 애당초 존재하지 않았으므로.

그들에게 문제는 살라첸코가 아니었어. 리스베트 살란데르, 스웨덴의 가장 중요한 비밀 중 하나를 날려버릴 위험이 있는 미친 계집애가 오히려 문제였던 거야.

이런 비밀이 존재하는지 그녀는 전혀 모르고 있었다. 그녀는 보고서 내용을 머릿속으로 정리했다. 살라첸코는 스웨덴으로 들어온 직후 그녀의 엄마를 만났다. 그때 그는 본명을 사용하고 있었다. 아직 스웨덴 신분과 이름을 부여받지 못했을 때니까. 그제야 이해되었다. 왜 몇 년 동안 스웨덴의 모든 공식 기록을 샅샅이 뒤져보았어도 그의 이름을 찾을 수 없었는지를. 그녀는 그의 본명을 알고 있었지만, 스웨덴 정부가 그에게 새 이름을 주었던 것이다.

이제 그녀는 모든 걸 대충 이해할 수 있었다. 만일 살라첸코가 폭행 및 상해죄로 기소된다면, 앙네타 살란데르의 변호사는 그의 과거를 샅샅이 조사하게 될 터였다. 살라첸코 씨, 당신은 어디서 일하지? 당신의 진짜 이름은 무엇이야? 도대체 어디서 튀어나온 거지?

또 리스베트 살란데르가 사회 보호 시설에 들어가게 된다면, 누군가 조사하기 시작할 것이었다. 그녀는 너무 어려서 기소될 수 없겠지만, 휘발유를 채운 우유 팩 사건은 면밀히 조사될 터이고, 결국은 마찬가지 일이 벌어지게 될 것이었다. 그랬으면 그들의 가정사는 이 나라 매체들의 톱뉴스가 되었으리라. 따라서 경찰 보고서는 누군가 '확실한' 인물이 작성해야 했고, 그런 다음 일급 기밀로 분류되어 땅속에 묻혀야 했다. 아무도 찾아낼 수 없게 깊이 파묻어야 했다. 그리고 리스베트 살란데르라는 계집애 역시 아무도 찾아낼 수 없도록 깊이깊이 매장해 버려야 했다.

군나르 비에르크.

상트 스테판.

페테르 텔레보리안…….

이 모든 것을 이해하고 나니 불같은 분노가 치밀어 올랐다.

스웨덴 정부…… 너희들을 대변할 수 있는 누군가를 만나게 되면 심각한 대화를 한번 나눠야겠어…….

그녀는 만일 외무부 건물 안에 화염병을 집어던지면 외무부 장관이 무슨 생각을 할까, 잠시 상상해 보았다. 하지만 그는 과연 이 사안을 알고 있기나 할까? 도대체 책임자들은 어디 있단 말인가? 책임자들을 찾아내지 못할 경우, 페테르 텔레보리안은 좋은 대체물이었다. 그녀는 다른 모든 일을 해결하는 즉시 그를 찾아가 '심각한 대화'를 꼭 한 번 가져야겠다고 다짐했다.

하지만 아직은 모든 것이 완전히 이해되지 않았다. 여러 해 동안 사라져 있던 살라첸코가 갑자기 나타났다. 다그 스벤손은 그를 고발하려 준비하고 있었다. 그래서…… 탕, 탕. 두 번의 총격. 다그 스벤손과 미아 베리만은 그렇게 제거되었다. 그것도 리스베트 자신의 지문이 묻어 있는 권총으로.

살라첸코 혹은 그가 보낸 인물은 그녀가 비우르만의 서랍을 뒤지다가 권총을 발견했고, 또 거기에 그녀의 지문을 남겨 놓았다는 사실을 물론 모르고 있었으리라. 자신이 손댄 권총을 살라가 범행에 사용한 것은 순전히 우연이었다. 하지만 살라와 비우르만 사이에 모종의 관계가 있다는 사실, 그녀는 이 사실만큼은 처음부터 분명히 알고 있었다.

하지만…… 아직도 이해되지 않는 점들이 있었다. 살라와 비우르만은 어떤 관계일까? 또 비우르만은 누가, 왜 죽었을까? 그녀는 곰곰이 생각하며, 퍼즐 조각들을 하나하나 맞춰보려고 노력했다.

이 모든 것을 합리적으로 설명해 줄 대답은 단 하나였다.

비우르만.

비우르만은 개인적으로 그녀에 대해 조사하고 있었다. 그러다가 그녀와 살라첸코의 관계를 알아냈으리라. 그래서 살라첸코에게 도움을 청하게 되었으리라.

그녀는 비우르만이 자신을 강간하는 장면을 담은 동영상을 지니고 있었다. 그것은 비우르만의 머리 위에 매달린 날 선 검이라 할 수 있었다. 그래, 비우르만은 살라첸코라면 리스베트로 하여금 그 동영상이 어디 있는지 털어놓게 할 수 있을 거라고 믿었으리라.

그녀는 창가에서 벗어나 책상 서랍을 열고 CD를 한 장 꺼냈다. 그 위에는 유성 사인펜으로 '비우르만'이라고 적혀 있었다. 아직 케이스조차 만들지 않은 물건이었다. 그리고 2년 전, 이 안에 담긴 영상을 비우르만에게 보여 준 이후로 두 번 다시 들여다본 적이 없었다. 그녀는 그것을 손바닥 위에 올려놓고 무게를 가늠하듯 몇 번 움직여본 뒤, 다시 서랍 속에 집어넣었다.

비우르만, 그 어리석은 인간! 왜 공연히 남의 일에 끼어들었단 말인가? 그저 그녀가 시킨 대로 얌전히 후견 체제만 해제해 놓았다면 그녀는 그를 놓아줄 생각이었다. 하지만 살라첸코는 달랐다. 그는 절대 순순히 놓아줄 인간이 아니었다. 그는 비우르만을 영원히 자신의 애완용 강아지로 붙잡아 놓으려 했을 것이다. 그 과정에서 그들 사이에 무슨 일이 일어난 것이리라.

살라첸코의 조직. 그 조직의 촉수는 MC 스바벨셰까지 뻗쳐 있었다.

금발 거인.

그자가 열쇠였다.

그를 찾아내, 살라첸코가 어디 숨어 있는지 알아내야 했다.

리스베트는 다시 담배 한 대를 피워 물고, 셉스홀멘을 바라다보았다. 이어 그녀의 시선은 그뢰나 룬드 놀이 공원의 롤러코스터 쪽으로 옮겨 갔다. 갑자기 그녀는 큰 소리로 말하기 시작했다. 언젠가 TV 영화에서 들은 적이 있는 어떤 섬뜩한 음성을 흉내 내고 있었다.

대애디이이…… 아임 커밍 투 겟 유우우우…….

(아빠…… 내가 잡으러 갈 테니 기다려!)

누군가 그녀의 이런 모습을 보았다면 그녀를 완전한 미치광이로 생각했으리라. 저녁 7시 30분, 그녀는 리스베트 살란데르 추적에 관한 최근 뉴스를 듣기 위해 TV를 켰다. 그리고 끔찍한 충격을 받았다.

마침내 부블란스키는 저녁 8시가 조금 지나 한스 파스테와 휴대폰으로 통화할 수 있었다. 물론 그들 사이에 오간 것은 상냥한 대화가 아니었다. 부블란스키는 한스 파스테에게 그가 지금 어디 있는지조차 물어보지 않았다. 그저 딱딱한 어조로 오늘 일어났던 일들을 알려 주었을 뿐이다.

파스테는 정신이 멍했다.

오늘 아침, 그는 수사 팀에서 일어나는 일들이 너무 못마땅했다. 그래서 경찰에 몸담은 이후 한 번도 해본 적이 없는 짓을 저지르고 말았다. 화가 머리끝까지 치민 그는 곧장 시내로 나왔다. 휴대폰 전원을 끄고 역 앞 술집에 퍼질러 앉아 맥주 두 병을 비우며 분을 삭였다.

그러고 나서 집으로 들어와 샤워를 하고 잠이 들었다.

잠이라도 자야 화가 풀릴 것 같았다.

눈을 떠보니 마침 TV 뉴스 시간이었다. 무심히 화면을 쳐다보던 그의 두 눈은 튀어나올 것 같았다. 뉘크바른에서 '공동묘지'가 발견되었다, 리스베트 살란데르가 MC 스바벨셰의 왕초에게 총을 쏘았다, 스톡홀름 남부 외곽 지역에서 그녀의 행방을 쫓고 있다, 그 추적망이 점점 좁혀지고 있다…….

그는 다시 휴대폰 전원을 연결했다.

그러자 빌어먹을 부블란스키가 기다렸다는 듯 전화를 걸어와, 이제 수사 방향이 다른 용의자를 찾는 것으로 공식 전환되었다고 알려 주었다. 그리고 당장 뉘크바른으로 달려가 범행 현장을 뒤지고 있는 예르셰르 홀름베리나 도와주라고 지시하는 것이었다. 이제 살란데르에 대한 수사가 결론을 향해 치닫고 있는 마당에, 자신은 숲 속에 떨어진 담배꽁초나 주워야 하는 신세가 된 것이다. 다른 사람들은 신나게 살란데르를 쫓고 있을 때에 말이다.

대체 그 염병할 MC 스바벨셰 놈들은 왜 끼어들었지?

어쩌면 그 빌어먹을 레즈비언, 소니아 모디그의 생각이 맞는 건지도 몰라.

아니, 아니, 그럴 리 없어!

범인은 분명히 살란데르라고!

자신의 손으로 꼭 그녀를 잡고 싶었다. 그녀의 목덜미를 거칠게 움켜쥐는 자신의 모습을 상상하는 그의 손바닥은 통증이 느껴질 정도로 휴대폰을 꽉 쥐고 있었다.

미카엘 블롬크비스트는 작은 병실 창문 앞을 왔다 갔다 했고, 팔름그렌은 그런 그의 모습을 차분한 눈으로 지켜보고 있었다. 시계는 저녁 7시 30분을 가리켰고, 두 사람은 한 시간 전부터 쉬지 않고 대화를 이어오고 있었다. 이윽고 팔름그렌이 미카엘의 주의를 끌기 위해 탁자를 두드렸다.

"그러다 신발이 닳겠소. 이리 와 앉으시오."

미카엘은 그의 말에 따랐다.

"이 모든 비밀들……." 팔름그렌이 다시 말했다. "당신에게서 살라첸코의 과거에 대해 듣지 않았더라면, 이 모든 비밀을 까맣게 모르고 있었겠지. 내가 본 것은…… 리스베트에게 정신적인 문제가 있다고 주장하는 보고서나 평가서들뿐이었으니까."

"페테르 텔레보리안, 그자가 쓴 거죠."

"그와 비에르크 사이에는 분명 모종의 약속이 있었겠지. 일종의 협력 관계였을 거요."

미카엘은 묵묵히 고개를 끄덕였다. 어찌 됐든, 텔레보리안이라는 자는 나중에 꼭 한 번 조사를 해보리라. 리스베트 문제가 아니더라도, 왠지 구린 냄새가 진하게 느껴지는 인물이었다.

"리스베트가 저에게 그자와는 거리를 두라고 충고하더군요. 속이 시커먼 자라고요."

홀예르 팔름그렌이 그를 날카롭게 쏘아보았다.

"그녀가 언제 그런 말을 했소?"

미카엘은 아차 싶어 입을 다물었다. 그러고는 다시 미소를 지으며 팔름그렌을 쳐다보았다.

"하하, 또 말씀드려야 할 비밀이 있었군요. 그녀가 도망 다닐 때 저와 연락한 적이 있었습니다. 내 컴퓨터를 통해서였지요. 항상 알쏭달쏭한 짤막한 메시지를 보내왔지만, 그것들을 통해 제가 방향을 잃지 않게 도와주었습니다."

홀예르 팔름그렌은 한숨을 내쉬었다.

"물론 그 사실을 경찰에 알리지는 않았겠지?"

"아직은요."

"내게도 아직 공식적으로 말씀하신 건 아니니 나 역시 모르는 걸로 해두겠소. 하긴…… 그녀는 컴퓨터를 잘 다루는 편이지."

얼마나 잘 다루는지, 당신은 상상도 못할 겁니다.

"어쨌든 난 그녀가 이번 일을 잘 해결해 내리라고 믿소. 비록 궁핍하게 살지만, 아주 강한 사람이니까."

그렇게 궁핍하게 살지도 않습니다. 30억 크로나나 되는 돈을 훔쳤거든요. 배고파 죽는 일은 절대 없을 거라고요. 말괄량이 삐삐처럼 금화가 가득 든 궤짝을 갖고 있다고요.

"그런데 한 가지 이해 안 되는 점이 있습니다." 미카엘이 말했다. "왜 변호사님은 그녀를 위해 적극적으로 나서지 않으셨나요? 예를 들어, 말도 안 되는 후견 체제 같은……."

홀예르 팔름그렌이 다시 한숨을 내쉬었다. 갑자기 치미는 슬픔에 가슴이 저려왔다.

"그래, 난 지금까지 제대로 도와주지 못했어……. 내가 리스베트의 법정 관리인으로 임명되었을 때, 그녀는 내가 맡았던 숱한 문제 청소년 중 하나였을 뿐이오. 난 그녀 말고도 열두어 명을 더 맡았으니까. 당시 사회복지부 장관이었던 스테판 브로드헨세가 내게 그 임무를 맡겼다오. 당시 리스베트는 상트 스테판에 갇혀 있어서 첫 한 해 동안은 그녀를 만나볼 수도 없었지. 두어 번 텔레보리안을 만난 게 전부였소. 그는 설명하기를, 그녀는 정신 이상자이며 그에 따른 각종 치료를 받고 있는 중이라고 했지. 물론 나는 그의 말을 믿었소. 하지만 당시 병원장이었던 요나스 베링예르와도 얘기해 보았소. 내가 보기에 이 사건과는 아무 관련 없어 보이는 깨끗한 사람이라오. 그는 나의 요청에 따라 리스베트의 상태를 평가했고, 결국 위탁 가정을 통해 그녀를 사회에 복귀시키기로 우린 합의를 보았소. 그때 그녀는 열다섯 살이었지."

"이후, 그녀를 쭉 돌봐오신 거로군요?"

"어디, 제대로 돌봐주기나 했었나……. 여하튼 나는 그 전철 사건이 있고 나서 그녀를 위해 싸웠지. 그때는 그녀를 어느 정도 알게 되어 무척 좋아하고 있었다오. 성깔 있는 애였지. 난 그녀의 강제 입원을 저지하는 데 성공했소. 이를 위해선 당국과의 타협안이 필요했다오. 즉 그녀가 법적 무능력자로 판결받고, 나는 그녀의 후견인이 되는 거였지."

"비에르크가 법원의 결정까지 관여할 수는 없었겠죠. 그런 시도를 했다간 세상의 이목을 끌게 될 테니까요. 하지만 그는 어떻게 해서라도 그녀를 가둬놓고 싶었고, 그래서 텔레보리안을 동원해 그녀에 대한 극히 부정적인 정신 상태 평가서를 쓰게 했어요. 법관들이 알아서 판단할 수 있게끔요. 하지만 법관들이 변호사님의 손을 들어주었고요."

"사실 난 그녀가 후견을 받아야 할 상태라고 생각해 본 적이 한 번도 없었소. 하지만 솔직히 고백하자면…… 나는 후견 체제 결정을 철회시키기 위해 많이 노력하지 않았다오. 사실은 좀 더 일찍부터, 그리고 더 적극적으로 나섰어야 했는데 그러질 않았지. 왜냐면 난 그 애가 너무 좋아서…… 같이 있고 싶어서…… 항상 다음에,

다음에 하며 미뤄왔던 거요. 또, 다른 일도 너무 많았고…… 그러다 덜컥 쓰러져버린 거요."

미카엘은 고개를 끄덕였다.

"그렇게까지 자책하실 필요는 없습니다. 변호사님은 오랜 세월 동안 그녀의 버팀목이 되어준 유일한 분이 아니십니까?"

"그리고 또 하나의 문제는, 내가 리스베트에 대해 너무 많은 걸 모르고 있었다는 점이오. 리스베트는 내 고객이었지만, 한 번도 살라첸코에 대해 언급하지 않았거든. 상트 스테판을 나와서 그녀가 내게 실낱만 한 신뢰를 보여 주는 데도 몇 년이 걸렸지. 그녀의 후견 결정이 내려진 재판이 있고 나서야 나를 대하는 그녀의 태도가 조금 달라졌다오."

"살라첸코 얘기는 어떻게 꺼내게 되었나요?"

"결국 그녀는 나를 신뢰하기 시작했던 것 같소. 거기다 내가 그녀의 후견 체제를 철회할 가능성이 있다고 여러 차례 언급했거든. 그녀는 몇 달 동안 그 문제를 곰곰이 생각해 본 것 같았소. 어느 날 내게 전화를 걸어 만나자고 하더군. 그러고는 살라첸코 이야기, 그리고 그때까지 일어난 모든 일에 대해 자신이 생각하는 바를 들려주었소."

"그랬군요."

"사실 너무 어마어마한 이야기여서 나로서는 잘 믿기지 않더군. 그래서 나 역시 나름대로 조사해 보았지. 하지만 스웨덴의 주민 등록부를 다 뒤져도 살라첸코라는 이름은 나오지 않았소. 때론 의심까지 들더군. 이 모든 게 그녀가 꾸며낸 이야기가 아닌가 싶은."

"변호사님께서 쓰러지셨을 때 비우르만이 그녀의 후견인이 되었죠. 그것도 분명히 우연히 일어난 일은 아니었겠죠?"

"물론이지. 우리가 언젠가 그것을 증명해 낼 수 있을지는 모르겠지만…… 깊이 조사해 보면 찾아낼 수 있으리라 생각하오. 비에르크의 뒤를 이어 살라첸코를 맡아온 자, 즉 비우르만을 리스베트의 후견인으로 앉혀 놓은 자를 말이오."

"왜 리스베트가 정신과 의사들이나 정부 기관 사람들과 대화하는 것을 단호하게 거부해 왔는지, 이제는 충분히 이해가 됩니다. 그녀는 그들과의 대화를 시도해 보았지만, 그때마다 상황이 더 악화되었던 거지요. 화염병 사건이 일어난 후, 그녀는 10여 명의 어른들에게 무슨 일이 있었는지 설명했습니다. 하지만 아무도 그녀의 말에 귀 기울이지 않았죠. 생각해 보십시오! 어린 소녀 혼자서 어머니의 생명을 구하기 위해 그 흉악한 사이코패스와 맞서 싸워야 했던 겁니다. 이를 위해 자신이 할 수 있는 일을 최선을 다해 한 거고요. 그런데 어른들은 '잘했다.' 혹은 '넌 착한 아이야.' 라고 칭찬해 주는 대신, 그녀를 정신병자 수용소에 처넣은 겁니다."

"그런데 진실은 그렇게 단순한 것만이 아니오." 팔름그렌이 심각한 표정으로 말했다. "당신도 느꼈을지 모르겠지만…… 리스베트에게는 뭔가 분명히 잘못된 부분이 있소."

"무슨 뜻입니까?"

"그녀가 어렸을 때 얼마나 많은 문제들이 있었는지 잘 아실 거요. 학교에서 저지른 사고 같은 것들 말이오."

"신문에서 매일 떠들어대는 부분이죠. 하지만 그녀와 같은 유년기를 보냈다면 나 역시 그랬을 겁니다."

"리스베트의 문제는 단순히 가정 환경만으로는 설명될 수 없소. 나는 그녀에 대한 정신과 평가서를 모두 찾아 읽어보았다오. 그런데 그녀의 사례에 대해서는 정확한 진단조차 못 내리고 있더군. 다시 말해, 그녀는 정상인의 한계를 벗어난 사람이오. 당신은 그녀와 체스를 두어본 적 있소?"

"아뇨."

"또 그녀는 사진 기억력의 소유자라오."

"알고 있습니다. 그건 함께 일하면서 알게 되었지요."

"그랬었군. 그녀는 수수께끼도 무척 좋아하오. 언젠가, 그녀는 성탄절을 같이 보내기 위해 날 찾아왔소. 그때 멘사 지능 테스트의 문제 몇 개를 내보았지. 예를 들어 다섯 개의 유사한 상징을 보여준 다음, 여섯 번째에 와야 할 상징이 뭔지를 알아맞히는 식의 문제였소."

"아, 네."

"나도 풀어보았지만 반밖에 맞히질 못했소. 그것도 이틀 저녁 동안 그걸 푸느라 머리가 터지는 것 같았지. 한데 그녀는 문제가 적힌 종이를 힐끗 한 번 쳐다보더니, 모든 문제의 정답을 술술 말하더군."

"네, 저도 인정합니다." 미카엘이 말했다. "리스베트는 아주 특별한 여자죠."

"불행히도 그녀의 특별함은 단지 지능뿐만이 아니오. 그녀는 타인과의 소통 능력이 몹시 부족하오. 난 그게 아스퍼거증후군의 한 형태가 아닌가 생각한다오. 아스퍼거장애 환자들에 대한 병리적 묘사를 읽어본 적이 있는지 모르겠소만, 리스베트의 경우와 딱 들어맞는 특징들이 여러 개 있다오. 물론 일치하지 않는 부분들도 있지만."

그리고 잠시 입을 다물었다가 다시 말했다.

"그녀는 자기를 가만히 놔두는 사람이나 점잖게 구는 사람에게는 절대 위험한 행동을 하지 않소."

미카엘은 고개를 끄덕였다.

"하지만 그녀에게 난폭한 성향이 있다는 사실만큼은 결코 의심할 수 없소." 팔름그렌이 목소리를 낮추어 말을 이었다. "만일 누군가가 자기를 도발하거나 위협하면, 그녀는 극도의 폭력으로 응수하는 여자요."

미카엘은 다시 한 번 고개를 끄덕였다.

"그렇다면 우리가 해야 할 일은 뭐겠소?" 팔름그렌이 말했다.

"살라첸코를 찾는 겁니다." 미카엘이 대답했다.

그때, 시바르난단 박사가 문을 두드렸다.

"방해가 됐다면 죄송합니다만, TV를 한번 틀어보세요. 지금 저녁 뉴스에서 그녀 얘기가 나오고 있어요."

29장
4월 6일 수요일 ~ 4월 7일 목요일

리스베트 살란데르의 몸은 분노로 덜덜 떨고 있었다. 오전에는 사뭇 여유 있는 마음으로 비우르만의 별장을 향해 떠났었다. 여러 가지 일로 몹시 바쁜 하루였기 때문에 어젯밤 이후 지금 저녁 시간까지 컴퓨터를 켜보지 못했고, 뉴스를 접할 기회도 없었다. 물론 자신이 스탈라르홀멘에서 벌인 작은 소동이 어느 정도 뉴스거리가 되리라고는 예상했다. 하지만 지금 TV 뉴스가 전하고 있는 충격적인 사실들은 태풍처럼 그녀의 심장을 뒤흔들었다.

미리암 우가 지금 쇠데르 병원에 입원해 있다. 룬다가탄의 아파트 앞에서 그녀를 납치하여 그토록 처참하게 온몸을 망가뜨린 것은 금발 거인 놈이다. 지금 그녀의 상태는 매우 심각하다······.

파올로 로베르토가 그녀를 구했다고 했다. 그가 어떻게 해서 뉘크바른의 외딴 창고 근처에 있었는지는 이해할 수 없는 일이라고 했다. 그가 병원에서 나올 때 기자들이 달려들어 인터뷰를 요청했지만 그는 논평을 거절했다고 했다. 그의 얼굴 상태는 두 손을 등 뒤로 묶고 10라운드를 뛴 복서의 그것이었다고······.

또 미리암 우가 끌려갔던 창고 부근 숲에서 두 구의 시체가 발견되었다고 했다. 경찰은 오후 늦게 세 번째 매장지가 발견되었으며, 이곳에서도 곧 발굴 작업이 이루어질 것이라고 했다. 또 다른 매장지들이 발견될 가능성도 있다는 이야기와 함께.

그다음엔 리스베트 살란데르의 추적에 관련된 소식이었다.

그녀 주위로 그물이 좁혀지고 있다고 했다. 그날 낮 동안, 경찰은 스탈라르홀멘에서 그리 멀지 않은 휴가철 별장촌에 그녀가 나타난 것을 확인했는데, 그녀는 무장한 상태로 위험하다고 했다. 그녀는 닐스 비우르만의 시골 별장에서 한두 명의 '헬스 에인절스'에게 총격을 가했다고 했다. 경찰은 그녀가 경찰의 포위망을 뚫고 지역을 빠져나가는 데 성공한 것으로 판단하고 있다고 했다.

예비 수사 책임자 리샤르드 엑스트룀이 기자 회견을 가졌다. 그는 모호한 답변으로 일관했다. 아뇨, 리스베트 살란데르가 '헬스 에인절스' 오토바이 갱단과 관련되어 있느냐는 질문에는 대답할 수 없습니다……. 아뇨, 리스베트 살란데르가 뉘크바른의 창고 근처에서 목격되었다고는 확실하게 말씀드릴 수 없습니다……. 아뇨, 그게 갱들 간의 원한 관계로 인한 싸움이라는 증거는 아무것도 없습니다……. 아뇨, 리스베트 살란데르가 엔셰데 살인 사건의 유일한 용의자라고는 말할 수 없습니다. 사실 우리 경찰도 그녀를 살인범으로 단정한 적은 없지 않습니까? 우리는 다만 이 사건과 관련된 그녀의 증언을 듣기 위해 그녀를 추적했을 따름입니다…….

리스베트 살란데르는 눈살을 찌푸렸다. 경찰 수사 팀 내부에 뭔가 일이 있었던 모양이었다.

그녀는 인터넷에 들어가 일간지 웹사이트들을 읽었다. 그러고 나서 엑스트룀 검사, 드라간 아르만스키, 그리고 미카엘 블롬크비스트의 하드 디스크들을 차례로 열어보았다.

엑스트룀의 메일함에는 흥미로운 메일이 가득 담겨 있었는데, 그중에서도 그녀의 눈을 끈 것은 오후 5시 22분에 얀 부블란스키 형사가 보낸 메모였다. 이 짤막한 메모는 예비 수사를 진행하는 엑스트룀의 방식에 대해 신랄한 비판을 담고 있었으며, 결론을 대신하여 일종의 최후통첩을 보내고 있었다. 부블란스키의 요구 사항은 다음과 같았다. 첫째, 소니아 모디그 형사를 즉시 수사 팀에 복귀시킬 것. 둘째, 수사 방향을 변경하여 엔셰데 살인 사건의 다른 용의자를 찾아볼 것. 셋째, '살라'라는 이름의 신비스러운 인물에 대해 본격적인 조사를 착수할 것.

리스베트 살란데르에게 혐의를 두는 근거는 단 하나요. 즉 범행 무기에 남은 지문 하나로 그녀를 범인이라 단정짓고 있는 거요. 물론 이것은 그녀가 무기를 만졌다는 충분한 증거라고 할 수 있소. 그러나 당신도 잘 알겠지만, 그녀가 이 총을 사용했다는 증거는 되지 못하오. 그리고 이번 사건의 희생자들을 겨냥해 쐈다는 증거는 더더욱 될 수 없소.

이제 우리는 이번 사건에 다른 인물들이 연관되어 있음을 분명히 알게 되었소. 쇠데르텔리에 경찰은 두 구의 매장된 시체를 발견했고, 세 번째 장소도 곧 파헤칠 거요. 그런데 이 창고의 소유자는 칼망누스 룬딘의 사촌이오. 리스베트 살란데르는 그 시체들과 아무 관계도 없다는 뜻이오. 그녀가 얼마나 난폭한 여자이고 정신병자인지는 모르겠지만, 아닌 건 분명 아닌 거요.

마지막으로 부블란스키는, 만일 자신의 요구가 관철되지 않을 경우, 자신은 수사 팀을 떠날 것이며, 그것도 조용히 떠나지는 않을 거라고 선언했다. 그에 대해 엑스트룀은 '당신이 알아서 최선을 다해 주시오.' 라고 답변했다.

드라간 아르만스키의 하드 디스크에는 깜짝 놀랄 만한 정보가 들어 있었다. 밀턴 시큐리티의 경리부와 오간 일련의 메일들은 니클라스 에릭손이 회사를 떠난다는 사실을 말해 주었다. 또 건물 경비원에게 보낸 메일에는 에릭손이 건물에 들어오는 즉시 그의 책상까지 동행하여 개인 소지품을 챙기게 한 후 내쫓으라는 지시가 담겨 있었다. 관리부에 발송된 메일은 에릭손의 건물 출입 카드 키 기능을 정지할 것을 지시했다.

하지만 가장 흥미로운 것은 아르만스키와 밀턴 시큐리티의 회사 변호사인 프랑크 알레니우스 사이에 오간 일련의 메일이었다. 아르만스키는 알레니우스에게 보낸 메일에서, 리스베트 살란데르가 체포될 경우, 그녀의 변호를 위해 회사가 어떤 일을 할 수 있는지 물었다. 이에 대해 알레니우스는 밀턴 시큐리티는 살인 혐의를 받고 있는 전 직원을 위해 회사가 개입할 필요는 없다, 잘못하면 회사 이미지에 부정적인 영향을 미칠 수 있다, 라고 대답했다. 아르만스키는 화를 내며, 사람들은 살란데르가 살인범이라고 주장하지만 이는 증명되지 않은 사실이며, 자신은 개인적으로 그녀가 결백하다고 생각하기 때문에 억울한 누명을 쓰고 있는 전 직원을 회사가 돕는 것은 당연한 일이 아니냐고 반문했다.

이어 리스베트는 미카엘 블롬크비스트의 하드 디스크를 열었고, 그동안 그가 아무것도 써놓지 않았으며, 심지어 전날 아침 이후로 컴퓨터를 열어보지도 않았다는 사실을 확인했다.

손뉘 보만은 드라간 아르만스키의 사무실 회의 탁자 위에 서류철을 내려놓고, 의자에 털썩 주저앉았다. 프레클룬드가 서류철을 펼쳐 읽기 시작했다. 아르만스키는 창 앞에 서서 스톡홀름 구시가를 쳐다보고 있었다.

"이게 내가 드릴 수 있는 마지막 정보인 것 같군요. 나는 오늘부로 수사 팀에서 쫓겨났습니다." 보만이 말했다.

"자네 잘못이 아냐." 프레클룬드가 말했다.

"그래, 당신 잘못이 아니오." 아르만스키도 똑같은 말을 하며 의자에 앉았다.

그는 지난 2주일 동안 보만이 가져온 자료들을 탁자 한쪽에 쌓아놓고 있었다.

"보만, 당신이야 일을 잘했지. 부블란스키와 얘기했소. 그는 오히려 당신이 떠나서 아쉽다고 합디다. 하지만…… 니클라스 에릭손 때문에 어쩔 수 없다더군."

"괜찮습니다. 거기 쿵스홀멘에 가 있는 것보다 우리 회사에 있는 게 나로선 훨씬 속 편하니까요."

"자, 그럼 지금까지의 작업을 요약해 주겠소?"

"에, 그러니까…… 리스베트 살란데르를 찾아내려는 우리의 목적은 완전히 실패했죠. 수사 팀이 정말 한심했어요. 팀원들은 서로 싸우고, 부블란스키는 팀을 완전히 장악하지 못한 것 같더군요."

"한스 파스테 때문인가?"

"한스 파스테가 엿 같은 인간이긴 해요. 하지만 진정한 문제는 파스테가 아니었어요. 또 수사가 그렇게 형편없는 것도 아니었고요. 사실 부블란스키는 모든 가능성을 열어두고 나름대로 최선을 다했어요. 문제는 살란데르예요. 자기 흔적을 지우는 데에는 천재적인 재능이 있더군요."

"하지만 당신의 임무는 리스베트 살란데르를 잡는 것만이 아니었잖소?" 아르만스키가 살며시 말했다.

"그렇죠. 그리고 내가 니클라스 그 녀석에게 내 두 번째 임무를 밝히지 않아 얼마나 다행인지 모릅니다. 그래요, 수사 팀에서 일어나는 일들을 사장님에게 알려 드리고, 또 살란데르가 억울하게 감옥에 가는 일이 없도록 중간에서 노력하는 게 또 다른 임무였죠."

"그래서 결과가 어떻소?"

"사실 처음에는 나도 그녀가 범인이라고 확신했었습니다. 하지만 지금은 그렇게 생각 안 해요. 모순적인 사실들이 너무 많이 나타났거든요……."

"그래서?"

"이제 나는 더 이상 그녀가 주 용의자라고 생각하지 않습니다. 미카엘 블롬크비스트의 가설이 맞다는 느낌이 갈수록 강해져요."

"다시 말해서 우리는 다른 용의자를 찾아야 한다는 뜻이군. 자, 수사 내용을 처음부터 다시 한 번 검토해 봅시다." 아르만스키는 이렇게 말하고 두 사람에게 커피를 한 잔씩 따라주었다.

리스베트 살란데르는 인생 최악의 저녁을 보내고 있었다. 그녀의 머릿속에는 살라첸코의 차 안에 휘발유가 든 우유 팩을 던졌던 그 순간이 떠올랐다. 이후, 최악의 악몽은 멈췄고, 그녀는 깊은 내적 평화를 느낄 수 있었다. 그리고 세월이 흐르면서, 또 다른 문제들이 드러났다. 하지만 그 모든 것들은 그녀 자신과 관련된 것들이었고, 그럭저럭 처리해 나갈 수 있었다. 하지만 지금 이것은……
밈미에 관련된 문제였다.

밈미는 온몸이 망가져 쇠데르 병원에 누워 있었다. 아무 죄도 없는 밈미가 말이다. 그녀는 이 이야기와 아무 관계 없는 사람이었다. 그녀에게 죄가 있다면, 그건 리스베트 살란데르를 알았다는 것뿐이다.

리스베트는 스스로를 저주했다. 이건 자신의 잘못이었다. 깊은 죄책감이 밀려들었다. 자신은 안전한 비밀 주소에 숨어 있으면서 자신을 보호하기 위해 모든 방법을 강구했다. 반면 밈미는 모든 사람이 알고 있는 주소에 방치해 놓은 것이다.

어떻게 인간이 이 정도로 무심할 수 있는가?

그녀를 직접 때려죽이고도 내가 무슨 짓을 했는지조차 모르고 있었겠지…….

마음이 너무도 참담했고, 눈물이 솟구쳐 올랐다. 이거, 왜 이래! 리스베트 살란데르는 절대 울지 않아! 그녀는 눈물을 닦았다.

밤 10시 30분경, 그녀는 너무도 심란하여 아파트 안에 있을 수 없었다. 재킷을 걸치고 밤의 어둠 속으로 살그머니 빠져나왔다. 인적이 없는 골목길을 걸어 링베엔 대로까지 왔고, 쇠데르 병원으로 들어가는 진입로 앞에 섰다. 그대로 밈미의 병실로 달려가 그녀를 깨운 뒤 모든 게 괜찮아질 거라 말해 주고 싶었다. 하지만 신셴 방면에서 경찰차 한 대가 퍼런 경광등을 번쩍이며 달려오는 것을 보고는 옆길로 몸을 숨겼다.

집에 돌아온 것은 자정이 조금 지나서였다. 몸이 오슬오슬 떨렸다. 옷을 벗고 이불 속으로 기어 들어갔다. 잠이 오지 않았다. 새벽 1시경, 그녀는 일어나 어둠에 잠긴 아파트를 가로질러 '친구 방'으로 걸어갔다. 침대 하나와 서랍장 하나를 들여놓고, 이후로는 한 번도 들어가본 적이 없는 방이었다. 그녀는 벽에 등을 기대고 앉아서 어둠을 응시했다.

리스베트 살란데르에게 친구 방이 있다고? 웃기지 말라고 해.

그녀는 추위에 떨며 2시까지 그렇게 앉아 있었다. 그러고는 울기 시작했다.

새벽 2시 30분, 리스베트 살란데르는 샤워를 하고 옷을 입었다.

커피와 빵 몇 조각을 준비하고 컴퓨터를 켰다. 그리고 미카엘 블롬 크비스트의 하드 디스크에 들어갔다. 아까 들어와 보았을 때 그의 '조사 일지'에 아무것도 적혀 있지 않은 것이 궁금하게 느껴졌지만, 밈미의 일로 깊이 생각해 볼 여력조차 없었다.

하여 다시 들어와 본 것인데, '조사 일지'에는 여전히 업데이트 된 내용이 없었다. 이번에는 '리스베트 살란데르' 폴더를 열어보 았다. 거기에는 새로운 파일이 하나 들어 있었다. '리스베트-중요 함'이라는 제목이었다. 파일의 '속성'을 확인해 보았다. 작성된 시 간은 오늘 0시 52분이었다. 그녀는 더블 클릭하고 메시지를 읽어 내려갔다.

리스베트, 내게 즉시 연락해 줘. 이 이야기는 내가 상상한 것보다 훨씬 더 고약하더군. 난 이제 살라첸코가 누군지 알아. 또 무슨 일이 있었는지 도 대충 알아낸 것 같아. 팔름그렌 변호사님과 대화를 나눴어. 텔레보리안 의 역할도 이해했고, 왜 그들이 너를 그렇게 정신병원에 가둬놓으려 했었 는지 알게 되었어. 누가 다그와 미아를 죽였는지도 알 것 같아. 그 이유도 짐작이 되지만, 아직 퍼즐을 완성하려면 몇 개의 결정적인 조각이 더 필 요해. 비우르만의 역할에 대해서는 아직 모르거든. 내게 즉시 연락해 줘! 우린 이제 이 모든 걸 해결할 수 있다고! 미카엘.

리스베트는 파일을 두 번 읽었다. 슈퍼 블롬크비스트. 참 열심히 도 뛰셨네요! 그래, 우등생다워요……. 빌어먹을 우등생! 문제 해결 이 가능하다고 믿는 순진한 인간!

그는 선의로 충만해 있다. 그는 어떻게든 도움을 주고자 한다.

하지만 그는 모른다. 앞으로 무슨 일이 일어난다 하더라도, 어 차피 그녀의 삶은 이미 끝나버렸다는 사실을.

삶은 그녀가 열세 살 때 끝나버렸다.

그것이 유일한 해결책이었었다.

그녀는 새 파일을 하나 만든 다음, 미카엘 블롬크비스트에게 보낼 답신을 써보려고 했다. 하지만 아무것도 쓸 수 없었다. 생각들이, 너무도 많은 상념들이 머릿속에 떠다니고 있었다. 그녀가 그에게 말하고 싶은 숱한 상념들······.

사랑에 빠진 리스베트 살란데르······. 지나가던 개가 웃을 일이다.

그는 영원히 모르리라. 왜냐면 절대 자신의 감정을 드러내지 않을 테니까. 그걸 알고 나서 그가 득의에 찬 미소 짓는 꼴을 보고 싶지 않으니까.

그녀는 파일을 휴지통에 집어넣고 빈 화면을 응시했다. 하지만 그가 이렇게 완전한 침묵으로 대접할 만큼 못된 인간은 아니지 않은가? 그는 지금 씩씩하고도 충직한 작은 병사처럼 이쪽 링사이드에 앉아 그녀를 응원하고 있지 않은가? 그녀는 다시 새 파일 하나를 만들어 거기에 단 한 줄만 적었다.

내 친구가 되어줘서 고마웠어요.

우선 그녀는 차량 문제를 해결해야 했다. 교통수단이 하나 필요했던 것이다. 룬다가탄에 주차되어 있는 적포도주색 혼다를 사용하는 방법은 유혹적이었지만 배제되었다. 엑스트룀 검사의 컴퓨터에는 그녀가 차를 샀다는 사실을 수사 팀이 알아냈다는 단서가 전혀 없었다. 사실 차를 산 지 얼마 되지 않았기 때문에 차 등록증과 보험증도 만들어놓지 못했다. 그러니까 공식 서류상에는 아직 올라 있지 않은 것이다. 하지만 밈미가 경찰 심문을 받을 때 정보를 흘렸을 가능성이 있었다. 리스베트로서는 밈미가 침묵을 지켰으리라고 100퍼센트 장담할 수 없는 노릇이었다. 더욱이 룬다가탄은 경찰의 감시하에 있을 터였다.

그렇다면 오토바이는? 경찰은 그녀가 오토바이를 소유하고 있다는 사실을 알고 있었다. 또 룬다가탄 아파트의 차고까지 들어가서 그걸 끌고 나온다는 것은 더욱 복잡한 문제였다. 게다가 때 이른 폭염이 며칠째 계속되고, 일기 예보는 무더위와 폭우가 교차하는 불안정한 날씨를 예고하고 있었다. 그녀는 오토바이를 타고 미끄러운 도로를 달리고 싶은 마음이 전혀 없었다.

물론 이레네 네세르의 명의로 차를 렌트할 수도 있었지만, 여기에도 위험이 따랐다. 누군가가 그녀의 얼굴을 알아본다면, 이레네 네세르라는 이름은 앞으로 사용할 수 없게 될 터였다. 그러면 만사 끝장이었다. 왜냐면 '이레네 네세르'야말로 그녀가 이 나라를 빠져나갈 수 있는 유일한 가능성이기 때문이었다.

문득, 그녀의 입이 묘하게 뒤틀렸다. 그녀 특유의 미소가 떠오른 것이다. 맞아. 또 다른 방법이 있었지. 그녀는 컴퓨터를 켜고 밀턴 시큐리티의 내부 네트워크로 들어갔다. 그렇게 하여 도달한 곳이 회사 로비의 여직원이 관리하는 모터풀 사이트였다. 밀턴 시큐리티는 회사 차량을 95대나 보유하고 있었는데, 대부분 회사 마크가 찍힌 감시 차량이었다. 또 그중 대부분은 시내의 여러 차고에 흩어져 있었다. 하지만 마크가 찍혀 있지 않고, 다른 업무에 사용되는 일반 차량도 있었는데, 이것들은 슬루센 근처에 위치한 밀턴 시큐리티 사옥의 차고에 있었다. 차고는 집에서 멀리 떨어져 있지도 않았다.

그녀는 회사 인사 관리 파일을 열어, 직원 중에서 보름 예정으로 휴가를 떠난 마르쿠스 콜란데르를 골랐다. 그는 카나리아 군도에 있는 한 호텔의 전화번호를 남겨 놓고 있었다. 리스베트는 호텔 이름과 전화번호의 순서를 바꿔놓았다. 그리고 콜란데르와 관련된 메모를 하나 삽입했다. 즉 그가 떠나기 전에 마지막으로 취한 조처 는, 클러치에 이상이 있는 차 한 대를 수리하기 위해 끌고 갔다는 내용이었다. 그녀는 자신이 전에 사용한 바 있는 도요타 코롤라를 택했고, 이 차는 늦어도 일주일 후에는 반납될 것이라고 기입해 놓 았다.

마지막으로 그 앞을 지나가게 될 감시 카메라들의 프로그램을 변경해 놓았다. 새벽 4시 30분에서 5시 사이에 이 카메라들은 직 전 30분 동안 촬영된 영상을 반복해서 보여 주게 될 터였다. 물론 타이머는 정상으로 작동하지만.

새벽 4시가 조금 못 된 시각, 그녀의 배낭은 준비되었다. 그 안 에는 갈아입을 옷 두 벌, 최루액 스프레이 두 통, 그리고 충전해 놓 은 전기 충격기가 들어 있었다. 그녀는 권총 두 개를 번갈아 보았 다. 산스트룀에게서 빼앗은 콜트 1911을 포기하고, 대신 탄창에 총알이 하나 빠져 있는 손뉘 니미넨의 폴란드제 P-83 바나드를 선택했다. 그녀의 작은 손에는 그게 더 맞았던 것이다. 그녀는 그 것을 재킷 주머니에 집어넣었다.

리스베트 살란데르는 그녀의 노트북 '파워북'의 덮개를 내려 책 상 위에 올려놓았다. 그건 가져가지 않을 작정이었다. 하드 디스크 의 데이터는 이미 암호화하여 웹상에 백업해 놓았다. 하드 디스크 는 자신이 개발한 프로그램을 통해 깨끗이 지워버렸다. 이제는 그 녀 자신도 복구하는 것이 불가능했다. 이제 '파워북'은 더 이상 필 요할 일이 없을 터였다. 더욱이 가지고 다니기에는 너무 거추장스 러웠다. 대신 그녀는 팜 텅스텐(Palm Tungsten) PDA를 선택했다.

그녀는 책상 주위를 둘러보았다. 이 피스카르가탄의 아파트에 다시는 돌아올 수 없을지도 모른다는 생각이 들었다. 그렇다면 지금 너무 많은 비밀들을 남기고 가는 것이 아닐까? 그것들을 제대로 파괴하고 떠나는 게 현명하지 않을까? 하지만 그녀는 시계를 들여다보고, 시간이 많지 않다는 사실을 깨달았다. 마지막으로 주위를 둘러보고 책상의 스탠드 불을 껐다.

걸어서 밀턴 시큐리티 사옥에 도착한 리스베트는 차고에 들어가 사무실로 통하는 엘리베이터를 탔다. 텅 빈 복도에는 아무도 없었다. 로비 뒤쪽의 벽장은 잠겨 있지 않았으므로, 거기서 차 열쇠를 꺼내는 데에는 아무런 문제도 없었다.

30초 후, 차고로 돌아온 그녀는 리모컨으로 코롤라의 문을 열었다. 배낭을 조수석에 집어던지고, 운전석과 백미러를 조정했다. 차고 문을 열기 위해서는 전에 사용하던 리모컨으로 충분했다.

새벽 5시가 조금 못 된 시각, 쇠데르 멜라르스트란드를 따라 달리던 그녀는 베스테르브론 다리에 이르러 좌회전했다. 동이 트고 있었다.

미카엘 블롬크비스트는 6시 30분에 잠이 깨었다. 알람을 맞춰놓지 않았지만, 세 시간밖에 자지 못했다. 그는 침대에서 일어나 노트북 '아이북'을 켜고 '리스베트 살란데르' 폴더를 열어보았다. 곧바로 눈에 들어온 것은 그녀가 보낸 짤막한 답신이었다.

내 친구가 되어줘서 고마웠어요.

미카엘의 등으로 오싹한 전율이 스쳐갔다. 이건 그가 예상했던 종류의 대답이 전혀 아니었다. 뭔가 영원한 작별 인사의 냄새를 풍기는 답신이었다. 리스베트, 너 혼자 전 세계와 맞서기 위해 떠나겠다고……? 그는 주방의 커피 기계를 작동시킨 다음 욕실로 향했다. 후줄근한 청바지를 입은 다음에야 비로소 지난 몇 주일 동안 전혀 빨지 않았다는 사실을 깨달았다. 깨끗한 셔츠가 한 벌도 남아 있지 않았다. 하여 그냥 두건이 달린 적포도주색 트레이닝복 위에 회색 재킷을 걸쳐 입었다.

다시 주방으로 들어가 요깃거리를 만들고 있는데, 조리대 위에 올려놓은 전자레인지와 벽 사이에서 뭔가 금속 광택 같은 것이 번득였다. 그는 눈살을 찌푸렸고, 포크를 집어넣어 끄집어냈다. 열쇠 꾸러미였다.

리스베트 살란데르의 것이었다. 그녀가 룬다가탄에서 괴한의 습격을 받았을 때 그가 길에서 주워와, 숄더백과 함께 전자레인지 위에 올려놓았던 것이 뒤로 떨어진 모양이었다. 그는 숄더백은 증거물로 소니아 모디그에게 주었지만, 열쇠 꾸러미는 잊고 있었던 것이다.

그는 열쇠 꾸러미를 물끄러미 들여다보았다. 큰 열쇠 세 개와 작은 열쇠 세 개가 달려 있었다. 큰 것들은 아파트 건물 입구와 아파트 문 열쇠인 듯했다. 그녀의 아파트이리라. 하지만 룬다가탄 아파트는 아니었다. 제기랄! 도대체 어디서 살고 있는 거야?

미카엘은 작은 열쇠들을 좀 더 자세히 들여다보았다. 하나는 그녀의 가와사키 오토바이 열쇠인 듯했다. 다른 하나는 옷장이나 정리함 열쇠로 보였다. 그는 세 번째 열쇠를 들어 올렸다. 그 위에 24914라는 숫자가 새겨져 있었다. 순간, 그의 머리를 쾅 때리는 것이 있었다.

우편 사서함! 그래, 리스베트에게 사서함이 있었어!

그는 전화번호부를 펼치고, 쇠데르말름 구역에 어떤 우체국들이 있는지 훑어보았다. 그녀가 살던 곳은 룬다가탄이었다. 거기서 링엔 우체국까지는 너무 멀었다. 어쩌면 호른스가탄 우체국일지 몰랐다…… 아니면 로센룬스가탄 우체국일지도…….

그는 꾸르륵대고 있던 커피 기계를 중단시켰다. 아침 먹을 틈이 없었다. 그대로 에리카 베르예르의 BMW를 타고 곧장 로센룬스가탄 우체국으로 달려갔다. 열쇠는 맞지 않았다. 그는 호른스가탄 우체국으로 달려갔다. 24914번 사서함…… 빌어먹을! 열쇠는 꼭 들어맞았다. 열어보니 그 안에는 22통의 편지가 들어 있었다. 그는 모두 꺼내 노트북 가방의 바깥 주머니에 쑤셔 넣었다.

그는 호른스가탄까지 차를 몰아 크바르테르 영화관 앞에 차를 세우고, 아침 식사도 할 겸 '코파카바나'에 들어갔다. 카페라테가 나오기를 기다리면서 편지를 하나하나 살펴보았다. 수신인은 모두 '와스프 엔터프라이즈'로 되어 있었다.

아홉 개는 스위스 소인으로 발송된 것이었고, 여덟 개는 케이맨 제도, 하나는 채널 제도, 그리고 네 개는 지브롤터 소인이 찍혀 있었다. 그는 아무 거리낌 없이 봉투를 뜯어보았다. 처음 스물한 개의 봉투 속에 들어 있는 것은 은행 계좌 명세서 등 각종 은행 서류들이었다. 미카엘은 리스베트 살란데르가 엄청난 부자라는 사실을 확인할 수 있었다.

스물두 번째 편지는 좀 더 두툼했다. 주소는 육필로 쓰여 있었다. '뷰캐넌 하우스, 퀸스웨이 로(路), 지브롤터(Buchanan House, Queensway Quay, Gibraltar).' 겉봉에는 주소 외에 발신자의 로고 스탬프가 찍혀 있었다. 안에 든 편지 머리에는 발신자가 '사무 변호사 제러미 S. 맥밀런'으로 되어 있었다. 유려한 필체로 써 내려간 그의 영문 편지는 다음의 내용을 담고 있었다.

사무 변호사

제러미 S. 맥밀런

경애하는 살란데르 양.

귀양 소유의 아파트 대금 지불이 1월 20일의 잔금 지불을 끝으로 완결되었음을 확인했습니다. 약정에 따라 저는 모든 관련 서류의 사본을 보내드리오니 — 원본은 제가 보관하게 됩니다. — 흔쾌히 받아보시기 바랍니다.

또 하시는 모든 일이 순조롭기를 바랍니다. 지난여름, 뜻밖에도 이곳을 방문해 주신 것에 감사하며, 귀양을 실제로 뵙게 되어 몹시 즐거웠음을 고백드립니다. 앞으로도 필요한 일이 있으시면 언제든 연락 주십시오.

당신의 신실한 J.S.M.

편지는 1월 24일에 보낸 것이었다. 리스베트 살란데르는 사서함을 그다지 자주 비우는 편이 아닌 모양이었다. 미카엘은 첨부된 서류들을 들여다보았다. 모세바케의 피스카르가탄 9번지 아파트의 매매 서류였다.

캑 하고, 마시던 커피가 목에 걸릴 뻔했다. 무려 2500만 크로나의 아파트 구입 대금은 12개월 간격으로 2회에 걸쳐 지불되었다.

리스베트 살란데르는 건장한 체구에 갈색 피부의 한 남자가 '오토엑스퍼트'의 곁문을 여는 모습을 지켜보고 있었다. 에스킬스투나에 위치한 이 자동차 렌트 대리점은 주차장과 정비소를 겸한 곳으로, 어디서나 볼 수 있는 평범한 프랜차이즈점이었다. 정문 위에 걸린 간판에는 가게가 7시 30분에 연다는 말이 적혀 있었는데, 지금은 아직 6시 반에 불과했다. 그녀는 길을 건너가 곁문을 열고 사내를 뒤따라 들어갔다. 사내가 인기척을 느끼고 몸을 돌렸다.

"레피크 알바?" 그녀가 물었다.

"그런데? 당신은 누구요? 아직 문을 안 열었는데?"

그녀는 손뉘 니미넨의 P-83 바나드 권총을 두 손으로 잡고 그의 얼굴을 겨누었다.

"난 지금 수다 떨고 싶은 생각도 없고, 시간도 없어. 이 가게에서 렌트된 차의 장부를 보고 싶어. 지금 당장. 딱 10초 주겠어."

레피크 알바는 마흔두 살이었다. 디야르바키르[32] 출신의 쿠르드인이어서, 살아오는 동안 총이라면 실컷 구경한 사람이었다. 그는 몸이 마비된 듯 꼼짝 못했다. 이윽고 그는 미친년 하나가 권총을 들고 가게에 침입했으며, 그녀와 얘기해 봤자 소용없다는 사실을 깨달았다.

"컴퓨터 안에 있어." 그가 말했다.

"켜봐."

그는 순순히 복종했다.

"이 문 뒤에 뭐가 있지?" 컴퓨터가 켜지고, 모니터 화면이 깜빡거리기 시작할 때, 그녀가 물었다.

"잡동사니 쟁여두는 벽장이오."

"열어봐."

과연 그 안에는 콤비네이션 작업복 몇 벌이 걸려 있었다.

"좋아. 조용히 이 안으로 들어가. 그럼 내가 당신을 해칠 일도 없을 테니까."

그는 군말 없이 복종했다.

"당신 휴대폰을 꺼내서 땅에다 내려놓고 내 쪽으로 밀어."

그는 그녀가 시키는 대로 했다.

"좋아. 이젠 문을 닫아."

그것은 윈도우 95가 깔려 있고 하드 디스크가 280MB에 불과한 구식 컴퓨터였다. 차 대여 목록이 들어 있는 엑셀 프로그램을 열기 위해서는 무한한 인내가 필요했다. 그녀는 금발 거인이 몰던 흰색 볼보가 두 차례 대여되었다는 사실을 확인했다. 우선 1월에 2주 동안이었고, 다음에는 3월 1일에 대여한 뒤 아직 반납되지 않은 상태였다. 계약은 장기 렌트였고, 대금은 매주 지불하고 있었다.

그의 이름은 로날드 니더만이었다.

그녀는 컴퓨터 위쪽 선반에 꽂혀 있는 서류철들을 훑어보았다. 그중 등 부분에 깔끔한 글씨로 '신분증'이라고 쓰여 있는 것이 눈에 띄었다. 그것을 빼내 '로날드 니더만'이 있는 곳까지 페이지를 넘겼다. 지난 1월, 차를 렌트할 때 그는 여권을 제시했고, 레피크 알바가 이를 복사해 놓은 것이었다. 리스베트는 곧 금발 거인의 얼굴을 확인할 수 있었다. 여권에 의하면, 그는 독일 함부르크 출신으로 올해 나이 서른다섯이었다. 레피크 알바가 여권을 복사했다는 사실은 그가 이 가게와 아는 사이가 아니라 그냥 평범한 고객 중 하나라는 것을 암시했다.

여권이 복사된 용지 하단에 레피크 알바는 휴대폰 번호와 예테보리의 사서함 주소를 적어놓았다.

리스베트는 서류철을 제자리에 꽂아놓고 컴퓨터를 껐다. 주위를 살펴보니 열린 상태로 가게 문을 고정하는 데 사용하는 고무 조각 하나가 구석에 굴러다니는 게 보였다. 그녀는 그걸 집어 들고 벽장 쪽으로 다가가 권총의 총신으로 문을 두드렸다.

"내 목소리 들려?"

"네."

"내가 누군지 알아?"

아무 소리가 없었다.

물론 장님이 아니고서야 나를 못 알아볼 턱이 없지.

"오케이. 당신은 내가 누군지 알고 있어. 내가 무서워?"

"네."

"알바 씨, 날 무서워할 필요는 없어. 난 당신에게 아무 짓도 안할 거니까. 난, 여기 일 다 봤어. 그리고 일을 방해해서 미안해."

"어…… 알겠어."

"그 안에 숨 쉴 공기는 충분해?"

"응…… 그래, 당신이 원하는 게 뭐요?"

"2년 전 여기서 어떤 여자가 차를 한 대 빌렸는지 확인하고 싶었지." 그녀는 거짓말을 했다. "내가 찾는 사람은 없었어. 하지만 당신 잘못은 아니니까 난 몇 분 후에 떠날 거야."

"알았어."

"이 고무 조각을 벽장 문 밑에 끼워놓겠어. 문이 꽤 얇아서 당신 힘으로 부수고 나올 수 있겠지. 하지만 시간이 좀 걸릴 거야. 경찰을 부를 필요는 없어. 나를 다시 보게 될 일은 없을 테니까. 그냥 아무 일도 없었던 것처럼 가게 문을 열고 평소처럼 영업하면 돼."

물론 그가 경찰에 신고하지 않을 가능성은 제로에 가까웠다. 하지만 그로 하여금 또 다른 대안에 대해 생각해 볼 기회를 준다고 하여 나쁠 것은 없지 않은가? 그녀는 가게를 나와 길 한구석에 세워놓은 도요타 코롤라로 돌아와 재빨리 이레네 네세르로 모습을 바꿨다.

찾아낸 것이 금발 거인의 진짜 주소가 아닌 사서함에 불과하다는 사실에 짜증이 났다. 그것도 스톡홀름이 아닌, 스웨덴의 반대편에 떨어진 도시에 위치해 있다니! 하지만 이게 그녀에게 주어진 유일한 길이었다. 어쩌겠어? 자, 예테보리로 가자고!

그녀는 E20 고속도로 입구 쪽으로 향해 가다가 아르보가에서

서쪽으로 방향을 틀었다. 라디오를 켰다. 상업 방송국 하나가 잡혔고, 뉴스는 방금 전에 끝나 있었다. 라디오에서는 누군가가 부르는 「Putting out fire with gasoline」[33]이 흘러나오고 있었다. 그녀는 노래를 부르는 가수가 데이비드 보위라는 사실도 몰랐고, 전에 이 곡을 들어본 적도 없었지만, 가사가 왠지 예언처럼 느껴졌다.

30장
4월 7일 목요일

미카엘은 건물 출입문 앞에 서 있었다. 피스카르가탄 9번지. 주소는 스톡홀름에서 최고급 주택가에 위치해 있었다. 그는 출입문 열쇠 구멍에 열쇠를 밀어 넣었다. 찰칵. 열쇠가 미끄러지듯 들어갔다. 로비에 붙어 있는 안내판은 큰 도움이 되지 못했다. 건물 대부분의 아파트에는 회사가 입주해 있고, 일반 가정 입주자는 얼마 되지 않는 것 같았다. 리스베트 살란데르의 이름이 없는 것도 충분히 예상한 일이었다. 자기 이름을 버젓이 내걸고 살 여자가 아니니까. 하지만 그녀가 이런 곳에 숨어 살고 있으리라고는 별로 믿어지지 않는 것도 사실이었다.

그는 각 층의 문에 달린 명패를 읽어가면서 층계를 계속 올라갔다. 무언가가 떠오르게 하는 이름은 하나도 없었다. 마침내 그는 맨 위층에 이르렀고, V. 쿨라라는 이름을 발견했다.

미카엘은 자기 이마를 손으로 탁 쳤다. **빌라 빌레르쿨라(Villa Villerkulla)! 말괄량이 삐삐의 집!** 그의 입가에 미소가 떠올랐다. '슈퍼 블롬크비스트' 가 리스베트 살란데르를 찾아낼 수 있는 곳이 세상에서 이곳 말고 또 어디 있겠는가![34]

그는 초인종을 누르고 1분간 기다렸다. 그러고 나서는 열쇠 꾸러미를 꺼내 보강 자물쇠를 연 다음, 문손잡이 아래에 있는 일반 자물쇠도 열었다.

문을 여는 순간, 경보 장치가 삑삑대기 시작했다.

리스베트의 차가 외레브로 외곽에 위치한 글란스함마르 근처를 달리고 있을 때, 그녀의 휴대폰이 울렸다. 그녀는 즉시 브레이크를 밟고 근처의 비상 주차 지역에 차를 몰고 들어갔다. 차를 세운 그녀는 호주머니에서 팜 PDA를 꺼내 휴대폰에 연결했다.

누군가가 15초 전에 그녀의 아파트 문을 연 것을 확인할 수 있었다. 경보 장치는 보안 회사에 연결된 것이 아니었다. 단지 리스베트에게 모든 무단 침입 사실을 알려 주는 기능만 갖고 있을 뿐이었다. 그리고 30초 후에는 경보 장치가 정식으로 작동하기 시작한다. 그다음에 불청객은 문 옆 벽에 달린 퓨즈 박스처럼 생긴 상자 속에 숨겨 놓은 색깔 스프레이 세례를 받는 불쾌한 체험을 하게 될 것이다. 그녀는 미소를 지었다. 그리고 자못 흥분된 마음으로 카운트다운을 하기 시작했다.

미카엘은 문 옆에 붙어 있는 경보 장치의 타이머를 난감한 시선으로 쳐다보았다. 아파트에 경보 장치가 되어 있으리라곤 정말이지 예상치 못했다. 그는 디지털 타이머에서 초를 나타내는 숫자가 하나하나 줄어드는 것을 보았다. 《밀레니엄》 사무실에서는 30초 안에 네 자리의 코드를 정확히 입력하지 않으면 경보 장치가 발동하고, 곧바로 보안 회사 직원들이 달려오게 되어 있었다.

그는 문을 다시 닫고 그 장소를 떠나고 싶은 충동을 느꼈다. 하지만 그의 몸은 움직이지 않았다.

고작해야 숫자 네 개…… 우연히 코드를 찾아내는 것도 전혀 불가능한 일만은 아닐 수도…….

25초, 24초, 23초, 22초…….

아, 정말, 이 망할 말괄량이 삐삐!

19초, 18초…….

대체 무슨 코드를 넣어둔 거야?

15초, 14초, 13초…….

마음은 점점 더 급해지고 당황스러웠다.

10초, 9초, 8초…….

그는 문득 손을 올렸다. 그리고 머릿속에 떠오르는 숫자를 절망적으로 두드렸다. 9277이었다. 휴대폰 자판에서 알파벳 WASP에 해당하는 배열이었다.

놀랍게도 카운트다운은 6초에서 멈췄다. 경보 장치가 마지막으로 삑 소리를 내더니 타이머는 제로로 리셋되었고, 녹색 불이 들어왔다.

리스베트는 눈이 휘둥그레졌다. 혹시 자신이 잘못 본 게 아닌가 싶어 PDA를 흔들어보기까지 했다. 상식적으로 도저히 일어날 수 없는 일이 벌어졌기 때문이다. 색깔 스프레이의 카운트다운은 6초에서 멈춰버렸다. 그리고 다음 순간, 타이머는 제로로 돌아왔다.

불가능해.

왜냐하면 이 세상에 코드를 아는 사람은 그녀밖에 없으니까. 그 어떤 보안 회사의 경보 장치에도 연결되어 있지 않으므로, 누구도 경보 장치를 멈출 수가 없었다.

어떻게?

어찌 이런 일이 일어날 수 있는지 이해할 수 없었다.

경찰? 아냐. 살라? 말도 안 돼.

그녀는 휴대폰에 숫자를 입력하고 기다렸다. 이내 감시 카메라가 연결되어 저해상도의 영상을 휴대폰으로 전송하기 시작했다. 카메라는 천장에 달린 화재 감응기 비슷하게 생긴 것 안에 감춰져 있었고, 이미지를 초당 하나꼴로 포착하게 되어 있었다. 그녀는 처음부터—문이 열리고 경보 장치가 삑삑거리기 시작한 순간—시퀀스를 돌려 보았다. 휴대폰 화면을 들여다보는 그녀의 입가에 천천히 미소가 떠올랐다. 미카엘 블롬크비스트……. 그는 30초 동안 단속(斷續)적인 동작으로 혼자서 팬터마임을 벌이다가, 이윽고 코드를 두드린 다음, 심장 마비 위기를 간신히 모면한 사람처럼 문틀에 등을 기댄 채 할딱대고 있었다.

이 빌어먹을, 슈퍼 블롬크비스트가 찾아냈네!

그는 심지어 그녀가 룬다가탄에서 잃어버린 열쇠를 어디서 찾아냈는지 손에 들고 있었다. 또 약삭빠르게 그녀가 웹상에서 사용하는 이름이 '와스프(WASP)'라는 사실도 기억해 냈다. 게다가 이 아파트를 찾아낸 것을 보면, 이곳이 와스프 엔터프라이즈의 소유라는 사실도 발견했을 가능성이 높았다. 아무튼 대단한 '슈퍼 블롬크비스트'였다. 이어 그녀는 그가 다시 단속적인 동작으로 현관방으로 들어온 다음, 재빨리 카메라의 시야에서 사라지는 것을 보았다.

젠장…… 내가 왜 이렇게 일을 허술하게 해놨지? 또 열쇠는 왜 흘리고 다니냐고……? 이제 내 모든 비밀이 저 꼴 보기 싫은 슈퍼 블롬크비스트의 눈앞에 쫙 펼쳐져 버렸군!

그녀는 미간을 찌푸리며 잠시 생각에 잠겼고, 결국 이 모든 것이 더 이상 중요치 않다는 결론을 내렸다. 하드 디스크를 다 지워버렸으니 된 것이다. 그게 중요하지 않은가? 또 자신의 은신처를 찾아낸 존재가 다른 사람이 아닌 미카엘 블롬크비스트여서 오히려 다행인지도 몰랐다. 어차피 이 세상 그 누구보다 그녀의 비밀을 많이 알고 있는 사람 아닌가? 그래, 우등생이고 모범생인 양반이니, 그 고상한 신념에 따라 하고 싶은 대로 마음껏 하게 놔두지. 그렇다고 해서 날 팔아넘길 인간은 아니니까. 그녀는 기어를 1단으로 올리고, 깊은 생각에 잠긴 채 예테보리 쪽으로 다시 차를 몰았다.

8시 30분에 《밀레니엄》 사무실로 출근하던 말린 에릭손은 엘리베이터 앞에서 파올로 로베르토와 마주쳤다. 한눈에 그를 알아본 그녀는 자신을 소개하고 사무실 안으로 안내했다. 그는 심하게 절뚝거리고 있었다. 말린의 코끝에 향긋한 커피 냄새가 스쳤다. 에리카 베르예르가 벌써 나와 있는 모양이었다.

"안녕하세요, 베르예르 씨. 이렇게 갑자기 연락한 사람을 만나줘서 고마워요."

에리카는 눈을 동그랗게 뜨고 시퍼런 멍과 혹으로 덮인 그의 얼굴을 쳐다보다가, 이윽고 그의 볼에 뺨을 맞대는 인사를 했다.

"정말 얼굴이 볼 만하네요!"

"뭐, 코가 깨진 게 이번이 처음이 아니니까. 블롬크비스트 씨에겐 뭐라고 말했죠?"

"그는 지금 어디선가 탐정 놀이를 하고 있을 거예요. 노상 그렇지만 지금도 연락이 안 돼요. 어젯밤에 불쑥 보내온 이상한 메일 한 통 말곤 어제 아침 이후로 아무 소식이 없어요. 어쨌든…… 당신이 해준 모든 일들, 정말 고마워요."

그녀가 그의 얼굴을 가리켰다.

파올로 로베르토는 너털웃음을 터뜨렸다.

"커피 한잔하겠어요? 그래, 우리에게 할 얘기가 있다고요? 말린도 이리 와봐!"

그들은 에리카 사무실의 푹신한 안락의자에 자리를 잡았다.

"다들 아시겠지만, 나와 싸운 놈은 덩치 큰 금발의 개자식이었어요. 내가 미카엘에게도 말했지만, 놈의 복싱 실력은 형편없었지요. 근데 이상하게도 놈은 두 주먹으로 가드 자세를 취하면서 계속 빙빙 도는 거요. 마치 숙련된 복서처럼 말이지. 이놈이 트레이닝을 받은 게 아닌가 하는 생각이 들 정도였죠."

"그 얘기는 어제 미카엘 이사님에게 전화로 들었어요." 말린이 말했다.

"어제 오후 내내 그 생각이 머릿속에서 떠나질 않더라고. 만일 이 놈이 복싱계와 관련 있는 자라면 찾아낼 수도 있는 일이니까. 그래서 집에 오자마자 컴퓨터를 켜고 유럽의 복싱 클럽에 이메일을 쫙 돌렸죠. 내게 무슨 일이 일어났는지 밝히고, 그 친구 모습을 상세히 묘사했죠."

"그래서요?"

"한데 이 방법이 통한 것 같아요."

그는 에리카와 말린 앞에 팩스로 전송된 사진 한 장을 내려놓았다. 사진은 복싱 도장에서 트레이닝 중에 찍힌 것 같았다. 두 명의 복서가 서서, 트랙슈트 차림에 챙이 좁은 가죽 중절모를 쓴 뚱뚱한 중년 코치의 설명을 듣고 있었다. 링 주위에도 여남은 명의 사람들이 여기저기 둘러서서 코치의 말을 듣고 있었다. 그리고 저쪽 한구석에는 거구의 사내 하나가 박스를 나르고 있었다. 머리를 박박 민 것이 스킨헤드족처럼 보였다. 누군가가 그의 모습 둘레에 사인펜으로 동그라미를 쳐서 표시해 놓고 있었다.

"17년 전에 찍은 사진이오. 구석에 보이는 이자의 이름은 로날드 니더만이고. 이 사진을 찍었을 때 열여덟 살이었으니, 지금은 서른다섯 살이 됐을 거요. 미리암 우를 납치했던 그 거인 녀석하고 비슷해요. 사진이 너무 오래되어 100퍼센트 장담할 수는 없지만, 무척 닮은 것은 사실이오."

"이 사진은 어디서 왔어요?"

"함부르크의 다이나믹 클럽에서 보내온 거요. 한스 뮌스터라는 나이 든 코치죠."

"그래서요?"

"로날드 니더만은 1980년대 말에 1년 동안 이 클럽에서 복싱을 했대요. 아니, 복싱을 해보려고 했다는 게 더 정확한 표현이겠지. 오늘 아침 이 팩스를 받고 뮌스터에게 전화를 걸어 얘기를 나눠봤어요. 뮌스터가 내게 얘기해 준 걸 요약하자면…… 로날드 니더만은 함부르크 출신으로, 1980년대에는 동네 스킨헤드 애들하고 어울려 다녔답니다. 형이 하나 있었는데, 꽤 재능 있는 복서였대요. 그 형 덕분에 클럽에 들어왔다고 해요. 니더만은 체격이 크고 힘 또한 엄청났다고 합니다. 뮌스터 코치 말로는, 그렇게 펀치가 강한 사람은 처음 봤다더군요. 어느 날 각자의 펀치력을 측정해 보았는데, 니더만은 한 방에 측정기를 고장 내버렸대요."

"그럼 복서로 나갔으면 크게 됐을 텐데요." 에리카가 말했다.

파올로 로베르토는 고개를 저었다.

"뮌스터 말에 따르면, 놈을 링 안에 넣어두는 것은 불가능했대요. 여러 가지 이유에서죠. 첫째, 그는 복싱을 제대로 배우지 못했대요. 그냥 제자리에 서서 아마추어처럼 마구 주먹만 휘둘렀다는군요. 한마디로 주먹질이 엄청나게 서툴렀다고 하는데, 이건 내가 뉘크바른에서 본 녀석의 특징과 일치해요. 하지만 그보다 더 나쁜 점이 있었죠. 놈은 자기 힘을 조절하지 못했대요. 가끔가다 한 방씩 터뜨리면, 스파링 파트너는 그야말로 박살이 났다나 봐요. 코뼈는 주저앉고 턱뼈는 날아가고……. 불필요한 부상을 입히는 일이 끊임없이 일어났죠. 그래서 뮌스터는 도저히 놈을 데리고 있을 수 없었다더군요."

"쉽게 말해서 마구잡이 복서로군요." 말린이 말했다.

"맞아요. 하지만 그가 복싱을 중단하게 된 진짜 이유는 딴 데 있어요. 그건 의학적인 거죠."

"뭐죠?"

"이 친구는 아무리 두드려도 끄떡 안 해요. 소나기 같은 펀치를 얻어맞아도 그냥 움찔하기만 할 뿐, 계속 싸우죠. 결국 뮌스터는 그가 '선천성 무통증(無痛症)'이라는 희귀병을 앓고 있다는 사실을 알게 됐죠."

"지금 뭐라고 했죠? 다시 한 번 말해 보세요."

"선천성 무통증. 나도 인터넷으로 검색해 봤죠. 신경 섬유에서 감각 전달 물질이 제대로 기능하지 않는 유전자 결함이라나 뭐라나…… 한마디로 그는 고통을 느끼지 못해요."

"세상에! 아니, 복서로서는 그보다 더 좋을 수 없겠네요!"

파올로 로베르토가 고개를 저었다.

"그렇지 않죠. 그건 생명을 위협하는 병입니다. 이 병을 앓는 사람은 비교적 일찍 죽어요. 스물에서 스물다섯, 보통 이 정도죠. 고통이란 건 우리 몸에 뭔가 문제가 있음을 뇌에 알려 주는 일종의 경보 시스템이에요. 만일 당신이 벌겋게 단 쇠판 위에 손을 올려놓는다고 합시다. 당신은 뜨거움을 느끼기 때문에 금방 손을 들어 올리죠. 하지만 이 병에 걸려 있으면 손바닥이 불고기가 될 때까지 알아차리지 못해요. 치명적인 병이죠."

말린과 에리카는 시선을 교환했다.

"설마…… 농담은 아니겠죠?" 에리카가 물었다.

"물론이죠. 니더만은 아무것도 느끼지 못해요. 마치 24시간 동안 국부 마취를 하고 있는 것 같은 상태죠. 그런데 그가 지금까지 살아남을 수 있었던 것은 이 병을 벌충해 줄 수 있는 또 다른 신체적 특성 덕분이었죠. 즉 그의 특별한 체격 말이오. 그는 골격이 엄청 튼튼해서 웬만해선 타격을 입지 않아요. 또 예외적인 괴력의 소유자인 데다, 상처가 나도 금방 아무는 모양이에요."

"파올로 씨와 그 친구의 결투 장면이 눈앞에 그려지기 시작하네요. 꽤 흥미로운 싸움이었겠어요."

"맞아요. 그러나 다시 하라면 절대 사양하겠습니다. 그가 반응을 보인 적이 딱 한 번 있는데, 그건 미리암 우가 놈의 불알을 걷어찼을 때였죠. 털썩 무릎을 꿇고 한 1초쯤 주저앉아 있었을까……? 아마도 그의 몸은 이런 종류의 타격에만 반응하게 되어 있는 모양이에요. 내가 그렇게 맞았으면 아마 즉사했을 겁니다."

"한데 그런 사람을 어떻게 이길 수 있었죠?"

"그런 병에 걸린 사람도 몸이 상하는 건 일반인과 조금도 다를 바 없어요. 물론 니더만의 두개골은 콘크리트처럼 단단하죠. 하지만 내가 널빤지로 때리니까 쓰러지더군요. 아마 뇌진탕을 일으킨 것 같아요."

에리카가 말린을 쳐다보았다.

"알았어요. 미카엘 이사님께 곧장 전화드리겠어요." 눈치 빠른 말린이 말했다.

미카엘은 휴대폰이 울리는 소리를 들었다. 하지만 멍한 충격 속에 빠져 있던 그는 벨이 다섯 번이나 울린 후에야 겨우 응답할 수 있었다.

"말린이에요. 파올로 로베르토가 금발 거인의 정체를 알아낸 것 같다네요."

"음…… 그래." 미카엘은 무심히 대답했다.

"지금 어디 계세요?"

"설명하기 힘들어."

"이사님, 조금 이상하시네요?"

"미안…… 근데 지금 뭐라고 말했지?"

말린은 파올로 로베르토의 이야기를 요약해서 들려주었다.

"오케이. 그럼 그쪽 방향으로 계속 조사해 봐. 어디에 그의 기록이 올라 있는지 찾아보라고. 지금은 위급한 상황이니 서둘러야 할 거야. 내게 연락할 일이 있으면 이 휴대폰으로 하고."

놀랍게도 미카엘은 작별 인사도 없이 전화를 끊어버렸다.

이때 미카엘은 창가에 서서 감라스탄 섬의 구시가에서부터 저쪽 살트셴 만까지 펼쳐진 스톡홀름 시의 아름다운 경치를 바라보고 있었다. 방금 전 리스베트의 아파트를 둘러본 그는 정신이 마비된 듯 멍한 기분이었다.

현관 옆에는 주방이 하나 있었다. 이어 거실, 서재, 침실이 이어졌고, 한 번도 사용한 흔적이 없는 손님용 침실도 있었다. 침대 매트리스는 비닐 포장도 뜯지 않은 상태였고, 이불도 갖춰져 있지 않았다. 이케아에서 금방 사온 듯한 가구들은 모두 새것이었고 반들반들했다.

하지만 그 때문에 놀란 게 아니었다.

미카엘을 멍하게 만든 것은 리스베트 살란데르가 2500만 크로나짜리 호화 아파트를 억만장자 페르시 바르네비크로부터 구입했다는 사실이었다. 아파트는 족히 350제곱미터는 될 듯싶었다.

미카엘은 금방이라도 귀신이 튀어나올 듯한 텅 빈 복도며, 여러 종류의 목재를 섞어서 짠 마룻바닥이 깔린, 운동장처럼 넓은 방들을 둘러보았다. 벽지는 '트리시아 길드' 제품이었다. 에리카 베르예르에게 말하면 "오, 트리시아 길드!" 하고 입술을 우아하게 오므리며 외치리라. 아파트는 리스베트가 한 번도 사용한 것 같지 않은 벽난로가 있는 휘황찬란한 응접실을 중심으로 이루어져 있었다. 그리고 이곳엔 없는 게 없었다. 전망이 기가 막힌 널찍한 발코니, 세탁실, 사우나실, 운동실, 수많은 수납공간, 킹사이즈 욕조가 마련된 욕실. 심지어 와인 저장고까지 있었다. 예상대로 텅 비어 있었지만 그래도 포도주 한 병이 꽂혀 있었다. 빼어보니 그 유명한 포르투 '킨타 두 노발'³⁵⁾—그것도 '나시오날'!—이 아닌가! 미카엘로서는 손에 포르투 잔을 들고 있는 리스베트 살란데르의 모습이 좀처럼 상상되지 않았다. 그 옆에 놓인 명함은, 이것이 그녀의 입주를 축하하는 의미에서 부동산 중개 업체가 보낸 선물임을 알려 주고 있었다.

부엌 또한 으리으리했다. 번쩍번쩍한 프랑스제 오븐을 비롯해 없는 게 없었다. 미카엘로서는 예술품처럼 멋지게 생긴 가스 오븐이 그 유명한 '코라디 샤토 120'이라는 사실을 알 턱이 없었다. 하지만 리스베트가 그것을 사용한 용도는 오직 하나, 찻물을 끓이는 게 전부였던 모양이었다.

오븐에 무지했던 미카엘은 주방 한쪽에 덩그러니 놓인 에스프레소 기계를 보고 눈이 휘둥그레졌다. 이건 우유 냉각기가 내장된 '쥐라 앵프레사 X7'이 아닌가! 이 기계 역시 한 번도 사용한 흔적이 없었다. 아마 리스베트가 아파트를 살 때 아파트에 딸려 있는 물건인 듯했다. 미카엘은 '쥐라'가 에스프레소계의 롤스로이스라는 사실을 잘 알고 있었다. 가격이 7만 크로나에 달하는, 가정용으로 만든 전문가용 제품이었다. 미카엘의 것은 '존 월'에서 구입한,

이보다 한참 떨어지는 물건이었다. 그래도 3500크로나를 지불한 것으로 그의 주방에서는 유일한 사치품이었던 것이다.

냉장고를 열어보니 개봉한 우유 팩 하나, 치즈, 버터, 생선 살 간 것, 그리고 반쯤 빈 피클 단지 하나가 썰렁하게 놓여 있었다. 벽장 속에는 비타민 정제가 든 플라스틱 통이 네 개, 티백 몇 개, 일반 커피 기계용 커피 분말, 빵 두 덩이, 비스킷 봉지 하나 등이 들어 있었다. 주방 식탁 위에는 사과 몇 개가 든 바구니가 놓여 있었고, 냉동고 안에는 생선 그라탱 한 상자와 베이컨 타르트 세 개가 들어 있었다. 번쩍거리는 프랑스 오븐이 있는 쪽의 조리대 밑 휴지통에는 빌리 팬 피자의 빈 상자들이 쑤셔 박혀 있었다.

리스베트에게는 너무도 어울리지 않는 공간이었다. 그녀는 수십억 크로나를 훔쳐 스웨덴 왕실 전체가 지낼 수 있을 만한 커다란 아파트를 구입한 것이다. 하지만 정작 그녀가 사용하는 공간은 방 세 개뿐, 나머지 열여덟 개는 텅텅 비어 있었다.

미카엘은 서재를 끝으로 아파트 구경을 끝냈다. 큰 아파트 안에 그 흔한 화분 하나 없었다. 벽에는 그림 한 점, 아니 포스터 한 점 걸려 있지 않았다. 카펫도, 태피스트리도 없었다. 예쁜 장식 무늬가 새겨진 샐러드 그릇이나 촛대처럼 분위기를 따뜻하게 해주는, 혹은 어떤 감상적인 이유로 그녀가 간직했을 자잘한 소품 같은 것은 그 어느 곳에도 보이지 않았다.

미카엘은 가슴이 아려왔다. 무슨 일이 있어도 리스베트 살란데르를 찾아내, 품 안에 꼭 안아주고 싶었다.

물론 그러면 나를 물어뜯으려 들겠지.

살라첸코, 개자식!

그는 책상에 앉아 비에르크가 작성한 1991년의 보고서를 펼치고 읽었다. 전부 다 읽지는 않고 빠르게 훑어보면서 요점을 파악해

나갔다.

그다음엔 그녀의 노트북을 켜보았다. 17인치 화면에, 하드 디스크 200GB, 메모리 1000MB의 파워북이었다. 그녀가 이미 깨끗이 청소를 해놓은 후였다. 그리 좋은 징조라곤 할 수 없었다.

그녀의 책상 서랍을 열어보았고, 곧 총알 일곱 발이 장전된 9밀리 구경의 콜트 1911 거번먼트를 찾아냈다. 그것은 리스베트 살란데르가 페르오셰 산스트룀 기자에게서 뺏어온 것이었으나, 미카엘은 아직 그의 존재를 모르고 있었다. 성 구매자 리스트 중에서 S로 시작되는 이름까지 이르지 못했기 때문이다.

이어 그는 '비우르만'이라고 적혀 있는 CD를 찾아냈다.

그는 이것을 자신의 노트북에 넣어 돌려 보았고, 그 속에 담긴 끔찍한 영상을 보게 되었다. 엄청난 충격에 그의 몸은 석상처럼 굳어버렸다. 강간당하고, 거의 반죽음 상태로 폭행당하고 있는 리스베트 살란데르……. 동영상은 몰래카메라로 촬영된 듯 보였다. 그는 영상을 다 보지 않고 시퀀스를 빨리 넘기며 대충 훑어보았다. 하나하나 끔찍하기 이를 데 없는 장면들이었다.

비우르만…….

리스베트 살란데르의 후견인은 그녀를 무참히 강간했고, 그녀는 이 사건을 세밀하게 증언하는 기록물을 가지고 있었다. 화면 한 귀퉁이에 나타난 디지털 숫자는 그것이 2년 전에 촬영되었다는 사실을 말해 주고 있었다. 그가 그녀를 알기 전이었다. 또다시 여러 개의 퍼즐 조각이 투두둑 제자리에 떨어져 내렸다.

1970년대. 비에르크와 비우르만은 살라첸코와 아는 사이였다.

1990년대 초반. 리스베트 살란데르는 우유 팩으로 만든 화염 폭탄을 살라첸코에게 던졌다.

그리고 또다시 나타난 비우르만. 그는 홀예르 팔름그렌의 뒤를 이어 리스베트의 후견인이 되었다. 말하자면 실이 한 바퀴 돌아 제자리로 돌아온 셈이다. 그런데 또 이 친구는 자신의 피후견인을 강간했다. 그녀를 아무 방어 능력이 없는 정신병자로 여긴 모양이었다. 하지만 리스베트 살란데르가 누구인가? 이미 열두 살 때 GRU 출신의 전문 킬러와 붙어, 그를 평생 불구자로 만들어놓은 여자가 아닌가?

이제 미카엘은 이해할 수 있었다. 리스베트 살란데르는 여자를 증오하는 남자들을 증오하는 여자였던 것이다.

그는 자신이 그녀에 대해 알아가던 헤데스타드 시절을 생각했다. 아마 강간 사건이 있고 나서 얼마 되지 않은 때였으리라. 그때 그녀는 그런 사건이 있었음을 암시하는 말을 한 번도 입 밖에 내지 않았다. 물론 자신에 대해서는 거의 아무것도 드러내지 않는 여자이기도 했지만……. 한데 이상한 것은, 그녀가 비우르만을 죽이지 않았다는 사실이었다. 그런 일을 당하고도 가만히 놔둘 그녀가 아니지 않은가? 비우르만은 이미 2년 전에 죽어 있어야 정상이 아닌가? 그런데 무슨 목적으로 그를 살려 두었을까? 또 그 짐승 같은 사내를 어떤 식으로 통제할 수 있었을까? 문득, 미카엘은 책상 위에 놓여 있는 것이 통제 수단이었음을 깨달았다. 바로 이 CD였다. 비우르만은 그녀의 무력한 노예였던 것이다. 그리고 비우르만은 자신의 동맹군이라고 여긴 사람에게 달려갔다. 살라첸코였다. 리스베트의 최악의 적, 바로 그녀의 아버지였다.

그 후 일련의 사건들이 일어났고, 비우르만은 살해되었다. 그리고 다그 스벤손과 미아 베리만이 그 뒤를 이었다.

하지만 왜……? 왜 그에게 다그 스벤손은 그토록 큰 위협으로 느껴졌을까?

문득, 미카엘은 깨달았다. 엔셰데에서 일어난 사건의 의미를.

다음 순간, 미카엘은 창문 아래에 구겨진 채 떨어져 있는 종이 뭉치를 발견했다. 리스베트가 한 페이지를 인쇄하여, 바닥에 던져 놓은 것이었다. 그는 종이를 폈다. 그녀가 인쇄한 것은 미리암 우의 납치 소식을 전하는 《아프톤블라데트》의 인터넷 판 기사였다.

미카엘로서는 이번 사건에서 미리암 우가 어떤 역할을 담당했는지 전혀 알 수 없었다. 하지만 분명한 것은, 그녀가 리스베트의 몇 안 되는 친구 중 하나, 아니 거의 유일한 친구라는 사실이었다. 리스베트가 자신의 아파트를 내줄 정도로 가까운 사이였다. 그런데 이런 그녀가 지금 심각한 중상을 입고 병원에 입원해 있었다.

니더만과 살라첸코…….

처음에는 그녀의 어머니였다. 그리고 이제는 미리암 우였다. 그래, 리스베트는 증오로 거의 미칠 지경이 되었으리라.

이 인간들이 그녀를 극단으로 내몰고 있었다.

지금, 그녀는 그들을 사냥하러 떠난 것이다.

정오 무렵, 드라간 아르만스키는 에르스타 재활 센터에서 전화 한 통을 받았다. 그러잖아도 홀에르 팔름그렌에게서 전화가 오리라 생각하면서도, 어떻게 해서든 그와의 접촉을 피하고 싶은 게 솔직한 심정이었다. 리스베트 살란데르가 죄인이라는 사실을 알려줘야 한다는 사실이 부담스러웠던 것이다. 하지만 지금은 상황이 조금 달라져 있었다. 그녀가 범인이 아닐지도 모른다고 말할 수 있게 되었으니까.

"일이 어디까지 나갔소?" 팔름그렌은 인사도 생략한 채 다짜고짜 물었다.

"무슨 일 말이죠?"

"아, 당신이 리스베트에 대해 벌이고 있는 조사 말이오."

"아니, 왜 내가 그런 조사를 하고 있다고 생각하시죠?"

"우리 시간 낭비 하지 맙시다."

아르만스키는 한숨을 내쉬었다.

"예, 맞습니다……."

"여기 한번 와줬으면 고맙겠소." 팔름그렌이 말했다.

"알겠습니다. 이번 주말에 한번 들르죠."

"아니요. 오늘 저녁에 당장 오시오. 할 얘기가 너무 많으니까."

미카엘은 리스베트 아파트의 주방에서 커피와 빵을 준비했다. 갑자기 리스베트가 열쇠로 문을 여는 소리가 들려올 것만 같았다. 물론 헛된 희망이었다. 파워북의 깨끗이 빈 하드 디스크는 그녀가 이 집을 영원히 떠나버렸다는 사실을 말해 주었다. 그녀의 주소를 너무 늦게 알아낸 게 한이었다.

오후 2시 30분, 그는 여전히 리스베트의 책상에 앉아 있었다. 그동안 비에르크의 이른바 '조사 보고서'를 세 번이나 읽어보았다. 이름이 밝혀지지 않은 어떤 상관에게 제출한 그 보고서가 전하고 있는 요망 사항은 간단했다. 살란데르를 몇 년간 정신병원에 가둬 놓기 위해, 협조적인 정신과 의사 한 사람을 찾아줄 것. 어차피 이 계집애는 그 행동이 명확히 보여 주듯 정상이 아니므로.

미카엘은 앞으로 비에르크와 텔레보리안, 이 두 사람에 대해 좀 더 깊이 조사해 봐야겠다는 생각을 했다. 그래, 이 두 인간의 비리를 샅샅이 밝혀내리라! 생각만 해도 몸이 떨릴 정도로 흥분되는 일이었다. 갑자기, 휴대폰 벨 소리가 그의 신나는 몽상을 중단시켰다.

"또 저예요, 말린. 내가 뭔가를 알아낸 것 같아요."

"뭐지?"

"스웨덴 주민 등록부에 로날드 니더만이라는 이름은 없어요. 전화번호부에도, 납세자 명부에도, 자동차 등록대장에도 없어요. 그는 어디에도 존재하지 않아요."

"그렇군."

"하지만 들어보세요! 1998년, 익명의 회사 하나가 특허국에 등록했어요. 회사명은 'KAB Import AB'이고, 예테보리의 한 사서함이 주소로 되어 있어요. 하는 일은 전자 제품 수입이고요. 이사장은 1941년생의 칼 악셀 보딘(Karl Axel Bodin), 즉 KAB이죠."

"무슨 말인지 잘 모르겠는데?"

"저도 그래요. 이사회의 또 다른 임원은 여기 말고도 10여 개의 다른 회사에 등록되어 있는 회계사예요. 아마 소규모 회사들을 한꺼번에 맡아서 회계 업무를 처리해 주는 그런 사람이겠죠. 이 회사는 설립된 이후로 거의 휴면 상태이긴 하지만요."

"그렇군."

"이사회의 세 번째 임원은 R. 니더만이라는 사람이에요. 생년월일은 나와 있는데 사회 보장 번호는 없어요. 즉 스웨덴 국민이 아니란 뜻이죠. 1970년 1월 18일생이고, 회사의 독일 지사장으로 적혀 있어요."

"훌륭해! 말린, 정말 훌륭해! 사서함 말고 다른 주소는 없어?"

"없어요. 하지만 칼 악셀 보딘은 찾아냈죠. 서(西)스웨덴에 거주하는 걸로 되어 있고, 주소는 '고세베르가 사서함 612'로 되어 있네요. 제가 확인해 봤는데, 예테보리 북동쪽의 소읍인 노세브로 근처에 있는 농촌 지역 같아요."

"그는 어떤 사람이지?"

"2년 전 26만 크로나의 수입을 신고했네요. 경찰에 조회해 보니 전과는 없고요. 말코손바닥사슴 사냥용 엽총과 산탄총에 대한 총기 면허가 있어요. 차는 포드와 사브, 두 대가 있는데, 둘 다 구식 모델이죠. 자동차 벌금 먹은 것도 없어요. 독신이고, 자칭 농업인 이죠."

"법적으로 문제를 일으킨 적이 없는 익명의 존재라……."

미카엘은 잠깐 동안 생각에 잠겼다. 한 가지 선택을 해야 했던 것이다.

"또 하나 있어요. 오늘 밀턴 시큐리티의 드라간 아르만스키 사장이 여러 번 전화해서 이사님을 찾았어요."

"알겠어. 내가 연락하지."

"이사님…… 모든 게 잘돼 가나요?""

"아니, 모든 게 잘돼 가지는 않아. 내가 다시 연락할게."

그는 지금 자신의 행동이 올바르지 않다는 걸 알고 있었다. 모범적인 시민으로서 그의 책무는 수화기를 들어 부블란스키에게 알리는 것이리라. 하지만 그러면 리스베트 살란데르의 진실을 밝혀야만 한다. 아니면 반쯤 거짓말을 하거나, 진실을 얼버무려 감추는 복잡한 상황이 되어버릴 것이다.

하지만 이런 것들보다 더 큰 문제가 있었다.

리스베트 살란데르는 니더만과 살라첸코를 잡으러 갔다. 미카엘로서는 지금 그녀가 어디에 있는지 정확히 말할 수 없었지만, 말린이 '고세베르가 사서함 612'라는 주소를 찾아낼 수 있었다면, 리스베트 또한 그러지 말라는 법이 없었다. 따라서 지금 그녀는 고세베르가를 향해 떠났을 가능성이 매우 컸다. 그게 자연스러운 다음 단계니까.

이러한 상황에서 미카엘이 경찰에 전화를 걸어 니더만이 숨어 있는 곳을 알린다고 치자. 그러면 지금 리스베트 역시 그곳으로 가고 있을지 모른다는 사실 또한 알려야 한다. 한데 그녀는 어떤 상황에 처해 있는가? 세 건의 살인 혐의와 스탈라르홀멘에서의 총기 사용으로 인해 쫓기고 있는 몸이 아니던가? 다시 말해 경찰 기동 타격대 혹은 무슨 무슨 특공대 같은 것들이 그녀를 체포하러 출동하게 된다는 말이다.

그리고 리스베트는 격렬하게 저항할 가능성이 크다.

미카엘은 종이와 볼펜을 집어 들었다. 자신이 경찰에 말할 수 없는 것들과 말하고 싶지 않은 것들을 가리기 위해서였다.

우선 그는 '주소'라고 썼다.

리스베트는 이 비밀 주소를 마련하기 위해 엄청난 정성을 기울였다. 여기에 그녀의 삶과 비밀이 고스란히 담겨 있었다. 그에게는 그녀를 배신하고 싶은 생각이 추호도 없었다.

다음에 그는 '비우르만'이라고 쓴 다음, 물음표를 찍었다.

그는 앞의 탁자 위에 놓인 CD를 힐끗 쳐다보았다. 비우르만은 리스베트를 강간했다. 그녀를 거의 죽일 뻔했고, 후견인으로서 자신의 지위를 후안무치하게 이용했다. 그건 조금도 의심할 수 없는 사실이었다. 그는 고발당해야 마땅한 개자식이다. 하지만 여기에는 윤리적인 딜레마가 놓여 있었다. 리스베트 자신은 그를 고발하지 않았다. 왜? 고발하면 경찰 수사가 시작될 것이고, 또 그리 되면 몇 시간 후에 가장 내밀한 사실들이 매체에 흘러나가게 된다. 그녀는 이런 상황을 원하지 않을 터이고, 만일 그가 대신 고발해 준다면, 결코 그를 용서치 않을 것이다. 증거물로 제출하지 않을 수 없는 이 CD에 담긴 이미지들은 얼마 안 가서 타블로이드 신문들을 요란하게 장식할 테니까.

그는 잠시 생각해 보고 나서, 비우르만에 대해서는 리스베트 자신이 결정하게 놔둬야 한다는 결정을 내렸다. 하지만 자신도 이 아파트를 찾아낼 수 있었다면, 언젠가는 경찰도 그럴 수 있으리라. 그는 CD를 케이스에 넣고 호주머니에 집어넣었다.

이어 그는 '비에르크의 보고서'라고 썼다. 1991년의 보고서는 국가 기밀로 분류되어 있었다. 이것은 당시 일어난 모든 일을 밝혀 주고 있었다. 여기에는 살라첸코의 이름이 적혀 있었고, 또 이 모든 일 중에서 비에르크의 역할이 설명되어 있었다. 이 보고서는 다그 스벤손의 컴퓨터에 들어 있는 성 구매자 리스트와 더불어, 비에르크로 하여금 몇 시간 동안 부블란스키 앞에서 진땀깨나 흘리게 하리라. 또 그가 텔레보리안과 주고받은 서신들은 그 음흉한 정신과 의사를 똥통에 빠뜨릴 수 있으리라.

그는 이 문서철을 경찰에 보낼 생각이었다. 그러면 경찰은 모든 진실을 알게 될 것이고, 살라첸코가 숨어 있는 고세베르가도 알아내어 달려오게 되리라……. 하지만 미카엘은 최소한 몇 시간 앞서 도착할 수 있을 터였다.

그는 워드 프로그램을 연 다음, 지난 24시간 동안 그가 발견하게 된 사실들을 하나하나 기록해 넣었다. 우선은 비에르크와 팔름그렌과의 대화를 통해, 그다음에는 이 문서철을 통해 알게 된 비밀들을 말이다. 이 작업을 끝내는 데는 꼬박 한 시간이 걸렸다. 그는 이렇게 만든 워드 문서를 CD 한 장에 복사해 넣었다.

그는 아르만스키에게 연락을 할까 생각해 보았지만 그만두기로 했다. 당장 처리해야 할 일만도 너무 많았던 것이다.

미카엘은 《밀레니엄》 편집국에 들러 에리카 베르예르의 사무실에 들어가 문을 걸어 잠갔다.

"그의 이름은 살라첸코야." 그는 인사도 생략한 채 다짜고짜 말했다. "소련 첩보부에서 일하던 늙은 킬러지. 1976년에 전향하여 스웨덴으로 와서, 체류증을 얻고 세포에서 월급을 받기 시작했어. 소련이 붕괴된 후에는 풀타임 범죄자로 변신했지. 수많은 소련 사람들이 마피아로 전업했듯이 말이야. 지금은 여자, 무기, 마약 등을 밀매하는 일을 하고 있어."

에리카 베르예르는 볼펜을 내려놓았다.

"오케이. 왜 그런데 이 이야기에서는 KGB 이야기가 안 나오는 거지?"

"KGB가 아니라 GRU야. 소련 군사 정보국."

"그럼, 이게 농담이 아니란 말이야?"

미카엘은 고개를 끄덕였다.

"그렇다면 그 살라첸코인지 뭔지 하는 자가 다그와 미아를 죽였단 말이야?"

"직접 죽이지는 않았어. 누군가를 보냈지. 말린이 찾아낸 로날드 니더만이야."

"증명할 수 있어?"

"대충. 지금으로선 100퍼센트 명확하게 설명할 수 없지만, 비우르만이 살해된 것은, 그가 리스베트를 처리해 달라고 살라첸코에게 도움을 청했기 때문이야."

그리고 미카엘은 리스베트의 책상에서 발견한 CD 속에 어떤 내용이 담겨 있는지 들려주었다.

"살라첸코는 그녀의 아버지야."

"오, 맙소사!" 에리카가 신음을 터뜨렸다.

"비우르만은 1970년대 중반, 세포의 정식 직원으로 일했지. 살라첸코가 전향했을 때 세포에서 받아들인 요원 중 하나가 바로 그였어. 이후 그는 개인 변호사가 되었지만, 세포에 있는 몇몇 인물의 자질구레한 뒤처리를 해주며 계속 관계를 유지해 왔지. 세포 내에도 몇몇 핵심 인물들로 구성된 엘리트 그룹이 존재하는 모양이야. 가끔 모여 사우나를 함께하면서 세상을 통제하고, 살라첸코의 비밀을 유지하는 일 따위를 상의하는……. 세포의 다른 사람들은 살라첸코의 이름조차 들어보지 못했을 거야. 그런데 리스베트가 이 비밀을 유지하는 데 위협이 된 거지. 때문에 그들은 그녀를 정신병원에 가둬놓기로 결정했어."

"세상에 어떻게 그런 일이 있을 수 있어?"

"이건 엄연한 사실이야. 물론 아주 특별한 경우이지. 그러나 리스베트는 지금도 그렇지만 그 당시에도 다루기가 쉽지 않은 아이였어……. 요컨대 열두 살 때부터 그녀는 스웨덴 국가 안보에 위협이 된 거야."

그는 그때의 사정을 간략히 들려주었다.

"정말 믿기 어려운 이야기네. 그럼 다그와 미아는……."

"다그는 비우르만과 살라첸코의 관계를 알아낼 위험 때문에 살해된 거야."

"그럼 이제 어떻게 하지? 어쨌든 경찰에 알려야 하는 것 아냐?"

"일부분은 얘기해 주겠지만, 전부는 아니야. 난 만일의 경우에 대비해 리스베트 이야기의 핵심적인 내용을 이 CD 안에 정리해 놨어. 지금 리스베트는 살라첸코를 잡으러 떠났고, 나는 그녀를 찾으러 가야 돼. 에리카, 이 CD 내용은 절대 유출되어서는 안 돼!"

"미카엘…… 난 그게 좋은 생각이라고 여겨지지 않아. 살인 사건 수사에 관련된 정보를 숨겨선 안 된다고."

"천만에! 난 숨길 생각이 전혀 없어. 지금 당장에라도 부블란스키에게 전화를 걸어 살라첸코가 한 짓과, 그가 있는 곳을 알려 주고 싶은 심정이야. 하지만 지금 리스베트가 고세베르가를 향해 가고 있어. 그녀는 세 건의 살인 사건으로 수배되어 있는데, 지금 경찰에 신고하면 그들은 중무장한 특공대를 급파할 거야. 그녀는 격렬하게 저항할 가능성이 크고. 그렇게 되면 무슨 일이 일어날지 아무도 몰라."

그는 잠시 말을 멈추고 쓸쓸한 미소를 지었다.

"그녀에게서 경찰을 떼어놓아야 해. 그들을 보호하기 위해서라도 말이야. 내가 먼저 달려가서 리스베트를 찾아내야 한다고."

에리카 베르예르는 말없이 눈살을 찌푸렸다.

"나는 리스베트의 모든 비밀을 사람들에게 밝힐 생각이 없어. 능력 있으면 부블란스키가 자기 힘으로 찾아내겠지. 에리카, 한 가지 부탁할 게 있어. 이 문서철에는 비에르크가 1991년에 작성한 보고서, 그리고 그와 텔레보리안이 주고받은 서신이 들어 있어. 이걸 모두 복사해서 인편으로 부블란스키나 소니아 모디그에게 보내줘. 나는 20분 후에 예테보리행 기차를 탈 거야."

"미카엘……."

"그래, 무슨 말 하려는지 알아. 하지만 난 전투가 벌어졌을 때 리스베트 편에 서 있고 싶은 거야."

에리카 베르예르는 입을 꼭 다물고 아무 말도 하지 않았다. 그리고 고개를 흔들었다. 미카엘은 문 쪽으로 걸어갔다.

"몸조심해야 돼!" 그녀가 소리쳤을 때, 그는 이미 사라지고 없었다.

그녀는 지금 그와 함께 가야 하는 게 아닌가, 자문해 보았다. 현 상황에서는 그게 가장 올바른 행동이리라. 하지만 그녀는 그에게 아직 얘기하지 않고 있었다. 자신이 곧 《밀레니엄》을 떠나게 된다는 사실을. 무슨 일이 일어나든, 결국 이 모든 게 자신과는 상관없는 일이 되었다는 사실을. 그녀는 문서철을 들고 복사기 있는 곳으로 걸어갔다.

그 우편 사서함은 쇼핑센터 건물 안의 우체국에 있었다. 예테보리에 와본 적이 없는 리스베트로서는 쇼핑센터가 어디인지 알 수 없었다. 가까스로 건물을 찾아낸 그녀는 우체국 맞은편에 위치한 카페테리아에 자리를 잡았다. 복도에는 '새 스웨덴 우체국'을 홍보하는 대형 포스터들이 줄에 매달린 채 늘어뜨려져 있었고, 그 포스터들 사이로 문제의 사서함을 지켜볼 수 있었다.

이레네 네세르는 리스베트 살란데르보다 훨씬 수수한 화장을 하고 있었다. 촌스러운 목걸이를 한 그녀는 쇼핑센터 북쪽 몇 블록 떨어진 서점에서 산 『죄와 벌』을 읽고 있었다. 그녀는 여유 있게 천천히 책장을 넘겼다. 정오 무렵부터 감시를 시작한 그녀는 우편 사서함의 내용물이 언제 수거되는지에 대해 전혀 모르고 있었다. 매일인지, 아니면 2주일에 한 번씩인지, 오늘은 이미 수거해 간 것인지 아니면 누군가가 나타나게 될 것인지……. 하지만 이 방법 외에는 다른 방도가 없었으므로 그녀는 카페라테를 마시면서 무작정 기다렸다.

깜빡 졸고 있던 그녀의 눈이 갑자기 커졌다. 누군가 사서함 문을 여는 것을 보았던 것이다. 시계를 들여다보았다. 오후 1시 45분. 그야말로 로또에 당첨된 기분이었다.

그녀는 벌떡 일어나 카페테리아의 유리 벽으로 다가갔다. 복도에는 검정 가죽점퍼의 남자가 사서함 구역을 막 떠나고 있었다. 그녀는 그를 쫓아 거리로 나갔다. 스무 살 안팎의 청년이었다. 그는 길모퉁이를 돌아 주차해 놓은 르노 승용차에 올라탔다. 리스베트 살란데르는 차의 등록 번호를 기억한 후, 같은 거리의 100여 미터 아래쪽에 세워놓은 자신의 코롤라를 향해 뛰어갔다. 르노 승용차가 린네가탄으로 돌아 들어갈 때 그를 따라잡을 수 있었다. 그녀는 그를 따라 아베뉜 대로까지 간 다음, 다시 노르스탄 쇼핑센터 쪽으로 올라갔다.

미카엘 블롬크비스트는 막 출발하려는 고속 전철 X2000에 간신히 올라탈 수 있었다. 열차 안에서 신용 카드로 열차표를 산 그는 텅 비어 있는 식당 칸에 들어가 저녁 식사를 주문했다.

그렇게 앉아 있으려니 숨이 막힐 것처럼 심한 불안감이 밀려왔다. 너무 늦은 건 아닐까? 제발 리스베트가 전화라도 한 통 해주었으면……. 하지만 결코 그럴 여자가 아님을 잘 알고 있었다.

1991년에 살라첸코를 죽여 버리려 했던 그녀였다. 그런데 오랜 세월이 지난 지금, 살라첸코가 돌아와 반격을 했다. 그러니 그녀가 어떤 반응을 보일지는 충분히 짐작할 수 있는 일이었다.

홀예르 팔름그렌의 분석이 옳았다. 그녀는 경험을 통해 확실하게 깨달은 것이다. 정부 기관 사람들에게 호소해 봤자 아무 소용이 없다는 사실을.

미카엘은 옆 의자에 올려놓은 노트북 가방에 눈길을 돌렸다. 리스베트의 서랍 속에 들어 있던 콜트 권총을 가져온 터였다. 왜 그런 행동을 했는지 자신도 분명히 설명할 수 없었지만, 거기 놔둬서는 안 된다고 본능적으로 느낀 것이다. 그것이 매우 합리적인 행동은 아니라는 사실을 그 자신도 인정하고 있었다.

열차가 오르스타 다리 위를 지나가고 있을 때, 그는 휴대폰을 열어 부블란스키에게 전화를 걸었다.

"원하는 게 뭐요?" 전화를 받은 부블란스키가 역정이 묻어 있는 목소리로 물었다.

"끝내는 거."

"끝내다니? 뭘?"

"이 모든 엿 같은 이야기를. 누가 다그와 미아, 그리고 비우르만을 죽였는지 알고 싶지 않으시오?"

"그런 정보를 갖고 있다면, 좀 들어보고 싶구려."

"살인자 이름은 로날드 니더만이오. 파올로 로베르토와 싸운 금발 거인이죠. 독일 시민이고 35세이며, 일명 '살라'라고 하는 알렉산드르 살라첸코라는 개자식의 부하요."

부블란스키는 아주 오랫동안 꿀 먹은 벙어리가 되었다. 그러고 나서 후우우우, 요란하게 한숨을 내쉬었다. 미카엘의 귀에는 종이가 급하게 바스락거리는 소리에 이어 볼펜을 찰칵 내리는 소리가 들려왔다.

"모두 확실한 사실이오?"

"그렇소."

"좋소. 그럼 니더만과 살라첸코는 지금 어디 있소?"

"아직은 모르오. 하지만 찾는 즉시 알려 드리지. 조금 있으면 에리카 베르예르가 1991년의 경찰 보고서 한 부를 전달해 줄 거요. 복사를 마치면 곧장 보내겠지. 살라첸코와 리스베트 살란데르에 대한 정보가 거기 다 들어 있소."

"그게 무슨 말이오?"

"살라첸코는 리스베트의 아버지요. 냉전 시대에 변절한 소련 스파이지. 킬러요."

"소련 스파이라고?" 부블란스키가 의심 가득 찬 목소리로 반복해 물었다.

"세포의 한 그룹에서 그를 보호했고, 그가 저지른 모든 범죄를 은폐해 왔소."

미카엘은 부블란스키가 앉기 위해 의자를 끌어당기는 소리를 들었다.

"경찰에 정식 증언을 제출하는 게 좋지 않겠소?"

"미안하오. 지금 시간이 없어서."

"뭐라고?"

"지금 난 스톡홀름에 없소. 하지만 살라첸코를 찾는 즉시 당신에게 연락하리다."

"블롬크비스트…… 왜 당신이 나서서 그러는 거요? 당신이 직접 증명해야 할 필요는 없잖소? 나 역시 살란데르가 혐의자라는 사실에 의혹을 품고 있단 말이오."

"맞소. 난 그 위대하신 경찰 업무에 대해선 아무것도 모르는 한낱 개인 조사자에 불과하지."

미카엘은 스스로의 행동이 조금 유치하다고 느끼면서도, 더 이상 말하지 않고 전화를 끊어버렸다. 그러고 나서 안니카 잔니니에게 전화를 걸었다.

"안녕, 동생!"

"응. 무슨 일이라도 있어?"

"그런 것 같아. 내일 좋은 변호사가 한 사람 필요할 것 같아서."

그녀가 한숨을 내쉬었다.

"또 무슨 짓을 저질렀는데?"

"아직까진 별짓 안 했어. 하지만 얼마 후에 경찰 수사 방해죄 등의 죄목으로 체포될지도 모르지. 하지만 내가 전화한 건 그 때문이 아냐. 네가 내 변호인이 될 수는 없을 테니까."

"왜?"

"왜냐면 네가 리스베트 살란데르의 변호를 맡아주었으면 싶어서. 우리 둘을 한꺼번에 맡을 수는 없잖아?"

그러고 나서 미카엘은 전후 사정을 간략하게 들려주었다. 안니카 잔니니는 무거운 침묵에 잠겨 있었다.

"이 모든 걸 뒷받침할 증거 자료는 있는 거야?" 마침내 그녀가 입을 열어 물었다.

"응."

"생각 좀 해봐야겠어. 이 경우 리스베트는 형사 전문 변호사가 필요할 것 같은데……."

"아냐. 네가 더 완벽할 거야."

"오빠……."

"이봐, 동생! 전에 내가 도움을 청하지 않았다고 무척 섭섭해했었잖아!"

전화 통화를 끝내고 미카엘은 잠시 생각했다. 그다음 다시 휴대폰을 들어 홀예르 팔름그렌에게 전화를 걸었다. 사실 그에게 전화해야 할 특별한 이유는 없었다. 하지만 재활 센터에 갇혀 있는 노인네는 지금 미카엘이 이 모든 이야기를 끝낼 수 있는 길을 찾아내, 거기로 달려가고 있다는 사실을 누군가에게서 전해 들었지 않았겠는가? 그렇다면 몹시 답답해하고 있을 그의 궁금증을 조금이라도 풀어주는 것이 도리였다.

문제는 리스베트 살란데르 역시 같은 방향으로 돌진하고 있다는 사실이었다.

리스베트 살란데르는 농가에서 눈을 떼지 않은 채 허리를 굽혀 배낭에서 사과 하나를 꺼냈다. 그녀는 차의 바닥 깔개를 돗자리 삼아, 잡목 숲 언저리에 엎드려 있었다. 복장은 완전히 바뀌어 있었다. 포켓이 달려 있는 녹색의 웜업 바지, 두툼한 스웨터, 그리고 짧은 브레이크윈드.[36]

고세베르가는 지방 도로에서 약 400미터 떨어진 곳에 위치해 있었고, 두 개의 건물군으로 이루어져 있었다. 중심이 되는 건물은 그녀의 앞쪽 약 120미터 떨어진 곳에 있었다. 그것은 평범한 2층

짜리 흰색 목조 주택이었다. 그 건물 뒤쪽, 약간 좌측으로 약 70미터 떨어진 곳에는 헛간과 축사가 각각 한 채씩 서 있었다. 축사의 열린 입구 안으로 흰색의 자동차가 한 대 보였다. 그녀가 보기에 볼보 같았지만 너무 멀어서 확인할 수는 없었다.

그녀와 그 건물 사이에 펼쳐진 질척한 평지는 오른쪽 약 200미터의 조그만 연못까지 이르러 있었다. 이 평지를 가로지르는 자동차 진입로는 지방 도로로 이어지는 숲 속으로 사라지고 있었다. 이 소유지로 들어오는 길목에는 오두막이 한 채 서 있었는데, 창문들이 모두 플라스틱 시트로 덮여 있는 것으로 미루어 버려진 것인 듯했다. 2층 농가 북쪽으로 보이는 작은 숲은, 그 너머 600여 미터 떨어진 곳에 위치한 다른 집들에 대해 일종의 병풍 역할을 하고 있었다. 따라서 농가는 고립되어 있는 셈이었다.

그녀가 지금 있는 곳은 안텐 호수 근처로, 조그만 마을들이며 빽빽한 숲들이 군데군데 흩어져 있는 완만한 구릉 지대였다. 지도에도 이름이 표시되어 있지 않은 곳이었으나, 그녀는 검은색 르노 승용차만 줄기차게 따라온 끝에 찾아올 수 있었다. 예테보리를 빠져나온 르노는 E20 고속도로를 타고 달리다가, 서쪽으로 방향을 틀어 알링소스 현의 솔레브룬 마을 쪽으로 향했다. 그렇게 45분을 또 달린 후에 르노는 갑자기 방향을 틀어 숲 쪽으로 난 곁길로 빠져나갔는데, 그 길 초입에 '고세베르가'라는 표지판이 서 있었다. 그녀는 곁길 입구에서 100여 미터 올라간 숲 속에 있는 헛간 옆에 차를 세워놓고 걸어서 돌아왔던 것이다.

그녀는 고세베르가에 대해서는 한 번도 들어본 적이 없었지만, 앞에 보이는 농가와 헛간 등을 지칭하는 듯했다. 지나올 때 보니 숲 속의 길가에 우편함이 하나 서 있었는데, 그 위에 '612-K.A. 보딘'이라고 표시되어 있었다. 그녀로서는 전혀 모르는 이름이었다.

그녀가 지금 엎드려 있는 이 관측 장소는 건물 주위를 반원을 그리며 돌아보면서 세심하게 찾아냈다. 기울어가는 오후의 태양이 등 뒤에 있어 눈이 부시지 않아 좋았던 것이다. 오후 3시 30분에 도착한 이래, 지금까지 일어난 사건은 단 하나로, 4시에 르노 운전자가 집을 빠져나간 일이다. 그는 농가의 문에서 보이지 않는 누군가와 몇 마디 대화를 나누고 차를 몰아 떠난 뒤, 다시는 돌아오지 않았다. 그 이후로는 농가 주위에 개미 새끼 하나 움직이지 않았다. 그녀는 참을성 있게 기다리며, 8배율 줌의 소형 미놀타 쌍안경으로 건물을 관찰했다.

미카엘 블롬크비스트는 답답한 가슴을 억누르며 식당 칸 테이블을 손가락으로 톡톡 두드리고 있었다. 고속 전철 X2000이 카트리네홀름 역에서 서버린 것이다. 스피커에서 흘러나오는 안내 방송에 따르면, 기차는 기술적인 문제를 해결하기 위해 잠시 정차 중이라고 했다. 하지만 그 '잠시'가 벌써 한 시간째 이어지고 있었다. 고속 전철 회사는 출발이 지체되는 것에 대해 심심한 사과의 뜻을 표했다.

그는 한숨을 내쉬고 다시 커피 한 잔을 받아왔다. 다시 15분이 지나고서야 기차는 덜컹 한 번 몸을 추스르더니 다시 움직이기 시작했다. 그는 시계를 보았다. 저녁 8시였다.

비행기를 타든가, 차를 렌트했어야 하는데…….

너무 늦게 도착할지도 모른다는 불길한 느낌이 점점 더 커져만 갔다.

저녁 6시 무렵, 1층에서 누군가 불을 켰고, 잠시 후에는 현관 위외등(外燈)도 밝혀졌다. 건물 입구 오른쪽 부엌으로 보이는 방에 어른거리는 사람 그림자들이 보였지만, 얼굴은 분간할 수 없었다.

갑자기 문이 열리더니 로날드 니더만이라는 이름의 금발 거인이 밖으로 나왔다. 그는 검정 바지와, 그의 우람한 근육을 돋보이게 하는 롤칼라 티셔츠를 입고 있었다. 리스베트는 천천히 고개를 끄덕였다. 제대로 찾아왔음을 확인한 것이다. 그녀는 니더만의 체격이 정말 엄청나다는 사실을 다시 한 번 실감했다. 하지만 파올로 로베르토와 미리암 우가 어떤 어려움을 겪었든 간에, 그 역시 살과 뼈로 이루어진 인간임에는 틀림없었다. 그는 농가 뒤쪽으로 걸어가더니 차가 세워져 있는 축사 안으로 사라졌다. 몇 분 후, 한 손에 작은 가방을 들고 나와 집 안으로 들어갔다.

그리고 몇 분 후, 그가 다시 나왔는데, 이번에는 나이 지긋한 사내와 함께였다. 니더만과는 대조적으로 작달막하고 호리호리한 사내는 지팡이에 몸을 의지한 채 절뚝거리며 걷고 있었다. 주위가 너무 어두워 얼굴 윤곽이 잘 분간되지 않았다. 하지만 리스베트의 목덜미에 얼음 같은 한기가 흘러내렸다.

대애디이이이, 아임 히어어어……

(아빠! 내가 왔어……)

그녀는 살라첸코와 니더만이 자동차 진입로를 함께 걷는 모습을 지켜보았다. 그들은 헛간 앞에서 멈췄고, 니더만이 들어가 장작 몇 개를 꺼내왔다. 그리고 그들은 집으로 돌아와 문을 닫았다.

리스베트는 두 사람이 들어간 후에도 꽤 오랫동안 꼼짝 않고 엎드려 있었다. 이윽고 쌍안경을 내린 그녀는 살금살금 10여 미터를 뒷걸음쳐서 나무들 뒤에 완전히 몸을 숨겼다. 그녀는 배낭을 열고 보온병을 꺼내 블랙커피를 따라 마신 다음, 각설탕 하나를 입에 넣고 빨기 시작했다. 비닐봉지로 포장된 치즈 샌드위치도 먹었다. 아까 예테보리를 향해 오다가 도로변의 주유소 편의점에서 사둔 것이었다. 먹으면서 그녀는 곰곰이 생각했다.

요기를 마친 그녀는 배낭에서 손뉘 니미넨의 P-83 바나드 권총을 꺼냈다. 탄창을 빼고 노리쇠 부분과 총구 부분이 이물질로 막혀 있지 않은지 확인했다. 그녀는 권총을 허공에 겨냥하고 한 번 쏘는 시늉을 해보았다. 탄창에는 9밀리 마카로프 탄환 여섯 발이 들어 있었다. 이 정도면 충분할 터였다. 그녀는 다시 탄창을 밀어 넣고 탄환 한 발을 장전했다. 안전장치를 잠그고 재킷 오른쪽 호주머니에 권총을 집어넣었다.

리스베트는 둥글게 이어지고 있는 숲을 통해 집 쪽으로 다가가 갔다. 그렇게 약 150미터를 지나온 그녀는 다시 한 발을 내디디려 하다가, 갑자기 동작을 딱 멈췄다.

그녀가 가진 《대수학》에서 피에르 페르마는 이렇게 갈겨써 놓았다. 나는 이 명제에 대한 놀라운 증명을 찾아냈으나, 여백이 너무 좁아 적지 않는다.

정사각형은 정육면체로 바뀌었고($x^3+y^3=z^3$), 수학자들은 페르마의 수수께끼를 해결하려고 수백 년간 끙끙거렸다. 그리고 20세기 말, 앤드루 와일스는 당시의 최첨단 컴퓨터 프로그램까지 동원하여 10년 동안 고심한 끝에 마침내 수수께끼를 풀어냈다.

불현듯 그녀는 깨달았다. 해답은 맥 빠질 정도로 간단한 것이었다. 그것은 하나의 유희였다. 숫자들이 줄을 서더니 갑자기 떨어져 내리며 글자 수수께끼와 흡사한 어떤 간단한 공식을 이루는 유희.

페르마에게는 물론 컴퓨터가 없었다. 그리고 앤드루 와일스의 해결책은 페르마가 그의 정리를 내놓았을 때는 아직 발명되지 않았던 종류의 수학을 기반으로 하고 있었다. 따라서 페르마는 앤드루 와일스가 제시한 식의 증명은 결코 만들어낼 수 없었을 터였다. 그렇다면 페르마의 해답은 전혀 다른 그 무엇이었다.

그녀는 너무 놀란 나머지 나무 그루터기 위에 털썩 주저앉았다. 눈앞의 허공을 쳐다보며 머릿속으로 공식을 확인해 보았다.

그래, 이 말을 하려고 했던 거야. 이랬으니 역대의 수학자들이 머리를 쥐어뜯었을 수밖에.

그녀는 킥킥킥, 웃음을 터뜨렸다.

차라리 철학자라면 이 수수께끼를 쉽게 풀 수 있었겠어…….

갑자기 페르마가 어떤 사람인지 궁금해졌다.

세상에 이런 웃기는 허풍쟁이가 어디 있는가?

잠시 후, 그녀는 몸을 일으키고, 다시 숲을 통해 목표물에 다가가기 시작했다. 이제 그녀와 농가 사이엔 축사 하나만 놓여 있었다.

31장
4월 7일 목요일

리스베트·살란데르는 과거에 가축 배설물 도랑의 출구로 사용된 듯한 좁은 해치를 통해 축사로 들어갔다. 축사 안에 가축은 없었다. 주위를 둘러보니 아무것도 없고 차만 세 대 있었다. '오토엑스퍼트'에서 렌트한 흰색 볼보, 그리고 낡은 포드와 그보다는 약간 더 새것으로 보이는 사브 한 대. 아니, 저쪽 구석에도 뭔가가 보였다. 녹슨 쇠스랑 하나와, 농가가 활동하던 시절에 사용된 듯한 농기계들이었다.

그녀는 축사의 어둠 속에 숨어 농가를 주시했다. 밤의 어스름이 깔리는 가운데, 1층의 모든 방에 불이 들어와 있었다. 그 안에 움직이는 것은 없었고, 다만 TV 화면이 발하는 반영인지, 무언가 푸르스름한 것이 어른거리고 있을 뿐이었다. 그녀는 손목시계를 내려다보았다. 7시 30분. TV에서 저녁 뉴스가 방영되고 있을 시간이었다.

살라첸코가 이런 외진 곳에서 살고 있다는 사실이 흥미롭게 느껴졌다. 여러 해 전, 그녀가 알았던 사람과는 전혀 어울리지 않는 선택이었다. 이렇게 들판 위에 덩그러니 서 있는 조그만 농가보다는, 도시 근교의 평범해 보이는 단독 주택이나 외국의 어떤 휴양지 같은 곳에서 살고 있으리라 상상했던 것이다. 살아오면서 리스베트보다 훨씬 더 많은 적을 만들어온 사람이었다. 그런 사람이 이처럼 방어가 취약한 장소에 살고 있다는 사실이 자못 당황스러웠던 것이다. 하지만 집 안에는 무기가 있으리라.

그녀는 축사에서 한참을 망설이다가 어둑한 바깥으로 살그머니 빠져나왔다. 날렵한 걸음으로 마당을 가로지른 다음 농가의 전면 벽에 바짝 등을 대고 섰다. 음악 소리 같은 것이 희미하게 들려왔다. 집 주위를 돌며 창들을 통해 안을 들여다보려 했지만 창들이 너무 높았다.

그녀의 본능은 이러한 상황을 좋아하지 않았다. 생의 전반기 동안, 그녀는 집 안에 있는 그 남자에 대한 끊임없는 두려움 속에 살아야 했다. 그녀는 그를 죽이려 했지만 실패했고, 후반기에는 그가 다시 나타나기만을 기다리며 살아왔다. 그리고 이번에는 절대로 실수를 범하고 싶지 않았다. 하지만 주의해야 했다. 살라첸코는 비록 노인이긴 했어도, 숱한 전투에서 살아남은 전문 킬러였다.

게다가 그의 옆에는 로날드 니더만까지 도사리고 있었다.

그녀는 살라첸코를 집 밖에서 덮치고 싶었다. 예를 들어 마당 어느 곳이라면 그는 방어에 있어 한결 취약해지리라. 사실 그에게 말을 걸고 싶은 생각도 별로 없었으므로, 망원 렌즈가 장착된 장총이 있다면 멀리서라도 쏴서 끝내버리고 싶은 심정이었다. 하지만 불행히도 그녀에겐 그런 총이 없었다. 또 노인은 걷는 데 문제가 있어 밖에 나올 일도 별로 없었다. 따라서 더 좋은 기회를 노리고 싶다면 숲 속으로 돌아가 밤새도록 기다려야 할 터였다. 그러나 그녀에겐 침낭이 없었다. 또 비록 지금은 약간 선선할 뿐이지만, 밤에는 기온이 뚝 떨어질 터였다. 무엇보다도 자칫하다가는 또다시 그를 놓칠 위험이 있었다. 그렇게도 오래 기다려왔던 기회가 오지 않았는가? 그녀는 미리암 우와 엄마를 생각했다.

리스베트는 입술을 꽉 깨물었다. 집 안으로 들어가는 것, 그것은 지금 그녀 앞에 놓인 유일한 선택이었지만 동시에 최악의 시나리오가 될 수도 있었다. 물론 문을 노크한 다음, 누가 문을 열고 나오면 사살한 후에, 안으로 치고 들어가 남아 있는 자를 처치할 수도 있었다. 하지만 그럴 경우, 안에 있는 자에게 준비할 시간을 줄 수 있었다. 게다가 그에게 무기라도 있다면? 결과를 분석하라……. 다른 대안은 없을까?

갑자기 그녀에게서 불과 몇 미터 떨어진 창문에 니더만의 윤곽이 보였다. 창가에 다가온 그는 어깨 너머로 고개를 돌려 방 안쪽을 바라보며 누군가와 대화를 나누고 있었다.

둘 다 같은 방 안에 있어. 입구에서 왼쪽에 있는 방.

리스베트는 즉시 결정했다. 재킷 주머니에서 권총을 빼들고 안전장치를 푼 다음 살그머니 현관 앞 계단을 올라갔다. 왼손으로 총을 들고 오른손으로는 문고리를 천천히, 아주 천천히 돌렸다. 문은 잠겨 있지 않았다. 그녀는 눈살을 찌푸리고 잠시 망설였다. 문에는 보강 자물쇠가 두 개나 달려 있지 않은가?

살라첸코가 허술하게 문을 열어놓을 사람인가? 그녀의 목덜미에 파르르 소름이 돋았다.

이건 뭔가 이상해.

열린 문 안쪽은 어둠에 잠겨 있었다. 오른쪽에 2층으로 올라가는 계단이 보였다. 정면과 왼쪽에는 문이 하나씩 나 있었다. 문 위의 틈새로 빛이 새어 나오는 게 보였다. 그녀는 꼼짝 않고 귀를 기울였다. 목소리가 들렸고, 왼쪽 방에서 의자가 바닥에 끌리는 소리가 들렸다.

그녀는 성큼성큼 두 걸음을 내디뎌 문을 열었고, 총을 겨냥했지만…… **방은 텅 비어 있었다.**

그녀는 뒤에서 옷이 바스락거리는 소리를 듣고 도마뱀처럼 민첩한 동작으로 몸을 돌렸다. 총을 겨냥하려는 순간, 로날드 니더만의 엄청난 손이 무쇠 고리처럼 그녀의 목을 휘감아 왔고, 또 다른 손은 총을 잡았다. 그는 그녀의 목덜미를 움켜쥐고 마치 인형을 들 듯 그녀를 공중에 쳐들었다.

그녀의 두 발이 잠시 허공에서 버둥거렸다. 그리고 그녀는 몸을 돌려 니더만의 사타구니를 겨냥하고 발길질을 했다. 하지만 타격은 빗나가 그의 골반 부근을 맞혔을 뿐이다. 마치 나무둥치를 걷어차는 느낌이었다. 그는 목을 쥔 손아귀에 한층 힘을 가했고, 그녀는 눈앞이 캄캄해지면서 정신이 아득해졌다.

빌어먹을!

로날드 니더만이 그녀를 방 한가운데 패대기쳤다. 그녀의 몸은 긴 소파에 거세게 부딪힌 후 바닥에 떨어졌다. 그녀는 피가 머리쪽으로 띵하게 역류해 오르는 것을 느끼며 몸을 일으켰다. 탁자 위에 놓여 있는 커다란 유리 재떨이가 보였다. 그녀는 그것을 잡아 몸을 돌리며 집어던졌다. 니더만은 날아오는 재떨이를 팔뚝으로 막아 떨어뜨렸다. 그녀는 자유로운 왼손으로 바지 주머니에 손을 넣어 전기 충격기를 꺼냈고 팩 몸을 돌리며 그것을 니더만의 사타구니에 쑤셔 박았다.

그녀는 니더만에게 잡힌 팔을 통해 그의 체내에 전류가 흘러 들어가는 것을 느꼈다. 그가 고통의 비명을 지르며 나뒹굴기만을 기다렸다. 하지만 그는 눈을 뚱그렇게 뜨고 그녀를 내려다보고 있을 뿐이었다. 리스베트의 두 눈도 경악하여 크게 벌어졌다. 물론 사내는 모종의 불쾌감을 느끼기는 하지만 고통을 모르는 듯했다. 이 인간, 정상이 아니야!

니더만은 몸을 굽혀 그녀에게서 전기 충격기를 빼앗은 다음, 여전히 뚱그레진 눈으로 그것을 살펴보았다. 이어 손바닥으로 그녀의 뺨을 후려쳤다. 마치 해머로 얻어맞는 느낌이었다. 그녀는 소파 앞, 바닥에 나뒹굴었다. 그녀는 고개를 들었고, 시선이 로날드 니더만의 그것과 마주쳤다. 그는 그녀를 호기심 어린 시선으로 내려다보고 있었다. 요것이 다음에는 어떻게 나올까 궁금해하는 표정으로. 마치 고양이가 쥐를 가지고 노는 형국이었다.

다음 순간, 그녀는 방 저쪽에 난 문이 빠끔히 열리는 것을 감지했다. 그녀는 고개를 돌렸다.

천천히, 그가 빛 가운데로 들어오고 있었다.

영국식 지팡이에 몸을 의지하고 있었고, 한쪽 다리에는 의족이 달려 있었다.

손가락 두 개가 없는 왼손은 대충 빚은 살 뭉치처럼 보였다.

그녀는 그의 얼굴 쪽으로 시선을 올렸다. 얼굴의 왼쪽 절반은 화상으로 인한 흉터투성이여서, 마치 뻘건 살을 조각조각 이어 붙인 패치워크 같았다. 귀는 거의 남아 있지 않았고, 눈썹도 보이지 않았고, 머리카락도 없었다. 그녀가 기억하는 그는 날렵한 근육질 몸매에 검은 고수머리의 소유자였다. 한데 지금의 그는 165센티미터도 못 되는 키에, 몸은 앙상하게 말라 있었다.

"안녕, 아빠." 그녀는 아무 감정도 섞이지 않은 목소리로 말했다.

알렉산드르 살라첸코 역시 무표정한 눈으로 자신의 딸을 쳐다보았다.

로날드 니더만이 천장의 전등불을 켜고는 그녀의 재킷을 더듬어 다른 무기가 없는지 검사한 다음, 빼앗은 권총의 안전장치를 잠그고 탄창을 빼냈다. 살라첸코가 절뚝절뚝 안락의자까지 걸어가 리모컨 하나를 집어 들었다. 리스베트의 시선은 그의 뒤에 있는 TV 화면으로 향했다. 살라첸코는 클릭했고, 그녀는 갑자기 축사 뒤와 진입로 끝 부분의 영상이 떨리는 푸른 화면으로 나타나는 것을 보았다. 적외선 카메라. 이들은 내가 접근하는 걸 알고 있었어.

"난 네가 켕겨서 결국 나타나지 않는 건가 하고 생각했었다. 열여섯 시간 전부터 이 카메라로 감시하고 있었지. 그런데 농가 주변의 경보 장치들을 모두 건드리면서 다가오더군."

"동작 감응 장치……." 그녀가 신음을 흘렸다.

"그래. 진입로에 두 개, 그리고 뜰 저쪽 편의 개활지에는 네 개를 설치해 놨지. 그런데 네가 택한 전망대는 바로 경보 장치가 설치되어 있는 곳이야. 농장이 가장 잘 보이는 장소이기 때문이지. 보통은 말코손바닥사슴이며 노루, 그리고 가끔 산딸기를 따러 온 사람들이 다가오는 경우가 있지. 하지만 손에 총을 든 사람이 찾아오는 경우는 아주 드물어."

그는 잠시 말을 끊었다.

"그래, 넌 이 살라첸코가 이 조그만 시골집에서 아무런 방비책도 없이 그냥 퍼질러 앉아 있으리라고 믿은 거냐?"

리스베트는 목덜미를 문지르며 일어나려는 동작을 취했다.

"그대로 바닥에 붙어 있어!" 그는 차갑게 명령했다.

니더만이 리스베트의 권총을 만지작거리던 동작을 멈추고 그녀를 차분하게 내려다보았다. 그러고는 한쪽 눈썹을 찡긋 치켜 올리며 미소를 지었다. 리스베트는 TV에 나온 파올로 로베르토의 엉망이 된 얼굴을 떠올렸고, 바닥에 그대로 있는 게 현명하다고 판단했다. 그녀는 한숨을 내쉬면서 소파에 등을 기대고 앉았다.

살라첸코가 성한 오른손을 내밀자 니더만은 허리춤에 꽂고 있던 권총을 빼내 슬라이드 부분을 철커덕 잡아당겨 장전한 뒤 그에게 건네주었다. 리스베트는 그것이 스웨덴 경찰이 사용하는 시그 사우어임을 알 수 있었다. 살라첸코가 턱을 까딱하여 신호했다. 그러자 니더만은 군소리 없이 몸을 돌려 재킷을 걸치고 방을 나갔다. 이어 리스베트의 귀에는 현관문이 열렸다가 다시 닫히는 소리가 들려왔다.

"네가 무슨 어리석은 짓을 상상하고 있을까 봐 하는 말인데, 조금이라도 몸을 움직이려는 기미가 보이면 그대로 벌집을 만들어버리겠어."

리스베트는 몸의 긴장을 풀었다. 일어서서 그에게까지 도달하기 전에 그는 두 발 혹은 세 발을 발사할 수 있을 터였다. 아마 몇 분 내에 출혈로 사망에 이르게 할 탄환을 사용하고 있으리라.

"얼굴 꼴이 볼 만하군." 살라첸코가 그녀의 눈썹에 박힌 피어싱을 가리키며 말했다. "꼭 창녀 같아."

리스베트는 그를 똑바로 쳐다보았다.

"하지만 눈은 나를 닮았어."

"거기 아파?" 그녀는 머릿짓으로 그의 의족을 가리키며 물었다.

살라첸코는 오랫동안 그녀를 쳐다보았다.

"아니. 이제는 안 아파."

리스베트는 고개를 끄덕였다.

"넌 나를 죽이고 싶지?" 그가 말했다.

그녀는 대답하지 않았다. 그는 웃음을 터뜨렸다.

"그래, 오랜 세월 동안 난 널 생각해 왔어. 거울에 비친 내 꼴을 볼 때마다 널 생각했지."

"엄마를 가만히 놔뒀어야 했어."

살라첸코는 웃었다.

"네 어민 창녀야."

리스베트의 눈이 잉크처럼 새카매졌다.

"엄마는 창녀가 아니야. 엄마는 슈퍼마켓 점원으로 힘들게 일하면서 우리를 키우려고 애썼어."

살라첸코는 다시 웃었다.

"그래, 네 어미에 대한 환상을 곱게 간직하렴. 하지만 난 그년이 창녀라는 걸 알지. 무슨 수를 썼는지 금방 임신해 버리더니, 곧바로 나더러 결혼하자고 다그쳐대더군. 내가 창녀하고 결혼이나 할 한심한 인간으로 보였던 모양이지!"

리스베트는 아무 말도 하지 않았다. 그녀는 총구를 바라보면서 그가 한순간이라도 방심하기를 기다렸다.

"우유 팩 화염병이라…… 그래, 멋진 생각이었어! 난 널 증오했어. 하지만 얼마 지나니까 모든 게 별 의미가 없어지더군. 넌 내 귀한 에너지를 쏟을 만한 가치도 없는 존재였으니까. 만일 이번 일에 네가 끼어들지만 않았어도 난 아무 짓 안 했을 거야."

"엿 같은 소리 하지 마. 비우르만이 나를 처리해 달라고 당신을 고용했잖아."

"그건 아무 상관 없어. 그건 단지 상업적인 계약일 뿐이야. 그는 네가 가진 그 비디오가 필요했고, 난 그의 주문에 따라 사업을 진행했을 뿐이야."

"그래, 내가 당신에게 그 비디오를 넘겨주리라 생각했나?"

"오, 애야, 물론이란다! 네가 그럴 것이라 확신했고말고. 넌 로날드가 무언가를 요구하면 사람들이 얼마나 협조적으로 나오는지 상상도 못할 거야. 특히 그가 전기톱을 들고 네 한쪽 다리를 썰어 대면 말이야. 그리고 그렇게 되면 내게는 아주 적절한 보상이 되겠지…… 다리 한 짝에 다리 한 짝이니까 말이야."

리스베트는 뉘크바른의 창고 안에서 로날드 니더만에게 잡혀 있었을 미리암 우를 생각했다. 어두워지는 그녀의 표정을 보고 살라첸코는 오해를 했다.

"걱정 마. 널 토막 낼 생각은 없으니까."

그는 그녀를 물끄러미 쳐다보았다.

"정말 비우르만이 널 강간했나?"

그녀는 대답하지 않았다.

"정말이지 그놈 취향도 형편없군! 그래, 난 신문에서 네가 더러운 레즈비언이라는 소리를 들었다. 이제 보니 별로 놀랄 일도 아니야. 어떤 사내놈이 널 원하겠냐?"

리스베트는 여전히 대꾸하지 않았다.

"맘 같아서는 니더만을 시켜 네 거기를 좀 청소해 주고 싶다만. 보아하니 넌 그게 좀 필요할 것 같아."

그는 잠시 생각하는 듯했다.

"하지만 니더만은 여자애들하고 그 짓을 안 하지. 아니, 그놈은 호모는 아냐. 단지 그 짓을 안 할 따름이지."

"그러면 당신이 직접 청소를 해주셔야겠군." 리스베트는 그를 도발하려고 이렇게 말했다.

자, 이리 다가와 봐. 실수 좀 해보란 말이야…….

"오, 아니야! 그건 아니야! 난 그 정도까지 변태는 아냐."

그들은 한동안 아무 말도 하지 않았다.

"그래, 지금 우리가 뭘 기다리고 있지?" 리스베트가 물었다.

"내 동업자가 곧 돌아올 거야. 차를 옮겨 놓고 뭘 좀 하러 나갔지. 그런데 네 동생은 어디 있나?"

리스베트는 어깨를 으쓱했다.

"대답해!"

"몰라. 그리고 솔직히, 난 걔에 대해선 전혀 관심 없어."

그가 다시 한 번 웃었다.

"그게 동기간의 우애라는 건가? 머릿속에 뭔가 좀 들어 있는 애는 항상 카밀라였어. 넌 쓰레기통에 던져버리기에 딱 알맞았지."

"살라첸코, 당신은 지독하게 피곤한 인간이야……. 그런데 비우르만을 죽인 건 니더만이야?"

"물론이지. 로날드 니더만은 완벽한 병사야. 항상 명령에 복종할 뿐 아니라, 필요할 때면 자기가 알아서 척척 일을 처리하지."

"어디서 저런 인간을 찾아냈지?"

살라첸코는 기묘한 표정을 지으며 딸을 쳐다보았다. 그는 뭔가 말하려고 입술을 움찔대다가 주저하는 듯 다시 입을 다물었다. 그는 현관 쪽 문을 곁눈질로 쳐다보더니 갑자기 미소를 지었다.

"그렇다면 아직 이해하지 못했단 말이군. 비우르만 말로는, 네가 아주 재능 있는 조사 요원이라던데?"

그러고 나서 살라첸코는 웃음을 터뜨렸다.

"우리가 서로 교류하기 시작한 것은 1990년대 초, 그러니까 네가 던진 화염 폭탄을 맞고 내가 회복 중이던 스페인에서였어. 그는 내 종업원은 아냐…… 우린 파트너 관계지. 우린 아주 잘나가는 사업을 해나가고 있다고."

"여성 인신매매?"

그는 어깨를 으쓱했다.

"그것보다는 좀 더 다양해. 수많은 상품과 서비스를 다루지. 우리의 비즈니스 모델은 어둠 속에 숨어서 절대 모습을 드러내지 않는다는 거지. 그런데 정말 로날드 니더만이 누군지 모르겠어?"

리스베트는 아무 말도 하지 않았다. 지금 그가 무얼 암시하고 있는지 전혀 알 수 없었다.

"로날드는 네 오라비다."

"뭐?" 리스베트는 숨이 막히는 것 같았다.

살라첸코가 다시 웃어댔다. 하지만 그녀를 겨눈 총구는 조금도 흔들리지 않았다.

"정확히 말해서 네 배다른 오라비지. 내가 1970년에 독일에서 임무 수행 중일 때 재미 좀 본 결과야."

"그래서 당신 아들을 살인자로 키워 냈군."

"오, 아니야. 난 단지 그의 잠재력을 실현할 수 있게끔 조금 도와줬을 따름이야. 내가 그의 교육을 맡기 오래전부터 그에게는 사람을 죽일 능력이 있었어. 그리고 내가 떠나고 나면, 녀석이 이 가족 기업을 이끌어 나가게 될 거야."

"그는 내가 그의 이복 누이라는 걸 알아?"

"물론이지. 하지만 동기간의 감정에 호소할 생각이 혹시라도 있다면, 그런 건 빨리 잊는 게 좋아. 그에게 가족은 나뿐이고, 넌 저쪽 지평선에서 웽웽대는 날파리에 지나지 않으니까. 이걸 말해 줘야 할지 모르겠는데, 네 이복형제는 그만이 아냐. 네게는 최소한 네 명의 다른 형제와 세 명의 자매가 여러 나라에 흩어져 살고 있어. 네 형제 중 하나는 말할 수 없는 멍청이인 반면, 다른 한 녀석은 가능성이 조금 있어. 그는 탈린에서 우리 지사를 운영하고 있지. 그런데 말이야, 내 자식 중에서 그래도 살라첸코의 유전자 값을 하는 녀석은 저 로날드뿐이야."

"당신 가족 기업에서 내 자매들이 할 일은 전혀 없는 것 같군."

리스베트의 지적에 살라첸코는 흠칫 놀라는 것 같았다.

"살라첸코…… 당신은 그저 여자를 증오하는 흔해빠진 멍청이에 불과해. 그런데 비우르만은 왜 죽였지?"

"비우르만은 저능아야. 그는 네가 내 딸이라는 사실을 알고는 깜짝 놀랐지. 그는 내 과거를 알고 있는, 이 나라에서 몇 안 되는 인물 중 하나였거든. 나 역시 그자가 느닷없이 나에게 접촉해 와서 약간 신경이 쓰였던 게 사실이야. 하지만 결과적으로는 모든 게 잘된 셈이지. 그는 죽었고, 넌 살인범으로 몰리게 됐으니 말이야."

"하지만 왜 그를 죽였느냐고?" 리스베트가 재차 물었다.

"그건 뜻밖의 사건이었어. 사실 난 그자와 적어도 몇 년간은 더 일할 수 있다는 생각에 기분이 좋았었지. 세포에 은밀한 끈을 하나 갖고 있다는 건 언제나 유용한 일이거든. 비록 그 끈이 바보 멍청이라 할지라도 말이야. 하지만 엔셰데의 그 기자 놈이 그와 나의 관계를 어떻게 알아냈는지, 로날드가 비우르만 집에 있을 때 그에게 전화를 걸어왔어. 비우르만은 공포에 사로잡혀 미친놈처럼 굴었고. 로날드는 즉석에서 결정을 내려야 했어. 해서 그는 필요한 일을 했을 뿐이야."

이미 짐작하고 있던 사실을 자신의 아버지가 직접 확인해 주자 리스베트의 가슴은 무겁게 내려앉았다. 다그 스벤손이 죽은 것은 그 관계를 알았기 때문이었어……. 그날 저녁, 그녀는 다그와 미아와 한 시간 동안 대화를 나누었다. 그러면서 미아 베리만에게 금방 호감을 가졌다. 반면 다그 스벤손에 대한 감정은 반반이었다. 그는 미카엘 블롬크비스트와 닮은 점이 너무나도 많았던 것이다. 책 한 권을 펴냄으로써 세상 전체를 구원하고 많은 것들을 변화시킬 수 있다고 믿는, 순진하면서도 젠체하는 인간. 하지만 그의 선의만큼은 미워할 수 없었다.

리스베트는 다그의 집을 방문하여 아무런 소득도 얻어내지 못했다. 그들은 그녀에게 살라첸코의 행방을 알려 주지 못했다. 그들은 단지 조사 과정에 '살라'라는 이름이 자주 등장한다는 사실을 발견하고 이에 대한 조사를 시작했지만, 누군지조차 밝혀내지 못하고 있었던 것이다.

대신, 그녀는 그 방문 중에 한 가지 치명적인 실수를 범하고 말았다. 그녀는 비우르만과 살라첸코 사이에 분명 어떤 관계가 있으리라 짐작하고 있었다. 하여 비우르만에 대해서도 몇 가지 질문을 던졌다. 혹시 다그 스벤손이 그에 대해서도 뭔가 알고 있으리라 기대하면서. 하지만 그는 아무것도 몰랐다. 반면 그는 후각만큼은 예민했다. 즉시 이 비우르만이라는 인물에게 뭔가가 있다고 판단하여, 오히려 그녀에게 질문을 퍼부은 것이었다.

리스베트는 별다른 것을 말해 주지 않았다. 하지만 다그 스벤손은 그녀가 이 이야기 가운데 중요한 위치를 차지한다는 사실을 직감했다. 또 그녀가 원하는 몇 가지 정보가 자신의 수중에 있다는 사실도 깨달았다. 하여 두 사람은 부활절 이후에 다시 만나기로 약속했다. 그런 다음, 리스베트 살란데르는 집으로 돌아와 잠자리에 들었다. 그리고 아침에 일어나 라디오를 켜보니 엔셰데의 아파트에서 두 사람이 살해되었다는 뉴스가 흘러나왔던 것이다.

그날 저녁 방문했을 때, 그녀가 다그 스벤손에게 준 정보는 단 한 가지, 바로 닐스 비우르만의 이름이었다. 다그 스벤손은 그에 대해 더 알고 싶었고, 그래서 그녀가 떠나자마자 수화기를 들어 비우르만에게 전화를 걸었으리라.

그녀가 바로 문제였다. 만일 그녀가 다그 스벤손을 보러 가지 않았더라면…… 다그와 미아는 아직 이 세상에 살아 있으리라.

살라첸코는 웃었다.

"하하하, 그때 우리가 얼마나 놀랐는지! 경찰이 엉뚱하게도 살인 혐의자로 널 지목하는 게 아니겠어?"

리스베트는 아랫입술을 깨물었다. 살라첸코가 그녀를 지그시 쳐다보았다.

"그런데 내가 있는 곳은 어떻게 찾아냈지?" 그가 물었다.

그녀는 어깨만 으쓱할 뿐, 대꾸하지 않았다.

"리스베트…… 곧 로날드가 돌아와. 네가 대답할 때까지 네 몸의 모든 뼈를 으스러뜨려 달라고 개한테 부탁할 수 있어. 쓸데없이 그런 수고를 할 필요는 없잖아?"

"사서함. 니더만의 렌터카를 통해 사서함 주소를 알아냈고, 여드름투성이 젊은 애가 편지를 수거해 갈 때까지 사서함 앞에서 기다렸어."

"아하, 그런 간단한 방법이 있었군! 고마워. 참고해 두지."

리스베트는 잠시 생각했다. 총구는 여전히 자신의 가슴팍을 겨냥하고 있었다.

"당신은 정말 이 태풍을 피해 갈 수 있을 거라고 생각해?" 리스베트가 물었다. "당신은 너무 많은 실수를 저질렀어. 경찰이 당신을 찾아내는 건 시간문제야."

"알고 있어." 그녀의 아버지가 대답했다. "비에르크가 어제 전화를 했어. 《밀레니엄》의 기자 놈 하나가 뭔가 냄새를 맡았다고 하더군. 놈이 모든 걸 알아내는 건 네 말대로 시간문제라고 말이야. 맞아. 그 기자 놈을 처리해야 할 필요가 있겠지."

"아는 사람이 미카엘 블롬크비스트 하나뿐일까? 《밀레니엄》사주인 에리카 베르예르와 다른 직원들, 드라간 아르만스키와 밀턴 시큐리티의 직원 두세 사람, 또 부블란스키와 수사 팀의 다른 경찰관들. 이 이야기를 감추기 위해 당신은 앞으로 몇 사람이나 죽일 작정이지? 하지만 그들은 결국 당신을 찾아내고 말 거야."

살라첸코가 다시 웃었다.

"그래서? 나는 아무도 죽이지 않았고, 내게 불리한 구체적인 증거는 아무것도 없어. 그래, 날 찾아내고 싶으면 찾아내라고 해. 또이 집에 찾아와 압수 수색을 해보라고 해. 내가 범죄 활동에 연관되었다는 증거는 털끝만치도 찾아낼 수 없을 테니까. 그리고 너를 정신병원에 가둔 것은 내가 아니라 세포야. 그런 만큼 모든 것을 까밝히려 들지는 않을걸?"

"니더만이 있잖아?"

"내일 아침, 로날드는 외국으로 한동안 휴가를 떠나 사태의 추이를 지켜볼 거야."

살라첸코가 의기양양한 눈으로 리스베트를 쳐다보았다.

"너는 세 건의 살인 사건에 대한 주 용의자로 남게 될 거야. 그리고 이를 위해 너는 조용히 사라져줘야 해."

마침내 로날드 니더만이 돌아온 것은 거의 한 시간이 지나서였다. 그는 장화를 신고 있었다.

리스베트 살란데르는 자신의 오라비라는 사내에게 시선을 던졌다. 아무리 봐도 닮은 점이라곤 하나도 없었다. 오히려 모든 면에서 그녀와는 정반대였다. 하지만 한 가지 짚이는 점은 있었다. 로날드 니더만에게서 뭔가 이상한 게 느껴졌던 것이다. 괴물 같은 골격, 약간은 백치처럼 보이는 얼굴, 아직 변성기를 지나지 않은 듯한 목소리, 이 모든 것이 일종의 유전적 결함을 암시하고 있는 듯했다. 그의 몸은 전기 충격기에도 반응하지 않았고, 손은 어마어마하게 컸다. 요컨대 로날드 니더만에게서 정상적인 구석이라곤 전혀 찾아볼 수 없었다.

살라첸코 가문은 온갖 유전자적 실수들의 집합소인 모양이군…….
그녀는 쓸쓸한 생각을 곱씹었다.

니더만이 고개를 끄덕이며 자신의 시그 사우어 권총을 다시 받으려는 듯 손을 내밀었다.

"나도 갈 거야." 살라첸코가 말했다.

니더만은 머뭇거렸다.

"많이 걸어야 해요."

"나도 간다고. 가서 내 재킷이나 가져와."

니더만은 어깨를 으쓱하고 그가 시키는 대로 했다. 그리고 살라첸코가 옷을 입으러 잠시 옆방에 가 있는 동안 권총을 조작하기 시작했다. 리스베트는 니더만이 사제 소음기를 총신에 돌려 끼우는 모습을 지켜보았다.

"자, 가자." 살라첸코가 문가에서 말했다.

니더만은 몸을 굽혀 리스베트를 일으켜 세웠다. 그녀는 그의 눈을 노려보았다.

"난 너도 죽여 버리겠어."

"아직도 자신감이 넘쳐흐르는군." 그녀의 아버지가 빈정댔다.

니더만은 부드럽게 미소 지어 보이고는, 그녀를 문 쪽으로, 그러고는 뜰 밖으로 밀고 갔다. 한 손으로는 그녀의 목을 꽉 쥐고 있었다. 손가락은 목둘레를 한 번 두르고 남을 정도로 길었다. 그는 축사 북쪽의 숲으로 그녀를 끌고 갔다.

그들은 빨리 걷지 못했다. 니더만이 간간이 걸음을 멈추고 뒤처지는 살라첸코를 기다려야 했기 때문이다. 두 사내는 강력한 손전등을 하나씩 들고 있었다. 숲 속에 이르자, 니더만이 그녀의 목덜미를 잡은 손을 풀어주었다. 그러고는 약 1미터 뒤에 서서 총신으로 그녀의 등을 찔렀다.

그들은 계속해서 400여 미터에 이르는 험한 오솔길을 걸어갔다. 리스베트는 두 번이나 비틀거렸지만, 그때마다 곧바로 몸의 균형을 바로잡았다.

"여기서 오른쪽으로 돌아." 니더만이 말했다.

10여 미터를 더 가자 나무 사이에 빈터가 나타났다. 리스베트는 땅에 구덩이가 만들어져 있는 것을 보았다. 니더만의 손전등 불빛 아래, 쌓인 흙무더기 위에 꽂혀 있는 삽 한 자루가 보였다. 그래, 니더만은 이걸 하려고 나섰던 거야. 그는 그녀를 구덩이 쪽으로 밀었고, 그 통에 그녀는 비틀거리다가 두 손을 땅에 짚으며 넘어졌다. 두 손이 모래 속에 푹 빠져 들어갔다. 그녀는 머리를 들어 아무런 표정 없이 니더만을 올려다보았다. 살라첸코는 아직 오는 중이었고, 니더만은 차분하게 그를 기다리고 있었다. 리스베트를 겨냥한 권총의 총신은 한순간도 흐트러짐이 없었다.

살라첸코는 숨이 차서 헐떡댔다. 마침내 그가 입을 연 것은 1분이 지나서였다.

"이런 장면에서는 뭔가를 말해야 옳겠지. 하지만 네게 할 얘기는 하나도 없는 것 같아."

"잘됐네." 리스베트가 대꾸했다. "나 역시 당신에게 할 말이 별로 없으니까."

그녀는 입가에 살짝 미소를 지어 보였다.

"자, 끝내지." 살라첸코가 말했다.

"그래도 내겐 즐거운 일이 하나 있어. 당신을 잡히게 하는 일이 내 생애의 마지막 일이 되었으니까." 리스베트가 말했다. "오늘 밤 당장 경찰이 이 집에 들이닥칠 거야."

"웃기는군. 그런 식으로 수작 부리고 나올 줄 알았다. 네가 여기

온 것은 나를 죽이기 위해서지. 그 외의 다른 어떤 계획도 없었어. 넌 누구에게도 말하지 않았다고."

리스베트 살란데르의 미소가 더욱더 커지더니, 그녀가 갑자기 사악한 표정을 지었다.

"한 가지 보여 줄 게 있어, 아빠."

그녀는 왼쪽 다리에 붙은 포켓에 천천히 손을 넣어 네모진 물체를 하나 꺼냈다. 로날드 니더만은 그녀의 동작을 철저히 감시하고 있었다.

"조금 전 한 시간 동안 당신이 내뱉은 모든 말은 이미 인터넷을 통해 흘러나갔어."

그녀는 자신의 PDA, 팜 텅스텐 T3을 흔들어 보였다.

살라첸코의 눈썹이 있어야 할 이마 부분에 주름이 하나 잡혔다.

"어디 내게 줘봐." 그는 그의 성한 손을 내밀었다.

리스베트가 PDA를 던졌고, 그는 날아오는 것을 붙잡았다.

"웃기고 있네." 살라첸코가 비웃으며 말했다. "이건 평범한 팜 PDA에 불과해."

로날드 니더만이 PDA를 살펴보려고 몸을 굽혔을 때, 리스베트 살란데르는 그의 눈에 모래 한 줌을 뿌렸다. 그 즉시 앞을 보지 못하게 된 거인은 기계적으로 소음기가 달린 권총을 쏘았다. 리스베트는 이미 두 걸음 옆으로 비껴서 있었고, 총알은 그녀가 서 있던 공간을 뚫고 지나갔다. 그녀는 삽을 집어 들었다. 그리고 삽날로 권총을 들고 있는 니더만의 손을 내리쳤다. 있는 힘을 다해 내리친 삽날은 손바닥에서 손가락이 시작되는 관절 부분에 적중했고, 그의 시그 사우어는 공중에 커다란 원을 그리며 튕겨 올라 관목들이 자란 곳에 떨어졌다. 그녀는 거인의 검지에 벌어진 상처에서 선혈이 솟구치는 것을 보았다.

이 정도면 고통을 못 이겨 비명을 질러야 하는데……

그는 상처 입은 손으로 허공을 더듬으면서 다른 손으로는 두 눈을 절망적으로 비벼댔다. 리스베트가 이 싸움을 이길 수 있는 유일한 가능성은 지금 이 순간 그에게 결정타를 날리는 것이었다. 둘의 몸이 뒤엉킨다면 그녀는 끝난 거나 다름없으니까. 그녀가 숲 속으로 사라지기 위해서는 적어도 5초의 시간이 필요했다. 이를 위해서는 이 괴물을 잠시나마 녹아웃시켜 놓아야 했다. 그녀는 삽을 어깨 뒤로 젖혔다가 있는 힘을 다해 앞으로 휘둘렀다. 그녀는 삽날로 타격을 가하려고 자루를 돌리려 했다. 하지만 그녀가 서 있는 위치가 좋지 않았다. 니더만의 얼굴을 강타한 것은 삽날이 아니라, 삽 대가리의 편평한 뒷부분이었다.

니더만은 신음을 흘렸다. 코뼈가 며칠 새 두 번째로 골절된 것이다. 그는 여전히 앞을 못 보고 있었지만, 오른팔을 크게 휘둘러 살란데르를 밀쳐버리는 데 성공했다. 그녀는 뒷걸음치다가 나무뿌리에 발이 걸렸다. 한순간 그녀는 나뒹굴었지만, 곧바로 다시 일어났다. 이제 니더만은 힘을 쓰지 못하고 있었다.

자, 됐어. 이제는 빠져나갈 수 있어.

그렇게 덤불 쪽으로 두 발짝 내디뎠을 때, 그녀의 시야 한 켠에 무언가가 들어왔다. 찰칵. 알렉산드르 살라첸코가 팔을 들어 올리고 있었다.

늙은이에게도 총이 있었어!

그 사실이 그녀의 머릿속을 채찍처럼 후려쳤다.

그가 발사하는 순간, 그녀는 몸을 틀었다. 총알은 둔부에 적중했고, 그녀는 균형을 잃었다.

통증은 느껴지지 않았다.

두 번째 총알은 등에 맞았고, 왼쪽 견갑골에 박혔다. 온몸을 마비시키는 날카로운 통증이 쩌르르 흘렀다.

그녀는 털썩 무릎을 꿇었다. 몇 초 동안 움직일 수가 없었다. 그녀의 뒤 5, 6미터가량 떨어진 곳에 살라첸코가 있다는 사실을 의식하고 있었다. 그녀는 마지막 힘을 모아 몸을 일으켰고, 관목의 커튼 속으로 몸을 숨기기 위해 후들대는 걸음을 내디뎠다.

살라첸코는 천천히 그녀를 겨냥했다.

세 번째 총알은 왼쪽 귀 약 2센티미터 윗부분에 적중했다. 총알은 두개골을 관통했고, 구멍 주위로는 자디잔 균열이 그물 모양으로 벌어졌다. 납 탄환은 머릿속을 파고 들어가 대뇌 피질 4센티미터 아래의 회백질에 파묻혔다.

하지만 리스베트 살란데르에게 이런 의학적인 용어들은 아무 의미가 없었다. 그녀가 총알로 인해 느낀 것은 거대하고도 즉각적인 트라우마일 뿐이었다. 그녀가 마지막으로 지각한 것은 시뻘건 빛깔의 충격과, 그 뒤를 이은 하얀빛이었다.

그러고는 어둠이 왔다.

찰칵.

살라첸코는 다시 한 번 방아쇠를 잡아당기려 했지만 손이 너무 떨려 제대로 겨냥할 수 없었다. **이년이 빠져나갈 뻔했어……**. 마침내 그녀가 죽었다는 사실을 깨닫고 그는 떨리는 팔을 내렸다. 아드레날린이 온몸에 콸콸 흐르는 것을 느끼면서. 그는 자신의 총을 내려다보았다. 원래는 집에 두고 오려 생각했다가 다시 돌아가 호주머니에 찔러 넣고 나왔던 것이다. 어떤 부적이 필요하다는 생각이 들었던 것일까? **이 계집애는 정말 괴물이야.** 그들은 사내 둘이었다. 게다가 그중 하나는 로날드 니더만이었고, 시그 사우어까지 들고 있었다. 그런데도 이 더러운 년은 거의 빠져나갈 뻔했어!

그는 자기 딸의 시신에 시선을 던졌다. 손전등 불빛에 비친 그녀의 몸은 피에 젖은 인형 같았다. 그는 총의 안전장치를 잠그고 주머니에 넣은 다음, 로날드 니더만에게 다가갔다. 거인은 허둥대며 어쩔 바를 모르고 있었다. 눈에는 눈물이 가득했고, 손과 코에서는 피가 흘러내렸다. 파올로 로베르토와의 챔피언 쟁탈전(?)에서 골절된 이후로 아직 완전히 낫지도 않은 코뼈에, 삽이 또 한 번 심각한 부상을 입혔던 것이다.

"또 코뼈가 부러진 것 같아요." 그가 말했다.

"이 멍청아! 이번에도 그년이 도망갈 뻔했어!"

니더만은 계속해서 눈을 비벼댔다. 아프지는 않았지만 눈물이 흘렀고, 거의 아무것도 보이지 않았다.

"똑바로 서, 이 자식아!" 살라첸코가 경멸스럽다는 듯 고개를 흔들었다. "빌어먹을! 내가 도와주지 않으면 제대로 하는 게 하나도 없으니."

니더만은 절망적으로 눈을 깜빡였다. 살라첸코는 절뚝거리며 딸의 시체까지 걸어가, 그녀의 재킷 뒷덜미 부분을 잡고 무덤 쪽으로 질질 끌고 갔다. 무덤이라고 해봤자 그녀의 몸이 쭉 펴질 수도 없는 좁다란 구멍에 불과했지만. 그는 딸의 몸을 구멍 속에 집어던졌다. 얼굴부터 땅에 떨어진 그녀는 두 다리를 몸 아래 구부린 채 마치 태아와도 같은 자세로 엎어졌다.

"구멍을 메우고 집으로 들어가자." 살라첸코가 명령했다.

니더만은 아직 눈이 감겨 있어 구멍을 다 메우는 데에는 약간의 시간이 필요했다. 남은 흙은 힘차게 삽질하여 주위에 흩어놓았다.

살라첸코는 담배를 피우면서 니더만의 작업을 지켜보았다. 아직 떨고 있었지만 아드레날린이 썰물처럼 빠져나가고 있었다. 그녀가 제거되었다는 사실에 갑자기 안도감을 느꼈다. 아주 오래전,

차 안에 화염병을 던질 때의 그녀의 그 눈빛이 아직도 기억에 생생했던 것이다.

저녁 9시, 살라첸코는 주위를 둘러보고 나서 고개를 끄덕였다. 덤불 속에 떨어진 시그 사우어 권총은 이미 찾은 뒤였다. 그들은 집으로 돌아왔다. 살라첸코는 깊은 만족감을 느꼈다. 그는 얼마 동안 니더만의 손을 치료해 주었다. 삽날에 맞은 손가락은 깊은 상처가 벌어져 있어, 그는 상처를 봉합하기 위해 실과 바늘을 꺼내야 했다. 열다섯 살 때 노보시비르스크 군사 학교에서 배웠던 기술을 다시 써먹게 된 것이다. 다행히 마취할 필요는 없었다. 반면 상처가 너무 심해서 니더만을 병원에 데려가야 할 가능성도 있었다. 그는 부목을 대고 붕대로 감았다.

이 모든 일을 끝내고, 니더만이 욕실에 들어가 눈을 씻고 있을 때 그는 맥주 한 병을 땄다.

32장
4월 7일 목요일

미카엘 블롬크비스트는 저녁 9시가 지나서야 예테보리 중앙 역에 도착할 수 있었다. X2000이 속도를 내어 고장으로 지체된 시간을 만회하긴 했으나, 충분치는 않았던 것이다. 미카엘은 기차에서의 마지막 한 시간을 자동차 렌트점들에 전화를 하며 보냈다. 처음에는 알링소스에서 내려 차를 타고 갈 요량으로 그곳에서 차를 구해 보려 했지만, 너무 늦은 시간이어서 불가능했다. 결국 이 계획을 포기한 그는, 대신 예테보리의 호텔 예약 중개소를 통해 폭스바겐 한 대를 찾아낼 수 있었다. 차는 예른토르예트 부근에 있다고 했다. 그는 복잡하기 그지없는 티켓 시스템에 의해 운영되고 있는 예테보리의 대중 교통수단을 포기하고, 택시를 잡아탔다.

마침내 차를 인도받은 그는 조수석 수납함에 지도가 없다는 사실을 발견했다. 그는 저녁 시간에도 열려 있는 주유소 겸 편의점에 가서 몇 가지 필요한 물건을 샀다. 지도 외에 손전등 하나, 광천수한 병을 샀고, 커피가 든 종이컵을 운전석 옆 컵걸이에 끼워놓았다. 그렇게 예테보리 시내를 벗어나 알링소스 방향 도로로 접어든 때가 저녁 10시 30분이었다.

9시 30분, 숫여우 한 마리가 리스베트 살란데르의 무덤 앞을 지나갔다. 여우는 불안한 눈으로 주위를 살폈다. 거기에 무언가가 묻혀 있다는 사실을 본능으로 느낀 것이다. 하지만 그 깊은 땅속까지 파들어 가는 수고를 할 필요는 없다고 판단했다. 더 쉬운 다른 먹잇감들도 많으므로.

가까운 어딘가에서 바스락거리는 소리가 들렸다. 위험을 감지하지 못한 야행성 동물이 내는 소리였다. 여우는 즉시 귀를 쫑긋 세웠다. 그리고 신중하게 한 발을 내디뎠다. 하지만 사냥을 떠나기 전에, 녀석은 뒷다리 한쪽을 들고 오줌을 싸서 자신의 영역을 표시해 두었다.

부블란스키는 저녁에는 업무 관계로 전화를 거는 일이 거의 없었다. 하지만 이날은 도저히 참을 수 없었다. 수화기를 집어 들고 소니아 모디그의 전화번호를 눌렀다.

"너무 늦게 전화해서 미안해. 자고 있었나?"

"괜찮아요."

"1991년의 보고서를 다 읽고 난 참이야."

"그 보고서를 좀처럼 내려놓을 수 없었던 모양이네요. 저도 마찬가지예요."

"소니아…… 무슨 일이 있었다고 생각해?"

"리스베트 살란데르는 세포를 위해 일하던 한 사이코패스 킬러로부터 자기 엄마와 동생을 보호하려고 했어요. 그런데 성 구매자 리스트에도 이름이 올라 있는 군나르 비에르크는 그런 그녀를 정신병원에 처넣으려고 했죠. 이를 위해 페테르 텔레보리안은 그녀의 정신 상태에 대한 평가서로 비에르크를 도왔고요. 그리고 지금까지 우리는 이 텔레보리안의 평가에 근거하여 모든 것을 판단해 왔죠."

"이렇게 되면 우리가 갖고 있던 그녀에 대한 관점을 완전히 바꿔야겠지."

"또 이 보고서는 많은 것을 설명해 주죠."

"소니아, 내일 아침 8시에 내게 와줄 수 있어?"

"물론이죠."

"스모달라뢰에 가서 군나르 비에르크와 얘기 좀 해야겠어. 조사해 봤더니 지금 병가 중이라는군."

"그를 찾아가서 따져본다…… 벌써부터 흥분되는데요?"

"이제 리스베트 살란데르에 대한 우리의 판단을 완전히 재고해봐야 할 것 같아."

그레예르 베크만은 곁눈으로 아내를 훔쳐보았다. 에리카 베르예르는 거실 창문 앞에 서서, 만(灣)의 풍경을 바라보고 있었다. 그는 그녀가 손에 휴대폰을 든 채 미카엘 블롬크비스트의 전화를 초조하게 기다리고 있다는 것을 알고 있었다. 그 표정이 너무도 침울해 보여 그는 다가가 그녀를 안아주었다.

"블롬크비스트가 어린애도 아닌데 뭘 그리 걱정해?" 그가 말했다. "하지만 정 그렇게 염려된다면 경찰에 전화해."

에리카 베르예르는 한숨을 내쉬었다.

"그러려면 벌써 몇 시간 전에 했을 거야. 하지만 내가 힘든 건 그것 때문이 아냐."

"내게 얘기해 줄 수 있는 거야?"

그녀가 고개를 끄덕였다.

"그럼 말해 봐."

"당신에게 숨겨 온 게 있어. 또 미카엘과 《밀레니엄》의 모든 사람들에게도."

"숨겨?"

그녀는 남편 쪽으로 몸을 돌려 자신이 《스벤스카 모르곤포스텐》의 편집국장 직을 수락하게 된 자초지종을 들려주었다. 그레예르 베크만이 의아한 표정을 지었다.

"아니, 왜 그런 얘기를 내게 하지 않았어? 당신에게는 엄청 좋은 일이잖아. 정말 축하해!"

"얘기하지 않은 것은…… 사람들을 배신하는 것 같아서."

"미카엘은 이해해 줄 거야. 모든 사람은 때가 되면 자신의 길을 떠나야 하는 법이야. 그리고 지금 당신에게 그 시간이 온 거고."

"알고 있어."

"확실히 결정은 한 거야?"

"응, 결정했어. 하지만 누구에게도 밝힐 용기가 나지 않아. 특히 지금은 난리가 나 있는 배를 버려둔 채 도망가는 기분이고."

베크만은 아내를 꼭 안아주었다.

드라간 아르만스키는 눈을 비비고 에르스타 재활 센터 창문 바깥의 어둠을 내다보았다.

"부블란스키에게 알려야 하지 않을까요?" 그가 말했다.

"아니요." 홀예르 팔름그렌이 말했다. "부블란스키도, 그리고 그 어떤 정부 기관 사람도 그녀를 보호해 주기 위해 손가락 하나 까딱 안 했소. 이제 그녀가 해야 할 일을 하도록 놔두시오."

아르만스키는 리스베트 살란데르의 전 후견인을 쳐다보았다. 그의 건강 상태는 지난번 방문했을 때에 비해 놀랄 만큼 좋아져 있었다. 말은 여전히 조금 더듬지만 눈에는 전에 없던 생기가 감돌고 있었다. 또 격렬한 분노를 터뜨리기도 했는데, 이러한 모습은 그에게서 처음 보는 것이었다. 저녁 내내 팔름그렌은 그동안 모든 퍼즐을 맞추는 데 성공한 미카엘 블롬크비스트에게서 들은 이야기를 들려주었다. 아르만스키는 충격을 받은 나머지 멍한 얼굴을 하고 있었다.

"그녀는 자기 아버지를 죽이려 할 겁니다."

"그럴 수 있지." 팔름그렌이 차분하게 말했다.

"아니면 살라첸코가 자기 딸을 죽이려 할 겁니다."

"그럴 수도 있지."

"그런데 우린 지켜보고 있어야만 합니까?"

"드라간…… 그래, 난 당신이 착한 사람이라는 걸 알고 있소. 하지만 이제 그녀가 무엇을 하든 하지 않든, 혹은 그녀가 죽든 살아남든 간에, 이건 더 이상 당신이 책임질 일은 아니란 말이오!"

팔름그렌은 이렇게 말하며 팔을 세차게 휘둘렀다. 그러고는 스스로도 약간 놀란 듯했다. 오랫동안 상실하고 있던 신체 조정 기능을 갑자기 회복한 것이다. 최근 몇 주간의 긴박한 사건들이 그의 마비된 감각들을 자극한 탓일까?

"나는 자신이 마치 법의 대변인인 양 행동하는 사람들에 대해 한 번도 호감을 느껴본 적이 없소. 또 그럴 만한 자격이나 정당한 이유가 있는 사람은 아무도 없었어! 내가 좀 냉혹하게 보일지는 모르겠으나…… 오늘 당신과 내가 어떻게 생각하든 간에 오늘 밤에 일어날 일은 반드시 일어나게 되어 있소. 그건 리스베트가 태어나기 전에 이미 그녀의 별에 쓰여 있는 운명이니까. 또 그녀만의 진실이니까……. 우리에게 남은 일은 오직 하나…… 그녀가 돌아올 경우, 그녀에게 어떤 태도를 취해야 할지 결정하는 일뿐이오."

아르만스키는 무겁게 한숨을 내쉬고 나서 늙은 변호사를 슬그머니 쳐다보았다. 팔름그렌이 다시 말을 이었다.

"그녀가 앞으로 10년간 옥살이를 하게 된다면…… 그건 그녀 자신의 선택이오. 그리고 나의 선택은…… 여전히 그녀의 친구로 남는다는 것이오."

"변호사님이 개인의 절대적 자유의 가치를 그토록 신봉하고 계셨다니, 정말 뜻밖인데요?"

"내가 생각해도 뜻밖이라오."

미리암 우는 천장을 응시하고 있었다.

야간 등을 켜놓은 채였고, 라디오에서는 「중국으로 가는 느린 배(On a Slow Boat to China)」가 나지막이 흘러나오고 있었다. 그녀는 어제 병원에서 의식을 되찾았다. 그러고는 잠깐 잠이 들었다가 열에 들떠 깨어난 다음, 다시 잠에 빠져들었다. 시간이 어떻게 흐르는지도 알지 못했다. 의사들은 그녀가 뇌진탕 증세를 보이고 있다고 말하면서 그녀에겐 휴식이 필요하다고 했다. 또 그녀는 코뼈가 골절됐고, 갈비뼈 세 개가 부러졌으며, 온몸이 상처투성이였다. 왼쪽 눈두덩이 얼마나 부어올랐는지 눈은 가늘고 기다란 홈에 불과했다. 몸의 위치를 바꿀 때마다 고통이 느껴졌다. 숨을 들이쉴 때도 아팠고, 만일의 경우에 대비해 경추 보호대를 채워 놓은 목도 아팠다. 하지만 의사들은 조만간 그녀가 완쾌될 거라고 안심시켜 주었다.

그녀가 저녁때 깨어나 보니, 파올로 로베르토가 옆에 앉아 있었다. 그는 가벼운 농담을 던지며 기분이 어떤지를 물었다. 그렇게 묻고 있는 그의 몰골 역시 만만치 않아서, 그녀는 자신의 모습도 저 정도일까 하는 생각이 들었다.

그녀는 여러 가지 질문을 던졌고, 그는 하나하나 대답해 주었다. 이상하게도 그가 리스베트 살란데르의 친구라는 사실이 충분히 가능하다는 느낌이 들었다. 그는 입이 좀 험하긴 해도 솔직한 사내였다. 리스베트는 거드름 부리는 멍청이들을 극도로 싫어하고, 대신 이런 유형의 사람들을 좋아하지 않았던가?

그녀는 어떻게 뉘크바른의 창고, 그 외딴곳에서 그가 도깨비처럼 불쑥 나타날 수 있었는지, 그 이유를 설명 들었다. 그녀를 납치한 승합차를 추적해 온 그의 집요함에 대해서는 놀라지 않을 수 없었다. 또 경찰이 건물 주변 숲에서 시체 세 구를 발굴했다는 대목에 이르러서는 얼굴이 하얗게 질리고 말았다.

"고마워요. 당신이 내 생명을 구해 주었군요."

그는 머리를 절레절레 흔들고는 한동안 아무 말도 하지 않았다.

"블롬크비스트에게도 얘기해 주었는데, 도저히 이해할 수 없다는 듯한 표정이더군. 하지만 당신은 이해하겠지? 당신도 킥복싱을 한 사람이니까."

그녀는 지금 그가 무슨 말을 하는지 알고 있었다. 뉘크바른의 창고 안에 있어보지 않은 사람은 고통을 느끼지 못하는 괴물에 맞서 싸운다는 것이 무엇을 의미하는지 결코 이해하지 못할 것이다. 정말이지 그때 그녀는 완전한 무력감을 느꼈었다.

마침내 두 사람은 대화를 마쳤고, 그녀는 붕대에 감긴 그의 손을 꼭 잡아주었다. 더 이상 무슨 말이 필요하랴. 그녀가 다시 깨어났을 때 그는 떠나고 없었다.

리스베트…… 왜 그렇게 소식이 없는 걸까?

니더만이 찾고 있는 것은 바로 그녀가 아니던가.

만일 그녀가 그 괴물에게 잡힌다면……. 상상하고 싶지도 않은 일이었다.

리스베트 살란데르는 숨을 쉴 수 없었다. 지금 그녀에게는 시간의 개념이 전혀 없었다. 하지만 자신이 총 맞은 사실을 알고 있었고, 또 땅속에 묻혀 있다는 사실을—이성적 추론에 의해서가 아니라 본능적으로—이해하고 있었다. 왼팔은 전혀 사용할 수 없었다. 조그만 근육 하나라도 움직이려 할라치면 통증의 물결이 어깨를 통해 밀려들었다. 모든 생각이 안개 같은 흐릿함 속에 떠다니고 있었다. 내겐 공기가 필요해. 여태껏 한 번도 느껴보지 못한 고통이 쿵쿵 고동치고 있는 머리는 금방이라도 깨질 것만 같았다.

오른손은 얼굴 아래에 있었다. 그녀는 본능적으로 코와 입 아래에 있는 흙을 제거하기 위해 손가락을 옴지락거려 긁어대기 시작했다. 흙은 모래가 많이 섞여 있었고 건조한 편이었다. 필사적인 노력 끝에, 얼굴 앞에 주먹 크기만 한 조그만 구멍을 만들어내는 데 성공했다.

이 무덤 속에서, 얼마나 이렇게 오래 있었는지 전혀 알 수 없었다. 하지만 자신의 생명이 경각에 달려 있다는 사실만큼은 잘 알고 있었다. 마침내 그녀의 머릿속에서 최소한의 일관성을 갖춘 생각이 하나 떠올랐다.

그가 나를 산 채로 매장해 버렸어!

이 생각은 그녀의 정신을 공황 상태에 빠뜨렸다. **숨을 쉴 수 없어! 움직일 수 없어! 천 근 같은 흙이 나를 땅속에 가두고 있어!**

한쪽 다리를 움직여보려 했지만 근육을 펼 수 없었다. 이어 어리석게도 몸을 일으켜보려고 했다. 머리를 위쪽으로 쳐들어보니, 그 즉시 양쪽 관자놀이에 고압 전류와도 같은 날카로운 통증이 후비고 들어왔다. **토하면 안 돼.** 그녀는 다시금 혼미한 무의식 상태에 빠져들었다. 얼마 후, 다시 생각할 수 있는 상태로 돌아온 그녀는 몸의 어느 부분을 사용할 수 있는지 조심스럽게 확인해 보았다. 몇 센티미터라도 움직일 수 있는 유일한 부분은 얼굴 앞에 있는 오른손이었다. 내겐 지금 공기가 필요해. 공기는 그녀가 묻힌 무덤 위에 있었다.

리스베트 살란데르는 긁어대기 시작했다. 그녀는 팔꿈치로 흙을 눌러 조금이나마 팔을 움직일 수 있는 공간을 확보했다. 손등으로는 흙을 옆으로 밀어 얼굴 앞의 구멍을 넓혔다. 계속 파야 해!

잠시 후, 태아처럼 웅크리고 있는 구부린 두 다리 사이와 그 아래에 빈 공간이 나 있다는 사실을 깨달았다. 그 속에 간직된 약간의 공기 덕분에 지금까지 생명을 이어올 수 있었던 것이다. 그녀는 필사적으로 상체를 비틀기 시작했고, 어느 순간 몸 아래의 흙이 조금 더 아래로 무너져 내리는 걸 느꼈다. 가슴을 누르던 압박감이 한결 완화되었다. 갑자기 그녀는 몇 센티미터나마 팔을 움직일 수 있게 되었다.

1분, 1분, 그녀는 무의식에 가까운 상태에서 계속 작업을 해나갔다. 얼굴 앞 사질(沙質)의 흙을 한 줌 한 줌 쥐어 아래의 빈 공간에 옮기기를 계속했다. 그에 따라 팔을 움직일 수 있는 공간이 점점 더 커져갔고, 마침내 머리 위의 흙도 제거할 수 있게 되었다. 그녀는 한 치 한 치 머리를 들어 올렸다. 무언가 딱딱한 것이 느껴졌고, 갑자기 조그만 나무뿌리와 부러진 나뭇가지가 손에 잡혔다. 그녀는 계속 위쪽으로 파 올라갔다. 흙은 여전히 푸슬푸슬하여 흙 파는 작업이 그리 어렵지는 않았다.

밤 10시가 조금 지났을 때 여우는 자기 굴로 돌아가다가 리스베트 살란데르의 무덤 앞을 다시 지나치게 되었다. 들쥐 한 마리로 저녁 식사를 마친 참이라 뿌듯한 만족감을 느끼던 녀석은 갑자기 어떤 다른 존재가 거기 있음을 느꼈다. 녀석은 돌처럼 굳으며 귀를 쫑긋 세웠다. 녀석의 수염과 까만 코가 파르르 떨렸다.

홀연, 생기 없는 무언가가 어둠 속에서 솟구쳐 나오듯, 리스베트 살란데르의 손가락들이 땅에서 솟아 나왔다. 만일 그 옆에 누가 있어 그 장면을 목격했다면 지금 여우가 한 것과 똑같이 행동했으리라. 여우는 꽁지가 빠지게 줄행랑을 쳤다.

리스베트는 쭉 뻗은 팔을 따라 신선한 공기가 흘러 들어오는 것을 느꼈다. 그녀는 다시 숨을 쉴 수 있게 되었다.

하지만 무덤에서 완전히 빠져나오는 데는 30분의 시간이 더 필요했다. 그녀는 자신이 왼팔을 쓸 수 없다는 사실에 어리둥절했지만, 여하튼 움직일 수 있는 오른손을 맹렬히 움직여 흙과 모래를 파나갔다.

이러한 작업을 위해서는 도구가 하나 필요했는데, 그녀는 좋은 꾀를 하나 생각해 냈다. 구멍을 따라 팔을 아래로 내려 재킷 가슴 안주머니에 넣어둔—미리암 우에게 선물로 받은—담배 케이스를 꺼냈다. 그녀는 케이스를 열어 국자처럼 사용했다. 흙을 한 국자 한 국자 지표 밖으로 올리고는 손목을 휙 돌려 던졌다. 갑자기 오른쪽 어깨가 자유로워졌고, 그것으로 흙을 위쪽으로 밀어 올릴 수 있었다. 이어 그녀는 몸 위의 흙과 모래를 긁어내면서 머리를 들어 올렸다. 순간, 그녀의 오른팔과 머리가 무덤 밖으로 빠져나왔다. 다음에는 상체 일부분을 빼내는 데 성공한 그녀는 온몸을 뒤틀어 한 치 한 치 흙 밖으로 빠져나오기 시작했다. 갑자기 천 근 같던 두 다리가 가벼워지는 것을 느꼈다.

눈을 감고 엉금엉금 기어 무덤에서 멀어지고 있던 그녀는 어깨에 나무둥치 하나가 부딪혀 오자 동작을 멈췄다. 그러고는 천천히 몸을 돌려 나무에 등을 기대고 앉은 다음, 손등으로 눈꺼풀에 붙은 흙을 닦아내고 눈을 떴다. 사방이 어둠에 잠겨 있었고, 공기는 얼음처럼 차가웠다. 그녀는 땀을 흘리고 있었다. 머릿속과 왼쪽 어깨, 그리고 둔부에 뻐근한 통증이 느껴졌지만, 거기에 대해 생각하면서 에너지를 허비하려 들지는 않았다. 그렇게 그녀는 10여 분을 꼼짝 않고 앉아서 천천히 숨만 몰아쉬었다. 이윽고, 그곳에 머물러 있으면 안 된다는 사실을 깨달았다.

그녀는 몸을 일으켜보려고 애썼다. 세상이 윙윙거리며 흔들리기 시작했다.

순간 심장이 요동을 쳤고, 토하기 위해 몸을 앞으로 굽혔다.

그리고 그녀는 걷기 시작했다. 자신이 어느 방향으로, 어디를 향해 가고 있는지조차 몰랐다. 왼쪽 다리는 좀처럼 움직이지 않았고, 계속해서 무릎을 꿇고 앞으로 쓰러지기 일쑤였다. 그때마다 엄청난 통증이 머리 전체를 쩌르르 울렸다.

그렇게 얼마 동안을 걸었을까…… 갑자기 어디선가 깜빡거리는 불빛이 눈에 들어왔다. 그녀는 그쪽으로 방향을 바꾸어 비틀거리며 걷기 시작했다. 그리고 뜰 언저리에 있는 헛간 앞에 이르러서야 자신이 살라첸코의 집으로 돌아왔다는 사실을 깨달았다. 그녀는 걸음을 멈추고 주정뱅이처럼 휘청거리는 몸을 가누며 서 있었다.

감시 카메라가 설치된 곳은 자동차 진입로와 그 반대편의 공터 쪽이었고, 지금 그녀가 온 쪽으로는 없었다. 따라서 그들은 그녀가 돌아온 것을 알아채지 못했을 터였다.

그녀의 머릿속은 잠시 혼란스러웠다. 지금 자신에게는 니더만과 살라첸코와 맞붙어 싸울 힘이 없었다. 그녀는 하얀색으로 칠한 농가를 바라보았다.

클릭. 목재. 클릭. 불.

그녀는 휘발유통과 성냥개비 하나를 꿈꾸기 시작했다.

그녀는 헛간 쪽으로 힘겹게 몸을 돌려 빗장이 질린 문 앞까지 휘청휘청 걸어갔다. 빗장은 오른쪽 어깨로 들어 올린 뒤 밀어서 열 수 있었다. 빗장이 땅에 떨어지며 문에 부딪히는 소리가 들렸다. 헛간의 어둠 속을 한 걸음 내디딘 그녀는 주위를 둘러보았다.

장작을 쌓아둔 헛간이었다. 하지만 휘발유는 없었다.

주방 식탁에 앉아 있던 알렉산드르 살라첸코는 고개를 들어 올렸다. 빗장이 헛간 문에 부딪히는 소리를 들은 것이다. 그는 커튼을 젖히고 눈을 찌푸리며 어둠에 잠긴 바깥을 내다보았다. 몇 초 지나자 어둠 속의 풍경이 눈에 들어오기 시작했다. 바람은 한층 거세어져 있었다. 일기 예보는 주말에 고약한 날씨를 예고한 바 있었다. 이윽고 반쯤 열린 헛간 문이 눈에 들어왔다.

오늘 저녁, 그는 니더만과 함께 장작을 가지러 헛간에 간 적이 있었다. 사실은 리스베트 살란데르에게 자신들의 모습을 보여 줌으로써 그녀가 제대로 찾아왔다는 사실을 확인시켜 주기 위한 행동이었다. 일종의 미끼인 셈이었다.

니더만이 헛간 문 닫는 것을 잊은 걸까? 어떻게 그토록 일을 소홀히 한단 말인가! 그는 순간 니더만이 소파에 누워 자고 있는 거실 쪽 문을 힐끗 쳐다보았지만, 그냥 자게 놔두기로 했다. 대신 자신이 의자에서 몸을 일으켰다.

휘발유를 찾기 위해서는 차들이 주차되어 있는 축사로 가야 했다. 그녀는 커다란 장작 다발에 등을 기대고 크게 숨을 몰아쉬었다. 조금이라도 휴식을 취해야 했다. 그렇게 1분 정도 앉아 있었을까? 그녀의 귀에 의족을 질질 끌며 헛간 쪽으로 다가오는 살라첸코의 발걸음 소리가 들려왔다.

솔레브룬 시 북부에 이른 미카엘은 어둠 속에서 멜뷔 방면 도로를 잃어버렸다. 노세브로 쪽으로 방향을 꺾었어야 했는데 계속 북쪽으로 올라갔고, 트뢰셰르나에 이르러서야 자신의 실수를 깨달은 것이다. 차를 세우고 지도를 살펴보았다.

그는 욕을 내뱉은 다음, 유턴하여 다시 노세브로 방면 남쪽으로 차를 몰았다.

알렉산드르 살라첸코가 헛간 안으로 들어오기 직전, 리스베트 살란데르는 장작단에 기대어 있던 도끼를 집어 들었다. 그것을 머리 위로 치켜 올릴 힘은 없었다. 대신 한 손으로 잡고 아래에서 위로 곡선을 그리며 쳐올렸다. 성한 쪽 골반을 축으로 몸 전체를 회전시키며 도끼를 휘둘렀다.

살라첸코가 전등 스위치를 누르는 순간, 도끼날은 얼굴의 오른쪽 면에 비스듬히 적중했다. 날은 광대뼈를 박살 낸 다음 이마에 몇 밀리미터 박혀 들었다. 그는 약간의 시간이 흐른 후에야 자신에게 무슨 일이 일어났는지를 이해했다. 하지만 잠시 후, 두뇌가 고통을 인식하면서, 그는 미친 사람처럼 울부짖기 시작했다.

소스라치듯 일어난 로날드 니더만은 멍한 표정으로 앉아 있었다. 어디선가 울부짖는 소리가 들려왔는데, 처음에는 인간이 내는 소리로 여기지 않았다. 그 소리는 바깥에서 들려왔다. 마침내 그 소리의 주인공이 살라첸코라는 사실을 깨달은 그는 몸을 벌떡 일으켰다.

한 번 도끼를 휘두른 리스베트 살란데르는 그 반동을 이용하여 다시 한 번 휘두르려 했으나 이번에는 몸이 말을 듣지 않았다. 그녀의 의도는 도끼를 치켜들어 그대로 아버지의 두개골에 박아버리는 것이었지만, 이미 온몸의 힘이 소진된 터라, 도끼날이 이른 곳은 한참 아래, 무릎 바로 아래였다. 그래도 도끼 머리의 무게가 있어 날은 뼛속 깊이 박혀 들었다. 살라첸코는 그대로 헛간 바닥에 엎어졌고, 그 바람에 도끼 자루는 그녀의 손에서 빠져나갔다. 그는 계속해서 울부짖고 있었다.

그녀는 다시 도끼를 집어 들기 위해 앞으로 몸을 굽혔다. 그러자 거센 물결처럼 퍼지는 통증에 머릿속이 울려 왔고, 땅은 술 취한 배처럼 기우뚱대기 시작했다. 그녀는 주저앉을 수밖에 없었다. 손을 뻗어 살라첸코의 호주머니를 더듬었다. 재킷 오른쪽 주머니에는 여전히 그 권총이 들어 있었다. 총을 빼낸 그녀는 땅이 빙빙 도는 가운데에서도 온 정신을 집중하여 그것을 들여다보았다.

22구경 브라우닝.

보이스카우트 애들이나 가지고 놀 장난감!

하지만 그녀가 아직 살아 있을 수 있었던 것은 그 때문이었다. 만일 니더만의 시그 사우어나 다른 총에 맞았더라면, 지금 그녀의 두개골에는 커다란 구멍이 뚫려 있으리라.

이런 생각을 하고 있는 그녀의 귀에 니더만의 발소리가 들려왔고, 다음 순간 헛간 문의 열린 공간으로 잠이 덜 깬 얼굴로 그가 들어서는 게 보였다. 그가 걸음을 딱 멈추더니 믿기지 않는다는 듯 커다랗게 뜬 눈으로 헛간 안의 광경을 바라보았다. 살라첸코는 미친 사람처럼 울부짖고 있었다. 그의 얼굴은 피 칠갑을 한 시뻘건 가면에 불과했다. 그의 무릎에는 도끼가 박혀 있었다. 리스베트 살란데르는 피와 흙 범벅이 되어 그의 옆에 앉아 있었다. 니더만이 너무나도 많이 보았던 공포 영화에서 금방 튀어나온 듯한 모습이었다.

대전차 로봇처럼 튼튼한 골격의 소유자 로날드 니더만은 어둠만큼은 결코 좋아하지 않았다. 그의 기억이 미치는 아주 어린 시절부터 어둠은 언제나 '위협'의 동의어였다.

어둠 속에 도사리고 있는 괴물들을 본 적이 한두 번이 아니었다. 그곳에는 설명할 수 없는 공포가 그를 기다리고 있었다. 그런데 지금, 그 공포가 생생한 현실이 되어 나타난 것이었다.

땅바닥에 주저앉아 있는 저 계집애는 죽었었다. 그건 조금도 의심할 수 없는 사실이었다.

자신이 직접 땅속에 파묻었으니까.

따라서 지금 저기 앉아 있는 존재는 인간 계집이 아니라 무덤 저편에서 온 어떤 존재, 인간의 힘이나 무기로는 도저히 맞서 싸울 수 없는 존재였다.

보라! 이미 인간 존재에서 좀비로의 변형이 시작되지 않았는가? 피부는 도마뱀의 그것처럼 각피(角皮)로 변형되어 있었다. 드러난 이빨은 먹잇감의 살을 갈기갈기 찢어발길 준비가 되어 있는 날카로운 송곳니들이었다. 파충류의 혓바닥은 재빨리 입 주위를 핥고 있었다. 피투성이가 된 두 손에는 10여 센티미터 길이의 면도날 같은 손톱들이 쭉쭉 뻗어 있었다. 그는 화염이 타오르는 듯한 시뻘건 두 눈을 보았다. 그녀가 으르렁대는 소리를 들을 수 있었고, 자신의 목에 달려들기 위해 근육이 팽팽하게 긴장하는 것을 보았다.

이때 그는 분명히 보았다. 그녀에게는 꼬리가 달려 있었다! 그 꼬리가 사악하게 꼬부라지면서 마치 그를 위협하듯 땅바닥을 탁탁 쳤다.

다음 순간 그녀는 몸을 일으켜 총을 쏘았다. 총알은 니더만의 귀를 스치고 지나갔다. 얼마나 가까이 지나갔는지 총알의 열기를 느낄 정도였다. 그는 그녀의 입에서 화염이 뿜어져 나오는 것을 보왔다.

더 이상 견딜 수가 없었다.

그의 생각은 정지되었다.

그는 그대로 몸을 돌려 달아나기 시작했다. 리스베트는 그의 뒤에 대고 한 발 더 쐈다. 총알은 완전히 빗나갔지만 그의 발에 날개를 달아주었다. 그는 노루처럼 울타리를 펄쩍 뛰어넘어 도로 쪽으로 펼쳐진 벌판의 어둠 속으로 사라져버렸다. 그는 비이성적인 공포에 쫓겨 달리고 있었다.

리스베트는 그가 시야에서 사라지는 모습을 어안이 벙벙하여 쳐다보았다.

비척비척 문까지 걸어가 어둠 속을 살펴보았지만, 니더만은 이미 보이지 않았다. 잠시 후, 살라첸코가 비명을 멈췄다. 하지만 아직도 충격에서 벗어나지 못한 채 신음을 흘리고 있었다. 그녀는 권총의 탄창을 빼내 총알이 한 발밖에 남지 않았음을 확인했다. 그녀는 잠시 망설였다. 이 총알로 살라첸코의 머리에 대고 쏴버리고 싶었다. 하지만 다음 순간, 니더만이 바깥 어둠 속의 어느 곳에 숨어 있을지도 모르므로, 마지막 한 발은 남겨 놓는 게 좋겠다는 생각이 들었다. 만일 그가 공격해 오면 22구경 총알 한 발이 필요할 터였다. 아무것도 없는 것보다는 그게 훨씬 나으니까.

그녀는 힘겹게 몸을 일으켜 절뚝거리며 헛간을 나와 문을 닫았다. 휘청거리는 걸음으로 뜰을 가로질러 집 안으로 들어간 그녀는 부엌 서랍장 위에 놓여 있는 전화기를 발견했다. 그리고 2년 전부터 한 번도 사용하지 않던 번호를 눌렀다. 그는 집에 없었다. 대신 자동 응답기가 작동하기 시작했다.

안녕하세요. 여기는 미카엘 블룸크비스트의 집입니다. 지금은 전화

를 받을 수 없으니 당신의 이름과 전화번호를 남겨 주시면 곧 연락드리
겠습니다.

삐입.

"믹…… 카를……." 그녀는 자신의 목소리가 엉망이라는 사실
을 깨달았다. 그녀는 침을 삼키고 나서 다시 말했다. "미카엘, 나
예요, 살란데르."

그다음에는 무슨 말을 해야 할지, 좀처럼 생각나지 않았다.

그녀는 천천히 수화기를 내려놓았다.

앞의 식탁 위에는 니더만의 시그 사우어가 소제를 위해 분해된
채 손뉘 니미넨의 P-83 바나드 옆에 놓여 있었다. 그녀는 살라첸
코의 브라우닝을 던져버리고 식탁까지 휘청거리며 걸어가 바나드
를 들어 탄창 속을 확인했다. 또 자신의 PDA 팜을 찾아 호주머니
에 넣었다. 그런 다음 개수대까지 비틀거리며 걸어가 더러운 커피
잔에 차가운 물을 채웠다. 연거푸 네 잔을 마셨다. 고개를 쳐든 그
녀는 흠칫했다. 벽 거울에 비친 자신의 모습을 발견한 것이다. 자
신도 모르게 방아쇠를 당길 뻔할 정도로 무서운 몰골이었다.

그녀가 본 것은 인간이라기보다는 야생 동물을 닮아 있었다. 그
것은 일그러진 얼굴에 입을 크게 벌리고 있는 미친 여인의 모습이
었다. 온몸이 더러운 것들로 덮여 있었다. 얼굴과 목 부분에는 피
와 진흙이 죽처럼 엉겨 붙어 있었다. 왜 로날드 니더만이 자신을
보고 그렇게 도망쳤는지 이해할 수 있을 것 같았다.

거울에 좀 더 가까이 다가가던 그녀는 문득 자신의 왼쪽 다리가
질질 끌리고 있다는 사실을 깨달았다. 살라첸코의 첫 번째 총알이
관통한 골반 부분이 몹시 아파왔다. 두 번째 총알은 어깨에 적중하
여 왼팔 전체를 마비시키고 있었다. 그곳 또한 몹시 아팠다.

하지만 가장 고통스러운 것은 머리의 통증이었다. 그녀는 천천

히 왼손을 올려 뒤통수를 더듬었다. 갑자기 손가락에 분화구와 같은 구멍이 잡혔다.

분화구 속에 손가락을 넣으며 만져본 그녀의 얼굴이 창백해졌다. 갑자기 깨달은 것이다. 총알이 관통한 곳은 자신의 뇌라는 사실을. 자신은 치명상을 입어 죽어가고 있다는…… 아니, 지금쯤 죽어 있어야 정상이라는 사실을. 지금 이렇게 두 다리로 버티고 서 있다는 사실이 오히려 이상하게 느껴질 정도였다.

온몸을 마비시키는 거대한 피로감이 엄습해 왔다. 그녀는 지금 자신이 잠이 오는 것인지, 아니면 의식을 잃어 정신이 혼미해지는 것인지 분간할 수 없었다. 어쨌든 그녀는 부엌의 기다란 의자 쪽으로 다가가, 부상당하지 않은 머리 오른쪽을 쿠션에 대고 천천히 몸을 눕혔다.

힘을 되찾기 위해서는 이렇게 누워 휴식을 취해야 했다. 하지만 바깥에 니더만이 숨어 있을지도 모르므로 절대 잠들어서는 안 된다는 사실 또한 알고 있었다. 살라첸코도 조만간 헛간에서 나와 집 안으로 돌아올 가능성이 있었다. 그녀에게는 몸을 일으킬 힘이 남아 있지 않았다. 그냥 춥기만 했다. 그녀는 권총의 안전장치를 풀었다.

로날드 니더만은 갈피를 잡지 못하고 솔레브룬과 노세브로를 연결하는 도로변에서 서성거렸다. 어두운 밤이었고, 벌판에 있는 사람은 그 혼자뿐이었다. 다시 이성적인 사고를 할 수 있게 된 그는 이렇게 도망쳐 나온 자신의 행위에 부끄러움을 느꼈다. 도대체 어떻게 된 일일까? 한 가지 분명한 것은, 그녀가 살아났다는 사실이었다. 어떤 방법을 써서 땅을 파헤치고 무덤에서 빠져나왔겠지.

살라첸코에게는 그가 필요했다. 따라서 다시 집으로 돌아가 리스베트 살란데르의 모가지를 비틀어야 했다.

동시에 이제 모든 것이 끝나버렸다는 느낌이 들었다. 사실 이러한 감정은 벌써 얼마 전부터 느끼고 있었다. 비우르만이 그들을 접촉해 온 다음부터 일들이 꼬이기 시작했고, 또 계속해서 꼬여왔다. 살라첸코는 리스베트 살란데르의 이름을 듣더니 완전히 다른 사람으로 변해 버렸던 것이다. 그가 그토록 강조하던 신중함의 모든 규칙들이 더 이상 존재하지 않았다.

니더만은 망설였다.

지금 살라첸코는 의학적인 보살핌이 필요한 상태다.

아직 그녀가 그를 완전히 죽이지 않았다면 말이다.

판단하기 어려운 문제였다.

그는 아랫입술을 깨물었다.

그는 벌써 여러 해 전부터 아버지의 동업자로 일해 왔다. 성공으로 점철된 멋진 세월이었다. 자신의 돈을 저축해 두었을 뿐 아니라, 살라첸코가 재산을 숨겨 둔 곳까지 알고 있었다. 또 혼자서 사업을 계속해 나갈 능력과 수단도 충분했다. 이 상황에서 가장 합리적인 선택은 뒤돌아보지 않고 떠나는 것이었다. 살라첸코 자신이 그의 머릿속에 심어준 철칙이 바로 이것 아니었던가? 더 이상 통제할 수 없는 상황은 아무 미련 없이 버릴 수 있는 능력을 항상 간직할 것. 그것이 바로 살아남기 위한 기본 법칙이었다. 끝난 일에는 손가락 하나 까딱하지 마라.

그녀는 초자연적인 존재는 아니었다. 하지만 불길한 재앙인 것만큼은 분명했다.

그는 그의 이복 누이를 과소평가했다.

로날드 니더만은 두 개의 상반된 욕구 사이에서 갈등하고 있었다. 돌아가서 그녀의 모가지를 비틀어버리느냐, 아니면 이 길로 그냥 멀리멀리 도망쳐버리느냐.

바지 뒷주머니에는 여권과 지갑이 들어 있었다. 농가에는 돌아가기 싫었다. 거기엔 그에게 필요한 것이 아무것도 없었다.

하지만 차는 한 대 필요할지도…….

이렇게 망설이고 있는데 언덕 모퉁이를 돌아 이쪽으로 오고 있는 자동차 전조등 불빛이 보였다. 그는 고개를 돌렸다. 어쩌면 다른 교통수단을 구할 수 있을 것도 같았다. 지금 그에게 필요한 것은 단 하나, 예테보리까지 갈 수 있는 차 한 대였다.

생전 처음으로—그녀가 유아기를 벗어난 이후 처음으로—리스베트 살란데르는 상황을 전적으로 통제하지 못하고 있었다. 살아오면서 그녀는 싸움도 많이 했고, 폭행을 당하기도 했으며, 국가기관에 의한 감금 혹은 어떤 개인들의 성적 남용의 대상이 되어보기도 했다. 요컨대 그녀의 몸과 마음은 그 누구보다 많은 주먹질을 받아왔다.

하지만 그때마다 그녀는 반발했다. 텔레보리안이 질문했을 때는 대답을 거부했고, 어떤 물리적인 폭력을 당했을 때에도 몸을 빼어 달아날 수 있었다.

그녀는 코가 골절된 상태에서는 살아갈 수 있었다.

하지만 두개골에 구멍이 뚫린 상태로는 살아갈 수 없었다.

이번에는 자신의 침대까지 절뚝절뚝 걸어가 이불을 뒤집어쓰고 이틀을 내리 잔 후에, 다시 일어나 아무 일도 없었다는 듯 태연히 일상으로 돌아오는 것이 불가능했다.

지금 그녀는 너무도 심각한 중상을 입고 있어 상황을 제대로 파악하지 못하고 있었다. 너무 피곤한 몸이 그녀의 명령에 따르지 않고 있었다.

잠깐이라도 좀 자야겠어. 그리고 갑자기 그녀는 깨달았다. 만일 이렇게 긴장을 풀고 눈을 감아버리면 두 번 다시 깨어나지 못할 수도 있다는 사실을. 그녀는 이 사실을 분석했고, 어찌 되든 상관없다는 생각이 점점 더 커져갔다. 아니, 이 생각은 사뭇 매력적이기까지 했다. 이젠 쉴 수 있어…… 더 이상 깨어날 필요가 없어…….

그녀의 머릿속에 마지막으로 떠오른 것은 미리암 우였다.

밈미, 용서해 줘.

그녀가 눈을 감았을 때, 손에는 안전장치가 풀린 손뉘 니미넨의 권총이 여전히 들려 있었다.

미카엘 블롬크비스트는 저만치 전조등 불빛에 비치는 로날드 니더만의 모습을 보고 그가 누군지 즉시 알아보았다. 2미터가 넘는 키에 터미네이터 같은 체격의 금발 거인을 어찌 알아보지 못하겠는가? 니더만은 팔을 흔들었다. 미카엘은 차의 속도를 줄였다. 그와 동시에 노트북 가방에 손을 뻗어 리스베트 살란데르의 책상에서 찾아낸 콜트 1911 거번먼트 권총을 꺼냈다. 그런 다음 니더만에게서 5미터 떨어진 곳에 차를 세우고 엔진을 끈 뒤 차 문을 열었다.

"차를 세워 줘서 고맙소." 니더만이 헉헉거리면서 말했다. 멀리서 차를 보고 뛰어온 모양이었다. "내 차가 고장이 났소. 나 좀 시내까지 태워 주겠소?"

그의 목소리는 기이하게도 높은 음색이었다.

"물론 시내까지 댁을 데려다 드리지." 이렇게 말하면서 미카엘은 그에게 총을 겨누었다. "땅바닥에 엎드려!"

오늘 저녁에 로날드 니더만에게 밀어닥치는 시련은 정말이지 끝도 없는 것 같았다. 그는 눈을 찌푸리고 미카엘을 쳐다보았다.

니더만은 권총도, 권총을 가지고 다니는 사람도 두려워하지 않았다. 하지만 무기에 대한 존중심만큼은 지니고 있었다. 평생을 무기와 폭력과 더불어 살아온 사람이었기 때문이다. 그는 누군가가 총을 겨누고 있다면, 지금 그가 절망적인 상황에 처해 있으며, 따라서 언제든 방아쇠를 당길 수 있다는 사실을 잘 알았다. 그는 눈을 찌푸린 채 총을 든 사람이 누구인지 알아보려고 애썼다. 하지만 전조등 불빛 때문에 그는 어두운 실루엣으로만 보였다. 경찰? 아닌 것 같은데. 경찰들은 보통 자신의 신분을 밝히지. 영화에서 보통 그렇게 하잖아.

그는 자신이 이길 수 있는 가능성을 따져보았다. 앞뒤 가리지 않고 달려든다면 무기를 빼앗을 수도 있으리라. 하지만 사내의 태도는 단호했고, 게다가 열린 차 문 뒤에 몸을 숨기고 있었다. 달려들다가 한두 발 맞을 수도 있는 일이었다. 잽싸게 공격하면 총알이 빗나갈 가능성도 있지만, 반대로 치명상을 입을 수도 있는 노릇이었다. 설사 살아난다 해도 부상 입은 몸으로 도망간다는 것은 어려운 일이었다. 아니, 전혀 불가능한 일이 될 수도 있으리라. 따라서 일단은 항복하고 더 나은 기회를 노리는 게 현명했다.

"당장 땅에 엎드리라고!" 미카엘이 소리쳤다.

그는 총구를 아래로 내려, 도로변의 땅에 대고 한 발을 쐈다.

"다음번은 네 무릎이야." 미카엘이 크고 위엄 있는 목소리로 경고했다.

로날드 니더만은 전조등 불빛에 눈을 제대로 뜨지 못하고 무릎을 꿇었다.

"당신은 누구요?" 그가 물었다.

미카엘은 조수석 수납함에 손을 뻗어 주유소 편의점에서 산 손전등을 꺼냈다. 그러고는 니더만의 얼굴을 비추었다.

"양손을 등 뒤로 빼! 다리는 양쪽으로 쫙 벌리고."

그는 니더만이 마지못해 복종하는 모습을 지켜보았다.

"난 네가 누군지 알고 있어. 허튼수작하면 경고 없이 발사하겠다. 견갑골 아래의 허파를 겨냥하겠어. 물론 네가 날 어떻게 할 수 있을지도 모르지만…… 그 대가는 톡톡히 치러야 할 거야."

그는 손전등을 땅에 내려놓고, 허리띠를 끌러 20년 전 군 복무 시절 키루나의 보병 부대에서 배운 대로 올가미를 만들었다. 그런 다음 금발 거인의 뒤쪽으로 가서 팔 주위에 올가미를 두르고 팔꿈치 위쪽으로 단단히 조였다. 이제 니더만의 거대한 몸은 거의 무방비 상태가 되었다.

자, 이젠 어떻게 한다……? 미카엘은 주위를 둘러보았다. 어두운 도로변에는 두 사람밖에 없었다. 파올로 로베르토가 니더만을 묘사한 말은 결코 과장이 아니었다. 그는 어마어마한 체구의 소유자였다. 그런데 왜 이런 거인이 마치 악마에게 쫓기듯 한밤중에 헐레벌떡 달려가고 있었던 걸까?

"나는 리스베트 살란데르를 찾고 있어. 분명히 네가 그녀를 만났을 것 같은데?"

그러나 니더만은 대답하지 않았다.

"리스베트 살란데르는 어디 있지?" 미카엘이 재차 물었다.

니더만은 그에게 기묘한 시선을 던졌다. 정말이지, 그로서는 이 이상한 밤에 일어나는 일들을 하나도 이해할 수가 없었다. 왜 이렇게 모든 일이 뒤죽박죽이란 말인가?

그가 아무 말이 없자 미카엘은 어깨를 으쓱했다. 그는 차로 돌아가 트렁크를 열고 견인용 밧줄을 꺼내왔다. 우선 주위를 둘러보았다. 온몸을 결박한 니더만을 길 한가운데 덩그러니 남겨 놓을 수는 없는 노릇이니까. 30여 미터 저쪽, 전조등 불빛에 번쩍이는 표지판이 하나 보였다. 말코손바닥사슴이 지나가는 길목임을 알리는 경고 표지였다.

"일어나!"

그는 권총을 니더만의 목에 대고 표지판까지 걷게 했다. 그런 다음 표지판 기둥에 등을 기대고 앉게 했다. 니더만은 머뭇거렸다.

"이건 아주 간단한 문제야." 미카엘이 말했다. "넌 다그 스벤손과 미아 베리만을 죽였어. 내 친구들이었지. 그런 너를 길 위에다 풀어놓을 수는 없잖아. 자, 둘 중 하나를 선택해. 여기 묶여 있든지, 아니면 무릎에 총알을 한 발 맞든지."

니더만이 앉았다. 미카엘은 그의 목에 줄을 둘러 머리를 고정시켰다. 그런 다음 거인의 몸에 18미터에 달하는 줄을 친친 감아 표지판 기둥에 단단히 묶어놓았다. 줄의 끝 부분을 넉넉히 남겨 팔뚝까지 기둥에 고정시킨 다음, 선원들이 사용하는 견고한 매듭으로 마무리 지었다.

일을 마친 미카엘은 다시 한 번 리스베트 살란데르가 있는 곳을 물었다. 거인은 여전히 묵묵부답이었다. 미카엘은 어깨를 한 번 으쓱하고는 발길을 돌렸다. 그렇게 돌아와 차에 이르자 비로소 아드레날린이 솟구치는 게 느껴졌고, 지금 자신이 무슨 일을 했는지 알 수 있었다. 미아 베리만의 모습이 눈앞에 떠올랐다.

미카엘은 담배에 불을 붙인 다음, 광천수 병뚜껑을 열고 벌컥벌컥 물을 들이켰다. 저쪽 어둠 속, 말코손바닥사슴 표지판 기둥에 묶여 있는 실루엣이 눈에 들어왔다. 그는 다시 운전석에 앉아 지도를 펼쳤다. 칼 악셀 보딘 농가로 빠지는 갈림길까지 가려면 1킬로미터는 더 가야 했다. 그는 시동을 걸고 니더만 앞을 지나쳐 달려갔다.

그는 천천히 차를 몰아 '고세베르가'라고 쓰인 표지판이 서 있는 갈림길을 지나, 북쪽으로 100여 미터 더 올라간 숲 길가에 있는 헛간 옆에 차를 세웠다. 권총을 집어 들고 손전등을 켜들었다. 진흙 위에는 생긴 지 얼마 되지 않은 것처럼 보이는 차 바퀴 자국이 나 있었다. 얼마 전 이곳에 차 한 대가 주차되어 있었던 모양이었다. 그는 고세베르가 표지판이 있는 갈림길까지 걸어서 돌아와 손전등 불빛으로 우편함을 비춰보았다. 612-K.A. 보딘. 그는 계속해서 길을 따라 걸어갔다.

거의 자정이 다 되었을 때, 보딘 농가의 불빛들이 보였다. 그는 걸음을 멈추고 귀를 기울였다. 그렇게 몇 분 동안 꼼짝 않고 있었지만, 들리는 것이라곤 밤 시간 특유의 희미한 소음뿐이었다. 그는 농가로 직접 통하는 길을 택하는 대신, 들판 언저리를 따라 걸어 축사 건물에 다가갔다. 그리고 농가에서 30여 미터 떨어진 곳, 뜰 앞에 멈춰 섰다. 몸의 모든 감각이 팽팽하게 긴장해 있었다. 니더만이 도로 위를 정신없이 달려가고 있었다는 사실은 농가에 무슨 일이 일어났다는 의미였으므로.

농가 쪽으로 걷기 시작해 뜰을 반쯤 지나고 있는데, 어디선가 소리가 들려왔다. 미카엘은 즉시 몸을 돌려 무릎을 꿇고 앉으며 총을 내뻗었다. 그리고 몇 초 후, 소리가 흘러나오는 곳이 헛간이라는 사실을 확인했다. 누군가가 신음하고 있는 것 같았다. 그는 신속히 풀밭 위를 걸어가 헛간 앞에 멈춰 섰다. 헛간 안에는 전등이 하나 밝혀져 있었다.

다시 귀를 기울였다. 누군가가 안에서 움직이고 있었다. 그는 빗장을 들어 올리고 문을 열었다. 그를 기다리고 있는 것은…… 피투성이가 된 얼굴 가운데 박혀 있는, 공포에 질린 한 쌍의 눈이었다. 그는 바닥에 떨어져 있는 도끼도 보았다.

"오, 맙소사……." 미카엘은 신음하듯 내뱉었다.

그리고 그는 의족을 보았다.

살라첸코!

그래, 리스베트 살란데르가 이곳을 다녀간 모양이었다.

도대체 여기서 무슨 일이 일어났는지 도무지 짐작이 되질 않았다. 그는 재빨리 문을 닫고 다시 빗장을 질러놓았다.

살라첸코는 헛간에 갇혀 있고 니더만은 솔레브룬 방면 도로변에 묶여 있으니 두려워할 것이 많이 줄어든 셈이었다. 미카엘은 잰걸음으로 뜰을 가로질러 농가로 향했다. 그로서는 알 수 없는, 하지만 위험할 수도 있는 제3의 인물이 존재할 가능성도 배제할 수 없었지만, 집은 아무도 없는 듯 텅 빈 느낌을 주었다. 그는 총구를 땅 쪽으로 내리고 농가의 현관문을 살며시 열었다. 현관홀은 컴컴했지만 문이 열려 있는 주방은 밝혀져 있었다. 들리는 것이라곤 똑딱거리는 벽시계 소리뿐이었다. 주방 문턱을 넘어서는 순간, 그는 의자에 누워 있는 리스베트 살란데르를 발견했다.

짧은 순간, 그는 석상처럼 굳어져서 엉망이 된 그녀의 몸을 쳐다보았다. 그녀의 손에 들린 권총은 힘없이 아래로 늘어져 있었다. 그는 천천히 다가가 그녀 옆에 무릎을 꿇었다. 다그와 미아를 발견했던 그 순간이 떠올랐고, 한순간, 리스베트도 죽었다고 믿었다. 그리고 다음 순간, 그녀의 가슴이 미세하게 움직이는 것을 보았고, 아주 미약하게 헐떡이는 소리를 들었다.

그는 손을 뻗어 그녀의 손에 쥐여 있는 권총을 조심스럽게 빼내기 시작했다. 갑자기 총을 잡은 그녀의 손이 굳어졌다. 그녀는 두 개의 가느다란 홈과 같은 눈을 떴고, 몇 분간 내내 그를 응시했다. 그녀의 시선은 흐릿했다. 그리고 뭔가를 중얼거렸다. 너무도 나지막해서 알아듣기조차 힘든 목소리로.

빌어먹을 슈퍼 블롬크비스트…….

그녀는 다시 눈을 감고 권총을 놓았다. 미카엘은 자신의 권총을 바닥에 내려놓고 휴대폰을 꺼내 구급차 번호를 눌렀다.

(밀레니엄 2부 끝)

옮긴이 주

1) 채널(Channel) 제도. 프랑스 북서부 해역에 위치한 영국령의 제도(諸島). 영국령이지만 독자적인 정부 형태를 구성하고 있다.
2) '적대적 인수'는 플레이그와 리스베트 등이 개발한 특별 스파이웨어 프로그램인데 어떤 컴퓨터를 해커가 마음대로 제어할 수 있는 상태로 만들어놓는 것을 뜻한다.
3) MB는 미카엘 블롬크비스트의 이니셜.
4) 엑스트룀 검사의 이니셜.
5) 부블라(Bubbla). 스웨덴어로 '풍선', '거품'이라는 뜻이다.
6) 팬타그램(pantagram). 다섯 개의 선으로 이루어진 5각 별 모양(☆). 고대 그리스와 바빌로니아에서 유래했는데 비너스, 루시퍼 등을 상징하며, 중세 이후로는 신(新)이교주의, 사탄주의, 사탄교의 도상으로 사용되었다. 특히 사탄교는 이 별 모양을 거꾸로 세워, 두 개의 뿔이 위쪽을 향한 도상을 사용하는데, 이는 뿔 난 염소, 즉 고대의 목신 판(Pan)이나 루시퍼를 상징한다.
7) 미국의 안톤 라베이(1930~1997)가 창시한 종교로, 교리는 철저한 개인주의와 물질 및 본능 숭배주의를 그 골자로 한다.
8) 베른스(Berns). 스톡홀름 중심가에 위치한 유명한 레스토랑 겸 공연 홀. 명사들이 즐겨 찾는 곳이기도 하다.
9) 팬진(fanzine). 팬과 매거진의 합성어로 주로 비주류 문화를 다루는 팬들 스스로 만드는 잡지를 가리킨다.
10) 크누트뷔(Knutby). 웁살라 근처의 마을 이름.

11) 밴디(bandy). 북구에서 즐기는 아이스하키와 비슷한 스포츠이다.

12) 벤네르그렌 센터(Wenner-Gren Center). 스톡홀름 북부의 바사스타덴 구에 위치한 고층 건물.

13) 인트라넷(intranet). 어떤 조직이나 단체의 내부 정보 시스템.

14) 스파이웨어(spyware). 다른 사람의 컴퓨터에 숨어 들어가 그의 개인 정보를 빼내는 프로그램이다.

15) 모핑(morphing). 사진이나 이미지를 변형시키는 컴퓨터 그래픽 기술이다.

16) '적대적 인수'라는 영어 표현으로. 미주 2) 참조.

17) 올이 풀리지 않게 짠 천의 가장자리 부분.

18) 팔룬(Falun). 스웨덴 남부의 달라르나에 위치한 도시이다.

19) 노르보텐(Norrbotten). 스웨덴 최북단에 위치해 있으며 핀란드와 접경하고 있다.

20) 콤북스(KomVux). 스웨덴의 고등학교 과정 이후에 제공되는 성인 직업 교육 과정.

21) 콤빅(Comviq). 스웨덴의 통신사.

22) 미스 마플(Miss Marple). 애거사 크리스티의 추리 소설에 자주 등장하는 할머니 탐정.

23) 솔나(Solna). 스톡홀름 북부에 위치한 위성 도시이다.

24) 아나볼릭 스테로이드(anabolic steroid). 근육 강화제의 일종이다.

25) 브레뎅(Bredäng). 스톡홀름 남서부 근교의 위성 도시 중 한 곳이다.

26) 팰릿(pallet). 창고의 화물을 운반하기 위한 받침대. 지게차의 포크에 끼워 운반한다.

27) 마리에함(Mariehamn). 발트 해에 있는 섬들로 이루어져 있으며, 핀란드 영토인 올란드 주의 주도이다.

28) 로라 팔머(Laura Palmer). 데이비드 린치 감독의 영화 「트윈 픽스」의 주인공으로 미모의 여고생이다.

29) 헬스 에인절스 오토바이 클럽(HAMC, Hells Angels Motorcycle Club). 전 세계적인 조직망을 가지고 있으며, 주로 북미 지역에 퍼져 있는 오토바이 갱단 조직. 주로 할리 데이비슨을 타고 다니는데, 스스로 '1퍼센트의 무리(one-percenters)'라고 자칭하는 이들은 폭력, 마약 밀매, 갈취, 절도 등 각종 범죄 활동을 벌이고 있는 것으로 알려져 있다.

30) 모페드(moped). 50cc 이하의 초경량 오토바이.

31) 루비안카(Lubjanka). 모스크바에 소재한, KGB 본부가 있던 악명 높은 건물.

32) 디야르바키르(Diyarbakir). 터키 남동부에 위치한 도시이다.

33) put out fire with gasoline은 '휘발유를 부어 불을 끈다' 라는 뜻으로, 분별 없는 행동, 앞뒤 생각하지 않는 행동, 막 나가는 행동을 의미한다. 여기서는 분노에 휩싸인 리스베트가 더 이상 이성적인 행동을 하지 못하고, 악을 악으로 응징하기 위해 앞뒤 가리지 않고 돌진하는 상황을 암시한다.

34) '슈퍼 블롬크비스트' 와 '말괄량이 삐삐' 는 둘 다 스웨덴의 국민 작가 아스트리드 린드그렌이 창조한 인물이다.

35) 포르투 킨타 두 노발(Porto Quinta do Noval). 주로 포르투갈 북부 지방에서 산출되며, 달콤한 맛에 알코올 성분이 강화된 적포도주의 일종이다.

36) 브레이크윈드(breakwind). 보온을 목적으로 허리와 소매 부분이 고무줄로 오므려져 있는 운동복의 일종이다.

밀레니엄 2부

불을 가지고 노는 소녀 2

초판 1쇄 발행 2011년 2월 22일

지은이 | 스티그 라르손
옮긴이 | 임호경
발행인 | 최봉수
총편집인 | 이수미
편집인 | 박상순

책임편집 | 구경진, 편집 | 정혜경
마케팅 | 박창흠 김경수 양근모 한정덕 최애림
광고홍보 | 김호경 김미희 김인식 이소정
국제업무 | 나현숙 양숙현 박지영 공은주, 제작 | 한동수

임프린트 문학에디션 뿔
주소 서울시 마포구 서교동 392-20 체리스빌딩 5층 (121-839)
주문전화 02-3670-1570, 1571   팩스 02-747-1239
문의전화 02-334-7244(편집)   02-3670-1596(영업)
홈페이지 www.wjbooks.co.kr
발행처 (주)웅진씽크빅
출판신고 1980년 3월 29일 제406-2007-00046호

ISBN 978-89-01-11733-1 04850
ISBN 978-89-01-11731-7 (세트)

• 잘못된 책은 바꾸어 드립니다.
• 책값은 뒤표지에 있습니다.